丝路长歌

周大新剧作选

周大新 著

华文出版社

图书在版编目（CIP）数据

丝路长歌 / 周大新著. — 北京：华文出版社，
2025.1. -- ISBN 978-7-5075-6024-4

Ⅰ.I235.2

中国国家版本馆CIP数据核字第202465JW09号

丝路长歌

作　　者：周大新
策划编辑：杨艳丽
责任编辑：袁　博
助理编辑：朱晓奕
出版发行：华文出版社
地　　址：北京市西城区广外大街305号8区2号楼
邮政编码：100055
网　　址：http://www.hwcbs.cn
电　　话：总 编 室 010-58336239　发行部 010-58336212　58336230
　　　　　责任编辑 010-58336191
经　　销：新华书店
印　　刷：北京新华印刷有限公司
开　　本：710×1000　1/16
印　　张：37.5
字　　数：576千字
版　　次：2025年1月第1版
印　　次：2025年1月第1次印刷
标准书号：ISBN 978-7-5075-6024-4
定　　价：78.00元

版权所有，侵权必究

一个巨大的舞台。

一道红丝绒帷幕在音乐声中徐徐拉开。

四个大字在越拉越开的帷幕间赫然出现:丝路长歌。

明亮的天幕上,隐约可见一个巨大的图案:

"丝路长歌"四个大字刚刚消失,一行遒劲的字迹又定格在人们眼前:

谨以此片献给逝去的二十世纪。

演职员表……

目 录

第一集	001
第二集	024
第三集	042
第四集	064
第五集	081
第六集	099
第七集	119
第八集	140
第九集	163
第十集	184
第十一集	202
第十二集	222
第十三集	242
第十四集	263
第十五集	282

第十六集	299
第十七集	320
第十八集	339
第十九集	361
第二十集	381
第二十一集	400
第二十二集	418
第二十三集	437
第二十四集	455
第二十五集	474
第二十六集	491
第二十七集	508
第二十八集	526
第二十九集	544
第三十集	559
第三十一集	577

第一集

1

黎明时分,薄雾缭绕,星斗隐约。

南阳城还沉在一片静谧中。

长长的世景街上阒无一人。尚家门前那个写有"尚吉利大机房"的牌子迷迷蒙蒙。

一声响亮的鸡啼。

画外响起一个浑厚的声音:故事是从一九〇〇年的这个早晨开始的……

2

尚家后院。小桑园里。

曙光中可见,尚安业和尚达志父子站在一棵桑树下。

尚安业手拿着一杆白铜水烟袋,默然吸着。

几步外的尚达志手上拿着一本书,但他双眼未看书,正蹙眉默背着什么。

偶尔有露滴吧嗒一声落下。

3

尚家前院。

达志妈走出正屋。

她走到竖立在院中的一块大石头前,那石头上放着一个铜盆,她从铜盆里摸出一根小铁棍,敲了一下那个铜盆:咣!

响声在前院回荡。

响声还没有落地,两边厢房的灯都亮了。

传出人们起床和洗脸的响声。

两边厢房里相继响起了织机启动声。

4

　　尚家后院桑园里。天已大亮。

　　尚安业取下口中的烟袋,沉声向儿子问了一个字:红?

　　尚达志挺了挺胸脯,拿书的手向后一背,流利地答道:红有大红、莲红、桃红、水红、本红、暗红、银红、西洋红、朱红、鲜红、浅红十一种。

　　尚安业口中又蹦出一个字:黄?

　　尚达志又流利地:黄有金黄、鹅黄、柳黄、明黄、赭黄、牙黄、谷黄、赤黄、沉香色、秋色十种。

　　尚安业紧接着:青?

　　尚达志再次流利地:青有天青、元青、葡萄青、蛋青、淡青、包头青、石青、真青八种。

　　尚安业双眼一瞪:哼?

　　尚达志知道回答有错,下意识地想去打开手中的书。

　　啪!尚安业猛地用水烟袋朝儿子的手背磕去。

5

　　前院东厢房。清晨。

　　达志妈仔细看着室内四个织女的织绸动作。

6

　　后院桑园里。白天。

　　达志微闭眼想了一霎:想起来了,还有雪青。

　　尚安业威严地:连绸缎的色谱都记不清楚,还能染出来?

　　达志低下了头。

　　随着一阵脚步声响,达志妈快步走了过来:他爹,饭已经好了,今儿个不是说定要四嫂领着盛家的姑娘来吗?早点吃吧。

　　尚安业扭头刚对妻子嗯了一声,对面的达志已满面喜色地扭头就向前院跑。

　　回来!尚安业厉声朝儿子喝道。

　　达志闻声又急忙扭头回到父亲面前。

尚安业冷厉地：慌得你？！忘记每天晨读完要干的事了？

达志忙又挺了挺身，仰脸向天，一本正经地流利背道：自唐武德八年（625）始，吾南阳尚家从丝绸织造，迄今已一千二百七十五年，绩煌煌。北宋开宝二年（969），吾尚家所出之八丝绸，质极好，被中外绸商誉为"霸王绸"。道光五年（1825），因水旱连连、税苛，停业卖机。同治二年（1863）复产至今。列祖列宗在上，达志生为男儿，有生之年，发誓不忘数代先人重振祖业之愿，力争使尚家丝绸重新称霸中外丝绸界，再获"霸王绸"美誉！

尚安业这才挥了挥手：去吧。

尚达志应了一声转身就跑。

慢着！尚安业又叫。

达志一愣，不甚情愿地站住。

尚安业冷峻地：今天盛家姑娘来，你只能见见，不能乱插嘴，这桩婚事能不能成，不是由你来定的！

达志小心地：晓得了。

尚安业这才又挥了挥手。

达志先不紧不慢地向前院走着，待转过墙角隔断了爹的视线，便箭一样地向前院奔去。

7

前院西厢房。清晨。

四台织机上四个织女正在踏机织绸。

达志匆匆走进来，径直走到放在最前边的那台织机前，俯身对那机上的织女：你这台机子没啥毛病吧？

那织女停织有些诧异地：没有哇，有毛病我就去找你了？！

达志笑笑：早饭后有一个人可能要用你这台机子。边说边查看着那台织机。

那织女意外地：谁？

达志诡秘地一笑。

院中这时突然响起当的一声，众织女听见，相继停了织机，起身向门外走去。

8

院中，达志妈正把一截铁棍扔到那个铜脸盆里：吃早饭了！

现在我们可以看清，放铜盆的那块大石头，多角多面，每一面上都刻有一个图案：

9

正屋一侧的灶屋。白天。

达志妈正在刷洗碗筷。

达志彷徨回顾地走到达志妈的身边。

达志妈扭头看见儿子：去换身干净衣服呀，人家盛姑娘一会儿就来了。

达志凑到妈的耳边小声地：你叫爹别再乱挑她的毛病。

达志妈笑了：中，中，妈明白你的心思，要不是知道你先看中了她，妈也不会这样急着张罗！

10

世景街上，已是人群熙攘。白天。

媒婆四嫂领着一个漂亮姑娘——盛云纬匆匆走着。

四嫂停步对云纬指指前边的一座高门楼：看见了吧，那就是尚吉利大机房，你要是做了尚家的儿媳，这辈子可是要吃香的喝辣的，有福享了！

云纬赧然一笑，低了头。

11

尚家正屋客堂。白天。

尚安业和四嫂分坐在椅子上，云纬垂首立在四嫂身后。

尚安业依旧握着他那杆白铜水烟袋，先是呼噜呼噜地吸着，随后抬头极快地打量一下云纬。

四嫂对着尚安业：喏，人带来了！达志的眼光还行，没有看错人，瞧瞧，这姑娘可是个人尖子，南阳城怕难再挑出第二个！

站在门后的达志妈急忙接话：是呀，是呀，这孩子长得可真是让人喜欢。达志妈双眼里涌满了慈爱。

　　尚安业瞪了一眼妻子，取下口中的烟袋，咳了一声，突然开口：织了几年绸缎了？

　　四嫂显然没料到会问这事，一愣，也扭头看着云纬。

　　云纬小声地：十岁时开始上的机。

　　四嫂接口：这姑娘当你们尚家的织户也有几年了，她的织绸手艺跟她的人一样漂亮，达志之前去她家送丝收绸时，也总是夸她的手艺。哎，达志在哪儿？

12

　　西厢织房里。白天。

　　穿了一身新衣的达志边络丝边不时拿眼去看正屋的门口，神情紧张而兴奋。

13

　　正屋客堂。白天。

　　尚安业站起身：我想亲眼看看盛姑娘织绸缎的手艺！走，去织房！

　　四嫂和云纬都一怔。

　　达志妈朝外喊：达志！

14

　　西厢织房。白天。

　　达志引领着四嫂、云纬和父母径直到了他早晨特意查看过的那台织机前。达志示意织机旁的织女下机。

　　达志和云纬飞快地互相看了一眼，云纬的目光里露着不安，达志的眼神里满是鼓励。

15

　　西厢织房。白天。

　　云纬坐上织机。

云纬拿起梭子。

达志伸手用红染料在已织出的白绸上做了一个小记号。

云纬踏动踏板。

织机开始响动的同时,云纬的两只白嫩小手也开始上下翻飞地投送着梭子。

梭飞如箭,看得人眼花缭乱。

她疾如闪电般的织绸动作引得其他几个织女都住了手过来观看。

达志妈看得眉开眼笑。

尚安业脸上露出了满意的笑容。

四嫂看见尚家夫妇的笑脸,大声地:咋样,是把好手吧?

达志脸上露出一丝得意。

尚安业示意让云纬停手。

达志上前朝云纬做了个停机的动作。

织机停了下来,尚安业趋前仔细察看红色记号之后新织出的那部分绸子。

无一瑕疵。

尚安业含笑颔首。

尚安业示意四嫂随他出门。

16

院中。白天。

尚安业对四嫂轻声地:告诉这闺女她娘,就说我们尚家同意这门亲事,让她准备互换八字,迎娶的日子嘛,你可先找人去推算一下。

四嫂:你的想法是——

尚安业:越早越好。

四嫂高兴地:好啊!随之转身朝西厢织房里喊:云纬姑娘,咱们走。

17

西厢织房。

云纬跟在达志身后向门口走,在就要出门的那一刻,只见达志飞快地从衣袋里摸出一件东西塞到了云纬的手里。

云纬急忙把它装进了衣袋。

无人注意到他们的这一动作。

18

尚家大门前。白天。

尚安业夫妇站在门口目送着四嫂和云纬沿街向远处走。

达志妈快活地舒一口气：可真是个漂亮闺女。

尚安业低沉的声音：我现在最不安的就是这一点。

达志妈诧异地：咋，漂亮了不好吗？你难道想娶个丑儿媳？

尚安业：你懂什么，女人太漂亮了易生是非！

达志妈：嘿，还有这说法？！

19

城外梅溪河边。白天。

水清树绿。

云纬与四嫂挥手作别，一人顺河堤向城外村子走去。

她边走边急切地从衣兜里掏出刚才达志悄悄送给她的那件东西。

解开包裹着的红绸，可见那是一个小巧精致的木梭。

木梭上用火笔烙有并肩而立的一男一女的两个半身像，男的似尚达志，女的似盛云纬。

云纬惊喜地笑了。

她前后看看无人，飞快地把双唇凑近木梭上的达志像吻了一下。

云纬姐！河堤外突然传来一声喊。

云纬一惊。

20

梅溪河堤外。白天。

田埂上站着三个挎篮剜野菜的乡村姑娘，她们正笑着看云纬。

云纬向她们走过去：呀，是你们？！

一胖姑娘：捡了啥好东西，站那儿看来看去的？

云纬掩饰地：哪有啥好东西，野菜剜得多吗？

另一女伴接口：四乡八村的人都在找野菜，哪有那么多？听说你今儿个进城是去尚吉利大机房，让尚家人相看了？

云纬遮掩地：瞎说！

胖姑娘：你刚才站那儿看的，八成是尚家给你的好东西，拿出来，让俺们也见识见识。

云纬嗔怪地：去！

胖姑娘不依不饶地笑着趋前：拿不拿出来？

云纬转身要走：不理你们了，我要回家织绸了！

胖姑娘扔下篮子，一把抓住云纬笑着逼问：给不给看？

云纬笑着要挣脱。

胖姑娘把手伸进云纬的腰间胳肢着，云纬咯咯笑着来回扭动着身子，那只木梭一点一点从她的衣袋里滑出来掉在了地上。

胖姑娘捡起那只木梭，只看了一眼就夸张地：哟，男人！

云纬急忙过去要抢夺：给我！

胖姑娘笑着奔上了河堤，边跑边叫：男人！

云纬也跟着奔上了河堤：给我！

21

梅溪河堤上。白天。

两辆豪华马车正飞快驶来。

笑着追逐的两个姑娘听见马蹄和铃铛声时，马车已驶到了跟前。

前辆马车的驾驶者显然没想到会有人突然奔上河堤，急忙死死勒马绳，高速奔驰的马被勒得高高腾起双蹄嘶叫了一声。

两辆马车的车轮尖厉地叫啸着停下了。

云纬和那姑娘离停下的马头只有一步之隔。

手中拿木梭的那个胖姑娘吓得瘫坐到了地上，木梭早掉了下来。

云纬也呆然站在那儿。

22

马车内。白天。

车内坐着的南阳府通判晋金存正满面怒容地用手捂着额头呻吟。

他身旁坐着的一个年轻随从对车夫怒骂：浑蛋！怎敢这样急刹车？看把大人碰得——

车夫讷讷地：有两个姑娘突然跑到路上——

随从怒吼着：管他啥人，他拦车你就该轧过去！

23

河堤上。白天。

云纬正把那个吓坐在地上的胖姑娘拉起来。

车内的那个年轻随从此时走过来恶狠狠地朝云纬她们：混账东西！你们竟敢惊通判老爷的马，是不是活腻了？！

云纬惊怯地低声解释：俺们没看见……

随从从车夫手中扯过鞭子，今天我要让你们知道知道厉害！说罢，嗖地扬起了鞭子。

胖姑娘吓得妈呀叫了一声。

慢！一声低喝突然从一旁传来。

随从急忙收鞭扭头，软了声：老爷！

额头上缠了一道白布巾的晋金存下车走了过来。

能看出晋金存因为额头疼痛，面部带了怒气。

随从：老爷，就是这两个小贱人！

晋金存朝胖姑娘和云纬看过去，他的目光里原本全是冷厉，但在触到云纬的脸蛋和身子时，那目光突然为之一变，露出了几分惊喜、意外和温和。

随从恶声恶气地：还不快给老爷跪下！

云纬和胖姑娘急忙双膝跪下。

晋金存软了声：起来，起来！边说边上前搀了一下云纬的胳膊。

那随从有些意外地看了一眼晋金存。

云纬和胖姑娘站起身。

云纬满含歉意地：老爷，俺们真是无意——

晋金存摆摆手，声音更加温和地：知道，知道，我也只是碰破了一点皮，不碍事的！说着，眼睛直盯在云纬的脸和丰满的胸脯，那目光里分明含有欣赏和喜欢的成分。

随从仔细地观察着晋金存的神态变化。

晋金存目光专注云纬，声音更温和地：你叫什么名字？

云纬垂首：盛云纬。

晋金存：家住——？

云纬：就是前边的百里奚村。

晋金存：哦，那可是一个好村子，出过秦国大夫百里奚的地方，应该出你这样的姑娘！

那位随从这时分明看明白了主人的心思，也换上了一副笑脸：那是，那是。

晋金存对着云纬：家里都有些什么人？

云纬：俺爹去世早，只有俺和娘过日子。

晋金存：噢，噢。你们娘俩是靠种地还是——

云纬：俺们给城里尚吉利大机房当织户。

晋金存：织户？

云纬解释：就是尚吉利大机房把他们的丝交给俺，俺为他们织成绸缎，他们付俺一点工钱。

晋金存充满关切地：哟，日子还过得去吧？

云纬：去年是大灾年，地里庄稼绝收，眼下村里人都是吃了上顿没下顿，俺们总算还能挣点活钱，断不了顿。

晋金存点点头，带了笑意：今年收了麦，大伙的日子就会好过了。说罢，怜爱地拍拍云纬的肩头：快回家去吧。说着，转身向车厢走去。

晋金存的随从和护卫急忙扶他上车。

云纬和胖姑娘忙闪到河堤一边。

车夫扬鞭，马车启动。

晋金存掀开车上的帘子朝云纬挥了挥手。

24

河堤上。白天。

云纬低头在河堤上寻找。

达志送她的那个木梭被马车车轮碾陷在车轮印里了。

云纬拿起看时，只见那木梭上已裂了一道裂缝，那裂缝刚好从两个半身刻像中间穿过。

云纬呆看着那个木梭。

25

南阳城晋金存府邸。夜。

晋金存仰靠在太师椅上闭目养神。

随从轻步走进来：老爷，您叫我？

晋金存指指一旁的椅子，示意他坐下。

晋金存挥手让侍奉在侧的两个侍女出去。

随从飞快地看了一眼晋金存，显然在猜测着叫他来的用意。

晋金存慢腾腾地：我这额头上的伤口还有一点点疼。

随从试探地：我去叫个大夫？

晋金存摆摆手：不用了，慢慢会好的，不过这点疼倒是让我想起那个叫盛云纬的姑娘，她的家境真有点可怜。

随从眼睛一亮，似明白了什么：那姑娘长得可真是惹眼。

晋金存眼稍微睁了睁：你也觉着漂亮？

随从：是呀，是呀，咱南阳城里城外，我还没见过这样的绝色女子。

晋金存叹了一口气：再漂亮也得受苦呀。

随从：老爷既是这样体恤小民，我倒是想起了一个救她出苦境的法子。

晋金存：说说，我听听。

随从：让她到咱们晋府来。

晋金存依旧双眼微闭：来干啥？

随从看了一下门口，放低了声音：给老爷做个小——

晋金存双眼睁了一下，又急忙闭上：那恐怕——

随从：这也是为她好嘛！

晋金存：使得？

随从：当然使得！

晋金存叹一口气：好，既然是救人于苦难，那我就违心地听你一回。

随从：小的很快就去办！

晋金存沉吟地：大夫人、二夫人那里——

随从越发压低了声音：不让她们知道，娶来再说！来他个先斩后奏！

晋金存笑了：这可是你的主意！

随从也笑了：大夫人、二夫人要骂，让她们骂我好了，就说是我擅自做主的。

晋金存这时才把双眼完全睁开：殷二，从明儿个起，升你做咱府里的总管，所有人都听你调遣！

随从急忙跪下：谢老爷提携！……

26

正午。百里奚村盛家。

云纬正坐在机旁投梭织绸。

灶屋里传来云纬娘的喊声：纬儿，吃饭。

云纬：唉。

云纬起身，下机，解掉腰上的罩裙。

27

灶屋。正午。

云纬娘俩围着小饭桌，吃着简单的饭食。

云纬娘：你和达志的八字刚换过，尚家就催着择过门的日子，这也有点太急了。

云纬闻言，脸上立刻浮出欣喜，及至看见娘脸上的伤感，又急忙把那股欣喜隐去。

云纬娘叹口气：你一过门，家里出来进去的就剩娘一个人了。

云纬：到时候我给达志说说，把你接过去，跟我们一起住。

云纬娘：那成啥子体统？咱盛家虽说败落，但也是老门老户的，我咋能长住女婿家里？

云纬：你要不愿这样，我到时候让达志给你雇个女仆侍候你。

云纬娘嗔怪地：还没过门，一口一个达志，羞不羞，心里八成也急着想早点过门吧？！

云纬羞红了脸：娘！

在这当儿，院门外传来了一阵喧闹和一声高喊：这是盛云纬家吗？

云纬闻声一怔，急忙放下饭碗，向门外走去。

28

院中。正午。

云纬吃惊地停步看去。

一辆马车停在院外,篷上写有一个巨大"晋"字,云纬曾见过的晋金存的那个随从——殷总管站在院门口。

殷总管看见云纬,笑了一下:这么说我没有走错?!

云纬慌乱转身朝灶屋喊:娘。

云纬娘疾步走了出来。

老人一见这情景也满是意外,边向殷总管施礼边带着小心地:官人是找——

殷总管:就是来找你们的!

云纬娘满脸诧异:找俺们?

殷总管:对!我是通判晋老爷府上的殷总管,今儿个是奉晋老爷之命来向你们盛家求婚的!

云纬娘吃惊地:求婚?

云纬也骇然睁大了眼睛。

殷总管笑看着云纬娘:对呀,我们晋老爷看准了你的漂亮女儿,要娶她做第三房夫人!

云纬娘和云纬大惊失色。云纬娘急忙推了一把女儿,示意她进屋。

云纬娘慌忙摆手:这怎么能行?

殷总管:这怎么不行?

云纬娘:俺们这穷家小户的,怎么能跟晋老爷——

殷总管:正因为晋老爷看中了你这穷家小户的姑娘,你才该高兴哩!

云纬娘:不,不,俺闺女已经许人了!

殷总管:这我倒也听说了,是尚吉利大机房的少掌柜?

云纬娘急忙点头。

殷总管:俗话说,有女千家求嘛!只要你女儿还没出嫁,那求婚的人就可以登门。我是奉晋老爷之命来求娶你的女儿。尚家不过是靠织卖绸缎赚几个钱罢了,可我们晋府那是要啥有啥,这两家谁轻谁重,估计你心里也能掂量出来!来人哪,把晋老爷让带来的聘礼给送上!说着,一挥手，几个下人便捧着一包银子，几匹绸缎和鸡、鸭、鱼、肉、四色糕点向盛家正屋走去。

云纬娘张臂想去阻拦，可一见殷总管走在前边，又不能硬拦，只好放下手，苦着脸看着他们把东西放进屋。

29

院门口。

围观的大人、孩子一脸惊奇地看着这场面。

人群中有一个细瘦的精明汉子——肖四，正两眼发直地盯着那些聘礼。

30

盛家正屋当间。

殷总管打量着屋子：哎呀，我说云纬她娘，你这房子可是旧了，等云纬过门之后，我催晋老爷拨钱派人来给你盖几间新房！

云纬娘赔着小心：殷总管，这些礼物，俺们实在不能收。

殷总管故作大度地：啥叫不能收？既是给你送来了，你就把它吃了、穿了、用了，至于嫁女儿的事，你自己拿主意，你要真不愿让女儿嫁到晋府享福，晋老爷也不会硬逼着你，更不会抢亲，他是朝廷命官，又清廉一生，不会胡来的！说罢，他对那些下人一挥手：咱们走！

云纬娘只有木呆呆地站在那儿看着他们出门。

云纬这时从里间出来，扑到娘的怀里：娘，我绝不会去给姓晋的做小老婆！

云纬娘什么也没说，只是用一只手轻拍着她的后背。

云纬：娘，咱把这些聘礼给他们送回去！

云纬娘：那不等于打晋金存的脸吗？他会善罢甘休？他可是跺跺脚南阳城都会晃动的人物！

云纬流下了眼泪：娘，你说咋办？

云纬娘眼望着墙角，好长时间没有说话。

云纬伤心地哭着。

云纬娘猛一拍腿：也罢，娘豁出去了！干脆让尚家尽快来把你娶走，娶你的花轿前脚走，我后脚再托人把晋家这些聘礼送回去！我不怕，他们最多是把我打死！我这条老命不要了！

云纬紧紧抱住她娘：娘……

31

城郊落霞村。黄昏。

栗温保拎着一支猎枪疲惫不堪地向村头自家的那两间破草屋走去。

枪头上挂着一只很小的兔子。

一阵细弱的婴儿哭声由房子里传了出来。温保闻声身子一震，紧走几步推开了门。

32

屋里。黄昏。

半倚在床上，头上包着毛巾的草绒看见温保高兴地：打着了？

温保不好意思地把打到的那只小兔子朝妻子一晃：太小了，遇到荒年，兔子也长不大了。

草绒的身边传出了婴儿的哭声。

温保放下枪，走到床前看了一眼女儿：八成是又饿了。

草绒凄然一笑：我这奶子里怕是没有水了。

温保拍拍草绒的手：我立马去给你做点吃的！

33

外间。锅灶前。黄昏。

栗温保点着了灶膛里的火。

他忙去面缸、糁瓮里找下锅的东西，可都没摸出什么，他有些着慌，最后才在一个粮篓子里找到一把红薯干。

他把红薯干掰碎放进了锅里。

34

里间。黄昏。

温保把碗端到床前对草绒：把这点东西先吃了。

草绒看了一眼丈夫：我吃了，你咋办？

温保分明想宽慰对方地：我再煮呀！

草绒：你煮啥呀，咱家有没有可吃的东西，我还能不知道？

温保无奈地一笑：我马上就去把刚打的那只兔子剥了，咱们吃清蒸兔子肉！

草绒叹口气：你打猎爬坡走路的，你先把这碗里的东西吃了吧。

温保：胡说啥呢？你正在月子里，不吃饱咋能行？来，吃！说着，把碗端到草绒的嘴前，用筷子夹起一块红薯干送到草绒的唇边。

草绒只得张嘴，但同时，泪珠滚了下来。

温保劝解地：这都值得哭？这饥荒又不是就咱一家遇上，南阳地面上揭不开锅的人家多了，我好歹还有个打兔子的手艺，总还能弄点填肚子的——

栗大哥！屋外的一声喊打断了栗温保的话。

来了。温保一边应声一边把碗筷递到草绒手上。

35

外间门口。黄昏。

肖四拎着一个小布袋站在门外。

站在门内的温保意外地：哟，是四弟呀，快进来。

肖四把手中的口袋递到温保手上：这是一点杂面。

温保急忙不好意思地推让：这，这……你也不宽裕。

肖四在灶前的小凳上坐下：这是前几天贩盐挣到的，咱分着吃吧，昨儿个我老婆回去说，你这儿又断顿了，本该前晌就送来的。

温保递过去旱烟袋，感谢地：这……这让我……

肖四摆摆手：咱弟兄俩，快别说那外套话。只是这点东西也维持不了几天，离收麦的日子还长着哩，咱们要想一个长远些的法子。

温保叹口气：能想啥法子？我有时饿得着急，就异想天开，想着自己一夜之间当上了大官，下令开官仓分粮，让南阳地面的穷人都能一天吃上两顿面条。

肖四把旱烟袋从口中拔出低声地：咱说实在的，我倒是想起个法子，就看你敢不敢干了！

温保的双眼一亮：啥？

肖四：晓得百里奚村的盛家吗？

温保：晓得呀，早先盛家也开着一个织绸缎的机房，后来不是败落了吗？

肖四：知道他家有一个闺女吗？

温保：那是小字辈，记不得了。

肖四：那闺女长得漂亮，被南阳府的通判大老爷晋金存给看上了。今儿个，晋家给她家送了不少聘礼，银子、绸缎、吃的，啥都有。

温保不明所以地：这与咱们——

肖四：你手里不是有猎枪嘛，咱们去——

温保惊得身子向后一缩：哦？

肖四：把那些聘礼弄过来，估摸着就够咱两家撑持到割麦吃新粮了。

温保：可那不是抢吗？

肖四：你不抢，人家能双手捧给你？

温保：抢人家的聘礼是不是有点太那个，人家养女儿养到大不易，再说盛家如今也是穷苦人家，下这手是不是——

肖四：盛家和晋老爷一连上亲可就不是穷人了！你想，这姑娘一到了晋府，还不被晋老爷看成宝贝疙瘩？她要啥还不是有啥？这点聘礼在晋老爷看来，也就是一个黄豆粒罢了，丢了也就丢了，他会立马再给盛家补上。

温保还在犹豫：这抢聘礼的事，神灵会不会怪罪？

肖四呼一下站起身：你要再这样啰唆我可就走了！

恰在这时，里间传出了栗温保那未满月的女儿哭声。

栗温保把拳头猛地一握：那就——干……

36

傍晚。尚吉利大机房堂屋里间。

尚安业和尚达志父子两个正用一个大蒜臼一样的东西从紫草中提取染料。

门窗皆闭。

达志抹一把脸上的汗：爹，把窗户打开，透口气，屋里太闷了。

尚安业瞪了一眼儿子：让别人看见咱取染料的法子，别人不也可以照样干了吗？

达志不再说话，重又埋头干起来。

门这时突然被撞开，达志娘气喘吁吁地出现在门口：他爹，不好了！

尚安业扭头瞪了一眼妻子：看你这个慌张样子，啥不好了，慢慢说！

达志妈：说媒的四嫂来说，府里的通判晋老爷，要娶盛家姑娘做小老婆！

尚安业和尚达志一齐惊骇地把眼瞪大。

尚安业慢慢地坐了下去，他根本没有意识到，他正好坐在了榨取染料的石臼上，紫色染料立刻染上了他的裤子。

达志咬牙：这个老杂种——

达志妈急忙上前捂住儿子的嘴。

尚安业：四嫂没有说明盛家母女的打算？

达志妈：说了，四嫂说云纬娘的意思，是让咱们立马去把云纬用花轿抬过来，把达志和云纬的婚事办了！赶在晋老爷的前——

有人吗？院里突然传来一声喊。

尚安业起身走了出去。

37

尚家院中。傍晚。

晋府殷总管站在那儿。

尚安业急忙施礼：殷先生来了，请屋里坐。

殷总管摆手：不了，我刚去百里奚村了一趟，为晋老爷娶盛家姑娘云纬做三夫人的事送点聘礼，回来顺脚到你这里看看。有没有要我帮助的事？话里分明带着压力。

尚安业先是呆了一霎，随后急忙摇头：没，没。

殷总管：那我就告辞了。

尚安业：殷先生慢走……

38

尚家堂屋里间。傍晚。

尚安业叹口气坐在了椅子上，低沉地对妻儿：你们明白他来的用意了吧?

达志看了一眼父亲,转身就向门口走去。

尚安业朝达志:干啥去?

达志:我去雇花轿,雇来轿就去接云纬!

尚安业冷冷地:胡闹!

达志意外地:那你说咋办?

尚安业:你以为你把盛家姑娘抬过来就算完事了?

达志妈:人一到了咱家,晋金存八成也就死心了!

尚安业跺一下脚:说的全是屁话!咱们把通判老爷要娶的女人夺走,他能饶了咱们?他还不朝达志、我、咱们的大机房下手?

达志梗着脖子:他咋着下手?咱又不犯王法!

尚安业:你不犯王法他就不能治你了?他下手的借口多了,说你少交了税银,说你上市的绸缎匹重不足,说你收丝时压价坑了蚕家,说你织机噪声太大扰了街邻,说你哄抬绸价,他可以用这些罪名罚你银钱,抓你进监,封你大门,到那时咋办?咱一家人还活不活命?咱尚吉利大机房还开不开?咱尚家的丝织祖业还要不要?

达志被爹的话惊住,一时呆在那里。

达志妈:那依你的意思——

尚安业叹了口气:俗话说,民不惹官,咱不能和通判老爷去抢同一个女人,罢了,咱认输,放弃这门婚事,让晋家娶去吧,我再给咱达志说别的姑娘,天底下好姑娘多的是!咱这家庭,说个媳妇还不容易?

达志跺了一下脚:我不!除了云纬我不要别的女人!

尚安业再次瞪了一眼儿子:你已经是大人了!马上就要当家执事了,连这点道理都不懂?是一个女人重要还是咱家的丝织祖业重要?

达志没再说话,只是猛地转身向门外跑去……

39

夜晚。百里奚村盛家里间。

云纬扑在达志怀里哭着,达志脸上也有泪珠在晃。两人显然已说了一段时间。

达志一边为云纬擦眼泪一边下了决心:跑!咱们先跑到远处躲一段时日!

云纬抽抽噎噎地：行，你上哪儿我就跟你到那儿，跑到啥地方都行！

云纬娘这时走了进来。

达志松开云纬，走到老人身边：娘，我要带云纬远走！

云纬娘迟疑了一阵，才叹口气：也罢，既是你们有这胆量，就走吧！只是要把落脚的地方选好！

达志：襄阳那边有个丝绸牙行，牙行的老板来尚吉利大机房进过绸缎，我们先去他那里落脚！

云纬娘拍一下达志的肩膀：唉，达志，我可是把云纬交给你了！

达志感动得扑通一声跪到老人面前：娘，你放心，我不会让云纬吃苦，我总有一天会把云纬再领回来，让她堂堂正正做尚家的媳妇！

云纬娘：既是要去，你们就早走！

达志：我这就回去收拾！说罢转对云纬：今夜约莫二更时分，你在武侯祠门口等我！我准时到！

云纬点头……

40

夜晚。尚家临街的绸缎铺子。

达志轻步走进去，对一个中年男人：廖大叔，有点急事，爹让我来把你今日零售的银钱取回去。

那男子迟疑了一下：你爹交代我必须每天亲手交给他。不过，还是边说边拉开了抽屉，取出一包银子：这是二十一两，你收好，今儿个卖得还行。

达志点了点头，在老头推过来的账簿上签下了自己的名字。

41

达志卧房。夜晚。

他把自己的一些衣服扔进一个包袱单里，迅速包好。

他不时听听门外的响动，显然在防着父母发现他的举动。

他把那包银子也塞进了包袱里。

他吹熄了灯，把包袱挎在肩上，一副随时要走的样子。

他隔着门缝看着外边，寻找出屋的时机。

妈在当间里忙乎着什么，来来回回地走动。

达志眼露焦急。

尚安业这时手握着那杆白铜水烟袋从对面的卧房踱进当间，对达志妈：前店的大廖怎么还不来交今日的零售银子？

42

屋里。达志听见父亲的话神色一阵紧张。

43

当间。达志妈走到门口朝门外高喊了一声，大廖，过来一下！

44

里间。达志吓得一屁股坐在了床上。

45

外间。大廖出现在门口：尚掌柜，叫我有事？

尚安业：今儿个零售的银子咋还不拿来？

大廖诧异地：你刚才不是让少掌柜去拿来了吗？

尚安业闻言一愣，不过他似乎立刻猜到了什么，急忙一笑：噢，你看看我这记性，没事了，你去歇着吧。

待大廖刚一走远，尚安业就几步上前一脚踢开了儿子的卧房门。

46

达志卧房。夜。

达志就坐在床上，身旁放着那个准备带着远走的包袱。

尚安业没有发火，只是叹了声：是想和那云纬姑娘私奔吧？

达志没有回答，只是呆了似的盯住爹的嘴巴。

尚安业：主意不错呀。

达志爆发地：爹，我和云纬只有这一条路了！

尚安业朝达志颔了颔首：既是你想走，那你就跟我来一趟！说罢，抓起达志的手就把他朝外间拉。

47

外间。夜。

摆有祖先牌位的条案前。尚安业松开儿子的手，开始焚香叩头。

达志呆呆地看着。

正忙着什么的达志妈也停手看着。

尚安业低沉了声音：列祖列宗在上，今日家门出了不幸，达志说定的媳妇被官人看中要强娶过去为妾，达志不忍心舍弃，打算抛下祖传的丝织业和那女人远走他乡，安业对此事犹豫再三不敢决断，今日当着你们的面，就让达志自己说说他的心思吧。

达志一听这话有些慌了，望着那些牌位连连退了几步：爹——

尚安业：说呀，你就说你已经长大成人，如今遇事能自己拿主意了，在要媳妇还是要祖业振兴这两件事上，你选择了要媳妇，说女人比尚家的声誉、荣誉重要多了，说——

达志绝望地看着爹：爹，人要紧哪！

尚安业带着火：甭对着我说，对着祖宗们说！你个狗东西，你可真胆大，竟要为一个女人抛家舍业往外跑，养你这么大，就是为了让你找女人去寻快乐是吧？你天天早上读完书发那誓是真是假？你不怕违了誓言，水淹雷劈你吗？你个不忠不孝的孽种，你竟要背着爹娘偷拿银钱打个包袱去跟那女人私奔？你想没想过你走了之后我和你妈咋办？想没想过通判老爷会对尚家下手？想没想过尚家的祖业会遇麻烦？

达志已是满脸惶恐。

尚安业又朝那些祖宗牌位叩了一个头：列祖列宗，安业养出这样的儿子，对不起你们哪，你们要生气就惩罚我吧，让我早死了也好！……

达志惊慌地望着那些牌位，那些牌位仿佛霍然间都动了起来，并渐渐幻化成了一张张白发白须的面孔，那些面孔一齐冷然看着达志，一阵带着威压的声音霍然响起：女人要紧？真的女人要紧？要女人不要祖业，不肖子孙呵！……

达志的双膝像扔进铁匠炉里的铁丝，一点一点软了下去，在双膝着地的同时，他呻吟似的说了一句：祖业要紧……

48

夜。武侯祠大门外,一片冷寂。

云纬肩挎着一个小包袱和娘紧紧相偎坐在一个台阶上。

母女俩都把眼睛睁得大大的,盯着面前通往城中的大路。

远处传来了二更梆子响声。

云纬娘不安地:都二更天了,达志这孩子怎么还不来?

云纬宽慰地:放心,他会来的,他同我说定了的。要不你先回去。

云纬娘:我只有看到了达志才能回去……

49

百里奚村,盛家院门外。夜。

两个黑影悄步靠近了院墙。

借着星光能够看清,这是栗温保和肖四,两个人脸上都抹了锅底灰,栗温保手里拿着猎枪,肖四腰里别着尖刀。

两人一前一后轻手轻脚翻过了不高的院墙。

50

夜。武侯祠大门外。

梆,梆,梆,三声梆响传了过来。

相偎着坐在台阶上的云纬和娘都被惊得动了一下身子,母女俩焦急地对视了一眼……

第二集

1

黎明。盛家院门。

云纬母女极度沮丧地走到院门口。

云纬娘正在摸索着开门，忽见两个男人跳出了院墙。

母女俩惊叫了一声：啊……

两个男人跑远了。

云纬娘高声叫着：来人哪，有贼……

2

盛家屋内。黎明。

几个邻居围在云纬母女身边。

云纬娘哭着：贼把晋老爷家送来的聘礼偷走了，这可怎么办哪？

云纬流着泪……

3

栗温保家。天已大亮。

草绒看着屋里堆着的吃的穿的东西，感到意外：这是哪儿来的？

栗温保：你管哪儿来的？有吃有穿不就行了。

草绒：你偷来的？

栗温保不得不悄声地：这是南阳城晋老爷给盛家姑娘送的聘礼——

草绒冷了脸：快给人家送回去！

栗温保低声地：那我就得坐监狱！

草绒高了声：那还不如让我饿死了好！

温保急忙伸手捂住了妻子的嘴：我的祖奶奶，别大声……

4

白天。云纬家院门口。

媒婆四嫂走了进来。

5

云纬家屋内。白天。

仍然满屋零乱。

云纬坐在织机旁发呆。

云纬娘坐在凳子上流泪。

媒婆四嫂站在门口吃惊地：这是怎么了？

云纬娘擦了一下眼泪：四嫂来了。进屋坐吧。

四嫂不自然地笑笑，慢慢腾腾地从衣袋里掏出个红纸包：大嫂子，这是云纬的八字，尚家让我给你们送回来，他们听说晋老爷要娶云纬，觉着不该耽误了云纬的前程——

云纬一听这话猛地起身，她的唇间只来得及恨恨吐出一句：尚达志，你这个狗——就倏然倒了下去。

云纬娘急忙过去扶住：云纬，纬儿……

6

尚吉利大机房前院。白天。

达志和父亲及两个帮工正在络丝。

白色的丝线在阳光下泛着耀眼的光泽。

达志做得心不在焉，他的眼前不时晃过云纬的身影。

一个雇工提醒地：少老板，乱了。

达志定睛看去，发现自己已把丝络得纷乱成了一团。

尚安业默看一眼儿子，叹了口气。

7

盛云纬家。白天。

云纬仰躺在床上。她的双眼盯着屋梁，梁上在她的想象中出现了一个绳圈。她走过去，把头伸进绳圈里。

床边的云纬娘这时伸手摸了摸女儿的额头：头还疼吗？

云纬没有出声，但她想象中的那个绳圈不见了。

她看了一眼娘，轻轻地摇了摇头。

院中这时突然传来一声喊：有人吗？

云纬娘起身走出去。

8

院中。白天。

晋家殷总管傲然站在那儿。

云纬娘：殷总管来了。

殷总管笑着：晋大人让我来问问你们母女是咋样决定的？

云纬娘一时无语。

殷总管：要是同意，我就找人定迎娶的日子；要是不同意，我也好对晋老爷有个交代！毕竟是我把聘礼送来了！话的后半句充满了压力。

云纬娘：聘礼被人偷走了！

殷总管：别人偷没偷走我不管，我只问你们是怎么决定的？

云纬娘眼泪流了出来：我女儿怎能——

殷总管！云纬的一声猛喊把她娘的话音截断。

殷总管和云纬娘一齐扭过头来。

只见云纬手扶着门框一脸冷色地站在门口。

云纬冷冷地：告诉晋金存，让他定迎娶的日子！

殷总管高兴地：好嘞，云纬姑娘！

云纬娘意外地：纬儿——

云纬没理会娘的呼喊，转身向屋里走去……

9

正午。尚吉利大机房灶屋。

达志妈把一碗面条递到儿子手边。

达志推开碗走了出去。

10

正午。世景街上。

一乘绣有"晋"字的花轿迎面而来，花轿的正面贴着一个不大的"喜"字。

两个丫鬟扶轿而行。

11

花轿内。一身红嫁衣的云纬一脸冷霜地坐着，脸上、眼中无半点喜气。

12

尚吉利大机房门前。正午。

一伙人指指点点：看，看，通判晋老爷娶小老婆的花轿！

一个男人：不大像吧？怎么既没有迎亲的人，也没有送亲的人，连个响器班子也没有？

另一个男人：听说是这小妾提出一切从简的。

又一个男人嘻嘻笑着：八成是嫌丢人！

13

尚吉利大机房门一侧的零售店内。正午。

一个男顾客边进店边高声感叹着：咱啥时候也能像晋老爷这样，娶上几个小老婆——

正在柜台前拨着算盘计算着什么的达志，手中的算盘砰的一声落在地上。

人们一齐向他看去。

14

门外，世景街上。正午。

花轿已到了尚吉利大机房门前。

花轿内，云纬隔着轿帘的缝隙瞥见了"尚吉利大机房"的招牌。

她的双牙倏然咬紧，一股愤恨从眼里喷了出来。

15

尚家零售店堂里间。正午。

达志正隔着窗格百感交集目不转睛地盯着云纬乘坐的花轿。

花轿慢慢抬离了他的视界。

眼泪从他的眼中流了出来。

他猛把头向脸前的窗框磕去。

血,从他的额头上涌了出来……

16

尚家零售店堂里间门口。正午。

尚安业默默注视着站在里间窗口的儿子。

他紧紧捏着手中的白铜水烟袋。

水烟袋的吸嘴被他捏瘪了。

17

晚。晋府。

云纬一动不动地坐在椅子上。

椅子旁边,是一个有着帐帷的巨大的床。

一个丫鬟走进来:三夫人,该点灯了。说着,吹燃手中的纸媒,点亮了蜡烛。

另一个丫鬟端一盆水走进来:三夫人,来烫烫脚。

云纬没动。

又一个丫鬟用漆盘端一只瓷碗进来:三夫人,晋老爷让给你送点柏子仁汤,你喝几口,补补身子。

云纬依旧没动。

几个丫鬟互相对视了一眼。

噔,噔,噔。一阵脚步声由远而近。

便装的晋金存出现在门口。

丫鬟们匆匆走出。

晋金存关上房门,面带微笑地:宝贝,让你等了,我有些公事刚刚脱身。

云纬像没听见似的坐那里一动不动。

晋金存麻利地脱着外衣,同时对着云纬:我的大夫人、二夫人没有故意让你作难吧?谅她们也不敢!

云纬依旧无语,只是看着晋金存的一双脚在向自己移动。她的身子倏然一缩。

晋金存:来,宝贝,我们到床上去,让我好好看看你!说着,猛伸手把云纬抱离了地面。

云纬恨恨地用脚一踢，刚好踢在了晋金存的腿上。

晋金存疼得嗷地叫了一声，猛地把云纬扔到了旁边的床上，同时竖了眉：甭给脸不要脸！你真要不乐意了，晋爷给你两条路任你选。第一条，死，看到了吧，那边墙角有绳子，你可以就在这间屋梁上上吊！第二条，把你卖到外地去！

屋里出现了冰冷的静寂。

云纬望着自己的右手，右手里忽然出现了一把剪子，她抓起那把剪子便向晋金存那多毛的胸脯刺去——可惜那只是想象。

晋金存的声音又软了下来：宝贝，好了，甭害羞，让我给你脱衣裳。

云纬无声地扭挣着身子，不让脱，可身上的衣服还是一件一件地被扯掉了。

大颗的眼泪涌出了她的眼眶，她只能用双手捂住脸。

晋金存那山一样的身子向云纬压了下来。

云纬呀地发出一声痛楚的低叫。

门外突然响起一个又高又急的声音：晋老爷，知府大人差人送来一封急信！

晋金存闻声很不耐烦地：不用送进来了，念吧！

门外念信的声音——各府，顷悉英、俄、日、美、法、德、意、奥八国联军两千人已于十日向京城侵犯，遭我军民抵抗，各有死伤……

晋金存没有去听门外的声音，转而对云纬低声地：我的小宝贝，见血了……

18

夜。尚吉利大机房达志卧室。

达志睁大两眼躺在床上。

他的眼前倏然晃过云纬被晋金存抱在怀里的情景。

这想象使他的双眉痛苦地抽紧。

他猛把被子拉起盖在了头上……

19

夜。尚安业夫妇卧室。

达志妈流着眼泪对丈夫：孩子心里苦呀。

尚安业：长痛不如短痛！

20

白天。尚达志卧室。

达志依旧紧闭双眼躺在床上一动不动。

达志妈端一碗饭坐在床边心疼地：志儿，起来多少吃一点，你已经两天没吃一口饭了。

达志不吭不动也不睁眼。

达志妈叹口气，放下碗走出了儿子的卧室。

21

白天。尚家前院。

尚安业正在修理一部脚踏织机。

达志妈走了过来：他爹，得想个法子让达志起来，他已经两天没吃饭了，再这样下去……

尚安业扔下手中的工具，先是蹲在那里皱眉想了一下，随后起身：我去找一下卓远，让卓先生来劝劝他。

尚安业向门外走去。

22

卓宅。白天。

迎门的影壁上四个遒劲大字：扑入书海。

尚安业匆匆走了进去。

23

卓远书房。白天。

四壁书柜高达屋顶，柜中放满各种各样的书籍。

年轻的南阳书院督导卓远和尚安业分坐在书桌的两旁，卓远的夫人雅娴在给他们续茶水。两人显然已说了一阵子话。

尚安业：卓先生读书多见识广，他又信服你，你能不能去劝劝他，尚吉利大机房全指望着他呢！

卓远点点头：好吧，尚伯伯，我去试试。

他起身去书桌上拿过一张不大的地图，卷起拿在了手里。

24

尚家达志卧室。白天。

卓远手拿着那张地图走到了达志床前。

达志依旧双眼紧闭仰躺在那里。

卓远俯身轻声地：达志。

达志听出是卓远的声音，睁开了眼。

卓远：你遇到的事我听说了，我深深地为你遗憾。

达志的眼泪一下子涌了出来。

卓远掏出手绢弯腰为达志擦着眼泪：你知道吗？就在你失去云纬的这几天，还有不少人失去了生命。

达志的眼睛大了些，看定卓远。

卓远：我来就是告诉你，八国联军已经攻陷了咱们大清国的京城，光在西直门，联军士兵就奸杀我国女同胞一百多人。

达志闻言猛地坐起了身子。

卓远展开他手上的那幅地图：你看看这个！天津、北京、唐山、秦皇岛都已经被联军占领，这些地方死伤的同胞已有数千人。

达志定睛看着地图上那些被卓远用红笔画出的圈圈。

卓远：国家是这个样子，咱们身为男儿，不能不管哪！

达志声音有些急切：咱们，怎么个管法？

卓远：八国联军敢来欺负我们，还不是因为国家积贫积弱。

达志直盯着卓远的眼睛，等待着他说下去。

卓远：我们必须富国强兵！当然，这要从长计议，不是你我立马就能做成的。眼下我能做的，是把书院办好，让南阳多一点有学识的人；你眼下能做的，是协助你爹把你们的尚吉利大机房办好，积更多的钱！有了钱，国家有事，你不就可以支援了？

达志点了点头，不知不觉下床站起了身子……

25

尚吉利大机房后院染房。白天。

尚达志和一个雇工正向染缸里放欲染的绸缎。

前店里的那个大廖这时快步走进来：少老板，老爷让你去前边店里一下，从靳岗教堂来了两个英国人。

达志：这就去。

26

临街零售店堂。白天。

尚安业、达志父子与那两个英国人分宾主坐着。

尚安业指了一下店里那些五颜六色的绫罗绸缎：二位可以先看看，然后再说买的事，你们教堂的神甫差不多都来买过绸缎，二位可能是首次来，有些面生。

其中的一个中年神甫用流利的汉语：我刚来靳岗教堂任职，叫格森；这是威廉，我姐姐的儿子。他指了一下身边的那个青年。

尚安业点头：欢迎，欢迎。

中年神甫：我启程来中国任职时，我姐姐的丈夫也就是威廉的父亲执意让威廉跟着我来中国，来南阳走一趟，知道是为什么吗？

尚家父子一齐把目光投向威廉。

威廉正新奇地打量着店堂和紧挨店堂的织房，见主人望他，忙报以一个和善的微笑。

中年神甫：威廉，你说吧。

威廉用生硬的汉语：我们家族祖祖辈辈都是做丝绸生意的，很多很多年以前，我们家族的先辈曾是你们南阳尚吉利大机房的顾客之一。

尚安业：哦？

达志也好奇地打量着和自己差不多年岁的威廉。

威廉：我家的先辈那时是从贵国的新疆过来，经兰州、长安、洛阳，来到贵地的，往返一趟有时要两三年时间，但只要做成一趟生意，就能发很大一笔财，因为从你们这儿买回的绸缎，我们是专门转卖英国王室的，他们愿出很高的价钱！

尚安业满脸含笑：噢，威廉先生，这么说咱们两家早就是朋友了！

威廉拿出一个随身带的小包，从中摸出一个用红绸裹着的东西：认识这个吗？边说边打开红绸，原来内中是一个小巧的用黄杨木刻的蚕。

尚安业和达志趋前细看，只见蚕的下边还刻有一行小巧的汉字：尚吉利大机房，万历十二年。

威廉笑着：这是我家先祖从你们这儿得到的纪念物。

尚安业和达志高兴地对视了一眼。

威廉：我此番来，一为游历老人们不断向我讲起的神奇的贵国。二为向你们尚吉利表示我们家族的感激，正是因为你们的启发，我们家族才学会了养蚕、缫丝、织绸织缎，如今我们家族已拥有了几个丝织厂，英国皇室成员和许多英国人都争购我们的绸缎。三为参观你们的工厂，继续向你们学习。四为看能不能再做点生意。

尚安业：好，好。

威廉：不知二位可否允许我先参观参观你们的丝织工厂？

尚安业起身：当然可以。二位请。

27

西厢织房。白天。

四个女工正在各自的机上踏机织绸。

尚安业和达志领着威廉和格森参观。

威廉俯身机上仔细看着织出的绸缎。

28

东侧厢房。白天。

威廉仍在仔细看着织女新织出的绸缎。

威廉转对尚安业：请再带我去别的车间看看。

尚安业有些无奈地摇头：只有这么两排织房，其余的是些织户。

威廉狡黠地笑笑：不会吧？历史如此悠久，在我们英国如此有名的尚吉利大机房，绝不会就这么几部人工织机，就这么几个工人，你们一定有更大的车间在别处，是担心我学走了你们的技术而不让我看，对吗？

一丝痛苦在尚安业的脸上极快地闪过,他苦笑了一下:威廉先生,因为我们这里战乱不断,机房几经兵燹,目前的确只有这几部织机了。

威廉脸上浮出明显的失望:噢?哦。原先的那股亢奋之气陡然间没了。他朝他舅舅格森摊了摊双手。

格森的脸上掠过一丝轻蔑表情。

尚安业和达志父子俩都看见了格森脸上的轻蔑,两人的神态中立时露出了被刺疼之色。

威廉:我能参观一下你们的染房吗?

尚安业用手朝后院一指:请。

29

后院染房。白天。

刚出染锅的各种颜色艳丽、图案精美的丝织物晾满后院的绳子。

威廉的脸上重又现出亮光,他欣喜地一一看着那些绸缎。

威廉转对尚安业:我想买一点你们的染色染料和印花浆料,可以吗?

尚安业:买染印好的绸缎可以,买染料、浆料不行,我们从没有卖染料、浆料的先例。

威廉笑笑:我理解你们的规矩,你们染料、浆料的配方很神奇,应该保密。实话说,丝绸我们已经会织,而且用的是机动织机,产量很高,质量和你们手工织的不相上下。当然,你们的手工织物还另有特点,我如果买,少了运回去不赚钱,多了你们又提供不出,只好作罢了。

尚安业无奈地:也好。

30

尚家门前。白天。

格森已经上了马车。

威廉在上车前又转回身,热情地抱住尚家父子吻别。

他在和达志吻别时拍着达志的肩膀:记住,我的兄弟,要用机器!要用机动织机,要不然,你们的产量和质量都将要大大落后了!

格森在马车上傲慢地接口:他们落后是一定的了!而后转对尚家父子笑笑:你们有登过峰巅的光荣,现在该我们了!

马车启动。

尚家父子默望着驰远了的马车，许久没动身子……

31

尚安业卧室。晚上。

尚安业对儿子指了一下墙上：看看那个！

达志朝墙上看去——墙上钉着一幅绫裱旧画。

画上落款时间特写：万历十年早春。

镜头缓缓摇过画面：长长的柜台，高高的货架，五彩的绸缎，手捧金银脸露急迫和恳求的中外顾客，一群牵驴拉马驮了绸缎的中外顾客正在向画外走去……

尚安业：看清了没？

达志：看清了。

尚安业：可是今天，格森和威廉来后，却只想买点染料和浆料，你有啥感想？

达志：咱们得抓紧！

尚安业：抓紧干啥？

达志：提高质量和产量。我们的生丝质量、练丝技术和染印本领估计他们还比不了，他们如今比我们厉害的，主要是织造本领，他们用的是机器，我们还是手工，手工织不仅慢，而且有时难免有皱疵、毛茸、斑渍，有错经错纬。

尚安业：那咋办？

达志：一定要买机动丝织机！我听说汉口的机器行有卖一种机动丝织机，还听说江浙一带，已有人用机动丝织机织绸缎了。我们眼下先用现有织机提高产量，攒够了钱后，就去买机动丝织机！

尚安业点头：这主意好，你已到了执事的年纪，咱尚家的这份家业还能不能兴旺起来，还能不能让外国人看得起，就靠你了！

达志肃穆地：我懂，爹！……

32

正午。山间土路。

一支驮了新丝和染草的驴队正在行进。驮队有十几头驴，每两头驴有一个牵驴的汉子。每个汉子都背着大刀和火枪。
　　达志走在驴队前头，他和赶驴汉子们一样，浑身汗淋淋的。
　　驴蹄在土路上踢踏出很大的声响。
　　驴队的领队汉子对达志笑：咋样，你这回雇我这个驴队进山买丝没吃亏吧？
　　达志点头，脸上露出了难得一见的笑意。
　　领队汉子：走长路太闷人，咱们得哼它几句曲儿！言罢，不待达志开口，便张嘴尖声唱了：

　　　　妹儿房中绣白鹅，
　　　　忽听门外人喊我，
　　　　用手拉开门两扇，
　　　　原来是东院刘大哥。
　　　　大哥整日忙乎啥？
　　　　为啥不来俺家坐？

　　他的话音刚落，驴队尾的一个瘦小汉子接口：

　　　　不是不想跟妹坐，
　　　　实是地里活太多，
　　　　东地高粱要砍倒，
　　　　西地谷子没有割。
　　　　妹妹若是有空闲，
　　　　何不跟我去地里坐？

　　前头的汉子朝达志挤挤眼，又跟着尖声唱：

　　　　地里都是土坷垃，
　　　　俺去能在哪儿坐？

后尾的汉子接着又吼:

你就坐在俺腿上,
又颤又晃又软和……

哈哈哈……唱的和不唱的赶驴汉子都笑了。
驴也在人们的笑声中咴儿——咴儿地叫开了。
前头的汉子用手朝前一指:看,看得见南阳城了!
末尾的汉子这时高叫:少东家,进城后能不能请我们喝两口?
达志笑:放心,邓州黄酒,管够!
好!喝黄酒!赶驴的汉子们一齐甩起了鞭子,空中顿时荡开一片啪啪的响声。
驮在驴背上的丝捆在阳光里一闪一闪……

33

白天。晋金存府邸前。
一辆写有"晋"字的马车整装待发。

34

云纬卧房。白天。
云纬手拿着当初达志送她的那个木梭坐在椅上呆看着。木梭上被马车轧裂的纹路清晰可见。
晋金存身着官服匆匆走了进来:宝贝,今天是重阳节,知府大人要带吏属们到独山上赏秋,叫我也去,我没让大夫人、二夫人知道这事,只带你去,走!
云纬一边悄悄地把那只木梭装进衣袋,一边不带任何感情地:我想在家读书。
晋金存:走吧,登临独山,可赏白河秀水和沃野平畴,很有一番情趣,当年大诗人李白还登临过哩!说罢,拉起云纬就走。

35

独山山顶。日上三竿。

一个巨大的木质观景台上放了一圈桌椅，桌上摆满了菊花酒和菊花茶。

观景的官人和女眷们正陆续入座。

晋金存带着云纬出现在台上，人们的目光立刻都被云纬吸引过来。

云纬未施脂粉，只穿一袭淡色旗袍，但那股天然的清秀风韵却一下子压倒了在场的所有太太小姐。

晋金存带着云纬走到最中间的那张桌前坐下。

一个官人：晋兄真是艳福不浅，三夫人可谓美得惊人呵！

晋金存抱拳得意地：大人夸奖，大人夸奖！

一司仪模样的人这时高呼：赏秋观景开始——

咚！伴着一声鼓响，巨大的观景台开始缓缓旋转。

台上的人便在饮酒谈笑中纵目去观四周的景色：玉带似的白河、河面上的舟楫、金色的沙滩、田野中金黄色的谷地、绿色的茶树、田中拖犁行走的黄牛、带着篱笆的茅舍、山坡上怒放的山菊……

36

观景台下。白天。

十八个赤膊大汉努力推着四根横杆，使观景台得以旋转。

十八个汉子汗如雨下。

37

观景台上。白天。

一个歌女在胡琴、竹笛的伴奏下，高声唱着：

  南都信佳丽，
  武阙横西关，
  白水真人居，
  万商罗鄽闠。
  高楼对紫陌，
  甲第连青山……

晋金存这时附在云纬的耳边：怎么样，宝贝，这景色美吧？

云纬淡然点了下头，双眸凝视天边。

她的眼前忽然晃过了达志的身影。

她急忙摆了下头，达志的身影消失。

坐在晋金存身边的知府大人转对晋金存：知道了吧，晋大人，朝廷已与美、英、俄、法等十一国签了条约，为去年在北京发生的事赔了一笔巨款。

晋金存：赔多少？

知府脸色阴沉下来：还不清楚。

晋金存叹了一口气……

38

田野。一块已挖过的红薯地。午后。

栗温保和妻子草绒扛着镢头背着女儿来到了地里。

草绒把女儿放在地上，把一个拨浪鼓塞到女儿手里，让她在地上爬着玩儿，自己和丈夫抡镢刨找土地主人遗留下来的红薯。

夫妻俩过一阵总要弯下腰，把刨找着的红薯扔进带来的一个筐里。

筐里的红薯在逐渐增多。

太阳在缓慢地西斜。

这时，地头的官道上传来了马车声响。

栗温保和草绒停镢向官道上看去。

只见一溜马车在地头停下。

39

地头官道。白天。

晋金存跳下马车，对后边几辆马车上下来的官人：歇歇。

云纬在一个丫鬟的搀扶下也下了马车。

那丫鬟看见田埂上的野菊花，高兴地对云纬：三夫人，这儿也有野菊花。

云纬走了过去。

云纬和丫鬟顺埂走向地里。

他们看见了在田埂边爬着玩的温保和草绒的女儿，饶有兴致地向孩子走去。

云纬在孩子身边蹲下，把丫鬟手中的一块麻糖拿过来交到孩子手上。

那小妮子不客气地吃了起来。

云纬的脸上露出了少有的笑容。

草绒这时走了过来：谢你了，夫人！

云纬扭头看了一眼草绒：你的女儿？长得好漂亮！

突然，云纬的眼珠一定，目光落在了草绒女儿面前放拨浪鼓的木盒上。

那是晋金存当初所送聘礼中装点心的盒子。

走过来的温保这时接口：可惜她没有托生到你们那样的好人家！

他的话音刚落，正蹲在妮儿面前的云纬扭头，她的双眉一抖：是他！几乎在这同时，她的眼前晃过了当初家里遭抢的一幕。

画外响起她的心声：是他？！

温保原本是在掏着旱烟袋预备吸烟的，及至瞥见云纬的面孔时，手里的烟荷包一下子掉了。画外也跟着响起他的心声：糟糕！

云纬的牙立时咬了起来。

她立刻起身向官道上走去。

温保这时急忙附到草绒的耳边急切地：不好，她就是我和肖四去年抢过的那个盛云纬，她八成是发现了什么，快走！

草绒一惊，急忙抱女儿起身……

40

地头官道上。白天。

晋金存看见急走过来的云纬：宝贝，怎么变脸失色的！

云纬转身朝田里一指：看，那个人就是当初去我家抢聘礼的贼，你快派人去把他抓住！

晋金存哦了一声，忙对身边的两个侍卫：快去！

两个侍卫疾步向田里跑去。

41

田野里。白天。

温保看见那两个公人追来,扔了手中的筐子和镢头,伸手从草绒手上抱过女儿,两口子没命地跑了起来……

42

田间小道上。白天。

晋金存的两个随从朝栗温保夫妇高喊着:站住!

43

一条小河前。白天。

栗温保一手抱着女儿一手拉着草绒从水里蹚过。

啪——

背后响起了枪声。

草绒大口喘息着:我跑不动了,把女儿给我,你逃吧。

栗温保迟疑了一下,将女儿递给了妻子。

44

小河埂上。白天。

草绒朝栗温保的背影凄楚地叫着:往山里跑——

45

田野。白天。

啪啪的枪声。

栗温保没命狂奔的背影……

第三集

1

夜。落霞村栗温保家屋后。

两个伏在草丛中的衙役悄然站起，转身向村外走去。

2

村边的一片树林里。夜。

那两个衙役走近一乘蒙着黑布的官轿前，掀了轿帘低声地：禀晋老爷和三夫人，土匪栗温保一直没回家，家里只有他的妻子和女儿。

轿内坐着的云纬：这个狗东西倒精！

轿外的一个衙役：晋老爷，要不要先把他的老婆逮了？

轿内的晋金存：那是钓饵，不要惊动，留下人监视，其余的回家！

轿外衙役：是。

官轿吱呀一声被抬离了地面。

3

轿内。夜。

晋金存抓过云纬的一只手：跑不了他的，宝贝！

云纬咬着牙：真想立刻抓住他！

晋金存带了点笑：真要抓住他了，你打算咋着办他？

云纬：我要扇他的脸，边扇边问他为啥抢劫害人！要不是他们把那些聘礼抢走，我也不会……云纬话到此处突然住口。

晋金存笑着：不会同意嫁给我？这么说，我还要感谢他哩！

云纬恨恨地：你?!

晋金存放声笑了，他的笑声在这黑夜里显得很突兀，让人身上发冷：放心，不论是为公还是为私，我都要抓住他！为公，他是土匪，我有消除匪害的义务；为私，他抢劫了你家，我要为你报仇！……

4

尚吉利大机房西厢织房。黄昏。

织女们都已停机去吃饭了,独有达志在一台一台地保养织机,检查部件,给传动部位注油。

达志妈探头进来:志儿,饭要凉了。

达志应了一声:就来。

达志给最后一部织机注好了油,并上机踏动了几下,才下机向门外走。

5

尚吉利大机房前院。月光明澈。

靠近那块刻有奇怪图案的石头的地方,放有一张小饭桌,尚家三口人正坐在小桌前吃着简单的饭食:苞谷糁红薯稀饭、苞谷面窝头、生拌辣椒丝。

达志显然是饿了,吃得又急又快。

先吃完饭的尚安业点燃一锅水烟,黯然看着那块石头上刻的那个图案:

达志放下碗,注意到爹在看那个图案,便轻声地:爹,老辈人刻这图案是啥用意?

达志妈没有理会父子俩的对话,起身收拾了碗筷进屋。

尚安业摇摇头:你爷爷也没有给我说清楚。

达志猜测地:会不会刻的是绸缎上的经纬线,是丝织机房的一种招牌。

尚安业:别的机房都没有这个。

达志:那会不会是刻的咱南阳城的街道?这横一道是不是吉庆街,那竖一道像不像辰堂街?

尚安业:说到辰堂街,刚好有桩事要告诉你,辰堂街尾谭家的姑娘顺儿给你定下了,媒人已互送了八字。

达志吃惊地:啥?顺儿的一只脚不是得过麻痹症,走路都一拐一拐的？

尚安业：上次盛家那事一出，我就和你妈商议，再给你说亲，女方模样儿说得过去就行，不能太漂亮了，太漂亮了易生是非。

达志生气地：爹，我这辈子不娶亲了，打单身！

尚安业瞪了一眼儿子：甭说傻话，你不成亲，咱尚吉利大机房日后谁来承继？那顺儿姑娘只是一只脚有点小毛病，其他方面都挺好，而且在家也会织布，到咱家里，学几天就能上机织绸。

达志颓然地：爹，这辈子让我一个人过吧。

尚安业没理会儿子：我这次想说办就办，不张扬不铺排，喜日就定在后天，咱不请响器不发喜帖……

达志不想再听下去，用双手抱住头，同时把耳朵捂住。

尚安业看了一眼儿子，起身进屋。

达志慢慢抬起脸，月亮似乎又亮了许多，面前石头上的图案▓显得更加清楚。

他凝眸在图案上，只见那图案中间渐渐出现了两个人影，一个是风情万种的云纬，正沿着一道竖纹袅袅娜娜地向他走来，近了，近了，但突然间，她在一个十字路口拐向了另一道横纹；另一个是跛脚的姑娘，她原本沿着另一道横纹向远处走，但突然间，她在一个十字路口陡地转身，沿一条竖纹向自己走来，近了，近了……

不！达志猛叫了一声，站起身。

幻象一下子消失。

院里除了满地月光，便是静寂……

6

白天。尚家前院。

一顶小轿径直抬进院里。

没有喜乐，没有贺客，没有围观的人群。

从轿中走出了瘦小的顺儿姑娘，她一脸的胆怯。

一个尚家的女侍上前扶住。

达志在他妈的推拉下勉强走到轿前迎接。

达志和顺儿在媒婆四嫂的指导下举行着拜祖宗、拜父母和夫妻互拜的简单仪式……

7

夜晚。达志和顺儿的新房。

一盏油灯在床前的木桌上晃动出一团黄光。

顺儿背灯静静地坐在床沿。

达志坐在墙角的一张椅上双手托着脸不动。

达志妈把一个包着棉套的铁壶往地上一放：这是温水。说罢，看了一眼儿子和儿媳，慢慢出门去。

老人满是不安地又看了一眼儿子，方轻轻掩上了门。

8

新房门外。夜。

达志妈侧耳倾听着室内的动静。

没有任何响声传出。

她摇了摇头，无声地叹口气，走开了。

9

室内。夜深了。

达志和顺儿仍如原状地坐着。

达志双眼望定灯光照不着的墙角，眸子僵了似的一动不动。

墙角慢慢出现他日夜思念的云纬，云纬一脸灿烂的笑容袅娜地向他走来。

你，歇了吧。一句怯怯的话将达志眼前的幻影赶走了。

达志扭过脸，看见顺儿已把被子在床上抻开。

顺儿跛着脚走到达志妈刚才放下的那把水壶前，提壶向铜脸盆里倒水。

达志不愿再看顺儿跛着脚走路的姿势，垂下头，用手捂住了脸。

顺儿端着半盆温水，手拿着一条擦脚方巾向达志身边走来，怯怯地：你烫烫脚吧。

达志闻声抬头，略有些意外地：我不——

他话未说完，顺儿已扑通双膝跪地，把脸盆放在了他的脚前。

达志被惊在那儿，一时说不出话来。

顺儿这时已麻利地抱起了他的一只脚，轻柔地帮他脱下了鞋袜。

达志的光脚在顺儿的手中挣了一下，便被顺儿浸在了温暖的水里。

达志不再动，看着顺儿把他的另一只脚也泡在了水里。

顺儿的两只小手在盆里轮流搓着达志两只脚上的灰。

顺儿拿起擦脚巾把达志的两只脚擦干，套上鞋。

顺儿起身，端着水盆去开门倒水。

达志默然看了一眼顺儿的背影，起身向床走去。

他很快地脱了外衣撩开被子躺下去。

他侧身向里闭了眼。

10

新房门口。夜。

提了盆回来的顺儿，看了一眼已经上床躺下的达志，轻轻插上门闩。

她从壶里倒了些温水到另一个盆里，洗了洗手脸。

她走到床边。

她在床边犹豫了一霎，俯首吹熄了床头柜上的油灯。

借着窗外的月光可以模模糊糊看见，她脱了衣服，怯怯地掀开被子，钻进了被筒。

她的手抬了抬，似乎想朝达志的身上放去，但最终没有。

她睁大两眼看着达志那穿了内衣的脊背，看着那脊背随着呼吸一起一伏，分明期待着什么。

传来了达志的鼾声。

她的眼中闪过了一丝失望。

她也闭上了眼睛……

11

早晨。达志新房门外。

尚安业捧着水烟袋在来回踱步。

新房门开了，达志走出来。

尚安业轻咳了一声。

达志看见父亲：爹，我这就拿书去晨读。

尚安业摇摇头：不必了，你已经娶妻成家，成人了，今后该读啥学啥，你自己来操心就行，我不会再来管你。从今日起，咱尚吉利大机房的一应事务，都由你来安排，走，我把账柜和钱柜上的钥匙交给你！

达志迟疑了一下，点点头。

12

尚安业夫妇卧室。早晨。

达志妈正在叠几件浆洗好的衣裳。

尚安业朝妻子挥手：你出去，我和达志有一些事要讲！

达志妈闻言起身走出去。

尚安业上前插死了门闩。

尚安业转身对达志肃穆地：记住，凡是说到账目、银钱上的事，绝不能让女人家在场，你亲娘和老婆也不行！女人口松，有时无意之中会把家底露出去，这是一。她们有娘家，小心她们为了娘家人坏了咱尚家的事，这是二。你可以给她们一点零钱让她们保管，但家业的真实底细，永远不能让她们知道，这是三。

达志点头：嗯。

尚安业从床头拉过一个笨重的木柜，慢悠悠打开柜上的大铜锁，拉开了柜门。

柜里的一摞账本和一堆碎银，立时映在达志眼里。

尚安业：看见了吗？这个账和钱柜！

达志应着：看见了。同时伸手去里边拿了一个账本翻着。

尚安业然后压低了声音：这个账和钱柜是假的！

达志的双眸一跳：哦？

尚安业：对！这是对付盗贼和官府用的！窃贼们盯住的，是我们的钱；官府常查的，是我们的账。万一贼破了门，让他们偷去柜里的银钱；官府要查账，就让他们查这里边的账，明白吗？

达志惊异地听着。

尚安业：真正的钱柜和账柜在这里。边说边走到另一个墙角，搬过一张桌子，用一把铁铲去扒桌下的土。

达志惊在那儿。

尚安业从土里扒出一口黄釉缸来，揭开木盖，从里边拎出一个精致的黑漆小木柜。

达志意外地看着。

尚安业指着那个小木柜：咱家的家底都在这里！

达志眼里满是新奇。

尚安业从贴身衣兜里摸出一个小小的黄铜钥匙，放在手心里默然看了一会儿，然后向儿子手中递去。

达志抬手去接。

尚安业却又把手缩了回来，沉了声：你不会忘记你过去每天晨读完向祖宗们发的誓吧？

达志也肃穆了脸：不会！

尚安业：你要背弃了誓言，祖宗们的魂灵是不会饶你的！

达志的眼睛眨了一下，眸子间晃过一丝不安。

尚安业：我对你不放心的还有两点！

达志有些愕然：哦？

尚安业：一是我担心你不会使用数字！数字是我们干丝织业的人必须会使用的东西，经丝、纬丝的根数不同，出货的质量、幅宽不同；染料搭配的数字比例不同，染出的颜色不同。一句话，一切都需要用数字来计算来衡量，你必须时时记住熟练使用数字！

达志：我记住了。

尚安业：那我问你，单位从个、十、百、千、万到亿，亿之后是啥子单位？

达志：兆。

尚安业：兆之后呢？

达志：是京。

尚安业：之后呢？

达志：是垓。

尚安业：之后呢？

达志：是——

尚安业：是什么？

达志嗫嚅着，没答上来。

尚安业：回答我！

达志默想了一阵：是正。

尚安业点点头：嗯，记住了还要善于使用，我们要计算丝这种极细的东西，免不了要用到大单位；再说，随着我们家业的增值，也许有一天要频繁地用到这些大单位！当然"京"之后的单位我们一般用不上，可用不上也要懂！

达志：明白了！

尚安业：还有一点对你不放心的，就是女人！

达志一愣：女人？

尚安业：对！

达志有些发窘，低下了头。

尚安业：这世界上，对男人吸引力最大，可以使男人忘掉自己的目标和志向的一个可怕东西，便是漂亮女人！历朝历代，多少个原本可以创一番大业的男人，因为恋上女人，而毁掉了！

达志抬头飞快地看了一眼父亲，又低下了头。

尚安业：只有很少的男人能顶得住女人的吸引。我们织出的绸缎相当一部分要卖给富家女人，我们的织工全是女的，你接触女人的机会很多！

达志涨红了脸：爹！

尚安业：我现在说得难听一点，是为了给你提个醒！

达志微弱地：我再不会去爱别的女人了！

尚安业拉过儿子的手，把那个黄铜小钥匙，郑重地放进了儿子的手心里……

13

清晨。晋金存府邸。

云纬正在对镜梳妆。

晋金存正悠然吸着水烟。

一个带刀的衙役这时匆匆走进来报告：刚刚发现那个当初抢劫三夫人家的土匪栗温保回到了自己的家。

晋金存把烟袋朝桌上一磕：抓！

那衙役：是！返身疾步走了。

晋金存：备轿！

外边传来一声：是！

晋金存疾步走出门去。

云纬坐在梳妆台前呆了一会儿，也起身向门外走去……

14

落霞村。白天。

栗温保家的房子已经被烧成废墟，有几簇火苗还在废墟上跳动。

栗温保的老婆草绒正抱着女儿坐在废墟前低泣。

晋金存和他的一帮带刀衙役站在一旁，冷冷地看着废墟。

村人们都站在远处，向这边不安地张望。

一条尚存的狗正退向远处朝这边吠。

一乘小轿径抬到了晋金存身边。

小轿落地，云纬从里边走了出来。

晋金存对云纬：××，又让姓栗的跑了，他临跑还打伤了我的一个人。

云纬看着栗温保家被烧没的房屋：这房子——

晋金存恶狠狠地：我让烧的！奶奶的，和尚跑了，毁他的庙！

云纬转眼望着哀哀低泣的草绒，画外随即响起她低微的心声：哭吧！你也该哭几声了！当初要不是你男人抢劫，我也不会过今天这人不人鬼不鬼的日子……

晋金存转身对一个衙役：男人跑了，就要他的女人顶罪！去，告诉那女人，从今天起，她就是晋家的一个女佣！

那衙役几步跑到草绒身边，厉声说着什么。

草绒听罢一惊，不过她不敢分辨什么，只是擦了一把眼泪，抱着孩子起了身。

云纬没再说话，转身进了刚才送自己来的那乘便轿。

小轿抬起时，晋金存对着草绒恶狠狠地：跟着她的轿走！

草绒不敢说话，哽咽着随了轿走……

15

晚。晋金存府邸。

云纬正坐在灯下看书。

晋金存哼着小曲走进来。

云纬假装沉迷在书中，没有看他。

晋金存：嘿，宝贝，看什么书迷成这样？说着，扯掉云纬手中的书，将它扔到了一边。

云纬不高兴地：我还想再看几页。

晋金存：别看了，来，给我舔舔背！我最喜欢你用舌头来舔我的脊背，那可真是一种最美的享受！说着，三两下脱掉上衣，爬到了床上。

云纬的眼中立时闪过一股恨意，她坐着没动。

晋金存扭头：快呀！

云纬悻悻地站起身，走到床边：我用手给你按摩按摩后背，行吧？话音里分明隐忍着一股怒气。

晋金存：不，不，手没有舌头好，你不知道你的舌头一舔，我有多么舒服！

云纬没有办法，只能俯下身去，伸出舌头去舔他的后背，但只舔了一口，就厌恶得想要呕吐。

晋金存：怎么又停了？

云纬恨恨地猛然张大了嘴，那模样分明是要一口咬下去的，但最后，她还是伸出舌头舔起了他的脊背。

晋金存舒服地哼哼着。

云纬仇恨屈辱而无奈的神情。

晋金存慢慢响起了鼾声。

云纬终于可以停下舔的动作。

16

屋外。夜。

云纬在一口连一口地用碗里的水漱嘴。

正在附近收衣服的草绒听见动静，急忙走过来关切地：怎么了，夫人？是吃了——

云纬憋在心中的委屈和气愤突然有了发泄的对象，她一下子把手中的碗朝草绒扔了过去：滚！滚！滚！

那碗砸到草绒的手上，借着屋里漏出的灯光可以看清，鲜血从草绒的手背上涌了出来。

草绒无比委屈，流下了眼泪。

云纬压低了声音吼道：哭！哭？！要不是你男人作孽，我怎么会……话及此处，她也捂脸发出了呜咽声。

两个女人的呜咽声都抑得很低……

17

白天，雪花纷扬。世景街上。

一座写有"昌和银号"招牌的店铺。

达志穿着棉袄走进了昌和银号的大门。

18

昌和银号里。白天。

柜内的一个伙计看见达志：哟，尚少东家来了！

达志点头，哈着气从棉袄里掏出一包东西朝柜上的伙计递去：这是碎银，我想兑一个元宝和四个中锭。

伙计：好嘞，我过一下秤！

达志一边点头一边扭头警觉地看了一下店堂门外。

银号伙计这时把一个元宝和四个中锭放在了柜台上：少东家，整整九十两，请收好！上次欠敝号的那三钱银子——

达志急忙道歉：哟，我今儿个忘了，明儿个亲自送来！说着，把那个元宝和中锭用布包好，塞进了怀里。

19

白天。大街上。雪花飘荡的大街上空无人影。

达志满眼警觉地走着，不时打量着前后左右。

忽然间，他发现身后不远处闪出一个浑身是雪的人，那人向他疾步走来。

达志一惊，画外同时响起他的心声：被盯上了？

达志加快了脚步。

那人也分明加快了步子。

达志大步跑了起来，一直跑进自家院门。

他在门后大口喘息，蓦地，他听到了人的脚步声，急忙拿起一根棍子，隐身门后。

那脚步声竟离门口越来越近。

达志扬起了棍子。

那浑身是雪披了蓑衣的人迈步进门。

达志意外地：爹，是你？

尚安业边解着身上的蓑衣边把臂弯里挟的一根短棍靠在了门后：我怕你出事，在后边跟着。

达志：你也不预先和我说一声，我还以为是坏人哩。

尚安业白了儿子一眼：以后再兑换银钱，记着要沉住气，刚才跑啥子？

达志不好意思地笑笑。

20

尚安业和妻子卧室。白天。

尚安业朝儿子使了个插门的眼色。

达志上前插了房门。

尚安业：放进去吧。

达志从门后拿过一个短镢，把家里的那个钱柜从地下挖出来。

达志打开钱柜，把怀里刚兑来的那个元宝和四个中锭小心地放了进去。

达志看着柜里的白银笑着：爹，今天兑来的加上你攒下的，足够买一台机动丝织机了，要不是下雪，我真想现在就去汉口买一台。

尚安业：那倒不必着急，银子也就刚够买一台机动织机，这来回的盘缠和雇车费呢？趁过年前后再抓紧织一批绸缎出来，多挣些钱再——

他爹！门外忽然传来达志妈的一声喊。

尚安业嗯了一声，走过去开门，却只拉了个缝，并不放妻子进来：有事？一只手在背后示意达志把柜子放进土里。

门外的达志妈：刚才你爷俩不在家时，晋府的仆人送来个帖子。说罢，把一个红帖子递到丈夫手上。

尚安业重又关上门，撕开帖封，把帖子抽出来，只看了一眼，脸倏然就阴了。

达志注意到父亲的神色有变：啥事？

尚安业：晋金存要过五十大寿，请我去赴寿宴。说着，把帖子递给儿子。

达志愤愤地：这不是在变着法子要钱？

尚安业叹了口气：这是明摆着的，依你看该咋办呢？你如今已是机房的掌柜，我要先听听你的想法！

达志很干脆地：不去！

尚安业耷下眼皮：再想想！

达志见父亲认为不妥，只得改口：那就二两官银。

尚安业仍然没抬眼皮：再想想！

达志心疼地叫起来：还少？难道要送他一个中锭？

尚安业抬起沉郁的双眼：对，一个中锭！通判老爷的胃口，不是你二两银子就能打发的，送少了和不送一个样会惹他记恨。

达志：这是敲诈！

尚安业缓缓地：明知他在敲你，也要认了，这叫忍，不会忍者不能成大事！你当掌柜以后，遇事要三思而行，我帮不了你几天了！

达志咬咬牙，痛惜至极地重又打开柜子，把一个中锭慢慢捧了出来……

21

晋金存府邸。早晨。

到处张贴着大红的寿字，一派喜庆气象。

殷总管站在后院高声地：各房夫人、大小人等，早饭前去同济堂给老爷祝寿，早饭后老爷只受外客贺拜！

一些房门相继打开。

22

云纬的住处。门上挂着一个写有"寿"字的红纸牌。早晨。

云纬拉门走了出来。

她停步盯住纸牌上的"寿"字,目光冷然,一霎之后,只见她突然伸手扯断了系纸牌的纸绳,纸牌呼地落地,一下子跌破。

她的一只脚狠狠向那个"寿"字踩去。

不远处的一个男仆和住在隔壁仆人房中的草绒闻声跑过来问:咋回事?

云纬悄悄抬起脚沉了声:系纸牌的绳儿怎能这样细?风一吹就断,还不快去换个新的?

两人唯唯而去。

云纬又用力在那"寿"字上踩了一脚,这才移步向同济堂走去。

23

前院同济堂。早晨。

屋子前廊上挂满了祝寿的寿联、灯笼、字画,摆满了寿桃、寿糕和纸糊的松鹤。

云纬径直走到屋内。

24

屋内。早晨。

坐在堂上黑漆太师椅上的晋金存满面笑容,正接受着大夫人、二夫人和子女们的祝贺。

云纬也上前鞠躬:恭祝老爷福寿无疆!

晋金寿笑了一声:好,好。

云纬走到一侧站下,冷眼去看其他的人向晋金存贺寿鞠躬。

殷总管走到晋金存面前:老爷,前廊上的布置你是不是再看一下?

晋金存点头起身。

25

同济堂前廊。早晨。

晋金存在殷总管的陪同下看那些祝寿的物品。

晋金存在一副写有"瑶台牒注长生字,蓬岛春开富贵花"的红漆木板寿联前停步：用两匹红绸结成大花披在这木板上边，再用几匹绸缎铺在那些物品的下边，不是显得更好看？

殷总管急忙趋前解释：府里刚好没有绸缎了。

晋金存有些扫兴：府里没绸缎就没办法了？不会先到尚家机房去借几匹？

殷总管慌忙点头：是，我这就差人去！说罢，转身朝两个仆人叫：王五、小东，速去尚吉利大机房，借十匹绸缎来！

两个仆人应了一声刚要走，站在近处的云纬突然开口：老爷，我跟上去吧，万一这些下人说不清用途，我还可以说个明白。

晋金存闻声：好好，那就有劳你了！

26

尚吉利大机房门前大街。白天。

云纬坐在一乘轿里，隔着轿帘冷眼向尚吉利临街的店堂门口看去——

王五、小东两个仆人正在向尚安业、尚达志说着什么。

尚家父子都苦着脸。

画外响起云纬冷冷的心声：心疼了是吧？疼吧，该你们疼疼了，难道就该你们活得舒服？

尚家父子向晋家两个仆人哀求着什么。

晋家两个仆人指手画脚一副逼迫的模样。

尚安业忍着心疼朝达志挥了挥手。

达志极不情愿地进屋抱了一抱绸缎出来，交到王五手上，交过后，又痛惜不已地伸手摸了一下。

画外云纬的心声：狗东西，在你们眼里，只有绸缎重要！

云纬放下轿帘，往座背上一靠，长长地出了一口气……

27

夜。尚家后院染房。

达志正刷洗着染缸。

尚安业走过来：刷完了早点歇吧。

达志：买机动织机的事还得推推，盘缠和雇车费又差得远了。

尚安业叹口气：那就再等等吧。

达志气愤地：娘的，要不是晋家硬讹走那个中锭和那十匹绸缎，如今就可以启程了！

尚安业：忍下这口气吧。

咔、咔、咔……前院突然传来织机的响声。

达志有些意外：谁这会儿又织开了？

尚安业：不是你娘就是顺儿。

父子两个边说边向前院走去。

28

西厢织房。夜。

尚安业推开门探进头来。

顺儿在烛光下织绸。

尚安业咳了一声：顺儿，天这么晚了，明儿再织吧。

顺儿闻声抬脸，见是公爹，慌忙起身，垂了眼：不瞌睡，多织一尺是一尺。

尚安业没再说什么。

顺儿又坐下蹬起机来。

咔、咔、咔……

29

尚家院中。夜。

尚安业、尚达志父子向正房走。

尚安业感叹地：这顺儿不错！

达志没有出声。

尚安业注意地看了一眼儿子：嗯？

达志含混地：嗯。

尚安业：咱们家该有个孩子了，一家子都是大人太冷清。

达志没有出声，只是抬脸看着夜空。

尚安业：早有孩子早教他丝织学问，好早些掌事！

达志依旧无语。

尚安业扭头看了一眼默不作声的儿子，向自己的卧室走去。

达志也进了自己的睡房。

30

达志睡屋。夜。

他点亮灯，拿过一本整经的书，半倚在床头去看。

达志妈这时推门进来。

达志起身：妈还没睡？

达志妈扫了一眼床上顺儿已经抻好的两个被筒和分摆在床的两头的枕头：你爹催我来给你说桩事。

达志：啥？

达志妈：年底生的孩子都有福气！

达志一时没有听懂：啥年底生的孩子？

达志妈没好气地瞪了一眼儿子：还不明白呀？你要是这个月让顺儿怀上了，她不是赶到年底就生了？

达志一听这个，气恼地把书扔到床上，好了，好了！

达志妈的声音含着酸悲：你甭给我使厉害，你以为我不懂你的心？可事情已经是这样了，云纬也已经是别家的人了，还能怎么样？咱尚家总得有后呀！要不，这机房日后谁掌柜？

达志捶了一拳床帮：行了，行了！

达志妈抹了下眼角的泪，走了。

达志不再看书，只把身子扔在床上，瞪着眼睛望着房梁。

咔、咔、咔……织房里顺儿织绸的声音一下一下传过来。

达志就那样一动不动地仰躺在床上。

良久，他粗粗地出了一口气，三两下脱了自己的衣服，钻进了靠床帮的那个被筒。

织房里的织机声停了，随即顺儿那一轻一重的脚步声离睡屋越来越近。

顺儿推门进屋，轻步走到床边，脱衣上床。

顺儿刚要去床那头钻进自己的被筒时，一直闭眼躺在那儿的达志这时睁开眼：爹妈要我俩生个孩子！

这话来得太突然，顺儿一时被惊住，就那么呆呆地抱着膀子蹲在床头，一霎之后才反应过来，垂下眼低低地：那，生吧。

达志这时就伸手把蹲在床那头的顺儿扯了过来。

顺儿缩成一团。

达志去扯顺儿的胸衣时，她的两只手先是因为害羞而慌慌地捂了两下，但随即似乎怕惹恼了达志，又急忙缩回手，把眼睛紧紧闭了。

达志直直地盯住顺儿那枯萎了的左脚和干瘦的小腿。

顺儿显然感觉到了他的目光，左脚小心地找到被角，慢慢伸了进去。

达志长长地出了一口气，把顺儿塞进了自己的身下。

他噗的一声，吹熄了灯……

31

白天，尚家临街店堂。

达志正在把一匹匹绸缎放到货架上。

门外传来一声喊：达志。

达志扭头：哟，是雅娴嫂子，有事？

雅娴：你过来一下。

32

卓远家院子。白天。

那面"扑入书海"的影壁墙前。

雅娴：叫你过来是想让你去劝劝你卓远哥。

达志诧异地：卓远哥咋了？

雅娴：已经三顿不吃饭了。

达志吃惊地：为啥？

雅娴：自打听说朝廷同外国签约赔款的事后，他就一直在气，昨儿个又听说要往各省摊派这笔赔款，便——

达志茫然地：赔什么款？

雅娴：你还不知道哇，朝廷已与英美等十一国签了条约，赔他们四亿五千万两银子，三十九年还清，年息四厘，本息共九亿八千二百万两！

达志惊骇地：赔这么多？说罢，匆匆向卓远家内屋走去。

33

卓远书房。白天。

卓远正半躺在一个竹椅上，手里攥了一本书，却没看，两只眼闭着。

达志走上前：卓远哥。

卓远没睁眼，只抬手示意达志坐下。

达志在卓远的椅前蹲下，低声地：你先吃点饭吧。

卓远沉郁地：原本就民生凋敝，若再摊派下来……

雅娴：天塌下来有这么多人顶哩，要你一个人操心？你就是活活饿死，能有啥用——

卓远这时睁开眼，气恼地：你还有完没完？

雅娴的眼里有泪花在转：你不是有个眩晕病嘛，我要不是担心——

走开！卓远低吼了一句，又闭上了眼。

达志对雅娴轻声地：嫂子，你先去忙别的。

达志转而望着卓远那张清癯的脸，渐渐地，他发现有两滴泪珠滚出卓远紧闭的眼角。

达志无言地撩起衣角，去揩卓远的脸颊。

卓远没动，眼没睁，更没开口。

达志焦急地：卓远哥，朝廷也该想个法子呀！

卓远依旧没吭、没动、没睁眼睛，只是让两滴泪水流出了眼角。

达志又伸手去揩，可刚揩去，便又有两滴流了出来。

渐渐地，达志自己的脸上，也有了泪珠在动……

34

晋金存府邸，云纬卧室。夜。

云纬正在看那个裂了纹的木梭。

晋金存走了进来。

云纬急忙收起木梭。

晋金存一边脱着身上的官服一边笑看向云纬：宝贝，猜猜我今儿个在干啥。

云纬带了应付的笑意：是到知府衙门会商公事？

晋金存摇了摇头：再猜！

云纬：是到街市上私访？

晋金存依旧摇着头。

云纬显然没有同他逗下去的心绪：那我就猜不着了，告诉我吧，老爷今日又做了什么大事？

晋金存：杀人！

云纬的眉毛一跳：哦？

晋金存伸手把云纬揽坐在自己腿上：杀了两个，一个是义和团的漏网头目，那小子经杀，行刑的砍了三刀头才掉；另一个是谋反大清的畜生，这小子软蛋，刀还没落，人就咽气了！

云纬脸上露出厌恶之色。

晋金存：干这种事总让人快活不起来，怎么样，咱们来玩一阵游戏？

一丝恼怒从云纬的眼中闪过：又要我舔——？

晋金存呵呵笑了：让我享受享受呵！

云纬不快地：我今天累了。

晋金存眼中也晃过了不快：既然你不愿玩，我只好去找大房、二房了！

云纬显然被这话刺了一下。

晋金存站起身来。

云纬咽了一口唾沫，同时也把恼怒压了下去，她努力笑了一下：我累是累，不过我没说不陪老爷玩哪！

晋金存笑了，他三两下脱了上衣，爬到了床上。

云纬咬紧了牙关向床前走去……

35

夜。云纬卧室门外。

云纬又像上次一样，手中端只水碗在不停地漱口。

她朝近处正洗衣服的草绒：再给我端一碗水来。

忙着的草绒没听到她的叫声。

心中积满了火的云纬噔噔噔几步过去，照着草绒就是一巴掌。

草绒被打蒙在那儿：干吗打人？

云纬气势汹汹地：你的耳朵哪儿去了？叫你为啥不答应？

草绒委屈地：我没听见你叫呀，三夫人，你不能心里有了气，总朝俺们下人身上发呀！

云纬又扬手给了草绒一巴掌：我叫你嘴硬！

草绒捂脸呜呜哭起来。

云纬转身向自己的住屋走去，但走了几步，又停步转身，慢步走到草绒身边。

云纬显然明白自己不该打草绒，脸上出现了歉疚之意。

她掏出一方白手绢，塞到了草绒手里，示意她擦擦眼泪。

草绒却哭得更伤心了。

36

夜。晋府院中。

草绒一边抽泣着，一边把洗净拧干的衣服晾在晾衣绳上。

突然，一颗小石子吧嗒一声落到了她的脚前。

她扭头看了一下，没有在意。

她又继续晾着衣服。

又一颗石子吧嗒落到了她的脚前。

她留意了，但看了一眼四周，没有发现别人。

她有些诧异地重又去晾着衣服。

吧嗒。又一响。

这次她看清了，原来那小石头是趴在附近院墙上的一个人朝她扔过来的，她刚要张嘴惊叫，又急忙把嘴捂住。

趴在墙头上的人原来是栗温保。

草绒急忙环视了一下四周，见无别人注意，才又惊又喜又怕地疾步向院墙根跑去。

栗温保这时已敏捷地翻过院墙，几近无声地落到了地上。

草绒一下子扑进丈夫怀里：噢，是你！温保，是你！她双手死死抱住丈夫的腰，嘴里呜咽着：哦，可见到你了，见到你了，你还知道来看俺们母女？

栗温保轻拍着妻子的后背：小声点，小声点。待草绒的激动劲稍稍平静下来，才又问：女儿枝子好吗？

草绒低低地：好，她已经能满地跑了，也能叫爹，叫娘了。

温保关切地：你呢？他们欺负你吗？

草绒显然不想让丈夫替自己担心，压低了声音：没，待我还好。直到这时她才注意到，丈夫身上背着一把砍刀和一支短把火枪：你跑到了哪里？在干啥？

温保轻声地：在伏牛山里，我和肖四拉起了一帮人，俺们杀富济贫，常同官军打仗，早晚有一天，老子要来把晋金存抓住杀掉！

草绒抱住丈夫的脖子：你可要小心，整天舞刀弄枪的，可别有个闪失！要我说，你找个偏僻山坳开两亩地，平平安安过日子多好！

温保：晋金存和盛云纬不会让我平安的！奶奶的，我要用刀枪让这个世道变变，我要让你们娘俩过上好日子——

远处传来殷总管的声音：明早老爷要出门，记住把马喂好！

草绒一惊，忙推开丈夫：你快走！

栗温保嗖地翻上了墙头。

草绒忙反身往回走。

不远处突然传来一声喊：谁在爬墙？！

温保在墙上呼地朝那边跳了下去。

有贼！有人高叫起来。

传来了殷总管的喊叫：快，抓贼——

人们杂乱的奔跑声⋯⋯

37

晋府。夜。

云纬闻声匆匆走出了屋子。

38

晋府下房门口。

草绒惊恐的面孔⋯⋯

第四集

1

晋金存府邸。夜。

几个衙役气喘吁吁地跑到殷总管面前,其中一人报告:没追上,天黑,也看不清他钻到了哪里。

殷总管:看看院里丢没丢什么贵重东西。说罢,向栗温保刚才翻墙的地方走去察看。

草绒还在下房门前晾衣服。

殷总管朝草绒走过来:你刚才一直在这儿?

草绒:是的。

殷总管:没看见有人翻过院墙?

草绒平静地:没有呀!

殷总管:也许那贼正是见有人在这儿,才没有跳进院里。他朝几个衙役挥挥手:罢了,回去歇着吧。

草绒见人们走远,才手捂住胸口舒一口气。

2

尚吉利大机房。达志卧室。白天。

达志正在打着算盘计算着什么。

尚安业踱进来:怎么样,够了吧?

达志见爹进来,急忙站起高兴地:买两台织机和来回路上所需的银两都已齐了,我想十九日动身去汉口机器行。

尚安业:雇好运机器的马车和护车的人了?

达志:差不多都说好了,我后晌再同他们见一面。

当!院里这时突然响了一下敲铜盆的声音。

跟着是顺儿在喊:吃饭了。

3

尚吉利大机房。前院。白天。

顺儿正腆着肚子把那截敲铜盆的铁棍放进铜盆里。

4

达志卧室。白天。

尚安业满意地点点头,随后才又交代:顺儿身子重了,记住让她多歇歇,别叫她再上机织绸了。

达志:知道了。

这当儿,院中又传来顺儿的一声喊:爹,有公人找你!

尚安业应了一声,走出门去。

5

尚家前院。白天。

一个公人打扮的男子对尚安业:小的奉通判晋老爷的指令,来通知尚老先生这就去汉酿酒楼议事。

尚安业意外地:找我议事?

公人:对。

尚安业:我能议什么公事?

公人:小的不知道,小的只知道同时通知的还有兴祥皮毛行、振通蛋品坊等厂坊、商号的掌柜。

尚安业:哦,那可能是商议关于防火的事。

公人:小的告辞了。

尚安业抱拳:尚某马上过去。

6

晋金存府邸。同济堂。白天。

晋金存正在一个仆人的帮助下换穿官服。

云纬在一个丫鬟的陪伴下由门前走过。

晋金存看见云纬,笑着叫住她:嗨,老三。

云纬:你这是要外出?

晋金存:愿不愿跟我去汉酿酒楼一趟?

云纬:我又不会喝酒,免了吧。

晋金存：今天去汉酿酒楼可不是为了喝酒。

云纬：那是干啥？

晋金存：要钱，向各家厂坊、商号的老板要钱！

云纬诧异地：凭什么？

晋金存：知道八国联军前年入北京的事吧？人家逼着朝廷签了赔款的条约，前不久，各省摊派款银，咱们河南一年摊九十万两。省里又分下来，咱南阳府一年要摊分十五万两。为缴这些银两，除了食盐加价房地契税加收，还要给各县和厂坊、商号摊派一部分，我去酒楼就是——

云纬有些惊异：十五万两银子收起来都要交给外国人？

晋金存这时已穿好了衣服：那当然！这可是不敢耽误的事，倘是筹不齐，朝廷和外国人都要发火！好了，你既然不愿去，我可是要走了！

云纬愣愣地看着晋金存出门。

晋金存从门口过时摸了一下云纬的脸蛋：宝贝，去玩你的吧！

7

汉酿酒楼。白天。

一副对联挂在酒楼大门两边：甘不伤其口，醉不病其身。

尚安业迟迟疑疑地走进酒楼门厅。

酒楼的一个伙计在门口拱手相让：尚老先生，请！

尚安业点头，挺腰向装饰得富丽堂皇的酒楼大厅里走。

8

酒楼大厅。白天。

一字排开的几张酒桌上都已坐满了人。

尚安业拱手向相熟的人施礼。

尚安业在一个伙计的引领下在一个酒桌前坐下。

一个和尚安业年岁差不多的男子朝尚安业探过头来：尚掌柜，这会儿叫咱们来究竟是商议何事？

尚安业摊了摊手：我也在这里猜哪。

那男子：但愿所议之事不关赋税，我的手头可是正紧着哩！

尚安业也急忙点头：但愿，但愿！

酒楼伙计们开始给各桌客人上酒。

一个酒楼伙计这时用精致的托盘端了四碗酒送到了尚安业面前：尚先生，你老要哪一种？自左至右，酝、醴、旬、醪，汉酿名酒，请你自便！

尚安业的鼻翼不由自主地翕动了一下，一口唾液咽了下去。画外立时响起了他的心声：这样的好酒，价钱想是不低。罢罢。他摇了摇头：谢谢。

那送酒的伙计有些诧异：咋，先生不要？

旁边的一个男子这时笑叫：快喝吧，尚老板，这酒不喝白不喝，今日晋金存晋老爷吩咐，每人赏酒一碗，酒钱由他出！

尚安业哦了一声。画外心声又起：刚才不该拒绝的！既是有人出钱，何不尝尝这汉代佳酿？不过，眼下不能再伸手了……

他再次朝那送酒的伙计摆了摆手，可待那伙计刚一转身离开，他就馋馋地咽了一口口水。

晋金存这时出现在了主席桌前。

晋金存：诸位好！那亮亮的声音如同惊堂木一样，众人的说笑戛然而止。

大家一齐站立起来。

尚安业抬头看定晋金存。

晋金存：今日请诸位来，是因为有桩紧要事要同你们商议！他示意众人坐下。

晋金存高声地：想你们都知道，辛丑年，我大清国与美、英、俄等十一国签有赔款条约，因款额过巨，朝廷只好让各省各府分摊下来，我们南阳府每年分摊款银十多万两，尔等都知道，近几年南阳地界连遭灾荒，府衙财力日拙，因此想请诸位为朝廷为国家计，出面分担困难，各家摊缴一部分款银！

尚安业的双眼一下子瞪大，连嘴巴也因为吃惊张了开来。

人群也同时发出了哦的一声。

晋金存：此乃爱国之举，我想诸位定会同意，我这里根据尔等从工经商的年头规模，给各家大概定了一个数额，下边，我念一下：兴祥皮毛行六百五十两；尚吉利大机房六百二十两；振通蛋品坊五百八十两……

尚安业没有听下去，他只是把眼睁得极大，直直盯着晋金存的那张嘴。

画外响起尚安业的惊叫：天哪，六百二十两，我就是不买机动织机，倾全部所有也没有六百两哪！

尚安业的双唇和双腿、双臂都在哆嗦着。

他伸手扶住了椅背……

9

尚吉利大机房。傍晚。

尚达志拎着一截圆木由外走进来。

他听见西厢织房里还有织机响，一愣，走了过去。

10

西厢织房里。傍晚。

挺着大肚子的顺儿还坐在织机上投梭织绸。

达志：都下机了，你也歇了吧。

顺儿闻言暂停了织机：这一匹就要织好了，你出远门，能多带一匹货，总是宽裕点。

达志默默看了一眼顺儿，目光温和了不少。

他转身走出织房。

织机声又在他身后响了起来。

11

正屋门口。傍晚。

达志妈腰勒围裙从灶屋里出来，看见达志手上拿的那截圆木问：拿这东西干啥？

达志走到妈身边，指了指那截肚里已掏空的圆木，低声地：我去汉口买机动织机时，把银子装在这里。

达志妈哦了一声。

达志转身要进自己的卧室。

达志妈：你爹去汉酿酒楼议事，到这会儿还没回来，他腿脚不方便，天又要黑了，你去看看。

达志点头：好的，这就去！

12

汉酿酒楼。天黑了。

达志匆匆走来。

他在门厅里拦住一个酒楼伙计：下午官府叫来议事的那些人在——

伙计：噢，你是问摊款会上的那些人？早走了。

达志一怔：啥摊款会？

伙计：你还不晓得呀，朝廷要咱们南阳府一年还外国人十五万两赔款银子，各家厂坊、商号都摊了不少，嗨，俺们酒楼也摊了四百两，刚才掌柜的老婆还在哭哩！

达志打了个寒战：你见没见尚吉利大机房的尚掌柜？

伙计：噢，见了，这会儿八成是和几个厂坊掌柜一起去晋府了。这摊派款银的事，就是晋老爷管的，他在这里宣说了各家分摊的数额后，有几个掌柜叫着分摊的太多跟在他的轿后去求他——

达志话还未听完，转身便跑。

13

晋金存府邸大门口。门灯昏黄。

大门前黑压压跪着十几个人。

尚安业跪在前排正中间。

达志气喘吁吁地跑了过来，怔怔地站在那儿。

尚安业高声地：请晋老爷做主呀！

众人：请晋老爷开恩呀！

晋府大门吱扭一响，晋金存走了出来。

晋金存冷冷地看了一遍下跪的人，威严地：我说几次请你们散开，为何还不走？减免的话谁也不必再说！这不是我晋某能办得了的，洋人索赔的款哪敢耽误？最后我要说明一句，三天之内，诸位中有哪一位胆敢抗着不如数上交，可别怪我晋某不客气，到时候我可要拍卖你的房子和你家里的东西！我可能还要抓人！说罢，转身就进了大门。

大门在几个衙役的推动下轰隆关上了。

跪着的人绝望地相继站起，默默四散。

只有尚安业没动，他仍跪在那里，目光死盯住晋府那两扇关起来的大门。

达志走上前去：爹，咱们回吧。他弯腰去搀爹。

尚安业没有出声也没有动。

达志搀住了爹的胳膊：爹，走吧。

尚安业身子僵了似的仍然没动。

达志硬要搀他起来时，他才扭头看了一眼达志，突然大叫了一声：六百二十两哇，苍天呀——话音未落，只见他哇的一声，一口血喷到了地上。

达志一惊，边急叫了一声：爹！边用手去轻拍老人的后背。

尚安业此时已是满嘴血沫，头轻轻地垂下去了。

爹！爹！——达志一边慌慌地喊着，一边横抱起老人的身子，冲开围过来的人群，没命地向附近的药铺安泰堂跑去⋯⋯

14

尚吉利大机房。尚安业夫妇卧室。

尚安业昏睡着。

达志妈和达志夫妇及卓远夫妇默然站在床旁。

卓远无言走出来。

15

夜。卓远书房。

卓远在奋笔疾书。

16

白天。晋金存官邸。同济堂。

晋金存正躺在躺椅里让仆人按摩着。

一个衙役进来报告：晋老爷，南阳书院的督学卓远求见。

晋金存睁开眼，忽然想起似的：哦，两天前他送来了一封信，我忘了看，快拿那封信来念念！他指了一下他的办公桌。

一个随从去桌上取了信，拆开，站在晋金存身边念起来：

晋大人雅鉴：闻为筹辛丑赔款，已决定摊派各厂坊、商号出资，事关南阳工商发展，余愿不揣冒昧进言如下，赔款要筹，摊派之法亦非不可行，唯在数量上以不伤厂坊、商号筋骨为好，否则，厂坊、商号将无力再生。富国唯赖工商，工商凋敝，富国之想便成空梦——

行了！晋金存面露愠色止住随从念信。

晋金存生气地：××，如何办公事我姓晋的比他懂，用得着他来教训？他一个书生，好好教他的书行了，国家大事何须他来多嘴多舌？

一个衙役：老爷，还让他进来见你吗？

晋金存厌烦地摆了下手：罢了，给他说我去知府衙门办公事了不在府里，让他回吧！××，天下不应该要这么多读书人，这类人多了麻烦，做什么事他都要和你讲个道理。

那个衙役：我这就去打发他走。

晋金存郑重地：等等。对他说话要客气，要面带笑容，轻易不要惹他，小心他手中有笔！这种人不惹则罢，要惹就要狠惹，要把他手中的笔完全夺下，那他就没有威胁了！

那个衙役：是，老爷！

17

晋府大门外。白天。

卓远正面露焦急地站那里等待。

衙役这时出来：哎呀，卓督学，你来得不巧，晋大人去府衙办公事，不在家。

卓远一脸失望。他沉吟了一刻：既是晋大人去知府衙门了，我就在这附近等他回来。

那衙役：那倒不必，卓督学改日再来也可呀。

卓远叹口气：先生可能不知，城里不少厂坊、商号因摊派赔款量过大，已做倒闭准备，好多人家哭声不断，我确实着急呀！

那衙役笑笑：卓先生请便。

卓远转身向不远处的一家茶馆走去。

18

小茶馆里。白天。

卓远独自坐在一张茶桌前,一面慢慢啜饮,一边看着门前的街道。

卓远的画外心声:这儿是进出晋府的必经之道,我一定等他回来!

19

太阳西斜,天已近晚。

卓远仍焦心地坐在茶馆里看着面前的街道。

晋府门口突然传来了一阵喧闹,卓远扭头看时,只见一乘绣有"晋"字的官轿被抬出府门。

他有些诧异地看着。

待那轿从茶馆门前过时,他隔了轿窗看见,轿内坐的就是晋金存。

他一惊一愣,霍然起身,方明白自己受了骗。

他砰地挥拳朝桌上砸了一下。

茶馆的一个伙计出门向走在轿后的一个衙役打着招呼:光大,这会儿出门是——

那衙役笑着低声地:看戏,天祥戏楼,河南梆子,《西厢记》!

卓远的牙咬了起来……

20

白天。尚吉利大机房。尚安业卧室。

尚安业还在不停地咳嗽,嘴边的血丝一缕连着一缕地流。

达志妈含泪不停地用毛巾擦着丈夫的嘴。

达志默坐在床前,手攥住父亲那只细瘦苍白、青筋显露的手腕,不时去试一下脉搏。

临街店堂里的大廖这时走进来,轻轻扯了一下达志的衣襟。

达志起身,随大廖走到院里。

大廖低声地:官府来人,说今天是交赔款银子的日子,这会儿在店堂里坐着。

达志沉默了一霎:我马上过去。

大廖点头。

21

达志卧室。白天。

达志拎着那截掏空了的圆木,把装在里边预备去买织机的银子,一锭一锭地倒了出来。

他不舍地把它们包起来,提着向临街店堂走去。

22

尚吉利临街店堂。白天。

殷总管坐在一把椅子里,旁边站着几个带刀枪的衙役。

达志上前把银子在柜台上放下:大人,这是五百七十两现银,还差五十两,容我几天后借了送上。

殷总管冷冷地:那恐怕不行,不按时按数赔洋人,洋人和朝廷都会发火的!这样吧,现银不够,实物来抵!来人,把尚家现有的绸缎、丝和四架织机全部拉走,顶替那五十两欠银!

达志惊慌地:大人,那怎么可以?

殷总管:那怎么不可以?我替你把这些东西卖了折成现银,不行吗?

殷总管带来的那些人这时已不由分说地动手抢起柜上的绸缎并进了前院的织房。

23

白天。东厢房织房里。

衙役们拉下正在机上织绸的织女,抬上织机就往外走。

织女们惊恐地缩在墙角。

24

后院丝房。白天。

衙役们撞开房门,抱上成捆的丝就走。

达志咬牙看着这一切。

25

尚吉利门前大街上。白天。

装了各种实物的一溜马车。

殷总管对达志,看见了吧?以实物充欠银的也不只你们一家!

他打了一个手势。

那些马车的车轮一齐转动……

26

尚吉利前院。白天。

受惊的织女和雇工们都一齐看着达志。

达志抱拳低声地:尚吉利已无力开门,请各位回家吧,所欠各位的月银,容我以后慢慢凑齐送上。

达志眼中含满泪水。

27

傍晚。尚吉利前院。

达志抱头坐在那块石头前。

织房门已经关上,没有了织机的响声,院子里很静。

只有风声。

达志妈匆匆走过来:志儿,你爹叫你。

达志急忙起身。

28

尚安业卧室。傍晚。

尚安业有气无力地睁着眼睛。

达志急忙俯了身:爹,想不想吃点东西?

老人摇了下头,眸子中散乱的光慢慢聚到达志脸上,微弱地:停了?

达志移开眼睛:点了点头。

尚安业喘息地:这么说……我是不能去见你爷爷了……停了,尚家延续了多少年的祖业不但在我手上没有发达,反而停了……

达志哽咽着:爹,这不怨你!

尚安业微弱地：孩子……告诉我……你如今手上还有多少银子？

达志声极低地：十四两，这是我藏下为你治病的。

尚安业：从今日起……再不许为我花半两银子……我死后……不必买棺材……可用席卷……也不许买鞭炮请喇叭……只买几张火纸烧了，免得我在阴间讨饭就行……这些话……你要牢牢记住！

达志：可是，爹——

尚安业瞪住儿子，微弱的目光中又露出了往日的威严：倘有一条不按我的话办，我就在阴间把你当逆子看！

达志无奈地点头：听你的。

尚安业：从今日起……你们要俭省度日……把这点钱用到买丝上……只要有丝，就有绸缎……一点一点积下去……直到再织出"霸王绸"来……光宗耀祖……让世人都知道咱尚家……

达志：爹，你放心，达志此生在发展祖业上倘稍有偷懒，当不得善终！

尚安业：还要记住……苦！……

达志：苦？

尚安业：要预备……吃苦……凡事皆浸苦中……苦咽尽……事方成……

达志：爹放心！

尚安业：我想……歇歇……

达志起身慢慢走了出去。

29

夜。尚吉利临街店堂。

达志正在仔细地关闭着门窗。

他望着那些空空的货架，一动不动。

后院突然传来达志妈的一声哭喊：他爹——

达志一惊，转身向正房跑去。

30

尚安业卧室。夜。

尚安业已经断气，两眼大睁。

达志妈和挺着大肚子的顺儿正在放声哭着。

达志上前，紧紧抓住爹的双手。

卓远夫妇这时轻步走了进来，默默立在床头……

31

晋金存府邸。云纬住室。白天。

云纬也挺着肚子——显然怀着身孕，坐在椅子上绣花，但很快，她就烦躁地把花绷子扔了。

草绒端了一碗八宝粥进来：夫人，再吃一点吧，早上吃的你大都吐了。

云纬接过碗，刚吃了两口，又哇的一声呕开了。

草绒急忙过去轻拍着云纬的后背：哎呀，你这反应可比俺当初怀闺女时重多了，要不去求求医圣？听人说，这种事求医圣最灵。

云纬：是吗？那你就去告诉管家，让他给我备轿。

32

云纬住处门外。白天。

云纬正在草绒的搀扶下向轿里进。

晋金存这时匆匆走过来制止：老三，你这样重的身子外出，万一出了事——

云纬发狠地：出了事更好！

云纬上了轿……

33

南阳医圣祠。医圣墓前。白天。

云纬在焚香。

草绒：夫人，你身子不便，我替你给医圣叩头了。说着，跪下双膝便叩头。叩罢，又双手作揖：求医圣保佑俺夫人怀孕平安……

云纬眼望着草绒，目光中现出了一丝感动。

34

医圣祠内。春台亭上。白天。

草绒扶着云纬在亭栏上坐下。

草绒：坐这儿往远处看看，比老坐家里要畅快。

云纬无语，眯着眼向田野里看去。

一阵凄切的女人的哭声忽然传进了云纬和草绒的耳中。

云纬定睛细看，只见几百步外的一块地里，有一个男子，双手捧抱着一个席筒，席筒上缠着三道白布，男子身后，是两个戴了白孝布的女人，哭声就来自她们。

云纬：谁家死了人，怎么穷到连一口薄薄的棺材也买不起？

草绒：俺刚才听祠堂门口的人说，下葬的是尚吉利大机房的掌柜尚安业。

云纬的双眸一跳：哦，他死了？

草绒：听人说，尚安业临死前给儿子做了决绝的交代，他死后不许为他买棺材，不许放鞭炮，不许请响器班子，为的是省钱买丝织绸缎，他们家的机房前不久因为给朝廷交赔款银子，倒闭了。

云纬的乌眸一荡：是这样？！

草绒：这安老头呀，去阴间了还迷着阳间的事，还在想着织绸织缎，就是织出来还有你的份呀？要我说——

草绒说到这儿突然停了，她发现云纬的双眉已经皱紧。

云纬的目光全在那个捧抱席筒的男人背上，直到他走入墓坑，弯腰去放席筒。

画外响起云纬的低音：尚安业，你就这样走了？你什么也不带走，不觉得太亏？躺在那个土坑里，只裹着一领席，你会不会很冷？

云纬抱起双臂，打了个寒噤。

草绒轻声催：夫人，咱们回吧。

云纬没理，只把身子斜靠在木柱上，双眼盯住远处那个正在变高的土堆。

35

医圣祠大门外。白天。

草绒掀开轿帘，让云纬上轿。

云纬却转身折向田野，径直向尚安业的那座新坟走去。

草绒急忙跟了上去。

36

尚安业墓前。白天。

只有纸幡在风中飘动。

云纬喘息着在坟前站定。

她慢慢弯下腰去，在地上抓了一把土，松开手指让土粒向坟上落去……

37

字幕：八年后。

尚吉利大机房达志卧室。晨曦初露。

尚达志拍醒了睡在身边的八岁的儿子尚立世。穿衣吧，立世！说着，自己先穿起衣来。

尚未完全脱离睡乡的小立世在被窝里含混地哼了两声，还想俯身再睡。

达志呼地掀起了整个被子，把光赤着身子的小立世晾在了床上。

早晨的寒意倏地扑来，小立世的最后一点睡意被赶走，他一骨碌坐起身，急忙去抓衣服。

小心凉着！睡在另一张床上的立世娘顺儿，这时扯下女儿捏着她奶头的小手，穿着内衣趿着鞋过来，急忙去帮儿子穿裤子。

尚达志看了一眼小立世：我在桑园等你！说罢，拉开门走了出去。

小立世一边扣着扣子一边把书本挟在臂下，也急急地出了门。

38

尚家后院小桑园里。黎明时分。

尚达志默然站着。

小立世跑到父亲面前，急忙打开书，两眼向书上看着，停了一霎，又合上书默背着什么。

39

尚家前院灶屋。清晨。

达志妈正在灶前烧火做饭。

顺儿抱着穿好衣服的小女儿缓缓来到灶前,把孩子放到了婆婆手上。

达志妈亲了一下孙女的脸蛋。

顺儿转身出门。

40

尚家西厢织房。清晨。

顺儿一个人在踏机织绸。

她的动作熟练而快捷。

41

尚家后院小桑园里。清晨。

达志望着儿子:立世,昨日早上我给你说过,要织出"霸王绸"需要做到四戒,还记得四戒是啥吗?

小立世站直了瘦小的身躯,脆声答:四戒是戒酒、戒赌、戒淫、戒鸦片!

达志:为啥要戒酒!

小立世:酒能醉人,使人忘了正事;酒能废人,使人智力消退!

达志:为啥要戒赌?

小立世:天下之败家者,多迷于赌!

达志:为啥戒淫?

小立世:生为男人,当做经天纬地事业,若沉淫欲之中,轻则损精费神,未老而衰;重则元阳丧失,业废嗣绝!

达志:为啥戒鸦片?

小立世:食鸦片者,家资耗尽,死期将至!

达志:好了,现在背那三段话吧!

小立世:自唐武德八年始,吾南阳尚家从丝绸织造,迄今已一千二百八十五年,绩煌煌。北宋开宝二年,吾尚家所出之八丝绸,质极好,被中外绸商誉为"霸王绸"……

42

晋金存府邸。云纬住处。早晨。

云纬坐在窗前，懒散地梳着头。

她那八岁的儿子晋承银，正坐在旁边背着古诗：……明月几时有？把酒问青天。不知天上宫阙，今夕是何年……

云纬有些心烦，转对儿子：好了，到别的屋里背去！

儿子怔了一霎，起身怯怯地向外走去。

云纬停下梳子，发起了呆。

43

晋府同济堂。早晨。

晋金存正神色肃穆地对着几个挎枪佩剑的人说着什么。

几个人相继走出。

云纬走了进来。

晋金存：嗨，宝贝！

云纬不高兴地：给承银请塾师的事怎么还没办成？

晋金存：我正在忙一件大事。

云纬翻了他一眼：你整天都在办大事，有没有小事？

晋金存：今天办的事真是一件大事！你还记得当年那个抢你家的栗温保吧？

云纬撇了撇嘴：记得又咋着，你又没本领抓住他！

晋金存：今晚就是他的死期！

云纬一惊：哦？

晋金存：这小子如今是一个人物了，在伏牛山里拉起了一支民兵，自称司令，公开声言要与大清朝廷作对，今晚竟要来偷袭南阳城，我要趁这个机会——

他做了一个砍头的动作。

云纬吸了一口冷气……

第五集

1

逶迤蜿蜒的伏牛山。早晨。

一个山坳,山坳一侧的巨石上刻着斗大的三个字:葛条凹。

山坳里的一座小庙,庙门上写着:伏牛庙。庙前新横了一块木匾,上书:三有堂。

庙前的葛条树上,绑着一面用黄绸子做的大旗,风吹动旗子,可见旗上绣着六个大字:有衣,有粮,有房。

一些挎刀背枪的农民在"三有堂"前的空地上练劈刀瞄准,一看便知这不是一支纪律严明、训练有素的队伍。

2

三有堂内。白天。

一张巨大的供桌前。

身上挎着一支短把撸子的栗温保,正提着一杆旱烟袋对几个民兵头目:据探子报告,南阳城中的清兵北上叶县镇压反洋教民众,城中兵力空虚,我们今晚趁此机会攻进城去。早饭后分头扮作山民出发,傍晚在卧龙岗西集齐,夜静时行动!

一个民兵士兵这时进屋:栗司令,肖四哥回来了!

栗温保闻言一喜,疾步走出门去。

3

三有堂外。白天。

肖四带着一帮骑马的民兵弟兄浑身汗水地来到了堂前,每匹马上都驮着猪、羊、衣物、粮食。

温保高兴地:回来了,四弟辛苦!

肖四看见温保,滚鞍下马,欢喜地:大哥,这回劫了三家富户,一路顺利。说着,把一个叮当作响的钱袋扔到了温保怀里。

温保拎着那袋钱喜不自禁地:这样多?差不多够全军吃半个月!说

着，把钱袋递给了身旁的一个护卫。

肖四眉开眼笑：还有让大哥更高兴的哩！说着，朝一个牵马的部下招了招手，那人便把一匹驮着两个荆条大筐的雪青马牵到了温保面前。那两个筐子上都罩了布单。

温保以为是抢到了富户的什么好东西，很有兴味地看着。

肖四把罩在两个筐子上的布单一扯，只见两个大筐里各坐一个手脚被绑的姑娘。

栗温保吃惊了：这……这是干啥？要人干啥？

肖四依旧笑着：大哥先看看她们再说！他抬手让士兵解下大筐，松了两个姑娘手上腿上的绳子，让她们站到了地上。

尽管两个姑娘鬓发散乱，衣衫不整，受了惊吓，但还是能一眼看出，这是两个长得极有韵味和姿色的姑娘。

栗温保的脸阴沉了起来：驮她们来干啥？

肖四凑到温保耳边：给你带的，嫂子一直不在身边，你不想女人？也是凑巧，她们在路边剜菜，刚好叫俺们碰上！你先挑一个，剩下的那个归我，我敢保证，她们都是黄花闺女——

温保突然扭头朝肖四吼道：放屁！

满以为做了桩好事的肖四僵在那里，讷讷地：大哥，你是怕嫂子日后怪你？那有啥子？将来见面，嫂子做大夫人，这边的做二夫人，不就行了？

浑蛋！温保又涨红着脸叫了一句，我们是民兵，怎能欺负百姓的女儿？欺负她们你良心上过得去吗？谁没有姐姐、妹子？

肖四被吼呆在那里。

温保朝几个手下人：快，让她们吃点饭、喝点水，立刻送她们回去，在哪里抢的还送到哪里！

几个人带着两个姑娘离开堂前。

温保扭头看了一眼满脸委屈的肖四，放缓了声音：你也快去吃点饭吧，吃完了咱们一块行动。今夜里打下了南阳城，你我就可以同妻儿团聚，想想娃子他妈吧，她在家带着孩子辛苦等你，你怎能做对不起她的事？

肖四有了愧意：大哥——

温保在肖四肩上拍了一下：吃了饭咱们去打南阳，穷人们在盼着咱们哪……

4

尚吉利大机房前院。白天。

达志正在练丝。

卓远走了进来。

达志：卓远哥，快请屋里坐。

卓远摆手：不坐了，我来是告诉你，我在汉口教书的那个叔叔得了重病，来信让我去一趟，我想问问你在汉口有没有事办？

达志眼亮了起来：听说汉口机器行卖有一种机动丝织机，麻烦你去看看，问问价钱，我是太想买一台了。

卓远点头：好，我一定去看看。

5

晋金存府邸。草绒住处门前。傍晚。

草绒的女儿枝子和云纬的儿子承银正在一起玩着翻绳游戏。

草绒站在自家住屋门口看着两个孩子玩游戏。

殷总管这时走过来对着草绒：老爷让你去同济堂见他！

草绒应了一声移步要走。

殷总管：把你女儿枝子也带上。

草绒一愣：带上孩子？

殷总管点头。

草绒迟迟疑疑地走到女儿身边。

草绒拉上了枝子的手。

6

同济堂。傍晚。

晋金存对草绒母女和颜悦色地：叫你们来，是因为今晚有件事要你们帮忙，希望你能答应。

草绒：老爷要俺们下人办事，只管说就是！

晋金存含了笑：也不是什么大事，不过是帮我喊几句话罢了。至于喊什么话，他们到时候会告诉你。你们现在跟他们走就是！说着，指了一下站在门后的几个带刀衙役。

草绒爽快地拉着女儿跟那几个衙役向门外走去。

7

晋府门外大街。天已全黑。

草绒母女随衙役们出门后发现，府门外的街两边站着许多带刀枪的清兵。

草绒吃惊地看一眼那些全都屏息敛声的清兵，那些清兵正在推开街两边住户的房子，悄步向住户的屋里进。

枝子吓得紧紧贴着妈妈的身子挪步。

8

尚吉利大机房西厢织房。夜。

顺儿正看着一个年轻织女坐在织机上投梭织绸。

尚达志进来。

顺儿对达志：他爹，你来看看，这姑娘的织绸手艺还行。

达志走过去对着灯光仔细看着那织女刚织出的绸子，点点头：嗯，不错。

顺儿望着达志：那就留下她在咱家干？

达志对那织女：我们尚家大机房还没有恢复过来，你在我家干工钱不高，不知你——

那织女：能挣个吃饭钱就行。

达志点头：那就留下干吧。

小立世这时跑进来叫：爹，有人敲大门！

达志哦了一声，转身出织房。

9

尚吉利大机房院门口。夜。

达志隔门问：谁呀？

外边压低了的声音：官军，快开门！

达志刚一拉开大门门闩，门便被呼啦一声推开。

门前黑压压地站着不少清兵。

达志一惊：你们这是——

两个拿刀的清兵立时上前逼着他的胸口：不要出声，快回屋子该干啥干啥，我们是官军，来此有公干！

达志后退几步。

那些清兵蹑足敛声地进了院子。

草绒和枝子母女也夹在那些清兵之中。

达志意外地看着那母女。

几个扛梯子的清兵，把梯子靠在临街店堂的后墙上，噔噔噔地爬上了后房坡。

屋瓦碎裂的声音清楚地传了过来。

达志心疼地叫了一句：我的瓦——

他话未说完，又有刀逼到喉前，一个凶凶的声音跟着响起：快回后屋去，不准出声！

达志只得离开。

10

达志家正屋。夜。

达志一家人和那个织女不安而恐惧地隔着窗户向外看。

借着星光可以看清，尚家临街店堂的后房坡上站了不少人，隔壁卓远家和其他邻居的房脊后坡上也站有很多人，这些人都一律无声，只是隔着房脊向街面上看。

四周一片静寂。

11

尚吉利大机房临街店堂后房坡上。夜。

草绒和枝子战战兢兢地被人拉了上来。

草绒不解而惊慌地：来这儿干啥？

一个晋府衙役立刻朝她呵斥：不许说话！

另一个衙役：待会儿我们叫你喊什么话你就喊什么，如果喊错一句，小心你和你女儿的性命!

枝子吓得紧紧抱住妈妈的腰。

这时身旁一个军官突然低叫了一声:糟糕!

另一个军官:咋了?

先前的那个军官压低了声音:驴道口那儿忘了派兵把守,北城根的那个豁口派的人也太少!

后一个接口:那就赶紧调人!

先前的那个:时辰快到了,这阵子再派兵走动,怕惊动他们,也罢,未必他们就真能想到那两个地方!记住,知府大人要那个人的头,不管他降与不降,只要抓住,立刻就杀,谁提了他头谁得头功!……

草绒用心听着他们的对话,但听得不明不白。

邻家的房顶上突然传来一声猫叫。

草绒身边的人便都弯下腰睁大眼直往下边的街道那头看。

草绒也瞪眼看去,凭着星光,她突然看见街道那头的城墙上,有好多黑影在晃动,那些黑影像壁虎一样悄无声息地下到了街道上,沿街飞快地向这边走来。

突然,街对面的房脊上兵的一声枪响。

几乎在这枪响的同时,街道两边的房顶上突然亮起了许多灯笼火把,原先埋伏在各家屋顶上的兵丁们都把枪刀亮了出来。

这条街已经被团团围住。

下边街上的那群黑影这时全暴露在了灯光下,原来他们就是栗温保的民兵士兵,他们也都带着刀枪,人人胳膊上都缠了一块白布。

栗温保和肖四就在其中。

两个人也被这突然的情景惊呆在那儿。

12

一处屋顶。夜。

晋金存站在两个灯笼中间。他身后的暗影里站着云纬。

晋金存冷笑着看着下边的街面,大声地:诸位从伏牛山上下来的英雄,我们在此恭候你们多时了!我知道你们的头儿叫栗温保,也知道你们的目的是占领本城,企图永叛大清朝廷。现在我要告诉你们,大清江山永固，你们只有两条路可走：一条，立刻投降，归顺朝廷；另一条，死，就死在这条街上！我还要特别警告栗温保，你如果不命令你手下的人立刻投降，我便即刻杀了你的妻子、女儿，现在我让你看看她们母女！

13

尚吉利临街店堂屋顶。夜。

那边晋金存的话音刚落，草绒和女儿枝子身旁突然亮起了四盏大灯笼。

两把砍刀也即刻放到了草绒和枝子的脖子上。

枝子立刻便被吓哭了。

草绒已经看到了站在下边街道上的丈夫栗温保。

一个冷厉的低音这时响在草绒耳畔，立刻面朝街道这样喊：温保，为了我和女儿，叫人放下刀枪吧！快喊！

草绒觉出脖子那冰凉的刀锋动了动。

她的两眼死死地盯住下边街道，画外同时响起她的心声：他们是要温保的头，不，我不能软了他的心！

耳边催促的声音：快，喊！

草绒感到脖子里的刀锋已使一丝血顺着脖子向下流了。

14

晋金存站的屋顶。夜。

云纬这时急忙抓住晋金存的胳膊，质问：你怎能这样对待她们母女？！

晋金存甩开云纬的手：走开！

云纬执拗地：栗温保只是抢了一点东西，并没有犯死罪！

晋金存怒恨地：你懂个屁！

15

草绒所站的尚家屋顶。夜。

一个军官还在低声紧催：快，喊！

草绒猛地张嘴高喊：温保，快往驴道口那儿跑，那儿没兵，你们就是放下刀枪他们也要杀——

草绒的嘴突然被捂住,身边的灯笼也即刻熄了。

16

世景街上。夜。

栗温保手上的枪响了。

17

街两边房顶上的枪也都响了。

18

世景街上奔跑、喊叫和刀枪相碰互打的声音搅混成了一团……

19

晋金存和云纬所站的房顶。

云纬紧张地伏在房脊上向下边街道上看着。

枪声、喊声已渐渐停下。

一个衙役这时登上房顶报告:老爷,栗温保带了几十个人跑了。

晋金存恨恨地:全是些笨蛋!

云纬听了这话,非但没有生气,反而还缓缓舒了一口气。

20

世景街上。夜。

晋金存冷冷看着又归于静寂的街道。

一个官军头目跑来报告:老爷,打死他们一百一十二人,打伤二百七十九人。

晋金存没说话,只是大步上前,抽出对方的腰刀,一声不吭地在那人的脸上用刀尖划了一道。

血立刻流到了那个头目的下巴上。

那个头目站直了身子没敢乱动。

晋金存冷冷地：我要让你记住你的失职！我给你的任务是砍了栗温保的头！

那个头目忍痛地挺了身：是，卑职有罪！

这时，草绒和枝子被押了过来。

晋金存提刀走了过去。

云纬见状，急忙挡在了草绒母女面前：晋金存，你不能伤害她们！

晋金存把手中的刀扔到地上：放心，我不会杀她们，她们是钓饵！而后转对草绒：看不出，你还挺喜欢男人的，好吧！……

21

夜。晋府云纬卧室。

云纬仰躺在床上睁着眼睛。

她的眼前不时闪过刚才在世景街上看到的厮杀场面。

啊——一声女人的尖叫突然传了过来。

云纬一惊，坐起身子。

啊——又一声尖叫。

云纬披衣下床拉开了门。

妈呀——是草绒的声音，来自不远处的一间房子。

云纬疾步走了过去。

22

一间下房。夜。

厮打声清晰地传到了门外。

云纬猛地推开了门。

她惊骇地瞪大了眼。

屋里，两个衙役边捂着草绒的嘴边猛撕着她的衣服，她浑身的衣服被撕得只剩下一条内裤。

草绒正死命地挣扎着，小枝子恐骇无比地缩在一个墙角。

云纬叫着冲进去：畜生，放开！放开！来人呀！

她使劲向那两个衙役各打了一个耳光。

那两个衙役见是云纬，都吓得不敢再动，站在了那里。

府里巡夜的闻声来了。

云纬：快去叫老爷，我要让他惩办这两个坏种！

晋金存晃晃悠悠地走进门，还没容云纬开口，就冷冷地：干啥这样大惊小怪？是我叫他们来的，她不是挺喜欢男人吗？不是为了男人可以舍掉自己的命吗？

云纬意外而气极地：你？！

勉强用破衣遮住身子的草绒这时哭着：老爷，你杀了我吧，杀了我吧！

晋金存不动声色地：想死？没那么容易吧？你死了，栗温保怕就不会来了！

云纬把枝子揽到自己怀里，双眼直直地盯住晋金存的额头……

23

白天。尚吉利大机房。

达志正站在临街店堂后房坡上收拾着被踩烂的瓦片，面露心疼之色。

左右邻居们也都在整理自己临街房上的碎瓦。

卓远的夫人雅娴这时走进院子，朝站在房坡上的达志：达志，你下来一下！

达志扭头：嫂子，卓远哥去汉口还没回来是吧？我马上就过去帮你收拾碎瓦。

雅娴朝他摆手：不是干活，嫂子有事跟你说！

达志跳下房坡。

雅娴：你卓远哥托人从汉口捎来了信。

达志：叔叔的病咋样？

雅娴：已无希望治好。最多再拖延半月时间，他正为叔叔预备后事。

达志：日后就埋在那边？

雅娴：叔叔的心愿，是想把自己埋在故土里。所以你卓远哥打算待叔叔咽气后，装棺拉回来。那边雇马车要价高，你卓远哥让我在这儿雇一辆马车去。

达志：哦？

雅娴：你卓远哥在信中顺便说，他去机器行问了机动丝织机的价钱，一台织机一百三十两，一台动力机一百九十两，一台动力机可带动两台织机。他信上说，你这次如果要买，就随了马车去，把银子带上。

达志眼霍然一亮：是吗？

雅娴：你想不想买？

达志搓了一下手：当然想买，只是手上的银子差得太多。

雅娴：马车我已经雇好，是后天早上走，你要买就快点准备，不买就罢了。

达志：好，好。

24

达志家。正屋客堂。

达志和母亲坐在那儿。

达志妈：要说这倒是个买机器的机会，去时不用雇车，省盘缠路费，回来时有棺材拉着，别人以为是送棺的车，也少惹事情；再说有你卓远哥跟着，他人聪明有见识，遇见事有他出面交涉，也省去许多麻烦。

达志点头：我也是这样想。

达志妈：可银子你不是说差得太多？

达志：先借，无非是背点债，可失去这个机会，哪里再找？

达志妈：能借到？

达志：我这就去找人！

25

叠印。白天。

达志走进一家造纸作坊。他对一个老板模样的人说着什么，那老板先有些犹豫，后来从柜上拿出了一些银子递到达志手上……

达志走进一家酒坊，对一个老板模样的人说着什么，那老板迟迟疑疑地拿出了一些银子递给他……

达志走进一家山货店，对一个老板模样的人说着什么，但那老板抱歉地摇着头……

达志走进一家粉坊，对一个老板模样的人说着什么，但那老板也抱歉地摇着头……

26

当铺。白天。

达志用手推车推着衣柜、衣箱、自鸣钟等家具走到了门口……

27

夜。尚吉利正屋客堂。

达志正噙着一根旱烟袋默然吸着。

达志妈拉着孙女小绫走进来，关切地问达志：银子凑齐了吗？

达志摇摇头：借的、当的，再加上咱积攒的，凑到一起，还差一百来两。

达志妈：还能再借到吗？

达志再次摇头：能张口的都去过了，这年头时局不稳，人们都准备应付万一，不好借了。

达志妈：那咋办？就剩明儿个一天了。

达志：今天染的这批绸缎，傍晚已经晾干了，我夜里再整理整理，明儿个上午就拿出去卖，但愿能卖出个好价钱！

达志妈：先吃饭吧。

28

白天。南阳城中的王府山下——这是一座假山，不过二十几米高。

达志推了木质独轮车向山脚下快步走去。

他停了车，在几棵树间拉了绳子，把自己带来的绸缎一匹一匹地搭在了绳上。

五颜六色的绸缎在绳上随风飘荡。

29

王府山山顶。白天。

十几位达官富商家的夫人、小姐正边说笑着边凭栏眺望山那边的街市。

云纬也带着草绒，杂在那群夫人小姐中。

一位小姐注意到这山脚下的绸缎，惊喜地叫了一声：哟，快看哪！

人群都把目光投在了那些五颜六色的绸缎之上。

云纬也把散漫的目光放了过来。

人群中有人判断：八成是尚吉利大机房的绸缎！

云纬的身子一震，她把目光对准了蹲在独轮车边的达志。

画外传出她的心声：是你？尚达志！

人群中有人提议：走，看看去！

众人响应：好，看看去！

众夫人、小姐说笑着向山下走去。

独留云纬还站在原处。

草绒提醒地：三夫人，咱也下去看看？

云纬无语。

30

白天。王府山下。

达志看见走近的这群夫人小姐，忙起身指着那些绸缎介绍：夫人、小姐们，这几匹是线缎，合经合纬属炼货，面宽二尺二寸，长一丈六尺，似湖绉，很薄，用于做袭服……这几匹是大茂中，提花……

女人们已经散开去找自己中意的花色绸缎。不时响起夸张的叫声：这匹好！我要这匹……

达志急忙上前把夫人、小姐们挑中的绸缎从绳上拿下叠好。

夫人、小姐们都买了自己喜欢的绸缎，相继离开。

绳上只剩下了两匹绸缎。

达志扭头看见山坡上还站着一位夫人和女仆，便急忙捧了剩下的两匹缎子走了过去。

31

白天。半山坡上。

达志：夫人，你也来两匹吧！

他显然没认出云纬，只是边向云纬身边走边高声解释着：夫人，这是龙纹绉，也叫龙抱柱，纬用双线搓成，一个正经，一个倒经，织成后加练，面宽一尺二寸，长五丈六尺，一匹可做四个大料，而且——

达志的声音突然停下。

因为云纬这时已朝他扭过头来。

达志停步，先是惊喜意外后是失措地望着云纬，讷讷地：是你?!

云纬冷冷地看定他，没有开口。

达志的双脚倒踏了一下，慌慌地自语着：那就罢了，罢了……他捧了绸缎转身，逃也似的要走。

云纬冷而讥嘲地：拿走干啥？怕我们出不起银子？

达志被这话砸得身子一晃，停下脚，把头垂了。

云纬冷厉地：草绒，给他钱，两匹我们都要，买回去撕了给小孩做尿布！

达志没敢抬头。

草绒上前，把达志手上捧着的绸缎拿过来，把一包银子递到达志手上：尚老板，你这一匹的要价是多少，你自己拿吧。

达志闻言，犹犹豫豫地伸手从那些银子中拿了一些。

云纬：尚达志，你就好好地守住你那个尚吉利大机房，整天织绸缎吧，只是可别织得死了连一张苇席也买不起，让你的儿女把你光身子埋进土里！

达志无语，他知道云纬还在为他当年的背约生气。

云纬说罢转身就走。

达志呆立了一霎，慢慢向独轮车走去。

32

独轮车旁。白天。

达志在仔细地数着他刚卖得的银子。

画外传来他焦虑的声音：还缺三十五两！咋办？能借钱的人家都借过了，可以当的东西也都当了，值得卖的物品都卖了，还有啥筹银子的法子？明早就要启程的呀！

他推起独轮车，愁眉不展地走着。

33

街边一家小茶馆前。白天。

达志停下独轮车,喘息着坐到了茶桌前一条短凳上:来碗开水。

小茶馆的老板认出了达志,过来招呼:哟,这不是尚吉利的尚老板吗,出去卖货了?说着把一个放了茶叶的茶碗放到了达志面前。

达志:不,不要茶。

可是晚了,那老板另一只手上的铁壶已经向碗里注起了开水。

达志不甚情愿地伸手去衣袋里摸银票。

那茶馆老板断然地摆手:尚老板,你要是给钱可是打我脸了,你来,我连碗茶的照应能没有吗?

那就谢你了!达志也就不再坚持掏钱。他端起茶碗,垂下眼一口连一口地喝着。

这时,一阵尖厉的女孩的哭声突然从隔壁传来。

达志抬头看时,只见一个男子抱着一个女孩从隔壁出来,径向另一条街走去。

那女孩在那男子怀里哭叫着挣扎,隔壁的屋里,此时跑出一对夫妇,两个人眼巴巴地用泪眼望着被抱走的女孩。

达志扭头向茶馆老板低声地:咋回事?

茶馆老板叹了口气:卖童养媳的,如今,这也是穷人活下去的一个法子。

达志噢了一声。

茶馆老板又低声地:唉,如今啥样东西都涨价,就是人掉价哪!隔壁这丫头才卖了四十七两!

这倒是。另一个茶客此时接口:我们年轻那阵,卖童养媳,再差也要卖个五六十两银子哩!

又有一个茶客接口:还有比这便宜的哪,你们没看那棵桐树上贴的启事?他边说边指了一下茶馆前靠近街边的一棵桐树:万良街那姓董的人家买童养媳,开价只有四十五两!

唉。又是一阵叹息。

达志却不由得重复了一句:四十五两?

达志起身,朝茶馆老板:谢了,改日见。

达志弯腰去推车时,目光飞快地看了一下那买童养媳的启事。

他的目光里带着恐慌。

达志家灶屋。白天。

达志蹲在锅灶前,喝着顺儿给他盛的苞谷糁稀粥,双眼却在一动不动地盯着身旁的女儿。

四五岁的小绫正拿着一个旧梭子在那儿玩,她把那梭子放在一块木板上,两只小手把它来回扔,玩得十分专注。

达志停了喝粥,声音有些发抖地:小绫,想吃糖人吗?

小绫扭过头,意外而惊喜地:想!

达志从衣袋里摸出一张小票,向女儿递去:给,拿钱去大门西边刘爷爷的摊子前自己买。

正在锅上忙活的顺儿这时低声阻止:他爹,不年不节的,给她买糖干啥?

达志没有理会顺儿的话。

聪明的小绫大约怕娘的阻止能够生效,从爹的手上拿过钱便向门外跑,边跑边撒一路笑。

顺儿这时从锅上拿了一个红薯面饼,边递给丈夫边轻了声问:银子,够了吗?

达志摇了摇头,低下眼喝粥,呼噜噜,喝得很响,好像在跟稀粥赌气。

顺儿又低了声问:还有法子吗?

达志停止喝粥,目光缩回到粥碗沿上,弱了声:万良街有一家姓董的,想买一个童养媳,允官银四十五两。

顺儿不解地:这与咱家有何相干?他家买——话到此处,她突然明白了丈夫的意思,双眸极高地一跳,脸上罩了惊慌:你是说小绫——

达志的目光缩回眼眶,木木地蹲在那里。

不,不!顺儿突然扑通一声跪在了达志面前:不能卖她,她太小,要卖就卖我吧!卖我吧!看在我进了尚家从没求你的分上,答应我吧!她长大好给咱尚家织绸缎,我反正是个残疾人,活长活短都没多大用处。再说,我恐怕已经不能生了,求你留下个闺女,日后你老了她也好给你端汤送药,卖了我吧……

顺儿扑上去摇了下丈夫的胳膊，达志手中的粥碗当啷一声落到了地上。

稀粥即刻在地上像蛇一样分头爬开。

达志没动，也没吭，仍木然蹲在那里。

屋里只有顺儿的低声啜泣。

大门那儿传来了小绫喜极了的叫声：买到了，买到了，大糖人！

达志这时对顺儿低声地：起来吧，她回来了。边说边伸手把烂碗捡开。

顺儿强抑住啜泣，站起了身。

小绫这时举着糖人已奔进了门。

达志勉力在脸上浮一丝笑说：买来了就快吃吧。

小绫把糖人举到了达志嘴前：爹，你先吃，来，你咬糖人这只胳膊，咬，咬呀！

达志去推女儿的手：爹不吃，你吃吧！

小绫硬把那糖人朝达志嘴里塞去：咬，咬呀，甜得很哩！

达志只好轻轻地咬了一点。

小绫忽闪着眼睛问：甜吗？

甜。达志几乎是哽咽着答出这个字。当小绫转身向娘身边跑时，两滴豆大的泪珠猛蹿出他的眼眶，急切地向地上坠去……

35

夜。尚家临街店堂。

灯下，达志和两个男子坐在一张桌前。

其中一个五十多岁的男子从怀里掏出两张纸在桌子上摊开，而后摸出一盒印泥，示意达志在那张纸上捺指印。

达志迟疑了一下，伸手捺了指印。

那男子又转向另一个三四十岁的男子，示意他也在那两张纸上捺了指印。

纸张特写：可以看清那是一式两份的"童养媳买卖契"。

后捺指印的男子这时掏出了一包银子递到了那个中年人手上。

中年人把银子放进一个称银子的戥子，然后让达志看。

达志很认真地看了一阵，点点头，收好。

达志起身。

36

达志和顺儿卧室。夜。

顺儿坐在床头，双眼一眨不眨地看着熟睡了的女儿小绫。

小绫闭着眼睡得十分香甜。

达志轻轻推门走了进来。

顺儿一惊，急忙站起。

达志走到床前，先是看了一阵女儿，而后缓缓俯身，亲了一下女儿，接着弯腰去抱起女儿。

大颗的眼泪冲出顺儿的眼眶，她一手捂着嘴，一手把一个小包袱放进达志怀里。

达志转身向门口走时，顺儿呜咽出了声。

达志回头看了一眼睡在旁边床上的儿子立世。

顺儿也急忙用双手把自己的嘴捂住，只任眼泪簌簌流淌。

达志轻步抱着小绫出了门。

37

夜。世景街上。

达志把仍然熟睡着的小绫交到了那个买童养媳的男子手上。

那男子接过小绫时惊动了小绫，小绫睁开了惺忪的睡眼。

她睁着眼睛看定抱她的人，待她一发现是生人之后，呼地挺起身尖叫：爹——

达志慌得急忙应了一声：孩子，绫绫——

那男子一见小绫如此，显然害怕事情生变，抱起就走。

小绫立时哭着向父亲伸出手喊：爹——

达志向前走了几步。

那男子疾步抱着不停哭喊着的小绫向远处走了。

爹——爹——爹——

静寂的街上顿时全是绫绫的哭声。

达志双手捂脸慢慢蹲了下去……

第六集

1

晋金存府邸。云纬卧室。白天。

云纬一人捧着在王府山从达志手里买来的那两匹绸缎,静坐在椅上轻轻抚弄着。

在她注视着绸缎的时候,绸缎上渐渐浮现出达志的面孔。

云纬一声叹息似的低语由画外传来:他那额头上竟已满是皱纹了!

夫人,你的贴身衣裳。草绒这时捧着几件叠好的内衣推门进来。

云纬:嗯,放那儿吧。

草绒看见云纬手上的绸缎,快嘴快语地:夫人是想剪裁吗?要不我去叫魏家缝纫铺的老大来,给你剪件旗袍?你这腰身,穿旗袍定能——

云纬摇摇头:好了,让他们备轿,你陪我去图书馆,我要再去借几本书。

草绒点头:这就去。

2

南阳城中大街。白天。

云纬坐的一乘小轿在街上缓缓移动。

草绒扶轿而行。

轿内,云纬腿上放着几本书,她正在轿的轻微颠簸中翻看着《镜花缘》。

一声女孩的尖叫突然传进轿内:我要回家——

云纬一愣,放下书,掀开轿帘去看。

对面街边,有一个男子正紧抱着一女孩向这边走,那女孩正在男子怀中死命挣扎着叫:我要回家——

这时那男子干脆用手捂住了女孩的嘴,女孩的叫声顿时变成了"唔",身子仍在挣扎。

云纬向轿外喊了一声:停轿。

小轿落地。

云纬从轿窗伸出手对走在轿子一旁的草绒：去，问问那抱孩子的男人，小姑娘是从哪儿来的，我怀疑是他拐卖来的！

草绒闻声点头而去。

3

街对面。白天。

草绒拉住男子的胳膊，和他说着什么。

女孩还在男人怀里挣扎着。能认出她就是绫绫。

草绒快步向云纬所坐的轿子走来。

4

轿前。白天。

草绒隔着轿窗对云纬：那人姓董，那女孩叫尚绫绫，是尚吉利大机房尚达志的女儿。姓董的说，尚绫绫是他用四十五银子昨儿个晚上买来做童养媳的，今早这女孩要跑，他刚追到她。

云纬一惊：尚达志的女儿？

草绒：我看这像假话，尚吉利的掌柜还能卖女儿去当童养媳？他会缺四十五两银子？！

云纬点头：去，让他们跟我们一块去找尚吉利大机房问问清楚。

5

尚吉利大机房门前。白天。

云纬走下轿时对那姓董的男人：你站在这儿！而后转对轿夫和草绒：看住他！

男人怀中的绫绫这时停了哭声，满怀希望地看着云纬。

云纬走进了尚家大门。

6

尚家前院。白天。

云纬慢慢走到那块每个平面上都刻有图案▦的石头前端详。

厢房里传来织机响声。

云纬面前晃过她当年第一次来尚家时站在这块石头前的情景。

一阵抑得很低的哭声由东厢房里传来。

云纬循声轻步走去。

7

尚家东厢房。白天。

顺儿正坐在那儿捂脸低泣。

立世正站在顺儿身边：娘，别哭，爹说了，待他把机动织机买回来，一赚钱就去把妹妹要回家……

云纬脸上现出了怒气。

画外跟着传来她的心声：看来他真卖了女儿去给人家做童养媳，原因是为了买机动织机！宁要机器不要女儿，呸！

云纬转身向院门口快步走去。

8

尚吉利大门外。白天。

云纬恨恨地朝门旁挂着的那个"尚吉利大机房"的牌子踢了一脚。

那姓董的男人这时抱着绫绫迎过来：我没说假话吧？

云纬瞪眼朝他挥了一下手：走开！

那男子急忙迈步向远处走。

绫绫见状，又哇一声哭开了。

正要上轿的云纬又喊住那男子：喂，我给你四十五两银子，你放这女孩回家吧！

姓董的男子：不，不，俺们不要银子，俺们要的是童养媳冲灾！边说边抱着绫绫逃也似的跑了。

云纬咬着牙坐进轿里愤声地：起轿！……

9

叠印：

白天。一个挂有"汉口盛发机器行"牌子的大门前，达志正指挥着一帮工人把机动织机往马车上抬……

白天。一条土路上，一队马车正迤逦而行，领头一辆车上放着一口棺材，车前坐着戴孝的卓远。达志坐在其中一辆装机动织机的马车上，不时望望身后的织机……

白天。南阳城门，马车队缓缓驶进门内……

白天。尚吉利大机房东厢房，尚达志正指挥着工人把机器往屋里抬……

10

伏牛山中的葛条凹，白天。阴云低垂。

栗温保默站在三有堂前，也是满脸阴云。

他转身走进三有堂。

11

三有堂内。白天。

迎面墙前放着一个长条案。条案上摆满了亡灵牌位。

栗温保呆望着那些亡灵牌位，画外随即响起他的声音：晋金存，你这个杂种，你上次欠下的血债，我总有一天要你用血来还！……

门外传来一阵喧哗。

温保不高兴地转身问门口的保镖：啥子事？

保镖：那边三队的几个弟兄在揍一个老头。

温保嗯了一声，踱出了门。

12

一个营棚前。白天。

一农人打扮的老汉正跪地求饶：饶了我，饶了我……

几个民兵士兵正你一脚我一脚地踢他。

另有兵或站或蹲地在那儿看着笑。

咋回事？温保突然出现在了众人面前。

被踢打的老人抬头看见栗温保的样子，又急忙朝他作揖：长官，我不该骂，不该骂……

温保转向身旁的一个动手打老人的士兵：究竟咋回事？

那兵理直气壮地：俺刚才从他的房后过，见他种的几沟萝卜挺好，便拔了两个，就两个，萝卜都不大，嗨，叫他看见了，他就骂开了，我一气，就叫了几个弟兄过去把他弄过来了，我要让他知道知道咱民兵的厉害！

温保这时转向那老头，轻声地：你起来！

老人战战兢兢地站起来。

温保对老人：你刚才咋骂他的，再骂他一遍我听听！

老人惊怯地：不，不敢，我刚才是心疼萝卜还没长成，我真混，我不该——

温保突然提高了声音：不！你该骂！你应该再骂他一遍！

那老人一惊。

兵们也都怔住。

那个拔萝卜的兵开始着慌。

温保走近老人身边一步：骂，大伯，你现在再骂他一遍，我给你撑腰！我要看看谁敢再动你一根汗毛！

那老人不知所以地慌慌倒退着双脚：不，不，我不骂……

温保：既然你不骂，那我就替你骂了！他猛然转脸对着那个拔萝卜的兵，咬了牙骂：畜生，你才从农民中出来几天，可也学会欺负农民了?!你不知道农民种个萝卜要费多少力气？狗东西，骂你几句你竟敢把人捉来踢打，你的胆量可真大！你出来干民兵是为了啥？就是为了吊打农民？×你个八辈先人，老子就是农民，你欺负他就是欺负我！大清皇帝和他的那些贪官污吏欺负我们农民还不够，还要再受你欺——

大哥！一声低低的招呼打断了栗温保的怒骂。

栗温保回头一看，见是肖四汗水淋淋地站在一旁，才强抑住恼怒，朝周围那些民兵士兵：今后我要再见到有谁敢欺负农民，我就崩了他！……

13

三有堂。白天。

温保和肖四一前一后地走进屋里。

肖四：大哥，我们按你的意思，潜进城后，办了两桩事！

温保急切地：咋样？

肖四：头一件，和同盟会在南阳的头头联络上了，这头头是南阳府立中学堂的一个姓罗的老师，他愿意和咱们联合起来干，里应外合夺下南阳城，不过他说要找时机，不能贸然动手，具体时间再和咱们联系！

温保拍了一下膝盖：好！

肖四：第二件，弄洋枪的事，通过军界的一个人买到了十二支洋枪，但现在还不能拿到手，过些天，我们再去想法子把枪弄出来！

温保砸了一下肖四的肩膀：行，四弟，只要有了洋枪，咱跟晋金存干心里就不慌了！早晚我们要再打进南阳城去！……

14

白天。尚吉利大机房东厢房。

新安装好的两架机动织机静静卧在那里。

达志和顺儿正在向丝织机上装丝。

小立世拿一块抹布仔细地擦拭着织机。

卓远和雅娴夫妇及他们七八岁的女儿蓉蓉站在一旁看着。

达志妈也拄着拐杖站在那儿。

达志装好丝之后，对卓远一家笑了一下：我去隔壁发动机器。

15

隔壁动力机房。白天。

达志发动了动力机。

动力机呼的一声响开了：突突突……

传动带突突地运转起来。

16

东厢房。白天。

两架机动织机开始工作：咔、咔、咔……

它那快速的投梭动作让人看得眼花缭乱。

达志一家和卓远一家都欢喜地笑了。

17

世景街上。白天。

正在忙活的街坊们都被尚家传出的巨大轰鸣声所吸引，急急地走进院子。

人们围在东厢房门口，惊奇地看着那两台不要人工踏动和投梭的织机快速地织着绸子。

达志一边照看着织机一边向街坊们含笑点头。

18

夜。尚家正屋客堂。

达志点燃了香烛，对着爹爹的灵牌跪了下去。

站在达志身后的小立世，也照着爹的模样跪下了双膝。

达志抬脸喃喃地：爹，你一直挂虑着要买的机动织机终于买到了，是两台，机子很好用，一台的出货差不多顶人工织机四到五台，只要有这两台，我就能赚钱买更多的织机，我会让咱们大机房很快兴旺发达起来，我们的绸缎早晚会再获"霸王绸"的美誉！……

跪在一旁的小立世：爹，今晚就教我发动机器吗？

达志俯身磕了一个头，这才转对立世说：起来吧，我们去机房……

19

白天。一道横幅映满屏幕：庆祝南阳泰古车糖公司开业一周年酒会。

镜头拉开可见，横幅挂在一栋漂亮的两层小楼前。

一楼的酒会大厅里，蓄着短髭的英国老板举起高脚酒杯，不断地和邀请来的南阳官府、军界和工商界的要人们碰杯。

晋金存坐在最前边的桌子上，她的身边坐着云纬。

云纬站起，和晋金存一起同英籍老板碰杯。

她显然不愿去看室内的应酬，把目光移向了窗外。

她的目光在窗外慢慢移动，突然一定。

街对面的泰古车糖公司店堂门口，出现了推着一辆木质独轮车的尚达志。

她把目光停在他身上，一动不动。

20

街对面泰古车糖公司营业店堂门口。白天。

达志看着店堂门口的招牌。

招牌上的字迹特写：供应柴油、白糖。

达志从车上取下一个写有柴油二字的大铁桶。

他走进了店堂。

21

泰古车糖公司门外的街边。白天。

当初买走绫绫做童养媳的那个姓董的男人，挑着一担鲜菜由远处过来。

他的身后，跟了背着小菜篓的绫绫，篓里的菜装得太多，绫绫的腰弯得很厉害，喘息声很重。

绫绫停了步带了哭音喊：伯，俺背不动了，俺想歇歇。

董菜贩：咬咬牙走吧，这正是菜摊上要菜的时候。

达志这时提着柴油桶，走出了泰古车糖公司的门。

绫绫：伯，让我歇一会儿。

达志听见绫绫的声音，先是一怔，随即放下油桶几步奔到女儿身边，猛伸手取下了那沉重的背篓。

猛被摘走重负的小绫有些吃惊，她一时没认出面前站的人是谁。

董菜贩这时放下担子嘟囔着走过来：你这人真是，我们急等回去让菜上市——

绫绫这时认出了达志，凄楚地叫了一声：爹——便向爹的怀里扑去。

绫绫，绫儿……达志紧紧地把淌着汗水的女儿搂到怀里，心疼得泪水盈满眼眶。

董菜贩这时才看清碰见的是达志，不好意思地：哦，是尚家弟兄。

达志瞪了眼：孩子这样小，你竟能忍心——？

董菜贩红了脸，语无伦次地：嗨，家里没人手，每天头晌都要去城外背菜，你说……

达志扭过脸望着女儿：绫绫，饿吗？渴吗？爹给你买豆腐脑喝。达志抱起女儿向旁边的一个卖豆腐脑的摊子走去。

22
泰古车糖公司庆祝酒会大厅。白天。

云纬双眼一眨不眨地看着窗外达志的举动。

23
豆腐脑摊子前。白天。

达志端着碗用羹匙舀了要喂女儿,可满脸泪水仍在抽噎的绫绫不喝,只呜咽着问:爹,你为啥不要我了?是嫌我在家不勤快吗?是怕我学不会织绸吗?是看我花零钱多——

不,不是……孩子,你喝点吧!达志摇着头,泪水也同时被摇了出来。

小绫抓着爹的手哭着恳求:爹,那让我回家吧,回家吧!

达志痛苦地:绫绫,你已经是董家的儿媳——

绫绫哭着:爹,那你为啥要让我当董家的儿媳,他们说你是为了要银子,是不是?

达志无言,眼泪大串大串地涌出来。

爹——绫绫用力抱着爹的脖子……

24
泰古车糖公司庆祝酒会大厅。白天。

一直看着窗外达志父女的云纬,这时扭过了头,猛端起酒杯,仰头一下子把杯中的红葡萄酒倒进了口里。

正在和旁边的人说话的晋金存,扭头诧异地看了一眼云纬。

云纬借转身让侍应生倒酒的机会,迅速抬手抹去眼角出现的两颗泪珠……

25
晋金存府邸前大街。白天。

一行威武的仪仗中间是一顶大轿,大轿前的一个护卫举着一个写有

"河南巡抚"的牌子。

晋金存正弓腰扶着巡抚大人上轿。

巡抚在轿内坐好，对晋金存挥手：回吧。

晋金存施礼，而后退后，双膝跪下。

巡抚大轿被抬起，一行仪仗开始移动……

26

晋金存府内，云纬住处。白天。

晋金存一边让殷总管脱着官服，一边感叹着：总算把巡抚大人送走了。

殷总管：能够看出，大人走时很高兴。

晋金存：送的礼物都放进他轿里了？

殷总管点头：放心，老爷。

晋金存瞥了一眼坐在一旁的云纬，转对殷总管：没有从他随行人员的口中探听点什么消息？

殷总管：那位随行的马官人说，咱南阳的知府老爷不久要调任别处，巡抚大人可能会保举你晋升补缺。

晋金存高兴地：是这样说的？

殷总管：是的！

晋金存又看了一眼云纬，目光里透了得意：我于朝廷没有功劳也有苦劳，轮也轮到我升了！

殷总管：愿老爷早日高升，小的们也好跟着沾点光。

晋金存：这回送礼一共花了多少钱？

殷总管：三百多两，有点多了。

晋金存：那倒没啥，人生就是做买卖，有支有收，只要值得支出，就不要心疼，不过你们也可以想点办法，我听说尚吉利大机房最近买了机动织机，出货很多，赚钱不少，你可以让收税的去问问，好像使用机器也是要纳税的！

殷总管很机灵地眨着眼睛：小的明白！

一直默坐在一旁散漫翻书的云纬，这时突然开口：这事让我去吧！

晋金存闻言一怔：哦，你去？

云纬：不就是讹他们家些银子嘛，我看他们敢不给！

晋金存眼睛一亮：也好，你们女人出面办这事更好一些，万一有人说起来，我就讲我不知道！

云纬鼻子里哼了一声……

27

云纬住处，傍晚。

云纬走进里间，打开一口樟木箱上的铁锁，从里边摸出了四个五十两的大锭，装进了手袋里。

画外传来她的低音：达志，我知道你挣钱不容易，这个灾，我就替你挡了……

她的眼前晃过达志抱着父亲席卷的遗体和抱着绫绫流泪的情景。

夫人，轿备好了！草绒的一声招呼由画外传来。

云纬急忙抹了一把眼睛，转身向门口走去。

28

尚吉利大机房临街店堂。晚。

店门开着，柜台上点着蜡烛，达志正一人伏在柜台上算着什么账目。

云纬轻步走进店里。

达志没有发觉云纬的到来，仍在低头算账。

云纬默默地看着达志，目光柔和而充满温情。

达志大约是算完了一笔账目，推开算盘抬起了头，直到这时，他才看见了云纬：哦，是你？

云纬无语，就站在那儿。

达志有些慌乱地：你是来买绸缎的吗？

云纬一听这话，脸上的柔和忽然隐去，目光中出现了恨意：来你家的人，除了买绸缎，不许有别的事了？好，尚老板，你既是想让我买绸缎，那我就买，我要买一种特别的绸缎，一种用你女儿和未婚妻的眼泪浸过的绸缎，那种绸缎穿着舒服！

达志被这话刺得身子摇晃了一下，他似乎想辩说几句，嘴动了动，但没声音出来，他无限痛楚地看了云纬一眼，便一下子伏在了柜台上。

云纬脸上现出一种怒气得泄的快活，目光刀一样地向伏在柜台上的达志砍去。

屋里很静。

达志伏在柜台上的双肩在一下一下抽动。

云纬的双眸里现出一丝惊异,她渐渐看明白他是在强抑哭声时,有些慌了。

达志的无声饮泣使他的脊背一鼓一鼓。

云纬急忙转身关了临街的店堂门。她脸上的冰冷也一变而为心疼,她轻轻地伸出一只手,抚向他那因饮泣而不停晃动的头。

达志的头在云纬的掌下更剧烈地抖动,从他的口中也传出抑得极低的哭声。

云纬像哄小孩那样喃喃地:好了,甭这样,怪我。与此同时,两只手充满爱意地在他的头顶、颈后、两鬓上抚摸,然后低下头,轻轻亲了一下他那仍在晃动的头顶。

院中传来了顺儿的喊声:他爹,吃饭了——

云纬一惊,急忙收回手,低了声:喊你吃饭了,甭让她看见你这模样。这儿不是说话的地方,后天晚饭时分,你到玄妙观的西侧门,我在侧门里的竹林那儿等你,到时再跟你细说!

达志抹着眼泪抬起了头。

云纬此时已转身拉开了店门。

在这同时,通往院中的后门被顺儿拉开,她瞥见了云纬的身影,顿时一愣。

云纬已闪到了前门外边……

29

晋金存府邸。夜。

云纬走进同济堂。

正坐在椅上看着什么公文的晋金存闻声抬头:咋样,宝贝,去尚家有收获吗?

云纬努力让脸上浮出一丝得意,将手袋里的四个大锭掏出放到了晋金存面前的桌上:看呗!

晋金存欢喜地:嚄,这么多?我以为你能从尚家弄出几十两就了不起了，没想到这么多！这下好了，送给巡抚的那些东西差不多又收了回来！

云纬斜瞪了晋金存一眼：这差不多是尚家的全部家当了，我去辛辛苦苦讨来，你也不能太贪心，总得给我留一点。

晋金存伸手捏捏云纬的下巴：为了犒赏你的功劳，你留下一半，行吗？其实放你这儿和放管家那儿，还不是一样？！

云纬旋即把眼帘放下，以免让他看出她眼底的愤恨……

30

尚吉利大机房灶屋。晚饭时分。

顺儿把一家人的饭菜在饭桌上摆好，看到婆婆、丈夫、儿子开始吃了之后，自己才端起了碗。

她不时隔着碗沿飞快地看一眼丈夫。

达志吃得心不在焉，他的面前不时闪过云纬的面影。

达志吃完一碗面条，顺儿赶紧起身要为他添饭。

达志挥手：饱了，我出去有点事。说着起身。

31

尚家院门口。晚饭时分。

达志伸手要去拉门。

背后突然响起顺儿的一声喊：他爹！

达志转身：我要出去办点事！

顺儿的声音有些发颤：我在想，你最好把她约到咱们家见面，在店堂里也行，这样安全些，万一有人问起，我们就说她是来买绸缎的，也好遮掩——

达志被吓了一跳，故作镇静地：你说什么？和谁见面？

顺儿垂下头：不用瞒我了，我是实实在在为你俩好！

达志因自己的隐私被妻子发现而有些着恼：真是蠢到家了，我去和谁见面？我是出去办丝织上的事，懂吗？

顺儿：你不用担心我不高兴，我知道你一直记挂着云纬姐，你俩的心里也都很苦——

啪！达志猛朝顺儿打了一个耳光，我叫你在这儿瞎说八道！他现在只有用这种暴怒的举动来替自己掩饰。

达志极快地出了院门。

婆婆这时走了过来：立世他娘，你和达志在说啥呢？

顺儿急忙放下捂脸的手，轻而平静地：妈，他说我织的一匹绸子不好，生气呢。

嗬，值当吗？老人嘟囔着回转了身去……

32

南阳玄妙观内竹林。夜。

云纬轻步走进竹林，抹了一把额上的汗。

她瞪大双眼盯着不远处的一道小门。

那扇小门吱呀一声，一个人影闪了进来，是达志。

云纬轻喊了一声：嗨！

达志快步向云纬身边走来。

云纬也迫不及待地迎向前去，她碰响了几棵竹子，竹叶发出了一阵簌簌声。

云纬的一只脚绊了一个竹根，她几乎是踉跄着站到达志面前的。

两人默默地对视着。

云纬抬起双手，无言地捧住了达志的脸，她那纤长、柔软的手指在他的嘴角、颊上、鼻翼、两鬓和额头缓缓移动。

达志也颤抖着把两手放到了云纬的肩上：云纬，那年——

云纬已扑上来用双唇堵住了他的口。

达志被云纬的长吻撩起了激动，也把云纬一下子搂紧了。

就这当儿，在云纬身后不远处突然响起一个男人的声音：两位好！

云纬身子一惊，扭头惊问：谁？

是我，姓殷！一个黑影从不远的竹丛里闪出，能认出来人是晋府的殷总管。

云纬惊骇地：你？！

殷总管冷冷地：三夫人大概不知道吧？晋老爷对他的每房夫人，都派有人暗中保护，你摸着黑来到这里，我当然应该跟来护卫！

云纬倒吸了一口冷气，几乎是立刻转身朝达志推了一把：快跑！

达志迟疑了一霎，拔脚向小侧门跑了。

跑了和尚跑不了庙！殷总管倒也没去追，而是慢悠悠走到云纬身边：我已经知道他是谁了——尚吉利的尚老板，我只要回去给晋老爷一说，保准他活不过三天！

云纬打了个寒战。

殷总管：当然，我也理解你的心情，晋老爷一个老头子满足不了你，如果你答应我——他用手触了一下云纬的双乳，我会把这秘密永远保守下去！

云纬后退了一步，把牙倏然咬起。

殷总管向前一逼：答应吗？

云纬突然平静地开口：当然。同时侧耳去听达志的脚步声。那声音在道观外的街巷里越来越小。

殷总管：那么就请脱吧！

云纬故意拖延着时间：在哪里？就在这儿？

殷总管用脚踢了踢地上的竹叶：当然，这上边很软和！

云纬再次侧耳去听，达志的脚步声已经完全消失。

殷总管迫不及待地：快点脱！

云纬慢慢地解着上衣纽扣，扣子刚解完，却突然对着道观大院高喊了一声：来人呀——

殷总管吃惊地：你喊什么？

云纬：我要把道观里的人喊来，让他们替我做个证明，这里只有你和我，是你想要在这里侮辱我！

殷总管被这话吓得退后一步：你？！

云纬：我要告诉晋金存，是你骗我来这道观后院企图不轨，他会相信我而不会相信你！因为没有人为你证明！我们两个人的事情，你休想说清！

你？！殷总管被这话吓得又后退一步。

云纬：你要是聪明人，就把你看到的这些永远藏在肚里！你胆敢报告晋金存，我就用这个法子治你！你可知道，晋金存对府中男人的疑心本来就大，他不会不信我的话！你要是不相信，咱们回去就试试！

殷总管的双眼蓄满惊恐：不，不，三夫人！

这当儿，道观院里出现了两个提着灯笼的道姑：哪儿有人喊？

这儿！云纬立刻应了一声，同时低了声转对殷总管：跟在我的身后，装作是我的保镖！说罢，几步出了竹林，迎着灯笼走去。

两个道姑此时也提着灯笼走了过来。

云纬：二位道姑好！我是晋府的三夫人，七天前在道观里许了愿，求祖师爷保佑我夜晚安眠，祖师爷果然对我施了恩，我今晚是带着下人特来还愿的！喏，这是三两银子，请道姑收下，日后给他老人家的殿堂大门油漆一遍！说着，把随身带的三两银子放到了道姑手上。

两位道姑施礼：谢谢施主！

33

玄妙观小侧门外，夜。

云纬压低了声音对殷总管：那两位道姑已看清了你我的面孔，如果你胆敢回去说出我和尚达志见面的事，我就让那两位道姑证明，当时跟在我身边的只有你！

殷总管慌忙地：我，我，我不会说的！

云纬在黑暗中抬手抹了一把额头上的汗，长长嘘了一口气……

34

达志家。夜。

达志慌慌地奔进院里，靠在院中那块石头上大口喘息。

一块毛巾递到了他的手上，他顺手接过要去揩汗，毛巾就要触脸时他才想起去看递毛巾的人。

是顺儿站在他的身旁。

他意外而吃惊地：你……还没睡？

顺儿点头，轻声地：你也去睡吧。

达志呼出一口气……

35

晋金存府邸。云纬住处。白天。

云纬正在心神不定地看书。

晋金存满脸阴沉地走进来。

云纬不安地看了一眼晋金存，显然还在担心殷总管告密。

晋金存：你闻没闻到一股味儿？

云纬诧异地：味？什么味儿？

晋金存：一股要出事的味儿！

云纬更加慌乱地：出什么事？

晋金存低声地：民变，有人可能要造反！

云纬一听是这，松了一口气：谁要造反？

晋金存：刚才得到密报，有人从军营里偷买了一批枪！

云纬：哦？

殷总管这时出现在门口：老爷！

云纬瞥了一眼殷总管，目光里满是警告的味道。

殷总管先向云纬讨好地一笑，然后才转向晋金存：刚才知府大人差人送来口信，说因为官府加征辣椒税、油漆税，师范传习所的学生似有闹事的迹象，刚才有一批学生去了学监卓远的家里，知府大人让你密切注意这事！

晋金存：你立马派人监视！同时加紧暗查那批枪的下落！

殷总管：是！

36

卓远家书房。白天。

一群学生满脸激动地围在卓远身边。

卓远望着那些学生：大家慢慢说，不要急。

一个学生：太岂有此理，连吃辣椒、刷油漆都要交税，你说还让不让老百姓活了？！

另一个学生：穷人吃红薯面不好下咽，吃点辣椒好下饭，没想到这还要交税，真是天下奇闻！

又一个学生在激昂地说着什么……

卓远起身，在学生们面前冲动地来回踱步。

他停步一霎，而后飞快地走到书桌前，迅速摊开一张大纸，拿笔在上边愤愤地写下了：致知府大人的公开信。

学生们呼啦围到了桌前。

雅娴这时走了进来。

她探头看了一眼卓远正写着的那封公开信，脸上一惊。

她上前一下子握住了丈夫拿笔的手腕。

卓远和他的学生们都一愣。

雅娴夺过丈夫手中的毛笔，在旁边的一张纸上写下了一个大字：祸。

卓远淡淡一笑，从砚上又拿过一支笔来，三两下在那个"祸"字下边画了一个被压弯了腰的学人。

学生们都笑了。

卓远用笔一挥，在那个学人身上打了一个叉，表示自己绝不做那个学人的意思。随后又继续握笔在纸上写起了公开信……

37

世景街上。白天。

卓远的学生们正把那封公开信贴在一面墙上。

街上的行人都围了过来。

人们在公开信前开始义愤地议论……

38

晋金存府邸，云纬住处。白天。

晋金存正在闭目养神。

云纬正对儿子承银低声说着什么。

殷总管匆匆走进来：老爷！

晋金存睁开眼：嗯？

殷总管急急地：学监卓远刚写了一封致知府大人的公开信在街上张贴，抗议加征辣椒税和油漆税，引得大批民众观看，激得人群情绪冲动，不时发出诽谤官府之语。

晋金存长眉一挺：哦？起身在屋内踱起步来。

殷总管：以小的之见，应该教训教训这个卓远。

晋金存：这些舞文弄墨的家伙，唯恐天下不乱！是该有所表示了！

殷总管：那我今夜就派人到卓远家里这么——他做了放枪的动作。

晋金存威严地把头摇摇：杀人只会更快地激起民变！

殷总管：那依老爷之见——？

晋金存：你想没想过，卓远写公开信靠什么？

殷总管：笔！

晋金存：怎样才能让他不拿笔？

殷总管：把他的家砸了，笔、墨、砚一律抢走！

晋金存：那他不会再买？

殷总管：那——？

晋金存：一个人要是没有手指，他还会……

殷总管茅塞顿开地：小的明白了，大人！

晋金存：明白了就去办，要做得巧妙！

殷总管：是！随后快步出门。

晋金存扭头去看云纬：该吃饭了吧？

云纬无声，只是一脸愕然地望着对方。

晋金存：怎么这样看我？

云纬这才意识到了自己的失态，急忙把头摇摇……

39

夜。世景街上。

卓远臂下挟着两本书走出师范传习所大门。

街两边的店铺已经上灯，强度不同宽窄各异的光束投到街上，街面显得斑驳怪异。

几乎在他走出大门的同时，街对面一家小饭铺里的两名"吃客"也站起身来，跟在了他的身后。其中一个快步超过卓远，走在卓远前头——这时我们可以看清他是晋府的殷总管。

卓远毫无察觉地边走边看着街景。

走在卓远前边的那个"吃客"——殷总管在一个小酒铺门前朝两个喝酒的人使了个眼色。

那两个喝酒的人立刻放下杯子装醉摇摇晃晃地走出了酒馆门。

他们走在了卓远身边。

40

酒馆门前大街。傍晚。

走在卓远身边的两个"醉鬼"中的一个朝另一个：你给我站住，咱要喝就喝到底，比个输赢！你要不站住，老子就宰了你！说着，从腰间拔出了一把锃亮的刀。

另一个"醉鬼"：你回去跟你爹再学两年喝酒，然后咱们接着比——正说着，他假装脚下绊了什么，扑通一声摔倒在地。

后边那个拿刀的醉鬼，上前举刀便向那人身上砍。

一旁的卓远见状，慌忙上前劝止：嗨！

但他的手刚触到拿刀的醉鬼，那人就一把抓住了他的手，原本倒地的那个醉鬼这时也一下子抱住了卓远的腿。

卓远一下子失去了平衡倒在了地上，他右手撑住街面刚想站起，只见拿刀的那个醉鬼挥刀便向他的右手砍去。

呀——卓远撕心裂肺地惨叫了一声。

他被砍断的四个手指头在街面上跳动。

卓远轰然仆地，昏了过去……

第七集

1

卓远家。白天。

卓远手上缠着厚厚的绷带仰躺在床上。

妻子雅娴正在用毛巾给他擦脸。

七八岁的女儿蓉蓉端一杯水过来：爹，喝点水吧。把碗凑到父亲嘴边。

达志拿着几包点心和药出现在门口。

雅娴扭头看见：是达志来了。

达志：我去康老大夫那里给卓远哥找了点治红伤的药。边说边把点心和一包药放到雅娴手上。

卓远忍着疼痛：坐吧，达志，这两天机房里的出货咋样？

达志：还行。官府抓没抓住那两个坏蛋？

雅娴：没有。晋老爷只说他们会尽力破案。

卓远：八成是破不了了。

达志：你怎么知道？

卓远：我事后想起，那两个醉鬼先抓的是我的左手，后来又换了右手。

达志：噢？

卓远：他们砍的为什么偏偏是我握笔的手？

达志：你是说——

卓远：这使我想起我写的那封致知府大人的公开信。

雅娴和达志都吃惊地看着卓远。

2

晋金存府邸。同济堂。

晋金存正坐在椅子上让仆人干洗身子。云纬站在一旁看儿子承银习字。

殷总管站在一旁得意地：老爷，这以后，你不用再担心卓学监写公开信了。

晋金存：没有留下什么把柄吧？

殷总管：放心，干净利落不留丁点痕迹。

云纬扭头飞快地看了他们一眼，又迅即地扭过头去。

晋金存：毕竟是一个学监受伤，我得表示一下慰问，记住，过几天去给卓家送点水果、点心！

殷总管先是一愣，随即点头：老爷高明！

3

卓远家。白天。

一个大夫正在给卓远换药。达志和雅娴关切地站在旁边。

缠在卓远右手上的纱布一点一点解开，一只怪样的手出现在我们面前：大拇指、食指、中指、无名指四根指头都只剩下了短短一截，创面如斜切的萝卜。

卓远的手在空中痛苦地一挥：天呀，我还怎么写字？

达志和雅娴见状急忙抓住他的两个手腕。

达志哑声劝：想开些，卓远哥。

晋府的殷总管这时忽然出现在了门口：卓先生，晋老爷命小的来代他看望你。

卓远冷冷地：谢谢。

殷总管一挥手，两个衙役把一些水果、点心放进了屋里。

卓远扬了扬那只伤手对殷总管话中有话地：回去告诉晋老爷，就说请他放心，我的伤差不多好了，我这只手以后也不能再写字了！

殷总管故作吃惊地：是吗？……

4

尚吉利大机房临街店堂。夜。

达志正和儿子立世一起把织好的绸缎抬上货架，货架上堆满的绸缎表明尚家买了机动织机后生产有了很大发展。

虚掩的店门这时突然被推开，一个男人闪了进来。

达志：先生是想买——？

那男人——这时可以认出他是民兵中的肖四——压低了声音匆匆地：尚老板，我有点东西想在你这儿寄存，明儿夜里来取，能否帮个忙？

达志略略一愣：因房子有限，我们机房一向不代人存放东西，请另找货栈——

肖四：不是什么大物件，就是两个箱子，我们事后有回报！当然，你现在要钱也可以！说着，去口袋里摸出了一把银子。

达志推开肖四的手：仅是两个箱子，那倒不必付钱了。同时，示意儿子由后门出去。

肖四抱拳：那就谢了。说罢，走到门口朝门外一招手。两个身着黑衣的人各扛着一箱东西进了店里。肖四急忙上前插死了门。

达志：不是易燃物品吧？

肖四：当然。

达志引领着那两个人走到一个货柜前：就放在这柜子里吧。

两个人小心地把两个箱子放了进去。

达志：你明晚啥时候来取？

肖四：三更时分。我来敲门。

达志一怔：三更时分？

肖四：这东西必须保证万无一失！要是出了差错，我们可是要找你算账的！你开工厂，人跑，厂子总不会跑掉吧？肖四说着，猛地撩开衣襟，让达志看见他腰里别着的短枪。

达志吓得后退一步：你是——

肖四：别怕！你只要把这东西保管好，我们绝不会伤害你！至于我们的身份，明天晚上告诉你！现在，我们要从你的后门走！说罢，手一挥，和另外两人一起闪出了店堂的后门。

达志跟到后门口，看着他们嗖地纵身上到房坡上，悄无声息地消失在黑暗里。

前门外边街上突然传来了人的跑步声。达志一惊。

5

尚吉利门前世景街上。夜。

成队的清兵匆匆跑过，脚步声很急。

晋金存在一伙清兵的护卫下匆匆走了过来。

晋金存边走边对手下：关闭所有城门，对所有携物外出的人严加搜索，我不信他们就能带出城去！

一个头目：是！

6

尚家临街店堂。夜。

达志熄了灯隔着门缝向外看。

街上寂无声息。

他点亮蜡烛轻步来到刚才放那两箱东西的柜前。

他拉开柜门，凝视了一阵那两个长方形的木箱，一种想看个究竟的目光在他眼里出现。

他解开箱子上缠的绳子，掀开箱盖。

他惊得后退了一步。

箱内东西特写：长枪。

他惊怯地伸手从箱子内抽出一支长枪。上上下下地看着。

他举起枪试着瞄准了一下，在枪的前方立刻出现了晋金存的幻影。

爹，还不睡？后门外突然响起小立世的一声喊。

达志被吓得手一哆嗦，手中的枪差一点就掉到了地上。

小立世这时已闪进屋子，吃惊地指了那枪问：这是啥东西？

达志没顾上回答儿子的问话，手忙脚乱地又把枪塞到了木箱里。

小立世好奇，走到木箱前弯腰去看。

枪，孩子。达志挡住儿子的手，不让他看：别人买了存咱这儿的。

小立世：干什么用的？

达志：这是和官府作对的人弄的枪，你说能干啥？

小立世：打官府？

达志点头，低声地：记住，永远不能对外人说这枪的事！万一官府知道了，会来杀咱的！

达志的害怕传给了小立世，他惊怯地点了点头。

汪汪。随近突然传来一阵狗吠，吓得达志和小立世几乎同时张嘴去把灯吹熄……

7

伏牛山中葛条凹。白天。

民兵官兵全副武装地站在三有堂前。

栗温保站在队前，声音激昂地：各位弟兄，我们得到消息，湖北一伙和大清朝作对的人，已经在武昌起事成功，他们成立了一个什么"中华民国"，我们要和他们一起干！与他们向北打的队伍一起，攻打南阳城，把南阳城夺到咱们手里！

众人嗷地叫了起来。

栗温保转对肖四：肖四，你来说说打法！

肖四上前一步，高声地：弟兄们，我们的打法是：里应外合！……

8

南阳城。晋金存府邸大门外。早晨。

晋府的一个仆人打开大门时，发现墙上贴着一张白纸，上书：

> 武昌光复
> 军政府都督黎元洪
> 国号中华民国

仆人惊奇地看着。

几个路人围了上来。

殷总管这时出现在门口，他看见那张白纸和那些围观的人，忙走过去细看。

他勃然变色向人们喝道：滚开！随后，上前扯下那张白纸，匆匆走向院内。

9

晋金存府邸。同济堂。早晨。

晋金存正在看那张从墙上扯下的白纸。

殷总管恭立一侧。

晋金存：这是不轨之徒所做的扰乱人心之举！立即派人到街上监视，一旦发现再有张贴此类东西的人，一律收监！

殷总管：是！

云纬走了进来，她瞥了一眼晋金存手上的那张纸：看啥子呢？

晋金存愤愤地把那张纸扔到办公桌上：想以此扰乱人心，这些反叛之徒！

云纬看了一眼那纸：啥叫中华民国？

晋金存：无非是说国家属平民百姓吧，这都是反叛之语，是痴心妄想，自古以来，国家属于国君，怎么可能属于百姓？倘是属全体百姓，大伙都想对国事议论做主，那不就天下大乱了？莫说这中华民国根本不会出现，退一万步讲，真的出现了，那这个民国最后也必定是属于一个强人的！

云纬：那咱们为啥不让这中华民国快点出现，看看它究竟是怎么一个结果？

晋金存的眼瞪了起来：胡说什么？我今日的一切都是谁给的？这官服、这大院、这房子、这花园、这官轿，包括你们这些女人，不都是大清国给我的？没有大清国，我能得到这些东西？我们晋家和大清国休戚相关！

哦——云纬打了一个长长的哈欠……

10

卓远家。白天。

卓远正默默地在书桌前来回踱步。

达志匆匆走了进来，低而急切地：卓远哥，知道了吧，街上出现了好多传单，说是中华民国已经成立。

卓远兴奋地：已经有消息证实，传单上说的是真的！

达志：这么说大清朝是真的要完了！

卓远点了一下头。

达志高兴得双手一击。

11

尚吉利大机房临街店堂。夜。

远处传来三更的梆子声。

室内没有点灯，借着透进的月光可见，达志心神不定地坐在一张椅子上，不时望望紧闭着的前门。

咚咚，轻轻的敲门声。

达志疾步走到门前低声地：谁？

门外的声音：取货的。

达志打开了门。

以肖四为首的一溜十几个民兵士兵影子一样飘进了屋里。

达志分明猜到了什么，眉带欢喜地看着他们去柜里拿出了那些枪……

12

尚达志家卧室。夜。

达志正在黑暗中脱衣上床。

突然乓的一声枪响。

顺儿和立世都被尖厉的枪声惊得坐起身来。

达志低声地：别怕！

眨眼间，外边的枪声密集起来：嗒嗒嗒，同时伴有喊杀声。

达志，出啥事了？达志妈这时慌慌地披衣推开门。

达志急忙上前扶住老人：妈，别怕，是有人打官府来了！

达志妈：打官府？

达志：对，打晋金存他们这些王八蛋！

达志妈舒了一口气：但愿他们能打胜！……

13

晋金存府邸。云纬住处。夜。

晋金存被枪声惊得呼地坐起身来。

云纬也睁开了眼。

晋金存：一定是出了事，要不枪声不会这样密集！边说边去穿衣服。

门外响起了急切的敲门声。

晋金存疾步上前拉开了门。

殷总管站在门外急急地：快，快，老爷，出大事了！刚才知府大人派人告知，黎元洪等人反叛朝廷之事已被证实，现在攻城的就是叛军中的一支北上的队伍，知府大人要我们速速向开封方向撤走。

晋金存的两眼忽地瞪大：正道的消息倒没有小道的快！撤？那不是逃吗？值此危难之时，身为朝廷命官，没有想到怎样去和叛贼搏斗，倒先想到怎样逃了？告诉他们，我晋金存不走！我要与南阳城共存亡！

殷总管：老爷，我看还是……

晋金存：还是什么？我坚信大清皇帝会很快派大军来剿灭叛匪的，以往也不是没出过叛匪作乱的事情，不是很快就被平息了？

殷总管欲言又止地：刚才知府来的人说，大清皇帝可能也要退位了！

晋金存猛一拍桌子：放屁！

殷总管吓得急忙后退一步：那我们——

晋金存：随我去城墙！

殷总管害怕而无奈地：是……

14

晋金存府邸大门外。夜。

晋金存一手握枪，领着一队人马匆匆向远处的城墙疾步走去。

15

云纬住处。夜。

云纬疾步走到里间门口，看了一下儿子承银。承银此时已从床上坐起，正揉眼睛。

别怕，孩子！云纬说着，反身匆匆收拾细软衣物。

承银胆胆怯怯地从里间揉着眼睛走出来。

云纬：别出去。

承银：妈，外边什么东西响？

云纬边收拾东西边答：枪！孩子！

承银：谁在放枪？

云纬：一些应该放枪的人！

承银：谁是应该放枪的人？

云纬转身瞪了一眼儿子：啰唆！……

16

世景街。夜。

枪声盈耳，杀声震天。

领人向前疾走的晋金存倒也显出了临危不惧的样子。

轰的一声巨响。

惊得晋金存一行急忙停步。

世景街尽头的城墙上出现了巨大的火团。

一阵"杀呀——"的呼叫声排山倒海而来。

一批溃退的清兵由前边的街上如潮水一样涌来。

殷总管拦住其中一个清兵头目：怎么回事？

那头目：快跑吧，城破了——

更多溃退的兵涌了过来。

晋金存挥舞着手背：不准退，给我顶住叛匪！

一股兵涌过来，把晋金存撞得来回转了两圈。

殷总管焦急地：闪开，闪开，这是晋老爷！

一个退兵用枪指着晋金存：别挡老子的道，小心宰了你！

殷总管急忙拉住晋金存：老爷，咱们快回家吧！

被挤到街边的晋金存长叹一口气……

17

晋金存府邸院内。夜。

晋金存正指挥人用木杆顶着院子大门。

他手里也提了一把短枪叫着：所有人都拿上刀枪上房上梯，坚决顶着叛贼不许他们进院！

殷总管走到他身边小心地：守这样一个小院——

晋金存：你要再动摇军心我就——

殷总管急忙：好，好，坚守！

晋金存转而高声地：朝廷不会不管我们的！我们只要坚持上三四天，驻开封的援兵便会赶到！……

18

晋金存府邸外边大街拐角处。夜。

栗温保从马上下来。

肖四迎上前：大哥，已打了一个时辰，这狗东西不投降！

栗温保：好！把旅鄂奋勇军送我们的那架土炮拉来，照这狗东西的大门来他两下子，而后再冲！

肖四：行！

19

晋金存府内。清晨。

晋金存望着枪声暂停的院子对殷总管：对，就这样打！这些乌合之众，成不了气候的！

他话未落音，只听轰的一声，山摇地动。

硝烟散开时可见，晋府大门已经不翼而飞。

杀——

喊杀声由院外传来。

殷总管：快跑，老爷——他话未落音，一发子弹飞来，他咚地倒在了地上。

晋金存愣了一霎，而后飞快地向后院跑去。

20

仆人房中。清晨。

草绒怀抱着女儿浑身哆嗦着藏在了床下。

21

云纬住处。清晨。

云纬已把小包袱在肩上挂好，一手拉住承银要向外走。

晋金存这时飞奔过来，抓住云纬的手就走：快！

云纬：去哪里？

晋金存没有回答，只是拉着他们母子，三拐两绕地奔进了一座柴房。

晋金存飞快地把一堆柴草抱开，地上露出一个不大的暗洞。

晋金存先把儿子承银放了进去，又推云纬进去，随后自己也跳了下去。

晋金存站在洞中，伸手抓过柴草盖住了洞口。

22

不大的暗洞中。清晨。

晋金存喘息着对云纬母子：我们在这里藏到天黑，然后趁黑摸出院子混出城去，再去开封，总有一天，我会带你们再回到南阳，那时，说不定我就升任知府了！

云纬在黑暗中撇了撇嘴。

晋金存在暗处抓住云纬的一只手晃晃：大难之中，我只带着儿子和你，可见我对你的爱心，将来再回到这院中时，你便是大夫人了！

黑暗中的云纬没有吭声，只是双眸鄙夷地一转。

噔噔噔。洞外传来了脚步声。

三个人一齐侧了耳朵倾听。

23

晋府后院柴房。白天。

栗温保和肖四及一帮民兵士兵持枪搜进柴房。

栗温保：妈的，莫非晋金存这杂种跑了？

肖四：不会吧？听说知府和总兵要他跑时他还坚持不跑哩！

栗温保大声地对手下：搜，仔细地搜！

有士兵朝柴草堆上开了枪。

栗温保双脚走到了晋金存一家藏身的洞口。

他猛用脚踢了一下那堆杂草，但洞口并未露出。

他转身向另一堆柴草走去。

24

暗洞里。白天。

晋金存一手持枪和承银紧张地注视着洞口。

云纬的神情里却有一种隐隐的期待。

洞外肖四的声音：要不，再去前院那些房间里搜搜？

栗温保的声音：好，他总不会飞吧？

晋金存的脸上露出了一丝欣喜。

云纬的脸上却立刻浮出了一丝失望。

云纬悄悄抬手去头上取下了一根发簪。

她趁儿子不注意时把发簪伸到了儿子的屁股后边。

洞外栗温保的声音：到前院再搜！

云纬猛将那根发簪戳向了儿子的屁股。

突然遭戳的承银忍不住发出了呀的一声。

晋金存急忙去捂儿子的嘴，但是晚了。

洞外立刻传来肖四的声音：在这里！

25

洞外。柴房。白天。

一个民兵士兵用木杈嗖地掀起了遮在那个暗洞口上的柴草。

栗温保和肖四及几个士兵的枪口同时指着洞口：不许动！

晋金存在猛烈的阳光下眨着眼睛，绝望地看着那些指向自己的枪口。

栗温保嘲弄地：快点出来吧，里边太憋气！

肖四：先把枪扔上来！

晋金存再次望了一眼那些黑洞洞的枪口，极其不甘地把手上的短枪扔出了洞外。

云纬如释重负地先站起了身子，拉着儿子爬出了洞口。

晋金存双眼紧眯着瞟了一眼云纬。

肖四对晋金存喝道：出来！

晋金存不得不慢慢地爬出了洞口。

栗温保晃着身子朝晋金存走近了一步：咋样？晋大人，还认识我吧？我就是你这些年一直想捉拿的栗温保！你还想抓吗？

晋金存从牙缝里蹦出一句：你反叛大清皇帝，早晚会被捉拿归案的！

栗温保响亮地笑了：哈哈哈，你们大清皇帝已经完了，这国是爷们这些平民百姓的了，你就永远死了这条心吧！

晋金存：咱们看谁的心先死！他在咬牙说这话的同时，忽然间从袖筒里掏出一支暗藏的短枪来，对准栗温保就扣扳机。

机警的栗温保显然早有提防，他已早一秒扣响了手中的枪。

晋金存拿枪的右手啪被打断，他的枪在落的过程中子弹出膛，嗖地钻进一边的墙土里。

晋金存捏住自己那只断手的手腕，朝栗温保疯了似的吼道：继续开枪吧！你这个杂种！

栗温保也咬了牙冷冷地：我是要开枪的！我们两个之间的账是该结一结了！为了被你杀的民兵弟兄，我打断你的左腿！说着，啪的一枪。

晋金存的左脚脖一下子被打断，晋金存的左腿顿时跪了下去。

栗温保：为了你对我妻子、女儿的折磨，我打断你的右腿！说着，枪又啪的一响。

晋金存的右腿也跪了下去。

栗温保：为了你对满城百姓的欺压，我打断你的左手！声落枪响。

晋金存的左手腕也一下子断了。

四肢全断的晋金存发疯似的：打呀，你这个叛匪，畜生！朝老子的心口窝上打！

栗温保笑着吹了一下冒烟的枪口：你想死，是吧？不，你不能死！你已经享够了福，也该把人世上的苦尝尝了！来人，把他关进一间屋去！

几个士兵上前像抬一头猪似的把晋金存一下子抬起……

26

草绒所住的仆人房子。白天。

草绒和女儿枝子还在床底下瑟瑟发抖。

门被肖四哐一声推开，他的身后跟着栗温保。

草绒和枝子吓得向墙根处缩了缩身子。

肖四低头看见床下的草绒，高兴地：嫂子，快，出来！

草绒闻声，瞪大眼仔细看去，意外地：肖四？

肖四：对呀，是我和大哥打回来了！快，出来！

栗温保声音发颤地：他娘、枝子，出来！

草绒这才拉着枝子由床下出来，草绒一下子扑到了栗温保怀里哽咽地：你可来了！

栗温保手拍着草绒的后背，也哽咽地：让你们娘俩受苦了！

枝子一直呆站在那儿，默看着爹娘相拥的情景。

肖四摇了一下头，轻步走出了屋子。

草绒从丈夫怀里起身，一边抹着眼泪一边扭头对女儿：枝子，这是你爹，快叫爹。

枝子没动，也没吭，只是呆呆地看着父亲。

栗温保伸手拉过女儿，他搂住妻子和女儿，充满感情地：我们已经打胜了，我要让你们好好享享福！

肖四这时兴冲冲地拿着一张纸跑进来：大哥，奋勇军头头发下令了，任命你为南阳副镇守使，还说，副镇守使署就设在这晋府里！

栗温保兴奋地：哦？接过那张盖有大印的纸来看：这么说，这座府邸从今天起就是栗府了？！

肖四：当然，栗府！我看，晋金存原来处理公事的同济堂就当你的办公处得了！

栗温保欢喜地：走，去看看同济堂！

27

同济堂。白天。

栗温保拉着草绒、枝子，和肖四一起走了进来。

栗温保环视着这座宽敞大屋：妈的，这房子是敞亮气派！

肖四指着公案后的太师椅：大哥，坐上看看！

栗温保笑着：坐上？好，我就坐上看看！说罢，一屁股坐在了那把太师椅上。

肖四：行，真像个官了！

栗温保快活地哈哈笑了。

一个民兵头目这时匆匆走进来对栗温保：司令，那个晋金存的三夫人和孩子怎么处置？

栗温保一拍桌子：也关起来！妈的，他们过去享的福太多，让他们也受受罪！

草绒这时突然开口：云纬在晋府过的也是苦日子，关人家一个女人干啥？

栗温保扭头看了一眼妻子，转对那头目：把她叫进来！

28

同济堂门外。白天。

云纬搂着儿子承银站在那儿，她一只手不时地去抚一下儿子的臂部，显然是为刚才那簪子的一刺。

两个民兵士兵持枪守在他们身边。

那个头目这时由同济堂出来向云纬招手：你们娘俩进来！

云纬拉着儿子向同济堂里走去。

29

同济堂内。白天。

栗温保坐在晋金存原来那把椅子上对云纬威严地：从今天起，你和草绒换换位儿，她做你的主人，你做她的仆人！

云纬没有说话，只是默默看着这个当初抢劫聘礼从而改变了自己命运的人……

30

尚吉利大机房临街店堂。白天。

达志正在满面笑容地接待顾客。

他不时扭头向街上看去，满街上都洋溢着一种喜庆气氛。

一个公人打扮的男子这时进店高声地：哪位是尚老板？

尚达志急忙趋前：先生找我——？

那公人：新任副镇守使栗温保大人，等一会要来你这尚吉利大机房看看！

达志有些意外地：哦？

那公人：做点准备吧！说罢出门去了。

达志招手让一个雇来的伙计应付顾客，自己匆匆出了后门。

31

卓远家。白天。

卓远正在书案前用左手练字。

卓远哥！达志推门走了进来。

卓远扭头：有事，达志？

达志：待一会儿副镇守使大人要来机房看看，我担心应酬不好，你过来帮帮我。

卓远笑了：怕他什么？他过去不也是一个种田的人？他既然称自己是民兵首领，大约办事会为平民百姓考虑的，也好，我过去帮你说几句话！

32

世景街。白天。

栗温保身着北洋军的军服，骑一匹白色战马，在肖四等一批随从的前呼后拥下，昂然向尚吉利大机房走来。

街两边的市民们向他投来羡慕、新奇、感激的目光。

他不时向两边的人群抱一抱拳。

33

尚吉利大机房门口。白天。

栗温保下马拍拍尚达志的肩膀：好好干，伙计！我的口号是：让天下人都能有吃、有穿、有房！吃的，我已开官仓给大伙分了粮。住的，我已把衙门里积存的几百方木头分给城中的无房户，让他们去搭棚盖屋。穿的，就要靠你们这些织布、织绸缎的人来帮忙解决了！

达志点着头：那是，那是。

34

尚家东厢机动织房。白天。

栗温保、肖四他们在达志、卓远的陪同下，饶有兴致地看着机动织机织绸。

栗温保指着织机对达志：这东西好是好，可是太少，你为啥不多买几台？

达志苦笑了一下：我何尝不想多买？可就是没有钱，艰难地挣一点银子，大部分又都交了税！

旁边的卓远这时接口：人生在世，最基本的需要是吃、穿、住、用、玩，掌管社会权力的人，要做的最重要的事情，也就是满足人们的这些需要。要做到这点，就必须保护生产，鼓励工、农、商诸业的发展，眼下南阳城中百事待兴，然我认为，最重要的是减轻赋税，让办厂、种地、经商的人有个休养生息继续发展的机会和力气。

栗温保：有道理，那就减税！他转向肖四：四弟，告诉他们，把工商户要交的税，减下一半！

肖四：行！大哥，这位尚老板在这次攻城中还帮过咱们的忙，替咱们藏过枪！

栗温保：是吗？这么说，他也是反清的功臣嘛！栗温保把手在达志的肩上捶了一下，疼得达志咧了咧嘴。这样吧：你这个丝织机房免征一年的税银！有人来向你要税，你就讲是我说的！你要抓紧积钱再买些机器，要办成一个像样的丝织厂，好生产绸缎，人们拿到钱后都可以买来绸缎做衣裳！

达志有些喜出望外：谢谢，谢谢栗大人！

栗温保转向卓远：我看你很有些学问哪！

肖四：他是学监！

栗温保：嗬，我手下正缺有学问的人，愿不愿到我的手下做事？愿的话，给你个书记官当当，和我的营长们拿一样多的饷银！

卓远微微一笑：谢谢栗大人看得起，我不是一个做官的料，还是让我在学界做点事吧！再说，相面的人常讲，如果你一上来就喜欢一个人，则预示着以后你恰恰会不喜欢这个人！

栗温保笑了：这是相面的人瞎说！不过也罢，我不为难你，你只管做你爱做的事！

35

尚吉利大机房院门口。白天。

达志和卓远并肩而站，目送着栗温保和肖四骑马走远。

达志：这人当年抢过云纬家，没想到当了官倒比大清朝的那些官好！

卓远缓声接口：他才刚刚走入官场，但愿他能永远这样。哎，你刚才说到那盛云纬，她现在咋样？

达志：听说留在了栗府当仆人，我去过一次，没见着。

36

栗府门外。傍晚。

尚达志对守门的一个士兵：麻烦叫一下那个盛云纬出来，我想和他说句话。

士兵：你是说晋金存的那个老婆？

达志眉头一蹙，点点头。

37

栗府院内。井台边。傍晚。

一身仆人打扮的云纬正在洗大堆的衣服。

那个守门的士兵走到她身边，向她说了几句什么，还转身指了一下大门口。

她起身，撩起衣襟擦了擦手上的水，预备随士兵走。

恰在这当儿，肖四忽然出现在井台边，对云纬说了一句什么。

云纬只好转身跟了肖四走。

38

栗府大门外。傍晚。

守门士兵出来对达志：盛云纬有事，不能出来，请回吧。

达志怔了一霎，摇摇头，转身挪步。

39

栗府后院一间小屋。门前站着四个岗哨。傍晚。

肖四领着云纬到门前一指屋门：晋金存要见你！

云纬迟疑了一下，向屋内走去。

40

小屋里。一灯如豆。

灯光下可见，四肢已经萎缩变废的晋金存坐在地铺上。

他抬脸看见云纬进来，手脚并用地挪到地铺边，指着他的一件官袍：把这个洗洗，记住洗干净后给我叠好放起，我要等到大清江山恢复之后再穿！

云纬冷冷地看他一眼：大清朝已经完了！

晋金存瞪住云纬：完了？你也以为完了？没那么容易！普天下保皇帝的人多的是，再说，老百姓没有皇帝咋过日子？告诉你，大清皇帝早晚还要重登龙位，早晚要惩办栗温保这样的反贼，早晚要嘉奖给我这样的忠臣，说不定我会官升两级，成为道台、巡抚大人——

门这时突然被推开，栗温保和肖四走了进来。

晋金存不再说话，咬牙收回自己的一双瘸腿，使坐姿显得更端正。

云纬这时被一个士兵推出了门。

栗温保：姓晋的，我今晚来是为了放你出去！

晋金存双眉一提，意外地：放我？

栗温保：对。

晋金存的双眼瞪大了。

栗温保：我不能总这样养活着你，你该出去自谋生路了！当然，放你出去不是没有条件的，你必须在报纸上签发一个说明，这说明的内容嘛——给他念念！他朝一个随从挥了一下手。

那随从举起一张纸念：我叫晋金存，曾先后任清朝南阳府通判、同知两职，在任时，欺诈百姓，收受贿赂，奸淫民女，恶贯满盈，实乃罪不容赦，今蒙副镇守使大人训教，愿痛改前非，重新做人，今特登报保证日后做到以下诸点：一、与大清朝遗老余孽永远划清界限，永不参与任何复清阴谋，大清朝廷祸国殃民——

住口！晋金存愤然叫道：如果我不签发这张声明呢？

那就——栗温保嗖地掏出枪，朝墙角啪地开了一枪。

晋金存：这么说，你是逼着让我去坏自己的名誉——

栗温保脸上浮出一个恶意的笑：这是你的想法，我可是为了你好！把你整天关在这里有些对不住你，放你出去，你每天可以自由自在地在街上讨饭吃——

那好吧。晋金存的睫毛盖住了眼珠，这事我想同我的夫人盛云纬和儿子再商议商议。

栗温保挥了一下枪：行，只是时辰不能久，我给你两袋烟工夫。去，让他夫人和儿子来！说罢，和肖四他们走了出去。

囚室门重又被关上。

晋金存的眼珠阴冷地一转，抬起屁股向地铺的另一头蹭去，在铺下的一块土里，他那萎缩变形的手，抖索着摸出了一把不长的刀。

他把那刀塞到了屁股下边。

41

小屋门外。傍晚。

云纬拉着承银走来。

站在门口的栗温保对云纬：让他快点。

云纬无语地进屋。

42

小屋里。一灯如豆。

承银看见头发、胡须很长的父亲朝自己伸过畸形的手，吓得急忙扑进云纬的怀里。

晋金存望着云纬：叫你来，是因为有事要同你商量，刚才栗温保告诉我，他打算放我出去，但有一个条件，我必须在报纸上签名发表这个！他把栗温保随从临出门时丢下的那张纸递向云纬。

云纬犹豫了一下，伸手接住，默看了一遍。

晋金存：咋样？你帮我划算一下，我该不该签名发表？

云纬轻抚着儿子的头顶，无声，也未动。

晋金存：好吧，既然你懒得帮我划算，那我就把我的划算给你说说，我算了一下，如果我签名发表，我会得到三个称呼：叛臣、怕死鬼、乞丐！这样一来，大清皇帝将来复位了我不会有好处，大清不复位我也不会有好处。而如果我不签名被他们杀了，我就会得到两个招牌：忠臣、硬汉！现在你明白我的意思了吧？

云纬的身子微微一动，分明是舒了一口气。

晋金存转向儿子：承银，来，拿住，这是一个金戒指，是爹过去手上戴的，留给你，没钱时可以换点钱用。好了，现在你先出去，我和你妈说几句话。

云纬替儿子接过戒指塞到儿子手里，又无声地把儿子朝门口推去。

承银走出了门。

晋金存这时望定云纬：对我的死，你心里是怎么个想法？

云纬仍无言，只淡然望着墙角。

晋金存：你不说其实我也明白，你心里感到高兴！你认为到底把我这个老东西甩掉了，从此可以过自己的舒心日子了。这我理解。不过，一想到我死之后你成了别人的妻子，睡到别的男人怀里快活，我总有些难受。也罢，这也是没有办法的事！来，请最后帮我一次，把官服给我穿上。

云纬闻言走上前，拿过那件官袍，轻轻抖开，弯腰帮他穿。

当云纬低头为他系腰间的带子时，他悄悄伸手从屁股下的草垫里抽出了那把短刀。

待云纬系好带子刚要直身时，他猛地抬手向云纬的胸口刺去。

呀——云纬惨厉地叫了一声向后倒去……

第八集

1

关押晋金存的小屋。夜。

云纬被晋金存刺倒在地，她极力挣扎着滚离了对方。

晋金存一边挪动着自己的身体想要再接近云纬，一边很快地：我总得从这阳世带点东西走，我想来想去，还是把你带走好！我不能把你留给别的男人，留给尚达志！你甭以为我不知道你和姓尚的约会的事，我只是见你没有和他真睡我才饶了你们！你们当初只要睡上一次，你的死期就不会拖到今天，他也早不会再织绸缎！还有，你以为我是傻瓜，以为我就不明白小承银在地洞里为何叫？再说，到了阴间，我也得有人服侍！

云纬已浑身是血，眼见晋金存手中的刀又一次举起要刺向她了。

就在这时，门被踢开，栗温保、肖四和他们的随从冲了进来。

在晋金存的刀尖要再一次刺向云纬时，几条枪同时响了。

晋金存扑倒在地，手中的短刀跌落到正在地上翻滚的云纬身旁。

栗温保把趴在地上的晋金存踢翻过身：狗东西，心好狠！临死你还要拉一个垫背的！

晋金存捂着汩汩涌血的胸口咬了牙断续地：反……贼……大清……皇帝……早……晚……会……惩治……你的……

那你就等着吧！乒的一声，栗温保又朝晋金存胸口开了一枪，而后指着还在地上翻滚的云纬对随从：快，把她抬到安泰堂药铺去！

几个随从弯下了身子……

2

栗府。早先草绒住的那间屋子。白天。

云纬面色煞白浑身缠满绷带躺在床上。

承银端一碗水站在床前：妈，喝点水。

草绒这时快步进来，接过承银手中的碗，凑到云纬嘴边。

云纬摇了摇头。

草绒：有一个人来看你！

云纬似没有听见。

草绒走到门口，朝外招了一下手。

达志出现在门口。

草绒拉住承银的手，向外走去。

达志扑到床前：云纬，我刚刚听说……

云纬的目光在达志的脸上晃了一下，就默默移开了。

达志冲动地握住云纬的手：告诉我，我能为你做点啥？这一回，你一定要接受我的帮助，我现在有钱了！你想找哪个大夫看伤，想吃啥样东西，只管说！

云纬静静地躺在那儿，手慢慢从达志掌中抽出。

达志：说话呀，云纬，我把你接出去，住到我家养伤，行吗？我只有为你做点啥，心里才安哪……

云纬忽然微弱地开口：你应该高兴！一个你扔掉的女人被扎死了，你的心不也就可以安下来了嘛！……

云纬！达志抹了一下自己眼上的泪。

云纬合上眼睛：你走吧！

达志：云纬！

云纬：走吧，去织你的绸缎……

3

尚吉利大机房后院染房。白天。

达志正插紧了门一个人在染坊调制染料。

门被敲响，门外传来立世的喊声：爹，让泰古车糖公司从上海给咱买的四台机动织机拉到了！

达志闻言一喜：哦，来了。

他把染料最后搅拌了一下，才打开了门。

小立世：爹，快，马车已到了大门前。

达志朝一个雇工：把绸缎往染锅里放吧！

那雇工应了一声：中！

4

尚吉利大机房门前。白天。

一溜四辆马车停在那里。

已扯去遮篷的马车上露着机动织机那锃亮的身子。

一个商人模样的男子迎上前来：尚老板，我可是按时交差了！

达志抱拳：谢谢，谢谢！

5

尚家西厢房。白天。

四台新式机动织机已安装完毕，静静卧在那里。

达志绕着那些织机走了一圈，边走边抚摸着机身，神情中透着无限的爱意。

他走到墙角，拿起一块显然是预先放在那里的长方形木板，对正忙着擦拭机器的立世说：世儿，走，让你卓伯伯给咱们写个招牌。

立世：中！

6

卓远家。白天。

卓远正在伏案用左手练字。

达志抱着木板和立世推门进来。

卓远停笔转身：都安装好了？

达志：好了，卓远哥，我想在门前换个招牌，你给写写。

卓远：怎么换？

达志：把尚吉利大机房换成尚吉利织丝厂。

卓远接过那块木板，上下审视着：嗯，有六台机动织机了，加上那些脚踏织机，确实不是一个"房"字能容下的，好，就叫尚吉利织丝厂吧！只是我担心，我这左手写厂牌，万一写不好咋办？

立世这时上前指了书桌上卓远刚才在一张纸上写出的字：卓伯伯，你就照这个字体写，写出来保准好看！

卓远笑了：好！就照立世侄说的办，写行书！跟着转向门外喊：蓉蓉，给我拿红漆来！

隔壁传来一声女孩的应答：唉。很快，九岁的蓉蓉就用两只小手捧着一盒红漆跑过来。

卓远打开漆盒，左手握笔，饱蘸红漆，在那块洁白的木板上刷刷地写下了"南阳尚吉利织丝厂"八个大字。

达志看着那些字：好，好！同时扭了头对儿子说：立世，你日后在写字上要能到你卓伯伯这左手的功夫，就也行了。

小立世抿嘴笑笑刚要说话，不想蓉蓉已先开口：字写得好算什么？又不能穿到身上，绸缎织得好才算本领哪！尚叔，让俺跟你学织绸缎行吗？

达志欢喜地揪揪蓉蓉的羊角辫：行，行，我的织丝厂正招织工哩，蓉蓉先算一个！不过，那你可要先给我唱几支歌哟！

蓉蓉闻言，一点也不扭捏，大大方方地：好，我给你唱！而且立刻摆出一个唱歌的姿势：可是尚叔叔，你爱听什么歌儿呢？

达志忍住笑：我是什么歌儿都爱听。

小立世显然惊奇于蓉蓉的爽快大方，圆睁了眼看着蓉蓉。

卓远这时笑对女儿：唱歌要看对象，给你尚叔叔唱，应该唱那首《绸缎谣》。

蓉蓉：好的！她抹一把额头上的汗，旋即亮开了喉咙：

绸儿柔，缎儿软，
绸缎裹身光艳艳，
多少玉女只知俏，
不知它是来自蚕。

蚕吃桑叶肚儿圆，
肚圆方能吐出茧，
煮茧才可抽成丝，
一丝一丝缠成团。

丝经理，丝经染，
分成经纬机上安，

全靠织工一双手，
　　丝丝相连成绸缎。

　　一梭去，一梭返，
　　一寸绸，一寸缎，
　　经纬相交似路口，
　　路路相连可拐弯。
　　……

好，好！达志欢喜地上前拍拍蓉蓉的头：就凭你这歌声，叔叔也要收你做织工哩！立世，来，拉上你蓉蓉妹妹去织房里看看。

小立世涨红了脸扭捏着不敢过来。

蓉蓉大方地跑过来，叫了一声"立世哥"，拉起他的手向外跑了。

达志和卓远一起笑了。

7

尚家正屋客堂。白天。

达志捧着那个新写的厂牌走进客堂，径直走到父亲的灵位前。

他把厂牌恭恭敬敬地放在灵位前。

他退后一步，扑通一声跪下，哽咽着：爹，你看见了吧，由于政府免税一年，我积了钱，又买了机器，总算办起了一个厂，虽说眼下还小，可我会慢慢让它变大的！这就是厂子的招牌，您老先看一眼！我知道您在盼着……

8

尚吉利大机房门前。白天。

小立世举着一根竹竿，竹竿上是一挂鞭炮。

达志点燃了鞭炮，鞭炮声立刻灌满了世景街道。

卓远在鞭炮声中，上前摘下了原先的那个尚吉利大机房的牌子。

达志在鞭炮声中，上前把尚吉利织丝厂的新牌子挂了起来。

鞭炮声停息之后，卓远朝自家院门口一招手。

只见卓远的女儿蓉蓉端着两只斟了酒的酒杯走过来。

卓远端起一杯，把另一杯递到了达志手上。

卓远含了笑：这是一杯贺酒，但愿你的厂子能越办越大！

达志碰了杯把酒一口喝下：卓远哥，有新政府，我这信心也大了，新政府实在是比大清朝好呵！

卓远也一口喝下了酒……

9

尚吉利织丝厂门前。白天。

一长溜进货的马车在门前世景街上排成长长的行列，马车上都写有各地绸庄的名字：保定府平原绸庄、长安万紫绸庄、济南府福来绸庄、汉阳千湖绸庄、六安金瑞绸庄……

各县丝厂来卖生丝的手推车也在街的两边摆满，手推车上也都挂着各地丝厂的牌子：南召丝厂、镇平丝厂、内乡丝厂……

一派热闹景象。

10

尚家临街店堂。白天。

十几个伙计在柜台内外忙碌。

达志在飞快地拨着算盘……

11

织房里。白天。

六台机动织机隆隆响着。

顺儿和几个织女在织机前照应。

12

尚家前院里。白天。

十几个整经络丝的男女在忙碌。

达志妈拄着拐杖不时走来走去地指点着……

13

后院染房里。白天。

几个染绸工和印花工正在忙活。

立世也夹在人群中忙活……

14

夜。尚家前院。

达志靠着那块大石头喝着茶水歇息。

院子里很静。

虚掩的院门突然被哐啷一声推开。

达志一惊,扭头向门口看去。

一个细瘦单薄的人影闪进了院子。

达志:谁?

那黑影闻声先是一定,随即凄惶地叫了一声:爹——

达志意外地:小绫?急忙伸手去搂女儿。

绫绫扑到了达志怀里。

达志颤了声:绫绫,你这时不在董家,跑回来做啥?

绫绫哀哀地:爹——,他们……他们……他们要我——

在灶屋忙活的顺儿这时也闻声奔了出来:小绫,咋了?

绫绫转而扑到妈妈怀里哭着:他们要我圆房……

顺儿一惊,慌慌地望着丈夫,声音发颤:她还不到十二岁呀……

达志的脸已变得煞白。

就在这时,一个写有"董"家的灯笼晃进了院子,跟着,一个女人在灯笼后尖厉地:我家的儿媳妇尚小绫回来了没有?

咳!达志咳了一声。

董家女人听见达志的咳声,先用灯笼照了照躲在妈妈怀里的小绫,这才向达志干笑了一声:亲家公,快让小绫跟我回去吧,我今黑里要给他们一双新人圆房哩!

顺儿:她还太小。

董家女人瞪起眼来:小?啥时算不小?我的儿子可是已经二十岁了,总不能让我儿子干等着吧?

达志带了气：我把当初要你们的那些钱加两倍退还给你们，你们再找一个儿媳，让我们小绫回来吧！

董家女人跳着脚：嘀，你想赖婚哪？我们董家不稀罕钱，我们虽然卖菜，可也有钱，俺们要的是人，是儿媳妇！告诉你，你尚达志甭以为有几台织绸子的机器就不得了了！

这女人的吵闹声引来了一群人在门口观望。

达志的声调有些变软：你叫喊什么？我不是在和你商量吗？

董家女人：我喊叫什么？只要你姓尚的敢赖婚，老子就要跟你在公堂上相见！明白告诉你，俺们孩子他舅舅可在河南护军使手下做官！

达志咽了一口唾沫没有再说话。

董家女人这时支使身后跟着的两个男人：去，去把我们董家的儿媳拉回去！

两个男人上前刚要动手，不防小绫的哥哥立世这时手握一把菜刀，突然冲到了妹妹前边叫：我看你们谁敢动手？谁动手我砍了谁！

达志见状一惊：立世，不许胡来！边叫边慌忙上前夺下了儿子手中的菜刀。

那两个男子这时便硬从顺儿怀里扯出绫绫的身子，抬上就走。

绫绫撕心裂肺地挣扎着叫：爹——

小立世握拳刚要扑上去，不防又被爹死死抱住。

爹——绫绫的凄厉叫声已渐渐远去。

小立世扑到那块石头前，狠狠朝石头上捶了一拳。

达志双腿一软，蹲了下去……

15

栗温保府邸。早晨。

早先云纬的住处现在成了草绒的住处，草绒正起床穿衣。

伤已痊愈的云纬这时端了一铜盆洗脸水进了门。

草绒看见，慌得急忙从床上跳下：哎呀，对不起夫人，我起身迟了，让你亲自端水。

云纬淡了声：如今你是夫人！

草绒这才意识到自己如今的新身份，不好意思地笑笑。

16

草绒住处外间餐桌。白天。

云纬默默地向桌上摆着碗、筷、盘。

草绒和女儿枝子过来坐下,她望着云纬,眼前晃过了自己过去往这张餐桌上摆碗筷的情景,不由得摇了摇头,叹口气。

云纬把饭菜摆好。

草绒轻声地:云纬妹子,来,坐下,咱们一起吃。

云纬指了指下房:不了,谢谢,我在那边吃。

草绒急忙拉住了云纬的手:就在这儿吃吧,咱们一块说说话。

云纬低声地:如今我是下人,和夫人坐一起吃饭,管家看见是要骂的!

草绒急了,高声地:咱谁也不是夫人,咱是女人,咱坐一起吃饭有啥不得了的?说罢,硬把云纬按坐到椅上。

云纬没法,只得默默坐定,拿起了筷子。

栗温保这时噔噔噔地由屋外进来。

栗温保看见云纬坐在饭桌前,顿时眼一瞪,怒冲冲地:咋回事?你怎么也敢坐在这饭桌前?你以为你还在当夫人哪?走开!再敢这样,小心我让管家打断你的腿!

云纬面孔发白地站起身子。

草绒这时霍地起身朝丈夫吼:你咋呼啥子?你凶什么?是我让她坐的!她坐这里吃饭小了你啥架子?你才当几天官?你过去不就是一个打兔子的?你的身份有多高?呸!

栗温保被骂得摊开两手委屈地:你看,你看,我也是为了给你们娘俩出气,过去,她使唤你们,如今,让你们使唤使唤她出出气,报报仇,反倒骂我的不是了?

草绒白了一眼丈夫:哼!跟着转向云纬:不理他,我们坐下吃!

云纬已转身快步向下房走了。

栗温保边往饭桌前,坐边恨恨地:她已经享了十多年福,如今也该她受受罪!

草绒瞪眼朝丈夫叫:说那话算放屁!当晋金存那老东西的小老婆,能享多少福？

好，好，咱不说，就算你说得对！栗温保举起拿了筷子和肉饼的双手，表示向草绒认输。

枝子看着父亲的举动，扑哧一声笑了……

17

卓远家。白天。

卓远坐在躺椅上看着报纸。

蓉蓉坐在一边拿着一本书，高声读着：二郎山下雪纷纷，旋卓雪庐学塞人。化尽素衣冬未老，石烟多似洛阳尘。

蓉蓉停住朗读，低头又念：石——烟。而后瞪着秀眼默想了一阵，转向父亲：爹，石头还会冒烟吗？

卓远含混地嗯了一声，目光仍盯着报纸。

石头会冒烟？蓉蓉惊诧着跑到父亲身边又问。

卓远这时从报纸上抬起头，没有理会女儿的问话，反倒向女儿：快，快去西院，叫你尚叔叔来！

蓉蓉生气地一晃身子：我不！我问的事你为啥不先回答？

卓远这才认真地去听女儿的问题：什么事？

蓉蓉：书上说，石烟，石头还会冒烟吗？

卓远笑了：这儿说的石烟，是指一种油燃烧时飞起的烟灰，这种油世人给起名为石油。

蓉蓉：噢，是这样。

卓远：好了，现在去叫你尚叔叔来。

蓉蓉跑了出去。

18

尚家院子。白天。

尚达志正在指点着工人们染绸。

蓉蓉跑了过来惊奇地看着染锅。

尚达志看见蓉蓉：蓉蓉想学染绸？

蓉蓉高兴地：对，尚叔叔教我！

尚达志：好……

19

卓远家。白天。

卓远在屋内踱步。

他看了看院子自语着：这孩子，去喊人连自己也不回来了。

20

尚家染房。白天。

尚达志正指着一匹刚染出的绸子对蓉蓉：染绸缎首先要调好染料——

卓远这时走近了：蓉蓉呀，我可是让你来叫你尚叔叔的！

蓉蓉不好意思地拍着自己的额头：哟，我忘了。

卓远笑了。

达志这时走近卓远：卓远哥，有事？

卓远挥了挥手上拿着的一张报纸：这上边说，美利坚合众国为庆祝巴拿马运河开航，要在他们国家的旧金山市举办万国商品赛会。眼下世界各国都正在组织本国的一流商品参加赛会，我们中国也宣布要参赛，河南省还为此专门成立了"筹备巴拿马赛会河南出口协会"，如今不少厂坊正在向该协会送去自己的产品，争相准备参赛，我想，这对你们尚吉利织丝厂也是一个机会，如果你们的绸缎能够被允许参赛并且在赛会上夺魁得奖，对于丝织厂今后的发展，将有不可估量的影响！

达志欢喜地：真的？他迫不及待地拿过报纸看那条消息，读后，抬头急切地：好，我们一定争取参加，可卓远哥，到底怎么个争取法？先找谁呢？

卓远沉吟着：恐怕要先找一下栗温保，他如果支持，南阳其他的官吏一般就不会再阻拦。

达志点头：那行，我立马就去栗府！

21

尚家大门口。白天。

换了一身衣服的达志急急迈出门槛。

卓远跟在后边：达志！

达志回过头来。

卓远：倘他答应了，你就要考虑送哪几种花色品种的绸缎去参赛，对所送品种的质量要有把握；要争取送到出口协会就能被看中，被允许参赛，而且在赛会上有竞争能力，会赢得喝彩！

达志：这你放心，我想，要送就送五种：雪青捻线缎、银灰捻线缎、雪青湖绉、雪白湖绉和缥白山丝绸。这五个品种我心里有些把握！

卓远拍了下达志的肩：去吧，但愿别失了这个机会……

22

栗温保府邸。同济堂。白天。

栗温保坐在晋金存当年常坐的那把太师椅上。

他正用一块白布擦拭他心爱的短把撸子。肖四坐在一边喝茶。

一个随从进来：大人，尚吉利织丝厂的尚老板求见。

栗温保：让他进来。

达志匆匆走进，施礼：栗大人。

栗温保放下手中的枪：尚老板，快坐。

达志把从卓远那儿拿来的那张报纸递上：这上边有一个消息，说是美利坚合众国的旧金山，要开万国商品赛会。

栗温保把那张报纸接过来，递给了肖四：你看看！

肖四低头看了一阵，而后抬头：你的意思是想送绸缎去参赛？

达志点头：对。

栗温保：那就去吧！这也是为咱南阳人争脸的事嘛，要是能入选参加赛会，或是能获个奖，大伙的脸上都有光嘛！

达志慌忙鞠躬表示谢意。

23

栗府院内。白天。

达志满脸都是欢喜地走着。

前边的拐角处传来脚步响，达志闻声，急忙向路边一闪，躬身站下。

过来的却是女仆打扮的云纬，她手上端了一盆刚洗完的衣服。

达志看见，急忙迎上前：云纬。

云纬一愣，看定达志。

达志：我来找了你多次，每回门房都回说你忙，不见。

云纬低下头去。

达志：我想让你去我的织丝厂帮忙，行吗？那里活儿不累，我会让你们母子生活好的！只要你点头应允，我去找栗大人放你们母子出去，好吗？

云纬的眸子里闪过一丝感动和犹豫：我去，只会给你的家庭添烦，你们孩子他妈会怎么想？

达志：那你就别管了。

云纬摇了摇头：我心里也会难受的。说罢转身，快步走了。

达志无奈地：云纬……

24

开封城。白天。

达志背着一包绸缎样品走在大街上。

叠印：

他向路人打听着什么……

他走进一个挂有"筹备巴拿马赛会河南出口协会"牌子的院子……

他在向几个穿官服的人介绍着他带来的绸缎样品……

他接过一个官人递给他的一份表格伏案填写着什么……

他留下绸缎样品被人送出了出口协会大门……

他走进了一个写有"汴梁客栈"的小院……

25

开封。威武的龙亭。

龙亭前的潘湖、杨湖水绿树青。

达志缓步登上龙亭。

他站在宋太祖赵匡胤的塑像前默然看着，画外传来他的心声：保佑我的绸缎能够入选……

看报，看报！一个报童走过来：袁大总统下令解散国会，停止参众两院议员职务！

那报童硬把报纸往他怀里塞。

他只好掏出零钱。

26

汴梁客栈。白天。

达志急急地走进门房信插处，翻看信插里的几封信。

老门房：先生是在急等什么消息吧？

达志：哦，对，我在等河南省出口协会的一封信。

老门房：放心，只要信来了，一准交给你，不会丢的！

达志：那是，那是。

老门房：今儿个相国寺做法事，不去看看？

达志：是吗？好，好。

27

开封相国寺。白天。

大殿里，寺里僧众们正在庄严地敲磬诵经。

殿外，善男信女跪了一地。

达志也学着别人的样子，在人群后边跪下了。

画外，响起他的祷告：佛祖保佑我尚家的绸缎能够入选……

达志的目光在前边的跪拜人群中慢慢扫过，突然，他的目光一定。

原来，近处的一个女人身上穿着一件花纹新鲜怪异的缎子夹袄。

他急忙趋前扯了一下那女人的衣襟：大姐，请问，你这上衣的缎料是从何处买的？

正双目微闭虔诚跪拜佛祖的那位妇人，被达志的举动惊得身子一颤，她回头害怕而厌恶地看了达志一眼，又急忙扭过了头。

达志又扯了一下她的衣襟：大姐，你——

那女人满面红晕地：罪过，罪过，这是圣洁之地呵！

达志明白她误解了自己的举动，不敢再说下去。

28

相国寺。大殿前。白天。

佛事已经结束，人群已经散去。

那个穿缎子夹袄的女人这时走到功德箱前，向箱里塞了一些钱。

达志这时走上前施了一礼：大姐，我是一个织绸缎的，刚才看见你这缎子夹袄上的花纹织得好看，很想找到织家请教，烦大姐告诉我你这缎料是从啥地方买的？

那妇人这时方明白达志并无坏心，微微一笑：是从城东十里铺游家买的，他们会织绸缎，价格也便宜。

达志：谢谢大姐！

29

相国寺门口。白天。

达志登上一辆马车，对车夫：城东十里铺！

车夫：好哩！甩了一个响鞭。

马车飞驰起来……

30

城东十里铺。白天。

叠印：

达志走进镇子……

达志向路人询问着什么……

达志走进挂有"游记绸缎"牌子的一个小织坊……

达志在游家的两台老式织机前反复观看着……

达志手摸着那两台织机上的织花装置仔细询问着游家的人……

31

汴梁客栈门前。傍晚。

达志疲惫地走了过来。

老门房急急地向他抬手：喂，尚先生，你的信！

达志精神一振，疾步上前接过一个信封。

信封特写：那是一个河南出口协会的公函信封，信函上写着：尚达志先生雅鉴。

达志急忙撕开信封去看。

达志猛地仰脸,发出了一个抑得很低的欢呼:入选了……

32

栗温保府邸同济堂。白天。

栗温保正歪在那张太师椅上打呼噜,由嘴角流出的涎水线一样地在飘动。

他面前的办公桌上,放着他那支拆卸开的短把撸子。

肖四出现在门口,门口的哨兵向肖四摆手。

肖四没有理会哨兵的制止,照旧迈过门槛。

正打呼噜的栗温保被肖四惊醒,在睁眼的同时双手去抓他短枪的零件,几乎是眨眼之间,枪已装好,他急速地用枪指向门口的肖四。

肖四惊慌地:哎,大哥是我!

栗温保这才看清来人是肖四:幸亏我没扣扳机。

肖四走到栗温保身边急切地:省里来了紧急命令!

栗温保:哦?

肖四:命令我们速去南召云阳镇消灭白郎军的辎重队!

栗温保:是吗?

肖四:要我们立刻出发,夜里完成包围,天亮前发起攻击。

栗温保:白郎的兵马和咱们的人一样,都是受苦的种地农民呵,咱们怎能去打他们?

肖四:可这是军令哪,怎敢耽误?

栗温保犹豫了一霎:那就先出发吧!

33

云阳镇外的鹿鸣山下。夜。

夜月朦胧,山影重重。

一株山梨树旁,栗温保正在静静观察着周围的地形。

前边的云阳镇正沉在寂静之中。

镇中偶尔传来白郎哨兵的一声喝问。

一个随从轻步走到栗温保身边,低声地:已经完成包围;据侦察,白郎的这支辎重部队人数不多，我们有绝对优势，打则必胜，请下进攻号令吧！

栗温保沉默了一霎，而后低低地：去把你肖四哥叫来！

那随从：是！

34

一个隐蔽的小山洞口。夜。

栗温保坐在一块石头上。

肖四匆匆走来，急切地：大哥，我们一直在等你的进攻号令，你怎么不发？天快亮了，趁天黑打进去才会更顺利！

栗温保挥手让四周的护卫退到远处，单独对肖四：四弟，我还是有点不忍心。

肖四一怔：咋？

栗温保：你想，当初，我们不也和这些白郎军的士兵一样，是反抗官府的农民，大伙本是同根，动手杀他们心里总不安生！

肖四：可你想过没有，为剿白郎迟延，袁世凯已亲自下令革了几处镇守使的官，我们混到这一步经历了多少苦难，难道你也想丢了官职，再去过往日那苦日子？

这——栗温保的神色一变。

肖四：大哥，我们如今已是在仕途上混，在仕途上混的人可不能总想别人，不的话，那官位可就落到别人头上了！

栗温保又低首沉吟着：能不能这样，我们网开一面，把他们打跑？

肖四：那样做，一是有可能走漏消息，让上边说我们故意放走反贼，谁也说不准咱们的队伍中有没有告密者；二是失去了一个立功受奖的机会。打仗中，像这种兵力占绝对优势且把敌人全数包围的机会很难遇到，放走了这个机会，可能也就失去了荣誉，失去了战胜仕途上别的对手的资本！大哥，下决心吧，无毒不丈夫！

栗温保挪动了一下双脚，低声地：这些人也有父母妻儿呀！

肖四：你应该首先想想你的妻子女儿，难道你想和妻子女儿搬出现在住的栗府，再回卧龙岗西落霞村种地打兔子？再过吃了上顿没下顿的日子？

栗温保：唉，白郎的这些人也不过为的是想过几天好日子。

肖四：就算我们不打他，让他们胜了，他们过上了好日子，那我们还怎么过好日子？他们还不要把我们当官军杀掉？

栗温保显然被肖四说动了：那依你说打？

肖四抬手朝下一劈：打！

栗温保下了决心，转对不远处的传令兵：发信号，打！

三个传令兵立时对着黎明前月色苍茫的夜空，吹起了牛角号：呜呜呜……

几乎在牛角号响起的同时，镇子四周骤然亮起了火把。

在一圈火把的映照下，几千人马呐喊着朝镇子冲了下去。

栗温保没有再朝镇子看，而是扭过脸，默望着天上的圆月。

镇子里传来了枪声、刀剑相碰声和人们的哭喊声。

画外传来了栗温保的心声：老天，你看见了这一切，原谅我吧，人人都有一份想过好日子的心哪……

35

天已大亮。云阳镇外。

栗温保和肖四骑在马上用望远镜向镇子里看着。

一个军官飞马来报：报告栗大人，战斗已结束！

肖四对栗温保：大哥，咱们进镇看看！

栗温保点头，抖动了马缰。

36

云阳镇内。早晨。

一片战后的残酷之景：人与马的尸体、伤兵的哭叫、伤马的嘶鸣、散扔的枪刀、人头、断臂……

栗温保默默地看着。

肖四满脸兴奋。

一个军官跑到栗温保马前报告：大人，缴获枪刀足有五车，粮食、布匹、银钱正在清点。

肖四转对栗温保：我们要立刻上报战绩，这次受嘉奖是肯定的了！

栗温保点点头……

37

尚吉利织丝厂门前。白天。

墙上贴着一张《宛南时报》，用红笔勾出的大字标题是：老厂新誉——尚吉利织丝厂五种绸缎获准赴美参加万国赛会。

行人纷纷驻足观看……

38

尚家临街店堂。白天。

购货、订货的人挤满店堂。

达志和几个伙计应接不暇忙得满头大汗。

39

卓远家。傍晚。

卓远正和女儿蓉蓉说着什么。

达志满脸喜色地推门进来：卓远哥，你当初的预料一点不错，这参赛的事影响还真不小，就这几天时间，家里所有的积货全部卖完不说，还接了几百匹的订货。

卓远起身含了笑：你下一步打算咋办？

达志：我想再办两件事，第一，继续提高质量，除抓好丝漂白整理、织机操作和染印几个关口外，还要试装新的织花装置；第二，再买一些织机，尽快扩大生产。

卓远沉吟着点头：这想法行，重要的是不能满足，参赛只是外部世界对你家绸缎的初步承认，但我估计获奖的希望不大，过去称王的产品如今未必还会称王！

达志：可我有信心，总有一天，我会让世界再尊我的绸缎为王！

卓远：但愿你能早日赶到那个目标跟前。我甚至替你想了，你将来应该建立一个包括养蚕、缫丝、丝织、成衣在内的大型联合企业，真正把我们南阳的工业向前推进一截，一旦我们中国遍是你这样的大工厂主，咱们的国家不也就富裕强大了？别的国家还敢像如今天这样来欺负我们？

达志：你想得真远！

卓远：我这也是从攻打咱们的那些国家身上看出的道理，英国、法国、德国，能让他们的兵拿着洋枪、洋炮、坐着洋船来中国行凶劫掠，还不是因为他们有钱?！没钱，哪里造得出枪、炮、船？所以我想，我们的国家要富要强，就也要建立成千上万的大工厂！

达志：是的，是的，譬如我，倘使国家现在急缺钱用，让我拿，我一下子拿出个几百两不成问题，要在过去，我去哪里拿？

雅娴这时腰系围裙出现在门口：哎，你们光说大话，还吃不吃饭了？

卓远笑：这怎么叫说大话，这叫对未来的一种设想！好了，先不说了，吃饭！达志今晚就在这里吃，咱们喝几盅邓州黄酒，庆贺你家产品参加万国赛会！蓉蓉，拿酒杯！

达志：那该到我那儿喝才对！

雅娴：就在俺这儿占个便宜吧！

几个人都呵呵笑了……

40

栗温保府邸，草绒住处。白天。

栗温保正和女儿枝子嬉戏，枝子捂住父亲的脸叫：瞎猫——

肖四匆匆走进来，高兴地：大哥，好消息！

栗温保：啥？

肖四：河南省都督把咱们的战绩星夜报往北京，袁世凯大人看后当即提笔签了两个字！

栗温保：啥？

肖四：奖赏！

栗温保：嚆！

都督府刚才来人通知，已派特使到南阳为我们送奖品和赏物！镇守使大人还叫来了宛梆"金嗓班"来唱戏助兴！

栗温保也高兴起来：好。

41

一个广场,白天。

一个临时搭建的舞台,舞台上方写着四个大字:颁奖大会。

台下坐着不少军人和民众。

栗温保走上舞台,恭敬地从一个官人手中接下一柄短剑。

短剑特写:剑柄上写着"卫国"。

肖四走上舞台,从那个官人手中接了一个小箱子,那官人特意打开那个箱子盖让肖四看,只见箱子内装着一箱银圆。

众人又鼓掌。

舞台上的那个官人又向边幕一招手,只见十个大汉抬着五捆洋枪走上舞台。

栗温保和肖四带着十个士兵重又走上舞台,十个士兵从那十个大汉手中接过了五捆洋枪。

掌声再次响起……

42

夜。栗温保府邸。

草绒正在缝着一件内衣。

一个下人来到门口:夫人,老爷派车接你去看戏。

草绒:告诉他,我在忙着,不看了。

43

夜。还是那个舞台。

灯火通明,帷幕低垂,一幅演出开始前的情景。

舞台下,坐了黑压压观众,栗温保、肖四等坐在前排。

帷幕掀起,一个身着戏服的绝色姑娘走到台前宣告:今特为卫国英雄栗温保献演《吕布戏貂蝉》。

掌声响起。

栗温保佩剑起身领首致意。

锣鼓弦乐响起,大幕拉开。

栗温保向台上看去,刚才报幕的姑娘原来演的是貂蝉。

栗温保饶有兴味地看着。

他的目光随着舞台上的貂蝉移动……

44

世景街。白天。

栗温保佩剑骑马从街上走过。

街边传来人们的议论：袁世凯大人奖励他的宝剑……

栗温保闻声，不自觉地摸摸腰中的短剑。

他的脸上浮出一副得意之色……

45

栗温保府邸同济堂。白天。

栗温保坐在太师椅上，百无聊赖地在桌上叩着他短枪的枪柄。

他烦躁地站起身，转对肖四：他娘的，人没事干了也烦，要不，咱们去看戏。

肖四一愣：看戏？

栗温保：看《吕布戏貂蝉》。

肖四眼珠一转：好，走！

46

三皇戏楼。白天。

戏楼上正演着《吕布戏貂蝉》。

台下只坐着栗温保和肖四。

栗温保两眼随着貂蝉转。

肖四斜眼看着栗温保，暗暗一笑，悄悄起身去了后台。

47

三皇戏楼后台。白天。

肖四俯在一个中年男人的耳边说着什么，那中年男人连连点头。

48

大街上，白天。

栗温保和肖四在一班护兵的保护下骑马并行。

肖四靠近栗温保：大哥，那个演貂蝉的姑娘唱腔很中听，让她到清和客栈给咱们来几段清唱咋样？

栗温保有些迟疑：清唱，人家愿意？

肖四：那姑娘叫紫燕，我刚才去后台问了她，她说非常愿意。

栗温保强抑高兴地：那好吧，就依你。

49

清和客栈。一间套房。白天。

栗温保、肖四坐在外间客厅的红木椅上。由敞开的内门可以看见，里间有床。

紫燕站在他俩面前唱着。

肖四趁栗温保全神看紫燕时，悄悄起身走了。

那紫燕唱着唱着突然手扶额头，像要倒地。

栗温保去看身边的肖四，却见已人走椅空。

他只好朝紫燕伸出手去。

紫燕倒在了他的怀中。

他先是胆怯地四下看了一眼，见无别人，这才一下子把紫燕抱起，向里间走去……

第九集

1

白天。清和客栈。

床上，紫燕躺在栗温保怀里咯咯笑着。

栗温保脸上露出沉醉的神色。

紫燕俯在栗温保耳边低声地：我想买辆马车！

栗温保迟疑地：那可要不少钱哩！

紫燕赌气地转身给了栗温保一个脊背：你不愿给买就算了。

栗温保转而慷慨地：行，行。

2

栗温保府邸，同济堂。白天。

栗温保坐在太师椅上打着哈欠。

他转向一个随从：我这个月的薪俸领了没？

那随从：领了，照你的吩咐，已交了夫人保管。

栗温保：哦，哦。

他皱紧了眉头。

3

栗温保府邸院门口。白天。

一溜骑马的人在门前停下。

人们下马把马背上驮着的箱、篮抬下走上门前台阶。

门卫上前拦住：你们这是干啥？

为首的男子：我们是内乡县知县大人派来的，快过年了，给栗大人送点土特产，大米、红枣、猪肉什么的，让我们进去吧。

那门卫作难地：哎呀，要说你们这也是好意，可我们栗大人一再声言绝不收受贿赂，去年各县送来的，都让挡回了。我要放你们进去，过后他会训我的。

为首的男子：你通融些，我们大老远地跑来，总不能再驮回去吧！

那门卫：让你们进去，最后挨训的是我——

院里忽然传出栗温保的声音：谁在那里喧闹？

众人都一惊，门卫赶忙立正：报告栗大人，是内乡县衙来送礼的——

栗温保出现在了门口：送礼的，都送了些什么？

那为首的男子：无非是一些土特产品，大人整日公务繁忙，总要补补身子才好，这也是俺们林知县和全县人的一点心意。他边说边掀开箱盖、篮盖让栗温保看。

其中一个箱子里放着四封银圆。

栗温保的眼睛一亮。

栗温保咳了一声，慢吞吞地：你们这么远跑来，又只是一点土特产品，我就破例收下，下不为例！

为首的男子：谢谢大人！

栗温保手一挥：抬进去放同济堂吧！

那几个人紧忙进了门。

门卫先是不解继而鄙夷地斜了斜眼睛……

4

清和客栈。白天。

栗温保把四封银圆放到了紫燕面前：拿去买马车吧。

紫燕高兴地抱住栗温保脖子，在他脸上响亮地亲了一口。

栗温保张开双臂，把紫燕抱离了地面……

5

尚吉利织丝厂。白天。

尚达志拿着三个木牌走出正屋客堂，他的身后跟着儿子立世，立世手上拎着一把锤子。

在东侧厢房门口，达志把一个写有"织前准备车间"的牌子递给儿子。

立世用锤子把那个木牌钉在了墙上。

达志端详木牌。

木牌特写：只见木牌上写有络丝、上浆、整经、卷纬等字。

一个中年男子由东厢房内走出。

达志叫住他：大成，你们织前准备车间要做的事情都在上边写着。

那人点头：明白，尚老板。

6

西侧厢房门口。白天。

达志把一个写有"织造车间"的牌子递给儿子。

立世抡锤把那个木牌钉在了墙上。

达志站在西厢房门口看去，只见西厢房已经扩大，和西侧相邻的房屋相通，里边摆有十二台机动织机，织工们正在机上忙碌。

立世扭头问达志：爹，西边邻居刘叔叔说，他还可以再卖三间房给咱们。

达志：等等再说吧，一步一步扩大。

7

后院西房。

达志把一个写有"织物整理车间"的牌子递给儿子。

立世抡锤把那个木牌钉在了墙上。

达志端详着那木牌。

木牌特写：只见木牌上写有染色、印花、增重、轧光等字。

一个男子由屋里走出。

达志叫住他：埂子，你们织物整理车间要做的事都写在这上边。

那人点头：知道了，老板。

8

前院。白天。

达志正对儿子说着什么。

一个举止儒雅头发半白的男子走进院门：请问，尚老板在吗？

达志：我就是，你是——？

那人施一礼：我姓沈，是开封师范学校的国文老师，有研究古代神秘文字的爱好，听说贵厂院里有一块石头上刻了无法辨识的图案，特跑来看看。

达志先是一愣,随即指着院中的那块石头:先生请看,就是那块石头。

沈先生快步走到石头前,仔细反复地看着石上刻着的那个图案:

达志:你觉得这是——?

沈先生慢吞吞地:这个图案和刻在贵州关岭布依族、苗族人居住的晒甲山悬崖岩壁上的个别符号有些相似,我个人认为,它有可能是一种原始文字。

达志来了兴趣:那它在表达什么意思?

沈先生:表达的可能是当初人对世事的一种看法,即认为世界上的事情都是互相交织有联系的,人扯动一个地方,另外一些地方的人就能感觉到。

达志自语着:有点道理,比如这武汉发生了辛亥革命,南阳也跟着换了当官的,南阳当官的一换,我们尚家的丝织业也跟着出现了转机……

沈先生笑了:你倒是有自己的理解。

达志:请到屋里坐……

9

栗温保府邸。草绒住处。凌晨。

草绒正在酣睡。

一阵紧急的敲门声。

被惊醒的草绒探起身:谁呀?

门外的声音:刚才镇守使吴大人府上送来一封急信,说是用大理石为袁世凯大总统登基做皇帝赶制的第一批进献礼品,已于昨夜午时完工,今晨红日东升时就要启运,请栗大人届时参加启运仪式。

草绒匆匆披衣下床,上前拉开门接过了那封信。

草绒自语着:红日东升时的启运仪式,这要立马送到她爹手里。

草绒穿上外衣,匆匆出门。

10

栗府大院。凌晨。

草绒站在侍卫班门口，对几个侍卫：快，告诉我，你们的副镇守使今晚睡在哪个兵营里？

几个侍卫惊慌地对视一眼。

一个侍卫吞吞吐吐地：不太清楚。

另一个侍卫：好像是……我说不清楚。

草绒因着急而发火了：快给我想想清楚，要是误了公事，小心你们的脑袋！

侍卫们被吓住，其中一个低声地：栗大人住在清和客栈。

草绒一愣：住客栈干啥？

几个侍卫又吞吞吐吐说不清楚。

草绒急了：你们这些迷瞪人，快，备车，我亲自把急信送去！

11

清和客栈。凌晨。

栗温保和紫燕正相拥熟睡。

12

清和客栈大门口，凌晨。

草绒坐的马车飞驰而到。

草绒跳下马车，上前敲门。

守门人走到门前：谁？

草绒：找栗大人有急事！

守门人拉开了大门朝栗温保住的那座房子一指：在那间房里！

13

清和客栈栗温保住房门口。凌晨。

一个卫兵坐在门前打盹。

草绒的脚步声惊动了那卫兵，他急忙起身想拦，可一看是夫人，又不敢拦。

草绒咚咚敲响了门。

14

室内。凌晨。

被惊醒的栗温保抬身不高兴地：谁呀？

卫兵着急且又存心提醒对方：大人，快，急事！

睡眼惺忪的栗温保根本没理解卫兵的好意，他把胳膊从紫燕的脑袋下抽出，趿拉着鞋，到外间点上蜡烛，边向门口走边嘟囔着：啥急事？

他拉开门一看见草绒站在门外，霎时惊愣在那儿。

草绒并没起疑，只是顺口问：你怎么睡到了客栈里？

栗温保呆愣着没有出声。

草绒把手上的那封信朝丈夫怀里一塞：吴大人派人送给你的急信！

恰在这时，里间传来紫燕嗲声嗲气的问话：啥子事呀，吵死人了！

草绒一听女人的声音由内室传出，顿时眼睁圆了，她一把推开丈夫，噔噔噔几步跑到里间门口。

15

里间。凌晨。

紫燕这时伸出手点亮了灯。她裸着上身边揉着眼睛边嘟囔：觉都不让人睡好。

里间门口，草绒的眼瞪大了。

噢——栗温保呀——草绒立时转身没命地叫了起来：我日你个八辈祖宗，你竟敢背着我做出这种事?！我日你奶奶呀！你个丧尽天良的狗东西——

16

外间门口。凌晨。

只穿了短裤的栗温保手足无措。满脸苦咧咧的求饶之态。

草绒边骂边抓了屋里桌上的花瓶、茶杯、茶壶往栗温保身上砸去。

栗温保在这打砸中吓得左右乱躲。

草绒显然被这意想不到的背叛气疯了，愤怒至极地扑到丈夫跟前：栗温保，老娘今天非跟你拼了不可！边叫边伸手朝丈夫脸上、身上抓去。

输了理的栗温保不敢还手，只是抬手挡着躲着。

门口的那个卫兵和送草绒来的那个马夫这时进来，不敢去拦草绒，只用身子挡住草绒的撕扯，两人边挡边劝：夫人，消消气，消消气。

草绒见抓不住丈夫，又转身向里间奔去。

17

里间。凌晨。

紫燕被吓呆在床上，双手想穿一件上衣，却怎么也穿不上。

草绒：你这个从哪里来的野货！不要脸的贱东西！我先把你这张脸撕烂！说着冲过去，抓住紫燕的头发扯起来。

紫燕显然未遇见过这种场面，早吓得软瘫在了那儿。

客栈里的几个妇女此时跑进来，勉强抱住草绒，让赤裸的紫燕披上衣服跑开了。

草绒这时又挣扎着冲到通外间的门口，朝外间的栗温保哭骂：你的良心叫狗吃了！老子当初一个人带着女儿过日子，等你等了十年，那一回为救你的性命，老子差一点死在晋金存的刀下，没想到你今天用这个回报我呀——老天爷，你该打雷呀！打雷呀！用雷劈死这个忘恩负义的东西——

栗温保在外间慌慌地穿着衣裤。

草绒越哭越伤心，及至最后哽咽得骂不成了句。

栗温保这时对刚刚进来的几个卫兵低声交代：你们想办法把太太架到马车上拉回府里，不论她怎样哭骂踢打，你们都不准弄伤她！

栗温保匆匆跑出了门……

18

栗温保府邸。草绒住处。白天。

草绒还在哭着，嗓子已经嘶哑。

她急剧地咳了起来，之后，竟咳出一口血来。

云纬这时端一杯开水进来，一边轻拍着草绒的后背一边让她喝水。

门开了，肖四迈步进来。

肖四身后跟着畏畏缩缩的栗温保。

草绒抬头看见，挣起身又要扑上去抓撕丈夫。

肖四急忙伸手拦住。

肖四一边示意云纬和其他下人走开，一边对草绒：嫂子，你先息息怒，听我跟你讲道理，咱俩道理讲不通了，你再骂大哥再撕大哥，行吗？

草绒的眼又一次瞪圆了：啥道理？你说他栗温保做这事还有道理？

肖四扶草绒在椅子上坐下：你平心静气听我说嘛，你说大哥如今是不是一个官？

草绒气愤讥诮地撇撇嘴：咋不是，副镇守使嘛！

肖四一本正经地：他既然是个官，那他做事应不应该像个官？

草绒有些恼了：我没有说不让他做事像个官！

肖四：好，好，既然嫂子承认这个就行，那你看看从上到下那些官，有哪个官不是三妻四妾，不是几个老婆？即使不娶妾，哪个男人暗地里没有几个女人？

草绒又气愤地站了起来：噢，所以他栗温保就也跟着学——

肖四苦起脸来：不跟着学不行啊，你要不养一两个侧室，不娶一两个小老婆，官场里的那些人就看不起他，就说那小子不是当官的料，根本就没能耐！要不就骂你假正经，说你想立牌坊，一齐来挤对你，想法子把你这个行为出格者弄倒！这就像大家同桌喝酒，人人都喝，唯有你一个人呆坐着不举杯，这势必弄得满桌人不高兴，大家恨不能让你滚了才好！嫂子，你要是不想让他当官了，你就跟他闹，就不准他养女人，你要是想让他当官——

就是，我不是才养一个嘛！栗温保这时接了腔。

草绒又恼了：放屁！你俩说这些话全是放屁！滚你娘的这些狗道理！老子不想让他当官！你们这些王八蛋算什么？狗官！驴官！

草绒骂着就又扑上前，这次是连肖四一起撕抓。

两个人见草绒那个怒状，一齐吓得转身跑了……

19

夜。草绒住处。

草绒满眼气愤地坐在椅子上。

她的眼前闪过去的生活画面：晋金存手下把刀架在她的脖子上……晋金存指使人来强暴她……

她猛地跳下床，几步走到门口，对门外不远处站岗的一个卫兵叫：你，过来！

那卫兵闻唤跑了过来：有事，夫人？

草绒：进来！

20

草绒卧室。夜。

那卫兵不明所以地走进门：夫人，叫我来——

草绒：你们栗大人在外边跟别的女人睡，太太我今天就跟你睡！俺和他一对一了！说着，刺啦一声撕开了自己的上衣，将雪白的胸脯露了出来。

那卫兵先是一呆，继而扔了枪扑通一声跪下叫：太太，夫人，饶我一命吧，栗大人知道了会杀我的，天呀，饶了我吧……

草绒被这卫兵的窝囊弄火了：滚滚滚！

卫兵闻言抓起枪逃也似的跑了出去。

草绒扑倒在床上，伤心至极地哭了起来……

21

尚吉利织丝厂。织前整理车间。白天。

达志正在指挥工人们给丝上浆。

卓远臂下夹着书包走了进来。

达志抬头看见：卓远哥，从学校回来了。

卓远从臂下抽出一张报纸：美国旧金山万国商品赛会的评奖结果出来了。

达志急忙接过报纸。

卓远：和我当初的估计一样，咱们南阳获奖的产品只有一样——邓州的烟叶。

达志放下报纸：放心，我会继续努力，下一次再有这样的赛会，我保证——

院里突然传来一个声音：尚老板在吗？

达志应了一声，转身出去。

22

尚家前院。白天。

一个邮工正把一封信递到达志手上：外国给你来的信。

达志一愣：哟？！接过信。

信的特写：全是英文字。

达志对邮工挥手：谢谢！

23

织前整理车间里。白天。

达志把那封英文信递到卓远手上：哥你看看这上边写了什么。

卓远接过凝神看了一阵，抬头：我给你翻译一下——

尊敬的南阳尚吉利织丝厂经理先生：

我是美国费城皇冠绸缎公司的经理汤姆逊，我前不久在旧金山的万国商品赛会上，看到了贵厂出产的丝绸产品，我非常喜欢其中的银灰捻钱缎和炼白山丝绸，十分希望能从贵厂买到这两种产品，如蒙应允，我首批拟各进五百匹。关于付款办法、交货时间和质量标准，不久我将派人专程赴贵厂洽谈……

卓远笑了：嗬，一千匹订货！

达志嘿嘿嘿地笑着。

画外传来达志的心声：爹，世界上又有人注意到咱们尚家的绸缎了……

24

织丝车间。傍晚。

织机停了，织工们相继走了出去，独有顺儿还弯腰在机上检查着什么。

立世走了进来：娘，歇歇吧。

顺儿应了一声，起身要走时，身子一摇，似要晕倒的样子，便急忙又双手扶住织机。

立世看见，疾步过来扶住娘：娘，咋了？

顺儿按着自己的额头：这几天给外国人赶订货，八成有点累了。

立世扶着娘往外走：又不是靠你一个人能赶得出来的。

25

正屋客堂。傍晚。

立世扶娘在椅子上坐下。

达志正伏在桌上用算盘算着什么。

立世看见娘上衣前襟上又挂破了个口子，就指了说：娘，你看。

顺儿勉力一笑：吃罢饭再补个补丁得了。

达志闻言扭过头，看了一眼顺儿衣服上的那个大口子，有些过意不去地：立世，吃过饭你去前边店里，把柜台下那块灰缎子拿来，让你娘剪剪做件衣裳。

顺儿急忙摇头：我穿什么缎子？我整日在织机前忙活，穿那样好的东西给谁看哩？

26

达志、顺儿卧室。夜。

顺儿换下身上的裈子，坐在灯下缝补起来。

立世拿了一块灰缎过来放在娘的手上：娘，甭补了，前襟上弄个补丁多难看。

顺儿用手欢喜地抚着那块灰缎，她伸开手指量了量：行，这块缎料够给你爹做件马褂。

立世：爹不说让你给自己做件衣裳吗？

顺儿：你爹常在外边同人交际，穿好点值得，我穿那么讲究干啥？说着，拿过剪子剪起来……

27

尚吉利织造车间。夜。

尚达志从一台织机下钻出来，拍拍身上的尘土，拎起灯笼出了屋子。

28

达志、顺儿卧室。夜。

达志打着哈欠进来,看见顺儿还在灯下缝着衣服:睡吧,二更天了。

顺儿低头咬断线头,把大致上连缀起来的马褂提起来:来,他爹,试试看合不合身?

达志一怔:给我缝的?

顺儿:你穿好点,不也长咱尚家人的脸?顺儿说着走过来。

达志又感动又生气地在她肩上拍了一下:你呀!

身子虚弱又坐得太久的顺儿没能经得起这一拍,只听她哎呀轻叫了一声,身子便软软地向地上倒去。

达志见状急忙伸手搀住:咋了,你咋了?

顺儿努力笑了一下:这段日子头总有些晕。

达志心疼地把她抱放到床上:你呀,再不能这样不顾自己地累了。

达志默然伸手为顺儿脱着衣服,当顺儿那瘦得可怜的胸脯在灯下现出时,他心疼至极地俯身吻去……

29

城郊。一个簇新的院子。白天。

栗温保、肖四和紫燕站在院中环视着房子。

肖四:咋样?还宽敞吧?

栗温保点头:不错,不错。只是这买房子的钱——

肖四眨了一下眼:这个月的兵饷不是还没发嘛,咱找个借口一人扣一点。

栗温保有点担心地:要做得隐秘点,以免……

肖四:你放心吧。

紫燕:就是离城中心有点远。

温保:你不是买了马车吗?

肖四:就是,有马车,一袋烟的工夫不就到城里大街上了?

紫燕转向肖四:听说你也又有了一房新夫人,你把她藏在哪儿了?

肖四看着温保嘿嘿一笑:暂时保密。

紫燕叹口气：唉，就我倒霉，被人家的大夫人赶到了城边上……

30

世景街上。白天。

紫燕坐在一辆装饰华贵的马车上在街上急驰。

车后撒下她一串笑声。

车过尚吉利织丝厂门口时，她看见了大大小小进货的车辆，喝令车夫停车。

她走下车来，看着街边一辆马车上装着的五颜六色的绸缎。

她的脸上生了羡慕之色，她看了一眼尚家的临街店堂。

她反身上车。

马车又飞奔起来。

31

一座兵营门口。白天。

栗温保站在紫燕的马车旁对紫燕：想要尚吉利织丝厂的绸缎？那还不容易?! 来人，拿纸笔来！

一个随从递上纸笔。

栗温保俯身到马车上，龙飞凤舞地写了一行字，而后把那张纸交到紫燕手上：去，找尚吉利的尚老板！

紫燕：光拿这个能行？

栗温保一挥手：保证行！

32

尚吉利织丝厂临街店堂。白天。

尚达志正在接待顾客。

一个又尖又高的声音从门口响过来：哪位是尚老板？

尚达志闻言走到门口。

穿着华贵漂亮的紫燕傲然站在门外。

达志礼貌地：请问夫人是——

紫燕：我叫紫燕，是栗大人让我来找你拿缎子的，说着，将栗温保写的那张纸递了过来。

对方强硬的话显然令达志不太高兴,他略皱了眉打开了那张纸。

信上的字迹特写:尚老板,请交紫燕两匹蓝缎和两匹紫绸带回。

达志勉力含了笑说:好,我这就去仓库里看看还有没有夫人要的这两种绸缎,因为给英国商人赶大批订货,已有好些时没再出这两种货了。

紫燕嗯了一声。

33

尚家后院仓库。白天。

达志在大批的绸缎存货中寻找。

他摇了摇头自语着:真是没有了。

34

尚家临街店堂门口。白天。

尚达志对紫燕:夫人,抱歉得很,你要的这两个品种刚好没有货了,能不能换两个花色?

紫燕坚决地把头摇摇:那不行,我就喜欢这两种颜色!

达志的话中显然也带了气:那依夫人说该咋办呢?

紫燕的双眉一扬一跳地:你最好后晌就加班给我弄出来,我急等着做衣服穿哩!社旗的山陕会馆几天后有庙会,我得穿了新衣去看庙会!

达志的话中露出了不快:那恐怕不行!我的厂子正为外国客商赶织订货,忙得很,你大概不晓得,不按合同交货是要罚钱的!再说,就为你这两匹绸子和两匹缎子调色印花也不值当。

紫燕嫩白的嘴角一撇:啕,这么说,俺们是不重要了?尚老板的眼光也太高了吧?

达志还没见过如此傲慢和不讲理的女人,一改一向隐忍的脾性,冷了声说:请夫人说话放尊重些!

哼!紫燕两只秀眼凶凶地一斜,转身对随来的女佣叫:我们走!我们祝尚老板厂子兴隆!

达志被气得愣在那儿……

35

尚家灶屋。白天。

尚家四口人在围桌吃饭。

顺儿对达志：听说这叫紫燕的夫人在栗大人面前说一不二哩！你不该惹她！

达志气鼓鼓地：不惯她！

达志妈：你忘你爹过去叮嘱你的话了？凡事要忍哪！

达志长长地叹一口气：唉——声音里露出了一丝后悔……

36

城边紫燕新屋卧室。白天。

紫燕在捂脸抽泣。

栗温保站在她身边：算了，算了。

紫燕：人家姓尚的根本就没把你放在眼里！你自己还觉得自己不得了哩！

栗温保的脸阴沉起来：这个姓尚的！

一个仆人这时进屋：大人，肖大人带着他的新夫人来了。

栗温保：请他们到客厅。

37

紫燕住处客厅。白天。

栗温保抱拳对肖四及穿得花枝招展的夫人：欢迎，欢迎，快请坐。

肖四：我们今儿个来，来想陪大哥和夫人打两圈。

栗温保：好哇，好哇。

肖四：夫人呢？

栗温保：嗨，生气哪，她想要两匹尚吉利的绸缎，结果尚达志竟然没有给她。

肖四叫起来：这还了得？他不就是一个办厂子的嘛，叫他办他办，不叫他办他还不得办哩！姓尚的如此狂傲，该教教他怎么拿眼看人了！

栗温保：罢了，罢了。

肖四：大哥，我这些天一直在想，我们还没有使人害怕我们！

栗温保：害怕我们？

肖四：是的，大哥，你说，啥叫权？

栗温保：那不就是可以给我们带来富贵的东西嘛！没有权，我们今儿个能住在这好房子里？

肖四：这仅仅是一个方面，正是因为这个方面，人们才喜欢权，但权还有另外一种解释：权是一种叫人害怕的东西！人们之所以敬畏有权的人，原因也就在于这个！

栗温保喝了一口茶：哦？我倒没想那么多！

肖四把手指按到桌子上拧了拧：我们以后办事，该狠的时候，要狠，这样才能使人害怕，才能不出像嫂夫人在尚吉利织丝厂遇到的这种事！

栗温保点头：嗯，有理！……

38

南阳师范传习所大教室。白天。

"毕业典礼"四个写在红布上的大字挂在黑板上边。

教室里坐满了学生、教员和来宾。

卓远臂下夹着他那个用来装书本、手稿的蓝布兜儿，缓缓走上讲台。

所有人的目光都停在了他的身上。

卓远：同学们，在你们就要毕业离校的时候，我想告诉你们一个消息：想当皇帝的袁世凯死了！

学生们中起了一点骚动。

卓远：眼下，我们的国家已是百孔千疮。对外，与日本人签订了《二十一条》，与俄国签订了《呼伦贝尔条约》，我们的国土和主权又一次丧失了许多；内部，当官的忙于复辟帝制和"防剿"、谋杀，国力在迅速下降，如此下去，我们的民族和国家将会落到一个什么下场？

咳咳。来宾席上，有人发出了咳嗽声。

卓远扫了一眼，见有人起立退席。

卓远：你们毕业后就是知识者了，你们身为知识者，看到了这些之后，想没想过怎么来挽救？……

卓远说得越来越激昂。

全教室的人都在鼓掌……

39

卓远家。白天。

卓远的夫人雅娴正在伏案作画，画面上是一片波翻浪涌的水，水上漂动着一幅中国地图，那地图的边、角已被波浪撕去了不少，一个更大的浪头分明就要砸向那幅眼见就要破碎的地图。

卓远走了进来：嚄，又在画。

雅娴抬头：来，给我这幅画上题几个字。

卓远走到案前看了一霎：好吧，我把谭嗣同先生的那首诗题上。说罢，左手拿起笔，刷刷刷地在画的上方题写着。

卓远的题字特写：

世间无物抵春愁，

合向苍冥一哭休。

四万万人齐下泪，

天涯何处是神州！

卓远正要搁笔，门外突然传来一个急切的声音：卓先生！

卓远抬头。

门口出现一个青年男子，那人慌慌地：刚才栗温保大人派人到学校里传口信，要你立时到他府中见他！

卓远有些意外：哦？没说有什么事吗？

那人：没有，只说让你快去！

卓远：好，我这就去！

40

栗温保府邸，同济堂。白天。

栗温保正半仰在太师椅上擦他那把心爱的短枪。

卓远由一个随从引领着走了进来。

卓远：栗大人叫我有事？

栗温保抬头，一边把手中的枪往桌子上一拍，一边肃穆了脸慢悠悠地：听说你今日搞了一次演讲？

卓远：是的。

栗温保：有人说你在演讲中说了不少危言耸听的话！

卓远一怔：危言耸听？

栗温保：什么眼下当官的都忙于"防剿"、谋杀啦，什么国家正处于危机之中啦，可是当真？

卓远：当真。

栗温保：你不怕我以妖言惑众治你的罪？

卓远坦然地笑笑：我想不会。我讲的那些话全是真的，都有实例摆着！

栗温保冷冷地：我今日叫你来，是想告诉你，下不为例，老老实实做你的学监，让学生全心读书，以后再不准胡说八道，否则，一旦南阳城中出了什么乱子，我可要拿你是问！

卓远默默望着栗温保那张脸，那张脸上的诚厚之色已无，胡须修剪得有模有样。

明白了，大人，那我就告辞了。卓远淡声说罢，转身便走。

41

紫燕住处餐厅。白天。

一桌子酒菜。栗温保、紫燕、肖四和他的新夫人坐在桌前。

栗温保举起酒杯：喝喝。

肖四喝了杯中酒：我现在恨不得一天喝四次，把咱们在葛条凹那些年没喝的酒都补上来。

栗温保：那些年少享了多少福哟！

肖四：大哥，这些天，我一直在想一桩事。

栗温保：啥？

肖四：如今天下动荡，我们要想在这乱世之中长久站稳脚，必须把咱们的队伍保持住，必要时还要再扩大一些，只要有人有枪，就好办！可要扩充队伍，就要有钱，仅凭上边拨下来的和各县送上来的那点钱，明显不够，我们必须另想办法！

栗温保：那依你之见？

肖四用筷子敲了一下桌子：办工厂！

栗温保一愣：办工厂？你我懂啥办工厂？

肖四：不懂不要紧，如今不是有不少当官的都办了商店、工厂吗？他们就懂？这里边有门道！我们可以用我们手中的权和枪做资本，与懂工厂的人合办！

栗温保来了兴趣：噢？跟谁合办？

肖四：眼下南阳城办得最红火、最能挣钱的工厂是尚吉利织丝厂。

栗温保：那我们和他们怎么个合办法？

肖四：我们可以向尚达志说明，我们作为一方和他合办这个厂，我们负责保护他厂子的安全，负责和税局交涉让他少交税，缺生丝了我们负责让各县丝厂往他这里送，往外地运丝绸时我们负责押运。外地厂商与他发生什么矛盾，我们可以用武力帮助解决，然后我们与他平分红利。

紫燕第一个拍手赞成：好，我赞成！那我以后再去尚吉利厂里拿绸缎，就是拿我们自家的东西了！

栗温保担心地：只是，尚达志愿干吗？

肖四霍地从怀里掏出枪，啪地往桌上一放：有这个，还怕他不干？

这倒是。栗温保缓缓把一块肥肉送进了口里。

肖四：这事要办就抓紧，我想明天的赛神大会就请他来！

栗温保点头：中！

42

栗温保府前大街。白天。

街边，一个临时搭起的高台上悬挂着一个横幅：腊月初八赛神会。

高台两边分别挂着两个条幅，一边是"神明保佑"；另一边是"五谷丰登"。

台上放着一排桌椅，栗温保、肖四和一帮官员坐在上边。

尚达志拿着一个大红请柬迟迟疑疑地走到台下，一个卫兵查验了他的请柬后，径领他上台，走到了栗温保和肖四中间的那个座位前。

达志见状急忙摆手：我怎么能坐这里？

肖四这时起身，含笑地：你是咱南阳工商界名流，为啥不能坐？快，请坐！

他刚落座，两边的鼓声已响，赛神队伍已从街的一头走了过来：雕塑好的土地爷、火神爷、观音菩萨、风伯、雷母……被人们放在木板上抬着经过台前。

喇叭、鞭炮、锣鼓一齐响了。

五彩的旗帜耀眼夺目。

护神的大刀长矛银光闪闪。

43

台上的达志看得聚精会神。白天。

栗温保和肖四交换了一个眼神。

栗温保转向达志,把盖碗茶朝他面前推一推:尚老板最近忙吗?

达志急忙扭头:是有些忙,托大人的福,厂子很兴旺,眼下又买了一批织机和动力机,正在搭棚安装,所以忙些。

栗温保转向肖四:四弟,既是尚老板厂里忙不过来,你就调一批兵过去帮帮!

肖四:行,明日去五十人,听凭尚老板指派!

达志急忙摆手:不,不,哪能麻烦你们。

肖四:这怎能说上麻烦?我们那里有的是人是枪,以后你运原料、送成品了,只管说一声,我们的人马负责搬运、护送。这年头土匪盗贼遍地都是,有了我们,保证让你安安全全。我甚至想了,干脆咱们合伙办厂!

达志闻言一愣,急忙摇头:不,不,我其实并不忙,谢谢肖大人的好意,厂里的事我能应酬过来!

肖四:这年头,咱们合伙办厂,厂子可能发展得更快!

达志坚决地:谢谢大人的关心,只是这厂子是祖传下来的,与人合办怕有违祖宗的意愿,还是让我自己慢慢办吧!看,那火神爷的像塑得多好!他显然是有意转开话题。

栗温保生气地一推茶碗,起身离座。

44

观览台后。白天。

紫燕对着阴了脸的栗温保:咋样,没说成吧?尚达志不是傻瓜,我早估计你们办不成!

栗温保气恼地一挥手,低喊了一声:来人!

四个持枪的卫兵跑到他面前。

栗温保压低了声音:赛神会一结束,你们就给我把尚达志抓起来!

四个卫兵:是。

卫兵们持枪走上了观览台……

第十集

1

赛神会观览台。白天。

栗温保又回到了观览台上。

达志假装全神贯注去看赛神队伍,不再和栗温保、肖四说话,也不再去看两旁。

肖四注意到有四个持枪的卫兵靠近了尚达志,先是一怔,随即明白了他们的用意。

肖四的眼睛与栗温保的眼睛对视,肖四极轻微地摇了摇头,表示了不要这样办的意思。

栗温保只好抬手,极快地向四个卫兵摆了一下手。

四个卫兵悄然退下。

观览台上的所有人包括尚达志都没有注意到这一切,人们都在全神贯注观看街上的赛神队伍……

2

栗温保府邸。同济堂。白天。

肖四对栗温保:如果当众抓了尚达志,会影响我们的声誉。

栗温保:妈的,我真想教训教训他,让他知道该怎样跟我们说话!

肖四:教训他的办法很多,最好的办法是既让他感到疼,又说不出什么来!

栗温保:啥办法最好?

肖四附到栗温保的耳边说着什么。

栗温保听得眉开眼笑起来……

3

栗温保府邸。晚饭后。

栗家厨房。云纬把洗好的碗放入碗柜。

她解下围裙,一边抿着头发一边向外走。

4

厨房门外。晚饭后。

云纬站在那儿朝不远处的马棚:承银,草铡完了没?

没人应声。

她迈步向马棚走去。

5

栗府马棚。晚饭后。

云纬的儿子承银和五十来岁的马夫老黑正在给马铡草:老黑把草往铡里送,承银按动铡刀:嚓嚓嚓。

云纬走到铡前,刚要开口和儿子说话,忽然瞥见棚里有几十个当兵的全换上了黑衣黑裤,正在那里悄无声息地擦枪装子弹整理马鞍。

云纬一愣,画外传来她吃惊的声音:又要打仗?

她注意地看着那些黑衣黑裤的士兵。

老黑和承银这时刚好把草铡完了。

云纬俯首低声问老黑:他们换了衣服这是要干啥?打仗?

老黑摇摇头,取下嘴里一直嚼着的旱烟袋,扯住云纬走向棚外。

6

棚外。天黑了。

老黑悄声对云纬:咳,作孽呀,他们这是化装成土匪要去砸尚吉利织丝厂的!

云纬被骇得后退了一步:为啥要砸尚吉利?

老黑叹口气:不知道,总是惹到了他们吧。说着要向棚里走。

云纬急忙抓住他的胳膊,低而急切地:他们啥时去?

老黑:大约待人们都睡下了街上一静就去。说罢,走进了马棚。

云纬惊呆在原地。

承银这时由马棚里出来:妈,回吧。

云纬回过神来,和儿子一起离开了马棚。

7

栗府院子一个角门。夜。

云纬悄步走到角门口。

她警觉地回身四顾了一下，见四周无人，迅速扭开角门上缠的铁丝，拉开门闪了出去。

8

大街上。夜晚。

云纬蒙了一个头巾匆匆沿街边向前走着。

她不时回头看一下身后……

9

尚吉利织丝厂门口。夜。

卓远对达志：你不是想请蚕桑学堂的老袁来当你的记账师吗？走，我陪你去劝劝他来上任。

达志不好意思地：又要麻烦你！

卓远：走吧。

达志转对院里叫道：立世，我和你卓伯去蚕桑学堂了。

知道了。院里传来立世的应答。

达志：卓远哥，前两天在赛神会上，栗温保提出……

卓远认真听着。

两人边说边走……

10

世景街上。夜晚。

云纬气喘吁吁地赶到了尚吉利织丝厂大门口。

她抹了一把脸上的汗水，急急地上前敲门：咚咚咚。

院里传来小立世的声音：来了，来了。

院门拉开，小立世提着灯笼站在门内。

云纬喘吁着：你爹呢？

立世：我爹和我卓伯一块去蚕桑学堂了，婶子，请进屋坐，他也许要晚一些才能回来。

云纬一愣，画外跟着响起她的声音：告诉他的儿子和妻子？会不会吓坏他们？他们会不会做出不恰当的举动？

立世：婶子是——

云纬：那我去找他！说罢刚要走，又慌慌地转身对正要关门的立世：你爹没回来，你和你妈甭睡！

小立世诧异地看着云纬急急走远。

11

大街上。夜晚。

做生意人家门前的灯笼都已收回，街上显得很黑。

云纬跟跟跄跄地向前奔去。

12

尚吉利织丝厂。顺儿卧室。

立世走进来：妈，刚才一个婶子慌慌地跑来告诉说，爹没回来之前，咱俩别睡。

坐在床上的顺儿闻言一惊：哪个婶子？

立世：我不认识。

顺儿诧异地：要咱俩别睡？……

13

蚕桑学堂门口。夜。

一个灯笼在门前晃悠，使得"南阳蚕桑实业学堂"的牌子也一明一暗。

云纬奔来，她只想着去敲门，没看清脚下，绊了一个砖块，扑通一声栽倒了。

她忍痛起身去拍门。

她感觉到额头上有东西，手一摸，是血。

门开了，一个老校工出现在门内：你找——

云纬：快，我找尚达志！

那校工：请跟我来。

14

一间有灯的房前。夜。

老校工拍门喊：尚老板，有人找你。

门开了，尚达志和卓远出现在门内。

云纬断续地：达……志……快！

达志看见云纬脸上的血，一惊，急忙过来扶住云纬：你，你这是咋了？

云纬断续地：快……快回去……栗温保派人……化装成土匪……去砸……你的厂子……因为慌张、气急和疼痛，她说到这里，便身不由己地向地上坐去。

达志揽抱住云纬：云纬，云纬！

卓远这时疾步过来扶住云纬，转对达志：快，快跑回去点亮所有的灯笼，使劲把邻居们喊醒！

达志转身就跑……

15

大街上。夜。

达志使出最大的力气向家里奔去。

上衣的扣子刚才没扣，衣襟飘飞着影响他奔跑的速度，他立刻边跑边脱下扔了开去。

突然，清脆的枪声在远处响了，与此同时，几股火光冲上天空。

达志惊恐无比地停了一下步子。

是他的厂子！

他瞪大眼睛看着那火光。

他随即又发疯似的向前奔去，边跑边撕心裂肺地喊叫：你们这些挨枪子的哟——

16

尚吉利织丝厂。夜。

厂子已成废墟，还有火苗在跳。

达志发疯似的在废墟上奔跑察看着。

临街店堂烧了,店里的绸缎还在燃着。

织前整理车间烧了,有一些丝还在烧着。

织房烧了,几架织机被砸坏。

动力机房塌了。

原料仓库变成了平地。

成品库里的绸缎没有了。

整个大院只剩下他们的三间正屋和灶屋还算好的。

顺儿满头是血地躺在前院那块怪形石头前。

立世抱着一脸是血的奶奶,在那里哭喊着:奶奶、奶奶。

达志没有理会妈妈、妻子和儿子。

他只是在那里疯跑着察看。

他最后站在正屋门前看张贴在自家屋门上的那张揭帖:桐柏山马大杆子到此一游!

他没有理会邻居们的劝解,而是疾步奔进屋去。

17

达志卧室。夜。

他伸手去床下摸出一瓶赊店白干酒,仰头咕嘟嘟喝下了大半瓶。

他抹一下嘴扔掉瓶子往外走。

18

灶屋。夜。

达志跑进来,从案板上抓起一把刀。

他把菜刀往怀里一塞,便向街上走去。

街邻们以为他是去向官府报告被土匪抢劫的经过,就没有拦他。

19

大街上。夜。

达志瞪着血红的双眼向前走着,边走边在口里含混地叫:栗温保,你毁了我的厂子,不让老子活,老子也不让你活!爷们跟你拼了,拼了！老子非把你的心挖出来看看不可！老子要砍你三百刀，一刀一刀剁碎你……

20

城郊紫燕住处。夜。

栗温保、紫燕、肖四和其新夫人正打着麻将。

一个黑衣黑裤的人喊了一声报告走进来。

栗温保看了那人一眼：怎么样？

黑衣人：大人，顺利完成任务。

肖四：姓尚的感到疼了吧？

黑衣人：他肯定会喊疼的！

栗温保对那人挥手：回去歇吧。

黑衣人：是！……

21

栗温保府邸。院墙一侧。夜。

达志奔到了院墙前。

他因为气愤至极而四肢哆嗦。

他打着酒嗝，眼看着酒已经发挥作用，他的身子有些摇晃。

他手扒着院墙想翻过去，可连续两次都没有成功。

他顽强地站起身子，再一次抓住墙头。

他总算爬上了墙头，可因为哆哆嗦嗦手扣不住砖缝，身子像布袋一样重重地掉倒在墙内地上，发出了扑通一响。

达志躺在地上喘息。

还好，没有被哨兵发现。

他站起身踉跄着向前走。

酒力烧得他的双眼有点想合上，他有两次撞到了树篱上。

他不停地摇晃脑袋想使自己的头脑清醒起来。

他总算摸到了栗温保的卧室门口。

他看见了屋里有灯光。

画外传来他呜咽似的声音：狗东西，你没睡，没睡更好，老子就在灯下把你剁掉。

他强咽一口唾沫,把胃里要翻上来的酒液压下去,而后上前砰地撞开了门。

22

栗温保和草绒的卧室。夜。

灯光下可见,床上只坐着草绒一个人。

正在纳着鞋底的草绒抬头看见达志进来倒没有吃惊,她只是抬起苍白的脸望着达志嬉笑着:嘀,到底有男人来了!我还以为就没有男人敢来睡栗温保的女人哩!到底等来了。来呀,尚老板,来睡他的女人!他跟别的女人睡,我就跟你睡,我和他两抵了!来呀!草绒说着,呼一下撩开被,露出雪白的半裸的身子。

草绒根本没看出尚达志脸上的那股疯狂。

栗温保哩?!达志的舌尖已因酒力发作开始打卷,出音含混。

草绒眼中带了一股仇恨终于得报的快意:他找他的小老婆去睡了,你甭担心,他不敢管的,你只管来睡他的老婆!来呀!

栗温保瞪着草绒。画外随即传来他咬着牙的声音:杀了她,栗温保不在,就杀了他的女人!杀了她!

草绒还在嬉笑着叫:来呀!

达志一边转动着血红的眼珠,一边去怀里摸出那把菜刀。他挪动双脚想朝床上的草绒砍去,但软极了的腿已经提不起脚来,他的脚在门槛上一下子绊住了。

达志踉跄了一下咚地扑倒在床前的地上,手上的刀当啷一声落了地,与此同时,他哇地吐起了酒液。

草绒仍然没有看到危险,她嬉笑着从床上下来:还用你拿刀?不拿刀我也不会反抗!

达志在地上翻滚着想站起,却怎么也站不起来。

达志这时又已摸住了菜刀。

草绒弯腰想去抱达志的身子。

达志猛地扬刀向草绒砍来。

草绒被吓了一跳,急忙躲闪。

幸亏她躲闪得快，只是手腕被刀尖划破了一个小口子。

草绒这时才真正慌了，才失声地：快来人呀——

23

云纬所住的仆人房子。夜。

云纬疲惫地坐在床沿正脱衣服。

她额头的伤口上包了一道白毛巾。

隔壁传来了草绒的惊呼：快来人呀！

云纬一愣，急忙跑了出去。

24

草绒卧室。夜。

云纬奔了进来。

她看见仍在地上挣扎着要起身挥刀的达志，先是一惊，跟着便明白了原因，她急忙上前按住达志，夺下了他手中的菜刀。

达志的力量显然已经耗尽，他挣扎的幅度越来越小，终于躺在那儿不再挣动。

天哪！草绒捂着手腕上的伤口，真没想到他还会——

酒力已使达志双眼闭上昏昏睡去，只有发直的舌头还能发出一丝谁也不明白的话语。

云纬望着草绒急忙解释：夫人，尚达志家的织丝厂刚刚被土匪劫掠烧毁，他一定是气疯了，加上又喝醉了酒，才胡乱撞到了这里，恳求你能宽恕他方才的无礼举动，不要把这件事张扬出去。

草绒这时已平静下来，惊诧地：尚吉利被土匪烧毁了？哪里来的土匪？

云纬不敢说出真相，支吾地：不知道，反正毁得很惨。

草绒叹一口气：那也真让人心疼，当初，尚达志为了办厂子，不是把亲生女儿都卖了？

云纬试探地：夫人，那我把他扶走？

草绒点头：扶走吧，我知道他也不是那种作恶的人。

云纬不敢耽误，急忙弯身去抱。

草绒：先把他弄到你屋里给他擦洗擦洗，瞧他身上这脏的！

云纬应了一声：行。

25

云纬卧室。夜。

云纬把达志放到一张椅子上。

云纬扯去达志身上的外衣。

云纬给达志擦洗手、脸。

达志在椅子上仍醉得东倒西歪。

云纬把达志扶到了自己的床上。

达志含混地自语着什么。

云纬在灯下看着达志那蜡黄的脸，一股巨大的痛惜之情从胸中泛起，使得她弯腰冲动地把达志的头抱在了怀里……

26

尚吉利织丝厂正屋门前。夜。

立世在哭喊着：奶奶，奶奶——

老人已经闭上了眼睛。

头部受伤的顺儿挣扎着扑到婆婆跟前哭喊：妈——

围在四周的卓远夫妇和邻居们都在抹眼睛……

27

云纬卧室。夜。

夜月两经西斜。

达志终于从昏沉中醒了过来。

他发现自己躺在云纬的怀里时，感到茫然而吃惊。

他摇了摇头，慢慢记起了织丝厂被焚的情景。

云纬轻柔地：再睡一会儿吧！

这句话唤起了达志心中那股巨大的疼痛和委屈，他猛地把脸藏进云纬的怀里，发出了抑得很低的伤心至极的啜泣。

云纬只能更紧地把达志搂在怀里，用手轻拍他的后背。

达志的啜泣声在逐渐变高。

云纬害怕地：别哭，别哭，小心别人听见。

伤心到极处的达志控制不住地放开了声。

云纬担心地看了一下门外。

满怀柔情的云纬在惶急中无计可施，只好哗地一下撩起胸衣，像制止孩子哭叫那样，一下子把自己的乳头塞进了达志的嘴里……

28

尚家坟地。白天。

细雨飘洒。

卓远和几个邻居抬着装殓达志妈的棺材放进了墓坑。

人们在向墓坑填土，新坟与达志父亲尚安业的坟头并立着。

达志在母亲坟头点燃了火纸，火纸在细雨中冒烟燃着。

卓远和邻居们相继走了。

达志挥手让儿子立世扶着受伤未愈的妻子顺儿也走了。

达志一个人蹲在两坟之间一动不动。

画外飘来他痛楚的低语：爹，厂子毁了……

雨，肆无忌惮地往他的身上落着。

一件蓑衣披上了达志的肩膀，镜头拉开，可见是云纬站在他的身边。

云纬低低地：回吧。

达志没动。

云纬伸手用力把达志搀起……

29

清晨。北风打着尖厉的呼啸。

一些枯树叶在地上滚动。

尚吉利织丝厂的废墟上，达志和儿子立世正在清理砖块和泥土。

两个人的头上、脖子里都蒸腾着热气。

达志看见儿子一脸的汗水，心疼地：歇歇吧，立世。

立世嗯了一声，手却没停。

达志站直身子，捶捶腰，长嘘了一口气……

30

尚吉利织丝厂废墟。白天。

达志和立世还在闷头清理废墟。

一阵马蹄声传了过来。

达志扭头看去。

是栗温保和肖四在近处的街边下马向他走来。

达志的牙立刻咬了起来。

他假装没有看见来人，又急忙弯腰干起活来。

栗温保在达志身后站住：尚老板，忙着哩？

达志猛把一块砖攥到手里。画外跟着响起他的声音：砸过去，把他的一双眼珠砸飞！

但他直起身子时，只能把脸上的仇恨换成笑容：哟，是栗大人来了。

栗温保一本正经地：听说你遭了土匪劫掠，特来看看！边说边环顾着已成废墟的织丝厂。

达志勉力地：谢谢栗大人关心！话音末尾分明已变了点味。

跟在栗温保身后的肖四：我听说是桐柏山上的马大杆儿那股土匪干的，奶奶的，总有一天，会找他们算账！他们留没留下什么把柄？

达志警觉地摇头。

栗温保：你是不吃亏不知道我的话对呀，当初，我不是一再跟你说过，眼下土匪太多吗？

达志头微低着，眼中分明露出了仇恨，慢吞吞地：是呀，怨我脑子太死，没有听栗大人的话，要不，也不会遇见这样的灾难。

肖四这时含了笑：下一步打算咋办呢？厂子重建一回不易，万一再碰上一股来偷袭的土匪，可不糟了？

达志猛地打了个寒噤。

画外随之响起达志绝望的声音：是的，你辛辛苦苦把厂子重建起来，他们还会轻而易举地把它毁了！咋办？答应同他们合办？那样，厂子的支配权从此就不属尚家了，不，还是干脆送银圆吧！

达志回望了一眼肖四：这土匪还回来吗？他们的良心——

肖四：那可说不准！

达志强抑住心疼：我想今后把收入的一半送给栗大人、肖大人，每半年送一次。请你们用这笔钱买枪养兵，只要你们兵强枪好，谅土匪他们也不敢再进城来捣乱！

栗温保闻言嗯了一声，压住心里的高兴去和肖四的眼睛对视。

肖四也朝栗温保快活地眨着眼睛。

栗温保：尚老板的主意令我感动，既然尚老板如此大方，要这样支持我们，那我也就表个态度，从今往后，我保证你厂子的绝对安全，决不让土匪进城的事再次发生！

达志：十分感谢栗大人的关照。

栗温保：那我们回了，你重建时遇到啥子难处，只管去跟我说，奶奶的，我这人讲义气，你大方，我也大方！

肖四：这件事空说无凭，最好写个字据。

达志只能点头：也好。

栗温保：这样吧，晚饭后你去同济堂一趟。

达志：好吧！……

31

栗温保府邸。同济堂。夜晚。

尚达志和栗温保、肖四都站在栗温保那张办公案子前。

达志正在朝一张契约书上捺指印。

肖四拿起一张契约递给达志，这一份你保存。

达志默默接过那张契约并把它折好装进衣袋。

肖四这时朝屋外喊：上茶！

云纬应声端了托盘进来，托盘里放着三杯茶。

云纬默默看了达志一眼，把托盘送到他面前。

达志没端茶杯，只是抬脸对栗温保和肖四：二位大人，尚某告辞了。

栗温保：好，好，恕不远送。

达志走出门去。

32

栗府院内。夜。

达志一步一挪地向大门口走去。

达志！一声低低的招呼由身后传来。

达志扭头，才看清是云纬。

云纬扯了一下他的胳膊，向自家的住屋努努嘴。

达志跟在云纬身后向云纬的住屋走。

33

云纬的住屋。夜。

云纬指了一下床沿，示意达志坐。

达志低低地：知道我今天同他们签了什么契约吗？

云纬把头点点。

达志：我真恨不得把他们——

云纬急忙上前捂了他的嘴。

达志眼中又渐渐涸了泪。

云纬默默抬手，把达志的头揽在了怀里。

云纬俯首，心疼地亲了一下达志的额头。

达志先是仰脸接受着云纬这种亲切的安慰，随后，他也一下子把云纬抱紧，开始亲吻对方。

两人倒在了床上……

34

云纬的住屋。夜。

夜月移到了床前，照见了达志和云纬裸身相拥而卧的情景。

远处响起了四更的梆子声。

云纬被梆子声惊醒，眨了眨眼睛，跟着紧忙去摇醒达志，在他耳边低声地：你该走了！

达志急忙坐起去穿衣裳……

35

尚吉利织丝厂。白天。

厂房废墟已被清理出来，织机和各种织丝用物露天放在院里。

泥瓦匠人们正在重新砌墙。

推砖头、石灰的独轮车来来往往。

达志正在人群中忙着卸砖。

有人站在街边高喊：尚老板。

达志闻唤，急忙应了一声：来了！

达志向街上走去。

36

尚吉利织丝厂门前世景街上。白天。

一个年轻人领着两个骑马的外国人站在街边。

达志有些意外地走过去：找我？

那年轻人：这两位洋人找你！

达志哦了一声，迎过去：二位是——

两位洋人急忙下马，其中一个迎过来用汉语自我介绍：我是美国费城皇冠绸缎公司的汤姆逊，我和我的助手这次从上海来到南阳，是为了参观尚吉利织丝厂并想同贵厂签订一个长久的供货合同。上次贵厂供给的一千匹绸缎，质量很好，我们非常满意！

达志嗯了一声，一时不知该说什么好。

汤姆逊：我们本应先到此地官府报告一声再来，可我们看厂心切，就径来找你了，你不会不方便吧？

达志含混地把头摇摇。

汤姆逊：我们此次来，为了表示我们对贵厂信守合同供货的谢意，我们还想为贵厂做点事情，就是要为贵厂的产品、厂房和织造过程，以及你们这儿所产的独特的丝拍一组照片，我们回去后在美国的报刊上发表介绍，让世界上更多的人知道你们这个生产优质绸缎的厂家，也算义务为你们在世界上做个广告！

达志苦涩一笑：谢谢。

汤姆逊：尚先生，请带我们去贵厂参观吧，我们虽然骑马刚到，但我们不累，我们参观过后再去旅馆休息！

达志只得无奈地开口：汤姆逊先生，尚吉利织丝厂现在看不成。

汤姆逊：怎么，你是说厂子离这儿还远？那没有什么，我们骑马去就是！尚先生骑马还是坐汽车？你尽管坐你的汽车在前边走吧，我们在后边能够跟上，我们这两匹马都是在开封买的最好的马！

达志痛楚地把头摇摇：不是，我的厂子被土匪毁了，喏，这就是！他指了一下废墟，我正在重修。

汤姆逊和他的助手吃了一惊：哦，土匪？政府没有对你们加以保护吗？两人边说边进院巡看那刚开始垒墙基的厂房和露天放置在院内的织机。

达志默然跟在后边。

汤姆逊摸着那些织机：如果它们不停地工作，将会给你带来多少金钱！

达志只有苦笑一下。

汤姆逊看完一圈后脸露失望，转对达志：我们对你的遭遇深表同情，我非常遗憾地告诉你，你失去了一个重要的让世界了解你的机会！

达志叹了一口气。

汤姆逊：既是这样，我们就告辞了，再见，尚先生。

达志向他们施礼，看着他们上马走远。

达志缓缓抬手捂住了自己的胸口……

37

傍晚。尚吉利织丝厂正在砌墙的工地。

泥瓦匠人们都走了。

只有达志、立世父子还在收拾东西。

立世：爹，娘的头还在疼。

达志停下手中的活儿：那几服药吃了没？

立世：吃了，不见轻，娘原本身子就弱，那晚又挨了土匪的打。

达志起身向正屋走去。

38

达志、顺儿卧室。傍晚。

顺儿静静地躺在那儿。

达志走到床头，用手轻轻抚了抚顺儿的头：还疼？

顺儿：不敢动，一动就晕就疼。

达志：我明儿个再请个大夫来看看。

顺儿的话里满是不安：唉，家里忙成这样，我却睡在这儿不能动。

达志：有我和世儿，你安心养病吧。你躺着，我去做饭了。

39

尚家灶屋。傍晚。

达志往锅里添水。

达志去灶膛点火。

他去水盆里洗着红薯……

40

栗温保府邸。灶屋。早晨。

云纬正在锅上锅下地忙着为栗家人做早饭。

突然，她呃的一声急忙跑到了灶屋门后去呕。

只是干呕，并没有吐出什么。

草绒这时走了进来，看见云纬在干呕，关切地：咋，受凉了？

云纬一边揩着眼泪一边答：不知咋回事，这几天总是有些恶心。

草绒：去找个大夫看看，买几服药。

云纬：不会有大事的。跟着又到灶前忙活……

41

栗府院内水井边。白天。

云纬正在搓洗衣服。

她突然呃的一声，又急忙跑到一边去呕。

来挑水饮马的马夫老黑看见，走过去关切地：病了？

云纬抬头：有点恶心。

老黑：让大夫瞧瞧。

云纬点点头。

42

街上。临街一个挂有安泰堂木牌的药铺。白天。

云纬走了进去。

43

安泰堂内。白天。

一个白发白须的中医在给云纬把脉。

老中医放下手带了慈祥的笑意：恭喜夫人。

云纬一怔。

老中医：从今天起，不论做什么事都要小心些，以免伤了胎气。

云纬的脸一下子变得十分苍白。

44

大街上。白天。

云纬面露惊慌，两脚迈得跟跟跄跄……

第十一集

1

傍晚。世景街上。

云纬迟迟疑疑地走着。

她在尚吉利织丝厂的对面街边停住步子。

她抬眼默然向尚吉利的重建工地望去。

2

重建工地。傍晚。

工匠们显然已经收工，只有达志、立世父子还在那儿忙碌。

达志不时直起身捶捶自己的腰。

达志疲惫至极地扶住断墙喘息。

立世走过来扶着父亲向住屋走去。

3

世景街边。傍晚。

云纬缓缓地摇了摇头。

画外响起她叹息似的低音：我不能再给他添烦了……

她深情地看了一眼达志的背影，慢慢转过身去。

她一步一挪地向来路走去。

4

白天。栗温保府邸灶屋。

正在擀面条的云纬又突然起了一阵干呕。

她捂了嘴勉强把干呕止住。

门外忽然响起了草绒的说话声，云纬急忙把手放下，装出一副并不难受的样子。

草绒在门口探进头来：云纬，待一会有一个郎中要来给我看病，你要不要也看看？

云纬急忙摇头：我已经好多了。

草绒的身影在门口消失。

云纬背靠在面案上，捂着自己的肚子嘘一口气。画外随即响起她的心声：得赶紧想个办法！……

5

草绒卧室外间。白天。

一个耶稣像挂在墙上。

脖子上挂着一个十字架的草绒跪在像前，手捂胸口默默地祷告着什么。

她祷告完毕，起身从桌上拿过一本《圣经》，翻开吃力地读着。

门外传来女儿枝子响亮的声音：妈妈，你好吗？

草绒身子一震，从圣经上抬起头来。

已是少妇打扮的女儿枝子这时快步进屋，上前从背后抱住了妈妈的脖子：妈妈，你又在读《圣经》？

草绒叹一口气：妈要不读《圣经》，这日子更苦得没法过了。

枝子：读这东西有啥子用？又费脑子又费眼，还不如坐那里养养神哩。

草绒低低地：读这个可以让我在心里容忍你爹那个东西！

枝子一听这话，神色为之一变，她显然知道妈这话指的是什么。她沉默一霎，微声地：妈，我已经嫁出门了，为了你后半生的日子不孤寂，你该再给我养一个弟弟或妹妹。

草绒的身子一动，扭头看了女儿一眼……

6

傍晚。草绒卧室里间。

草绒在对镜审视着自己的脸。

她拉开抽屉，去抽屉里找了半天找出一管口红。

她用口红抹着自己的嘴唇。

镜中的嘴唇已变得鲜红鲜红。

她嫌恶地扯过一条面巾，又急急把唇上的口红擦去。

她下了决心似的站起身。

画外响起草绒咬了牙的声音：栗温保，为了再生一个孩子，我就再找一回你……

7

城郊紫燕住处。傍晚。

小院内盆花灿烂，一派幽雅。

草绒出现在小院门口。

她看了一眼这小院，脸上立刻现出了愤恨之色。

8

正屋里。傍晚。

栗温保正坐在一张躺椅里和紫燕逗乐。

紫燕在栗温保的怀里一边躲着他的胳肢一边咯咯咯地笑着：讨厌、讨厌、讨厌……

门口突然传来一个女佣的声音：老爷，大夫人来了！

栗温保和紫燕一惊，立时停了逗乐和笑声，一齐向门口看去。

草绒已站在了门外。

栗温保和紫燕慌慌地站起身，两人显然以为草绒又是来大闹的，一时愣在那儿。

草绒努力一笑：咋了，连个请进屋的话都没有，看来是不欢迎我来了？说着径直进门，在床头的一个靠椅上坐了。

紫燕最先做出反应，赔了笑：哎哟，瞧大姐说的，你来俺高兴还高兴不过来哩！说着把一盘瓜子端放到草绒面前的桌上，同时扭头对女佣叫：快，上茶！

栗温保惊疑不定地：你来——有事？

草绒强装了笑：咋了，没事就不兴来看看？

紫燕怕把场面弄僵，急忙打着圆场：大姐，你们坐这儿先说话，我去端菜，今晚上咱姐俩可要喝上一杯！说罢，疾步出门。

屋里只剩下了两人，栗温保没话找话地：福音学校每天还去吗？

草绒故作平静地：去呀，去听教士们讲《圣经》，不要与恶人作对！

栗温保脸色有些难看，一时不知如何答对，恰在这时，紫燕和女佣把酒菜端上来了。

　　栗温保指了一下酒桌对草绒：坐吧。

　　草绒也不客气，上前就坐下了……

9

　　紫燕处灶屋里。夜。

　　紫燕在那里焦躁地踱步。

　　女佣收拾完碗盘，打了一个哈欠。

　　紫燕对女佣指了一下客厅：去，看看她是不是要走了。

　　女佣点头出去。

　　紫燕扭头看了一下墙上挂着的自鸣钟，已是晚上十点。

　　女佣进来：她好像没有要走的意思。

　　紫燕呆了一阵，向客厅走去。

10

　　紫燕客厅。夜。

　　紫燕走进屋，看似顺口地：天开始下小雨了。说罢看了一眼草绒。

　　草绒像不知其意地接口：下点雨好。

　　栗温保打了一个哈欠，勉强地：下点雨好。

　　紫燕不安地和栗温保对视了一眼。

　　栗温保看了一眼草绒，想催又不敢催的样子。

　　紫燕试探地对草绒：大姐，天晚了，又下着雨，就不走了吧？

　　草绒随口地：也好。

　　紫燕在灯影里气得翻了翻白眼，可是也不敢说别的，只好说：我去西房睡吧。说罢，悻悻地起身走了。

11

　　紫燕和栗温保的卧室。夜。

　　只有栗温保和草绒。

　　草绒把门闩上。

栗温保一边不甚情愿地脱着衣服一边小了心地：草绒，告诉我，你今晚来究竟有啥事？

草绒噗地吹熄了灯，强抑住心里的愤恨含了笑说：想你了！

栗温保在黑暗中笑了一声：噢，原来如此。

草绒没容栗温保的笑声落地，呼地扑了过去，双手向栗温保的脖子掐去，但在手指触到丈夫脖子的一霎，又急忙把那动作变成了轻抚……

12

卧室。曙色蒙蒙。

草绒正悄无声息地起身穿着衣服。

栗温保还在打着响亮的鼾声。

穿好衣服的草绒看了栗温保一眼，瞥见了放在他枕头旁的那把擦得锃亮的手枪。

她探身抓到了手中。

她举枪瞄向了栗温保，手指在扳机上微微一抹。

她喘了一口气又把枪放下。

她在胸前急急画了个十字。

她扔下枪，轻轻拉开门走了出去……

13

栗温保府邸。厨房门口。白天。

云纬正坐在那儿濯洗一堆青菜。

她不时停下手去抚一抚腹部，眉头皱着，显得心事重重。

马夫老黑这时拎一只泔水桶过来打着招呼：承银他妈，忙着哩？

云纬抬脸：唉，老黑大哥，饮马哪。

老黑含了笑：咋，看你这眉头皱的样子，是碰见啥不顺心的事了？

云纬回过神来，勉力一笑：没，没啥。

老黑忽然想起什么似的：噢，对了，昨日我随栗大人去南召，那里的官人们拿出不少柿饼让俺们吃，我顺手给承银带回来几个，喏，你给孩子！边说边去怀里掏出一个纸包，递到了云纬手上。

云纬有些感动：你又给他带东西。

老黑：客气啥？他还是个孩子嘛！走出几步后又扭过头来：厨房里有啥要我帮忙的事，喊我一声就行！

唉。云纬慢应了一声。不过，她神色突然一动，自语地：帮忙！

她望着老黑的双眼先是一亮，随后她就又嫌恶地拧了一下自己的大腿。

画外跟着响起她的心声：我怎能往这上边想，我能去跟一个马夫？可又有什么办法？达志，我想不出别的办法了……

14

栗府马棚外边。傍晚。

云纬在那儿来回踱步。

她显然因为什么事拿不定主意，脸上的犹豫和迟疑十分明显。

她停步用上牙咬住了下唇，像是下了什么决心。

她移步向马棚走去。

15

马棚里。一盏马灯的光在棚子里晃动。

老黑在给马槽里续草。

续完草的老黑走到马棚一角，往他那张小床上一躺，脱了鞋跷起腿，哼起了不成调的曲儿。

老黑跷起的那只脚很自在地左右晃着，整个身子沉浸在舒服之中。

云纬这时捂着一只眼走进了马棚：老黑。

老黑见状一愣，急忙从床上坐起来问：承银他妈，你这是咋着了？

快，我眼里刚才不知是飞进了草屑还是沙子，磨得好疼，你快帮我看看！云纬径走到床边坐下，把脸伸到了蔡老黑面前。

老黑闻言急忙跳下地，端过风灯，一手端灯一手去翻云纬的眼皮，可临到手指去挨近云纬那白皙的面孔时，又有些怯意和犹豫。

云纬看出了老黑的胆怯，睁着另一只眼睛：快呀，我的眼睛好疼！

老黑只好伸手去翻云纬的眼皮，可并没有看到草屑和砂粒在哪里。

云纬的另一只眼在仔细地看着老黑。

老黑的脖子上急出了汗。

云纬好像忍不住眼疼，哎哟了一声猛站起身，一下子把老黑手上的风灯撞落在地。

棚子里一片漆黑。

云纬假装是被碰疼了什么地方，又哎呀一声向老黑的怀里倒去。

老黑只有伸臂抱住，他推也不是不推也不是。

云纬这时低声地：老黑，没想到你的心眼还挺多，会变着法子把我抱你怀里。

老黑不知怎样分辩：不，不是，不是……

他慌得想把云纬推出怀，却又怕她倒下去。

云纬故意叹了口气：唉，也罢，我知道你是个好人，你既是对我这样有意，我也就遂了你的愿吧，只是我不喜欢胡来，你要明媒正娶才对！

老黑听了前一句话，吓得忙准备分辩，及至听完后一句，又一下子惊喜地瞪大了眼：明媒正娶？这么说你愿跟我——

云纬这时在老黑的脸上很快地亲了一下：你可去找陈妈做媒。

老黑的话被这一吻打断，他惊喜地去摸了一下被吻的地方。

云纬这时已匆匆向棚外走去。

16

马棚外。夜，星空灿烂。

云纬在一棵树下站住，身子软软地靠在了树干上。

她的双眼久久地望着暗黑的远处，眼眸里是一种苦涩的平静。

画外响起她微弱的声音：老天爷，一切都瞒不了你的眼睛，但你会饶恕我吧？这是达志的孩子，我一定要把他生下来……

17

栗府同济堂。白天。

栗温保正坐在太师椅上擦他那把心爱的手枪。

老黑期期艾艾地走进来。

栗温保抬眼看见，客气地一指椅子：坐吧，老黑。

老黑：老爷，我——

栗温保笑了：你可不能叫我老爷，你救过我的命，咱俩这一生都要以弟兄相称。

　　老黑：我想……结婚……

　　栗温保没听明白：谁结婚？

　　老黑：我。

　　栗温保显然有些意外：你？跟谁？哪个女人？

　　老黑笑得很有些自豪：嘿嘿，是承银他妈。

　　栗温保更有些惊诧了：承银他妈？盛云纬？她愿跟你？

　　老黑肯定地点头：是的，是女佣陈妈做的媒。

　　栗温保：好，你跟我这么多年南征北战，是该安个家享享福了！说吧，你想啥时候办喜事？办了喜事后有啥子打算？以后还愿在府里干吗？

　　老黑：俺想近日就办，办完我愿告老种田过日子，在百里奚村，买两间草房和几亩薄地过日子。

　　栗温保：行，你去柜上找管家拿十个银圆，就说是我让给的！

　　老黑急忙鞠躬：谢谢……

18

　　百里奚村。云纬家当年的老院子。白天。

　　能看出房子和院子刚刚修过的样子。

　　老黑和承银正从一辆牛车上往下卸东西。

　　云纬望着这熟悉的老宅，表情复杂。

19

　　百里奚村。云纬新家。夜。

　　老黑和云纬对坐在一个小木桌前，桌上摆着几盘菜和两个酒杯。

　　老黑摇摇晃晃地举杯向口中倒酒，能看出他已醉了。

　　云纬把自己的酒杯送唇边沾了一下。

　　老黑望着云纬语音含混地：我这辈子能娶上你这样一个老婆我知足了……说着，醉得趴在了桌上。

　　云纬起身走过去扶起老黑：去床上睡吧……

20

云纬新家院中。夜。

云纬面向南阳城的方向站着。

能听见屋里传出老黑和承银那一重一轻的鼾声。

云纬两手伸进上衣之内,解开了这些天一直裹在腹上的一个白布带子。

她那已显凸起的腹部恢复了真实模样。

她喃喃地低语:达志,你知道我这是为了谁?……

21

尚吉利织丝厂重建工地。白天。

各车间的厂房墙已砌起,梁已上好,工匠们正在铺竹笆预备上瓦。

达志和立世正在给站在屋檐架板上的工匠递竹笆。

父子俩都是满身的汗水尘土,能看出都是极度疲劳。

一阵风呼地刮过。

站在架板上的一个匠人高声地对尚达志:尚老板,这天好像有大雨!

达志不安地仰脸看了一眼远处的天空。

大团的乌云在天边翻滚着涌过来。

立世也担心地:爹,要是这时候下雨,这没上瓦的房子,可经不起雨浇哇。

达志忧心忡忡又心有侥幸地:我前天让东街的算命先生给算过一卦,他说咱家的房子会顺利建成的。

风猛地变大,工地上的尘土被高高扬起。

正在屋顶铺竹笆的工匠们相继停手:尚老板,风太大,先停停吧。

达志:都下来歇歇吧。他的话音刚落,雨点来了。

工人们都跑到附近邻居家的屋檐下躲雨。

达志仰脸向天看着喃喃着:雨快点过去吧……

雨点倏然间变稠变大,满世界都是轰轰的雨声。

天哪。达志跺着脚去看那些裸露在雨中的砖墙。

雨已是倾盆而下了。

爹!已跑进住屋避雨的立世这时又跑出来去拉爹的胳膊。

尚达志挣开儿子的手，一动不动地站在雨中。

新修的墙果然未能经得起这暴雨的冲袭，一堵墙在轰轰的雨声中扑通倒掉了。

达志嘶喊了一声：天哪——

又一堵墙倒了。

再一堵墙轰然倒地。

达志仰脸向天：老天爷，你存心要我尚家败家呀……

达志摇摇晃晃地向地上倒去。

立世急忙扶住：爹——

雨声轰然……

22

百里奚村。云纬家。白天。

云纬坐在屋中默望着院中轰然砸地的雨点，也一脸担忧：这个下法，不会发大水吧。

坐在一旁的老黑宽慰地：就是涨水，水也会退的。

云纬担忧的声音由画外响起：达志，你的房子不会有事吧……

23

尚吉利织丝厂重建工地。白天，雨已经停了。

尚家新砌起的厂房墙几乎已全部倒掉，椽子和木梁折断，到处都是积水，石灰被冲走，一片惨象。

世景街上一片汪洋，街邻们在街上蹚水而行。

达志傻了似的站在这新的废墟前。

24

百里奚村，云纬家。白天。

云纬焦虑地走出门外，转身对屋内的老黑：他爹，我去城里买点鞋面布。

老黑不解地：雨刚停，路上到处都是水，晚点再去不行？

云纬不容置辩地：我做鞋急着用。

老黑追出门外：我替你买不就得了？

云纬瞪他一眼：你懂什么布好？说着已出了院门。

25

尚吉利织丝厂重建工地。白天。

达志捂了脸，瘫坐在一堆浸在泥水里的砖头上，无声地抽噎着。

云纬这时慢慢地走到了他的身边，伸手去他的头上轻轻抚着。

达志慢慢抬起了泪眼，他只看了一眼云纬，便又把脸捂进了双手，哽咽着叫：我完了，完了，织丝厂完了……

云纬无语，只从身上掏出一方手帕，塞进达志的手里。

云纬默然去看被暴雨浇倒的新厂房。

达志还在抽噎。

云纬：甭哭了，大男人坐这儿抹泪不嫌丢人？

达志被这句硬邦邦的话刺得停了抽噎。

云纬：不就是这些墙倒了，梁折了？值得这样哭？不会再砌，再买？

达志抬起泪脸：我没钱了，全花光了。

云纬：花光了不会再想别的办法？

达志绝望地：能有啥办法可想？这笔钱可不是个小数。

这当儿，立世从一堵断墙那边跑过来喊：爹，盖房子的刘工头问，咱们家的厂房还盖不盖，他们还来不来上工？

达志抬头嗫嚅着：等我——

云纬这时已冷然而干脆地接口：告诉刘工头，盖，要他们五天后准时来上工！

达志有些着慌：可钱……还没借——

云纬：你先回去换换身上的湿衣裳，睡下歇歇，五天后我来帮忙！说罢，转身就走。

达志嘴张开似乎想说句什么，却又把双唇合上了。

26

云纬家院子。晚饭后。

云纬在忙睡前的几件事儿：关上鸡笼的门，收下晾衣绳上的衣物，几样衣具靠墙摆好。

她直起腰摸了下自己的肚子，向睡屋走去。

27

睡屋。夜。

老黑正坐在床边从一个小布袋里摸出十几个银圆认真数着。

云纬走进来看见：咋，又在数？

老黑嘿嘿一笑：我在盘算着是不是再买几亩地，再买两头牛，咱把日子往好了过。

云纬哦了一声，开始脱衣上床。

老黑停了手两眼发亮地去看云纬那失去衣裤遮掩的雪白晃眼的身子，眼里涌满自豪和激动，画外响起他欢喜的叹息：天哪，多漂亮的女人！

云纬边脱边柔了声：老黑，有桩事我想同你商量商量。

老黑又是一笑：啥事？你看咋着办好就咋着办吧，不用跟我商量。

云纬若无其事地：承银他一个远房舅舅，要做笔生意，想向咱们借二十来个银圆。

老黑吃惊地：二十来个银圆？咱们眼下的全部家当不就是二十来个银圆，都借给他了，咱们咋添置家产？

云纬的脸子一冷：你不愿借就算！说罢，猛地躺下拉过被子盖上了脸。

唉，唉，你别生气呀！老黑急忙俯身朝云纬赔着小心：我又没说不借，我只是有些心疼，既然你已答应了人家，咱借给他就是，来，来。说着，把手上小袋里的银圆哗啦一声都倒在了云纬的枕头边。

云纬这时方慢慢抬起身，脸色缓和了些，一边说着：人家日后不会不还你。一边伸出两条玉臂，去帮老黑解着他的衣服纽扣。

老黑有点不好意思：不，不，我自己来，灯还亮着——

云纬不由分说地解着老黑的衣扣：来吧，你那身子我摸都摸过了，还怕我看见？不就是黑一点、粗一点、皱一点？我不嫌！

老黑再次嘿嘿笑了……

28

云纬家。早晨。

云纬把那些银圆包好，往裤带上绑牢。

云纬边向门外走边对老黑：我去承银他舅舅家看看，可能要住几天，你把承银照顾好。

老黑点点头：你放心吧……

29

尚吉利织丝厂。白天。

立世一个人站在门前的废墟上满脸焦急。

一批工匠站在那儿吸烟说话，分明在等待分派活路。

一个工头模样的人对立世：这么多人来了，究竟是干还是不干？

云纬恰在这时走到立世身边，气喘吁吁地接口：干哪，咋能不干？！

立世认得云纬，忙招呼道：婶子来了。

云纬：你爹呢？

立世：可能是操劳，焦心，加上又淋了雨，这几天一直在发烧，眼下还下不了床。

云纬先是一慌，不过很快让自己平静下来，她拍拍立世的肩膀：不用着急，有婶子我哩！你先去安泰堂给你爹请个大夫来，这边的工匠由我安排！

立世迟迟疑疑地走了。

云纬定了定心转对那工头：我想先听听你对于重建厂子的打算，看和我的主意能不能合起来，这重建厂子的事由我管了！

那工头审视地看了一眼云纬，没有说话。

云纬冷冷地：咋？是不是不想干？那我就另换人了！说着取下钱袋晃了一下，钱袋哗啦一响：这年头想挣钱的泥瓦匠人可多的是！

那工头急忙开口：咋能不想干呢？

云纬：那就说说你的想法，让我看看你像不像个工头！

那工头：先清厂地，后运料，再砌墙盖瓦。

云纬装作思忖了一下，点头：行，就按这个顺序干吧！如果你在保证质量经得起检查的情况下，使整个工程每提前半天，我奖给你个人一个银圆！

那工头双眼一亮，点点头……

30

尚家正屋，达志卧室。白天。

达志和顺儿双双躺在床上。

达志烧得满嘴燎泡，顺儿头上还紧紧缠着一个头巾。

云纬推门走了进来。

达志勉强睁了一下眼睛，又昏昏沉沉地睡过去。

顺儿撑起身子，有些诧异地望着这个径直推门进屋的女人：你是——

云纬：我叫盛云纬，和尚老板认识，听说你们俩都病了，厂子又正在重建。就过来看看，顺便帮帮忙。

顺儿立刻明白了，感动地叫了一声：云纬姐——

云纬走到床前，扶顺儿让她重新躺好：你们两个先好好治病，重建的事，由我来张罗。

顺儿叹一口气：我是一起身头就疼得跟裂了一样，他爹又发烧，真是——

云纬：我已让立世去安泰堂请大夫了，大夫来了给你们俩都把把脉，开点药。

顺儿感动地抓住了云纬的手：云纬姐……

31

叠印：

尚吉利织丝厂，工匠们正在清理废墟……

云纬领着立世指挥着工匠们清理……

工匠们在运送砖、瓦、石灰……

云纬和立世看着一张纸在核对着什么……

工匠们开始砌墙……

云纬和工头边走边说着什么……

工匠们开始上梁、盖瓦……

云纬在给工头数银圆开着工钱……

新厂房建起……

云纬领着立世逐间检查……

32

白天。尚家正屋门口。

达志拄一根棍子走出房门，一副大病初愈的虚弱样子。

他有些吃惊地眯缝着眼睛看着新修起来的厂房。

他的脸上漾满了惊奇和欣喜。

他的目光停在不远处的云纬身上。

云纬正在指挥着人们把擦拭完的织丝机抬进厂房。

近处忙着什么的立世看见父亲出来，忙跑过来扶住父亲：爹，你看，全好了，这都是盛婶的功劳！

达志尽力抑制激动地把头点点……

33

世景街上。一家杂货铺。白天。

老黑提着一个竹筐在买日用生活品：二斤盐、一瓶醋、一斤酱油、一些粉条、一点咸菜。

杂货店老板边帮着把那些东西往老黑的竹筐里放边搭讪：先生是住——

老黑：百里奚村。

杂货店老板：日子过得不错吧？

老黑：还凑合，不过和这尚家相比差得可太远了，瞧人家呼啦啦盖起了一片新房子。边说边指了一下街斜对面的尚吉利织丝厂的新厂房。

杂货店老板：这尚家也算是该当不败，他们先是被土匪抢了一回，后来又遭暴雨毁了一回，原本已大伤元气，没想到遇上了一个富裕女人来接济，这才算把厂房又修葺一新。

老黑：富裕女人？

杂货店老板：听说那女人是栗大人府上的用人，过去是南阳通判大老爷的小老婆，是那女人拿来一堆银圆——看！那老板说到此处突然向不远处的尚吉利大门外一指，就是她！

老黑扭头看去，看见云纬正指使着一帮人把桌、柜、椅子往新修的临街店堂里搬。

老黑淡淡地：兴许那女的是尚家掌柜的表妹或堂妹哩。

杂货店老板诡秘地笑笑：屁的表妹和堂妹，听说两个人过去有那么一手！边说边用手做了一个两人亲密的动作。

老黑的脸阴沉了下来。

杂货店老板：你没看那女人已怀了孕，八成那孩子就是尚老板的！

老黑愤怒地：你胡扯什么？

杂货店老板被吼呆在那儿。

老黑一步一挪地走出了杂货店门……

34

尚吉利织丝厂。傍晚。

织机已在轰响，织工们还在织机前忙碌。

身子已康复的达志正在织造车间里巡视，满脸欣喜。

织丝厂的生产显然已全部恢复。

35

尚吉利织丝厂院中。傍晚。

腰围一个做饭围裙的云纬走到院中的那块大石头前，摸出石上脸盆里的那截铁棍，当当在铜盆上敲了两声：吃饭了！

织房里的织机相继停了。

工人们从各个车间走出来。

36

晚饭后。织造车间。达志正在察看一台织机。

云纬走到了他的身后。

达志听见脚步声急忙直起身看着云纬，十分激动地：我真不知道该咋样谢你。

云纬淡淡地：厂子已经活了，我明天该走了！

啥？达志一把抓住云纬的胳膊，仿佛害怕她立刻就飞走了似的：你怎么能走？

云纬低了声：我怎么不能走？这里又不是我的家！

达志捏紧了她的胳膊：不，我不让你走！

云纬的眼睛斜过来：留我干啥？

达志：帮我管理这个厂子，当管家！

云纬冷冷一笑：当管家。你不是有顺儿吗？

达志：还有，我要报答你！我要让你今后就住在这儿享福！说着，冲动地把云纬揽到了怀里。

云纬没动，只是微闭了眼睛，听任达志的双唇在她的颊上移动。

她眼前突然闪过了躺在床上的顺儿的面影。

她的身子一悸，猛把达志推开了……

37

达志和顺儿的卧室。夜。

云纬挂着她来时带的那个小包袱，走到了顺儿的床前。

立世俯身对顺儿：妈，盛婶要走了。

顺儿闻言忙从床上挣扎着下来，拉住云纬的手：纬姐，你不能走，你看我病得起不了床，达志和立世父子俩忙不过来，你留下权当是帮我的忙了！

云纬努力一笑：顺妹，厂房盖好开始织绸，下一步我就帮不上啥忙了，我对机器织绸也根本不懂。

顺儿的两道细眉一起一伏，只见她猛把牙一咬，分明是下了决心地：纬姐，我有个想法，不知当讲不当讲？说到这里，顺儿苍白的双颊上已出现了红晕。

云纬：说吧！

顺儿：我想，你要是永久留在这儿，对尚家织丝厂的发展只有好处，你有主见有办法，比我强太多！可要长久让你留在这儿，办法只有一个，那就是你做姐姐！

云纬不解地竖起眉毛：做姐姐？

顺儿：我说直白了你可别生气。

云纬：说吧。

顺儿：眼下，城里有许多男的，都娶了两个女人，就让达志也这样做吧，你当姐姐……

云纬倒退了一步，吸了一口冷气，两眼骇然地瞪着顺儿，她显然没想到顺儿会说出这话。

顺儿：你答应吗？

云纬冷冷地：让他再去娶别的女人吧！

顺儿：纬姐，你别生气。眼泪这时已涌上了顺儿的脸：我只是想让尚家的织丝厂快点发展，我只是……

云纬上前一步轻拍着顺儿的肩膀：顺妹，我明白你的心，尚达志能遇上你这样的女人，也真是他的福气，他该好好待你！我是一定要走的！

纬姐——顺儿扑到云纬怀里，放声哭了起来。

云纬放开顺儿，逃也似的跑出了门……

38

百里奚村云纬家院子。傍晚。

老黑正在拉牛进牛棚。

承银正用青草喂羊。

云纬出现在院门口。

承银看见叫了一声：妈。

老黑看见，急忙把牛拴好，跑过来扶云纬在一把椅子上坐下，关切地：累坏了吧？

云纬故意掩饰地：承银他舅舅生意上出了点漏子，所以我在他家住了这么些天。

老黑笑笑，他显然知她没说实话，却并不追问，只说：你歇着，我这就去做饭。

云纬起身：我去做吧。

老黑急忙又按她坐下，心疼地：你该歇歇身子了。

云纬无言地看着老黑走向灶屋的背影，轻轻地叹了口气……

39

卓远家书房。夜。

卓远点亮蜡烛，在桌上铺开宣纸。

他扭头朝外屋喊：蓉蓉，来给我研墨。

唉。蓉蓉应了一声，走进来。

卓远：比源县图书馆后日要办开馆仪式，我要送副贺联，快，研墨！

蓉蓉调皮地一鞠躬：父亲大人，对不起，本人今晚有事，请俺妈来吧！

卓远笑了：鬼丫头，快来，我还要让你帮我推敲一下这贺联的字句——苦心搜索集甘露风云架架是锦，极力荐出给男女老幼部部皆宝。可以吗？

蓉蓉：爹另请高明吧，我真有事！

卓远：什么事比我写字还急？

蓉蓉朝父亲伸了一下舌头：不告诉你！说吧，向门外跑去。

这丫头！卓远无可奈何地只好自己动手研墨。

雅娴这时进屋，一边伸手拿过丈夫手中的墨在砚上研磨一边抱怨：你早晚要把她惯得上房子揭瓦！

卓远：你不也是惯？她说饭不咸，你不是赶紧放盐，哪管我能不能吃得下？

哼！雅娴与丈夫相视一笑……

40

世景街上临街的一家小书店门口。晚。

卓远把一卷宣纸和一封信交到一个提着灯笼的中年人手上：拜托转交给比源图书馆馆长，这是我写的一封贺联。

那人鞠躬：先生放心，我一定送到。

卓远抱拳拱手：那就谢了，回见。

41

世景街。夜。

卓远走进一个巷口。

一阵男女的细碎低语由巷内一个凹处的暗影里传出。

卓远闻声停步侧耳倾听。

那女的声音仿佛是蓉蓉的，但低语的内容听不清。

卓远转向巷内诧异地：是蓉蓉？

黑暗中的低语骤然停止。

卓远又问了一句：是蓉蓉？

巷内暗影里的两个人影迅速分开了。

卓远由此断定那女的是蓉蓉，于是严厉地：蓉蓉，你和谁在一起？边问边紧步走过去。

噔噔噔，分明是一个男的向巷子深处跑了。

卓远有些心惊地：谁？站住。说着，快步朝前追去。

爹！身后响起了蓉蓉的一声轻喊。

卓远没有理会，只飞步向前边的那个男子追去……

第十二集

1

世景街一巷内。夜。

卓远使劲追着前边奔跑的那个男子，他显然认定对方是引诱少女的坏人。

那男子跑得飞快，无奈这巷道是死巷，在巷底，那男子只好喘吁吁地站住。

卓远跑上前伸手就抓对方，却忽听那人惊怯地叫了一声：卓伯，是我。

卓远这才在夜色下看清那人原是老实巴交的尚立世，浑身的怒气顿时泄了：你和蓉蓉有什么话要躲在这里说？害得吓我一跳。

立世吞吐着：我们……

卓远：两个家都有那么大的院子，还容不下你们，还非要跑到这里不可？

立世：卓伯，我们……

卓远：说吧！你们在商量什么？

立世：商量结婚的事。蓉蓉说——

卓远诧异地：谁结婚？

立世：蓉蓉和我，蓉蓉说俺俩先商定个日子，然后再给你和俺爹说。

卓远惊呆了，两眼发怔地看着面前的立世，他这才注意到，这孩子已经长成了一个小伙子。

立世怯怯地：卓伯，我……回了？

卓远低微地应允：回吧。

他呆呆地看着立世往巷口走……

2

卓远家书房。夜。

卓远推开房门。

明亮的灯光下可见，蓉蓉正气鼓鼓地站在书桌旁，雅娴正带着小心轻轻拍着她的肩膀。

哼！看见爹爹进来，蓉蓉气呼呼地哼了一声，赌气地转过脸去。

卓远在一张椅子上重重地坐下，默默打量着女儿，他此刻才注意到，女儿已经是一个成熟的姑娘了。

蓉蓉脸没扭过来，眼望着墙角气呼呼地：哼！跑着追人家，亏你还是个省立五中的校长！追上人家又怎么着？

雅娴轻捏了一下女儿那粉嫩的脖子，警告她：不许这样和爹爹说话！

卓远这时也感到自己刚才的举动好笑，就笑：追上去看看他是谁！

蓉蓉仍背对着爹气呼呼地：看清他是谁了又能咋着？

卓远：这种事你应该早跟我说一声。

蓉蓉顶撞：你不是主张婚姻自由吗？早跟你说干啥？

卓远被这话噎得只能笑不能出声。

蓉蓉这时稍稍扭过脸，嘴依然嘟着：你既然看清他是谁了，那你就说说你的看法吧！

卓远心平气和地：立世这孩子是个好孩子，老实、好学、肯干，脾气也不像你这样任性，家里又开着工厂，一般人都会认为，一个姑娘嫁给他，是会幸福的，但是我——

但是什么？蓉蓉截断爹的话，翻了一个白眼，你是不是嫌人家不是书香门第，他爹妈不像你和我妈一样会吟诗作画，和咱家不般配？告诉你们，我偏偏喜欢工厂，喜欢听机器的隆隆响声，我认为机器不仅是文明的产物，同时它还能制造出新的文明，发展机器，发展工厂，是富民强国之道，是人类——

卓远笑了：好了，傻丫头，甭给我上课。你忘了我对尚吉利织丝厂的关心了吗？你的这些话好多还不是从我这儿偷去的？我的意思是说，你对立世的家庭认识得还太浅！

蓉蓉不服气地转过身来，一副预备争论的样子：那么说是你认识得深了？！

雅娴这时捏了一下女儿的耳朵：听你爹说下去！

卓远：世上的家庭按我的分法有三种：第一种是得过且过知足常乐无目标型的；第二种是企望改变处境，努力向好处走，有一定目标的；第三种是由于历史的、家庭的、政治的或其他原因，有固定目标的。在这三种家庭中，我们通常所说的"幸福"，即人的感情上的满足，心理上的平衡，情绪上的安宁，在第一种家庭中存在最多，因为无目标就无所谓烦恼和痛苦；在第二种家庭存在较多，因为他们可以随时修正目标；在第三种家庭存在最少。谁想进入第三种家庭或进入了第三种家庭，通常都必须放弃获得幸福的希望，都必须做好尝受痛苦的准备。而立世的家庭，恰恰就属于第三种！

蓉蓉急得跺一下脚：你这是瞎划分！

卓远宽厚地笑了：我这样划分，并不是说我就厌恶第三种家庭，害怕与第三种家庭交往，恰恰相反，我最佩服最喜欢的人，常是这种家庭的成员，因为他们通常都有超常的毅力。

蓉蓉：那你为啥还要说这么多？你不是明明想反对我和立世——

卓远脸上的笑意消失了，肃穆地：是的，我不愿你和立世结婚！我虽然喜欢尚家和立世，但我是你的父亲，我就你一个女儿，我希望看到你婚后得到的欢乐能够多一些，希望你终生幸福！

蓉蓉涨红着脸，眼中已有泪光在闪了：我不管你怎么说，我反正要和立世结婚！你们不答应也得答应！

卓远低下头，无言地望着地。

雅娴这时轻声地对女儿：我也觉得，你爹说得有道理，你应该——

蓉蓉跺着脚捂上了耳朵：我不听，不听，不听！这同时，两行泪水已在双颊上流了出来。

卓远站起身：好了，我说不愿意，并不就是反对，如果你自己一心要这么做，我和你妈都不会拦你，你不是知道我说过婚姻自由吗？说着，就抬手心疼地去揩女儿脸上的泪，蓉蓉这时就哇一声扑到了他的怀里。

卓远轻轻拍着女儿的背：看不把眼睛哭肿？同时与妻子对视了一眼，嘴角浮起一缕夹杂着不安的笑意……

3

尚家织造车间动力机房。傍晚。

达志正在调试保养机器。

立世进来，在爹的身边站住。

达志：去扶你娘起来准备吃饭。

立世嗯了一声，但没动。

达志扭过头望着儿子：咋，有事？

立世吞吐地：我想……

达志：想干啥？

立世涨红了脸：想……

达志不耐烦地：都已经是大小伙子了，说话还是这样拖泥带水，究竟想干啥？

立世：想结婚！

达志先是一愣随后带了歉意地：你看，我只顾忙厂子里的事，竟忘了你的终身大事，赶明儿我去找四奶让他给你说媒。

立世：我找好了。

达志吃惊地：找好了？谁家的闺女？

立世低了头：蓉蓉。

达志更加吃惊地：蓉蓉？人家愿意？

立世肯定地：愿意！

达志高兴地：蓉蓉可是个好闺女！这孩子也喜欢丝织这个行当！好，爹同意这门婚事……

4

百里奚村云纬家。傍晚。

腹部高隆正坐在椅子上纳着鞋底的云纬突然双眉痛楚地一皱。

她扔下鞋底，双手捂住腹部。

老黑由屋外进来看见云纬的样子吃了一惊：咋了？急忙上前扶云纬躺到床上。

云纬：八成是要生了。

老黑发慌地：那咋办？

云纬忍了疼痛：你去村里把接生婆六婶叫来。

老黑急急地跑出门去。

5

云纬家院子。夜。

老黑满脸紧张地在那里踱步。

一阵响亮的婴儿哭声传到了院子里。

老黑一喜。

一个老太太从屋里探出头来高兴地:老黑,恭喜你得了个大胖儿子!

老黑三脚并作两步地向屋里奔去。

6

屋里。夜。

云纬脸色煞白地躺在床上。

一个哇哇哭叫的婴儿躺在她的身旁。

云纬看见老黑吃力一笑,微弱地:你有了儿子。

老黑紧紧捏住云纬的手,脸上的快活多得就要掉到地上去。

云纬的眼前闪过了尚达志的身影。

她摇摇头把达志的身影赶走。

画外响起她微弱的声音:达志,你晓得吗,这个儿子是你的……

7

尚吉利织丝厂门前。白天。

唢呐声嘹亮震天。

鞭炮声震耳欲聋。

一身新嫁衣的蓉蓉正由伴娘搀着向尚家大院内走去……

8

新房。夜。

一群年轻人簇拥着新郎立世和新娘蓉蓉,在他们周围笑闹。

一个少妇正拿一个笤帚扫着床腿、床掌和床帮,边扫边唱:

> 新笤帚,扫新床,
> 今日娶个俏新娘,
> 两口睡到这床上,
> 你乐我爱床不响。

年轻人们高声嬉笑着接唱：床不响——

立世和蓉蓉早羞得把头低了下去。

那少妇这时又开始铺被褥，边铺边唱：

先铺褥，后押被，
鸳鸯枕放到床头上，
四个鸡蛋床角摆，
花生栗子撒一床。
床头铺把干麦秸，
引个白胖小乖乖，
床尾铺颗干白菜，
引个闺女做国太，
床中铺个小竹筷，
引来男女双胞胎。

众年轻人笑着接唱：引来男女双胞胎……

9

尚家临街的店堂。白天。

蓉蓉正在接待顾客：给他们介绍绸缎，收款、记账、填写订单。

她从容、热情，应付裕如，有条不紊地处理着柜上柜下的事情。

站在前门口的达志满意地看着蓉蓉忙碌。

立世轻步由后门走进店堂，也站在那里看着，他的目光紧跟着妻子的动作，目光里充满了炽热的爱意。

达志注意地看了一眼儿子。

立世没有留意到父亲在看他，他的全部注意力都在蓉蓉身上……

10

尚家院中。晚饭后。

立世和蓉蓉一块儿向他们的新房里走。

靠在院中石头上的达志朝儿子喊了一声：立世。

立世回头应了一声：爹，有事？

达志：那几台动力机你保养了没？

立世含混地：我记住了。说罢，掉头就又疾步跑进了新房。

达志有些不满地看着新房的门口。

11

新房里。晚饭后。

蓉蓉正在取着头上的发夹。

立世进来，迫不及待地一把抱起蓉蓉向床走去。

蓉蓉笑着：瞧你那个着急的样儿，爹叫你干啥？

立世：我忘了，管他啥事儿，明天再说吧！说着已把蓉蓉放倒在了床上，虎一样地扑了上去……

12

尚吉利染印车间。白天。

立世正在调制印花浆料。

他不停地打着哈欠，能看出他很疲劳——显然是因为房事过频。

他坐在调制好的印花浆料桶前。一股睡意涌来，他忍不住打了个盹，头猛地磕到了桶沿上。

他疼得急忙直起了身。

他的额头上已沾了不少浆料。

他急忙用手去抹，边抹边又打着哈欠。

站在附近的达志见状，满脸愠色地看着儿子。

13

凌晨。立世和蓉蓉的新房。

蓉蓉正起身穿着衣裳。

立世还在呼呼大睡。

蓉蓉看了看天色，伸手想去拍醒丈夫，可显然有些不忍心，又把手收了回来。

她替立世掖了下被子，起身轻轻拉开门走了出去。

14

尚家前院。凌晨。

蓉蓉走到院中的那块石头前,从放在石头上的那个铜盆里摸出一截铁棍,当地敲了两下。

住在厢房里的工人们开始有了起床的响动。

15

尚家厨房。凌晨。

顺儿正坐在灶前烧火,她的身子明显还透着虚弱。

蓉蓉在锅上忙活。

达志走进门对蓉蓉:立世是不是还没起床?

蓉蓉不好意思地:让他再睡会儿吧。

达志去水缸前舀了一瓢水,端着走了出去。

顺儿和蓉蓉诧异地看着他。

16

立世和蓉蓉的卧室门口。凌晨。

达志端着那瓢凉水推开了门。

17

立世和蓉蓉的卧室内。凌晨。

达志端着水瓢径走到床前。

立世还在呼呼大睡。

达志猛把那瓢水浇到了儿子头上。

正在酣睡中的立世被这骤然而至的袭击弄得一跳而起,光着身子在床上边跳边去抹头上的水。

待他看清是爹虎着脸站在床前,又羞得急忙拉过被子遮住身子。

达志冷厉地:立刻给我穿上衣服,我在后院等你!说罢,转身走了出去。

18

后院小桑园里。凌晨。

立世已穿好衣服怯怯地站在父亲背后,嗫嚅着:爹,有事?

达志没有回头,只冷冷地:给我背背那三段话!

立世挪动了一下双脚,拍了拍额头,极力把脑中的昏沉赶走,跟着背道:自武德八年始,吾南阳尚家从丝绸织造,迄今已一千二百……

列祖列宗在上,立世生为男儿,当为振兴祖业尽力,有生之年,誓为尚家丝绸再获"霸王绸"美誉——

尚达志截断儿子的话:咱们家的丝绸被称为"霸王绸"了?

立世垂下了头:没。

尚达志的目光像镢头一样抡过来:没有你咋就睡懒觉了?就懂得享福了?你以为这世界是个享受的地方?是个歇息的场所?告诉你,就你这种样子,连现有的这点家业你也守不住!

阿嚏!立世打了个响亮的喷嚏……

19

秋阳高照。白天。

一片苞谷地。饱满的苞谷穗在秋风里摇晃着身子。

几只雀儿在天上箭一样地划过,将一串清脆的叫声送进人的耳朵。

云纬正在苞谷地里掰着苞谷,身上沾了许多干枯的苞谷缨子。

她不时顺着苞谷垄的间隙去看一眼地头。

小承达正坐在地头的田埂上逗着一只蝈蝈:叫呀!叫呀!

云纬沁汗的脸上浮满笑意。

20

地头。白天。

达志走了过来。

他看了一样正全神逗蝈蝈的小承达一眼,顺着苞谷垄向地里走去。

21

苞谷地里。白天。

正在掰苞谷的云纬忽见达志走了过来，一怔，停了手：你来这儿做啥？

达志没有回答她的问话，而是面露心疼地上前一步：你做这活儿太苦了！说着伸手摘下了云纬头发上沾的一绺干苞谷缨。

云纬的眼角闭了一霎，达志这个关切的动作显然令她心里一热：你不在厂里忙，来这儿做啥？

达志：厂里最近又销出一大批绸缎，钱有了，我想得给你带点来，你当初为帮我盖厂房，花去了那么多钱。

云纬：钱带来了？

达志：带来了。说着去衣袋里掏出了厚厚一沓钱。

云纬：那就给我吧，我又有了一个儿子，也需要钱。说着，伸手接过了钱。

达志迟疑了一下开口：他待你们母子好吗？声音里有点酸酸的味儿。

云纬：你是说老黑？好，很好。

达志：我很想为你们做点事，我想让你们全家都去我厂里帮忙，做厂里活总比干地里活轻省些。

云纬想了一霎：罢了，俺们一家人干地里活已经干惯了，你只管把你的织丝厂办好就行，你走吧！

达志轻叹了口气：要不你再想想？

云纬：不用想了，咱俩在一块，别人保不准会说什么，你走吧！

达志只得转身向地头走。

云纬两眼充满感情地望着他的背影。

顺着垄沟可见，达志已走到了地头。

云纬忽然叫了一声：站住！

22

地头。白天。

达志闻声停步扭过头来。

云纬已呼呼啦啦撞着苞谷秆快步走了过来。

达志望着云纬：答应去了。

云纬摇头：不是，我是想让你看看我的小儿子承达长得咋样？

达志看了一眼坐在那儿玩耍的承达，漫应了一声：挺聪明的，便急忙转身走了。

云纬看着达志快快走远的背影，无声一笑。画外跟着响起她的心声：尚达志，你那双狗眼真不管用！总有一天，我要让你好好高兴高兴！……

23

百里奚村云纬家。夜月朦胧。

云纬抱着承达坐在院里摇着蒲扇，承达已在她怀里睡着了。不知名的秋虫在近处叫着。

老黑从灶屋里出来，走到云纬身边，弯腰把承达抱起向睡屋里走，边走边轻声地：承达别怕，承达别怕……

云纬仍坐在那儿，一下一下地摇着扇子。

她的眼前晃过了达志的身影。

妈，你还没睡？长成了小伙子的承银这时臂下挟着一本书由院门外进到院里。

大儿子的话音赶走了云纬眼前的幻影。她嗯了一声，扭头看着儿子走进正屋。

云纬站起了身也向正屋走去。

24

云纬家。正屋里。夜。

承银正在灯下全神看一本书。

云纬对承银：你也去睡吧。

承银头没抬：我把这本书看完就睡。

云纬诧异地走过去：啥书这样吸引你？边说边伸手从儿子手里抽出了那本书。

书的封面特写：新青年。

云纬：书里写些啥？

承银满脸兴奋地：说我们的前面有一个社会，人人都有吃有穿有房，啥东西都不缺。

云纬惊疑地：哦？……

25

栗温保府邸。草绒住处。傍晚。

草绒正在手抚《圣经》无声祷告着什么。

一个四岁的小男孩喊着妈妈由院门外向她奔来。

草绒闻唤停了祷告，转身欢喜地把儿子抱在怀里：噢，秉正，我的宝贝！

小秉正用手指着外边：妈妈，他们在吹喇叭。

草绒心情很好地：谁在吹喇叭？

小秉正：好多人。

草绒抬头问跟在儿子身后的女仆：他们吹喇叭干啥？

女仆：好像是庆贺老爷升迁。

草绒的眉头皱了一下。

栗府的管家这时出现在门外：大夫人，为庆贺栗老爷荣兼混成旅旅长，今晚在前院摆了酒宴，老爷说请你也去参加。

草绒冷冷地：不去！

管家：不去恐怕不合适，紫燕夫人已经到了！

草绒立马瞪起了眼：啥叫不合适？你去告诉栗温保，老娘就是不去，不去！看他能把老娘咋着！

管家被草绒的怒状吓慌，惶恐地向后退着身子：也罢，也罢。

草绒：他得到的越多，上帝收回去的就越干净！

管家已转身跑了。

草绒在胸前画着十字……

26

栗府前院。晚。

前院张灯结彩，唢呐声嘹亮，一派喜庆气氛。

几张露天摆放的桌子上摆满酒菜。

桌子前坐着各种年龄的军政人员。栗温保、肖四、紫燕等坐在主桌前。

肖四举杯高声地：为祝贺栗大人荣兼南阳混成旅旅长，干杯！

人们欢笑着碰杯。

尚达志拎着一个口袋迟迟疑疑、满脸阴沉地出现在不远处。

紫燕碰碰栗温保的胳膊，用目光示意他去看尚达志。

栗温保看了眼尚达志，有些意外地：哎，那不是尚老板吗？

一旁的肖四挤挤眼说：是我安排他今晚来的，他不是每年都把利润分给我们一半吗？我让他今晚提前把今年的那一半带来，也算对大哥荣兼旅长的一点祝贺！

紫燕在一旁拍手：太好了！

栗温保满意地：让他过来也喝一杯吧……

27

南阳省立五中大门口。白天。

一条横幅映满屏幕，横幅上写着四个大字：归还旅大。镜头拉开才见，横幅四周站满了青年师生，大家群情激昂。

一个学生正在挥臂演讲：……旅大租期已满，日本竟然拒不交还，公然违背国际章约，这是欺我中华之举，我们已致电北京总统府，强烈要求他们速向日本政府交涉，保我疆土！……

卓远站在学生们中间，一脸严峻。

演讲结束的那个学生这时跳下讲台，走到卓远面前：卓老师，游行开始？

卓远点头。随之挺身向大街上走去。

游行的师生队伍紧跟在卓远身后出发。

口号声此起彼伏……

28

大街一边。白天。

一个着便服的贼眉鼠眼的男子，看了一阵走在游行队伍前头的卓远，匆匆转身走了。

29

栗府同济堂。白天。

栗温保和肖四正坐在桌前说着什么。

由街边跑回来的那个家伙疾步走进来：栗大人，为日本不归还旅大事，学潮又起，卓远又领着学生们上街游行了！

栗温保：哦？又是这个卓远！

肖四转对那人：注意监视防范！

那人：是！

栗温保：一旦发现有反政府言行，就立即制止，以防事态蔓延！

那人：是！

栗温保：妈的，这些识字人，不好好地教书念书，尽出他娘的歪点子！像交还旅大这样的国家大事，要你们这些教书、念书的去操心！依我之见，要想天下平安，就干脆别办学校，甭让人们识字！要不要向上报，把这个省立五中和卓远撵到别处去？他望着肖四。

肖四：那倒不必，撵走一个学校不是简单的事，不过我们可以对卓远来点警告！

栗温保：咋警告？

肖四低声地：这样……

30

卓远家。晚。

卓远和雅娴正在吃饭。

雅娴看着丈夫：你今晚的饭量可是大增！

卓远笑着：今天游行跑路多，饿坏我了。

雅娴：要是每顿饭都吃这么多，保你身子能壮起来。

卓远含笑刚要开口，一个尖脆的声音已蹦到了室内：什么好东西让爹吃光了？为啥不给我留一点？伴着这声音，浑身都裹着喜气的蓉蓉跳了进来。

卓远高兴地：哟，是我的宝贝闺女回来了！

蓉蓉夸张地拍着自己的腿：天哎，回娘家的路太远，让我整整走了一天，摸黑摸到这个时辰才到家。但话没落音，自己先就咯咯地笑开了。

雅娴伸出指头点了点女儿的前额，嗔怪地：疯丫头，世界上的媳妇，怕就你回娘家的路近，总共只有几步路！做了媳妇，举止就应该沉稳些，哪还能这样走路一步三跳的？

蓉蓉没有理会妈妈的指教，而是扑到了爹的背后，伸手抱住了爹的脖子，把脸伸到他肩前叫：爹，看着我是不是又吃胖了？

卓远一边抬手轻抚着女儿的头发，一边扭眼含笑打量着女儿：嗯，是又有点胖了，告诉我，在婆家都吃啥好东西了？

蓉蓉：好东西可多了，早上，俺娘总要给我炖一碗鸡蛋羹；响午，总特意为俺烙一个小油馍，而且只许俺一个人吃，俺要掰一半分给立世，娘也不许；晚饭，他们一家吃生拌萝卜丝，可总要给我炒一个热菜。前天，俺公爹去街上办事，还专门买了一只野兔，回来让娘炖给我吃！

卓远亲昵而满意地拍着女儿的头：他们要再这样娇你，只怕你胖得连衣服也要撑破了！其他方面呢？比如让没让你受气？训过骂过你没？

蓉蓉急忙摇头：根本没有的事！立世那次无意中把我撞个趔趄，刚好被俺公爹看见，公爹当时就冲着立世叫他小心点。

卓远笑了：好，好，穿的呢？你的衣服——

这你放心！蓉蓉从父亲身后绕到前边，扯起自己的紫红缎褂让父亲看：这是俺娘给我做的第五件衣服，俺娘只要看见合意的绸缎料子，总要给俺公爹交代，记住零卖时留几尺，给蓉蓉做件衣服！每回公爹都高兴地点头。

卓远：嗯，行，看来我的宝贝女儿到了尚家仍是宝贝！

蓉蓉故意撇了嘴去斜眼看爹：可你当初还反对我去尚家哩，说我到那里不会幸福！

卓远捏着女儿的辫梢：我很高兴我的预言错了，而且希望生活不断证明它的错误！

蓉蓉：爹，我把我高兴的事给你说了，你也把你高兴的事给我说说呀！

卓远：我高兴的事？好，就给你说一桩！今日后响，我们为要求日本交还旅大举行游行，队伍后头，总有几个人举着一条横幅在那里晃，那横幅上写着一行大字"饭有吃，衣有穿，本该静心读书，何必到街上添乱，惹得众人烦？"我知道是官府派来的，于是就让两个学生去街边商铺里买了一丈白布，我边走边用毛笔在上边写了一句"昨造反，今做官，原当为民争福，为啥拥妾坐怀，招来百姓怨？"，学生们把这横幅一扯，那几个人立刻卷起自己的横幅跑了。

蓉蓉笑：好，痛快！痛——

院门外突然响起了很响的敲门声。

蓉蓉转身向外跑去：我去开门。

雅娴望着丈夫：这么晚了，还有人敲门？

卓远刚要开口，却见蓉蓉手拿着一封信跑了进来：爹，有个人给你送来一封信。边说边把信递到了卓远手上。

卓远扫了一眼信封上的"卓校长台鉴"几个字后，便漫不经心去拆封口。在信笺展开的瞬间，卓远的双眼陡然瞪大，脸上原有的笑容一下子僵住。

雅娴最先发现丈夫神态的变化：怎么了？说着上前拿过那张信笺。

雅娴和蓉蓉一齐向那信笺看去。

信笺特写：上边没有任何字迹，只有用红笔画出的五个血淋淋的断手指。

母女俩的双眼都骇然瞪大。

屋里静得只有三个人的呼吸声。

雅娴的声音有些发颤：这是什么意思？

蓉蓉的眼睛瞪圆了：是恐吓！

雅娴慌了：天哪，八成是你惹恼了官府，你以后再不要领着学生上街去招惹他们了！

卓远望着妻子：害怕了？

雅娴火了：就你胆大！

卓远平静地：不，我也害怕。我不是只剩这一只左手了？要把左手的手指再一砍掉，我不仅不能写字，连吃饭、睡觉都很难了。谁不想平平安安无灾无难地生活？可我的眼睛看到，正是由于许多中国人的胆小怕事和唯恐引祸上身，使我们的国家灾祸连连，结果是人人无平安。卓远边说边把目光定在墙上先父留下的那对条幅上：易弯最数腰，能软当推膝。

蓉蓉双眼圆睁着看定父亲……

31

白天。尚吉利织丝厂。

织造车间机声隆隆，织工们正在机动织机前走动看护。达志也在织机间巡看。能看出车间又有扩大，机动织机数量又有增加。

立世抱着一大捆绸缎由后院走来，进了临街店堂的后门。

32

白天。尚吉利临街店堂。

来零买和订货的顾客挤满店堂。

蓉蓉正在柜台内忙碌。

33

尚家厨房。白天。

顺儿正在向锅里添水做饭。

一个年龄不大的女佣正坐在灶前烧火。

顺儿添完水把砍好的红薯块向锅里倒时，突然两眼一黑，向锅台下倒去。

她手上的瓦盆滚到地上，砰的一声响，碎了。

烧火的女仆见状惊叫了一声：来人哪——

34

达志和顺儿卧室。白天。

请来的一个大夫正在给顺儿把脉，顺儿双眼闭着脸色煞白地躺在那儿。

达志、立世、蓉蓉一脸焦急地站在一边。

医生把完脉，招手让达志跟他走到外间。

35

外间。白天。

达志急切地：大夫，她——

大夫低声地：她的内脏在出血，我不知道能不能止住。

达志惊慌地：大夫，你快开药，救救她。

大夫一边坐下开药一边叹了口气：就怕无力回天呵！

36

达志、顺儿卧室。白天。

达志扶顺儿靠在自己怀里。

蓉蓉在给婆婆喂汤药。

顺儿慢慢睁开了眼睛。

站在床边的立世急忙叫:妈,你觉着好点了吗?

顺儿用目光找到了达志的眼睛,低微地:他爹,俺想见见两个人。

达志:见谁?

顺儿:一个是小绫,另一个是云纬。

达志点头:行,我这就去喊她们……

37

傍晚。小绫婆家。

小绫正抱着她的女儿在灶屋里做饭。已做了妈妈的小绫,一手揽着孩子,一手用勺子去搅锅里的饭。

达志出现在灶屋门口,叫了声:小绫。

小绫抬眼一看是爹,又急忙把头低了下去,没说话,更没让座。能从她的神色看出,她对爹有怨气。

达志看来也知道女儿对自己把她卖做童养媳有怨气,没计较女儿的态度,只开口说明来意:你娘想让你回去一趟,她想见见你。

小绫的身子分明一颤,但她嘴上仍淡了声:我正在做饭。

达志声音有些发哽地:你娘已经病重,怕是没有多少日子好活了,你就回去见她一面吧。

小绫闻言惊了一霎,随即急忙把锅盖盖上,弯腰熄了灶膛里的火,抱着女儿对达志:走吧。说完自己先急急出了门。

38

尚家顺儿卧室。傍晚。

小绫正和娘相拥而泣,小绫的孩子抱在蓉蓉手上。

顺儿声音微弱地对丈夫、儿子和儿媳:你们先出去,我要和绫绫单独说几句话。

达志和立世、蓉蓉出了门。

顺儿见达志从外边把门关上了，才擦一把脸上的泪，攥住女儿的手说：我知道你在为被卖做童养媳生气，可你知道，当初是谁出主意要把你卖出去的？

小绫吃了一惊：是谁？她显然没料到娘会谈这个事儿。

顺儿望着女儿平静地：是我！

小绫：是你？

顺儿：对，那时家里穷，恰又遇上了买织机的机会，你爹一心想买织机却又没有钱，愁得没有办法时，我想出了这个主意，当时你爹不愿意，是我给她说，卖了小绫，以后想要女儿了我再给你生！

小绫的眉头拧了起来：哦？

顺儿：我给你把真情说出来，是为了让你明白，你要恨就恨你娘，不该恨你爹！我死后，你要常回来看看你爹，跟他说说话，娘是不久就要入土的人了，你要原谅了娘就罢，不原谅了，我死后你别去坟上哭，也别去坟上烧纸——

小绫抱住娘哭了起来：娘……

39

白天。世景街上。

立世领着云纬匆匆走着。

云纬：你娘她吃饭咋样？

立世忧伤地摇摇头：已经几顿饭都没吃了……

40

顺儿卧室。白天。

云纬走进门，看了达志一眼，径走到床边关切地：顺妹，我来了。

顺儿伸手握住云伟的手。

云纬：我给你带了点红糖来，让孩子们给你冲点水喝。

顺儿用手示意达志、儿子他们都出去，而后才叫了一声：云纬姐。跟着挣扎着起身在床上朝云纬跪了下来。

云纬见状吓了一跳，急忙伸手要扶她躺下来：哎，顺妹，你这是干啥子哟？

顺儿有气无力地：我要你答应我一个将死的人的请求。

云纬用双臂紧搂住顺儿那瘦小的身子：啥子事，快说吧，你这样下跪是要折我寿限的。

顺儿喘息着：我死后，求你和达志结婚吧。你们原本就是一对，只是阴错阳差，让我插进来了，这么些年，他心里其实一直还爱着你，这一点我看得很清，你和老黑在一起过日子，心里也苦，云纬姐，答应我吧……

云纬怔在那儿，她显然未料到顺儿叫她来是为了说这番话，她没有出声，只是把顺儿那瘦小的身体搂得更紧，一向冷峻的双眼里，也渐渐渗出了两滴泪水。

你答应吗？……纬姐？顺儿的声音已断断续续，微弱得近乎耳语。

云纬颤颤地：我……答应。

顺儿：噢……我的好姐姐……我可以……放心……去了……

云纬含泪抱起顺儿的身子，小心地把她平放在床上。

顺儿朝门外拼力叫：达志……达志……

云纬走过去开了门，示意达志进来。

达志刚一走到床边，顺儿就抓住他的手，慢慢交到云纬的手上。

达志吃惊而有点不好意思，默默抬眼望了一下云纬。

云纬没有看他，已经满脸是泪。

耗尽了气力的顺儿静静地躺在那里，脸上是一副无牵无挂的平静。

达志碰了碰顺儿的肩膀：想不想吃点东西？

顺儿没有应声。

达志有些着慌地提高了声音：他娘，他娘！

顺儿依旧躺在那儿，像睡熟了一样。

达志伤心至极：他娘，他娘……

立世、蓉蓉、绫绫闻声跑进了屋子……

第十三集

1

  白天。尚家正屋。一口棺材摆在正中。

  云纬正给顺儿整理遗容和一点陪葬物品。

  几个工人抬上棺盖,准备合上棺材。

  立世、蓉蓉、绫绫都跪在棺前哀哀恸哭。

  达志抱着几匹绸缎进来,要往棺材里放。

  站在棺旁的卓远见状有些吃惊:全放进去?

  达志痛心地:这么些年,我没舍得给她做一件绸缎衣裳,让她多带点走吧。

  达志把那些绸缎全铺在顺儿身边,边铺边流着眼泪喃喃着:他娘,带上到那边穿吧……

2

  白天。尚家墓地。

  一座新坟凸现在人们眼前。

  火纸的灰烬在随风飘飞。

  坟前只剩下了三个人:达志、立世、云纬。

  云纬示意立世去搀起达志。

  立世弯腰去搀父亲:爹,咱们回吧。

  达志的头却一歪,身子向地上倒去。

  立世一惊:爹,你咋着了?

  云纬:快,立世,背你爹去安泰堂,他这是伤心过度!

  立世双手抱起爹就走。

  云纬转对坟头低声地:顺儿,你好好歇息吧……

3

  傍晚。尚家达志卧室。

  云纬坐在床边喂达志吃饭。

达志显得十分虚弱，不时叹口气。

云纬轻声地：明儿个不要再起床了，睡一天歇歇。

达志呆然无语。

云纬放下饭碗：我回去了。

达志闻言抓住云纬的手，无语，只看着她的眼睛。

云纬没挣也没动，半响，方垂下眼帘微声地：待我同老黑离了后，就过来。

达志慢慢松开了云纬的手……

4

百里奚村云纬家。夜。

万籁俱寂。

云纬睁眼躺在床上。

身旁是熟睡的小承达和老黑。

她辗转反侧。

一个低微的声音由画外传来：老黑怎么办？

她又翻了一个身……

5

早饭时分。云纬家。

老黑正腰勒围裙往一张小饭桌上摆着饭食。

承银和承达已经坐在了桌前。

云纬这时才打着哈欠走出睡屋。

老黑望着云纬满怀关切地：把你惊醒了吧？想让你多睡一会。

云纬又打了一个哈欠：睡好了。

老黑拧好一个湿手布递到云纬手上：吃罢饭再接着睡吧。

云纬擦了把脸坐到饭桌前。

老黑从一个碗里摸出三个熟鸡蛋递给承银、承达和云纬一人一个。

云纬：你的哩？

老黑笑着：我有腌辣椒，那东西下饭，更有味道。

云纬显然受了感动，无声地端起碗吃饭，不时默看一眼老黑，兀自摇摇头。

6

早饭后。云纬家院子。

老黑在收拾着木犁预备下地。

站在一旁的云纬似乎鼓足了勇气要说出什么,只见她猛地张口:老黑。

老黑抬头:我去把剩下的那一亩多地犁一遍,要不了多长时间。

云纬:这个家太让你劳累了,我想——

老黑:这有啥?!过去我老黑想找个家劳累还找不到哩!上天有眼,让俺碰上了你这个好心肠的女人,让俺有了个暖暖和和的家,让俺也当起了丈夫当起了爹,俺在这个家里快活得能年轻二十岁!你对俺的恩情,俺就是当牛做马也报答不了!你快甭说劳累的话,如今哪,倘没有这个家让俺劳累,我还真活不下去哩!你快歇着,我犁完地就回。说罢,扛上犁就走。

云纬怔怔地听着越响越远的脚步声,半晌,方抬手捂住了脸……

7

夜。云纬家。

云纬在灯下做着针线活。

老黑抱着熟睡的承达坐在一边抽着旱烟。

老黑:承银这孩子这么晚了咋还不回来?

云纬:你们爷俩先去睡吧,我等等他。

老黑抱着承达进了睡屋。

云纬又开始缝补着什么。

门外突然响起咚咚咚的敲门声。

云纬知道是承银回来了,急忙起身开门。

门开时云纬却吓得低叫了一声:呀?!

只见承银一手提着一把手枪,浑身是血地闪进屋来。

云纬惊骇地:你这是——?!

承银这时已迅疾地把门关了,低声地:妈,快给我拿块干净白布来!

云纬慌慌地转身去针线篓里拿过一块白布，递到承银手上。

承银弯腰撩起左腿上的裤子，把小腿肚上的一块擦伤三两下缠住，这才抬起头来：妈别怕，我只是伤了一点皮，我身上的血都是别人的！

云纬此时已从最初的震惊中挣出来，低而厉声地：你究竟干啥去了？她厌恶地看着他插在腰里的枪。

承银重重地坐到一把椅子上，粗粗地喘一口气：妈，你甭问，你不需要知道，你快去给我弄点吃的吧！

云纬猛捶了一下身边的桌子：混说！

桌上的油灯一晃，油溅了一下，灯亮骤然间变大。

云纬的双眉凶凶地竖起：你知不知道玩枪的早晚会在枪下亡吗？你究竟去干了啥坏事，不给我说清楚休想吃一口饭！

面色一贯阴沉的承银看了看妈，眼珠缓缓一转，似乎在权衡着什么，片刻后，他压低了声音：妈，既是你想知道，那我就告诉你，不过你可别怕，我已经参加了共产党。最近，我们一直在栗温保的部队里策划兵变，原想今晚把兵变的部队拉出城的，不想有人泄密，栗温保提前动手抓人，两下打起来了。

云纬惊异地：共产党？共产党是干啥的？

承银：这一下子很难说清楚，简单点说，它是想让全中国像我们这样的穷人都过上富日子！

云纬：它能有这么大本领？

承银：有！我们现在第一步是把权夺过来！而要夺权，就要有枪！

云纬：那人家如今有权有枪的人能容你们？

承银：自然不会容，所以有危险，我今晚就不能住在家里，我吃点东西就走，而且，妈，也有可能给家里带来麻烦！

云纬眼瞪得更大了：哦？

承银：他们这些人心狠手辣。

云纬：那你逞什么能，偏要去惹他们？

承银坚定地摇了摇头，目光中闪过一丝执拗：妈，我已经认定了，我不想过现在这种憋闷人的穷困生活！我也不想再种地了，妈，快去给我弄点吃的，现在三言两语说不清楚！

云纬转身去给儿子拿来两个窝头，端来温在锅里的一碗稀粥。

承银大口吞吃着。

云纬心疼地：小心噎着。

承银喝完稀粥，边啃着窝头边往门口走：妈，我去武侯祠后的破瓜庵里躲躲，你、爹和承达可要多当心！

承银拉开门，闪了出去。

8

早饭时分。云纬家。

云纬正在灶屋里做饭，忽听有马蹄声在屋后响起。

她不安地走出门，只见房子四周已围满了骑马的兵。

为首的一个骑马的：喂，快叫你儿子出来！

云纬慌慌地看了一眼闻声走出来的老黑，老黑平静地上前几步答：他不在家，一夜都没回来！

那人挥了一下手：搜！

几个拿枪的下马朝屋里冲去。

云纬和老黑站在门口，听着屋里的东西被踢开、掀翻、撞掉。两人默默地对视了一眼。

老黑伸手握住云纬的手，示意她别怕。

那些兵骂骂咧咧地由屋里出来。

为首的军官对着云纬和老黑：听着，三天之内，你必须让你的儿子去栗公馆自首！否则，我们抓住他就会把他毙了！

云纬看着那些人走远之后，回过头来慌慌地问老黑：咋办？

老黑宽慰地：别怕，待一会我就进城找栗老爷去！

9

栗温保府邸。同济堂。白天。

老黑对栗温保说着什么。

栗温保怒不可遏地拍着桌子叫着什么。

老黑是真的慌了……

10

云纬家。晚。

老黑对云纬：让他远走他乡，躲过这个风头再说！

云纬沉默一霎，点点头。

11

夜。田野里。

落雪了，雪粒在风的裹挟下扑打着地面。

云纬在老黑的搀扶下艰难地走着。

两人最后在一个破瓜庵前站住。

云纬喊了一声：承银！

承银应了一声，走出瓜庵，向妈妈身边迎来。

承银走到妈妈身边，刚要张口说话，不想云纬扬手就打了儿子一耳光。

承银被这个重重的耳光打愣在那里。

云纬呜咽着：你这个不成器的东西，你怎能惹出这样大的祸？！

承银低声辩解着：这是为了以后我们穷人能过好日子！为了——

老黑拦住娘俩的争论：眼下不是说道理的时候，给，拿住，这是一点钱，这是干粮，你拿上立马就走。他们发誓要抓住你，藏在这儿太危险！要走远点，啥时候咱这儿太平了再回来！

一股冷风裹着坚硬的雪粒朝三个人刮过来。

承银没再说话，返回瓜庵拿了自己的一点东西，过来朝老黑和妈妈鞠了一躬，就转身疾步走开了。

雪粒开始变成雪花，天地间混茫一片。

风在变大……

12

一条简易公路，白天。

栗温保和肖四在几十匹骑马卫士的簇拥下纵马狂奔。

几十匹坐骑疾奔时挟带的尘土形成一条长长的烟带。

肖四在马上朝前一指：大哥，快到镇平城了！

栗温保松了马缰，让坐骑放慢了速度。

肖四向公路一侧远处的群山一指：大哥，据最近得到的消息，共匪晋承银就领人活动在这一带的山里。

栗温保一听这话来了气：一定要想办法把那小子捉住！妈的，竟敢到老子的队伍里策划兵变，狗小子是吃了豹子胆了！只要捉住他，一定要把他碎尸万段。

肖四：如今，这国内的好多党，都想抓住枪杆子，看来枪杆子是好东西哪！

栗温保叹口气：四弟，现今在社会上有点名气的人，好像都入了一个党派，你认为咱们加入哪个党好？

肖四：这些天我按大哥的嘱咐，专门了解了国内大大小小十几个党的情况，这些党中，若从实力来看，以国民党的势力最大，它不仅眼下执政，很可能要长远执下去，大部分军界要人都是它的党员，如果加入这个党，于我们日后的发展会有好处！

栗温保：我们自己能不能成立一个党？咱谁也不加入？

肖四：那当然也行，党嘛，就是一帮人为了一个什么目标聚在一起罢了。只是我们若成立一个党，就得为这个党操心，发表宣言啦，开会啦，与别的党竞争啦，弄得咱和女人们相聚过快活日子的时间也没有了，咱何必呢？

栗温保叹了口气：这倒也是，那以你的看法，是加入国民党了？

肖四：最后的主意还是由大哥来拿。

栗温保：加入这个党后，它会不会改编我们的队伍？我最担心的是这个。

肖四：这个不足怕，我认为我们倒不如看准一支部队后，直接要求他们收编，而后我们在那部队里向上图发展，说不准能弄个军长干干！

栗温保：哦，你是这样看——

一个小贩手里举着一串玉雕长命牌走过来：官人，请买个玉石长命牌！地道独玉雕的，买回去戴到儿女脖子上，会给他们带来平安！

栗温保的眼前闪过了草绒为他生的儿子小秉正的面影。

他来了兴致，笑着朝小贩伸过手去……

13

栗府后院。草绒住处。黄昏。

栗温保手提着在镇平城买的那个玉石长命牌走了进来。

他刚要张口喊什么，却又急忙闭了嘴。

只见草绒和秉正母子俩正跪在院中，他们面前的院墙上挂着一个十字架。

院子里静得出奇，有一股庄严、肃穆的气氛。

栗温保不由得缓声屏息，静静看着他们母子俩祈祷。

祈祷完毕，草绒和秉正相继站起身来。

栗温保这时扬起手中的长命牌朝秉正：儿子，看爹给你带了啥来！

母子俩闻声一齐扭过脸来，小秉正惶惑而失措地看着这个很少见面的父亲。

草绒的目光只略微碰了一下栗温保的身子就急忙闪开。

栗温保：来，戴上，这是我在镇平城给你买的！说着，把长命牌戴到了秉正的脖子上。

栗温保端详着儿子，他显然很喜欢秉正，因而向草绒投去感激的一瞥。

草绒已在院中的一把椅子上坐下，双手捧起了《圣经》。

栗温保走到草绒身边，在一把椅子上坐下，很有兴味地问：这书上的字你都认识吗？

草绒冷声地：边学边读。

栗温保好奇地：真有一个上帝吗？

草绒：没有经受过苦难、挫折的人是感受不到他存在的。

栗温保：嗬，没想到你已经挺能说了。

草绒：他在看着人们所做的一切。

栗温保挥手让一旁的仆人将秉正领走，而后朝草绒低声地：你好像变得吸引人了！边说边伸手捏住草绒的肩，轻声地：我们去屋里说吧。

草绒的身子一颤，但她没有回过脸来，只是更加抱紧了《圣经》：我知道你是我的丈夫，你有权对我做一切，上帝也要我们女人爱丈夫，但我眼下却一时爱不起你，我正在向上帝祈祷，祈求他给我回到你身边的力量，我希望你能等到那一天。当然，如果你愿意，你是随时都可以把我的肉体拿去，但那样你得到的，只是肉，而没有人！

栗温保一愣，捏着草绒的手指不由自主地放松了。

他有些惊愕地望着草绒，那惊愕里还掺了一点敬畏。

他无声地后退了一步……

14

百里奚村边。白天。

老黑一只手拉着承达，另一只手提着一个竹筐。

父子两人边说边向家走。

老黑停步向家门看去。

他的目光一定。

顺着老黑的目光可以看清，达志正在向他家走。

老黑从筐里抽出一节甘蔗对承达：爹有些头晕，蹲这里歇一歇，你先回去吧。

承达接过甘蔗应了一声。行。

15

百里奚村。云纬家。白天。

云纬一个人坐在屋里缝着一件衣服。

门外响起一阵脚步声。

她抬头一看，竟是达志。

云纬意外地：你咋来了？这大白天的？

达志笑了一下，想你想得厉害，就来了。刚才在村口问了一下，说就你一人在家。

云纬听罢，便木木地叹一口气。

达志：我一直在等你的消息，怎么样，离开老黑的事办得咋样了？尚吉利需要你去帮忙！

云纬又叹了口气：还没向老黑开口说哪。

达志显然也意外：为啥？

云纬：他已经那么大年纪了，一颗心又全操在这个家上，我真怕一说出口，把这个家拆了，他会受不了的。

达志也一时语塞：那……

云纬猛地抱住了自己的头：我真后悔我当初……

达志轻抚着云纬的脖颈：过去的事就甭想了，能不能这样，把承达留在老黑身边，他们父子一起生活，他也还有个家。我们在银钱上常接济他们，日后孩子长大了，他也有个依靠。

云纬猛地抬眼看定达志，画外跟着响起了她的心声：你这个傻瓜，你竟看不出承达是你的儿子！

妈——小承达这时欢喜地奔进了院门，手里举着一节甘蔗。

云纬慌张地站起身来，她以为老黑就跟在孩子身后。

还好，没见老黑。

云纬有些失措地向承达：你爹呢？

承达边啃着甘蔗边答：我爹说他有点头晕，蹲在一棵老枣树下歇哩。

云纬嘘了一口气，转对达志急急地：你走吧，我不想让你们两个见面。

达志点点头后慌慌地出门。

16

云纬家不远处一棵树下。白天。

老黑抱头蹲在那儿。

云纬轻步走到他身边关切地：是头晕？

老黑闻声睁开眼，慌乱地挣着站起身子：这会儿好多了。

云纬仔细地看了一眼老黑的脸，并没发现什么异样。

云纬：走吧，回家。说着要上前搀扶。

老黑急忙摇头：不用扶。说罢便迈步向院子走去。

能看出他的步子有些趔趄不稳……

17

尚吉利织丝厂临街收丝的丝房。白天。

达志正在检验生丝的质量。

几个卖生丝的汉子在一旁赔着小心：尚老板，我们这丝你只管放心！

达志又仔细验看了一阵，才点头对一旁的立世：收下吧！

蓉蓉这时手拿着一张信纸走了进来：爹，南京农商部的通知。

达志：哦，啥事？

蓉蓉：说中秋节农商部要在北平城办一次丝绸产品展销会，让咱家带产品到会参展。

达志接过信看了一阵，而后递给立世看。

蓉蓉：要我说，爹你应该带上咱家的绸缎去一趟，这也是让外界了解咱家绸缎的一个机会。

达志：依你说值得去？

蓉蓉：当然。

达志：立世，你咋想的？

立世：咱家的绸缎在北平还没影响，去一趟会有好处！

达志：好吧，那就去一趟！

18

叠印：

达志把各种花色的绸缎样品包进一个包袱里……

达志背着包袱登上一辆马车……

达志背着包袱登上一列火车……

达志背着包袱走出北平火车站……

达志从怀里掏出那张通知又看了一遍，踏上了一辆黄包车……

19

北平大栅栏。白天。

达志走进一间挂有"农商部北平丝绸展销会组委会"牌子的房子。

20

室内。白天。

一个穿长衫的中年人对达志：先生来晚了，展销会已开始两天了。

达志：这展销摊位——

中年人：可以租临街的店铺，也可以用木板在大街两边搭个柜台。

达志施礼：谢谢了……

21

大栅栏。白天。

绸缎展销区里人群熙熙攘攘。

达志背着包袱沿街进店铺看着,店铺都已被别的厂家租了。

达志只好在一处街边解开包袱,把包袱皮摊开,把自己带来的绸缎样品摆了上去。

他把预先用红纸写成的一个厂牌——南阳尚吉利织丝厂,摆在绸缎样品一旁。

人们来来往往:西装革履的男人,浓妆艳抹的女人,金发碧眼的洋人……

却很少有人朝达志的摊子上投来目光。

一个顾客来到摊前站下。

达志满怀希望地介绍:先生,这是南阳尚吉利的——

那人已经转身走开。

半晌之后,又一个顾客走来。

达志满怀希望地看着他介绍:先生,这是南阳尚吉利——

那人匆匆看了绸缎样品一眼,又踱到了附近别的摊位上了。

达志沮丧地叹一口气。

22

早晨。北京前门大街一家小客栈门口。

达志背着他的包袱走向客栈大门。

客栈老板冷漠地看他一眼:尚老板,还要去展销会呀?

达志点头。

客栈老板嘲讽地:你这些货要是实在卖不出去了,就降价处理给我们这小客栈当窗帘吧。

达志愠怒地不再说话……

23

白天。大栅栏达志的摊位前。

无人在摊位前停步,摊位十分冷清。

达志后悔地低低自语：不该来的！

24

太阳西斜。大栅栏达志的摊位前。

依旧无人光顾摊位。

达志已开始弯腰准备打起包袱了。

一个身穿长衫神情儒雅的老者这时由邻近的摊位踱了过来。

他先是很仔细地看了看达志用红纸写的那个厂牌——南阳尚吉利织丝厂，然后蹲下来逐一拿过那些绸缎样品验看了起来。

达志不抱希望地看着他的动作。

那老者抬头：你带了多少货来？

达志心绪不佳地：就这么多。

老者神色庄重地：这些货我全要了，请不要卖与别人，我这就去取钱！

达志知道是识货的人到了，顿时精神一振：那价钱——？

那老者点头：价钱好说！你厂里这样的货还多吗？

达志脸上的沮丧一扫而光：多！你要多少都可以，不过需要你去我们南阳拉！

那老者：请你在这儿稍等，我片刻就回来！说罢，又有些不放心地向站在邻近摊位看货的两个小伙：喂，你们过来，就守在这里，待我回来！

那两个小伙应声过来，老者这才朝达志抱拳一揖，匆匆走了。

达志向那两个小伙：请问二位，刚才那位大叔可是做绸缎生意的？

其中一个小伙摇了摇头：不是，不过，他可比一般的绸缎商人识货，你知道他是干什么的出身？清宫里皇帝爷身边的服装总管，对各种各样的绸缎可是见得多了。今儿个他是受命替阎司令家和几个外国绸商挑货，他选中了你的货可是你的福气，你要发财了！

达志一惊一喜：哦？哪位阎司令？

那小伙高声地：阎司令都不知道？阎锡山，京津卫戍大司令！

旁边几个看展销会的人听见这话，都停下步子向达志的摊位围了过来。

邻近几个摊位上的卖绸缎的厂商闻言，也纷纷围拢过来看尚家的绸缎。

有人喊：这些货我全买了！

那两个奉命看护的年轻人急忙制止：不行！我们已经定下了！

这争执引来了更多的人围过来。

正喧闹间，只见有两辆黑色的雪铁龙轿车鸣着喇叭开了过来。

轿车在达志的摊位前停下。

前辆车上，那位穿长衫的老者先下来，接着又有两个挎枪的卫兵护着一位年轻的太太下来。

后辆车上下来的三个人全是高鼻子的西洋商人。

先前围在摊前的人们见状，纷纷闪开。

那老者领着这伙人来到达志的摊位前，先向达志揖了一礼，而后对那些人指着达志的绸缎：这是我在这次展销会上看到的好绸缎，它的染色、亮度、质感、匹重，都是很不错的，而且这也是老字号的出品，我记得听家父说过，过去皇室里也用过尚吉利的货！

一个洋人听到这里用汉语惊叫了一声：尚吉利？他先是急急去看厂子的标牌，而后睁大眼去端详达志，一霎，两掌猛地一击，快活地：尚先生，还认得我吗？

达志望了那洋人一阵，茫然把头摇摇。

那洋人：还记得许多年前，你们南阳靳岗教堂的一个神甫，领着一个青年人去你们尚吉利大机房——

达志眼前晃过了久远的已经变得很模糊的上次与这洋人见面的场景：噢，你是——

洋人笑着指了指自己：威廉。

达志也笑了：是威廉，对，我想起来了！

另外两个洋人这时扯了扯威廉的胳膊，商量地：威廉，你打算签订购合同吗？

威廉：签的！怎能不签？我的先辈人就从尚吉利买过绸缎！说着蹲下身，仔细地验看达志带来的绸缎样品。

展销会的组织者见这儿热闹，早已拿着合同书走了过来，这时便急忙说明：如果诸位要签订货合同，我们立马给你们提供方便。

威廉：好吧，这几种花色的我各要五百匹，一共两千匹。

展销会组织者急忙填好合同让威廉和达志签名。

另外一位洋商指着绸缎样品：我要这三样，每样五百匹，一共一千五百匹。

展销会组织者又急忙填好合同，让他和达志签名。

第三位洋商指着绸缎样品：我要这两样，每样六百匹，一共一千二百匹。

展销会组织者又把合同填好，递给了双方签字。

三位洋人各掏出一个金锭交到达志手上，只是三个金锭的大小不同。

达志先验看了一番金锭的真伪，后把金锭放在邻近一个摊位上的秤上称重。

达志点头把金锭收好。

剩下的绸缎样品被那老者全部包好，递到了那位年轻的夫人手上。

那年轻夫人从手袋里掏出厚厚一沓钱交到老者手里。

老者数了一阵，转交给了达志。

达志急忙施礼。

一伙人登车走了。

更多的厂商和顾客向达志拥了过来……

25

黄昏。达志住的小客栈。

达志带着一脸的笑容走进了客栈大门。

小客栈老板一反早上的那副冷漠面孔，满面笑容地迎上来：尚先生回来了，快请进屋歇息，来人呀，快给尚先生端洗脸水。

26

黄昏。小客栈内。达志住的房间。

达志洗好手脸，刚端起茶杯，一个服务生用托盘端了饭菜送了进来。

达志一愣：我没让送饭菜呀？

跟在服务生身后的客栈老板笑着接口：是我让送来慰劳先生的，看不出，尚先生还是丝绸大王哩，喏，报纸上都登了你的消息和照片了！说着递过一张报纸。

达志急忙接过报纸去看。

报纸特写：

那是一张《燕京晚报》，只见二版的左下角，有一张甚是清晰的照片，照片上，阎家太太和威廉他们几个外国人正在观看尚家绸缎，达志站在一边。照片旁边是一则框了边的消息，题目是：南阳尚吉利绸缎受到青睐，中外绸商纷纷签约购买。

达志惊疑地自语着：谁拍的这照片？

客栈老板又笑：在我们这儿，凡是发了财的客人，都要乐一乐的，不知尚先生可愿乐一乐？

达志随口答着：当然，当然。

客栈老板笑着出门。

27

客栈门外。黄昏。

老板对一个服务生含笑附耳说着什么。

那服务生也笑笑，转身向远处走了。

28

客栈内达志房间。夜。

达志刚把饭菜吃完，推开碗筷。

响起了敲门声。

达志：进来。

客栈老板领着一个怀抱琵琶的艳装姑娘走了进来。

达志一惊：老板这是——？

客栈老板：尚先生刚才不是说要乐一乐吗？我专门去揽秀楼上叫来了这位宋小姐，宋小姐琵琶弹得极好，在我们这一带远近闻名！宋小姐，你请坐！那老板说罢，拱手一笑，就退出门去，并顺手把门掩上了。

达志不由得苦起脸来，画外传来他的心声：这怕是又要花一笔钱的，京城的客栈还有这等规矩？

宋小姐这时躬身相问：请问先生，你愿听什么曲子？

达志叹口气：你随便吧，我什么都可以听。

宋小姐听到他叹气，以为他心绪不好，便说：那就弹一支《秦宫怨》吧。说罢，便轻拨慢弹，让一支低缓凄楚的曲子在房中响了起来。

达志自然听不懂那些从手指上流出来的乐句，只是静静地坐在那里默想。

一曲终了，达志还没来得及开口，那宋小姐就歉然一笑软声说：这曲子太伤感，我给你弹支欢快的吧。

宋小姐白嫩的手指又在琴弦上跳动，一支曲子又响。

达志显然怕听多了曲子多花钱，待这支曲子一完，便急忙地：不再弹了吧。

宋小姐听了这话，也没再坚持，缓缓起身，款款走到桌前把琵琶放下，双眼微合了望定他，双颊上带一缕柔柔的笑意。

达志这时就急忙去衣袋中摸钱，摸出一叠后略略有些不好意思地问：你要多少？

宋小姐摇了摇头：这会儿不必，明早再结吧。说着，轻步朝他挨近过来，颇秀气的双唇微微张开。

达志吓了一跳：明早？顿时明白了对方的身份，急忙退一步，一边把一沓钱朝她手上塞一边慌慌地：快走吧，姑娘，你快走吧！

宋小姐闻言一惊，张大惶然的双眼颤了声：先生不喜欢我？

达志有点手足无措：不，不，不是……你快走吧，我给你钱就是！

先生不能赶我走呀！那宋小姐这时竟突然朝达志跪了下来，哽了声：我们这种人，你给的钱多少倒无所谓，可不能往回赶呀，倘若今晚我被你赶回去，明天这周围的街巷里就会传开我不会服侍客人的消息，从此，这四周的客店就不会有人再来找我陪客了，我的生计就也断了呀……说着，就幽幽地哭了起来。

达志被弄愣在那儿，一时不知如何是好。

宋小姐哭得越发伤心了。

达志心软了，他弯腰搀起那姑娘，温声说：不必哭了，那依你说该咋办？

宋小姐哽咽地：先生若是可怜俺，就让俺在你这里留住一夜，我知道你看不上我，那不要紧，我夜里坐在这椅子上就行。

达志无奈地拍拍额头：嗨。

宋小姐见他话中有了允许的意思，便在椅子上坐了下来。

达志见状，又叹了一口气：长长一夜，天又很凉，你一个女子家坐椅子上如何受得了？还不如你在床上躺，我在这儿坐着。

宋小姐摇摇头：不，先生明天还有事要做，坐熬一夜如何受得了？若是先生可怜我，就让我在你的床边上躺一躺。

达志实在不好意思拒绝姑娘的请求，犹豫着不知如何是好。

那宋小姐见他不吭，以为是默许了，就轻步走到床边，在一侧和衣躺下。

达志不好再说什么，就在另一侧坐了。

渐渐地，他无了坐下去的精力，开始打起哈欠，便也和衣躺了下去，把被子横着抻开，自己盖一半那姑娘盖一半。

他没吹熄蜡烛。

他打起了轻微的鼾。

29

屋外。夜。

客栈老板隔着门缝侧耳倾听。

他满意地一笑，走开了……

30

天亮了。达志住室。

达志最先醒过来，他见姑娘已滚到自己的身边，一只手还搭在他的身上。

达志急忙轻轻拿起姑娘的手放到了一边。

达志起了身。

那宋小姐也醒了，她红了脸匆匆起身用手抿着头发。

达志默默地把一沓钱塞到了姑娘的手里。

宋小姐羞羞地：先生不必给钱的。

达志忙挥手示意她快走。

姑娘感动地鞠了一躬，拿了琵琶出了门。

31

客栈门口。清晨。

宋小姐朝客栈老板深深鞠了一躬,朝他手里塞了几张钱币。

客栈老板挥手示意她快走。

32

达志住室。清晨。

达志正要洗漱,却见客栈老板推门进来嘿嘿笑着:怎么样尚先生,北平城里的姑娘,味道还可以吧?

达志厌恶地别转了脸,冷冷地:你做这样的事,一次要收多少钱?

客栈老板:尚先生看着给吧,我们这小店,自然是希望你大厂主给点关照了!

达志摸出了一沓钱,没好气地递过去。

客栈老板眼斜了斜:在这种事上一向不收纸钞!

达志吃了一惊:哦,那你要什么?

客栈老板:金条就行!

达志几乎跳了起来:金条?还能要金条?

客栈老板:对的,而且我相信尚先生是会给的!要不然,报纸上若登出一条消息:南阳尚吉利织丝厂主尚达志昨晚在客栈狎妓,那尚先生的名誉不就完了?

达志张嘴喘不上来气:你?

客栈老板语带威胁地:尚先生开工厂,整日在社会上混,自然知道名誉的重要!再说,谁要再把那张报纸往你家里一寄,让你的太太、儿女看见,家里不又要起一场风波吗?

达志恨极地惊瞪着对方。

客栈老板:我知道外国绸商同你签合同时,已经给过你金条,金条你手上有!

达志几乎是吼了:有也不给你!

那客栈老板拱手一礼:不给当然可以!说着转身就走,边走边自语:我正想去报社看一个朋友!

眼看那老板就要迈步出门。

达志忍不住慌慌地喊了一声：等等！

客栈老板微笑着扭过脸来。

达志咬了牙，无可奈何心疼至极地从怀里摸出一根金条，恨恨地塞到了那客栈老板手里。

客栈老板微笑着把金条放进了口袋，高兴地出了门。

达志心疼地自语：天哪，一根金条差不多就是一部织机呀！我真真是住上了黑店。

他转身愤恨地朝门外喊：结账！

33

白天。北平大街。

达志满脸恨意地背着一点行李在街上大步走着。

路过一家纺织机器公司门口时，他停了步，转身走了进去。

34

纺织机器公司内。白天。

达志仔细看着摆放着的一长溜丝织机。

他摇着头自语：都是旧式的。

他走出了公司大门。

35

白天。北平大街。

达志在大街上拦住一个路人：先生，去紫禁城怎么走？

那人向他指着路。

36

天安门前。日已西斜。

达志站在有些颓败的天安门城楼前看着。

起了大风，风把街上的纸屑扬到天上，纸屑像鸟一样地飞。

达志转身，向东长安街走去。

一长溜举着白纸横幅的人由东单那边走了过来，边走边举手呼喊着什么。

达志一怔，迎了上去。

一阵呼喊声传了过来：强烈抗议日军占领沈阳！

达志猛地停步。

又一阵呼喊声：坚决反对日军的侵略暴行！

达志喃喃自语：国家又出事了？

几个戴眼镜穿长衫的人在四处扔白色的纸片，达志上前捡了一张。

纸片上的字迹特写：国耻。

下边的大字是：日军制造九一八事变，今晨已占我沈阳……

达志愣在那儿……

37

晚饭时分。北平火车站站台。

风越来越大。

达志挤上了一列南行的火车。

火车缓慢地开始移动。

达志双手合十放在胸前轻声祷告：老天爷，看在中国人命苦的份上，别让战火扩大……

38

夜。一个小车站。

一群年轻人走进车厢。

其中一个男青年呼地登上一个座椅高叫：同胞们，别睡了，日军已向锦州发起进攻！

睡意渐浓的达志震惊地睁大眼睛……

第十四集

1

一台老式印刷机。白天。

几个年轻人在印刷机前忙碌。

一张张《宛南时报》从印刷机上滚下。

一只手伸出，拿起一张报纸。

报纸头版头条文章标题的特写：团结御敌，抗日救国。

镜头拉开，可见拿报纸的是卓远。

卓远转对身边的一个小伙：马上把这期报纸发出去！

小伙：卓校长放心，下一期的清样你审过了？

卓远：我正在看。

小伙：印报的新闻纸快没了，得赶紧想办法——

卓远：我已让人去请尚吉利织丝厂的尚达志资助一下，他马上会来。

小伙高兴地点头：那就好！

2

一个挂有《宛南时报》主编牌子的小屋。白天。

达志出现在门口。

他敲了敲门，推门进去。

3

主编办公室。白天。

卓远放下正在审改报纸校样的笔，站起对达志：快请坐。

达志并没有先坐下，而是去怀中掏出厚厚一沓钱，放到了卓远的办公桌上：快拿去买纸，不够，你再派人随时去我那里拿！

卓远：让你花钱，不会对你的生产造成影响吧？

达志：不会，最近我的经济状况不错，北平展销会上那些订购的绸缎，都已按时按质交了货，货款也都已收了回来。再说，即使影响生产，这钱也得出，事关抗日，哪轻哪重我还能掂量不出来？

卓远低沉地：据分析，日本绝不会只满足占领东北和华北，日本扩大侵华战争，只是个时间问题。

达志叹口气：但愿政府能够制止他们……

4

傍晚。尚吉利织丝厂前院。

达志神情忧郁地走进院子。

他刚在院中那块怪石前的一把椅子上坐下，忽见蓉蓉跑出灶屋，在院子一角扶墙哇哇地呕吐。

达志一惊，喊了一声：立世哩？

正在临街店堂忙着什么的立世听见父亲喊急忙跑了过来：爹，有事？

达志指了一下正在呕吐的蓉蓉：快过去看看。

立世这才注意到蓉蓉在那里呕吐，忙进灶屋端了一碗清水朝蓉蓉走过去。

蓉蓉用立世递来的清水漱口。

立世这时急急地向院门外走。

达志：你慌慌张张地要往哪里去？

立世：我去药铺给蓉蓉买点药，她这八成又是冻着受凉了。

达志：你别自作主张地去买什么药，去，到安泰堂把老郎中请来！

立世：这点小病还值当——？

达志：去！

5

晚。立世、蓉蓉卧室。

安泰堂老郎中在给蓉蓉把脉。

老郎中收回手，起身对站立一旁的达志抱拳：恭喜，你要当爷爷了！

达志满脸都是笑容：尚吉利要有继承人了！

达志又转向蓉蓉：从明儿起，你啥活儿都不用干了，你想吃什么，给立世说一声，让他去买就行；平日走路要小心，别绊住了啥东西摔跤！

蓉蓉应了一声：行。平日爱笑爱闹的她，因为知道了自己将要做母亲，顿时变得有些害羞和端庄。

立世高兴地向蓉蓉：该你享福了！

6

晚。尚吉利织丝厂院门口。

老郎中对达志耳语了一句。

达志点头。

二人抱拳而别。

达志转身朝屋里喊：立世，你出来一下！

立世闻声走出来：爹，有事？

达志咳了一声，有些吞吐地：嗯，是这样，蓉蓉怀了孩子之后，很怕碰撞，因此，你不能再动她。

立世没听懂，对这话颇惊疑：不能动她？

达志感到了狼狈：是的，不能动她！

立世从父亲不自然的神态中突然明白了那话的含义，慌慌地应了一声：我明白。跟着，逃也似的离开了父亲。

达志这时拍拍额头，长舒了一口气，低低地叹道：要是蓉蓉有一个婆婆，这种话何用我来交代？……

他的面前又一次闪过了云纬的面孔……

7

百里奚村。云纬家。白天。

老黑慌慌地由外边奔进屋里对云纬：他娘，刚才官府里来人通知，说从伏牛山里捉到了几个共党分子，下午要游街示众，让人们都去看，承银他不会有事吧？

云纬闻言惊得手中正缝的一件衣服落了地：我得去城里看看！说罢，便疾步出了门。

8

栗府门前的大街。后晌。

几辆汽车缓慢驶了过来。

其中两辆车上站着几个五花大绑的年轻人，每个人脖子下都挂着一个纸牌：共党分子。

站在街边的云纬想要凑近车前去看清有没有承银。

街边的两个警察不让她靠近，她死命挣着想要上前。

警察把她一下子摔倒在街边。

草绒这时一手拿着《圣经》，一手拉着儿子秉正由人行道上走了过来，看见有人倒地，忙上前去扶。

草绒认出了云纬，吃惊地：是你？！

云纬见是草绒急忙地：快，帮我看看车上是不是有承银？

草绒看了一阵，然后回头对着云纬摇摇头：没有。

云纬这才长嘘一口气：我真怕他们抓住了承银。

草绒拉住云纬：走吧，快跟我到家里洗洗，看你手上摔破流的这血！

云纬没再说别的，默默地跟着草绒走了。

9

草绒住所。傍晚。

一只手上被缠了绷带的云纬对草绒：我现在一看见那些四处抓人的警察，真恨不得用刀砍了他们。

草绒把一杯热茶放到云纬面前：你应该信上帝，信了上帝之后，上帝会使你在一切灾难面前都保持心平气和。

云纬摇摇头：上帝要让我信他，他就该显灵给我点好处，可你说我这辈子得到了什么好处？

站立一旁的小秉正这时忽然怯怯地插嘴：大姨，牧师说，当人的道路走到尽头，也就是身临绝境的时候，他应该选择上帝！

哦，好孩子！云纬闻言一阵感动，轻轻把秉正揽入怀中：大姨觉着路还没到尽头，前边还会有幸福，会有的……

10

栗府大门前。晚。

云纬在和草绒告别。

草绒挽留着：天这样黑，你何必非要回去不可？住下天明再走不行？

云纬摇摇头：一会儿就到家了，再说，住到这个熟悉的院里，我会做噩梦的！说着同草绒挥手作别。

11

世景街。晚。

云纬快步走着。

快到尚吉利织丝厂门口时，她忽见立世慌慌地从院门里跑出来，差点把街边摆的一个瓜子摊撞翻。

云纬上前惊问：立世，啥事这样慌张？

立世见是云纬，急切地：蓉蓉好像要生产，疼得哭天叫地。

云纬：你快去叫产婆，我先去看看！说罢，疾步向院里跑去。

12

尚家院中。夜。

达志正在焦急地来回踱步：这个糊涂立世，为何不早把人叫来？……

一些下班的织工也都屏息站在那儿。

蓉蓉的哎哟声清晰地传了出来。

云纬走过来，顺手把放在院中那块石头上的铜盆拿在手中。

达志有些意外地：你来了？

她没有理会达志，径向蓉蓉的住屋走去。

13

蓉蓉的卧室。夜。

蓉蓉正满头大汗地在床上翻滚。

云纬走上前，察看了一下蓉蓉的下身，而后平静地对蓉蓉：大姨我生过两个孩子，你听我的话，保你没事，来，憋住气，把全身的劲都用到下腹去，然后看我敲盆，我猛一敲，你一使劲，孩子就出来了。

蓉蓉忍住疼问：能行？

云纬：保准行，来！说着举起盆。

云纬用盆里放着的那截铁棍咚地猛敲了一下铜盆。

蓉蓉呀地叫了一声。

云纬扔下盆急忙上前从蓉蓉的腿间抱起了一个婴儿。

云纬先看了一眼婴儿的双腿间，见有一个"鸡鸡"，这才把婴儿头朝下，拍着他的屁股。

哇的一声，哭声冲出屋子。

14

尚家院中。夜。

院里，立世领着一个拿了接生家什的中年妇女闻声停住了步。

达志高兴地：生了?!

立世猛地奔进屋去……

15

夜。达志睡屋。

达志把一碗放了红糖的茶水递到云纬手上：你辛苦了。

云纬抹了一把额头上的汗：你心里肯定高兴，是个孙子，快想着给他起个名吧。

达志：早想好了，就叫昌盛。希望这小子能给尚吉利织丝厂带来昌盛。

云纬一口气喝完碗里的水：我该走了。

达志着急地：你不能走哇，蓉蓉哪有弄孩子的经验，万一有事还要问你哩？

云纬想了想：也罢，我就在这儿住一夜，可我睡哪儿？

达志不好意思地吞吐着：就，就……他指了一下自己的床铺。

云纬没再说话，只是微微闭了眼睛。

达志噗地吹熄了灯，轻步上前，抱起云纬向床走去……

16

天亮时分。达志卧室。

云纬和达志相拥而卧。

两人都已睡醒。

达志低声地：我真想你能天天睡到这张床上。

云纬叹了一口气：眼下我还不能来，一个是怕老黑受不了，再一个是因为承银被通缉，我也怕连累你。

达志意外地：承银咋了？

云纬：承银加入了共产党，警察三天两头地上门搜查、盘问，我要真来了你这里，你能受得了这个？那会影响你织绸缎。

达志愣在原地没再说话。

云纬注意地看了他一眼。

云纬开始起床穿着衣服……

17

尚家正屋客厅。白天。

三张酒桌呈品字形摆开，每张桌上都有一节嫩生生的莲藕，上边贴着五个用红纸剪成的字：昌盛百日宴。

男女宾客们正坐酒席桌前说笑。

绫绫和几个来帮忙的邻居忙着上菜、斟酒。

达志和卓远、雅娴坐在上桌。

一个老奶奶高声地：蓉蓉哩？快把小昌盛抱来让俺们看看呀！

坐在另一张桌上正在招呼客人的立世忙走进卧室。

因坐月子养得越加丰腴白嫩的蓉蓉骄傲地抱着昌盛走了出来。

几个女客伸手从蓉蓉怀里接过孩子，夸赞着：长得多精神！

一个老人：又是一条汉子！

一个妇女：瞧这大腿，日后是个有力气的主儿！

一个中年人：瞧这银盘大脸，一派福相呀！

蓉蓉像过去一样，脆声笑着和人们打着招呼。

当孩子传到一个老太太手上时蓉蓉笑着问：三奶奶，这孩子像我吗？

老太太：像，像，眼像、口像、鼻子像，就是没你笑得响！边说边在蓉蓉嘴巴上点了一下。

蓉蓉笑得更响了：咯咯咯……

当孩子传到卢五爷手上时，卢五爷故作神情严肃，仔细地看着小昌盛，而后假装吃惊地：好呀，原来这孩子是偷来的！仲景街上刘家的孩子丢了两天，到处找找不到，原来在这儿！你们众位看，刘家孩子的脖颈里有个小痣，这孩子的脖子里不是也有个痣吗？走，我这就抱了给人家送去！说着，就一本正经地站起身来。

正高兴的蓉蓉一时没醒过劲来，以为五爷这是当真，忙慌慌地高叫：你胡说什么？这是我的孩子！

五爷把眼瞪起来：你的孩子？你凭什么说是你的孩子？

蓉蓉急得要上前夺儿子。

五爷存心要同蓉蓉开玩笑，坚决地把她挡开：小孩子很难说像谁不像谁，我看这孩子更像那刘家媳妇！

立世，你快来！蓉蓉边喊丈夫边急得流出了眼泪。

哈哈哈。五爷和满屋的人都大笑了起来。

蓉蓉这才知道上当，才羞得捂上了脸跑到自己妈妈身边，把头扎到了妈妈的怀里。

雅娴疼爱地笑拍着女儿的背：你呀你，你哪是一个孩子的妈妈，你自己也还是一个孩子哟！……

18

尚家后院。黄昏。

达志抱着昌盛在染印好的搭晾在绳上的绸缎间走着。

小昌盛瞪圆眼睛，惊奇地望着那些五颜六色的绸缎。

达志对小昌盛喃喃着：小宝贝，看看咱们家织的这些绸缎，好好看看，丝织是一项事业，它可以为我们尚家赢来世人长久的尊敬，一个人在世上获得的尊敬越多，他才活得越值当！……边说边把脸朝孙子那粉嫩的颊上贴去……

19

南阳城墙外。白天。

栗温保一身戎装，身骑一匹枣红色战马，在几十个护兵和随从的簇拥下，沿着南阳城墙外围，缓驰慢走。

城墙上，成千的人正拆着城砖。

一旁的肖四转对栗温保：栗司令，把城全部拆掉需要十几天时间。

栗温保：要给拆城的百姓们说清楚，拆城是为了不让日机在轰炸时很容易地辨出哪里是城区，以减少损失。

肖四点头：不过拆掉城墙也有坏处，我们日后对日本步兵的作战失去了依托。

栗温保：通知各部队和各防御单位，城墙拆平后，要速挖交通沟并修筑防御工事！

肖四：是！

栗温保依旧缓辔前行。

前边有一群人闹嚷嚷地迎面走来，几个护兵驰马上前拦住。

一个护兵回来报告：司令，是《河南民国日报》《宛南时报》《建国时报》《民报》等报刊的一群记者要采访你，咋办？

栗温保皱了下眉头：××，我最讨厌和这些识字人说话！说着看着肖四：你说呢，参谋长？

肖四轻声地：不见怕不好，见了面无非说说我们的抗日决心！

栗温保挥了一下手：好吧！

那群记者顿时朝他的马前跑来。

其中一个年轻的记者：栗司令，南阳如今是河南的后方，省政府各机关都已由开封迁来本城，一旦日寇来袭，你能否保证古城不陷敌手？

栗温保挥了一下戴手套的手：我栗温保拿脑袋担保，南阳城绝不会陷入敌手！日本人长几个脑子，不也是一个？我就不信他比老子强！

一个戴眼镜的记者：城里都在传说，栗司令把自己的家眷细软，甚至桌椅厨具都已用军车送往西峡山里，做好撤退的准备，这消息可否当真？

栗温保的脸骤然红透：放屁，这是谁造的谣言？

肖四这时急忙接口：诸位不要听信这种涣散军心民心的传闻，栗司令和我等守城官兵，决心与古城共存亡！

呜——

一阵凄厉的防空警报声骤然响起。

人们纷纷向四周散去……

20

天空。白天。

几架日军轰炸机排队扑来。

炸弹像麻雀一样地向地面飞下。

爆炸声惊天动地。

21

一处防空洞里。白天。

栗温保气哼哼地对他的副官：笨蛋！送家眷拉家具走的事，怎么转眼间就让人知道了？

副官嗫嚅着：不知谁走漏了消息。

栗温保：马上给我想办法补救！要让全城军民都知道，我和我的全家一直留在城中！

副官：是……

22

世景街。白天。

因轰炸而屋塌失火的人家哭喊声震天。

几具尸体被人们从倒塌的房中抬到街上。

尚家对面的一家店铺被炸着火，街邻们都拎水前往扑救。

达志也慌慌地拎着水桶跑去。

23

尚家院内。白天。

达志和立世相继拎着空水桶进来，脸上、身上都有着救火后留下的水渍、灰烬。

父子两个都精疲力竭地坐在院中的那块巨石下。

蓉蓉这时端一盆清水出来，放在达志和立世面前：洗洗吧。

小昌盛这时胆怯地走到立世身边：爸爸，飞机还扔炸弹吗？

达志一把揽过孙子宽慰地：昌盛别怕，他们不会来了。

立世看一眼父亲：爹，咱们也得挖一个藏身的洞子，得防止日本飞机再来炸。

达志叹一口气：光把人藏起来，咱们这些织机、动力机咋办？

蓉蓉：干脆，咱挖个大洞子，把机器也都藏在洞里。

立世：这倒是个办法。

达志想了一阵：要挖洞就挖三个洞，一个在我的睡屋下边挖，洞口开在屋里，用来藏机器；另一个在前院挖，用来藏绸缎和丝；还有一个挖在后院，用来藏人，唉，大好的日子，硬是不能织绸缎了……

24

叠印：

达志卧室。傍晚。

达志指挥着立世和七八个亲戚在挖地洞……

达志进洞察看……

达志进洞铺着石灰……

达志和立世及几个亲戚，小心地把织机、动力机抬进洞里……

达志和立世在机器上涂着防锈油……

25

叠印：

达志家前院。傍晚。

达志指挥着立世和几个亲戚在挖地洞……

达志和立世把装了丝和绸缎的箱子抬进洞里……

26

叠印：

达志家后院。傍晚。

达志指挥着立世和几个亲戚在挖地洞……

立世把一桶清水拎进洞里……

达志拎了一筐蒸馍放进洞里……

蓉蓉抱了一床棉被放在洞里……

27

白天。尚吉利织丝厂。

一片寂静。

达志怔怔地站在织丝车间门口。

立世走过来：爹，你去躺下歇歇吧。

达志：大天白日的，硬是要停工不干，这一天得损失多少钱哪。

立世：又不是咱一家这样，全国都没有太平日子过了。

达志：你去把小昌盛叫来，我利用这个空闲教他打算盘！

立世：中。应罢就要抬脚走。

达志：还有你，也要抓紧时间琢磨琢磨织机的改造，争取再开工时能把绸缎的幅宽加大些。

立世：中……

28

夜。漆黑无边。南阳城内大街。

街上偶有灯火亮起，也是转瞬即灭。

实行灯火管制的南阳城，再没有往日夜晚的热闹。

《宛南时报》编辑部的木牌，也隐在夜色里。

29

《宛南时报》编辑部内。夜。

人们正在灯光下忙碌。

门窗皆用窗帘捂着。

卓远正坐在灯下握笔改着校样。

一个年轻人拿着一张纸匆匆走进来：卓老师，桐柏前线的消息到了，我方打死打伤日军酒井支队四百余人，俘战马七十匹。

卓远：赶紧去排出来！

咚咚咚，门骤然被敲响。

一个编辑刚上前拉开门，一伙持枪的军人便呼啦闯进了屋里。

卓远停笔站起：你们有事？

肖四从兵士们身后闪出：是卓先生吧？我想和你单独谈谈！

卓远：是肖参谋长。他挥手让报馆其他人先去隔壁屋里。

肖四这时也挥退自己的随从，在一张椅子上坐下：卓先生的报纸办得不错，我听说在宛城各报馆是订数最大的一份报纸。

卓远：谢谢肖参谋长的夸奖，我们不过是做了一点自己该做的事。你这么晚来报馆，是——

肖四：想请卓先生在报上发条消息。

卓远：哦？什么消息？

肖四："栗司令的夫人、孩子们均留在城中，全家人决心与古城共存亡。"就是这个意思吧，词句上你再推敲。

卓远的声音有些变冷：可我们知道，栗司令已将他的两房夫人，儿女和家产甚至桌椅橱柜全都用运送弹药的车辆送到了西峡山里！在全城居民都还没有疏散的时候，他先这样做，是会造成人心浮动的。

肖四：既然卓先生已经知道真情，我也就不再隐瞒，不过这消息你一定要发，为的是稳定军心民心，使万众同力守城！

卓远面露愤色地扔下手中的笔，在桌后踱步，片刻后站住：好吧，为了保证守住古城，我破例让我的报纸说一次假话！

肖四起身：好，卓先生还算识时务！

卓远上牙紧咬下唇，久久无语……

30

鸡叫二遍，天还黑着。立世、蓉蓉卧室。

小昌盛被尿憋醒，推了推身边的妈妈：妈，我尿。

仍沉在酣睡中的蓉蓉眼也没睁，就做着惯常的动作：伸手去窗台上摸住火柴，刺啦一声擦亮。朝着放煤油灯的地方伸去。

灯亮了。小昌盛赤条条从妈的怀里钻出被窝，站在床帮上，捏着小鸡鸡朝放在床前不远处的尿罐撒去。

哗啦啦。瓦质的尿罐立时发出一阵嘹亮的响声。

屋子里显然很冷，小昌盛打了一个冷战，哈着气重又钻进了被窝。

蓉蓉被儿子的凉身子激得身子一抖，紧忙把儿子抱在怀里暖。

小昌盛趁机一低头，用嘴噙住了奶头。

蓉蓉在儿子的额头上点了一下：哟，丢脸不丢？几岁了还吃奶？

小昌盛在妈妈怀里咯咯笑着拱动着身子：不丢，不丢！

蓉蓉的睡意已被儿子赶走，于是爱笑管闹的她便和儿子在被窝里逗开了：她胳肢儿子一下，儿子胳肢一下她，母子俩在被窝里咯咯地笑成了一团。

睡在床那头的立世被吵醒，生气地：你们还睡不睡？同时把一双大脚朝母子俩伸过来，竖在蓉蓉胸前，生生把母子俩隔开。

蓉蓉望着丈夫的大脚，朝儿子眨眨眼，示意儿子用手指去挠爹的脚掌。

小昌盛有些胆怯地伸出手指，朝爹的两个脚掌挠去。

刚挠了两下，那两只脚就哧溜一下缩了回去，同时，床那头的立世也忍不住爆出了一阵笑声。

咯咯咯。母子俩得意地又笑开了。

咚咚咚，在这当儿，门外响起了敲门声，跟着传来达志的一声喊：小昌盛该起床背书了！

机灵的小昌盛听了爷爷这喊，先是探出身噗的一声吹灭了窗台上的灯，继而像泥鳅一样向被窝的深处缩去。

蓉蓉望了一眼窗纸，天还没亮，而且能听见有雪粒扑打院中树枝的声响，于是抬了头对外叫：爹，反正厂里的机器都放进了洞里，白日没事做，让小昌盛白日背书吧，这样冷的天，他又这么小，起这样早不是有些划不来？

达志的声音传了进来：啥划来划不来？要紧的是让他养成勤快早起学习的习惯！眼下机器没开，可日后会开的，他没有勤快的习惯没有像样的丝织本领，将来咋去发展祖业？

蓉蓉听出公公的声音里有了怒气，不敢再做分辩，她伸了下舌头，起身点灯披衣，而后从被窝深处把想偷懒的儿子抱出来，开始给他穿衣服。

小昌盛不高兴地嘟囔着，穿衣时做出点不情愿的动作。

睡在床那头的立世这时也已起身，不声不响地很快穿着衣服。

父子俩把衣服穿好，立世拉着儿子去开门。

31

门外。天还黑着。

达志伸手拉住孙子的手。

立世：爹，我去读《电工学》那本书了。

达志点头，拉着孙子向后院那棵老桑树下走。

32

老桑树下。有了曙色。

达志对小昌盛：今早上天冷，咱们先跑几圈，暖和暖和身子。

爷孙俩绕着几棵桑树跑了起来。

一霎，爷孙俩相继停步，小昌盛从衣袋里掏出爷爷给他写成的课本，对着晨光高声念了起来：蚕有两类，桑蚕、柞蚕；丝有两种，桑丝、柞丝……

雪粒变大变稠了，天变得混茫一片。

达志望着小昌盛：好了，昌盛，现在背那三段话吧。

小昌盛仰脸向天：……列祖列宗在上，昌盛生为男儿，当为振兴祖业尽力，有生之年，一定要力争使尚家丝绸再获"霸王绸"美誉……

雪花纷扬，南阳城已变成了一个白色世界……

33

雪在地上已铺了厚厚一层。白天。

天性爱玩爱闹的蓉蓉这时拿上铁铲对儿子：走，昌盛，堆雪人去！

昌盛高兴地蹿出了屋。

34

前院怪石前。白天。

蓉蓉、昌盛二人用雪堆了一个很大的雪人。

蓉蓉正用麦草给雪人扎着头发。

小昌盛正用两个瓦片给雪人做着眼睛。

蓉蓉边干边哼着：绸子柔，缎儿软，绸缎裹身光艳艳……

小昌盛抢在妈的前面，高声接唱：蚕吃桑叶肚儿圆，肚圆才能吐出茧……

母子俩正玩唱到兴处，织造车间那儿忽然传来达志的一声喊，小昌盛，过来，跟我来学算盘！

正玩在兴头上的小昌盛，头也没回地顶道：我不！

蓉蓉显然觉着天下雪，厂子又停了机，没必要把一个孩子抓那么紧，便装作没有听见，继续玩着。

达志传过来的声音里添了严厉：听见了没有？昌盛！到了干正事的时候，快跟我去学算盘！

蓉蓉继续去给雪人扎着头发。

忽然间，公公的脚步声响到了身边，蓉蓉扭头刚要去搭话，却见公公已挥起手来，朝着小昌盛的屁股就打了过去。

这一掌显然太重，小昌盛从雪人身旁滚下去，在雪地上又滚了两滚，随即便哇的一声哭开了。

对儿子的心疼使蓉蓉对公公有了不满，只见她眼瞪着公公：他下雪天玩玩有啥不对，你想要把他打死?！

尚达志没有去看儿媳，只是冷厉地瞪着倒在雪地上的孙子：起来！跟我学算盘学记账去！这个世界不是让你来玩的！我们尚家人更不能玩得忘了正事！

小昌盛看着爷爷那眉毛竖起满是威严的面孔，不敢再哭，急忙爬起，慌慌地瞥了一眼妈妈，就乖乖地向临街店堂走了。

尚达志没再理会蓉蓉，默默跟在孙子身后。

小昌盛怯怯地回头看了一眼爷爷，边走边辩解似的：加、减、乘我已经会了！

达志冷峻地：还有除法！我们还要讲怎样去核算一匹绸子的成本！

35

雪人旁。白天。

蓉蓉这时气得狠跺一下脚，抹了把眼中涌出的泪，转身就向大门跑去。

36

卓远书房。白天。

卓远正伏在桌上读着什么。

砰！蓉蓉就在这时猛推开门，满脸泪水地扑进了爹的怀里。

卓远吃了一惊，扔开手上的书，忙扶起女儿急问：怎么了，出了什么事？

雅娴听见女儿的啜泣声，也早已脚不点地地从另一间屋里跑了过来：

出什么事了？

蓉蓉委屈无比地哽咽着：他……他打昌盛！

雅娴以为女儿和外孙在街上遇见了坏人，摇着女儿的肩膀急问：谁？谁打了小昌盛？

蓉蓉抽噎着：他爷爷！

卓远：他爷爷？

蓉蓉：就为了昌盛想堆雪人玩，他爷爷非要让他去学算盘不可……

卓远和雅娴闻言都舒了一口气并相视一笑。

卓远笑着：傻丫头，你为这样的小事把我和你妈吓了一跳。说着，用手去刮女儿脸上的眼泪。

蓉蓉生气地跺了一下脚：小事？这是小事？他那一巴掌肯定把昌盛的屁股蛋都打红了！

卓远：哟，我的傻女儿，你以为小昌盛只是你的儿子？一个人一出生就具有多重身份，他既是你的儿子，也是他爷爷的孙子。他爷爷不仅有抚养他的义务，也有管教他的权利。小昌盛不仅有要求抚养的权利，也有准备为尚家丝织业出力的义务！他爷爷固然可以换一个督促孙子的方式，但爷爷打孙子也属天经地义！你哭什么？就连你今天的身份，也已经不单单是我和你妈的女儿了，你还是尚立世的妻子、尚达志的儿媳、尚昌盛的妈妈，如果你做错了什么事，尚达志也有权利打你！

蓉蓉不觉间停了啜泣，瞪大了眼：打我？

卓远：当然，如果你做错了事！

他敢！蓉蓉挥了一下手。手挥起时不小心碰了爹的脸，卓远立时佯装疼痛叫了起来：哟，快来看呀，卓家女儿敢打他爹了！

蓉蓉被爹的神态逗乐了，咯咯咯地笑弯了腰……

37

百里奚村。云纬家。夜。

万籁俱寂。

云纬一家人都在酣睡。

一阵敲门声突然响起。

云纬和老黑同时被惊醒：谁？

门外的声音：是我，妈！

云纬：是承银？等一等。她急急地披了衣，下床趿上鞋，跑去开门。

伴着一股寒气，腰插了双枪的承银闪进了屋里。

老黑这时也已披衣点亮了灯。

承银：妈，你们快穿好衣服，和爹和弟弟带点吃的东西，向西北边的山里走，走得越远越好！

云纬和老黑都一惊：半夜三更的，为啥让我们向西北走？

承银：妈，爹，日军的一个师团昨天已经攻陷方城，估计今日天亮他们就会来攻南阳，为了减少损失，我们已动员就要成为战场的城郊村子的村民，尽快向西边的山里疏散，你们也必须立刻走！

云纬惊慌地：他们能攻破南阳城吗？

承银叹了一口气：我估计凶多吉少。我们这帮游击队想打，但武器太差；守城的栗温保他们，武器还可以，但战斗力不行，主要是他们守城决心不行。你们快走吧，找几个乡亲做伴，往西走！我还有任务，记住，要快，现在已是凌晨一点，离天亮的时间不多了！说罢，又迅速地闪出了门。

38

夜。云纬家院门外。

云纬正在锁院门。

老黑肩上挂一个包袱，手拉着承达。

村边传来人声。

锁好门的云纬转身拉着承达的另一只手：走吧。

三口人在夜色里匆匆向村边走。

39

夜。旷野。

大群逃难的人在跌跌撞撞地走着。

云纬的脚步忽然放慢，她的眼前晃过达志的身影。

云纬猛地停步，对老黑：哟，这事承达他远房舅舅一家还不一定知道，你们爷俩先前头走，在十二里岗的大枣树下等我！说罢，不待老黑回话，便立刻反身向东，向隐在漆黑夜色里的城区快步奔去……

40

尚吉利织丝厂门口。夜。

云纬气喘吁吁地拍门。

好一阵子，达志和立世才把门打开。

云纬急切地：快，快收拾了东西走。

达志有些莫名其妙：去哪儿？

云纬急急地：去西岗、西山，越远越好，日本兵要来了，天亮差不多就要到，城是保不住的！

达志意外地：谁说的？前几天当局正式组织疏散时，说城一定能保住，说疏散只是为了减少空袭的损失。

云纬急急地：我儿子承银，你应该知道他是干什么的！

达志将信将疑地：城真的就能被日本人攻破？

云纬的话中夹了气：你到底走不走？

达志：不走了吧，甭说日本人不一定会攻破城，就是城破了我们也不能走，工厂还在这儿，人走了谁照看？

云纬愤愤地：那算怨我多事！说罢，转身就走。

达志跟出门喊了一声：云纬。

云纬没应也没有回头，夜色里能看出她的走路姿势里露着一股委屈和好心未得好报的怒气……

41

早饭时分。达志家。

尚家四口人正在吃着早饭。

达志边吃边自言自语：这天不像有事的样子。

他的话音未落，一阵凄厉的空袭警报声突然响起。

立世反应最快：快，进地洞！

一家四口人放下碗筷便向后院的地洞跑去……

第十五集

1

尚家后院藏人地洞。清晨。

尚家四口人刚进地洞，十来架日军飞机就呼啸着到了头顶。

轰、轰、轰。爆炸声在远近骤然响起。

有一颗炸弹落在近处，响声又尖又脆。

蓉蓉把昌盛紧紧搂到怀里：别怕，孩子，别怕。

达志和立世都背靠洞壁默坐在那儿，耳朵紧张地听着外边的爆炸声。

爆炸声停歇。

达志望着立世：飞走了？

立世没有出声，只是侧耳听着。

达志起身向竖在洞口的木梯走去：我上去看看。

立世：爹，等等再说，还没有解除空袭呢。

达志：不看看我心里总不安生。说着，上梯爬出了洞口。

2

尚家邻家的店堂前。清晨。

达志站在那里心疼地看着：前墙被炸出一个很大的豁口。

他急忙走到豁口处，捡起几块碎砖想去堵那个豁口，但砖还没有放好，天空中突然又响起了飞机的轰鸣声。

达志闻声抬头，只见六七架飞机已临空。

他惊慌地顺着墙根想重新往后院的洞口跑。

但是晚了。他只来得及跑出几步，一阵巨大的轰响就塞满了耳朵。

在听到响声的同时，他跟跄了一下向前扑倒。

他惊恐地扭头想去找炮弹的爆炸位置，他看见他的丝织车间像一个散了架的鸟笼一样摇晃着向地上塌去。

他心疼地想站起去拯救他的车间，但刚站起便又扑倒了，一阵从未体验过的剧痛让他急忙去看自己的大腿。

一块弹片像刀一样地划过他的左大腿，把一块肉生生削开了，鲜红的血正在涌流。

他本能地用手把那片削开但还未掉下的肉又向原处按去,与此同时,他痛楚地喊了一声:立世——

3

后院洞口。清晨。

立世已经爬出洞口,反常的响声已使他预感到不妙。

他飞跑到前院。

他惊恐地看了眼浑身是血的爹,跟着弯腰急忙抱起父亲。

又一批敌机到了头顶。

立世抱着父亲没命地向后院洞口跑去……

4

一个大型防空洞。白天。

大批的军人避在洞内。

警备区参谋长肖四坐在防空洞口的一个矮凳上。

他冷眼看着远处扔完炸弹拉起机身返航的日军飞机。

他的手指在胸前的木挡板上下意识地敲着,敲出的声音却显得奇怪的轻松和轻快。

画外传来他的心声:炸吧,只要炸得栗温保撤了兵,这座古城沦入敌手,那他就成了罪人,就不可能再当司令,那时替代他的,只可能是我了……

一个参谋过来低声地:参谋长,敌机已飞走,部队已进入阵地,我们是不是也去指挥部——

肖四起身应了一句:好吧!

5

城防指挥部。夜。

地面战斗仍在进行,密集的枪炮声不停地传来。

指挥部窗户和门上都挂了布帘,严严遮挡着灯光外泄。

墙上挂满了地图。

烛光在间或响起的山炮声中跳动哆嗦。

栗温保默坐在一张桌前,双手把玩着一个用独玉雕成的"南阳古城"。

肖四这时由外间匆匆走进低声地:栗司令,一线阵地全部失守,我们的部队已被迫退到了二道防线。据各部队报告,敌人的攻势在加强,我们咋办?坚持打下去吗?边说边拿两只精明的眼睛审视他。

栗温保:如果我们继续打下去,会有几种可能?

肖四很干脆地:只有一种,那就是城破兵损,日本人不拿下这座城是不会罢休的!

栗温保依然平心静气地:这种情况下我们会失去什么?

肖四:我们将损失我们的大部分部队,将从此失去我们的实力地位,手中无兵,日后自然当不了官,当不了官,也就享不到福。

栗温保翻转了一下手中的玉雕,慢了声:如果撤走不打,我们会失去什么?

肖四:不过是失去一点人们的尊敬罢了。可尊敬这东西值多少钱?

栗温保的眼皮耷拉下来,盖住了双眸,他淡淡地:那依你之见,我们是该撤了?

肖四的眼睛眨了一下:当然还是司令下决心!

栗温保:好吧,我同意,你去起草命令!

肖四脸上露出一丝惊喜,不过转眼之间那惊喜就又消失了。画外跟着响起他的心声:栗温保,只要你撤了兵,你这个司令的头衔就是我的了。

6

前沿阵地。夜。

城防部队正依托工事向日军射击。

7

城防指挥部。夜。

栗温保起身披了呢子大衣要向门口走。

肖四这时拿了一纸命令过来:司令,请你签个名!

栗温保边向门口走边说:你签就行,我去二团看看!命令签后立即送往各团!说罢,便闪出了门去。

8

指挥部门外。夜。

无了墙的阻隔,枪声变得更加清脆和密集。

偶有一颗夜光弹飞起,将黑暗划成两半。

栗温保翻身上马。

十几个随从护兵立刻上马将他护在中间。

一行人向枪声密集的地方驰去。

9

前沿阵地附近。夜。

栗温保猛勒住马,转对身边的一个随从低声地:待一会儿你到各团,把他们收到的撤退命令全部收回到你手中保管。

那随从:是!

栗温保仰脸向天喃喃着:我既要保存实力,也要人们的尊敬!肖四,得请你原谅我了……

枪声更显尖厉……

10

夜。卓远家。

卓远和雅娴悄悄出了藏身的地洞。

卓远对雅娴:你先在家里歇着,我出去看看。

雅娴点头。

11

卓家门前。夜。

卓远看见立世也正打开院门出来。

卓远:立世,情况不明,快回屋里躲着,别乱跑。

立世:我爹一条腿被炸伤,我想去安泰堂——

卓远吃了一惊:哦?现在去安泰堂哪儿能找到大夫?回去先用干净布带把他的伤口扎好。我摸清了情况回来再说。说罢,顺着墙根走了。

12

前沿。夜。

街上杳无人影，只有子弹在街道上嗖嗖地飞过。

卓远顺着墙根走着，忽见从一个巷道里拐出几个中国军人，他们提了冒着热气的水桶和篮子向前走，显然是送饭的炊事员。

卓远跟了上去。

13

夜。一座大房子里。

十几个军人正抓着刚送来的包子大口吞咽。

一个送饭的炊事员对一个军官介绍：营长，这位先生是《宛南时报》的主编，他想问你些情况。

营长停了吞咽：问啥？

卓远：城能守住吧？

那营长指了一下身后的墙：看看，那就是敝人的决心！卓远借着烛光朝墙上看去，只见那墙上写着五个字：贾一柏之墓。

一个精瘦的士兵：这是我们营长割破指头写的！

卓远感动地：有这种决心，实在感人！

电话铃声骤然响起。

一个电话兵对营长：营长，找你。

营长拿过话筒听了几句，就见他对着话筒吼：我能顶住，凭什么叫我撤？凭什么？

话筒里的声音听不清。

营长放下话筒，长叹了一口气：上头让我们交替掩护向城西撤退，南阳城完了，完了！

卓远闻言惊骇地：为什么要撤？

营长颓然地摊开双手：我也不知道，你问我，我问谁？

卓远无言地看着营长。

营长转向他的手下人：通知一、三连，用火力掩护二连悄悄后撤，全营立刻做好行动准备！跟着又转向呆立在那儿的卓远：你也快走吧，要不了多久，这儿就要被敌人占了！快走吧！

卓远一步一挪地走出了屋门。

14

世景街上。夜。

卓远向远处的城区望去。

大火已经冲天而起。

男人、女人们的哭喊声清晰地传了过来。

他疾步跑进尚家院中。

15

尚家正屋。夜。

卓远对立世、蓉蓉急切地：城已经破了，快把你爹重新抬进地洞，多往洞里拿点吃的、喝的，从现在起，我们只能在洞里生活了！

尚家一家全部惊住。

16

黎明。卓远家藏身的地洞。

卓远侧耳倾听。

满街都是战马的嘶叫和日本人的声音。

他拿起一根小木棍，借着从洞口漏进来的一点晨光，在洞壁上重重写道：身为男儿当自羞，刻骨铭心记此仇……

17

尚家人藏身的地洞。白天。

全家人都侧耳倾听着外边的动静。

枪炮声已彻底停息，代之而起的是砸门声、日军的哇哇叫声和本城人的哭喊声。

每个人眼里都弥漫着惊恐……

18

夜。尚家人藏身的地方。

立世轻轻地：爹，我上去看看，顺便把尿罐倒了。

达志咬牙忍痛点了点头。

立世爬了上去。

19

夜。尚家院门口。

立世悄悄爬到门口向外看。

街上燃着一堆一堆的火。

隔百十步便有一个日军岗哨。

立世又慢慢地向洞口爬去。

20

白天。尚家藏身的地洞内。

立世在用盐水给父亲洗腿上的伤口。

达志疼得几乎昏晕过去。

就在这时，外边突然传来了一个中国人的声音：这就是织绸缎的尚吉利织丝厂。

尚家父子和蓉蓉闻声身子都一激灵。

显然是日本人的声音——汉语十分生硬：好的，好的，我这个人很喜欢绸缎，我内人尤其喜欢用中国的绸缎做和服！

达志和儿子、儿媳交换了一个惊慌的眼神。

21

尚家前院。白天。

一个中国人领着一个日本军官和十几个日军士兵站在院子里。

那中国人：可是，这厂里已经没有人了。

日本军官：没有人不要紧，只要能找到绸缎就行。跟着，只见他转向士兵用日语哇哇叫着。

那十几个日本士兵便提枪分头向各个屋子跑去。

22

地洞内。白天。

达志一家人紧张地谛听着外边的动静。

23

尚家后院。白天。

那个中国人对日本军官：没有，房子都是空的。

日本军官：一个丝织厂不会没有绸缎，根据我在华北的经验，我知道中国人总爱把自己的东西埋到地下。让我们来挖挖试试！你的，去找镐头！

24

地洞内。白天。

达志抽了一口冷气，手紧紧抓住了洞壁上的砖缝。

25

尚家正屋。白天。

一群日军士兵正在挥舞镐头挖着地面。

日本军官：我在华北时知道，中国人一向把地洞的口子开在屋内。

26

地洞里。白天。

蓉蓉判断着：糟糕，他们正在爹的卧房外间挖。

达志惊恐地：天哪，洞口就在我的床下，那个洞里装着咱们全部的机器，得想办法！

立世慌慌地抓住爹的手：爹，咋着办？达志直直地看着儿子的脸，牙床哆嗦着：立世，现在只有一个办法兴许还能救出那些机器，那就是你赶快上去，告诉他们埋绸缎的地方，让他们把那些绸缎挖走。只要机器保下来，我们日后还会织出来的！

立世迟疑了一下松开爹的手：好吧，我上去！

蓉蓉这时呼一下扑过来抓住了丈夫的胳膊：不，不能去，日本人万一杀了他咋办？

　　达志：现在已经顾不了那么多了。去吧，快去，从后边的洞口上去，由院后绕到前边，甭让他们发现这里的洞口！

　　蓉蓉坚决地抓紧立世的胳膊：不，不，让他们把机器炸毁算了，我们日后再买！

　　尚达志的双眸因为又急又气暴凸了出来：那么多机器拿啥买来？

　　立世：放心，蓉蓉，我告诉他们埋绸缎的地方，他们只会高兴，不会杀我的！说罢，看一眼爹，便挣开蓉蓉的手，向通向院墙外边的那个洞口走去。

　　立世登上小木梯，轻轻拉开洞口上的遮板，爬了上去。

　　达志、蓉蓉和小昌盛都瞪大眼看着。

　　洞外传来立世轻轻的脚步声。

　　突然，附近的什么地方响了一枪。

　　洞外清晰地传来立世一声哎哟。

　　随后，一切都归于了沉寂。

　　蓉蓉呜咽着抱紧了小昌盛：打死了，他们把他打死了！

　　达志铁青了的脸。

　　砰砰砰。镐头刨地的声音更响地由卧房那边传了过来。

　　达志抓紧洞壁咬牙站起了身子。疼痛立刻使他的额上窜出了冷汗，他喘息着：昌盛他妈，我上去后倘是也死了，我对你只有一个请求，就是把小昌盛养大，这是俺尚家唯一的后代了！你就是再嫁他家，也要让他姓尚，告诉他承继起尚吉利这份丝织业！我和立世会在阴间感谢你的大恩大德！喏，家里的积蓄全在这下边的坛子里！他指了指自己刚才坐着的那块地方。

　　蓉蓉吃惊地看着公公。

　　达志开始向直通院内的那个洞口走去。但他只走了两步，便扑倒在地。他双手抓住铺地的砖缝，硬是爬到了竖在洞口的梯子旁。

　　他开始艰难地往上爬。

　　蓉蓉搂着小昌盛，瞪大惊恐的双眼看着公公的举动。

　　但他只爬了五级，就又咕咚摔了下来。

　　原已经止住血的那个伤口，因这一摔又涌出了血来。

达志没有忍住叫了一声，但他很快用双唇卡住呻吟，重又挣扎着起身开始向梯子上爬。

他的喘息越来越重，越来越急，但这次他只爬了三级就又咕咚一声摔了下来。

爹——看到鲜血重又湿了公公的裤子，蓉蓉含泪低喊了一声。

达志没有理会儿媳的喊声，他重又向梯子爬去，但这次他只爬了一级，便又咕咚栽倒了。

大颗的眼泪涌出了达志的眼眶。

镐头挖地的声音还在不停地传来。

爷爷，爷爷！小昌盛挣脱开妈妈的怀抱，向爷爷扑了过去。

蓉蓉这时缓缓地站起了身子。

她先是异常平静地抿了抿散开的鬓发，而后迅速地向竖在洞口的梯子走去。当那爷孙俩注意到蓉蓉的举动时，蓉蓉已很快地攀上了梯子的顶端，唰一下拉开了遮散洞口的木板。

红色的夕照一下子跌进洞来。

妈——小昌盛的嘴刚张开，最初的那个音节还没出来，达志便用自己沾了血的手捂了上去。

蓉蓉在夕照中迅疾地回了一下头。

达志看见的是一个平静的笑容。

蓉蓉一下子跃出了洞口。

夕照转瞬间被切断，洞口重又被盖死。

达志忍住那想使他昏迷的疼痛，竭尽全力地谛听外边的动静。先是轻微的蓉蓉的脚步声，随即便是突然的一声：嗬，花姑娘！

一阵含混的男女对话声。

一直响着的镐头刨地的声音一下子停止了。

一群人的脚步声开始向前院响去。

达志的心倏然感到了轻松，几乎在这同时，昏迷一下子攫住了他的头。他的脖颈软软地向孙子的怀里歪了过去……

27

尚家前院地洞口。白天。

装绸缎的箱子被日本兵们挖了出来。

日本军官和日本兵们用镐头砸开包装箱,高兴地拿出绸缎在身上比着、看着。

其中一个日本兵这时走近蓉蓉,一把抓住蓉蓉的手:你的良心很好,只是还应该再做一件事!

蓉蓉急忙想挣脱手腕。

对,对!另外几个日本兵也淫笑向蓉蓉围来:应该慰劳慰劳我们!说着,便上前去撕蓉蓉的衣服。

蓉蓉惊恐地高叫:放开我!

哈哈哈。日本兵们淫笑着撕着蓉蓉的衣服。

蓉蓉被推倒在地时最后喊了一声:不——

28

夜。尚家地洞里。

小昌盛抱着爷爷的头压低了声音哭着。

尚达志还在昏迷中。

一阵猛烈的炮火和激烈的枪声传进地洞里。

尚达志被孙子的摇晃和这阵枪炮声震得醒了过来。

他摇了摇头睁大眼睛问孙子:你妈回来了没?

没有,爷爷,没有。小昌盛把满是泪水的脸紧贴在爷爷的胸口。

达志坐直身子,朝孙子指了指水桶:给我舀点水来。

小昌盛过去舀一碗水递给爷爷。

尚达志仰头一口气喝了下去。

达志对小昌盛:你坐在洞里别动,我上去看看你妈妈咋样了。

小昌盛点头。

达志在油灯光里用目光寻找可以帮他上梯的东西,他最后看定了一截捆被单的绳子。

他让小昌盛把那截绳子递到他手里。

他开始向梯子挪去。

他抓住梯子咬牙站起了身。

他用绳子把自己的腰和窄木梯松松地绑在一起。

他每吃力地向上登一级，也把那绳套同时向上挪一级。

这样，每当他要倒下时，绳子就拦住了他。

小昌盛紧张地看着爷爷的举动。

达志就这样停停爬爬，爬爬停停，终于到了洞口。

他用尽力气推开遮蔽洞口的木板。

明净的夜空一下显露了出来。

他深吸了一口冰凉的夜气，咬紧牙关爬了出去。

29

洞外。夜。

枪炮声更密更加震人。

达志把洞口重又遮好，开始向院子里爬去。

他边爬边低低地叫：蓉蓉，昌盛他妈！

没有应声。

30

尚达志卧房门口。夜。

他趴在门槛上，就着星光向里看去。

地面被刨得乱七八糟，但藏机器的洞口还未被触动。

他喃喃着：保住了，所有的机器全保住了，蓉蓉，这是你的功劳！

31

前院。夜。

尚达志爬到了那块怪石前，面前是一堆新土。

藏绸缎的那个洞已被掘开。

绸缎已被拿走。

达志咬了牙低低地：拿去吧，狗日的，拿回去用那些绸缎做裹尸布吧！

他趴在那儿，用目光扫过四周那些被拆毁的装绸缎的木箱。

他的目光突然一定。

他在一个破木箱后面看见了一个雪白的东西。

他眨了眨眼重又看去。

他惊骇地：一个人？！

他急忙上前爬去。

在离那雪白的人形还有几步的时候，他的头一下子砸到了地上：是蓉蓉，是赤身裸体的蓉蓉。

达志疯了似的用双拳向地上捶去。

他努力坐起身，脱下了自己的棉袄和一件褂子，抖颤着手挪过去给蓉蓉把身子盖住。

他扶起蓉蓉。

借着远处燃烧着的房屋上的火光可以看见，蓉蓉还有呼吸，只是脖子上满是枪痕和勒痕。

他掐住她的人中穴呼喊了一阵，听见她微微地呻吟了一声。

他抱起她向就近的灶屋挪去。

他这时才注意到，蓉蓉的身下铺了一匹蓝色的缎子，她双腿间流出的血已把蓝缎浸染且黏结在腿上，达志用蓝缎把儿媳裹了。

达志拼力抱着儿媳，挪到了灶屋里。

32

灶屋里。夜。

达志把蓉蓉放在灶前的柴草上。

达志点火烧水。

达志给蓉蓉喂了几口热水。

蓉蓉叹息似的出了一口长气，随即慢慢睁开了眼。

意识显然还没有完全回到她的脑里，她的双眸呆滞地看着公公。

大滴的眼泪从尚达志的脸上淌落，他哽咽着：孩子，你先躺着，我去东院叫你妈来。

达志又向门外爬去。

33

卓远家院子。夜。

达志爬到墙角的藏人洞口，使劲地喊着：卓远哥，嫂子，快出来！

洞内传来卓远的应答。

34

尚家灶屋。夜。

躺在灶口柴草上的蓉蓉先是直直地看着灶口，随即抬手去灶口里抓了一些尚未燃尽的柴火，点着了自己身下的柴草。

火苗呼一下蹿起裹住了她的身子并飞快地向房顶爬去。

画外传来蓉蓉呆然的声音：我不能再见任何人……

35

卓远家地洞前。夜。

正给卓远夫妇说着什么的达志猛然看见了自家这边蹿起的火光。

他只愣了一霎便明白发生了什么，只听他嘶喊了一声：蓉蓉——跟着便见他往回跑，但只跑出了一步，就扑倒了下去，不过他跟着又爬起了身子。

卓远夫妇也疾步向尚家院子跑去。

三个人跑进尚家院子时发现，灶屋已成了一团熊熊的火。

达志痛彻肺腑地：蓉蓉——他边叫边要向火里跑。

卓远猛地抱住了他的身子。

你还我女儿！还我女儿！雅娴这时疯了似的朝达志扑过来，张开两手没命地向达志脸上抓去。

达志没躲也没闪，只是闭了眼，听任那双手在自己的脸上、脖子上、头上抓着撕着。

卓远这时早已松开达志，呆然地站在那儿，双眼瞪着火团。

雅娴终于耗尽了力气，停止了对达志的抓撕，扑倒在地放声大哭……

36

世景街上。早晨。

枪炮声已经停息。

大批的抗日军队在街上列队行进。

栗温保骑马走在队列中。

一个骑马的军官驰到栗温保马前高声报告：报告司令，南阳城已全部收复，日军已向桐柏方向撤退！

栗温保：通知各部队立即修复工事，防止敌人再来进攻。

那军官：是！

栗温保：同时告诉肖参谋长，让他带上慰问品慰问支援我们收复城池的友邻部队。

那军官：是！……

37

一个挂有"军队救护站"木牌的大房子里。白天。

地铺上躺着一长溜伤员。

穿着军装的医生、护士们在其间忙着救治。

一个右大臂上缠满绷带的男子吃力地慢慢坐起身子。

原来是立世。

一个护士见他起身，忙走过来：小便还是大便？

立世摇摇头：我要回家。

那护士：你恐怕还需要再躺躺！你失血太多，我们把你救到这儿时，你的血压几乎测不到了。

立世：谢谢！我必须回家。

护士：好吧，既然你坚持要走，我们这儿也太忙，只是路上要小心……

立世点着头……

38

绫绫婆家。白天。

绫绫抱着她的女儿呆呆地坐在她家院子前。

院子已被炮弹炸为平地。

邻居们和几个军人正把她公公、婆婆、丈夫的尸体从瓦砾中抬出来。

她傻了似的看着……

39

栗温保府邸。傍晚。

一桌丰盛的酒宴。

栗温保、肖四和七八个军官围桌而坐。

栗温保起身举杯：南阳失而复得，值得庆贺，来，干一杯！

肖四和众位军官举杯喝酒。

一个副官匆匆由屋外进来，走到栗温保身边低声报告：司令，五战区长官部来电，他们要派人调查南阳陷于敌手的责任，调查人员已经启程，明晨就到！

栗温保的脸色顿时一冷。

满桌的人立时都静了下来。

一丝幸灾乐祸的表情从肖四脸上倏然闪过。

栗温保扫了一眼众人，特地看了一下肖四：他们尽可以调查，我们问心无愧。来，继续喝酒！

众人重又举杯！

肖四的脸上再次闪过一个冷冷的笑容……

40

夜。肖四城郊住地。

门口站着荷枪的卫兵。

室内，肖四对围桌而坐的几个军官低声地：你们都是我最信赖的弟兄，我们要抓住五战区长官部来人调查失城责任这个机会，把栗温保搞掉！

众人一齐看定肖四。

肖四：不能总让他当司令骑在我们头上作威作福！

其中一个军官：这司令一职也应该由你肖大人来干了。

肖四：如果我们抓住了这个机会，我保证让诸位都能官升三级！

众军官高兴地互相看了一眼。

肖四俯身，向众军官低声地：调查人一到，你们就主动去汇报当初守城战斗经过，强调城破的责任在于栗温保指挥不力和怯敌撤兵！

众军官：是！……

41

夜。栗温保府邸同济堂。

栗温保坐在办公桌默然吸着香烟。

副官匆匆走进：报告司令，发现肖四密召与他交情好的军官。

栗温保淡淡地：知道了。

副官：我担心他借上峰调查失城责任之机，加害于你。

栗温保：告诉警卫连连长，让他的士兵子弹上膛，枪放枕头下！

副官：是。

栗温保：通知各部队，不见我的手令，任何人不得调用一个班的兵力！违者斩首！

副官：是！……

第十六集

1

　　白天。南阳城区一广场。

　　广场上戒备森严。

　　广场主席台上挂着一条横幅：对日作战总结会。

　　主席台上坐着一名中将军官和几名随从。

　　广场上列队肃立着几千名驻防官兵。

　　栗温保、肖四站在队伍前列。两人对视了一眼，能看出双方的眼神中都有一丝不自然。

　　主持会议的军官宣布：大会第一项，为战死的官兵致哀！

　　三声清脆的枪声随之鸣响。

　　哀乐开始在空中飘荡。

　　官兵们一齐脱帽垂首向战死者们致哀。

　　几百名战死的官兵的灵牌在主席台前白花花摆了一片。

　　主持会议的军官又宣布：焚烧日军用品！

　　他的声音刚落，一堆大火在广场一侧燃起，官兵们把缴获的一堆日军军帽扔进了火堆。

　　主持会议的军官宣布：下边公布嘉奖名单！

2

　　城防前沿阵地。白天。

　　官兵们持枪警惕地伏在战位上。

3

　　对日作战总结会会场。白天。

　　几十名团、营、连军官和战士站到台上，全都佩上了嘉奖勋章。

　　主持会议的军官再次宣布：下边公布惩处人员名单！

　　肖四飞快地看了一眼栗温保，目光中有掩饰不住的高兴。

　　栗温保声色未动。

被嘉奖的官兵返回队列。

那位中将此时站起，声音肃穆地：为严肃军法，惩处因怯战而擅令撤退者，保证对日作战之胜利，现奉战区李司令长官令，立即对原南阳警备区参谋长肖四实施逮捕，交军法处审判！

肖四一下子惊呆了。

官兵们也被骇得鸦雀无声。

肖四忘了分辩，双眼无限地瞪大直盯着那位中将的嘴。

栗温保脸上闪过一丝满意的笑意。

直到两个卫兵拿着手铐快步走来铐住了肖四的双手后，肖四才从呆愣中惊醒过来，惶恐至极地叫了一声：我冤枉啊——

4

一个大厅。白天。

这里被临时布置成了审判庭，一条长桌后边，坐着几位神情肃穆的军法官。

两旁站着荷枪的军人。

肖四坐在被告席上。两名军人站在他的身旁。

一些军官坐在旁听席上。

屋里弥漫着一种威严的气氛。

军法官：肖四，撤退弃城的命令是不是你下的？

肖四慌忙起身坚决地：不是！

军法官：那这些撤退命令上怎么会有你的签名？！说着把一叠有肖四签名的撤退命令交于一个法警，那法警拿过去让肖四看。

肖四看见命令后显然吃了一惊，一时怔在那儿。

军法官：白纸黑字，你还有什么话说？

肖四着急地：我这是奉栗司令之命签署的，你们想这样的大事，我一个参谋长怎敢擅自做主？你们可以问栗司令！

军法官：传栗温保司令进来！

栗温保从一侧的房屋里大步走了进来。

军法官：栗司令，肖四说当时的撤退命令是奉你之命下的，可是当真？

肖四满怀希望地看着栗温保：大哥，你可要说实话呀！

栗温保没有理会肖四的呼喊，而是面对军法官声调平稳地：我从未发过这样的命令，如果是我发的我岂有不签名之理？而且他也不会不让我签，他发布这道命令时我正在前沿二团，我从二团长手上看到撤退令时吃了一惊，但那时其他团队已开始后撤，事情已无法挽救，这件事二团长也可以做证！

肖四惊骇地看定栗温保。画外随之传来他的心声：天哪，我竟被这个打兔子的玩了！

军法官：传二团长！

从另一侧屋里走出了膀大腰圆的二团长。

军法官：你收到撤退命令时，栗温保司令员在你身边吗？他看到命令后说了什么话？

二团长：我收到撤退命令时，栗司令是在我身边，他当时看了撤退令后大吃一惊，说，怎么不经我同意敢下令撤退？但那时三团已开始行动，他想拦已经拦不住了！

军法官：肖四，你还有什么话说？

肖四惊骇至极地瞪住栗温保：你，你，你——

栗温保平静地：肖四兄弟，原谅我说出实情，以你我平时的情谊，我本该替你担当些责任，无奈这是关乎国家利益和军法的大事，实在——

肖四恼怒地叫了起来：栗温保，你这个杂种！你竟敢如此诬害我，你这个忘恩负义的东——

几名法警上前强按下肖四的头，制止了他的叫骂。

栗温保满是同情和理解地：让他骂几句也好，这也怨我平时对他放纵太多，致使他敢于擅下撤退命令，犯下如此之罪，是我的纵容害了他呵……

肖四边挣脱着边继续叫骂：栗温保，你这个……狗……东……西……

军法官此时起立宣判：为惩戒一切不战而降之怯懦行为，使我民族不灭，国家不亡，特判处肖四死刑，着即执行！

在听到"死刑"两个字时，肖四陡然停止了挣脱和叫骂，无限惊恐地瞪视着军法官，片刻后，又拼尽全力蹦跳着喊：栗温保……我做鬼也要找你算……账……

5

白天。临时囚房。

戴上脚镣手铐的肖四双眼直直地看着屋角。

他猛地牙咬下唇，似乎做了一个重大决定。

他转对看守他的卫兵：请转告栗司令，就说我恳求见他最后一面。

6

栗府同济堂。白天。

副官进来：肖四恳求军法官同意，他要见你一面。

栗温保缓缓点头，而后对那副官附耳交代着什么……

7

临时囚房。白天。

肖四面朝栗温保双膝跪地涕泪交流地：栗大哥，眼下只有你能救小弟一命，看在我们当初亲如兄弟同甘共苦这么多年的分上，看在我有老有小一家人的情面上，求你想想办法让他们别杀我吧，兄弟只要活下来，以后一定当牛做马报答你……

栗温保挥手让身边的两个侍卫出去，反身关上门，这才带了几分笑意：肖四兄弟，如果咱俩这会儿换换位置，我被抓了，你在位上，你会救我吗？你恐怕也不会，你保证也是盼我快死，好了却你一桩心病。如今咱俩已结下如此深仇，我要再让你活下来，不是给我自己找麻烦吗？不是想找死吗？你过去不是给我说过多回"无毒不丈夫"？我今天只有照你的话做，毒一回了！

肖四绝望地瞪住栗温保。

栗温保：你如今心里应该明白，你必须死！你死了，咱们撤兵丢城的事才算完结，上峰和老百姓们才不会再追究；你死了，我心里才算踏实，我早看出你想取代我了！历史需要今天死个人，这个人就是你了！除了不死这条要求我不答应之外，你再提其他任何要求我都会应允，你不必担心你的父母和儿女——

肖四猛地站起来吼：栗温保——我日你亲姐——但手铐和脚镣使他又跌倒在地，我恨不得掐死你、咬死你——

栗温保带着笑意退了一步：消消气，我给你带了酒菜饺子来，你饱吃一顿再走！说毕，转身拉开门朝走廊上一抬手，一个士兵端了一托盘酒菜进来。

肖四：滚，爷们不吃！端回去给你爹、给你妈吃吧！栗温保，你这个狼心狗肺的杂种，我日你们栗家满门女人！边骂边把托盘上的酒菜拨拉到了地上。

栗温保：也罢，既是你不愿吃也就算了，反正我的心意到了。说罢，又朝走廊上招了招手，这次进来的是三个体魄强壮的卫兵，一个手里端了一碗中药，另外两个手里拿了钳子、细铁条、铁钉、锤子等物件。

正在怒骂的肖四见状不由得一愣，住了口。

栗温保不紧不慢地：待一会儿拉你去刑场时，你肯定还要骂我，我既是还要在人世上混下去，总让你这样骂不好，所以我就想了两个法子，一个是在你舌头上钉一个小小的钉子，你看就这样长！他伸手从一个卫兵的手中拿过一个铁钉在肖四眼前晃了晃。

肖四死死地看定栗温保。

栗温保继续平静地：这个法子多少有点残忍，但比较容易奏效，你可能会说我不张嘴不伸舌头不让你们钉，可他们已经带了些工具来，我想钉上去的法子总是有的！他边说边指了一下卫兵手中的铁条、钳子和锤子。

肖四咬了牙：栗温保，你的心可真毒——

栗温保依旧微笑着摇摇头：先别发火，听我把话说完。说实在的，用这个法子我真有些于心不忍，毕竟那会使你太痛苦，会使你口中流不少血，因此我倾向于用第二个法子，就是让你喝一碗汤药。边说边指了一下另一个卫兵手中捧着的药碗。

肖四双眼意外地瞪大。

栗温保：这汤药不会让你别处难受，只会使你嗓子失音。这两个法子任你选择一个，用前者不用后者，用后者不用前者，你看咋着办好？

肖四原本就喷火的双眸里浮出了无限的惊愕之情。

栗温保：我给你一分钟的时间思考，一分钟后如果你不开口或仍旧叫骂，我就视为你选择了第一个办法！说罢，便抬腕去看手表。

肖四直直地盯着栗温保的脸，极慢极慢地：把药端给我！

栗温保闻言从手表上抬起了目光，不易察觉地笑了笑：好，这样我们两个心里都好受些。

肖四一字一顿地：栗温保，老天爷会看见你怎样做人，你会不得好死的！说罢，捧起碗扬脖喝了下去，最后一口药他喝进嘴里之后，又噗一声全吐到了栗温保脸上。

栗温保没有生气，只是掏出手帕一下一下擦净，这才边转身向外走边平静地说了一句：咱们待会儿见。

肖四盯着栗温保的背影又猛地张口叫了起来，那肯定又是一串怒骂，可惜竟无一丝声音出来，他始而一怔，继而颓然地抱住了头。

一阵徐缓的脚步声使他又抬起头来。

两个和尚站在他的身边。

肖四意外地看着和尚。

其中一个胖和尚：俺们是水濂寺在此化斋的出家人，栗司令派人找到俺们，要俺们陪伴你度过去刑场前的这段时辰。俺们当然理解你此刻心中对生命的留恋，俺们虽不能用话语解除你的苦痛，但我们可以赠给你一块木板。

另一个瘦和尚这时便从破旧的袈裟里摸出一块四寸见方的木板放到肖四手上。

木板特写：正反两面都只刻了一个图案。

胖和尚：这木板并不是我们佛家的用物，它是我们的慧通法师当年云游桐柏山时在一个山坳坳里捡到的，上边所刻图案的含义，我们是这样猜测的——

肖四的眼里浮出询问的神色。

胖和尚：图案中间横竖线相交的部分，代表着我们活着的这个实实在在的阳间人世，而图案四周的空白处，则代表着我们看不见摸不着的阴间。不管一个人在阳间站在哪一个位置上，他其实离阴间都不远——

嗵、嗵、嗵，一阵整齐的步伐把和尚的声音截断。

肖四抬眼。

持枪的行刑队已走到囚室门前……

8

刑场。白天。

肖四被五花大绑站定在那儿。

一排行刑队员举枪瞄向他的脑袋。

栗温保和战区军法官们站在近处。

肖四扭头,仇恨至极地看了栗温保一眼。

栗温保扭头向天。

一只鸟儿正飞过头顶。

枪响了。

肖四扑倒在地。

栗温保长长地嘘了一口气……

9

黎明。尚吉利织丝厂的厂房废墟还隐在暗夜里。

一只猫在废墟上一边跳跃着捕鼠一边叫了一声:喵呜——

10

尚家正屋睡房。黎明。

尚达志被猫叫声惊醒,睁开了眼睛。

他看了看窗格,披衣坐起。

他给睡在他身边的孙子小昌盛披了披被子。

咯嘣嘣。对面的床上传来了一阵磨牙声。

尚达志抬眼去看对面的床,立世正在酣睡,缠了绷带的手臂露在被子外边。

远处传来一声鸡啼。

达志立刻动手穿衣下床。

达志下床的声响惊动了立世,立世停止了磨牙,一霎之后,也坐起了身。

达志对儿子:你的身子还需要养息,多睡一会儿吧。

立世嗯了一声,却也在动手穿衣了。

达志转对孙子昌盛：醒醒。

小昌盛还在沉睡。

他张嘴要喊，却又分明有些不忍，没喊出声。

立世这时已拉开门，手提着一个柳条筐子走了出去。

达志对儿子：你悠着点干，小心身子！

他的声音终于把小昌盛惊醒，小昌盛一骨碌坐起身子：爷爷，鸡叫了吗？

达志：叫了，昌盛，还想睡吗？

昌盛：想。他大约从爷爷话中听出了点可以应允的意思，立刻扔下手中的衣服又钻进了被窝。

达志摇了摇头：起来吧，昌盛，该背书了。他拍了拍孙子……

11

晨曦初露。尚吉利织丝厂房废墟上。

立世正在用手清理瓦砾……

12

尚家后院小桑园里。晨光初现。

小昌盛正面朝着爷爷背：自唐武德八年始，吾南阳尚家从丝绸织造，迄今已一千三百一十六年，绩煌煌……

13

早饭时分。尚家一家三口正在吃饭。

绫绫拉着三岁的女儿月月出现在门口：爹，我给你们烙了饼，还热着哩。边说边进屋把手中的竹筛朝饭桌上一放，揭开上边盖着的毛巾，给爹、哥和侄儿昌盛一人掰了一块。

昌盛大口嚼着。

绫绫望着昌盛含了笑：姑姑烙的饼香吗？

香……昌盛的回答被急切的吞咽打断。

月儿轻声提醒：表哥，别吃得太快，吃快了会噎住。

一家人都抿嘴笑了。

达志：绫绫，把剩下的饼给东院你卓伯伯和雅娴婶子送去，让他们尝尝。

绫绫：我预先就给他们准备了一份。说罢，把给爹、哥和昌盛的饼递到了他们手上，就端着竹筛去了。

14

卓远家院门前。早晨。

院门还在关着。

绫绫敲门，许久才传来雅娴的问话：谁呀？

绫绫：是我，婶子。

大门开了，雅娴双眼红肿着出现在门内。

绫绫把竹筛递到雅娴手上：这是我烙的饼，给你和卓伯伯尝尝。

雅娴努力一笑：谢谢，孩子。

绫绫：卓伯伯好吧？

雅娴叹一口气：唉，昨夜里又想起了蓉蓉，在床上呆坐了一夜，天亮刚刚睡下。

绫绫：婶子，你和伯伯多保重身体！

15

白天。尚吉利织丝厂厂房废墟。

尚家一家人在清理废墟。达志、立世、绫绫三个大人和昌盛、月儿两个孩子都忙得满头是汗。

达志边向竹筐里捡着烂砖碎瓦边对女儿：绫儿，爹有桩事想和你商量。

绫绫：啥？她对爹语气的郑重有些诧异。

达志：你卓伯和婶子总这样想蓉蓉，时间久了要伤身子。

绫绫叹一口气：是哩，我正担着心。

达志：他们就两个人过日子，又没有第三个人同他们说话散心，两人对坐那儿就免不了要说到想到蓉蓉。他俩都是好人，除了和咱们是亲戚之外，世代的交谊更深，咱不能看着不管。因此我想让你带着小月住过去，帮助照料他们的生活，岔开他们对蓉蓉的思念，做一个女儿该做的事，行吗？反正你和小月在那边过日子也太孤单。

绫绫：爹，那你这边——

达志：我有你哥和昌盛在身边，能过，你不用操心我。

绫绫：那好吧，我听爹的……

16

傍晚。卓家。

卓远和雅娴默坐在饭桌边，相对无言，桌上摆的饭菜一动没动。

达志这时抱了月儿，领着绫绫出现在了门口。

雅娴看见起身招呼：进来坐。

达志进屋：卓远哥、嫂子，绫儿带着孩子过日子太孤单，我想让她来跟你们住在一起，给你们做女儿，行吗？

卓远夫妇闻言一怔，一时不知该怎么说。

达志转对绫绫：绫儿，给你卓伯和婶子跪下，从今往后，他们就是你的爹和娘！你要为他们养老送终，做一个女儿该做的事，尽一个女儿应尽的心！

绫绫不待爹把话说完，就扑通一声朝卓远夫妇跪下了双膝，颤了声：你们二老就把我看作蓉蓉……

卓远先是直直地盯着绫绫看，半晌之后，才抖颤着伸出手，一把揽过绫绫的头，让泪珠砸在了绫绫的头顶……

17

白天。百里奚村村边云纬家田地里。

老黑正拎一个麻袋和云纬、承达一起捕捉在绿豆地里肆虐的蝗虫。

云纬边捉边叹：老天哪，这是从哪儿来的这么多蝗虫？

老黑：八成是阎王爷派这些蝗虫是来夺咱的口粮哩，赶紧捉！

承达用脚去一一踩死蝗虫。

老黑：承达，用手捉，捉了装在麻袋里拿去榨油吃。

云纬：你听谁说这蝗虫还能榨出油来？

老黑：于家油坊已经用蝗虫榨出了两罐子油来，还能有假？

云纬：这可真是稀罕事。

老黑：咱没钱买芝麻油吃，就吃这蝗虫油解解馋吧。

三口人边说边不停地捕捉着……

18

白天。一个挂有油坊幌子的瓦屋前。

老黑抱一个罐子喜滋滋地出来。

19

傍晚。云纬家厨房。

老黑正在锅上忙碌，边忙乎着边对坐在灶前烧火的云纬和承达：平日让你们吃野菜饼子你们总是吃不下去，今儿个一炸，保准好吃！

承达：会很香吗？

老黑：当然。说罢，从油锅里捞出了用蝗虫油炸的野菜饼子。

承达：我尝尝。说着就拿起咬了一口，但刚一进口，他就又噗的一声吐了出来：啥子味哟？

老黑笑了：让你妈尝尝。

云纬咬了一口嚼着，眉头也慢慢皱了起来，到最后也吐了出来：我吃不惯这个味。

老黑：你们娘俩呀，享不了福！

20

云纬家正屋。晚上。

小饭桌前，老黑正大口地吞咽着炸饼子。

云纬和承达吃着未炸的饼子。

母子俩不时担心地看看老黑。

老黑心满意足地打着饱嗝儿：这一顿饭把这些年没吃的油都补上了……

21

夜。云纬和老黑的睡屋。

老黑正在哇哇大吐……

22

夜。院内茅厕。

老黑提着裤子慌慌地跑了进去……

23

清晨。云纬家。

老黑有气无力地躺在床上。

云纬关切地给他掖好被子：我这就去城里给你请郎中……

24

叠印：

郎中在给老黑把脉……

云纬在给老黑喂药……

老黑依旧在伏床呕吐……

25

夜。云纬和老黑睡屋。

老黑在昏睡着。

守坐在床头的云纬正在打盹。

老黑突然睁开眼睛抓住了云纬的手。

云纬睡意全消：要喝水吗？

老黑声音微弱地：我刚刚在梦中看见一个穿黑衣的人向我招手，说你们看的这一场戏散了，出去吧。我估摸我是要死了。

云纬：别瞎说，梦里的事咋能当真？

老黑：有两桩事我想跟你说一说。

云纬点头。

老黑：头一桩事，我死后你见了尚达志，告诉他我从来没亏待过他的儿子。

尚达志的儿子？谁？云纬一听这话，惊吓得眼睛一下子瞪大了。

老黑吃力地一笑：我啥都知道。

云纬本能地掩饰：啥？你知道啥？你说的是昏话吧？

老黑缓缓地摇了摇头：我脸黑，可心不傻，我算过承达出生的时间；你当初去达志家时，我曾悄悄跟在你的后边，我啥都看得明白，我也懂承达这名字的意思。

血涌到了云纬的脸上。

老黑：我说出这桩事并不是要责怪你，只是想让你转告尚达志知道，我对他的儿子问心无愧。

云纬嘴张了张，却无话出来。

老黑的声音逐渐弱下去：我这辈子有和你在一起的这段日子，是真活得值了。你给我的好处，我只有下辈子报答了。

云纬眼中噙了泪，用手轻抚着老黑的头。

老黑的声音越来越低：我死后，你就带着承达早点到达志那边吧。第二桩事，我听人说，男人临死时躺在老婆怀里咽气，下辈子托生成男人就不会打光棍，你害怕我在你怀里咽气吗？

云纬急忙摇头：不，不害怕。说着，急忙钻进老黑的被窝，横抱起老黑那瘦得像一段枯木样的赤裸的身子，随后又解开上衣，让老黑像孩子一样地把头靠在她的胸口。

老黑的脸上漾出一丝满足的笑意。

他慢慢合上了眼睛……

26

云纬家正屋。白天。

依旧是老黑那漾着一丝笑意的脸孔，不过镜头拉开可见，此时的老黑已躺在一口棺材里。

云纬和承达正站在棺前哀哀恸哭……

27

黄昏。墓地。

老黑的坟前纸幡翻飞。

承达和母亲点燃了最后一捆火纸。

一队挎枪的人忽然出现在墓前。

承达抬头惊叫：哥哥？！

云纬也扭头看着大儿子带来的这支便装队伍。

承银向母亲和弟弟点点头，而后走到坟前，弯腰鞠躬。

承银直起身喃喃道：爹，我回来晚了，鞭炮纸钱都没带。说罢扬起手中的驳壳枪，朝天打了三响。

枪声在暮空里向远处飘荡……

28

白天。栗温保府邸草绒住处。

草绒在沙发上坐下，在膝头上摊开《圣经》。

但她却没有去看书，而是把目光投向正伏案写着什么的儿子秉正身上，目光里漾满慈爱和自豪。

已长成小伙子的秉正聚精会神地伏案写字。

一个下人出现在门口：夫人，老爷让秉正少爷去他办公处一趟。

秉正这时回过身来：妈，我去吧。

草绒点头：去吧。

29

同济堂。白天。

栗温保隔着桌子把一张表格递到儿子秉正手上：回去把这张表填填，填完就去专员公署当书记官，你应该早点进入政界，日后好有个发展。

秉正：爹，这事你给俺妈说了没？她总想让俺经商。

栗温保：别听她那妇人之见，男子汉最应该到官场一搏，经商不就是赚点钱嘛，可只要当上了官，啥都有了！去填吧，这事是我费好大气力才弄成的！

秉正：那好吧。

30

草绒住处。白天。

秉正拿着那张表格站在草绒面前。

草绒面露怒气地：他让你去当书记官你就要去了？

秉正：爹说当官好，兴许当官真有好处。

啪！草绒猛地抬手打了儿子一巴掌。

秉正委屈地抬脸看定母亲：妈……凭啥？

草绒厉声地：我平日是咋嘱咐你的？

秉正嗫嚅地：好好读书。

草绒：还有呢？

秉正：不做官，可经商，做工，也可种田。

草绒：那为啥又答应了他要去当书记官？

秉正：我觉着……当官荣耀……

草绒：肖四当得荣耀不荣耀？骑着高头大马，前呼后拥的不荣耀？可如今他在哪？不是让枪子把头都打烂了？

秉正：当了官……也可为民……造福……

草绒：经商就不能造福了？你把百姓们急用的东西卖到他们手上，这不就是造福了？做工就不能造福了？你把百姓们要用的物件做出来，这不就是造福？还有种田，你把人们要吃的粮食种出来，不也是造福？干吗非要去当官不可？

秉正：那……依你说……咋办？

草绒：烧！

秉正：烧？

草绒夺下儿子手上的表格扔到脚下：把它烧了！

秉正抬脸看了妈妈一眼，伸手从桌上拿过火柴擦燃，怯怯地弯腰点着了那张表格。

纸的灰烬飘起，在屋里打旋。

草绒这才舒了一口气……

31

同济堂门口。白天。

一个穿着白色大褂的姑娘手拎一个写有"理发"二字的木箱走了过来。

卫兵与她显然相熟，示意她进屋。

32

同济堂内。白天。

理发的姑娘对栗温保：司令，你是要理发？

正在擦枪的栗温保扔下手中的枪零件：对，对，我要理发！

两个卫兵这时从隔壁搬过来一个理发专用转椅。

栗温保坐了上去。

理发的姑娘从小木箱里拿出理发用具，开始为栗温保理发。

栗温保半闭着眼睛：姑娘，你知道我为啥总叫你来为我理发吗？

姑娘边忙着边摇头：不知道。

栗温保：因为你的一双小手在我头上摆弄着我最舒服。

理发姑娘的脸红了。

栗温保：人的手与手是不同的，你的这双手特别小巧柔和。边说边猛地伸手抓住了理发姑娘的手。

理发姑娘一惊：司令。

栗温保笑着：让我看看你的手。

恰在这时，一阵急急的脚步声来到了门口。

栗温保抬头一看，不由得一怔：是草绒！

草绒冷冷地：看来我来得不是时候。

栗温保不好意思地笑着：不，不，你误会了，我是在理发。

草绒：理发还需要捏住人家姑娘的手？

栗温保讪笑着：哈哈，你来有事？

草绒：我来是要告诉你，别打我儿子的主意，别把他往官场上推，他不是一个当官的料！

栗温保笑了：干啥都是学了才会嘛，我当初会当官？如今不也学会了？我现在先让他到专员公署，就是为了锻炼他，我早晚会把他培养成一个合格的官！

草绒不屑地：呸！

栗温保：我让儿子出来做官，也是为了咱栗家考虑，人常说进山打猎最好是父子，有难时彼此可以拼力相救，这当官掌权也有点像打猎，父权传子才好让人放心。历朝历代，当官的儿子有几个不是做官的？

草绒：你可以让你的紫燕生的女儿当官，但我的儿子不行！你如果执意逼迫我们，我们娘俩就走！

栗保温一愣：走？上哪儿？

草绒：去到主的身边！喏，你看见了吧？她举起手中的一个纸包：这是砒霜，你要是再逼俺娘俩，俺们就喝了这个！秉正是我从主那儿领来的，我有权把他再领回去！

栗温保骇得瞪大了眼：你？！他那颗理了一半的头使他的惊态越发显得滑稽。

草绒头也不回地转身就走……

33

早晨。卓远家。

卓远正在洗漱。

小月儿双手捧了个碗，努着嘴小心地由厨房那边走来，边走边喊：爷爷，爷爷，妈妈让你把这碗里的东西先吃了。

卓远闻声急忙上前接了碗。

小月儿：妈说这是米酒荷包蛋，专门给你补身子的。

卓远一笑：来，咱爷孙俩一块吃。边说边在椅子上坐了，用筷子敲了敲碗，示意月儿来到身边。

月儿一边抹去额头上的汗一边摇头：不，俺不吃，妈说你瘦，让你吃了好胖起来，妈说你要吃不完让奶奶吃，奶奶身子也弱。

卓远的眼里浮现着感动。

卓远喝了两口米酒，故意皱了下眉头，用筷子挑了一块鸡蛋：月儿，我觉着有些苦，你来尝尝是不是苦的。

月儿不知是计：苦吗？妈说她放了糖的。说着，就上前张开小嘴吃了那块鸡蛋，咽下之后才又诧异着叫：爷爷，是甜的呀！

卓远又慈爱地挑起一块鸡蛋：真甜吗？你再吃一块尝尝！

月儿张嘴刚吃进口中，看见奶奶雅娴由里间出来，急忙红了小脸向奶奶解释：奶奶，是爷爷让我尝尝苦不苦的，不是我嘴馋要吃，我不是馋猫！

卓远和雅娴一齐呵呵笑了，雅娴边笑边俯身亲了亲月儿的脸蛋说：俺月儿当然不是馋猫，俺月儿是最懂事的孩子。

一个男子的声音忽然在院中响起：卓老师在家吗？

卓远应声出门：来了。

34

卓远家院中。早晨。

一个三十来岁的年轻男子对卓远：卓老师，《宛南时报》的复刊号清样出来了，你先看看。

卓远接过清样展开看着。

绫绫这时由厨房出来，看见那年轻男子招呼道：是范炯先生哪，快进屋坐呀。

范炯：不了，马上还要去报社忙哩，哎，我上次托你为我们报社缝的信插缝好了吗？

绫绫：好了，我去给你拿。

绫绫进屋，拿出一个缝了两排口袋的信插递到范炯手上。

范炯看了那信插，高兴地抓住绫绫的手，连连摇着说：谢谢你，谢谢你！

绫绫一时羞得脸都红透了。

站在一旁的卓远看见这情景，眼睛忽然一亮，分明是生出了什么好主意的样子。

35

卓远夫妇卧室。夜。

卓远和雅娴都在灯下看书。

绫绫这时进来：伯、娘，该睡了。说着，开始给两个老人押被铺床。

卓远望着绫绫蔼然地：绫绫，你和月儿来住下之后，我和你婶子心里得了很大安慰。可我和你婶子想，我们这两个老人加上月儿，让你一个人照料，日子久了你会受不了的，咱这家里还该再添一个人。

绫绫诧异地：添一个人，谁？

卓远：一个小伙子。

绫绫有些听明白了话音，脸生了羞意。

卓远：你还年轻，应该再找个丈夫过正常的生活。

绫绫的头垂低了：伯……

雅娴这时拍了拍绫绫的肩头，充满爱意地：我和你伯商量，想找一个上门女婿，当然，这人必须是由你看中的，我们只当参谋。

绫绫：可我……有月儿……谁会……

卓远笑道：孩子，要有获得幸福的信心。你觉得那个范炯咋样？

绫绫的头垂得更低了：我……

卓远：范炯那小伙有才气，心地也不错，只是因为家穷，三十岁了一直没有成婚。我想给你们介绍一下，当然最后要由你拿主意。我和你婶子知道你过去的婚姻并不美满，你有理由慎重。

雅娴：你愿意让你伯伯去给范炯说说这事吗？

绫绫没有说话，只是低了头去搓自己的衣角。

卓远：绫绫，你要是不好意思说出口，就把手放到你婶子手里，同意了，就捏一下她的大拇指；不同意了，就不捏。

绫绫闻言，把手在雅娴婶子手中放了一下，就跑了出去。

卓远问妻子：捏了？

雅娴：捏了。

夫妇两个相视一笑……

36

白天。尚吉利织丝厂厂房废墟上。

尚家祖孙三代和雇来的工人正在清理废墟。

卓远走到达志身边，和达志商量着什么。

达志连连点头……

37

夜晚。《宛南时报》社排字间。

卓远对正在检字、排字的范炯说着什么。

范炯不好意思地笑了……

38

清晨。一辆车厢两边贴有"卓"字的马车驶到了卓家门口。

穿着新郎衣服的范炯在两个年轻人的陪同下从车上下来。

看热闹的街坊们围在门口。

站在院门口主持婚礼的男子高声喝叫：来人是谁？

范炯肃穆地：卓家传人。

主持人：尊姓大名？

范炯：从做倒插门女婿的今天起，我改姓卓，叫卓炯。

主持人：你今后若有儿女，他们姓什么？

卓炯：姓卓。

主持人这才高喊：请女婿拜见父母大人！

卓炯就急忙向站在院门口的卓远、雅娴鞠躬。

主持人：给卓炯授族谱！

一个老者上前，把一本厚厚的卓族族谱交到卓炯手上。

主持人：请新婿进屋与新娘行夫妻大礼。

39

卓家正屋。白天。

卓炯与盖了红盖头的绫绫互相鞠躬。

卓炯拉着绫绫的手走进了新房。

卓远和雅娴脸上都浮现了舒心的笑意……

40

尚吉利织丝厂。白天。

原先的废墟上搭起了一个大草棚。

四台织机就安在了那个草棚下。

轰隆隆。立世发动了动力机。

四台织机开始转动起来。

雇来的两个织女开始在织机前忙活。

站在一旁的达志嘘了一口气，喃喃地：爹爹，爷爷，先祖先辈们，咱尚家总算又出绸缎了……这都是蓉蓉的功劳，是这孩子用性命保住了机器……

41

尚家院门口。白天。

立世对父亲：爹，得储备一点丝才对。

达志对立世：我去市上看看有没有人卖丝。

42

一处交易市场。白天。

零星的卖丝和杂货的摊位。

尚达志在摊位间走着。

忽然一个声音传进耳里：你就别再往下压价了，我实在是等着换点钱好买点红薯干填肚子。

达志抬眼一看，说话的竟是云纬，她面前摊着一条蓝布手巾，手巾上放着六七个鸡蛋和几个箱柜上的铜搭扣。

云纬还在向站在面前的中年妇女恳求：大妹子，买去吧——

达志疾步上前。

云纬看见达志，猛然噤口，青黄的颊上洇出一片血色。

达志什么也没说，只是蹲下身子，把那些鸡蛋和铜搭扣重又包起，默默伸臂搀起了云纬。

那个中年妇女：咋，不卖了？

达志无言地摇了摇头……

43

达志家。白天。

达志把一碗面条放到云纬面前。

云纬立时伏在桌上大口地吃起来。

达志心酸地看着。

云纬放下碗时才叹口气：为给老黑看病和送殡，家里的积蓄都花光了。

达志：那你应该来找我呀！

云纬：你家不是也出了事……

达志轻轻伸手抚着云纬那已有了白发的头：你这回可要搬过来，我俩结婚吧，我们该在一起过日子了……

云纬身子先是一抖，随即猛然抱住头，抽噎着哭了起来……

第十七集

1

傍晚。尚家正屋。

达志把几十个鸡蛋装进一个提篮里。

立世从灶屋里扛来一袋面。

达志对云纬：走，我送你回去。

2

百里奚村边。傍晚。

达志把面袋和装鸡蛋的篮子递到云纬手上。

云纬：你回吧。

达志：我回去先给孩子们说说，然后就择日子让你过去。

云纬点头。

3

白天。百里奚村云纬家。

云纬正打开箱子翻找着衣服。

她找到一件尚新的褂子，穿上，在一个不大的镜前打量着自己。

她的眼前闪过她穿着这件衣服走进尚家的幻景。

门外忽然响起一个陌生姑娘的问话：请问，这是盛大妈的家吗？

云纬闻声走到门口，只见一个穿戴讲究的女学生站在门前，忙点了点头：你是——

那姑娘：我是你儿子承银的朋友，在南阳女子师范读书。

云纬：快请进屋坐。

那姑娘：不了，请大妈把这个纸条交给承银。说着递过一个折得很小的纸卷。

云纬小心地：他不在家。

那姑娘：他会回来的，回来后交给他就行。说罢朝云纬摆手：再见大妈，我走了。

云纬追出门外：你还没给我说你叫啥名字哩。

那姑娘：承银会告诉你的。说完，翻身骑上一匹马就向远处跑去。

云纬展开手上的纸条。

纸条上的字迹特写：可行。

云纬诧异地自语：啥子"可行"！

4

夜。云纬家。

云纬和承达坐在饭桌前吃饭。

门忽然被推开，承银闪了进来。

承达高兴地：哥回来了。

承银先在嘴前竖起指头向弟弟示意说话小点声，随后转向母亲：娘，后晌有没有人给你送一个纸条？

云纬：你是和她约好的吧？边说边从衣袋里掏出那个纸条递到儿子手上。

承银看罢面露喜色。

云纬：那上边写着"可行"？啥意思？

承银一笑，小声地：我们有五六个人要去延安上抗日大学，但由南阳到西峡的路上关卡重重，须找人送，我们就找到了栗丽。

云纬：栗丽？是送纸条的那个姑娘？

承银点头：知道她爹妈是谁吗？

云纬：谁？

承银：她爹就是栗温保，她妈叫紫燕。

云纬一惊：哦？栗温保可是一直想抓你们！你咋敢跟她——

承银：我要利用她的特殊身份为我们做事！我们的人发现她接受了我们的治国理论，就派我接近她，她很单纯！

云纬满怀忧虑地：和她来往可要小心，毕竟人心隔肚皮。

承银：这你放心，妈，我还有桩事想和你商量。

云纬：啥？

承银：我想让承达和这几个人一块去延安，他已经长大了，该到外边去读书见见世面，再说，家里日子又这样艰难——

云纬眼瞪了起来：胡说，承达就是饿死在我身边，我也不许他出门远走！

　　站在一边的承达这时走近妈妈：可我想去，妈！在家里总吃不饱饭，出去兴许能混个肚子圆；再说，我走了，口粮也给你省下——

　　啪！云纬的巴掌落到了承达的脸上。

　　承银见状不敢再坚持，急忙推开弟弟：那就算了，承达，你就留在妈的身边吧。

　　云纬看定承银：你一个人在外边，就叫我操碎了心，两个都出去，是催我去死吗？

　　承银：好，好，不说了，这事不说了。娘，我走了，你们早点歇着吧。说吧，朝弟弟挤挤眼睛。

5

　　清晨。云纬家。

　　云纬起床边向外间走边喊：承达，起来去挑担水。

　　没人应声。

　　云纬向儿子的床上一看，没人。

　　云纬自语：今儿个起得倒早。边说边去给儿子叠被子，蓦地，她发现儿子的枕头上放着一张纸。

　　她急忙拿起去看。

　　画外响起承达的声音：妈，我跟哥哥他们的人走了。我实在不想过这种饥一顿饱一顿的日子。我要是在外边混出了名堂，就接你出去享福！……

　　云纬震惊地拿着那个纸条：天哪……

6

　　一条土路。白天。

　　一辆装满写有"军用物资"木箱的大卡车在土路上飞奔。车厢的空处坐着十来个年轻人，内中有栗丽、承银和承达。

　　每个人脸上都露着笑容。

7

　　卡车驾驶室里。白天。

正副驾驶员都穿着国民党军队的军装。

年轻的副驾驶员：班长，栗司令的闺女挺漂亮的呀！

握着方向盘的老兵：咋，动心了？那姑娘可不是你敢去摸的。

副驾驶员咂咂嘴一笑：那当然。

卡车驶进一个检查站。

一条粗栏杆横在公路上。

副驾驶朝检查的士兵：给五团送给养的。

执勤的士兵登上驾驶室踏板：车上怎么还有那么多人？

正驾驶员：栗司令的女儿带着她的同学到山里玩，搭我们的便车。

车厢里的栗丽这时探身朝那士兵叫：叔叔，我叫栗丽，我爹让我们去山里散心玩的。

那检查的士兵哦了一声，挥手放行。

8

车厢里。白天。

栗丽和承银对视了一眼。

承银眼中露出了赞许的笑容。

栗丽也快活地回了一笑……

9

正午。紫燕住处。

紫燕坐在饭桌前，桌上摆好了饭菜。

她看了看墙上的挂钟，时针已指向了十二点半。

紫燕：小丽这孩子，怎么还不回来？

一个使女这时匆匆走进来对紫燕：夫人，小姐的同学捎来口信说，她今儿个搭车和同学们一起去西峡山里玩了，到晚上才能回来哩。

紫燕意外地：这丫头，兵荒马乱的，去山里玩什么？……

10

一个山口。太阳斜过头顶。

栗丽、承银在和承达及那几个年轻人挥手告别。

那些年轻人渐渐隐进了山径里。

承银转对栗丽高兴地：谢谢你！

栗丽顽皮地：怎么谢？

承银：你想让我怎么谢？

栗丽：把天上的星星给我摘一个下来！

承银：好！说着，就伸手向身边一棵树的枝上做了一个摘东西的举动，随后抓起栗丽的一只手向她的掌心做了一个放的动作：给你星星！

栗丽撒娇地笑着：骗人！

11

山脚下。日已西斜。

栗丽和承银爬上军用卡车的车厢。

那个副驾驶：哎，那几个人哩？

栗丽：他们要继续在这儿玩两天，不管他们，咱们走！

副驾驶：好嘞！

12

晚上。紫燕住处。

她站在门口焦急地望着门前道路，口中自语着：这孩子，怎么还不回来？

一辆吉普车驶抵门前，栗温保从车上下来，对紫燕：看什么呢？

紫燕：栗丽和几个同学搭军车去西峡山里玩，到现在还没回来。

栗温保也着急起来：没有去问问那辆军车的司机回来了没？

紫燕：我不知她是搭哪个团的车——

栗温保转对副官：快去司令部问问今儿个哪个单位有车去西峡了！

副官：是！

13

夜。西峡返南阳的沙土公路上。

栗丽和承银搭的那辆军车正在夜色里飞奔。

空空的车厢里就栗丽和承银两个人，车厢的颠簸使两个人的身子大幅度地摇晃着。

夜风凉起来,栗丽松开抓车厢板的手,抱起双肘。

车轮似乎碰上了路面上的凸起处,猛地颠了起来。

栗丽身子失去重心,呀的一声向旁边倒去。

一旁的承银手疾眼快,一把抓住栗丽把她拉到了怀里。

栗丽吓得双手抱住承银的脖子,把脸藏在了他的怀里。

承银身子一动不动。

栗丽慢慢抬起眼睛,在夜色里盯住承银的脸。

承银也默望着栗丽。

栗丽闭上眼睛,把头舒适地靠在承银的胸膛上……

14

紫燕住处。夜。

紫燕焦急地在客厅里踱步。

栗温保也一脸焦急地坐在那里抽烟。

门这时忽然砰地被撞开,栗丽一脸喜色地跳进屋里。

栗温保和紫燕都松了一口气。

栗温保慈爱地抱怨:去西峡干啥了现在才回来?

栗丽:噢,爹,我们去游览了西峡口外的奎文关。边说边脱下外衣扔到了妈妈手上,把软檐遮阳帽扔到了栗温保怀里,而后抓起栗温保刚才喝的茶杯咕咚咕咚喝了一气。

栗温保笑问:怎么忽然想起去看奎文关了?

栗丽:不是说读万卷书行万里路方能成万世业吗?!

紫燕这时把一个湿毛巾递到女儿手上:同去的同学都回来了?

栗丽眼中闪过一丝慌乱:都回来了。不过,她很快就借恼怒掩饰着:妈,还叫不叫我吃饭了?我饿着肚子回来,你却只是一个劲地说,说,说!

紫燕闻言忙喊叫下人:好,好,上饭,上饭。

栗丽端了饭碗吃了几口,又忍不住地转向了栗温保:爹,你知道我这次西峡之行还看到了什么?

栗温保饶有兴趣地:看到了啥?他显然愿意和女儿闲聊。

栗丽：我看到沿途的百姓们一个个面黄肌瘦，一片片田地长满野草，一间间草房东倒西歪，我还看到了很多饿死的人！

栗温保：哦！

栗丽：爹，我们这个国家再这样下去不行呀！得赶紧想想法子！

栗温保注意地看着女儿。

栗丽：我们首要的任务应该是先打走日本人！为此，我们该与所有愿对日作战的人建立联盟，不管他们是什么党派、团体，自然也包括共产党。

栗温保默望着女儿，许久未动……

15

栗府同济堂。白天。

栗温保坐在办公桌后对他的副官低声地：派一个人暗中保护栗丽这孩子，但不要让她感觉到，不能让她受到任何伤害。要注意悄悄调查和她接触的人的政治背景。

副官有些意外：怎么，出什么事了？

栗温保：我感觉到有心怀不轨的人在接近她……

16

尚吉利织丝厂门口。白天。

有零星的卖丝和买绸的人在进出。

云纬气喘吁吁地向门口走来。

画外传来云纬焦急不安的声音：达志……我要告诉你……咱们的儿子承达走了……他要在路上出了事，可咋办……

她急慌慌地刚要进门，忽见达志和两个军官一起走了出来。

云纬急忙闪到一边。

达志看见云纬后走了过来：你先进屋里坐，警备司令栗温保派人来找我，要我马上去他那里。

云纬担心地：出了什么事？

达志：不知道。

17

栗府同济堂。白天。

栗温保对尚达志：立刻准备八十匹绸缎，各种花色品种的都要有一点，后晌就坐军车去一个地方，有人想买！

尚达志：谁？

栗温保：到了你自然知道！

尚达志：能不能让买主来？

栗温保截断他的话：这是五战区长官部的命令，别再啰唆！

18

尚吉利织丝厂门口。午后。

一辆军车停在那里，立世正把几包绸缎扛上车。

达志正在爬上军车。

云纬充满忧虑地站在那儿看着达志。

达志也满怀不安地向云纬、立世、昌盛他们挥手……

19

山间简易公路。傍晚。

一辆蒙了篷布的军用卡车正在山路上疾驰。

车厢里，达志和一个中校、一个上尉及八个士兵默默坐着。达志望着外边陡峭的山峰越来越不安。

达志转向那个中校：先生，咱们这究竟是要去哪里？

中校：别急，到了地方你自然知道。

20

夜。山间公路上。

军车在继续疾驰。

军车驶进一个哨卡。

哨兵在盘查司机。

达志注意地看了看哨卡上写的地名：竹山。

他两眼茫然。

画外传来他的心声：这是什么地方？……

21

傍晚。山路上。

军车在疾驰。

又是一个关卡。

达志仔细地看了看地名：竹溪。

22

叠印：

军车驶过利平……

军车驶过安康……

军车驶过紫阳……

军车驶过毛坝关……

军车驶过达县……

23

白天。山间公路。

军车在继续疾驰。

达志已无了向车外看的兴趣，他双目闭着沉入昏睡之中。

汽车响了一声喇叭。

车上的士兵突然欢呼一声：到了！

达志被惊醒，他睁开干涩的眼睛，看见车正驶进一座大城。

宽阔的大街。

高低错落的房子。

一个巨大的木牌，木牌上写着两个大字：重庆。

达志吃惊地：首都？战时的首都？

他的脸上闪过了一股欢喜。

他贪婪地看着车外闪过的街景……

24

白天。一座兵营。

达志坐在一间营房里往外张望。

一辆黑色轿车驶近他住的这间房子停下。

那个中校下车朝屋里的达志叫：尚老板，把你带来的绸缎装上轿车，我们走！

25

白天。一座幽静的山间别墅。

载着达志的黑色轿车在别墅门前停下。

一个少校由别墅内迎出，帮助达志和中校把装了绸缎的木箱由车后备箱卸下抬进了别墅大厅。

26

别墅大厅。白天。

达志打量着大厅里豪华漂亮的摆设。

侧门那儿响起几个女人的说笑声和衣裙窸窣声。

少校闻声赶上前拉开了侧门。

一群珠光宝气的夫人在笑声中走了进来。

为首的一位夫人雍容矜持。

随达志来的那个中校举手敬礼。

跟在这夫人身后的是一位外国女人。

达志默然打量着这群女人。

为首的那位夫人这时高了声问：哪位是尚吉利织丝厂的老板？

中校上前为达志做着介绍：他就是。

那夫人含笑向达志点头：谢谢你生产出了优质绸缎，赢得了美国朋友的喜欢。说罢，扭头对那外国女人说了一阵英语。

那外国女人听完眉开眼笑地朝达志伸过手来，达志还没明白她要做什么，自己的手已被对方抓住热情地摇着，同时她快速地说出了一串英语。

为首的夫人向达志翻译：当年在美国旧金山举办的万国商品赛会上，

这位美国女士的母亲和哥哥看到了中国南阳尚吉利大机房参赛的绸缎，她母亲和哥哥非常喜欢，很想同尚吉利大机房做生意，可惜一直没有联系上，这次她随丈夫来驻华使馆任职，她哥哥嘱咐她一定要想法同尚吉利联系上，今天，她为见到尚先生感到非常荣幸。

达志听罢面露欣喜，连说：谢谢！谢谢！

为首的那位夫人温和地：尚先生，我们可以看看你带来的绸缎吗？

达志急忙点头，他打开箱子，把带来的绸缎一匹匹展开交到她们手上。

大厅里顿时响起一片啧啧的赞叹声。

那位美国女人不时把绸缎裹在身上对着厅里的壁镜左看右看，连叫OK！

八十匹绸缎几乎全被展开，或铺或挂在大厅的沙发、茶几、靠椅等物件上，大厅转眼间变成了由图案和色彩组成的花园。

那美国女人走到达志面前快活地边说着一串英语边拉开手袋，从里边拿出厚厚一叠美元。

达志明白她是要全买下那些绸缎，一时不知如何开口。

为首的那位夫人这时走过来对那美国女人：这些绸缎是送给你的，夫人！这是这位尚先生也是我本人的一点心意，希望你能收下！

那美国女人听罢一把抱住那位领头的夫人亲吻起来。亲吻过后还边说着一段英语边做了一串手势动作，那手势极像是在比画天空中正在飞行的飞机。

大厅里的许多人为那美国女人的话语和手势高声笑了且鼓起了掌。

达志却听得不明所以，他的眼望着女人仍拿在手上的钱包，眼里充满了痛惜。

正在这时，先前领他们进来的那个少校捧来一个精致的纸盒送到了他的手上，并掀开盒盖让他看了看，噢，是钱！

为首的那位夫人这时走过来对达志：尚先生，这是我按重庆丝绸时价为你准备的货款，外加一点点对你辛辛苦苦由豫来川的谢礼，请收下。希望你回去后努力扩大生产，为对日作战作出贡献！

达志急忙鞠躬施礼……

27

重庆市区路上。白天。

飞驰的小轿车里，陪达志来的那位中校坐在前座，他回过头来对坐在后座上的达志：尚先生，知道刚才给你钱的那位夫人是谁？

达志：我觉着有些面熟，究竟是谁？

中校：总统夫人。

达志吃惊地：哦？

中校：你过去应该在报纸上看过她的照片。

达志：我想起来了，她和报上的照片是很像！

中校：晓得那位美国女人是谁吗？

达志：谁？

中校：美国驻华大使夫人！

达志：嗬？！

中校拿出一张纸条：这是大使夫人的哥哥给你的订单！

达志高兴地接过看看。

中校：明白大使夫人最后高兴地说的那番话的意思是什么？

达志：啥？

中校：她说单单为了拯救这些美丽的丝绸不被战火毁灭，她也要呼吁美国再支持中国一批战斗机！

达志高兴地：真的？

中校点头，随即望着他手中的钱盒，意味深长地：你这一趟收获可是真不小呵！

达志笑笑：这一趟入川让我看到了外国人对尚吉利丝绸的兴趣，增强了我扩大生产的信心！

中校：可我们十几个弟兄陪你走这一趟，真是吃尽了苦头！

达志此时方明白了他的话意，急忙由钱盒里拿出厚厚一叠钱递到了他的手上：你和弟兄们拿去花吧！

中校笑笑，望着车窗外美丽的嘉陵江吹起了口哨……

28

栗府同济堂。夜。

栗温保坐在办公桌后，正在听一个年轻军官低声报告：我在战区长官部听说，最近要给一批人授将军军衔了，而且名单上可能有你！

栗温保高兴地笑了：这种事，不到公布的时候，是不能作数的！

那军官谄媚地：司令你要是当了将军，我们这些部下也感到荣耀呀！

栗温保呵呵呵笑着。

门这时猛被推开，副官一脸肃穆急匆匆走了进来。

栗温保这时朝那年轻军官：好，你先回去休息吧。

副官见那年轻军官出门后，附在栗温保耳边急急地：刚刚发现，晋承银在和栗丽接触，今晚他们在梅溪酒楼见的面！

栗温保一惊：哦？是晋承银这个杂种！

副官：怎么办？

栗温保咬牙切齿地：现在是国共合作时期，先不要贸然动手抓晋承银，要选个隐蔽的地方——他做了个扣扳机的动作。

副官点头：明白！……

29

紫燕住处。夜。

栗温保和紫燕坐在那儿。

紫燕不时看一眼冷然坐在那儿的栗温保，脸上满是忐忑。

院子里传来了栗丽哼歌的声音。

紫燕起身去开门。

栗丽进屋：爹、妈，你们怎么还没睡？

栗温保威严地：告诉我，今晚去哪里了？

栗丽意外地：去一个同学家玩，怎么了？

栗温保：哪个同学家？梅溪酒楼上也有同学家？

栗丽的双眸先是惊慌地一跳，不过随后她生气地：你是不是派人跟踪我了？

栗温保：先回答我的问话！你和晋承银是什么时候认识的？

栗丽恢复了平静，带一点傲然地：他曾化名在我们学校讲过一段时间的历史课，那时候认识的，咋了，有罪？

栗温保：为什么到最近还有来往？

栗丽：我有点佩服他。他说过他将毕生为国家的富裕和强大尽力，他对我们国家目前的状况忧心如焚，他说让日本人骑在我们头上拉屎真是做人的耻辱——

栗温保冷冷地：那是宣传，是他们惯用的宣传伎俩！

栗丽：可他亲手杀死过日本兵！他让我看过他保存的三顶日本军帽。我不管他从属于哪个党，只要他抗日，我就尊敬，我恨日本人，他们一次轰炸就炸死了一千多个南阳人，他们破城时强奸了几百名妇女——

栗温保严厉地：好了，我不同你长篇大论，我要你记住两条：第一，绝不准再主动与他和他们的人来往；第二，如果他和他们的人要约见你，必须预先告诉我。

栗丽像平日那样笑望着父亲：如果我不呢？

栗温保：我将从此不许你再出大门！

栗丽笑得有点意味深长：你该早对我这样交代！

紫燕插嘴：现在也不晚！

栗丽笑着拖了长腔：晚了！

栗温保瞪起了眼：啥叫晚了？

栗丽：因为我已经有点爱上他了！

栗温保惊得跌坐到了椅子里：你？！……

30

傍晚。南阳女子师范学校门口。

栗丽挎了书包走出校门，一个老人这时迎面走来，开始和她并肩而行。

栗丽瞥了对方一眼，没有在意，继续走自己的。

那老人这时低低开口：栗丽！

栗丽闻唤一怔，方又扭头，这才认出对方是化了装的晋承银：是你？！

晋承银：不要停下表示出意外，以免引起外人注意。

栗丽听话地继续和他并肩行走。

晋承银：我这样冒险来找你，是因为我们的抗日部队急需一批药品，希望你能尽快帮助买到。喏，这是钱和药名。

栗丽很快地伸手接过，也低声地：什么时候要？

晋承银：明天晚上，行吗？

栗丽点头……

31

夜。南阳城区一处街角。

远处的路灯在这里造成一片暗影。

栗丽和承银就站在这一片暗影里。

栗丽把一个大挎包递到承银手上：都在这里。

承银高兴地抓住栗丽的手，低声地：谢谢你，谢谢你！

栗丽低声顽皮地：怎么谢？就这样空口说白话？

承银笑了：你要我怎么谢？

栗丽飞快地环顾了一下四周，而后低声地：吻我一下！

承银一愣，而后笑笑：别耍小孩子脾气！你快回吧！

栗丽执拗地：不，吻一下！

承银犹豫了一霎，只好俯身在栗丽的额头上很快地吻了一下。

32

不远处的一个墙角暗影里。夜。

两个手握短枪的人正在盯着栗丽和承银。

看到承银离开栗丽向远处走后，其中一个对另一个低低地：开枪吧？

另一个嘱咐：瞄准点，要一枪打死他！

33

栗丽站立的街角。夜。

栗丽站立在原处，默望着承银向远处走。

突然砰的一声枪响。

她看见承银先是跟跄了一下，随后又疾步向远处跑了。

她一下子明白发生了什么，急忙去寻找枪声的出处。

可四周一片静寂……

34

紫燕住处。夜。

栗温保和紫燕正在灯下坐着。栗温保在抽烟,紫燕在缝补着什么。

栗丽撞开门奔了进来。

栗温保、紫燕都抬眼去看女儿。

栗丽满怀怒气大声地:这是什么世界?

栗温保:怎么了?

栗丽:有人公然向无辜的人开枪!

紫燕插嘴问:向谁开枪?

栗丽:向——无辜的人开枪!她显然不敢说出承银的名字。

栗温保显然听明白了,却故意声色不动地:向哪个无辜的人开枪?

栗丽气呼呼地一跺脚:哼!向自己的房间跑去……

35

傍晚。城郊一间民房里。

晋承银臂缠绷带躺在床上。

栗丽坐在床边,心疼地看着承银:疼得厉害吗?

承银尽力一笑:没事,伤口不深,子弹只是擦了点皮。

栗丽咬牙恨恨地:这些坏蛋!

承银关切地:好了,你也该走了,天要黑了。

栗丽不高兴地:干吗要催我走?

承银:这地方到城里还有一段路,天黑后你一个人走不安全。

栗丽调皮地笑着:那你干啥不留我在这儿过夜?

承银:傻姑娘,你没看看,这一间小房,又只有这一张小床,怎么留你住?

栗丽盯着承银的眼睛:我可以就挤在你的身边睡呀!

承银移开眼睛,故作没听懂对方地:瞎说,这怎么能挤得下你?

栗丽执意地:那我就来试试!说着,她真的几下脱了上身的褂子,贴着承银的身子躺了下去。

承银惊住,怔怔地看着身边的栗丽……

36

夜。紫燕住处。

栗温保进屋,边脱去军装边问紫燕:小丽哪?

紫燕:她后晌出去时说,去找她的一个女同学玩,今晚就住同学家了。

栗温保正色地:你以后要对她严加管教!

37

夜。城郊承银养伤的民房里。

栗丽和承银并肩而卧。

栗丽含笑悄声地:你是一个假正经!

承银眉头一挑:什么意思?

栗丽:你的眼睛明明透露出你喜欢我,你的目光总在我没看你时溜到我的胸脯上,可当我躺到你身边时,你却装得一本正经!

承银的脸红了!

栗丽存心激怒地:胆小鬼,假正经!

承银的脸上浮出了一不做二不休的神色,只见他猛地伸出那只未伤的胳膊,一下子把栗丽揽进了怀里……

38

白天。尚吉利织丝厂。

能看出工棚又扩大了许多。

摆开的织机正在织着绸缎。

立世走过来对正在巡查织机的达志:爹,织机全搬出来了。

达志点头:咱们要把大使夫人哥哥订的货按时交上,另外,要争取把产品销往云贵川这几个大后方的省份里去。

立世:去南召买丝的人已经派出去了。

达志:对,应该先抓原料!

39

夜。尚达志卧室。

达志和立世父子正在用算盘算着什么。

突然响起了急急的敲门声。

立世起身去开门。

两个小伙走进了屋里。

立世意外地：不是派你们去南召买丝吗？怎么又回来了？

其中一个小伙：南召那边又打起来了！

达志吃惊地：日本人到南召了？

另一个小伙：不是日本人和咱中国人打，是栗司令的队伍和晋承银的游击队干起来了。

达志意外地：哦？

另一个小伙：枪子那个密呀，幸亏我们跑得快！喏，这是买丝的钱，这差事俺们不敢干了！

达志叹一口气默默地接过了钱……

40

一个挂有"城防演习指挥部"牌子的大屋子。白天。

墙上、桌上挂满、摆满了军用地图。

栗温保正在听一个军官报告：报告司令，演习顺利结束！

栗温保满意地：告诉各团，今晚上加菜会餐，犒劳一下大伙！

那军官：是！

正在这里，栗丽快步走了进来。

栗温保有些意外地望着女儿：小丽，你怎么来了这里？

栗丽没有回答父亲的问话，她只是朝铺满地图的桌子上一坐：爹，我来是问你一句话，有一对兄弟正为家产的分配吵架，忽然来了一伙抢劫的强盗，你说这时候兄弟俩是该继续吵下去呢，还是该暂停争吵合力去赶强盗？

栗温保先是挥手让屋里的下属们都走了出去，这才望着女儿：怎么忽然问起了这个？

栗丽不依不饶地：请回答我的问题！

栗温保：当然应该暂停争吵。

栗丽：你敢肯定你的回答没错。

栗温保笑了：当然。

栗丽：那么，在日本兵又要大举进攻中原的情况下，你为何还要派兵去南召围剿也在抗日的晋承银的游击队？

栗温保脸上的笑容倏然而失：小孩子家，别管这些政治上的事！

栗丽：你和晋承银都是南阳人，都是中国人，说到底是一家人，为什么不能一同去打日本兵？

栗温保瞪了一眼女儿：你懂什么？

栗丽激动地：我懂，我当然懂！我知道你们彼此都有自己党派的利益要捍卫，可你们想过没有，国家的危亡，国民的平安，这才是最重要的东西？！

栗温保抬手拍了一下桌子：住口！我和晋承银根本就不是一家人！

栗丽紧盯住父亲，目光中充满了挑衅意味：什么叫一家人？

栗温保显然不愿再争下去，声音缓和下来：好了，小丽，回去告诉你妈，就说我今晚回家吃饭。

栗丽的声音也随之柔软下来：爹，答应我吧，别再去攻打晋承银他们，你俩在日本兵面前是一家人，怎么可能不是一家人呢？

栗温保尖厉地笑了：他要想和我成一家人，就等下辈子吧！

栗丽直直地盯住父亲，牙也慢慢咬了起来，只听她压低了声音：不用等下一辈子了，爹，就在这辈子，我已经让他成了你的女婿！

栗温保像突然被戳了一刀似的跳开了一步：什么？

栗丽：他已经是你的女婿了！

栗温保暴怒地：你？！

栗丽：我本来并不想在这种场合说这件事，我告诉你的目的只是让你知道，你和他是一家人，一家人！

栗温保呼地拔出腰里的手枪狂怒地：你这个死女子——我打死你！打死你！

栗丽凛然地：打吧，爹爹，你打吧！你不仅可以一枪打死你的女儿，还可以同时打死你的外孙或外孙女——我已经怀了他的孩子！

栗温保叫了一声：噢——！你这个——他手中的枪也随之响了：砰……

第十八集

1

南阳城防演习指挥部。白天。

栗温保手中的枪响了,子弹呼的一声直钻进指挥部的屋顶,震下了一缕尘土。

几个卫士闻声冲进屋来,看见屋中仍是父女俩相对而立,一时不知发生了什么事,全怔在那儿。

栗温保这时边把枪往地上重重一扔边歇斯底里地:滚,都给我滚——

2

紫燕住处。夜。

栗温保暴怒地在屋里来回踱步。

能听见隔壁传来栗丽嘤嘤的哭声。

紫燕怯怯地坐在那里看着栗温保。

栗温保转向紫燕:你整天都在干些什么?连一个女儿都看护不住?

紫燕:我也没有想到……

栗温保:她怀孩子的事一旦传出去,丢人还是小事,要是让上头知道我的女儿和共产党的人拧在一起,那还得了?

紫燕:那你说怎么办?

栗温保朝门外叫了一声:来人!

副官应声走进来。

栗温保:给南召方面再增派两个营,命令他们抓紧围歼晋承银的游击队,务必彻底歼灭!

副官:是!随即走了出去。

紫燕提醒丈夫:丽丽还在哭。

栗温保:让她哭吧,她多流点眼泪有好处,现在你去把那种药拿来!

紫燕站了起来:药?啥药?

栗温保:那种药!还用我来提醒?

紫燕惊骇地:你是说打胎?天哪——

栗温保跺了一下脚：还不快去？

紫燕恳求地：可是，丽丽的身子很弱——

栗温保：还要啰唆？！

紫燕只得起身出去，不大工夫拿了一个纸包进来。

栗温保冷冷地叮嘱：用开水冲好，就说是镇静睡觉的药，哄她喝了！

紫燕害怕地：我——

栗温保低而严厉地：你要连这件事都办不好，那就——

紫燕默默起身拿过杯子，把药粉放了进去。

紫燕手抖着端着杯子，向里间走去……

3

夜。栗温保和紫燕卧室。

紫燕在辗转反侧，没有入睡。

隔壁突然传来栗丽的叫声和呻吟声：妈妈——

紫燕闻声跳下床，连鞋也没穿就向女儿的房中跑去。

4

栗丽卧室。夜。

灯光下可见栗丽白色的睡衣下半部都是血。

栗丽惊慌地：妈妈，这是怎么了？怎么了？

紫燕一边帮女儿收拾一边安慰：别怕……孩子……别怕……

栗丽：妈妈……那是什么……是什么？

紫燕：没什么，丽丽……你躺好……

栗丽惊骇地：妈……那是不是……

紫燕：丽丽…一定是你昨天过于伤心……

5

栗温保和紫燕卧室。

栗温保支起上身倾听隔壁的动静。

他舒了一口气，重新躺了下去。

紫燕这时进来，挓挲着双手走近床沿：才刚刚成形。

灯光下可见，她手上还沾有血迹。

栗温保：把那东西包好，埋远点，最好埋到城外，坑要挖深！

紫燕含着眼泪：丽丽要亲自去。

栗温保：可以答应她，但她必须应允一个条件，不能哭！你陪她去，不能坐家里的轿车，坐人力车，把车停远，不能让车夫看明白你们要干什么。她回来后，再不许出门。同时，你要抓紧时间把她嫁出去。

紫燕：抓紧时间？

栗温保：我不想再有丑闻！

隔壁，不时传来栗丽心碎的抽泣……

6

清晨。白河岸边的一片柳林里。

身穿大衣、头裹围巾只露两只眼睛的栗丽跪在地上。

她的面前，是一个很小很小的土堆。

泪水由她的眼睛里汹涌而出。

也穿着大衣、围着围巾的紫燕弯腰扶起女儿，低低地：起来走吧，地上太凉……

7

白天。百里奚村云纬家院子。

云纬正在院前的空地上栽种桑树苗。

一个十几岁的小姑娘忽然出现在了她的身边，低声地：请问大娘，这里是一位姓盛的大妈的院子吗？

云纬闻声抬脸：我就姓盛，你有事？

小姑娘双眼瞅了一下左右，这才又伸手去裤兜里摸出一个信封飞快地放到了云纬手上，压低了声音：栗小姐让送给你的！

云纬：栗小姐？

小姑娘：就是栗丽，栗司令的女儿。

云纬哦了一声，她的眼前晃过了许久之前那个漂亮姑娘造访的情景。

小姑娘：我走了。说罢，就疾步走开了。

云纬急忙撕开信封，抽出信纸去看。

栗丽哽咽的画外音：大妈，告诉他，他的孩子埋在白河南岸柳林南沿由东数第四与第五棵柳树之间，让他别来找我，切记！

云纬吃惊地瞪大了眼睛。

她呻吟似的低叫一声：天哪……

8

夜。云纬家。

云纬轻步摸出门，四下里环顾一阵，快步向村外走去。

9

村外的一片坟地。夜。

承银和两个警卫员警惕地蹲在坟地里向村里看着。

云纬跟跟跄跄地出现在坟地中。

承银急忙起身低叫了一声妈，上前扶住妈的身子，低低地：妈，我们刚由南召突围出来。

云纬把那封信无言地递到儿子手上。

承银先是一愣，随即伸手抓了几个萤火虫在手上。

他展开信纸，就着萤火虫由指缝里漏出的一丝光亮看完了那封信。

他扔开萤火虫，默然站在那里。

云纬手摸索到儿子的肩膀，无言地充满感情地拍着，那每一拍，都饱含着不尽的话语。

夜色里可见，眼泪涌出了承银的眼眶。

云纬伸手去儿子的脸上，抹去那无声涌出的泪水。

云纬低低地：走吧，承银，你们快走吧。天快亮了。

承银：妈，你回村去，我想去看看。

云纬的声音里满是惊慌：看啥？去哪儿？

承银：去……看看……孩子……

10

黎明。白河南岸当初栗丽埋葬孩子的地方。

承银双膝跪在孩子的小坟头前，双手深深抠进土里……

11

　　白天。尚吉利织丝厂。

　　两辆卡车停在尚吉利织丝厂门前。

　　达志正在指挥工人们往车上装绸缎。

　　一个美国中年男子由其中一辆车的驾驶室里下来，走到达志面前，用生硬的汉语：谢谢你，尚老板，你在战争时期还能履行合同，我很敬佩！

　　达志笑笑：不用客气，愿我们今后能把生意继续做下去。

　　美国中年男子点头：当然，当然！

　　立世这时走过来：全装好了！

　　达志对那美国人：路上小心。

　　美国人：只要这些绸缎一装上飞机，就保险能运回美国，说着张臂和达志、立世拥抱。

　　美国人上了驾驶室。

　　两辆汽车先后启动……

12

　　尚吉利织丝厂院内。白天。

　　达志对立世：这些天不停地加班加点，给工人们放一天假，都歇息歇息。

　　立世：行。

　　达志：我去百里奚村你云纬姨家看看。

　　立世点头。

13

　　百里奚村云纬家。白天。

　　云纬正蹲在院里收拾着一件农具。

　　她不时停下手来望着院墙角落。

　　院门这时被推开，达志出现在门口。

　　云纬没动，只是默默看着他向身边走来。

达志笑笑：我这段日子只顾忙着应付美国大使夫人她哥哥的订货，所以——

云纬淡淡地：别给我说什么订货。

达志：生我气了？

云纬：我咋敢生你的气？你都跟美国大使拉上了关系，还在乎俺们这些小民百姓？

达志不好意思地：看看，还是生气了。

云纬：他已经出门了好长时间，你都不给我一个告诉你的机会！

达志有些意外：谁出门了？边说边在云纬面前蹲下去。

云纬：你的儿子！

达志：瞎说，立世在家正忙着织绸缎哩，他能往哪儿去？

云纬：不是立世，是另一个！

达志笑了：另一个？你是糊涂了吧？我除了立世，哪儿还有另一个儿子？

云纬：有！

达志再一次笑了：有？

云纬：还记得你当初去杀栗温保之后的那几个夜晚吧？

达志：当然记得，那几个晚上我俩一直在一起，等等，你是说——？他猛地意识到了什么，倏然瞪大了眼。

云纬：承达是你的儿子，懂吗？难道你一点都没有看出他长得像你？

达志呆立在那里：天哪！他瞪眼望着云纬，许久之后才呻吟似的：可你，为啥不早——

云纬：我一直在等那一天，我想等到那一天了再把他送给你！

达志：哦，你！一把伸手把云纬揽过来抱在了怀里：这么……些年哪，天呀……

云纬：他出远门了！

达志：去哪儿了？

云纬：很远，几千里，延安。

达志一惊：噢，报纸上不是说那是共产党的地——

轻点——！云纬抬手捂住了他的嘴，我真担心——

不要紧。达志尽力回忆着承达的面孔，有去就有回，他以后会平安回来的。

云纬扬起脸，声调中带了点可怜和急切：你说他能够平安回来？

达志把云纬紧紧抱在怀里：会的。我今儿个回去就给立世说明，让你搬过去，咱们真正成个家……

14

尚吉利织丝厂。傍晚。

立世正在检修织机。

达志走到他身边，咳了一声。

立世扭过头来：爹，有事？

达志吞吐着：嗯，是有一件事，我想和……

立世分明没听明白父亲的意思，瞪眼看着父亲。

达志有些不好意思了，低声地：爹一个人过日子，有不少难处……

恰在这时，媒婆景四奶走进了院子，只听她一进院就高腔大嗓地叫：达志，你过来！

达志：哟，四奶来了，快请进屋里坐。

15

尚家正屋。傍晚。

四奶：我问你，你们这一家三口三个男人在一起过日子难不难？

达志有些发窘地点点头。

四奶：难了为啥不找四奶我去？你年纪大了，续不续弦不打紧了，可立世还年轻哩，你这个当爹的为啥就不操心再给他说个媳妇？如今可是民国了，总不能让立世像你一样打光棍到老吧？

达志被景四奶的责怪弄得有些尴尬：四奶，我也一直在思谋这事，你有没有见到适合咱立世的人？

四奶：我今儿个来就是要告诉你一个喜信！流花街西头卖洋货的郭老大你知道吧？上回日本飞机扔炸弹，把郭老大两口和儿子都炸死了，独独留下个刚过门不久的媳妇尤芽，那尤芽长得也是灵灵秀秀粉嘟噜噜，她娘家妈托我再给她找个人家，我想她跟咱立世可不是正好！

达志：人家愿咱立世吗？咱可是有个昌盛，她愿做后娘？

四奶：这个我已经问过了，那尤芽说她愿意跟咱立世过。

达志有些高兴，立即扭头朝正在外边检修织机的立世喊：世儿，过来。

立世晃着两只沾满了油的手走过来。

四奶：立世呀，四奶我想给你说个女人——

立世立时冷了脸：我不想再娶女人！

达志怕四奶生气，急忙训儿子：你四奶也是关心你——

立世已转身而去。

四奶倒没有生气，打断达志的话对立世挥手说：不愿就罢了，你还去忙活吧。待立世出门后，才又开口：也难怪，立世没见过那尤芽，他心里又一直装着蓉蓉，现在要让他立马应允是有点急了。我有个法子，你先以雇女工的名义让尤芽来家住一段日子，叫她帮你们做饭、洗衣、擦机器，给立世和尤芽一个接近建立情意的机会。两个年轻男女总在一起，保准能水到渠成。那时候咱们再张罗订婚、成亲的事。

达志点头。

四奶：那我就去给尤芽说了？

达志：行。

看着四奶出了院门，达志喃喃道：云纬，那就再委屈你些日子，等把立世的婚事办了，再去接你。要不，外人该说我顾己不顾儿了……

16

尚家灶屋。白天。

尤芽——一个利索漂亮的少妇，正在给达志、立世和昌盛端饭。

她细心地把馒头递到每个人的手上。

她把咸鸡蛋磕碎去壳，放进昌盛碗里：多吃鸡蛋，长得高！

立世注意地看她一眼。

17

清早。尚家院里。

立世一边穿衣服一边向织造工棚走。

尤芽拿着一件褂子跑出来：等等。

立世站住。

尤芽：你身上的褂子脏了，换一件。

立世看着自己的衣服，发现衣襟上是有些油污，随即脱了下来。

尤芽帮他把干净褂子穿上。

立世再次注意地看了一眼尤芽。

18

正午。尚家院中。

立世正在印染绸缎，忙得满头大汗。

尤芽端一碗温开水走到立世身边：喝点水吧。

立世两手上沾了染料，无法端碗。

尤芽把碗送到立世嘴边。

立世迟疑了一下，张口喝了起来。

站在不远处的达志，默默看着这个场面，脸上浮了笑意。

19

晚上。尚家灶屋。

尤芽在刷锅洗碗。

立世坐在灶前同尤芽闲话。

两人有说有笑。

门口，达志唯恐惊动了他们，拉上昌盛，轻步向院门外走去。

20

尚家大院门口。夜。

达志拉着睡意已浓的昌盛走进院中。

21

夜。尚家灶屋门口。

尤芽和立世分别向自己的睡屋走去。

能够看出，两个人都有些不愿分开。

22

晚上。尤芽睡屋。

尤芽在床边站着,倾听着立世那边的响动。

她眉头一扬,走到墙角,拿过一截旧麻绳。

她把那截旧麻绳盘成蛇状放到了自己的枕头旁。

她突然佯作惊恐地高叫一声:天呀,蛇——

立世闻唤跑了进来。

尤芽一边用手指着枕头旁的"蛇",一边准确地瘫软在了立世的怀里。

立世一只手臂扶着尤芽,另一只手抓一截木棍向蛇砸去。

立世哈哈笑了,他用木棍挑着那截麻绳扔到了院里。

尤芽害羞地把脸藏到了立世怀里。

立世放下木棍时才意识到自己在抱着尤芽。

他想推开她,却分明有些不舍。

他的脸一点一点低下去,终于亲到了尤芽的额头。

尤芽仰起脸,主动送上了双唇。

两人吻在了一起。

立世呼一下把尤芽横抱了起来。

尤芽高兴地:我不比蓉蓉重吧?

原本亢奋激动的立世被这句话击得身子骤然间一晃。

他的双眼先是定了一霎,随即便见他放下尤芽,以手捂脸踉跄着向门外跑去。

尤芽惊慌地:立世——

23

尚家正屋。夜。

尤芽疾步跑了进来,她吃惊地瞪眼看着——

立世正跪在蓉蓉的牌位前,喃喃地:蓉蓉,我只差一点就做了对不起你的事!边说边用剪子戳伤了自己的一只手掌,让鲜血成串地滴落到牌位前的香炉里。

血滴砸得香灰四溅。

尤芽一手捂嘴，惊恐地看着这场面。

立世发誓似的声音：从今往后，倘若我的手再敢向别的女人伸去，这就是它的下场！

尤芽先是惊呆在那里，随后绝望地转身出门。

24

夜。尤芽睡屋。

尤芽默默地收拾着自己的东西……

25

白天。尚吉利织丝厂门口。

四奶对达志：唉，看来尤芽和咱立世是没有缘分。

达志也叹一口气：麻烦四奶以后再留心——

看报！快看《宛南时报》——一个报童的喊声把达志的话音切断，那报童这时奔到达志面前，一边递上份报纸一边叫：日军将发动河南战役，快看！快看！

达志吃了一惊，一边掏出零钱递给报童，一边急忙去看报纸。

四奶也慌了：日本兵又要来？

达志边看报纸边跺了一下脚：天哪……

26

白天。尚家正屋。

达志对立世：明天就停机，得先把织机埋起来。

立世：埋哪儿？还埋在院里？

达志：我去同你云纬姨商量商量，我想把织机埋到她那院里，她那儿偏僻，也没人注意，日本兵也不会想到去那里搜……

27

白天。尚家后院染房。

立世站在门口，叫住从门前走过的昌盛：昌盛，你来一下。

昌盛闻唤进屋。

昌盛刚在染锅前站好，立世砰一声把门插死了。

昌盛一愣，忙带了小心：爹，我这些天一直在照看动力机，机子没出毛病！

立世摇摇头，沉了声：爹今天叫你来，是为了把配染料的法子传给你！

昌盛：哦？

立世：按咱尚家先辈的规矩，这法子只传长子，且要在长子十六岁时再传。你今年岁数虽还不够，可已经懂事，这兵荒马乱的年月，日本兵马上又要打来，我想还是早传给你好！

昌盛忽闪着眼睛把头点点。

立世小心地从衣袋里掏出一张纸来，指着上边的字说：这是染印各种花色时颜料的配方比例，你必须把这些数字记死在脑子里！

昌盛闻言刚要伸手去接，不防立世又把手缩了回去：这张纸在你手上只能停留五天，五天之后我就要收回来烧毁，你要在五天之内把这些数字牢记在心里。咱们尚家历代人都是这样做的，只有这样才能保证不使任何外人得知我们的配方！我们不在世上留任何关于配方的文字记录，这些是我为了传你才临时写在纸上的！

昌盛的眼里满是惊奇：嗬？！

立世：这纸上还有一点我没有写出，这就是每一锅染料配完之后，要滴一滴血在锅里！

昌盛：一滴血？

立世：对。比如我们今天要染的是杏黄颜色，按二、一、三、五的配方配好颜料之后，就用小刀把手指——不论哪个手指都行——割破一个小口，挤出一滴血在染料锅里。就这样割，这样挤！

立世边说边做了示范，把一滴殷红的血滴进了染料锅里。

昌盛好奇地：为啥要滴血？

立世：这是老辈子传下来的规矩。

昌盛：噢？！

立世：你在手指上割口滴血时，记住要把手上沾的颜料洗净别让颜料渗进刀口里去。也不必怕这样做会伤身子，一滴血对于人算不了啥。

昌盛点头：我懂。

立世：知道了这些配方和滴血法之后，要时时记住不能说漏了嘴让别人知道。多少人包括洋人都想弄明白咱们的配方比例。日后除了你儿子之外，不管是谁向你问起，即使这个人是你的妻子、女儿，是你的岳父、岳母都不能说，明白？

昌盛：俺明白！

立世：还有一条，今后一旦我和你爷爷不在人世，你独自配染料时，每次一定要先插上门，要检查屋里有没有外人藏匿，要时时提防别人的眼睛！

昌盛：知道！

立世：只要把染料配好，具体染时可以让雇工们去干，明白？

昌盛：嗯。

立世：现在你站在旁边，看我再给你做一次——

咚咚，敲门声把立世的话音截断。

立世急忙示意昌盛把那张纸装进贴身衣袋，这才去拉闩开门。

达志站在门外。

达志：咋了？让昌盛在这干啥？

立世示意儿子出去，待昌盛出了门之后才答：我把配方传给了他。

达志：哦？为啥不先同我商量？他还不到十六岁！

立世低了声：日本人打来，万一我有个三长两短，这尚家就靠他了！

达志有些惊疑地望着儿子，半晌才说：即使老天爷要尚家再死一个，也该是我，怎会是你？！

立世：爹，你一定要活下去！我嘛——

达志的眉毛惊得要飞：你怎么——？

立世笑了一下：我只是心里想做个准备。

达志狠狠瞪了儿子一眼：甭给我说这种不吉利的话！我已同你云纬姨说好，就把织机埋在她的院里，今晚就去挖洞！

立世点头……

28

夜。百里奚村云纬家。

达志、立世和几个工人正在摸黑挖洞。

云纬不时给人们递着开水……

29

夜。云纬家院里。

拉着织机的马车停在院门口。

工人们悄悄地从车下往下抬着织机……

工人们把织机抬进洞里……

30

白天。世景街上。

一个挂有"为前线将士募捐寒衣"的横幅下，卓远正在向一群人慷慨演讲：……前线将士正在许城一带与日军血战，眼下天已很冷，可他们还没有棉衣……

埋完织机的达志和立世父子俩在人群后站住。

卓远：大家伸出手，没多有少，百元、千元可以，一元两元也行——

达志突然开口：我捐五千套！五千套棉衣需要多少钱？

人们一齐扭头看住达志。

卓远：达志，量力而行吧，你还要留点钱以便以后恢复生产。

达志发誓似的：五千套！……

31

栗府同济堂。傍晚。

副官匆匆走进来对正在看着地图的栗温保：司令，他来了。

栗温保抬头：谁？

副官低声地：日本人派来的密使，姓涂。

栗温保急忙看了一下没关上的门，示意副官关上。这才低声开口：不要让别人看到他的到来，把他安排在西偏院里住下，不许任何人见他。

副官点头：行。

栗温保：他说些什么？

副官：他说日本酒井师团长应允，只要我们投降献城，日后让你当豫鄂边防司令和南阳复兴委员会的委员长。

栗温保：你什么看法？

副官：这倒不能说不是一条路，河北省主席庞炳勋和新五军军长孙殿英不都是走的这条路？南阳守是守不住的。

栗温保自语地：万一咱中国军队将来再把日本人打败了怎么办？那时候咱不要被当作汉奸惩治了？

副官：我看咱中国人要想打败日本人，难，现在日军的进攻真是势如破竹呀！

栗温保：依你说，我应该跟他谈谈？

副官：先只是谈谈，咱既不答应什么，也不完全把这条路堵了，咱们骑驴看唱本，走着说着。

栗温保：好吧，我天黑之后见他，但要严密封锁消息！

副官：是！

32

夜。栗府西偏院一间屋子。

栗温保微笑地望着坐在桌子对面的劝降者——谢了顶的涂先生：先生过去来过南阳吗？

涂先生：没有。不过，我知道南阳在汉代有陪都的美誉。

栗温保：涂先生若有兴趣，我可以让手下明天陪你去看看武侯祠。

涂先生急忙摇头：谢谢栗司令的好意，不用了，现在我最关心的是你满意不满意酒井师团长给你开出的条件。

栗温保呵呵一笑：涂先生与酒井师团长认识多久？

涂先生：敝人当年在日本留学——

院中突然响起了哨兵的声音：你不能进去！

这声音把涂先生的话音打断，同时也使栗温保一惊。

栗丽的声音传了进来：我找我爹有急事！

因为吃惊站起来的栗温保松了一口气，他转向院中喊：栗丽，回你的屋去，我正有事！

但是晚了，栗丽已经哐啷一声推开了门。

栗丽在屋里站定之后并没有去看父亲，而是直盯着坐在黑漆靠椅上的涂先生。

栗温保不高兴地：你来这里干啥？快出去！

栗丽冷冷地：我听说家里来了一个客人，特来看看！

涂先生微笑着起身朝栗丽点头：看来这位就是令媛了，我姓涂。

栗丽脸上在笑眼却在眯着：是从日本人那里来的？

涂先生：既然你已经知道了，我也就不再相瞒，我是酒井师团长的朋友。

栗丽：如果你把我父亲劝降了，日本人答应给你什么官职？

姓涂的脸上满是尴尬：这——

栗温保面露愠色：栗丽，回你的屋去！

回去干啥？栗丽回瞪了父亲一眼：我还是第一次看见汉奸呢，让我好好看看汉奸的嘴脸！

姓涂的脸涨红了：你……敢骂……我?!

栗温保鬓上的青筋开始跳了：栗丽，给我滚出去！他显然害怕得罪对方。

栗丽依旧直盯着涂先生：我骂你？你他妈的当汉奸还不算，还想让姑奶奶我也当汉奸的女儿，我当然要骂你！

姓涂的这时转对栗温保：栗温保——你应该知道你纵容女儿的后果！应该知道酒井师团长的厉害！

栗温保真有些慌了：栗丽——

后果？我倒要让你先知道后果！栗丽咬牙说完这句，突然嗖一下从衣袋里摸出了一把勃朗宁手枪，猛地指住了姓涂的。

不能胡来——！栗温保见状惊骇至极地喊了一句。但他的喊声还未落地，枪声响了，姓涂的应声倒地，不过并没死，他只是捂着腹部喊叫：妈呀——

栗温保被惊呆在那儿，听见枪响冲进来的副官和哨兵们也吓愣在那儿。

栗丽这时平静地转对父亲：不要害怕，爹！我只是因为不想当汉奸的女儿对他发了点怒气，并没有打算将他打死，切断你投降的路，你这会儿只需把我打死，把他送到医院救治，你们的投降谈判仍可以进行下去，来，枪给你！她边说边把枪放桌上朝父亲刷一下推过去。朝这打！她指了一下自己的胸口。

原本捂腹呻吟的姓涂的，这会儿看见栗温保拿起枪指向了女儿，痛楚的眼中重又充满了希望，忍住疼说：我会对酒井师团长说明真相，这并不是你的过错，我保证——

乓！栗温保手中的枪响了。

不过应声倒下去的不是栗丽而是姓涂的，这一次他彻底合上了嘴巴，只是双眼还含有惊诧。

爹——在短短的一瞬静默之后，栗丽张臂朝父亲扑去：我知道你会这样做的，你会的！她把脸深深地埋进父亲的怀里：我坚信你不会去真当一个汉奸而让国人唾骂，不会把耻辱留给你的子女！你不会的！……

枪从栗温保的手中掉了下去，他轻轻叹了口气，任凭女儿摇晃他的身体。

栗丽：爹，你不知道我有多高兴！从今往后，我会爱你的！我现在就决定遵从你的安排，去和你选定的那个人结婚，尽管我并不爱他，可我要做一个听话的女儿……

33

白天。

《宛南时报》头条大字标题特写：

栗将军击毙前来劝降之汉奸，决心和日军血战到底。

镜头拉开，可见是达志在看报纸。他的身边站着卓远、雅娴、卓炯、绫绫、月儿、立世、昌盛等。

卓远：你们都快走吧，这次会有一场恶战！

达志：你也该走，你不能留在城里——

卓远指指达志手上的报纸笑笑：我是记者，没前线的消息咋办报纸？快走吧，你们到山里找一条山沟躲起来，我随后就到……

34

黄昏。细雨蒙蒙。一条土路上。

达志等一行逃难的人慌慌走着。

路上逃难的人群络绎不绝。

云纬就走在达志的身后……

35

夜。炮声隆隆，枪声密集。南阳城。

日军正在攻城。

省立五中藏书楼，卓远检查了一遍门上的大铁锁，转对身后跟着的几个学生说：但愿日本兵能放过这座藏书楼。

卓炯由远处跑来：这期鼓舞士气的报纸也都发到士兵们手上了。

卓远：好，我们已经完成了任务！

他的话音刚落，突然有一发炮弹嗖地飞来，刚好落在了藏书楼上，只听轰隆一声，房顶被揭开了一个大洞，书本和书柜的碎片落得满地都是。

有几股火苗在房坡上飞动。

卓远惊叫：快灭火！

几个学生急忙拿起水桶向藏书楼顶爬去。

36

夜。南阳城一角。

战斗最惨烈的地方：敌我正在肉搏。

栗温保骑马带着一个营的预备队冲了上来。

栗温保挥枪叫：冲呀——

官兵们一齐冲入敌阵。

栗温保举枪射杀一个日军军官。

冲过来的敌人又像潮水一样地退了下去。

一个断了胳膊的营长这时踉跄着跑到栗温保面前嘶声喊：司令，我的营只剩下了三个人，求你再给我一个营，我要和他们拼下去！我日他们日本兵的亲奶奶，我不信拼不过他们！

栗温保翻身下马，没有说话，只是无言地拍拍他那只未伤的肩膀，低声地：你先下去歇歇，这里有预备队顶着。

他扫视面前的战场，到处都是尸体。

一个骑马的通信兵这时飞奔过来滚鞍下马跑到栗温保的面前：栗司

令,战区长官部急电。

栗温保:念!

那传令兵即刻用一只小手电对准电文低声念道:请即令部队西撤以保存有生力量,再相机歼敌!

栗温保自语地:酒井,你这个杂种,爷们把空城暂时让给你,咱们晚点再比高低!……

37

夜。省立五中藏书楼。

火已扑灭。

卓远和他的几个学生默站在藏书楼前,一齐望着暴露在星光下的图书。

远处的枪炮声还在激烈地响着。

一个学生:这样露天放置,就是日本兵不有意放火,炮弹落进来也会重新造成燃烧。

几个骑马的军人走过他们身边,其中一位哑了声叫:你们怎么还不出城?快走!部队马上就要撤退!

卓炯转向卓远:能不能请撤退的部队帮我们把最珍贵的书捎一部分出城?

另一个学生:战事如此激烈,他们怎么可能——

卓远打断了那位学生的话:请军人们帮忙,看来只有这个法子了!来,你们几个跟我来!

38

一个团指挥所。夜。

一个麻脸的团长正对着电话:对,交替掩护向城西撤退!

卓远领着几个学生这时走了进来。

麻脸团长看见他们一愣:怎么,有事?

卓远:团长,五中的藏书楼被炸开了,里边藏着许多珍本孤本善本书籍,特别是那部五百多函的《道藏经》,是稀世之宝,不能把它们留给日本人去糟蹋,咱们得想法把它们带走。

麻脸团长冷笑了：你这不是开玩笑嘛，我人都顾不过来了，你还要叫我去管你的书?!

卓远扑通一声朝那团长跪了下去，颤了声地：这是咱南阳多少代先祖积存下来的文化典籍，保存住它们对哺育后世子孙有益，后人们会记住你保护文明的功德……

随来的几位学生也都照着卓远的样子跪了下去。

麻脸团长显然没料到会有这个场面，怔了一霎。

他一边去扶卓远站起一边啍了声：你们和我警卫排的人快去把最重要的书本都抱到学校门前的五龙街口，然后我命令我的部队后撤路过街口时，每个人顺手带上几本书，我连伤员在内只剩下了一千多人，至多能给你带一万来本。

卓远鞠躬：谢谢团长。

枪声还在激烈地响着。

39

藏书楼内。夜。

远处的枪炮声仍在继续响着。

卓远在一排排书架前边走边用手指点着书，凡他所指的书，跟在他身后的学生和士兵们便立即把书抱走……

40

五龙街口。夜。

撤退的部队官兵们走到街口时，都顺手把堆在街口的那些书抱上一摞。

官兵们都走得匆匆忙忙……

41

临近黎明。南阳城西的岗坡上。

枪声在远处响着。

那支每个人都抱着几本书的队伍，在星光下快速地跑动在城西的岗坡上。

白色的书本使这支西撤的队伍显出清晰的轮廓。

卓远和他的学生紧跟在麻脸团长身后。

卓远望着前边快速跑动的队伍，喃喃地：上帝，你该看见这个场面，看清这些人手里在抱着什么……

枪声仍旧在远处响着……

42

夜。城西门。

栗温保骑马和他的卫兵们跟着一支西撤的队伍前行。

他边走边回望着城内。

突然，道路一侧的沟里跳出两个持枪的人拦在了栗温保的马前。

侍卫们一惊，急忙出枪。

栗温保却在惊骇中认出，那两个拦在马前的身穿男服的人是他的女儿栗丽和栗丽的侍女。

栗温保：丽丽，你怎么没有随你妈他们一起早走？

女扮男装握着勃朗宁手枪的栗丽：我想看看战斗的结果！爹，告诉我，你为什么要撤？

栗温保挥了一下马鞭：军机大事，你问这做啥？快随在后边走！

栗温保的坐骑刚抬前腿，栗丽已敏捷地跳上前抓住了缰绳。

栗丽：爹，你必须告诉我你为什么后撤！否则，我是不会放你走的！我们丢掉的城市已经太多，如果你是因为害怕日本人的攻势擅自下令弃城的，那你就别想走！除非你让你的马蹄踏过我的胸脯！

放肆！把她给我拉开，栗温保生气地挥了一下手。

他的侍卫们闻令刚跳下马，栗丽已经用她的枪指向了自己的头：你们都不用动，省一点力气去对付日本人吧，我自己死，我死了之后你们好拉开我的尸体赶紧逃走！

栗温保见状急忙翻身下马：丽丽——我是奉命撤退！奉战区长官部的命令撤退的！只有保存了有生力量，才能和日本人再打，明白？

栗丽的双眼眯了起来：是真的还是编了理由来骗我？

栗温保无可奈何地朝身旁的机要参谋叫：林参谋，给她看命令！

栗丽由那参谋手里接过电文就着远处升起的火光看着。

栗温保：爹没说假话吧？

栗丽松开了栗温保坐骑的缰绳，收起了枪说：爹，我错怪你了，你们走吧！

你也跟我们一起走！栗温保重新跨上坐骑后说，这里马上就是沦陷区了，你一个女孩子还留在这儿干啥？

栗丽：我想再看看！

看什么？栗温保伸手抓起女儿把她放在了身后，同时用马鞭狠抽了一下坐骑，那匹战马立时放开了四蹄……

又一排炮弹在不远处炸响……

第十九集

1

早晨。达志一行人避难的山沟。

几个临时用树枝和山草搭成的棚子。

立世正蹲在一个草棚前霍霍地磨着一把镰刀。

绫绫由一个草棚里出来,看见哥哥,走过来问:哥,磨镰刀干啥?

立世闷声地:杀狗!

绫绫意外地:杀狗?哪儿有狗?

立世没再理会,只一个劲地磨那把镰刀。

他眯眼看了看刀刃。

锋利的刀刃闪着青光。

2

正午。立世拎着他那把镰刀,悄悄地向沟口走去。

3

黄昏。南阳城边。

到处都在燃烧,有零星的枪声响起。

立世手攥住他那把镰刀趴在一片草丛中。

一个提枪的日本兵臂下挟着一个青年女子向这边走来。

女子边挣扎边哭叫着:放开我,放开我!

立世俯低身子,紧盯着走近的日本兵。

日本兵在离立世几十步外扔下那女子,用枪上的刺刀朝女子一指。

那女子吓得止住了哭叫。

日本兵开始去脱那女子的衣裤。

立世悄悄地向那日本兵爬去。

当日本兵去脱自己的裤子时,立世突然一下子跃起,挥刀向那日本兵的头上砍去。

整个镰刀全砍进了日本兵的头里。

那日本兵一声没哼便倒了下去……

4

黄昏。南阳城边。

立世趴在草丛中向前边看去。

又一个日本军官押着一个妇女向这边走来。

立世把镰刀更紧地握在手里。

那日本军官把嘤嘤哭泣的妇女双手反绑在一棵树上。

那妇女大声哭叫着挣扎：放开我——

立世这时才看清，那女人原来是尤芽。

立世伏地向日本军官爬去。

日本军官仿佛听到了什么，猛地握枪转身，还好，他没有看到伏在草丛中的立世。

日本军官转身去解尤芽的衣服。

远处一个日本兵在向这边喊叫：有我的一份——

立世知道事不宜迟，猛地飞身跃起挥镰刀由背后朝日本军官砍起。

没有防备的日本军官应声倒地。

立世急忙去解尤芽手上的绳子。

远处的那个日本兵边哇哇叫着边向这边奔来。

立世拉上尤芽的手就跑。

那日本兵举枪向立世、尤芽开了一枪：乓！

立世哎哟了一声，倒在了地上。

尤芽想去拉立世，不想那日本兵又开了一枪：乓！

尤芽也捂着胳膊倒在了地上。

5

近处。黄昏。

伏在庄稼地里的晋承银和他的两个游击队员听到枪声急忙起身向立世这边看。

他们发现了日本兵举枪要向躺在地上的立世和尤芽开枪。

砰——承银手上的枪响了。

那日本兵应声倒地。

两个游击队员跃起身上前扶起了立世和尤芽。

6

城边。黄昏。

一股日军边开枪边向这边奔来。

承银挥手让两个手下背了立世和尤芽向树林里跑。

承银边向日军开枪还击边向另一个方向跑……

7

一个很大的天然山洞。黄昏。

一摞一摞的书整齐地摆放在山洞里，每摞书的下面都垫着柴草和小木板——这就是当初由省立五中藏书楼救出的那批书。

卓远站在山洞里，默默望着这一摞一摞的书。

一个学生这时走过来递给卓远一叠纸：卓老师，这批书的分类目录整理出来了。

卓远点点头，默然掀动着那叠目录看着。

山洞一角的一个学生这时朝卓远：卓老师，这期《宛南时报》印完了。

卓远闻唤走到那同学身边，那同学正在合上一架油印机，他的身边堆着一摞刚印出来的油印八开《宛南时报》。

卓远拿起一张去看。

头条消息标题特写：抗日军民三次出击，陷宛日军又遭重创。

卓远：立刻分送到各取报点。

负责刻印的学生：行！

8

夜。天然山洞。

一点烛光在山洞里摇曳。

卓远正坐在那儿看书。

一个学生突然跌跌撞撞地跑进山洞喊：卓老师，快出去看！

卓远一惊：什么事？

那学生急切地：日、日本兵在烧毁他们自己的东西，站在高处就可以看清，快去看！

卓远立刻向洞外走去。

9

山顶。夜。

卓远和他的几个学生站在一个山包上向山下一个镇子里看去。

果然有大火在熊熊燃烧。

一个学生：闻到了吧？有一股衣物被烧、粮食被焚的焦煳味。

卓远耸了耸鼻子，点点头。

一个学生正用望远镜边向山下看着边报告：

他们烧的是成捆的军衣！

有两个军官在开枪射杀他们的军马！

有三个日本兵在石头上摔断他们的枪支！

有两个日本兵在向火堆上倾倒白色的面粉！

有一个挂战刀的日本人跪地拔刀刺向自己的肚子！

有两个日本兵在引爆成箱的炸药……

轰隆隆。巨大的爆炸声传了过来。

一抹稀有的笑意浮上了卓远的脸。

他高兴地：只有败局已定的军队才会毁坏自己的用品！这么说，胜利已经来了！

卓远转对一个学生：立刻回到山洞里，准备出一期"号外"！

那学生：号外？

卓远：我亲自来撰写稿子。

那学生：题目叫啥？

卓远：日军末日已到！

轰隆隆，又一阵猛烈的爆炸声从远处传来……

10

夜。栗温保设在一条山沟里的指挥部。

栗温保正在熟睡中。

副官匆匆进来，摇醒了栗温保：司令，快醒醒！

栗温保不高兴地睁开惺忪的睡眼：他妈的，觉都睡不成，是不是日军又有调动？

副官：司令，日本天皇已正式宣布无条件投降！

栗温保猛一激灵，睡意顿时全飞走了：你说啥？

副官：上级命令我部迅疾开进南阳城接受日军投降！

栗温保一边去抓军衣往身上穿一边命令：立即通知各部队集合！……

11

白天。南阳城内一个大操场。

操场的看台上挂着三个大字：受降式。

栗温保和其他抗日部队的军官肃立在看台上。

两个日军指挥官弓腰面对他们站在台下。

投降的日军官兵排着长队循序走到看台下缴枪。

缴完枪的日军官兵恭立在一旁。

栗温保傲然地看着他们……

12

世景街上。白天。

锣鼓喧天，到处都是欢庆胜利的场面。

栗温保骑着马一脸自豪地在卫兵的护卫下向前走着。

晋承银身穿便装迎面走来高声招呼：栗司令，你好！

栗温保显然没记起他是谁，含混地点了一下头，继续策马向前走！

没走出几步，栗温保忽然勒马回头，跳下马朝承银：你是晋承银！

承银朗声笑了：看来司令还记得我，我今天特地来看看受降式，和日本兵打了这么些年，一直盼着这一天，亲眼看看才觉得心里舒坦。

栗温保的手下意识地去摸了一下腰里的枪。

承银见状笑：我想，在今天这个大喜的日子里，栗司令大概不会对我动武吧？

栗温保有些尴尬，掩饰地笑着：呵，动什么武？笑谈，笑谈。

承银依旧朗笑：不管怎么说，我俩是抗日的战友，我相信司令今天不会对战友出枪的，对吗？

栗温保大度地：当然。当然。已经在城里住下了吧？

承银笑着：如果司令允许的话，我就住下。

栗温保：自然允许了，要不要我让人去安排？

那倒不必。承银朝栗温保伸出了手：谢谢司令的美意，再见！

栗温保稍稍犹豫了一下，也把手伸了出去。

承银笑：但愿我们的手能永远这样握住，毕竟我们是同一个民族的子孙！

栗温保一时无话地笑笑。

承银松手转身，消失在欢庆抗战胜利的人流里……

13

傍晚。百里奚云纬的院子。

从地洞里抬出的动力机和织机摆满了院子。

达志正在擦拭机器上的铁锈。

云纬这时由灶屋里端一盆水出来：来，洗洗，该吃饭了。

达志应了一声：马上就好。

云纬：还有几台没擦？

达志：这是最后一台了，明儿个就叫立世派车来拉。我想，今后这些机器是再不会闲得生锈了……

14

夜。云纬睡屋。

云纬和达志并肩坐在床边。

外边欢庆胜利的锣鼓声透过窗隙隐隐飘进来。

云纬含了笑：苦难终于结束了。

达志：我啥时候把你正式娶过去？

云纬：随你，不过你这可不是娶老婆，而是要娶一个老太婆！

达志：我就是要娶你这个老太婆，咱们说定了，只要厂里的生产一恢复，我就来接你！

云纬含了笑：来辆牛车？

达志也含了笑：想要花轿？

云纬：我真想再坐一回，可惜老了，坐花轿要让别人笑掉牙的！

达志：怕啥？让他们笑去，我要雇一个八抬大轿！

云纬：算了吧，你来辆独轮车就行……

15

白天。栗温保府邸同济堂。

栗温保正坐在办公桌后看着一张纸。

纸上字迹的特写：晋升栗温保为陆军中将。

栗温保的脸上漾满了欢喜。

副官这时走进来：司令，上边来了一份绝密电报。

栗温保：念吧。

副官：着令你部以最快之速度，用坚决手段围歼盘踞在桐柏与唐河之间的共产党部队！

栗温保有些吃惊地抬起了眼：真的还打？我们部队因死伤而空缺的兵员还未来得及补上，武器和弹药的补充也未进行，怎么又打？

副官：这可是上级的命令——

栗温保：依你之见，该怎么办？

副官：依我看，抗战结束后，国共两党建立联合政府的可能性极小，两党两军之间必有一战，我们想躲是躲不开的！

栗温保：谁会是胜者？

副官：战争的胜负决定于实力强弱，国军在这场战争中应该是胜者。

栗温保：我们参加进去打，会有哪些收获？

副官：会获得大批的新式装备和扩编队伍的机会，会扩大我们掌握的地域面积，会获得上边的信任，更重要的是，你会获得进入高层权力圈的机会和资本，你也许会因此被授予上将军衔和河南省政府主席。

栗温保猛地睁大了眼睛，不过一霎，又慢慢合上眼问：会失去什么？

副官：可能是南阳民众的尊敬，因为眼下南阳人渴望的是休养生息，是安居乐业。

栗温保：尊敬值多少钱？

副官呵呵笑了。

栗温保：传我的命令，立即停止休假和各种欢庆胜利活动，各部队在四十八小时内做好作战准备；各侦察单位务于今夜出发，查清共产党的布防情况！

副官：是！

16

栗府草绒住处。正午。

腰扎白围裙的草绒正亲自在锅灶上忙活。

秉正进屋吸了吸鼻子：妈，做啥好吃的东西，这样香？

草绒：你爹抗日有功，咱犒劳犒劳他！去，叫他来！

秉正高兴地转身：好！

17

草绒住处餐厅。正午。

一张大桌子上摆满了酒菜。

栗温保和草绒对面而坐。

秉正坐到另一边。

栗温保和草绒显然好长时间没坐在一起吃饭，两人都有些不自在。

秉正懂事地开口：爹，你这么多日子和日本兵打仗辛苦，妈说请你过来吃饭，保养保养身子！

草绒端起酒杯，朝丈夫举了举：喝！

栗温保：你们母子这段日子住在山里也苦，原谅我没去看你们，我太忙。

报告！一声高喊突然由院中传了进来。

三口人扭头去看，只见两个参谋站在院中。

栗温保淡了声：啥事？

一个参谋：报告司令，七团、八团电告，敌四百余人被我军围在一条山沟里，拒不投降，为迅速解决战斗，以防其突围，他们请示是否可以干脆开炮，不必再抓活的？

草绒惊异地：日本人不是投降了吗，怎么还有人在跟你们打？

那位参谋：这是共军。

草绒：谁是共军？

栗温保解释地：就是晋承银他们那伙子人，共产党的军队。说罢，转向那两个参谋极利落地一挥手：用炮轰了他们。

那两个参谋：是。随即敬礼走了。

草绒惊异地：我听说晋承银他们也在打日本人，干吗自己人又——

栗温保：嗨，你不懂，如今是必须消灭他们——

草绒：他们也像日本兵那样杀老百姓？

栗温保缓缓摇头：那倒没有。

草绒：他们像日本兵那样烧老百姓的房子？

栗温保边吃着菜边又一次摇头。

草绒：他们强奸女人？

栗温保正在吃一筷鱼，他再次摇头。

草绒脸上陡然起了阴云，声音也高了起来：那你干吗要炮轰人家？四百多人哪，你忍心？

栗温保：可他们要权，你懂吗？权！

草绒：权？

栗温保喝下一口酒点头：嗯。

草绒：因为要护住权你就要轰了他们？

栗温保没有注意草绒的神色变化，只顾边吃边又点了一下头。

草绒：滚！

栗温保吃惊地抬起了脸，他显然没料到草绒在这种时候会说出这个字。

秉正这时慌了，忙去扯妈的衣襟。

草绒这时站起了身：滚出去，我不招待因为权就杀中国人的人！

栗温保尽力隐忍地：是你叫我来吃饭的！

草绒：现在不想叫你吃了！说罢，猛一下掀翻了饭桌。

碗盘摔在地上发出了瘆人的声响。

栗温保的脸冷了下来，颊上的咬肌动了动，他的手去摸了一下腰间的枪，不过，很快手又放下了。

他瞥了一眼儿子。

秉正的双眼里含满了泪。

栗温保慢慢转身，走了出去。

18

草绒院门外。正午。

刚走出来的栗温保猛地把路边的一块石子踢飞了起来……

19

草绒住处。正午。

草绒转身朝挂在墙上的十字架跪了下去。

她在胸前边画着十字边呜咽着喊：主呵……

20

尚吉利织丝厂。白天。

厂区已清理出来，简易工棚又已搭好，织机和动力机又全部安装完毕。

尚达志满意地看着收拾得干干净净的工棚。

立世走过来：爹，明天开工吧。

达志：行。只是要抓紧到山里去买丝。

立世点头，正要说什么，卓远这时面色阴郁地走进了院中。

满脸喜色的达志迎向卓远：卓远哥，我这厂要开工了。

卓远沉声地：达志，战争爆发了！

达志没有听明白：啥？

卓远：国共间的战争爆发了！

达志震惊地：哦？怎么可能又——

卓远：我们都无力来改变局面了。

达志：可……我……

卓远拍了拍达志的肩膀：机器不必埋藏，先看看再说。说罢，摇摇头向门口走了。

达志呆愣地直直站在原处……

21

夜。尚家正屋。

达志坐在卧室里默然抽烟。

院中突然响起老四奶的声音：达志，达志在吗？

达志闻声急忙出门：四奶，您老来了。立世这时也走了出来。

四奶：知道了吧，满城里都在统计十七至四十五岁男人的名字，不论从事啥职业的人家，只要家里有两个十七至四十五岁的壮丁，必须有一个去当兵，虽是独子可没有成婚的，也在被抽之列。

达志被骇呆在那里：那咱立世——

四奶急急地：他要不成婚，就得抽壮丁！

达志慌了：立世可不能去当兵呵，厂里这一摊子，他走了可咋办？

四奶：如今只有一个办法了！

达志：啥？

四奶：让立世和尤芽立马成婚！

达志没有说话，只是小心地看了一眼儿子。

四奶转向立世：这可是关乎你们家织丝厂的大事，你立世要是被抽去当兵，剩下你爹和小昌盛，你们这厂子还咋办？再说，蓉蓉已死几年了——

行吧。立世打断了四奶的解劝。

达志：那你快去问问尤芽的想法。

四奶：尤芽那边我替她做主了，她原本就中意咱立世，加上立世又救过她的命，她还能——

达志急急地：那啥时办婚礼好！

四奶：抽壮丁的事八成就在这一半天开始，咱们婚礼办得越快越好，明天吃罢早饭就办，咋样？

达志：行呵！

22

尚吉利织丝厂。白天。

四奶领着尤芽走进院里。

达志迎了出来：四奶。

四奶：这年月，咱也不行那些烦琐礼节了，我把人领来就行了。

达志：我也把新房简单整理好了。转身朝屋里喊：立世，快出来迎尤芽姑娘进屋。

立世脸红红地刚走出新房门，几个官府的统计人员就进了院子。

达志惊在了那儿。

一个统计人员高声地：尚立世，你未满四十五岁，属于壮丁，又未再婚，准备当兵吧！

四奶这时含笑高叫：哎呀，这位官人，我正要告诉你喜信哩，立世和尤芽姑娘昨天刚办了婚礼。

那统计人员意外地：没听说他俩结婚呀？

四奶：这年头成婚也无力张扬，所以街坊邻居们都不知道，也没给诸位发喜帖，诸位原谅。说罢，转对立世、尤芽：你们两口子还不赶快过来给客人敬烟！

立世急忙进屋拿了一盒纸烟出来，他前头散烟，尤芽后面给人点火，配合得倒像一对新婚夫妇。

那统计人员显然还在怀疑，转向立世问：能去你们的新房里看看吗？

四奶急忙接口：小两口昨夜里在床上忙乎了一夜，刚刚下床，屋里还未来得及收拾，那景象你们肯定不想看见！

那几个统计人员都被这话逗乐了，边笑边退出了院子。

四奶听听几个人的脚步走远，才捂了胸口叹：老天，好悬！……

23

傍晚。尚家坟地。

立世跪在蓉蓉的坟前，久久未动……

24

立世、尤芽的新房。

立世坐在靠床的椅子上抽烟。

尤芽坐在床边默然等着，不时抬头看立世一眼。

立世身子一动不动。

尤芽声音发颤地：俺知道你心里还想着蓉蓉，你也不要作难，俺搬到隔壁的空屋子里睡，你只需对外人说咱俩是夫妻，别让抽去当兵就行。说罢，转身抱了一床被子向门口走去。

立世无语，只伸手扯了一下她的胳膊。

尤芽没料到会有这一扯，身子一下子失去了重心，趔趄了几步向地上倒去。

立世急忙伸手将她抱住……

25

百里奚村云纬家。白天。

云纬端了一箩蚕走到院门前的小桑树下，去树上采叶向箩里放。

一个商人打扮的男子走到她的身边招呼了一句：老人家，你好！

云纬扭过脸：你找谁？

那男子：有个茧商想见你。说着指了一下云纬的院门。

云纬这才发现自己院内站着另一个商人。

云纬笑了：我才刚刚养了三箩蚕，哪儿有茧卖？

那男子：先见见面吧，以后保不准会有生意做哩。边说边去帮她提盛蚕的竹箩。

云纬边向院里走边说：以后有茧也不卖给你们，我这里的蚕哪，尚吉利织丝厂已经定下买了。

院中站着的那个戴眼镜的商人这时接口：我要出高价呢？话音中带了一点笑意。

云纬：再高的价也不卖！

戴眼镜的商人指了一下云纬的房子：我要用这房子换呢？

云纬狐疑地瞪着对方：这房子？

戴眼镜的商人：嗯，就这房子！

云纬瞪起了眼睛：你拿我的房子来换我的蚕茧呀！

戴眼镜的商人：这也是我的房子呀！

云纬的眉毛竖起来了：你的？！

当然！那人这时笑着摘下了眼镜，向云纬走近了一步：难道不是吗？

云纬惊喜地叫：是你？承达！

长高长壮了的承达一下子伸臂抱住了云纬：妈妈，这房子难道没有我的一份吗?!

　　云纬欢喜地：哦，你这个鬼小子，刚到家就跟妈开起了玩笑，为啥这时才回来？渴吧？饿吗？瞧脖子里这汗，热吗？走多远的路，累不累？看这个子，有多高！比妈高半个头了！在外头想不想妈妈？你一个人在外边咋过日子的？

　　承达边笑边捋着母亲花白的鬓发：妈，你问的问题太多，我一时答不过来，现在让我先问你，只问三句，第一，你身子好吗？

　　云纬高兴地：好，妈的身子还结实着哩！

　　承达：你知道战争又开始了吗？

　　云纬：知道知道，可这是为啥？不都是中国人吗？为啥事就不能坐下好言商量呢？

　　承达：妈，先别问我，再听我问：你愿出来帮帮我吗？

　　云纬急忙点头：帮你？妈当然愿意！你说让妈干啥吧！

　　承达：活儿倒很轻，只是需要妈妈离开家，到另外一个地方住着，而且不能和熟悉的人见面！

　　云纬一怔：哦？尚达志这样的人也不能见吗？

　　承达：对。熟人一概不见！

　　云纬不安地：让我去干啥？

　　承达：到时候再告诉你，明天头晌，你只需带一点穿的衣裳，顺着往邓县的大路走，在穰东镇街头，有人等你！

　　云纬：噢，承达，妈今夜里再跟你细商量，有桩事妈也正想跟你说，尚吉利的尚——

　　承达：妈，我们以后见面再说话，现在我得走了。

　　云纬吃惊了：走？才回来就又要走？跟我进屋，妈还有话要问你！说罢，扯了承达的手就向屋里走。

26

　　云纬家屋子。白天。

　　承达没坐，只笑了：妈，那你有话就快问，我真的不能久停！

　　云纬边用手去抹儿子额上的汗边问：你这些年都在哪里？

　　承达：先在延安，后随队伍去了长城一线，一直在那儿和日本兵打。

云纬：你如今在干啥？

和承达同来那个年轻男子这时接口：他现在是我们的侦察连连长！

云纬再一次把惊慌的目光停在儿子额头：你可得小心呵，如今人家正在和你们打仗！你快走吧，妈不留你！

承达：别怕，妈，我们的大部队就要过来了，要不了多久，南阳就会成为我们的！

云纬脸上露了恐惧：快走！

承达和他的警卫看了一眼妈妈，迅即地出了门。

云纬直直地盯着门口喃喃地：达志，你的儿子回来啦……以后你会见到他的，总有一天，我会把他领到你的身边……

27

栗府。同济堂。夜。

灯光下，可见墙上挂满了军用地图。几部电话摆在栗温保的办公桌上。几个军人正在用手摇式发报机发送电报，这里已是一个指挥部了。

参谋们来来往往。

栗温保正站在地图前看着什么。

副官匆匆走进来，径直走到他的身边低声地：六团失利，要求增援！

栗温保恼怒地：失利，失利，净是失利，我手上哪儿有那么多兵去增援？告诉六团长，想办法顶住！

副官：是！

丁零零。他桌上的一部电话响了。

一个女军官拿起听筒，听了一下，递给栗温保：司令，找你的！

栗温保不高兴地拿过话筒：谁呀？

话筒里传来栗丽的声音：爹，你来一下。

栗温保的声音顿时变温和了：小丽，有急事？

栗丽的声音：是有一件很急很急的事，你必须现在就来我家一趟！

栗温保犹豫了一下：好吧。

28

一个挂有灯笼的小院。夜。

门上的双喜字虽然已旧，但还能看得清楚。

栗温保在护卫的跟随下推门走了进去。

29

院内。夜。

亮着十几盏灯笼，这些灯笼全部由男女仆人们提着环立在一间屋子门口：离门口十几步的地方，扔着一堆被子和男人、女人的衣服。

栗丽正柳眉倒竖双手叉腰立在灯笼围定的卧室门前。

栗丽的身边站着她的贴身女佣，那女佣手上拎着一支手枪。

栗温保见状紧走几步来到女儿身边：咋了，出了啥事？

栗丽看见父亲顿时眼圈有些红了，她鼻翼吸了几次才开口：你进我们的卧室去看看你给我找的丈夫在干啥子！

栗温保狐疑地抬脚向卧室里走。

30

卧室床上。灯光明亮。

一个浑身赤裸的男子和两个赤身的女子各自抱头蹲在床上。

栗温保只看了一眼就扭头出来，铁青了脸：先把他们的衣服扔进去，其他人都各回各屋，谁也不许向外说出今晚的事情！

一个女佣把那堆衣服抱了进去。

栗丽极慢极慢地在门前坐了下去，同时将两个女式坤包扔到父亲的手上：我还想让你看看这个！

栗温保拉开其中的一个包，看见里边有一根金条！

栗丽抬眼瞪住父亲：晓得他给女人的金条是从哪里来的吗？那是没收的汉奸的财产，这些财产本应上缴国家的！

栗温保无语，只是转身又进了屋。

31

卧室。灯光下。

一男两女已穿好衣服。

栗温保挥手让那两个女的出去。

女婿一直低垂着头坐在那儿。

栗温保对女婿：你愧对我对你的信任！你明知道战争的发展对我们是多么不利，可你竟还有心在这儿玩女人！你知道经国先生最近讲过什么话吗？惩治腐败！你的行为算什么性质？我不说你也明白！我今天告诉你的只有一句话，你好自为之！别让我再从栗丽那里听到对你的抱怨！我的脾气你也知道！说罢，猛地摔门出去。

32

院中。夜。

栗丽仍坐在那儿一动不动。

栗温保：小丽，歇息去吧，凡事想开些，他若再不改正，我会为你出气。

栗丽：我当初答应你做他的妻子，我现在仍然会去实践我的诺言，这一点你不必担心！我这会儿想给你谈谈另外的事，是关乎你为之效力的那个政府前途的事！

栗温保：别因为生气就说傻话，小丽！

栗丽：爹，我现在要给你说的是我在最清醒时思考的问题。这个问题就是，你所效力的那个政权，前途可能要有麻烦，极可能是一种崩溃的结局！

栗温保：别胡说！

栗丽：我不是胡说，我这是经过分析得出的结果。一个政权最可怕的是中间腐败，中间一旦腐败，可以很快向上向下蔓延从而加速其死亡过程，这就像一根萝卜，中间一烂，上半部会因为失去养料来源变干变枯，下半部因为烂液下流而很快坏掉。

栗温保制止地：别说了！

栗丽：眼下的国民党政权，它的中层官吏们没有烂掉的虽然还有，但已经不多，因此，女儿想提醒你，这个政权的未来已经笼罩着一股不祥之气，你要早做打算！

栗温保打了个寒噤……

33

傍晚。尚吉利织丝厂院内。

达志正靠在院中的石头上看一张报纸。

小昌盛走过来：爷爷，报上有啥好消息？

达志摇摇头：能有啥好消息？在美国洛杉矶举行的世界丝绸博览会上，获得金奖的是美国一家公司的产品，唉，咱中国在最骄傲的工业领域再次失去了奖章。

立世这时匆匆由外边进来：爹，街上到处有人传着物价要涨，我们是不是也赶紧买点粮食？

达志：咱存的那些钱是预备日后去买丝、买柴油、买染料的，买了粮食，恐怕到时候流动资金就周转不开了。

立世：万一……

达志：不至于吧？明天我去街上看看。

34

白天。世景街上。

达志在街上边走边看。

街上到处都是手上提着钞票要买东西的人。

粮店门前，排着长队，人们在争着买米。

布店门前，排着长队，人们在争着买布。

杂货铺前，排着长队，人们在争着买油、盐、酱、醋。

达志吃惊地站住自语：这是咋回事？

35

白天。尚吉利织丝厂门口。

达志对立世：你也去买点粮食吧。

立世匆匆进屋，拿上钱和尤芽一起又匆匆走出去。

36

白天。栗温保府邸门前。

尚达志对一官员：政府对这抢购风潮也该想点法子呀！

那官员：专员公署的人正在想法制止这种混乱状况，估计物价很快就会回落。

达志忧心忡忡地点头。

37

白天。尚吉利织丝厂院内。

达志进院看见院里摆着一口缸和一些瓦罐，吃惊地：这是怎么回事？

昌盛：全是我爹买的。

达志火了：买这些干啥？

立世这时刚好拎一匹土布进院。

达志对立世叫开了：你买这些破烂东西干啥？

立世：爹，物价从今天早晨到这会儿，又已经上涨了二十倍，再不买点东西，咱存的钱就全成废纸了！

达志惊在那里。

立世低声地：爹，我去把咱存的那些纸钞全拿出去买成实物吧。

达志慢慢地点点头，跟在儿子身后向屋里走去。

38

达志睡屋墙角。白天。

立世用铲子铲去土层，拎出两个瓷罐。

立世从瓷罐里掏出成沓的纸钞。

达志：先拿一罐去买吧。

立世抱上钱要走。

达志不舍地上前伸手摸着那些纸钞：天呀，全用血汗换来的呀！

39

白天。尚吉利院门口。

立世、尤芽、昌盛三口人分别提着一袋面粉、两把铁锨、一些铁钉走了进来。

达志：就买这点东西？

立世：就这都差点买不到了。爹，快把其余那些存钱也拿去花了吧。

达志呆了似的站在那里……

40

达志睡屋。白天

立世抱着第二罐钞票跑了出去……

41

尚家院子。白天。

立世阴沉着脸拎着一布袋萝卜走进院子。他的另一只手里还抱着半罐钞票。

达志呆然地看着儿子。

立世：所有的店铺全部只要硬通货而不要纸钞了，这钱，成了纸了。

达志跟跟跄跄地奔过去抱住罐子，手抓起那些钞票向空中撒去。

浅色的钞票像纸钱一样在空中散开，飘飘荡荡坠落在地。

达志只来得及呻吟似的叫了一声：我的织丝厂呵——就仆倒了下去……

第二十集

1

世景街。白天。

栗温保在侍从们的簇拥下视察街市。

街面上到处都是提着纸钞急慌慌走着的百姓。

店门大都已关上。

栗温保的眉头紧皱着。

副官匆匆迎面而来,走到他的身边低而急切地:司令,据报,省立五中、南阳女中、南阳简易师范的学生们要在明天举行示威游行,他们提出的口号是反通货膨胀、反饥饿、反内战。

栗温保:哦?查清了谁是组织者?

副官:还没有,不过煽动者可以肯定是卓远!

栗温保:嗯!

副官:他在今天的《宛南时报》上发表了一篇署名文章,标题为《国何以存,民何以生》,公开批评政府的经济和金融政策,报纸今天出版后,学生和民众们争相传阅,人们原本就为物价飞涨情绪激愤,这一下,更造成人们的气恼,起到了点火的作用!

栗温保牙咬了起来:又是他!

副官:我们该采取措施,防止因此而发生大的骚动,目前的局势已很难经起——

栗温保:天亮之前,派部队进驻各校,严禁学生天亮后走出校门!

副官:为防止《宛南时报》再发点火性的文章,是不是把它——封了?

栗温保:那势必引发卓远和知识界的抗议,造成新的麻烦,上次他们不是把两百支毛笔折断摆在报馆门口,抗议我们不让它发表过激言论了?

副官:那依司令之见——

栗温保:不让一个人发表文章的办法好像很多。

副官:当然,那干脆派人去当面警告他,不许——

栗温保冷冷地:他会把你警告他的事也写成文章!

副官：那就找个借口把他抓起来！

栗温保：那会引起更多的人写抗议文章！

副官：那便差人去把他剩下的那只手废了！

栗温保：他还有嘴，他的控诉会变成更厉害的文章！

副官无奈地：吓不行，抓不行，废不行，那我们——

栗温保意味深长地：我相信你会有办法的！

副官的眼睛突然一亮……

2

卓家书房。夜。

卓远正在审看《宛南时报》的校样。

喵——院子里突然响起一声猫的惊叫。

卓远放下笔，起身本想去开门看看，却不料刚一起身就急促地咳嗽。

他急忙去捂嘴，显然怕惊醒已经睡熟了的家人。

3

隔壁绫绫和卓炯的卧室。夜。

绫绫和卓炯都被卓远的咳嗽声惊醒。

绫绫从卓炯的胳膊上抬起头，一边捉着散乱的鬓发一边诧异：伯还没睡？跟着坐起身去穿衣服。

睡眼惺忪的卓炯：去催他睡吧，三更天了。

4

卓远书房。灯在亮着。

卓远还在弯腰咳嗽。

绫绫推门进来，她先去拍伯伯的后背，待老人的咳嗽终于停下，她方又转身去倒热水。

绫绫边从壶里倒热水边抱怨：伯，你咳嗽还没好，咋又熬夜？俺们都睡了一觉了！

卓远笑望着绫绫：人老了，不瞌睡。同时去喝热水。

绫绫这当儿走到窗前的书桌上去收报纸校样：伯，不准看了，我先给你收——她话到这儿突然止住，两眼骇然地瞪着窗外，与此同时发出一声惊恐的尖叫：人——

5

窗外。夜。

一个头戴黑套的人举枪瞄向屋里的卓远。

6

屋里。灯在亮着。

听到绫绫尖叫的卓远慌慌地站起身来，他并不知道绫绫为什么惊恐，但就在他起身的那一瞬间，一声枪响打破了夜的静寂，子弹打中了他的大腿，他哎哟了一声跪下了地。

不知道绫绫是看出了紧跟着的危险要去保护伯伯还是出于在灾难中向亲人靠拢的本能，只见她迅疾地转身向卓远扑去。

就在这一瞬间，第二、第三发子弹啸叫着飞了过来。

梅花状的血渍顷刻间便在绫绫的后背上显了出来。

7

卓炯睡屋。夜。

卓炯一跃而起。

8

雅娴卧室。夜。

雅娴慌忙下床。

9

夜。四周的邻居家。到处都有开门的响动。

10

夜。卓家院里。

一个黑影迅疾地翻过了院墙。

11

夜。卓炯卧室门口。

卓炯拎一根棍子追出了院门。

12

卓远书房。灯在亮着。

卓远无限恐慌地用双手去捂绫绫后背上的伤口。

血已经把绫绫白色的内衣后襟全部染红，且还在争先恐后地冲开卓远的指缝向外喷涌。

卓远用尽全身的力气哭喊着：绫绫，绫绫——

卓炯扔开棍子扑进屋子。

立世和邻居们拎着木棍冲了进来。

绫绫已经软软地躺在卓远怀里，煞白的脸上还残留着惊恐……

13

尚家院子。白天。

卓远拄着拐杖向正屋走去。

14

达志睡屋。白天。

尚达志仰脸躺在床上，双眼直盯着在屋角晃动的一张蛛网。

卓远拄杖走到达志的床头。

达志扭头看着卓远。

卓远眼含泪水，声音哽咽地：达志……我没能护住你给我的女儿……

达志抖颤地伸出一只手，按在了紧抓住拐杖的卓远的手背上，声音微弱地：当初……我也没有护住你给我的女儿……

15

南阳机场。白天。

栗温保和他的一帮随从站在停机坪前一齐抬头向天上看。

天上，一架军用运输机正在做降落准备。

飞机鸟一样地滑落在跑道上。

栗温保和一帮随从向飞机走去。

16

机场。军用运输机前。白天。

一群士兵正从运输机里抬出十几门小型美式新火炮和成箱的新武器。

栗温保默然望着。

副官附到栗温保耳边：司令，随飞机来的陶处长说，鉴于南阳已三面是敌，为使指挥官们无后顾之忧，全力应敌，上峰让分批撤离团以上军官的眷属。

栗温保叹一口气：嗯，那你就去安排吧。

副官：飞机后晌就要返回广州，你那里是让草绒夫人还是让紫燕夫人先走？

栗温保不假思索地：让草绒先走！我不想再看见她！

副官：是。

17

栗温保府邸。草绒住处。白天。

草绒对副官：不是怕我们在这儿碍他的眼吧？要把我们送走？

副官笑着解释：司令完全是为了你们母子的安全考虑，你们大概不知道，共产党的军队已从三面包围了南阳，大战在即，一旦战争开始，子弹是不长眼睛的，万一——

草绒闻言猛地把秉正搂在了怀里。

副官：我觉得，就是仅仅为了秉正，你也应该答应坐飞机南撤。

草绒叹了口气：好吧，我们走……

18

栗府门口。白天。

草绒和儿子秉正坐进一辆轿车。

副官把两件行李装进轿车后备箱里。

栗温保由大门走了出来送行。

草绒和秉正看见后也急忙走下车来。

秉正恭恭敬敬地向父亲鞠了一躬：爹，再见！

栗温保拍拍儿子的肩膀：照顾好妈妈，有事随时给我写信，也许要不了多久就会再把你们接回来。说罢，把目光转向草绒，不带多少感情地：一路平安！

草绒声音发颤地：你要多保重！

栗温保默然点头。

草绒：还有，要尽量少杀人，上帝在看着人间，谁杀了人他都在记着，他会有惩罚的——

好了，上车吧，该去机场了！栗温保打断了草绒的话，对司机挥了一下手。

母子两人上车。

车子启动……

19

黄昏。穰东镇不长的街道上炊烟迷蒙。

几声狗吠在街筒里飘荡。

一个挂有福寿香裱火纸店牌子的临街小铺。

铺里，云纬正在做着晚饭。

她一边做饭一边倾听着里屋的动静。

20

里屋。黄昏。

几个男子正围在承达身边，听他低声说着什么。

21

外间铺子里。黄昏。

云纬不时看一眼放在面板上的一张报纸。

报纸上一行标题的特写：

有人谋杀卓远，尚达志之亲生女儿被害。

她再次侧耳倾听里屋的动静。

22

里屋。夜。

那伙人已经起身。

承达拉开后窗，那些人轻轻跳出窗外，转眼间消失在了暗夜里。

承达向外间铺子里走来。

23

外间铺子里。油灯亮着。

承达面带喜色地一边去锅里捏出一个妈妈刚蒸熟的红薯，一边兴奋地附在云纬耳边：妈，我们的大部队已经到达。

云纬点点头：承达，妈也有话给你说。

承达：啥？又是想哥了吧？要不了多久你就会见到他，他如今已是我们的首长了！

云纬摇了摇头：妈想说的是，你爹——

承达：噢，你说是去我爹的坟上烧纸的事？放心，南阳城一到我们手里，我就去他坟上——

云纬：你先看看这个！云纬把放在面板上的那张报纸递到儿子手上。

承达看了一眼：哦，尚达志的女儿被害？

云纬：知道尚达志是谁吗？

承达：是尚吉利的那个老板吧？

云纬：他是你的亲爹！

啥？承达倏然瞪大了眼睛，一块红薯皮沾到了他的嘴上他都忘了去抹掉。

云纬：蔡老黑只是你的养父，你的生父是尚达志，尚吉利织丝厂的主人。

承达低叫了一声：妈！目光是云纬从没有见过的慌张和严厉：你在给我说什么？

云纬：我在告诉你，你是尚达志的儿子！

承达吐词困难：可是……为啥——？

云纬：我和你爹尚达志本来就该是一家人，只是后来……

噢！承达猛一下用手抱住了自己的头。

云纬默望着儿子。

承达忽然呻吟似的：我本该是贫农的儿子，可你——

云纬一惊：贫农？什么贫农？

承达抬眼瞪着妈妈：贫农是革命的阶级，蔡老黑和你日后完全可以被定为贫农，可现在我竟是——

云纬有些着慌：这和你爹有啥——？

承达的声音中有了抱怨意味：关系大着哩！现在我成了尚达志的儿子，可他是资本家！他日后将被划为资本家！

云纬惶惑地自语：资本家？

承达用双手抱住自己的头：你不懂，妈妈！这事很重要，我在革命，我过去对领导一直说我是贫农的儿子，可现在——

云纬不明白地：现在你不会说你是尚达志的儿子？

承达：妈，你不懂——！为什么你和尚——你真是——

云纬这时听出了儿子的抱怨口气，霎时来了气：我真是什么？你给我把话直着说出来！我当初真是不该要了你这个东西！我过去千辛万苦养大了你，可你竟在这儿——

承达这时已经满脸是泪：妈……我的心里很乱，我没有想到你会告诉我这个，我不知道该如何……

看见儿子的眼泪，云纬的心又软了下去，她一边伸手去擦儿子脸上的泪一边低了声：怨妈没有早告诉你，别哭了，呵，你爹他是个好人，他想办一个丝织大厂，想让中国的绸缎扬名世界……

24

卓远家。早晨。

卓远瘸着左腿轻轻走到绫绫留下的女儿——月儿床前。

小月儿还在熟睡，一只小手握成拳头放在被子外面。

卓远拿过月儿的小袄，轻轻地盖住了她的胳膊。

卓远转身走时，伤腿不小心碰响了床帮，惊醒了月儿。

月儿眨巴着眼喊：爷爷，天亮了？

卓远笑着：唉。

月儿一骨碌坐起身：天冷吗，爷爷？我要穿小袄吗？

卓远急忙上前帮着月儿穿衣服。

月儿穿好衣服后，一边让爷爷为她梳着头发一边问：妈妈啥时回来？

卓远的双颊轻微一搐：快了，来，咱们去洗脸吃饭。

在这当儿，卓炯匆匆走进屋里：伯，政府突然下令，要各学校立刻动员师生做好远行准备，说要把各校迁往湖南零陵。

卓远一愣：哦？片刻后又复归平静：这么说，那个变化就要来了！他们既是连学校也要迁走，表明他们是要放弃这座城市了！

卓炯：咱们怎么办？

卓远：不走！我们留下来看看另外一种制度。我们不是一直想寻找一种能给平民和国家带来富裕和富强的制度吗？我们留下来看看是不是找到了！你去告诉报社里的诸位，就说我不走了，报纸暂时停刊，由他们自己决定自己的去向！

卓炯点头。

卓远：你去告诉你达志叔叔一声，让他们先进防空洞躲避一阵子。

卓炯应了一声，向门外走去。

雅娴轻声地向卓远：就这样定了？

卓远：定了！我们生活的这个世纪已经过去了将近一半，可失望一直在跟随着我们，如今总算有了一个新的机会让我们生出希望，我们不该放弃它！

轰——城中的什么地方发生了爆炸，吓得月儿妈呀一声扑倒在了卓远怀中。

卓远拍着月儿的后背：别怕，孩子，这是钟声！是一个制造经济停顿和吏治腐败制度的丧钟响了！

月儿抬起惊恐的脸，不明所以地听着爷爷的自言自语。

又一声爆炸声在城中响起。

卓远：雅娴、月儿，我们也进地洞。

轰……

25

凌晨。白河南岸。

夜月西坠。

栗温保站在白河岸边,默望着对岸的南阳城区。

城区里,有不多的灯光尚在亮着。

副官由一艘船上下来,走到他的身边轻声地:司令,部队在中午前可以撤退完毕,学生和其他人员明天午后出城!紫燕夫人和所有亲戚均已上车南撤。

栗温保:要留给共产党一座空城。

副官:是!

栗温保向近处的一个沙堆走去。

26

凌晨。一个沙堆上。

栗丽独自站在那儿默望着河对岸的城区。

走过来的栗温保:小丽,想好了吗?爹希望你跟爹一块走!

栗丽沉思了一霎:不,爹,原谅我这回违抗你的心愿,我不想走了!

栗温保:为啥?

栗丽:爹,说句坦白的话,我对你为之效力的那个政权失去了信心和兴趣。爹应该能看见,平民百姓的心如今并没有向着这个政权。

栗温保:小丽,不要胡说!

栗丽:爹,我也不想这样说,因为你也在这个政权中,我原本也对它充满了感情,可我现在不能不这样说了,它的内部过于腐败,如果它不痛下决心进行反省和整顿,它的死期一定不会远了!

栗温保:小丽!

栗丽:爹,你走吧,让我留下来,让我来看看另外一种政权究竟是什么样式。我决定不走,还有另外一个原因,那就是我想和我的丈夫分开一段日子,他已经又姘上了两个女人,让他快活一段时间吧,要不然,他为了躲我整天费尽心思,何必?

栗温保:唉,你晚点会后悔的!

栗丽:也许,但因为这是我自己的决定,我后悔时也不会埋怨任何人！还有，爹，女儿求你一件事！

栗温保：说吧。

栗丽：在你的部队撤出时，不要让士兵们在城中搞爆炸！

栗温保：为啥？

栗丽：城中剩下的都是平民，他们刚刚从日本人的炮火下活过来，不应该再毁坏他们那一点可怜的家产，不该让他们再受惊吓。

栗温保叹一口气：好吧，我只让人炸掉我们的几处枪械库，其余的不炸，不过我这样做不仅仅是因为你的请求，而是因为我还要回来，这里的一切都还是我的！明白？

栗丽：爹，恐怕你很难会再以今天的身份回来了。

栗温保：你不相信？

栗丽：爹，你应该懂得，人们一旦决定抛弃一个政权时，那是很干脆的，很干脆！

栗温保：可我——

栗丽：爹，在你之前，南阳已经有过许多统治者，可他们后来都被抛弃了。人们总是根据能否为他们创造幸福这个标准，不断地选择政治制度、政权形式和掌权者，他们总是不断地扔开、迎来，迎来、扔开！

副官这时走到栗温保身边：司令，该上车了！

栗丽：爹，你上车吧！

栗温保转过身，重又看了一眼南阳城区，这才钻进了轿车。

轿车的引擎骤然打断了河畔的静谧。

一长队闭灯的汽车向南驶去。

栗丽一动不动地默站在原地……

27

黄昏。尚家后院地洞。

达志侧耳倾听着外边的动静。

立世：好像没有什么人了。

达志对立世、尤芽、昌盛：我先上去看看。

28

夜幕四合。尚家前院。

达志紧贴门缝向外看。

街上无人。

四周很静。

突然，一阵整齐有力的成队人的脚步声传过来。

达志凑近门缝看见，一支整齐的队伍正从门前走过。

达志紧张得急忙转身想从后院走。

院门被敲响。敲门声颇有礼貌，敲敲停停。

达志惊慌地站在那儿，犹豫着没有上前开门。

敲门声又响，同时响起一个温和的声音：请打开门，尚叔叔。

达志先是一怔，随即几步走到门前，抽掉门闩拉开了门。

几个军人站在门前。

其中一个军人上前一步：尚叔叔，我是承银，晋承银！

达志有些意外地：承银，是你？！

一个年轻的军人在一旁介绍：这是我们的晋副师长，也是新任的南阳市副市长！

达志原先的紧张消失净尽：快，快请进屋坐！

晋承银：尚叔叔，不进屋了，我们就站在这儿说几句话，我想请你帮我一个忙。

达志：帮啥忙？你说！

晋承银：我想请你尽快把你的工厂生产恢复起来，让织机响起来，让人们尤其是我们的敌人看到，南阳城在我们手里已经活起来了！以便把人们的心稳定住。

达志有些惊喜：恢复生产？当然行！我天天都在盼着这事哩！只是我的流动资金被上回的法币贬值糟蹋光了，我没钱去买原料，我只有想法先卖两台织机——

晋承银：流动资金我们可以先借给你！说到这里他扭头喊：老汪——先借给尚老板五十万元，待他运转开以后再还我们！

他身后一个拎提包的人这时走上前，哧一声拉开皮包，在一把手电的照射下，当即把五厚沓崭新的钞票一沓一沓拿出放到了尚达志手上并开始交代：这是我们刚刚发行的中州钞票，在河南省全境流通！我刚被任命为南阳市的银行行长，这个提包就是银行的金库！

达志一时愣在那里，仿佛不相信眼前的事情是真的。

那行长：请你在这儿按一个手印，你只管放心用这笔钱，因开工带示范性和政治性，故我将不要你的利息，三个月后你如数还我就行！

达志喃喃地：谢谢！谢谢！……

29

尚家。白天。

尚达志、立世和招来的工人们在清理厂房、擦拭机器，安装经丝、纬丝。

一种喜气洋溢在尚家每个人的脸上。

轰隆隆。立世发动了机器。

几架织机开始转动。

卓远这时走进了院子，高兴地向达志：开工了？

达志欢喜地：开了！卓远哥，你说我这不是做梦吧？

卓远笑了：机器都响了，还能是梦？

达志：几代人都是咱求官府允许咱开工织绸，现在倒是官府主动支持咱开工了。

卓远：世道变了！

达志：我们真遇上了一个好时候？

卓远：应该是的！……

30

世景街上，白天。

街上人流如潮。

人人脸上都浮着轻松和笑容。

一辆马车驶了过来。

车上坐着云纬和承达。

云纬问承达：这马车真是你哥派来的？

承达：那还有假？

云纬：你哥现在在哪？

承达：马上就到。

云纬高兴地向街两边看着。

31

早先的栗府。白天。

拉着云纬的马车嘎一声停在大门前。

云纬有些惊恐地抓住承达的手：咋会拉到这儿来了？

承达：我哥他们一家就住在这儿呀！你看！那就是我嫂子！

一个剪短发的女兵这当儿笑迎出门朝他亲热地叫：妈，这就是咱家，快下来。

云纬不得不下车了。她在儿媳甸珍的搀扶下走进大门。

云纬默然打量着院里的一切，双脚迈得艰难而又缓慢。

甸珍：承银去开会了，傍晚就回来。

32

早先草绒的住屋。傍晚。

云纬有些发呆地坐在床沿。

妈！门外传来一声喊。承银随即出现在了门口。

孩子！云纬欢喜地伸出手。

承银三步并作两步地走到母亲身边，深情地：又是两年没见了。

云纬抚着大儿子的脸：看看，也有这样多的皱纹了。

快，快叫奶奶！甸珍这时抱着刚睡醒的女儿走了进来。

云纬高兴地接过那个小丫头。

那小丫头陌生而好奇地打量着她。

承银催着：快叫奶奶！

小丫头含混地：来来——

众人都笑了！

33

傍晚。早先栗温保家的餐厅。

餐桌上摆满了酒菜。

承银、甸珍和小保姆紧挨着云纬坐下。

承达这时领着一个穿军服的漂亮姑娘进来：妈，这是我的对象文琳！

云纬高兴地：快坐，快坐！

承银端起黄酒碗：今天，是咱们一家团聚的日子，来，咱们一起敬妈！

云纬高兴地端起酒碗，感慨万端地：咱家总算像个家了！……

34

早晨。云纬住处门前。

云纬叫住要去上班的承银、承达：等等，我有话要跟你们说！

承银、承达急忙走到云纬身边。

云纬郑重地：你们如今也是官了，妈希望你们记住三句话。第一句，别贪财。凡是不该拿的钱，一文都不能拿。第二句，要为百姓谋福，让他们有吃有穿有住。第三句，别玩女人，当官的一喜欢上了这个，必会遭人怨恨！

承达：妈，我们要连这些都做不到，还算——

云纬：妈是想给你们提个醒，妈这辈子已经见过不少当官的，妈怕你们像他们一样做官。

承银：妈你放心，你的话我们记下了。你好好歇息，我们要去开会了。

云纬舒一口气，默望着两个儿子向门口走去……

35

南阳城栗丽住处。白天。

栗丽正坐在客厅里看一份《中州日报》，神态宁静。

女佣推门进来：夫人，公安局的蔡承达科长来了。

栗丽急忙起身迎出屋门。

36

院中。白天。

栗丽热情地：蔡科长，快请进屋坐。

承达冷峻地：栗丽，我奉南阳市公安局领导之命，来向你宣布一项决定！

栗丽有些意外地看着这个面孔冷峻的小伙。

承达：因为你的特殊身份，你已经不宜再住在城里，你必须回到你父亲的原籍居住！

栗丽点头：我服从这个决定，只是我可以见见你的哥哥晋承银市长吗？

承达：可以。说罢，转身就走。

37

过去的栗府如今的晋承银住处大门口。傍晚。

栗丽站在门外看着一辆马车由远而近。

风尘仆仆的晋承银从马车跳下来对赶车的老人：谢谢大爷。

栗丽这时迎上去：晋市长！

晋承银起初一定是把她看成了要反映什么的市民，很热情地迎过来问了一声：你好！找我有事？

栗丽微笑着摘下了头巾。

承银意外地：是你？同时，一种惊恐的表情从他的额上一闪而过。

栗丽淡然一笑：还能认出我来？

承银慌慌地向门里看了一眼：当然，我以为你也走了。

栗丽脸上的笑容消失了：我留下来是为了常去给那个孩子烧烧纸！

哪个孩子——他的问话突然中断表明他明白了她的话。

栗丽：别害怕，我不是来打扰你的生活的！

承银不自然地：有什么事需要我帮助解决吗？

栗丽完全平静下来：没有，我来是向市长辞别的，我要到卧龙岗西落霞村落户。

承银咽了一口唾沫，显然一时不知该说什么。

栗丽：再见！说罢，转身就走。

38

落霞村。正午。

一辆牛车摇晃着进了村。

栗丽和女佣从牛车上跳下。

两个村干部模样的人迎了上来。

其中一个村干部指了一下近处的两间草屋：你就住在这里！

栗丽有些惊异地打量着这种她从未住过的房屋。

39

草屋前。白天。

栗丽站在屋前，打量着破败的村子。

栗丽喃喃地：爹，这儿是你的故乡，可你竟然把它治理成了这个模样，你应该走！应该换成别人来治理……

40

长江北岸。黄昏。

栗温保在一帮护卫的簇拥下站在江岸上南望。

远近全是正准备撤过江去的国民党部队官兵，喧闹一片。

栗温保的目光从滔滔江水上撤回来，望着身边的副官：我们部队的过江时间定了吗？

副官：明天上午十点开始。

栗温保焦躁地：能不能早一点？

副官：现在撤退至北岸的部队太多，船不够，上峰要我们再耐心等一下。

栗温保：妈的！

41

栗温保临时指挥部。夜。

栗温保坐在床沿上对副官：告诉各部队提高警惕，小心共军的追击部队！

副官：司令放心休息，共军离这儿还远！

栗温保：一有情况马上叫醒我！

副官：是！转身走出去！

一位随军护士这时端一杯水进来：司令，还需要吃安眠药吗？

栗温保点头：吃一点吧。

随军护士把手里的药片倒在栗温保手上。

栗温保把药片扔进口中，喝水吞下。

随军护士转身要走。

栗温保一把拉住护士：先别走，待我睡着后再走！

护士点头。

栗温保脱了外衣躺下，一只手仍抓着那护士的手。

护士一动也不敢动地坐在床沿。

栗温保看着护士自语：我不知我是怎么了，特别不想一个人待在屋里。

护士温和一笑。

栗温保打起了哈欠，不安地合上了眼睛……

42

夜。栗温保部队宿营地。

激烈的枪声突然响成一片。

官兵们四散奔逃，乱成一团。

有喊杀声从四周响起……

43

夜。栗温保住屋。

栗温保一骨碌从床上爬起，急忙去枕下抓枪。

副官慌慌地跑进来：司令，追兵到了，快走！

两人刚走到门口，随军护士和几个护卫扑进屋子。

一名卫士：不行，司令，出不去了，指挥部全被包围。

栗温保绝望地看了副官一眼：举枪瞄向自己的头。

司令——他的下属们一齐喊。

栗温保扣扳机的手在很厉害地哆嗦着。

他显然下不了自杀的决心，最终没能扣响扳机。

随军护士上前，很轻易地夺下了他手中的手枪。

不准动！一群解放军战士这时突然破门而入……

44

南阳晋承银住处。早先栗温保的同济堂里。白天。

晋承银端坐在早先栗温保坐的位置上。

栗温保被四个全副武装的解放军战士押了进来。

晋承银慢慢站起身子。

两个人目光相接，久久对视。

承银的手伸向了腰间挎枪的位置……

第二十一集

1

白天。晋承银住处。早先的同济堂。

晋承银的手指从腰间的手枪上慢慢放下。

栗温保从晋承银刚才摸枪的手上抬起眼睛。

二人对视。

晋承银缓慢而平静地：我有一个建议！

栗温保显然为对方的平静而感到有些讶然，默望着对方。

晋承银：我俩此刻不以胜利者和失败者的身份说话，我们只以两个熟人的身份交谈！

栗温保有些迷惑地望着对方，显然不明对方要谈什么。

晋承银：我想问你一个问题，你当初掌权时想得最多的事情是什么？

栗温保双唇紧闭。

晋承银：你不愿说？那我就替你说了。你掌权时想得最多的是如何不丢掉手中的权力并享受权力为你带来的一切利益！

栗温保目光下移到地下。

晋承银：我现在告诉你，我掌权时想得最多的是什么——我要让南阳的百姓们富裕！让他们活得舒服！

栗温保嘴角出现一丝冷冷的笑意。

晋承银：好了，我想对你说的就这些，现在我受权宣布对你的处置！

栗温保的双腿轻微地一抖。

晋承银：明天，先送你去河南监狱，稍待些时，再转去战犯看守所，你将在那里从容地回忆过去！

栗温保一怔。

晋承银高声地：带走！

两个士兵抓住了栗温保的胳膊……

2

尚吉利织丝厂门口。白天。

尚达志正在和一个新买了绸缎的人说着什么。
一辆军用敞篷吉普车从门口驶过,车上坐着被反绑双手的栗温保。
尚达志住口默望着吉普车驶过。
达志刚要再和那顾客说什么,忽然看见云纬站在街对面向他招手。
达志匆匆和那顾客告别,向云纬走过去。

3

街对面。白天。
云纬对达志轻声地:我今晚领他过来!
达志一时没听明白:领谁?
云纬:你儿子!
达志先是一怔,继是一喜:你是说领承达——
云纬叹口气:你们父子也该相认了。
达志欢喜地搓着手……

4

傍晚。尚家正屋。
灯光下,达志正哆嗦着手用一块抹布擦着两个杯子。
门被推开,云纬和承达出现在门口。
达志呆然地站在那儿,双唇哆嗦着竟无话出口。
云纬拉着承达走进屋,轻轻地:我把孩子给你带来了!
达志慌慌地把目光停在儿子脸上:唉,唉。
承达有些不自然地站在那儿。
云纬眼窝里涌满了泪:承达,叫吧,叫一声!
承达迟疑了一霎,突然短促地:爹。
达志愣了好一阵才记起应该回答:唉,孩子!
云纬这才有了笑容,是笑容催得她留在眼里的泪珠落了地……

5

承银住处。早晨。
云纬、承银夫妇、承达及他的女朋友正围坐在饭桌前吃饭。

云纬吃得心不在焉。

承银看见后带了笑：妈，是不是饭菜不合你的口味？

云纬摇摇头，干脆把碗筷在桌上放下，轻声地：妈有一桩事要给你们说！

承达停了咀嚼：啥？

云纬：你们弟兄两个都已经能立住事了，承银已经有了家，承达也快有了自己的家，都不需要妈再替你们操心，因此妈想——

承达的妻子甸珍这时接口：妈以后该享清福了！

云纬摇了摇头：妈想去尚吉利织丝厂——

承银笑了：买绸缎？买吧，让甸珍陪你去，妈是该穿点好衣服了！

云纬再次摇了摇头：妈去尚吉利是想和尚达志……

承达显然是听明白了，低了头。

甸珍诧异地：要和尚老板谈什么事吗？

云纬突然坚决地：不，结婚！

饭桌上的所有响动，都在这一瞬间停了。

云纬的目光也一下一下缩短，触到了桌面上。

彻底的静寂。

孙女肖肖这时在隔壁她的小床上忽然哭起来。

云纬听见孩子们搬开凳子离去的声音，但她没有抬头……

6

夜。云纬卧室。

云纬呆坐在床边。

甸珍推门进来。

云纬抬头望着儿媳，她显然知道儿媳带来了两个儿子的意见，眼神有些迫切。

甸珍：妈妈，你的心思，承银、承达俺们都理解，只是……

云纬一下子屏了呼吸，殷殷望着儿媳。

甸珍：只是承银、承达如今刚刚开始工作，他们需要妈妈的支持——

云纬：我当然支持，我还会常回来，孙女肖肖我也可以带——

甸珍摇着头：不是这个意思，妈妈，你知道，这种事总是会弄得沸沸扬扬，让人们议论，影响到他俩的威信……

云纬双眼里的神采在一点一点消失……

7

尚吉利织丝厂。尚家正屋。夜。

尚达志呆望着云纬，云纬在抹着眼泪。

达志长长地叹了口气……

云纬低低地：我还听到一个消息，以后，可能不会再让私人办工厂了。

达志吃惊地：哦？……

8

字幕：1980年。

画外音：弹指一挥间，三十年过去了……

尚家院子，白天。

能看出尚家的屋子已显得很破旧了。

白发、白须的尚达志挂一根拐杖，从正屋里颤巍巍地踱出来，另一只手里捏着一个小收音机。

达志高声地：昌盛，旺旺他妈——

一对年近四十岁的夫妇——昌盛和小瑾闻声从一旁的灶屋里出来。

昌盛：爷爷，有事？

达志：今儿个是清明节吧？记住去坟上给你爹、你妈、你尤芽婶子，还有你爷爷、奶奶他们烧张纸！

小瑾接口：爷爷放心，火纸、鞭炮都准备好了，一会儿吃过早饭就去。

达志叹一口气：阎王爷把年轻的都叫走了，倒留下了我这个老东西，八成是把我给忘下了。

昌盛笑了：爷爷，你是寿星佬，阎王爷不敢收你哩！

9

白天。尚家祖坟。

昌盛、小瑾领着他们的儿子旺旺正在坟上烧纸。

旺旺忽然指着不远处一片坟墓：爹，快看那儿！

昌盛和小瑾扭头顺儿子手指的方向看去。

只见不远处一座坟墓前围着黑压压一群人，而且还有闪光灯在一闪一闪。

昌盛诧异地：那是干啥子的？

旺旺积极地：走，爹，过去看看！说着，先跑了过去。

昌盛也起身走了过去。

10

另一处墓地人群旁。白天。

昌盛问一个男子：干啥这样热闹？

那男子：他们挖出了一个古墓，博物馆的人说是汉代的，正在拍照片呢。

昌盛哦了一声，满怀兴趣地向人群里挤去……

11

尚家院子。白天。

尚达志坐在院中的一把椅子上养神。

他的一双眼睛凝在院里那块刻有奇怪图案▦的石头上。

图案▦上渐渐出现一只巨大的蚕，那蚕还沿着那些格子缓缓爬动。

院门哐啷一响，石板上的蚕——达志眼前的幻觉顿然消失。

昌盛兴冲冲地走到爷爷身边：爷爷，博物馆在城东发现了一座汉墓，开棺时你猜人们看到了啥？

达志仰脸看着孙子：啥？

昌盛：棺里是一具女尸，女尸脚上搭着一匹白绸，白绸上还有隐隐约约四个字——南阳绸缎。

达志感兴趣地：哦？

昌盛：可惜开棺不大时辰，那绸子就焚成了灰。

达志显出了激动：昌盛，我死的时候，你能不能在我腿上也搭一匹绸子，而且在绸子上织"尚吉利霸王绸"几个字？

昌盛一时有些发怔，半晌才嗫嚅着：谁会让咱去办一个丝织厂？

达志也叹了口气……

12

正午。当年的栗温保府邸——如今的南阳副市长尚承达住处门口。

一辆上海轿车驶到门口,尚承达从车上下来。

一个中年妇女——承达之妻文琳从门内迎出来高兴地:他爸,咱儿子穹穹由北大回来了,正和他奶奶在屋里说话。

承达高兴而意外地:现在不是还没到放暑假时间吗?

文琳:他们北京大学有个学生因病休学,安排他送那个学生回来……

夫妻俩边说边向院里走去。

13

承达家餐厅。

满头白发和皱纹的云纬正拉着孙子尚穹的手,慈爱地端详着他:嗯,像个北京城里的大学生了。

尚穹笑了,把一个鸡腿夹到了云纬面前的盘子里:奶奶,你吃。

云纬摇摇头笑:奶奶要是还能啃动鸡腿就好了,奶奶没牙了。

一旁的承达忙把炒鸡蛋夹到老人碗里:妈,你吃这个吧。

云纬仍对着孙子:穹穹,考上北京大学了是好事,可也不能翘尾巴,还有就是好好照顾你哥哥天天。边说边指了一下坐在她另一边的孙子尚天。

尚天调侃地:向我弟学习!

云纬又转对尚穹:你这次回来,记住去看看你爷爷,他也老了,他这一辈子……

承达见母亲情绪开始激动,急忙岔开话头:妈,饭快凉了,吃饭吧!……

14

尚达志家。傍晚。

尚达志正坐在自己卧房的床头,把收音机贴到耳朵上聚精会神地听。

忽然,他放下收音机朝外喊:昌盛,昌盛!

昌盛闻唤由外边走进来:爷爷,有事?

尚达志不说话，只用铅笔在一张纸上写下两个歪歪扭扭的大字：深圳。

昌盛茫然地：干啥？

达志：去看看这个地方！

昌盛不解地：看它干啥？

达志：那儿有我们要看的东西。

昌盛：是——？

达志：刚刚广播的，它被设为特区，允许私人开办企业。

昌盛意外地：哦？真的？

达志点头：看来中国有了允许私人资本出现的肚量。

昌盛：好吧，爷爷，我去一趟。

达志：你不是在南阳国营丝织厂供销科做事吗？去时要找一个合理的借口。

昌盛：找借口？

达志：不能让别人看出你对私人办厂感兴趣！

昌盛：为啥？

达志：有些事只有在别人未加注意的时候才能办成！

昌盛点头，这当儿，尚穹出现在门口：爷爷你好！昌盛哥好！

达志睁眼看见尚穹，高兴地：是穹儿回来了，来，让我看看，嗬，也开始长胡子了！

尚穹和昌盛都笑了……

15

昌盛拎一个人造革提包，登上了一列火车。

车站的广播中正在播放通知：去广州的旅客请上车……

16

一个巨大的会标：深圳绸缎织造信息交流会。白天。

参加会议的人纷纷起身向门口走，会议显然刚刚结束。

昌盛也夹在人流里。

昌盛在人群中发现一个中年男子，急忙走过去：殷先生，我想向你请教关于私人办厂的一些事情。

那人客气地：好，好……

17

傍晚。深圳街头一个吃食摊前。

昌盛正在低头喝一碗馄饨。

一个声音忽然在他耳边响起：唡，尚先生就在这街边吃饭？

昌盛抬头，对一个中年男子笑：是胡厂长呀，尝尝这街边小吃的风味，你要不要也来一碗？

胡厂长摇头，而后俯下身放低了声音：老弟，快吃，吃完咱俩一块去洗头。

昌盛脸上露出了意外：洗头？咱自己不会洗头，还需要找人——？

胡厂长快活地眨着眼睛：这你就不懂了！咱们北方人来这地方一趟不容易，该把所有的风景都看看！……

18

傍晚。一个闪烁着"幽梦"两字的发屋。

胡厂长拉着昌盛走了进去。

19

幽梦发屋内。傍晚。

几个漂亮姑娘一齐迎向胡厂长和昌盛：欢迎光临！

两个人分别被两位姑娘拉进了理发软椅里。

昌盛从大镜子中观察给自己洗头的姑娘，只见那姑娘双眸灵动生辉、光彩照人。

他有些安逸地闭上了眼睛。

那姑娘对着他的耳朵低声地：先生，请去里间冲洗。

20

冲洗间。这是一个封闭的单间。

昌盛仰卧在躺椅上让那姑娘冲头发。

他闭上了眼睛。

那姑娘在擦拭他的头发。

那姑娘在按摩他的头顶。

姑娘的手指在慢慢下移：耳、颈、肩、胸，突然，一下子到了他的大腿根部。

昌盛身子一个激灵，呼一下坐起了身，红着脸干咳了一声：我有点急事，该走了。

那姑娘倒没怎么害羞，只淡淡地说一声：我以为你了解我们这儿的服务项目，你如果不想做，看看也行！说着，就去解自己的上衣纽扣。

昌盛见状，惊得急忙起身拉开门跑到了外间。

21

幽梦发屋外间。夜。

昌盛看一眼墙上贴的洗头价格表，扔下两张票子，逃也似的出了门……

22

夜。宾馆。昌盛所住的房间。

昌盛睁眼躺在床上。

那位胡厂长推门进来，一边往旁边的那张床上躺，一边笑道：你跑什么呀？放着享受你不要，假装什么正经？离开了深圳，去哪里找这样的机会？

昌盛被他笑骂得有些不好意思。

他的眼前闪过了那个给他洗头的姑娘的面影。

他的一双眼睁得大大的。

23

正午。宾馆大厅。

参加会议的人正在握手告别。

那胡厂长提着一个包走到昌盛面前，笑着轻声地：朋友，会散了，我们也要分别了，愿不愿跟我再去一趟幽梦发屋？

昌盛显然没想到他这时还会说这事，一时竟有些语无伦次起来：

不……只是……当然……

胡厂长又笑起来：我知道你心里也想去，哪有男人见了漂亮姑娘不喜欢的？走吧，你就别忸怩了！边说边扯了昌盛出门。

昌盛先是挣了几下胳膊，但跟着就随他走了，而且边走边郑重地：我可只是陪你，我什么也不会做的！

24

幽梦发屋。正午。

昌盛随着胡厂长刚一走进屋子，上次给他洗头的那位姑娘就含笑向他走了过来：先生，又见到你真是高兴！

昌盛略有些尴尬地搓着手。

那姑娘牵着他的衣袖说：请随我先去里边冲冲头发。

25

里间。正午。

那姑娘把昌盛按到沙发上甜甜一笑：说实话，你上次走了之后，我非常伤心，我认为我没有挽留住你的魅力。

昌盛急急地：不，不，上次不是……我今天也只是随便来看看。

那姑娘：放心，我会让你看个够！边说边刺啦一声扯开了衬衫上的按扣，她里边竟什么也没穿。

昌盛先是惊得呀的一声，目光急忙逃窜，不过很快，他的目光又扫了过来。

他的一只手哆哆嗦嗦地抬了起来……

26

尚家院子。白天。

昌盛手拎着提包，神色不安地推门进来。

小瑾高兴地迎上前：嗬，回来了？深圳怎么样？

昌盛不自在地：好，好，很好！

27

夜。尚达志睡屋。

昌盛对坐在床上的尚达志：情况就是这样，不知道允许私人办厂的风啥时能吹到咱这地方来。

尚达志慢腾腾地：估计不会太久的，只要有人开了头。你现在就要开始在心里琢磨，如果让你干，你从哪里着手！

昌盛：哦？

28

卧龙岗西落霞村村头。早晨。

已经变成一个农村老妇的栗丽，手提一个篮子向村头的桑园走着。

29

落霞村头桑园里。早晨。

栗丽推开蚕房的木门，朝睡在床上的儿子宁安：安儿，起来吧，今儿个要去卖蚕茧呢！

床上的宁安打个哈欠起身：妈，地板车拉来了？

栗丽：你爹他们拉着车立马就来。

屋里，层层摞放着的蚕箩里传出了蚕们吞吃桑叶的沙沙声。

30

桑园蚕房门前。白天。

一辆装满蚕茧的地板车停在那儿。

宁安上前架起车把。

宁贞——一个漂亮的少女，抓住栗丽的手央求她：妈，今儿个让我跟哥哥进城卖茧吧，反正这蚕房里的活也不多了。

栗丽慈爱地：好吧，进城之后凡事要听哥哥的！

宁安立刻含了笑反对：我不想带个累赘！

宁贞生气了：谁是累赘？这车就你能拉？我一样拉得动！她边叫边逞强地去按车把，不想载重的车把立刻向地下栽去，茧箩眼看就要訇然倒下。

宁安慌忙抓住车把。

宁贞吓得脸有些发白。

宁安瞪了一眼妹妹：咋样？你要去就赶紧坐到车上给我扶住茧篓，别再给我添乱！

宁贞不敢再多说，老老实实地爬上车坐到了茧篓上。

宁安开始拉动了车。

宁贞对车下的栗丽：妈，你上回说，卖了茧给我钱让我读完高中，你可要说话算话——

栗丽挥着手：好吧，好吧，卖了茧留下油盐钱，剩下的给你去上学！……

31

蚕茧收购站。白天。

一块告示板上公布着收购价钱。

宁安和宁贞兄妹俩站在告示板前吃惊地看着。

宁贞意外地：这样便宜，比去年的茧价又降了一毛。

旁边一个茧农叹了口气：蚕茧丰收，国营丝织厂的用茧量有限，蚕茧价自然就压低了！

宁安痛心地握拳砸了一下自己的大腿。

宁贞低声地：哥，还卖吗？

宁安：不卖咋办？妈还等着用这钱去买吃的、穿的哩，我担心你上学的事怕是不行了。

宁贞含泪宽慰着哥哥：哥，你不必担心我，上学的钱我自己去挣！……

32

尚家院里。白天。

尚达志在挂着拐杖散步。

他每走一步都要停下来歇息一阵。

哐当一声，院门这时猛被推开，小瑾满脸怒色地走了进来。

尚达志注意地看着小瑾走进屋去，目光中带了点疑问。

乓！从屋里传出了花瓶摔到地上碎裂的声音。

尚达志脸上的疑惑增多了。

他拄杖向小瑾他们的住屋走去。

33

昌盛、小瑾夫妇的卧室。白天。

达志拄杖走进屋里。

地板上满是花瓶的碎片。

小瑾正趴在床上伤心地抽泣。

达志关心地：咋着了，小瑾？

小瑾的哭声更大了，哭声里的委屈和气愤成分流露得更加清晰。

达志越发有些着急：究竟出了啥事，快给爷爷说说！

小瑾呜咽着叫：离婚！我要同尚昌盛离婚！

达志一愣：昌盛做错啥事了？

小瑾：你问他！

达志：好，好，我找人去叫他回来！说着颤巍巍地转身。

小瑾抬起泪脸看见爷爷那副艰难样子，又忍不住叫：爷爷，你不必去找他，你看看这个就会明白！说着过来把一张纸递到了爷爷手上。

达志越发莫名其妙：这是啥？

小瑾：诊断结论！

达志意外地：诊断结论？谁得病了？

小瑾：我。

达志急忙从衣兜里摸出老花眼镜：哦，啥病？淋病？淋病是什么病？是不是——

达志话到这儿突然噤口，显然明白了病的性质，无限吃惊地抬眼望着小瑾。

小瑾抬眼望着墙角，慢腾腾地开口：昌盛从深圳回来的第三天，我就觉得不舒服，当时我没有在意，今儿个实在难受，我就去了医院，医院一查就把我留下了，说我是全市发现的第一例性病患者！反复追问我是怎么得的。他们说女人得这种病无非是两个途径：要么是自己卖淫染上的；要么是丈夫嫖妓传上的！我是不是卖淫的女人，爷爷你应该知道，我白天在南阳国营织丝厂上班织绸缎；晚上回来忙家务，我就是想卖淫，也没有时间——

达志摆了摆手：不用说了！他的双腿开始打起了哆嗦。

小瑾：我从医院回来时才想起，昌盛他这些天一直在吃药、打针，他骗我说他嗓子疼有炎症，原来——

达志再一次摆了摆手：不用说了，旺旺他妈。跟着就见他跌坐到了一张椅子上……

34

傍晚。尚家正屋当间。

达志一脸阴沉地坐在椅子上。

旺旺背着书包蹦蹦跳跳地进了屋。

达志对重孙子：旺旺放学了？你现在就去你承达爷家，今晚就住在他们那里，书包也带上，作业就在他们那里做。

旺旺有些诧异，刚说了两字：我不——大概是看见了太爷爷脸上的大团阴云，没敢再说下去，急忙遵嘱低头走了。

达志这时低头向厨房走去。

35

厨房里。傍晚。

达志把一件什么东西掖到了衣襟里。

36

小瑾和昌盛的卧室。傍晚。

小瑾一直坐在那里生闷气。

37

尚家正屋。夜。

达志仍一脸阴沉地坐在那儿。

下了班的昌盛推门进来，先朝达志问了一声：爷爷好！

跟着便扭头向自己的卧室里走。

达志这时抬头，声音平静地：昌盛，你过来！

昌盛闻唤转身走到爷爷面前：有事，爷爷？

达志指了一下面前的一把椅子：你坐下，我有话问你！

昌盛有些意外，不过也没问什么就坐下了。

达志：把你的两只手放到桌子上。

昌盛惊诧了：干啥？

达志平静地：放上去我看看！

昌盛不明所以地笑着把两只手摊放到了桌子上：爷爷，你是不是要给我看手相？

达志没理会昌盛的问话，只问：你平日摸东西时常用哪只手？

昌盛笑着：摸东西？左手，用左手最多。

达志：最近这只手都摸过些啥？

昌盛越发糊涂了：啥东西都摸过呀！

达志声音有些冷：摸没摸过犯禁的东西？

昌盛呆望着爷爷：犯禁的东西？

达志的声音突然变得低沉狞厉：譬如说妓女的身子！边说边呼一下从衣襟下摸出一把菜刀来，猛然挥起向昌盛的左手指肚砍去。

昌盛在最初的惊愕过后急忙缩手，但是晚了，那把刀斜着砍上了他左手的五个指肚，五片鲜红的肉伴着鲜血，落到了桌面上。

昌盛发出了一声凄厉的喊叫：呀——

闷坐在卧室里的小瑾闻声，吃惊地跑了过来。

昌盛这时右手抓住左手疼得在地上滚起来。

小瑾看见昌盛满手是血地在地上滚动，骇得腿都软了。

达志这时慢腾腾地把菜刀扔到桌子上，颤巍巍地拄杖站起来：我这是故意伤人，你可以去公安局告我，让他们把我抓起来！

昌盛还在地上滚着。

达志转对吓呆在那里的小瑾：拿一块白布给他包包，然后领他去医院让人家大夫消毒！

小瑾紧忙进屋找一件白衬衣出来，三两下撕成布条，捏住昌盛的手包扎起来。

达志瞪住还在呻吟的昌盛恨声地：削去点皮肉，在指肚上留下个疤好，你以后再玩妓女时，手指头摸上去会感觉更受用！我叫你去深圳看看学学人家咋样办厂子，你倒好，先学会了玩妓女，你个狗东西，这事上你学得倒挺快！行呀，尚家终于出了个聪明能干的后人！你可真是为咱们老尚家争了光了！你个杂种！

昌盛忍了疼吸溜着嘴嗫嚅：我是一时鬼迷心窍……

达志恼怒地：鬼迷心窍？你为啥就没有被织"霸王绸"的事迷住心窍？你个不成器的东西！你是没有约束自己的能力！你看看这个世界上，有哪个干成一番事业的人是放纵自己的？约束，约束自己，懂吗？说着，又朝昌盛挥起了拐杖。

小瑾吓得急忙用自己的身子遮挡着丈夫。

38

夜。昌盛和小瑾睡屋门口。

小瑾扶着包扎好伤手的昌盛由外边走进卧室。

达志这时拄杖走到门口，隔了门对昌盛、小瑾厉声地：你们两个下身的病，要悄悄地吃药、打针，找大夫开药，不能用真名！明天要把你们的衣服和被子统统蒸煮一遍，从明儿起直到你们病好，不许再接触旺旺！言毕，才拄了杖一步一步向卧室里挪去……

39

卧龙岗西落霞村村头桑园。白天。

栗丽正领着儿子宁安和女儿宁贞在给桑树根部松土浇水。

不远处传来一声喊：栗大婶。

栗丽回头，见一个小伙子朝她跑过来，那小伙子边跑边说：有两个法国人要来看你！

栗丽一愣：法国人？

那小伙子跑到近前回首一指：看，他们的小汽车！

栗丽抬头看去，果见一辆小轿车沿着大路向桑园这边开过来。

栗丽诧异地自语：法国人咋会来看我？

小轿车这时已经停下，车门开后，只见一位法国少妇走下车来，她手拉着一个年轻的华裔男子。

同车来的村干部指着栗丽：她就是栗温保的女儿栗丽。

那位年轻的华裔男子立时朝栗丽鞠了躬：姑妈，你好！

栗丽一怔，呆呆地看着对方。

那男子：我是草绒奶奶的孙子振中，我的父亲叫栗秉正。

栗丽吃惊地：哦？振中？！

栗振中：当年，奶奶领着父亲到中国台湾地区，父亲在那里娶了我妈妈，后来我们一家又移民到法国巴黎，在巴黎开了一家梦宛绸缎店。这是我的妻子艾丽雅。

栗丽抓住振中和艾丽雅的手百感交集地：噢，天哪，真没想到会见着你们！

艾丽雅扑到栗丽的怀里，按照法国人的礼节热烈地吻着栗丽。

栗丽高兴地笑了：走，走，咱们快回村，到家里坐！

宁安、宁贞兄妹俩意外而惊愕地看着这一幕。

40

栗丽家。正午。

栗丽和丈夫，宁安、宁贞兄妹，栗振中和艾丽雅，一起围在一张饭桌前吃着农家饭。

宁贞热心地指导着表嫂艾丽雅用筷子夹菜。

振中边吃边含笑地：我们这次回来，一是来看看姑父、姑妈，寻根问祖，了却去世的草绒奶奶的心愿；二是想看看尚吉利织丝厂，父亲告诉我说，尚吉利织丝厂织出的绸缎在全世界都有名气，父亲希望我和尚吉利织丝厂建立长期的供销关系。

栗丽：我模糊记得尚吉利织丝厂的事，不过如今这厂子好像不办了。

振中：哦？能不能去尚家看看？

栗丽转对儿子宁安：安儿，你明儿个领你表哥、表嫂去世景街上的尚家一趟。

宁安点头：中。

41

尚家大院门口。白天。

昌盛正客气地对栗振中、艾丽雅夫妇和宁安：很抱歉，我们的尚吉利织丝厂早就不办了，你们如果要买绸缎，可去——

背后突然传来尚达志的声音：三个月以后来吧！

昌盛闻声急忙扭过头来看定爷爷，栗振中、艾丽雅和宁安也一齐把目光扭到了尚达志身上。

尚达志：三个月以后，我们尚吉利织丝厂就可以供货！

昌盛震惊地：爷爷，那怎么可能？！

尚达志没有理会孙子的话和其他人的目光，只是转身慢慢向屋里走去……

第二十二集

1

傍晚。尚达志卧室。

昌盛对达志：爷爷，咱们办厂的事八字还没一撇，你怎么可就对人家说三个月后可以供货？

达志没有理会昌盛的问话，只是冷然问：你的病好了？

昌盛顿时脸上有了尴尬，嗫嚅道：好了。

达志：我估摸也该好了，既是好了，就去拿把镢头来。

昌盛一愣：镢头？

达志指了一下卧室的一个墙角：对，拿镢头把这里边的东西挖出来！

昌盛呆了一下，出门拿了一把镢头进来。

达志：挖吧，不过下镢头要轻一点。

昌盛几镢下去，便挖出了一个坛子。

达志打开坛盖，从里边抽出了一个小木箱：打开它！

昌盛打开木箱，双眼一下子瞪大：金条？

达志：数一数，看是不是二十根。

昌盛数后点了点头。

达志：知道让你把它们挖出来干啥吗？

昌盛：办厂，爷爷，可深圳那股让私人办厂的风好像还没刮到咱们这儿来。

达志：来了！昨天的广播上说，咱南阳出现了首家个体养鸡场，由此我想，咱们也可以着手了！

昌盛：哦？

达志：眼下有这样几桩事你要去办！第一个，去给你承达叔说说我的心愿，让他能够同意咱办厂，他是副市长，他同意了，具体的手续就容易办些；第二个，找到银行的熟人同人家说说，把这些金条换成现钱，这事要办得隐秘些，不然的话会惹出祸来；第三个，同杭州那边的丝织厂家联系联系，问问丝织机的行情，计划一下买几台织机；第四个，去世景街东头的三星帆布厂打听打听，我听广播上说这个街道小厂已经垮了，看咱们租用他们的厂房行不行！

昌盛惊异地望着爷爷：你想得这么细？

达志瞪一眼孙子：办一个工厂，不想得细怎么可以?!

2

尚承达住处——早先的栗府。白天。

昌盛对承达说着什么。

承达坚决地摇着头。

昌盛沮丧地向门外走。

3

尚家院子。白天。

昌盛对达志：承达叔不许咱们办丝织厂。

达志皱了眉头：为啥？

昌盛：他说从长远看，它毕竟属于资本主义的东西！

达志生气地：昌盛，你去找个三轮车来，拉我去见你云纬奶奶！

昌盛劝解地：凡事可以从容商量，用不着这样急，以免伤身体——

达志一听火了，用拐杖敲着桌子：我还有多少时间让你从容？

昌盛不敢再说别的：好，好，我去找三轮车……

4

云纬住处。白天。

一口新做的棺材放在云纬的屋子中间。

她正拄着拐杖绕着棺材看，很仔细地检查着棺材之间的缝隙。

她满意地点着头：行，这老屋让人住着放心。

她对一直扶着她的一个保姆姑娘：去，把我那床新被子抱来，在里边铺好。

那姑娘被老人这话弄得很是紧张，又惊又怕地问：奶奶，你这是要干啥？

云纬慈和地笑着拍拍她的肩膀：别怕，孩子，奶奶这只是做个准备，免得到时候家里人忙乱。

在这当儿，门外响起了昌盛的喊叫：盛奶奶在吗？

云纬扭过脸时，见昌盛已搀着达志的胳膊迈进了门槛。

云纬笑了：是听说我做了老屋，特意来看的吧？

达志看见棺材，才吃了一惊：我比你大一岁，我还没想老屋的事，你倒做好了，同龄的男女，都是男的先死，你慌啥子？

云纬挥手让昌盛和保姆出去，这才又对达志：我最近老做梦在坟头上绕，阎王爷八成已生了要我走的念头，唉，早死早安生。

达志手哆嗦着在云纬瘦骨嶙峋的肩上摩挲：别瞎想，要说死我很可能要死在你的前头。

云纬：我要是死了，会给你留一封信，该给你说的话我会写在上边。

达志笑笑：好了，不说这些泄气话了，说说我的来意吧，我想求你替我办件事。

云纬：啥？

达志：现在又兴私人办厂了，我想自家办一个丝织厂。

云纬：还在想织"霸王绸"的事？人老成了这样？

达志：这念头是放不下了。

云纬：承达是你的儿子，你不会自己去同他讲？

达志叹一口气：我和他讲话终不像当年和立世讲话那样随便。我心里没有啥仗恃，我没有养活过他一天，这心里总虚。

云纬：好吧，我来说，这可能是我最后一次帮你了……

5

云纬住屋。晚饭时分。

云纬正坐在饭桌前捏着筷子打盹。

承达这时轻轻走进门来，上前轻轻把妈妈手中的筷子抽掉。

跟着进来的保姆这时悄声对承达：这种现象越来越多，吃着吃着就打起了盹。

承达无语，默坐在一旁的椅子上看着妈妈。

一阵含混的梦话从妈妈的唇间涌出：连……白……树……

承达脱下自己的外衣想给妈妈披上，没想到衣服刚一触到她的身子，她就睁开了眼睛。

云纬：你来了。

承达：妈，要不要扶你去床上躺下？

云纬摇了摇头：不，我得先给你说说你爹的事，省得我一会儿又忘记了。现在好像有一个人拿着黑板擦子站在我的脑子里，我只要一想起个事情，他就紧忙把那个事情用黑板擦子从我脑子里擦去，好让我忘得干干净净。

承达：是不是为办厂的事？

云纬：为啥不让他办？

承达：主要是怕影响——

云纬：最大的影响是啥子？

承达：别人会说——

云纬：无非是你丢官吧？

承达：妈，这种事你别管！

云纬：我原本就没指望过你当官，官丢了就算，你哥不是因为当官被批斗把命都丢了?!

承达：妈，万一将来又说私营经济是——

云纬：管他是啥，你只说眼下违不违法吧？

承达：法倒不违。

云纬：既是不违法，那这桩事我就替你做主了，让他去办吧！小云！她喊来了小保姆：你去你尚爷爷家，告诉他，就说你叔叔同意他办厂了！

小保姆立马跑了出去。

承达叹一口气，欲言又止无可奈何地搔着头发……

6

早晨。一个简陋的厂院门前。

昌盛背爷爷走到门口，把爷爷达志放进看门小屋前的一把椅子上。

达志：都准备好了？

昌盛：好了，五台织机安装后都试过机了。

达志看了看东边正在升起的太阳：开始吧！

昌盛对旁边一个手拿鞭炮的小伙子点了下头。

那小伙子点燃鞭炮，清脆的鞭炮声骤然响起。

在鞭炮声中，一个身上系有"卦"字的中年汉子，先朝日出方向扑通跪下，叩头三个；而后用鸡血将写有"南阳尚吉利丝织厂"的厂牌慢慢擦拭一遍。

那汉子双手将厂牌捧到昌盛面前。

昌盛恭敬地将厂牌挂在了门口一侧的墙上。

十几个雇员这时排队依次进厂。

中年汉子拿过一个糖盒，朝每个进厂的雇员手里递了一块糖。

雇员们口中嚼着糖向各人的工作岗位走去。

7

厂房里。白天。

五台织机轰轰响着。

达志拄杖和昌盛一起一台一台地巡看着……

8

正午。尚吉利织丝厂门口。

达志仍坐在看厂小屋门口的椅子上。

昌盛捧着一匹白绸走到达志身边高兴地：爷爷，你看看，咱自家织出的绸子。

达志哆嗦着用手摸着那匹绸子，激动地贴在脸上摩挲，喃喃地自语：列祖列宗，尚吉利丝织厂又开业了，你们等着听好消息，会织出"霸王绸"的……

昌盛：爷爷，我想给盛奶奶送一匹绸子去。

达志抬起眼睛：好，好哇，就把这第一匹绸子给她送去，也让她高兴高兴……

9

夜。云纬住处。

云纬坐在床上，手里摩挲着那匹白绸对站在身边的保姆：我要是死了，你就把这匹绸子搭在我的身上吧。

保姆：奶奶，你要再这样吓我，我可要抗议了！

云纬笑了：好，好，不说这些丧气话了，睡吧，睡吧。

保姆照顾老人脱了外衣，躺下。

保姆关了灯。

10

一地月光。云纬卧室。

云纬睁眼躺在床上。

她手里仍摸着那匹白绸。

咔咔咔，有种声音响了起来。

云纬抬起头倾听那声音。

咔咔咔，分明是织机织绸缎的声音，而且就响在隔壁。

她惊奇地坐起身子，去披衣服。

她下床趿了鞋拄了拐杖，慢慢向隔壁走去。

她推开通往隔壁的那扇门。

11

隔壁屋里。夜。

一台织机咔咔响着。

织机前坐着一姑娘，正麻利地投着梭子。

云纬惊奇地向织机前一步一步地走着，这种深夜的行走使她开始喘息。

她伸手想按在织机上，同那织绸的姑娘说话。

却不料手一下按空了。原来这都是她的幻觉，屋里其实什么也没有。

身子失去重心的云纬趔趄一下仆倒在地。

她没能再动，只是艰难地把嘴张了张……

12

云纬平静而安详地躺在床上。白天。

那匹白绸覆盖在她的身上。

儿孙们的哭声四起。

尚达志在昌盛的搀扶下也走到了灵床前。

他默然看着云纬的遗容，喃喃地：你还是走到了我的前面。

承达走过来扶住达志：爹，你快去歇着吧。

云纬的保姆这时走过来，从衣袋里掏出一封信捧到达志面前，轻声地：尚爷爷，这是在奶奶枕头下发现的，是给你的信。

达志意外地接过信，手哆嗦着去衣袋里摸老花眼镜。

达志展开信，云纬的声音立时由画外响起——

尚达志，我这辈子做的最大一件错事，是爱上了你！你从来没有全心地爱过我，你爱的是物，不是人！

达志痛楚地闭上了眼睛，他的身子软软地全倚在了昌盛身上……

13

白天。南阳城世景街上。

胳膊上挎一个装了油盐酱醋竹篮的宁贞，注意到几个人在看一个招聘启事，也走了过去。

那是一则极简单的启事：

南阳尚吉利丝织厂招女织工三名。月薪面议。

宁贞来了兴趣，仔细地去看厂址和联系人。

14

尚吉利织丝厂门口。白天。

宁贞犹犹豫豫地走了过来。

正在扛染料桶的昌盛看见宁贞，问：你找谁？

宁贞怯怯地：我想找尚昌盛厂长。

昌盛：找他干啥？他注意地看了她一眼，她的漂亮引起了他的兴趣。

宁贞：听说他这厂里招收织工，俺想来试试。

昌盛抱歉地：对不起，织工已经招够了。

宁贞叹息地：噢——跟着转身就要走了。

昌盛于心不忍地：等一等。

宁贞回过身来有些发怔地望着他。

昌盛：你织过绸缎？

宁贞摇头：没有，不过我可以学，我会很快学会，我学绣花只用了三个中午。

这回答让昌盛笑了：你叫什么名字？今年多大？

宁贞：我叫曹宁贞，十……七了。

昌盛：除了当织工之外，其他的活愿意做吗？

宁贞：干什么都行，只要能挣到工钱。

昌盛：你家里很需要钱？

宁贞低下头：我在读函授中专，我得挣自己的学费。

昌盛：哦？既是这样，那你就来厂里干吧。

宁贞惊喜地抬起乌亮的眼睛：你能做主？

昌盛：我就是尚昌盛。

宁贞意外地：你就是尚厂长？她深深鞠了一躬：谢谢你！

昌盛：你先到印染工序上干，这活有些脏，你怕吗？

宁贞摇摇头：我今天能来上班吗？

昌盛顿了一霎，然后转身朝看门小屋内喊：家福，你领这位姑娘去见宋师傅。

身子消瘦的年轻门卫家福领着宁贞向车间走去。

昌盛望着宁贞的背影自语着：我需要一些年轻而且文化水平高的工人——

一个冷冷的声音突然把他的自语打断了：这姑娘长得不错！

昌盛扭头才发现妻子小瑾冷脸站在他的身后，于是急忙解释：我是想——

小瑾盯了一眼已走到远处的宁贞，依旧冷厉地：你挑选姑娘的眼力令人佩服！

昌盛苦笑了一下：你别误会，我是为厂子——

小瑾目光像尖刀一样砍过来：我没有误会，只是别叫我撞见你和她亲热，不然的话我可能会拿刀！

昌盛急了：嗨，我真的没有歪心——

小瑾没有再听昌盛的解释，转身昂首走了。

昌盛无奈地朝自己腿上砸了一拳。

15

晚上。尚家灶屋。

昌盛走进灶屋，揭开锅盖，把小瑾给他留的饭端出，狼吞虎咽地吃着。

16

晚上。尚家正屋。

达志正坐在那儿把收音机贴在耳朵上听着。

昌盛擦着嘴走进来：爷爷，该睡了。

达志抬头看见昌盛，关切地：我怎么看见小瑾今儿个回来很不高兴，是厂里出了事情？

昌盛一笑：厂里没事，生产进展顺利，她生气还是因为上次深圳那事……

达志眼睛不再去看孙子：你输了理，就得给人家认错！

昌盛尴尬一笑，扭头向自己的卧室走去。

17

晚。昌盛和小瑾的卧室。

小瑾已在房角的一张折叠床上躺下。

昌盛站在双人床前，叹了口气，轻声地：咱俩的病都早好了，你干啥还不来大床上睡？

小瑾没有回音，仿佛已经睡着了。

昌盛苦笑了一下，拉亮电灯，走到小瑾的床前轻声地：睡着了？

依然没有回答。

一股火气在昌盛的眼中一闪，但也只是一闪而已。

昌盛慢慢在小瑾的床前蹲下身子，一边给小瑾掖着被角一边哑了声：旺旺他妈，我实在是对不起你，我为我上次的错误永远后悔。但那件事已经无可挽回了，我现在能向你说的是今后，倘若我今后再向别的女人伸手，你可以像爷爷那样，用刀砍断我的十个指头！

小瑾的眼快速地睁了一下，但在昌盛没发现时便又闭上了。

昌盛：我还要给你说说今早招的那个女工，那个姑娘是漂亮，可我招她是为了厂子着想，绝不是有别的目的，如果你不相信，我可以给你发誓——老天在上，假若我今后和她真有什么见不得人的事，就让我出门上街时让汽车撞——

闭眼躺在那儿的小瑾这时突然从被窝里伸出一只手,准确地捂到了昌盛的嘴上,把那个"死"字捂了回去。

被小瑾这举动惊得一愣的昌盛,立刻抓住那只手,轻轻地抚摸着。

昌盛伸手去抱被子里的小瑾,小瑾没挣也没动。

昌盛从折叠床上抱起小瑾,一步一步地向大床走去……

18

落霞村栗丽家。白天。

宁贞把一份合同交到栗丽手上:妈,这是我跟尚吉利织丝厂订的雇佣合同。

宁安闻声凑过来:人家答应一月给你多少钱?

宁贞:基本工资五百元,干好了还有奖金。

栗丽慈祥地笑了:行呀,俺女儿能挣钱了!

宁安:妈,我也不种桑养蚕了,我也要出去挣钱!

栗丽望着儿子:嗬,都动挣钱的心思了,你怎么挣?

宁安:我已经在世景街尽头租了两间旧屋,想开个小酒馆。

栗丽:能行?

宁安很有把握地:当然能行!

宁贞走到哥哥身边:酒馆起个啥名?

宁安:田园酒家!

19

一个不大的"田园酒家"的招牌。正午。

两间旧屋。

简陋的陈设。

穿着破旧的宁安在门口放一挂不长的鞭炮。

门上贴着"开张志喜"的红纸。

20

田园酒家里。白天。

宁安满怀希望地看着门口。

门外街上过往的人不少，可很少有人走进店来。

有两个人走进店门，看一眼简陋的桌椅和宁安的穿着。又慌慌地走了出去。

宁安面露焦躁。

他走出门去。

21

田园酒家门外大街。白天。

宁安拦住过往的两个行人：大哥，进屋喝一杯吧！

那两人狐疑地看一眼宁安，疾步走开了。

宁安表情沮丧地站在那儿。

22

田园酒家内。夕阳西下。

店内没有一个顾客。

一脸绝望的宁安伏在桌上打起了盹，嘴角吊着一线长长的涎水。

昌盛和尚承达的长子尚天这时走进店来，脚步声惊得宁安睁开惺忪的眼睛问：有事？

昌盛：你这儿不是卖酒吗？

宁安尚存的睡意被这个酒字惊得呼啦一下飞走了，这才记起自己在开着酒家，忙跳起来叫：我这儿是卖酒的！

尚天不太高兴地：嗨，咱俩怎能在这样的破店里喝酒！

昌盛拉尚天坐下：咱弟兄俩主要是找个安静的地方说话。言毕，转向宁安：来四个凉菜，一斤卧龙白干。

宁安高兴至极地应着：来了。

昌盛对尚天：到明天，我生产出的四千匹绸缎就可以出厂，你给我承达叔说，让他放心！

宁安这时端了酒和四个凉盘过来，在昌盛、尚天他们面前的桌上放好。

尚天对宁安：怎么连个女服务员也没有哇？酒色，酒色，没有美色这酒还怎么下呀？

　　宁安抱歉地笑笑：我刚开张，实在没有钱去雇女服务员！

　　恰好这时有一个长得颇有几分姿色的姑娘站到门口喊：宁安，开起酒家啦？

　　尚天指了一下那姑娘：那不是一个现成的服务员嘛！

　　宁安急忙解释：那是我的中学同学晶子。言毕，急忙迎了过去。

23

　　灶屋门口。白天。

　　宁安和那晶子姑娘说着什么。

24

　　酒桌前。白天。

　　昌盛：先生，结账。

　　宁安急忙走了过来。

　　昌盛一边递给宁安钱一边：给你一个建议，应该卖黄酒！

　　宁安：黄酒？

　　昌盛：这满城都是卖白酒的饭店、酒家，你能比得了人家？可你要是卖黄酒就占了独一份。

　　宁安点头：嗯，这主意不错。

　　昌盛：要是能找一个会唱乡下小曲的人那就更好！

　　宁安：乡下小曲？

　　昌盛：这黄酒喝起来要能再听个乡间小曲，那可是一桩享受！

　　宁安高兴地：有道理！

　　尚天：依我说，只要你店里有了好看的女人，啥问题都解决了！哪个喝酒的男人不喜欢女人？

　　昌盛拉起尚天：好了，别说醉话了……

25

　　尚吉利织丝厂门口。白天。

　　两辆装满绸缎的卡车停在那儿。

昌盛对四个售货员肃穆地：这是我们尚吉利丝织厂复建后出的第一批货，今儿个派你们四个分别到郑州、洛阳、开封和南阳销售，你们一定要尽心，我在厂里等着你们的好消息！

　　四个售货员一齐点头。

　　昌盛对他们摆了下手。

　　四个人分别登上卡车。

　　卡车向厂外驶去。

26

　　晚。尚家。

　　尚家一家人在围桌吃饭。

　　昌盛吃得心不在焉。

　　达志注意地看了一眼孙子，淡了声问：是操心第一批绸缎的销售？

　　昌盛从思虑中惊醒过来，勉力笑了一下：爷爷，咱家的出货第一次进市场，能不能销得出去，我真是没有把握，尚吉利绸缎毕竟中间停产了三十来年，万一——

　　达志：万一卖不出也要吃饭哪！

　　昌盛：卖不出去下一步哪儿还有流动资金再去生产？

　　达志：别太悲观！今儿个是投入市场第几天？

　　昌盛：第三天。

　　达志：再等等看。

27

　　尚吉利织丝厂厂部办公室。晚。

　　昌盛仰躺在一张双人沙发上。

　　电话就放在他的头边。

　　茶几上的饭菜一动未动。

　　电话铃突然响了。

　　昌盛像受了惊吓一样迅速去抓住话筒。

　　话筒里的声音：是尚厂长吧，我是税务局小刘，科长让我再告诉你一次，明天我们九点登门收税！

昌盛应了一声：哦，好。他失望地放下电话。

　　电话又一次响起。

　　昌盛狐疑地看了一眼电话，直到又响了几声，他才抓起电话。

　　话筒里的声音：厂长，我是在洛阳销货的小齐，货全出手了！

　　昌盛惊喜地：好哇！

　　电话刚挂断不久，又响了。

　　昌盛抓起电话，又一次高兴地叫着什么。

　　昌盛再一次拿起电话高兴地说着什么……

<h2 style="text-align:center">28</h2>

　　早晨。尚吉利织丝厂厂部。

　　报纸上一幅通栏标题：尚吉利绸缎再进市场，四天销售成绩骄人。

　　镜头拉开，才见是昌盛正在看一份报纸。两行喜泪溢出他的眼角。

　　门外这时响起一个清脆的声音：厂长，有件事我想给你说说。

　　昌盛抬头，见是宁贞，急忙抬手去抹脸上的泪珠子。

　　宁贞见状意外地：厂长，你，怎么了？

　　昌盛笑笑：呃，我这是高兴的，厂里送出去的货都卖完了！你，有事？

　　宁贞：俺觉着咱们最近印染的那批绸缎的花色过于简单和单调，因此，俺自己试着画了两样图案，你看看有没有点意思。说着，把两张画了图案的纸递到了昌盛的手上。

　　昌盛的目光立刻被那两种图案吸引住：都是变形了的蝴蝶。

　　宁贞怯怯地看着昌盛。

　　昌盛兴奋地：好，印上去会使绸缎显得华美而高贵，我要马上采用它们！我现在用的还都是爷爷、父亲他们过去用过的图案，谢谢你帮我想到了这件事，你什么时候学会绘画的？

　　宁贞不好意思地低了头：小时候跟妈妈学了一点，学得半途而废，心里想到的东西，有时笔就是画不出来。

　　昌盛掏出身上的钱包：按照厂里的管理规定，谁对厂子贡献了好主意，就该获物质奖励，来，奖你二百元钱！

　　不，不，俺不要！宁贞红了脸转身飞跑开去……

29

正午。尚家。

昌盛臂下挟着一个电话机进了正屋当间。

正在贴耳听着收音机的达志见昌盛进来，脸上现出了少有的笑纹：我听广播里说了，货都已出手，你头一脚踢得不赖，我这会儿想知道你下一步的打算！

昌盛胸有成竹地：待这一批款回来，我想再到银行贷一点款，用这两笔钱办三桩事：第一桩，购买两台电脑控制的世界上最先进的丝织机，听说这种机器在香港就可以买到；第二桩，再买点地皮把厂区扩大一点，新盖几间厂房；第三桩，把销售宣传搞好，学会做点广告！

达志闭眼想了一阵，点点头：中，这几条想得都对，用心去做就成。记住，眼下只是站稳省内市场，要一步一个脚印，甭急于求成，不过也要琢磨往北京、上海、天津这些地方销货的事情，要深谋远虑！

昌盛点头：爷爷，今儿个也算是一个喜日子，送你一件礼物。

达志：啥？

昌盛把臂下挟着的一个电话座机从包装盒里抽出来，放到爷爷手上：我想为你在床头安一部电话，这样你随时可以和外界联系，也好随时指点厂里的事情。

达志默默看了那电话机一眼，点点头：放这里吧。

30

尚家院里。后晌。

达志叫住正要出门的小瑾：去，把这个电话机拿到百货商场里退了。

小瑾诧异地：装了电话多方便，你随时可以——

达志截断小瑾的话：装一部电话两千块，何必花这冤枉钱？再说装了电话，昌盛就会动不动打电话问我咋处理一些事情，我不能再扶他走路，我活不了几年了，他必须学会自己走道！

小瑾只好点头：好吧。

达志对小瑾：昌盛这些天忙，你记住让他吃好点。

小瑾：我懂。

31

叠印：

昌盛一边吃着烧饼，一边往织造车间背丝……

昌盛一边啃着生萝卜一边给砌新厂房的瓦工递砖……

昌盛大汗淋漓地在检修，保养织机……

32

尚吉利丝织厂。清晨。

尚昌盛扛着一大桶染料向染料房里走。那染料桶显然很重，只见他大口喘息，满身冒汗。

他插上门，悄悄地兑着各色染料。

他的头突然一晕，急忙扶住了墙。

他定神片刻，坚持着把染料兑完，之后去开门，他刚拉开插销，一阵眩晕袭来，他扑通倒在了地上。

他的头撞上了染料桶，发出咚的一声响。

33

染房门外。清晨。

刚来上班正在换工作服的宁贞听见这声响，不由得一怔，急忙上前推开了染房的门。

她看见倒在地上撞得满脸是血的昌盛，大吃一惊，急忙上前扶起昌盛，急切地：厂长，厂长！你怎么了？

昌盛仰靠在宁贞怀里，断断续续地：有点……头晕……

宁贞掏出手绢，刺啦一声撕成布条，三两下把昌盛头上的伤口包扎住，而后猛用力把他扶起，让他伏在自己背上向外摇摇晃晃地走去。

门卫家福看见这一幕，急忙跑过来把昌盛接了过去……

34

傍晚。尚吉利丝织厂。

宁贞换好下班穿的衣服走出染房门时，忽然看见头上缠着绷带的昌盛出现在门口，高兴地：厂长，你出院了？

昌盛笑：唉，住了整整七天，宁贞，谢谢你，那天不是你，我还会流更多的血。

宁贞一听这话脸红了：我当时吓得手忙脚乱的，只恨自己不是个男子汉，你的伤口长好了吧？

昌盛点了点头：我想送你点礼物表示谢意，又不知买啥好，这几本书不知对你读函授有没有用。说着，把手上提的一个塑料袋递了过去。

宁贞见状有些慌张，见昌盛提袋子的手一直那么伸着，只好接了过来。

35

傍晚。世景街头。

尚承达长子尚天嘴上叼着香烟正吊儿郎当地沿街走着。

一个年轻人迎面走来，看见尚天，高兴地：哟，这不是尚天老哥？

尚天笑笑，吐一口烟：老弟好吗？

那年轻人：日子还能过吧，听说你又调到了工商局做事？

尚天：革命同志是块砖，哪里需要哪里搬嘛！

那年轻人：那你这块砖搬得可是好地方，谁不知道工商管理是个肥差？！

尚天傲慢地笑着：你这话说得可是有点俗了！

那年轻人：俗，是俗，这样吧，为了罚我说了这俗话，我请你喝黄酒！

尚天来了兴致：喝黄酒？

那年轻人：那边有个专卖黄酒的田园酒家。

尚天：田园酒家？我好像去过，硬件一般嘛！

那年轻人笑着拉了尚天的手，向田园酒家走，边走边道：硬件一般，软件还真不错，别的不说，单说那位服务小姐，还真有点姿色哩！

尚天眉开眼笑起来：是吗？！

36

田园酒家。傍晚。

尚天和那年轻人在一张酒桌前坐下。

宁安对两个人：好，凉菜四个，黄酒两壶，稍等片刻！言毕，飞快地向操作间走去。

片刻之后，晶子用托盘端着凉菜和黄酒走了过来。

那年轻人指着晶子对尚天低声地：怎么样，这姑娘长得不错吧？

尚天盯着晶子：哼，还说得过去，我上次来好像看见过你？！

晶子没理会。

那年轻人又俯在尚天耳边低声地：看她那胸脯，多诱人！

尚天笑了。

晶子弯腰把菜和酒往桌子上放。

尚天目不转睛地盯着晶子的胸脯。

37

世景街上。傍晚。

宁贞满脸喜色地提着刚才昌盛送她的那一塑料袋书向前走着。

宁贞放慢脚步，边走边掏出塑料袋里的书一本一本看着：《中华大字典》《英汉辞典》《中外历史辞典》《文秘手册》。

她脸上溢满欢喜。

路边响起一个人的声音：嗨，老兄弟，咱去田园酒家喝碗黄酒！

这声音使宁贞抬起头来，她发现她走到了田园酒家门前。

她转身走了进去。

38

田园酒家店堂。傍晚。

几个酒桌前都坐了人。

尚天举起空了的黄酒壶：添酒！

晶子：来了。跟着便端了一壶黄酒向尚天的桌前走去。

39

尚天所坐的酒桌。傍晚。

晶子放下满酒壶，探身去取空酒壶。

喝得面红耳赤的尚天，这时突然伸手摸到了晶子的胸上。
晶子惊呆了。
对面的那年轻人也一下子怔住。

40

田园酒家门口。傍晚。
刚进门的宁贞也恰好看见了尚天酒桌上的这一幕。
她惊得似乎要张嘴大叫。
她伸手捂住了自己的嘴。

41

尚天所坐的酒桌前。傍晚。
晶子在最初的惊愣过去后，啪一下抬手打开了尚天的手。
尚天笑：嗯，真不错！
晶子捂着脸向灶间跑去。

42

田园酒家门口。傍晚。
宁贞也疾步向灶间走去。

43

灶间门口。傍晚。
宁安面色铁青地攥着两拳向尚天的酒桌走去。
刚刚走到灶间门口的宁贞也是愤然地：告诉他，不准欺负人！
宁安扭头看了一眼妹妹，满脸怒色地提拳向前走着……

第二十三集

1

田园酒家。傍晚。

宁安握拳冷着脸走到了尚天所在的酒桌前。

尚天扭头,不看宁安的拳头而只看了宁安的脸慢腾腾地:你这个女招待身上的田园味道让我感到了快乐。喏,因为今晚我喝得快活,这二百元给你做酒钱,这二百元你给那位女招待,就说是我给她的小费!边说边把一沓钞票推到了宁安站立的桌边。

原本因为愤怒而准备挥拳打人的宁安,被尚天那副派头和推过来的四百元钱惊住,他脸上的那股怒气慢慢消失,紧握的拳头也渐渐松开了。

尚天这时从口袋里掏出一个漂亮的打火机,很熟练地点燃了一支香烟。

宁安带了几分讨好地:这黄酒喝着还行吗?

尚天吐出一串烟圈,傲慢地点了点头:嗯,味道还行,就是你这店堂的装潢、摆设太差,我要是你,就赶快赚钱,好早日拥有一个像样的店!

宁安叹了口气:我也想快点赚钱,可钱能那么好赚?

尚天诡秘地一笑:要不要我再指点你一次?

宁安:当然。

尚天:要用女人!

宁安惊愕了:女人?

尚天此时已起身向店外走去。

女人?!宁安一边惊奇地自语,一边去桌上准确地捏起了那四百元钱。

2

灶间门口。傍晚。

宁贞愕然地注视着哥哥的举动。

宁贞转身向门外跑去。

3

灶间里。傍晚。

宁安把尚天给的那两百块钱放到了晶子手上,低微地:他给的,算是补偿。

晶子无语,只是缓慢把钱装进了衣袋里。

宁安抬头看了晶子一眼,又紧忙把目光移开了……

4

落霞村宁贞家。夜。

宁贞正坐在床头聚精会神地读书。能从封面上看出那是尚昌盛上次送她的那些书中的一本——《英汉辞典》。

宁安推门进来:小贞,看啥书哪?

宁贞从书上抬起头,不高兴地斜了一眼哥哥。

宁安:你不是想买书吗,给,哥有钱了。说着,把一百块钱递到了宁贞手上。

宁贞把钱又扔回到哥哥手上,不屑地:不稀奇,我自己也能挣钱,再说,你的钱有点不干净!

宁安生气地举起了拳头:胡说!

宁贞的嘴角撇了撇:吓谁?

5

白天。尚吉利织丝厂门前。

两辆大卡车驶进厂院,看门的家福高兴地向厂里:尚厂长,由香港买来的两台新织机到了。

昌盛高兴地迎了出来。

6

织造车间。白天。

安装好的两台崭新的织机静静地卧在那里。

一个负责安装的工程师先后走到两台织机前试机。

织机运转正常。

工程师对站在旁边的昌盛：我的任务已经完成，下午就飞回香港了。

昌盛点头：谢谢。随即又问：织工们按说明书来操作就行了吧？

工程师：当然。这是电脑控制的织机，操作很简便。

7

印染车间。白天。

昌盛正在整理染印出的绸缎，一个女工慌慌张张跑进来叫：尚厂长，快，两台新织机都坏了！

昌盛意外地：哦？

8

织造车间。白天。

昌盛在操作台上摸来摸去，两台织机仍毫无声息地停在那儿。

昌盛脸上急出汗了，他边检查边自语着：这是贷款买来的机器，停一天得浪费多少钱哪！

他急急地翻看说明书，但到最后也没能启动机器。

他急得几乎掉泪。

9

傍晚。昌盛一筹莫展地蹲在织造车间门外。

宁贞这时走到昌盛身边，怯怯地：我来试试，行吗？

昌盛头抬了一下：你？！跟着又埋下了头：需要有电脑知识，怨我预先没有培训工人，我真蠢呵！

宁贞：我在读函授时学过一点。边说边走进了车间。

昌盛没有理会宁贞，仍兀自蹲那里自语：贴一个招聘启事？在报上发个广告？

轰隆隆。一阵织机的响声忽然由他身后的车间里传来。

昌盛先是一惊继是一喜，急忙起身向车间里跑去。

10

织造车间。傍晚。

操作台前，宁贞正缓慢而大胆地敲击着电脑键盘。

两台织机在正常运转。

昌盛惊喜地看了一阵走到宁贞身边：你懂这个？

宁贞：我学过一点。好，我现在选定了一种花纹，你看行吗？她指着电脑屏幕对昌盛问。

昌盛仍在怀疑宁贞的能力，迟疑了许久才点点头。

宁贞紧跟着又问：那我就让织机工作了？

昌盛：好吧，即便浪费点丝也权当是交学费了。

宁贞敲动了电脑键盘。

织机刷刷地工作起来。

昌盛瞪大两眼盯着出绸的地方。

绸子由机中出来了。

昌盛紧忙抓住察看。

笑意和满意出现在昌盛脸上。

昌盛呼一下起身，两手抱住宁贞的双肩高兴地摇了起来：嗬，你还真行！

宁贞被这突然的举动弄得不好意思：厂长，你把我摇晕了！

昌盛这才意识到自己的失态，慌张收回手解释：对不起，请原谅，我是喜昏了头。

宁贞没说别的，只是羞羞一笑，上前关了两台织机。

昌盛激动地：从明天起，你离开染印房到这儿工作，你的工资每月增加一倍！我对你只有一个要求：带会一个女工，行吗？

宁贞依旧是羞羞一笑：行。

11

夜。天堂歌舞厅。

尚天优哉游哉地由歌舞厅里向外走。

一个小姐追出来：先生，你的酒水钱还没付哩！

尚天不高兴地：嗨，他妈的，喝你们几杯破酒还要钱哪？

一个领班的这时也赶了过来，软中带硬地：我们这儿也是刚开张不久，实在是不敢赊账，请先生付了账吧！

尚天斜了眉：多少？

小姐：三百八。

尚天：怎么这样贵？

小姐：先生喝的是高档"XO"，自然贵些。

尚天由口袋里掏了半天，也只掏出了二百元，不免有些发窘：嘀，妈的，忘带钱了，喏，就这些，其余的下次来还上。

领班的小伙：那恐怕不行。

尚天怒了：怎么，你们是杨白劳呀？想逼死人命吗？他的喊声引来了舞厅里的一个中年人，那中年人上前看了一眼尚天，笑着抱拳：哟，是尚先生哪，原谅我的手下人不认识你，先生走好。

尚天骂骂咧咧地走了。

领班小伙对那中年人：经理，真让他赖账了？

中年经理：他是尚市长的大儿子，咱不敢惹呀，再说，他可能是真没钱了，这小子平日花钱如流水，兜里有钱是不会赖账的。

12

夜。大街上。

尚天沿街悻悻地走着。

他经过了尚家大门，不觉站住了脚步，自语道：对呀，该去找爷爷弄点钱花花。

13

夜。尚家正屋。尚达志正在那儿听收音机。

尚天站在门口：爷爷，你好！

尚达志抬起头高兴地：哟，是天天，快，进来，让爷爷看看你！

尚天大大咧咧地走进来，在爷爷对面的一张椅子上坐下。开门见山地：爷爷，我最近想在业余参加一项函授大学的学习，需要买不少学习用品，可手上钱有点紧张，听说昌盛哥办的织丝厂里买了电脑控制的丝织机，赚钱不少，不知能不能先借我一点用用？

尚达志笑了：借啥子借？这厂子虽说是你昌盛哥在管着，其实还不是你们弟兄几个的？你去找你昌盛哥，就说是我说的，让他给你五百块钱！

尚天在一愣之后差点笑出声来：五百块钱？那够我去舞——

尚达志：咋，嫌多？多了你先存起来，以后慢慢花，年轻人嘛，身上应该有个零花钱！

尚天有点哭笑不得地站起身来：好，好……

14

尚吉利织丝厂。白天。

尚天吹着口哨走进了厂门。

刚保养完动力机弄得满脸油污的昌盛看见堂弟尚天进了厂门，高兴地叫：嗬，你可是稀客！

尚天一本正经地：平日整天忙工作，你这儿就很少来看看。

昌盛笑着：我知道，你是无事不登三宝殿，说，找你哥有啥事吧？

尚天：也不是啥大事，就是我因为上函授大学，急需点钱用，想找你来借几个。

昌盛听罢，一点也没犹豫地：好，你学习上的事我保证支持，喏，这三百块钱你先拿去花吧！说着已从兜里摸出了三百块钱放在了尚天手上。

尚天先是呆了一霎，随后脸上掠过了一股恼怒：你这是打发叫花子吧？说着，啪一下把昌盛伸过来的那只手打开，转身大步向门外走去。

昌盛也是一愣，急喊：天天，天天！

尚天头也没回地向门外走了。

15

傍晚。尚天家。

尚天走进屋里。

他看见父亲正黑着脸在屋里踱步，不觉有些小心起来。

文琳给尚天端出饭菜后也有些心神不安地坐在不远处。

尚承达突然朝尚天气恼地：你又缺钱了？

尚天小心地笑答：反正我这点工资，想富也富不到哪里去。

尚承达：缺钱应该找你妈和我要，怎能找到你昌盛哥那里？

尚天一听这话，立刻明白了原委，但他却故作惊奇地瞪大了眼睛：昌盛哥？我啥时候找他要过钱了？

尚承达脸阴沉着：还在嘴硬？喏，这是你昌盛哥刚才送来的五百元钱。说着把钱放到了桌子上。他的工厂开张时间不长，你怎好意思张嘴向他要钱花呢？

尚天突然笑了：我是同昌盛哥开个玩笑，没想到他竟当真了，我后晌碰见他，他问我忙啥，我说我准备摆个书摊赚钱，他又问我缺什么，我说缺个几百块钱，你能不能支持我？我是同他开玩笑，没想到他倒当真送来了钱。退回去，妈，明儿个立马给他退回去！

尚承达的眉毛这才一点一点舒展开来：原来是这样，我也估计你不至于荒唐到这种地步，直接找你昌盛哥要钱。好了，这钱也不必送回去，送回去反倒有些见外了。

尚天傲然地：爸，你也有点太小看你儿子了，我不会为几百块钱向人张嘴的！

16

尚天卧室。夜。

尚天满脸愁色地吸着烟，边吸边自语道：看来，得找另外的赚钱法子了……

17

尚吉利织丝厂。白天。

织造车间。两台新式织机和几台老式织机都正在刷刷地织绸。

宁贞和几个女工在织机车间巡视。

昌盛走进车间，站在一台机器前察看着新织出的绸缎的成色。

宁贞上前：厂长放心，质量没问题！

昌盛高兴地抬脸夸道：嗯，产量和质量都超出了我原来的估计，这个月我要奖励你们几个——

厂长，有人找你！车间门口这时传来了家福的一声喊。

18

昌盛简陋的办公室。白天。

两三个官人模样的人坐在那儿抽着香烟。

其中一个头儿嬉笑着对昌盛：听说你们尚吉利的绸缎在市面上一直热销，尚厂长赚了大钱，我们搞城建的就想来求尚厂长，给赞助点钱，把咱们的市政建设搞上去！

昌盛苦笑笑：厂子刚开张，赚大钱哪儿说得上，不过搞城建我们也有一份责任，这样吧，我先给三万块钱如何？

那头头脸上的笑容一下子没了：三万块钱够干个啥？起码给个十万八万的吧？

昌盛赔着小心：待晚点货款回来得多了，我再送上些。说罢，朝妻子小瑾使了个眼色，坐在一旁的小瑾十分不舍地拉开抽屉，拿出一沓钞票朝那人递了过去。

那人接过钱悻悻地起身……

19

昌盛办公室门外。白天。

小瑾满脸不高兴地对昌盛：要我说，一分钱也不给他们！

昌盛叹一口气：搞城建的咱能惹得起，下一步厂子扩建什么的，还不要找人家？

家福这时站在厂大门口喊：厂长，有两个搞治安管理的人找你。

昌盛：干啥？

家福：听口气好像是要赞助的。

昌盛意外而吃惊地：啊？……

20

尚家。夜。

昌盛正愁眉苦脸面对着尚达志：今天一天都来了四拨要赞助的，还都是咱不敢得罪的人。

达志：总共给了他们多少？

昌盛苦着脸：我忍痛给了他们十万，他们还都不太高兴。

达志无声，只默默地摆弄着手中的那个小收音机。

昌盛：照这个样子，咱的流动资金就要没有了。

达志依旧无声，只停手闭了眼坐在那里。

昌盛：我去找承达叔了，想让他帮忙制止这种索要赞助和摊派的行为，可他担心那样一来，会给别人一种印象，好像他也参与了我们这家民营厂子的经营。

达志慢腾腾地开了口：请客吧。

昌盛闻言一怔：请客？请谁的客？

达志：所有可能向咱要钱的卡咱们的部门和单位，把他们的头头都请来！

昌盛吃惊地：他们向咱们要了钱，咱还得请他们吃饭？

达志：对！记得我给你说过的那个忍字吗？咱现在就要忍，厂子刚开张，别人一压就会把你压垮！咱现在得罪不起人，就要低下头来求他们高抬贵手！人在酒桌上容易应许事情，明白？

昌盛：这又要花一笔钱哪！

达志：以小换大都不懂？还有，酒席散了之后，给他们每人塞一个红包。

昌盛极不情愿地点头。

21

西苑饭庄。傍晚。

三桌酒菜已经摆好。

几十个人正相继走进饭庄，在桌前坐下。

当初去尚吉利丝织厂要赞助的那几个人也在其中。

昌盛强装笑颜地与来客们握手。

昌盛起身举杯：各位朋友，今天备点薄酒，以感谢大家平日对尚吉利的关照，来，干杯！

其中一个中年男子打断了昌盛的话：我说尚厂长，今晚，喝你这发财酒的一律是男子汉，可是缺少点搭配啊！

昌盛一时没听明白：搭配？

那男子：起码得有几个扎小辫的吧？男女搭配，喝酒不醉呀！

众人闻言笑着附和：对呀，对呀！

昌盛听罢有些着慌，忙放下酒杯：我去打个电话，看看厂里的几个女工是不是下班了。

22

西苑饭庄总台。夜晚。

昌盛正拿着电话：只有宁贞一个人没走？好吧，让她赶紧来西苑饭庄！

23

西苑饭庄宴客大厅。

宁贞正端着酒壶跟在昌盛身后给客人们斟酒。

一中年人：嘀，尚厂长，没想到你手下还有这么漂亮的姑娘！

昌盛只好笑笑。

宁贞的脸羞红了。

又一个中年人色眯眯地对着宁贞：宁贞小姐，你不能只斟不喝呀！来，咱们碰一杯。

宁贞闻言急忙红了脸摆手：对不起领导，我不会喝酒！

那中年人转向昌盛高声地：尚厂长，看来你今晚是怕我们多喝你的酒呀！

昌盛一时没听明白，急忙表白：你和各位领导只管放开喝，各种酒咱们都备足了！

那中年人看着宁贞对昌盛：你的手下人都不喝，让我们咋喝？你这不是让她来封我们的嘴嘛！

宁贞窘得几乎要哭了：领导，我确实不会喝酒，说罢，求救似的望着昌盛。

昌盛有些为难地走到宁贞身边低声：宁贞，为了让这些人高兴，少向咱们厂子要钱，你就破例地喝几杯吧。

宁贞见昌盛这样说，只好豁出去似的端起酒杯：好，我就跟领导喝一杯！

那中年人与宁贞碰完杯喝罢酒后，响亮地咂着嘴：哎哟，和美女一碰杯，这酒也又添了几分香了。

宁贞把酒喝下去后，辣得连连摇头。

又一个中年男子这时端杯站起来对着宁贞：来，宁贞小姐，我俩也碰一杯。

宁贞急忙摆手：不，不，我实在不敢喝了。

那男子：怎么了？跟他喝不跟我喝，看不起我呀？

宁贞显然怕得罪了这位领导，只好又咬咬牙给自己的杯中倒了酒，朝对方的杯子碰去。

这时，又一个男子贪馋地看着宁贞，端杯站起身来朝宁贞说着什么。

宁贞连连摆手转身求救似的看着昌盛。

昌盛对那人说着什么，但那人执意端杯要和宁贞碰杯。

宁贞只好再次举杯碰去。

又一个男子站起身来……

24

落霞村宁贞家。夜。

栗丽满脸担忧地坐在灯下。

她转对儿子宁安：宁贞怎么到这会儿还不回来？

宁安：妈，她已经是大人了，你就别担心她了。

栗丽：她一个女孩子家，天又这样黑——

宁安：那好，我去看看。

25

西苑饭庄宴客大厅。夜。

客人已散。

昌盛满脸心疼地坐在一张杯盘狼藉的酒桌前正在付账。

房间的沙发上，宁贞正难受至极地捂着胸口醉眼蒙眬地摇摆着脑袋。

付完账的昌盛走到宁贞身边满怀歉疚地：真对不起，让你喝成这样。

宁贞叹口气：我这胸口里像火烧那样难受。

昌盛：我扶你走吧。

宁贞坚持地：不用，我能走，说罢，摇摇晃晃地站起来，可双腿一软，又坐了下来。

宁安就在这时走进了屋子，看见了宁贞，吃惊地：宁贞，你怎么了？

宁贞吃力而含混地：为织丝厂喝了点酒……

宁安扭头含了怒气看定昌盛：是你逼她喝成这样的吧？

昌盛解释：没想到——

　　宁安砰一拳打在了昌盛的小肚子上。

　　昌盛哎哟一声捂腹蹲了下去。

　　宁安：我要让你记住，从今往后不许这样欺负我妹妹！

　　昌盛的哎哟声惊动了昏沉中的宁贞，她睁开眼有气无力地：哥，喝酒是我愿意的，你凭啥打人？我的事不要你管，你走吧！

　　宁安气哼哼地伸手去扶宁贞……

26

　　尚吉利织丝厂门口。白天。阳光灿烂。

　　尚达志拄着拐杖，弓着腰一步一步地走进了厂门。

　　正在厂区忙碌着的小瑾看见爷爷，急忙跑过来：爷爷，你怎么来了？走这段路累坏了吧？

　　尚达志喘息着：还行，天好，我出来走走，晒晒身上的霉气。

　　昌盛这时也跑了过来，上前扶住老人：爷爷，快进办公室坐。

27

　　尚吉利织丝厂昌盛办公室。白天。

　　达志喘息着坐在那儿。

　　昌盛一边给爷爷倒茶一边高兴地：爷爷，还真叫你说准了，自那次请了客送了红包之后，摊派要钱拉赞助的人还真的少了。

　　达志没有理会孙子的报告，而是慢腾腾从衣袋里掏出一张报纸朝昌盛递过去。

　　昌盛不明所以地接过：给我这个干啥？

　　达志：看看头版头条消息。

　　昌盛哦了一声，急忙展开报纸。

　　头版头条消息题目的特写：日本国南阳市访问团今日抵达我市。

　　昌盛不解地：爷爷，这种政治上的事与我们丝织厂有什么关系？！

　　达志淡淡地：再想想！

　　昌盛：再想想也没关系，他们来访问——说到这儿他猛地噤口：你是说让他们看看我们的绸缎？！

达志：我们尚吉利不能只满足于在国内销绸缎！

昌盛猛一拍大腿：对！爷爷提醒得好！

达志：我在收音机上还听见，他们住在和平饭店！

昌盛：我这就去！

28

和平饭店门外。白天。

昌盛骑一辆三轮车在门外停下，车上装满了绸缎。

29

和平饭店大厅。白天。

昌盛正在向临时拉起的四道绳子上挂五颜六色的尚吉利绸缎。

几个穿和服的日本妇女立刻围了过来。

她们把尚吉利绸缎和她们身上和服的绸缎料子一比，立刻看出了尚家绸缎质量的不寻常，一边伸出指头夸赞一边掏钱要买。

又有一些日本男子也走了过来观看和购买。

昌盛手中的最后一匹绸缎被买走。

昌盛看出其中几个客人还有要买的意思，就笑着：欢迎明天直接到我们尚吉利织丝厂来买绸缎！

30

尚吉利织丝厂。白天。

一行日本客人走进了厂区，昌盛迎向前去。

昌盛领着日本客人走进成品车库，各种花色的绸缎令客人们拍手惊叹着。

昌盛向他们介绍着什么。

那些日本客人边听边去掏钱。

31

夜。尚家。

昌盛对坐在床上的尚达志：爷爷，一共向这批日本客人卖了一百多匹各色绸缎，倒也不是个大数。

尚达志低低地：影响！

昌盛一时没听明白：什么影响？

尚达志：日本人开始知道中国有一种尚吉利绸缎！

昌盛并未重视地：这倒也对……

32

田园酒家。夜。

尚天走进店堂，傲然在一张酒桌前坐下高叫：黄酒一壶！

晶子应声端了酒过来，见是尚天，迟疑了一下，走到桌前。

尚天笑望着晶子：你该去买一身好衣服，你其实长得很有味道。

晶子没有理会他，只低头往桌上摆着酒。

宁安这时由厨间出来，看见尚天，急忙过来招呼：来了？给你上四个凉盘？

尚天点头，而后带了笑：这些日子发财了吧？

宁安：挣一点小钱过日子呗。

尚天一口酒咽下后，低声而诡秘地：想不想发个大财？

宁安一愣：当然想哪，可哪有发大财的机会？

尚天：我们工商局昨天查禁了一卡车黄酒，说是假黄酒，就是用水、酒精和一点黄酒兑出来的，有点黄酒味，但和正宗酿制的黄酒不同。局里让我负责把这一卡车黄酒销毁，我有点心疼，就想起了你。

宁安瞪大眼睛：你是说——

尚天：我想把这车黄酒悄悄给你，你出手一卖，至少是这个数！说着伸出了两个指头。

宁安：两千？

尚天：不，两万！

宁安的眼瞪大了：真的？

尚天：你干不干？不干，我另外找人；干，咱们预先说明，赚的钱咱俩对半分！

宁安的呼吸粗了起来，转瞬之后咬了牙：干！

尚天：好，我也是愿意让你干的！说着拍了拍宁安的肩膀。

宁安：啥时候——

尚天：你准备一辆地板车，后半夜两点准时到白河桥东的槐树底下拉酒，我已安排好，估计需要你往返几趟。

宁安：明白。

尚天这时望了望站在厨房门口的晶子，笑对宁安：我帮了你这么大的忙，你能不能帮我一个忙？

宁安：啥？

尚天诡秘地一笑：让晶子这会儿陪我去看场电影。

宁安的眉头倏然一皱，他抬头狐疑地看了尚天一眼。

尚天笑着：我这人每做一件大事前，总喜欢和女人在一起待一会儿，我想你不会不同意吧？说着，从衣兜中摸了一沓钱塞到了宁安的手上。

宁安没再说话，只是默站了一会，转身向晶子的身边走去。

33

厨房门口。夜。

宁安和晶子相对而站。

宁安在和晶子说着什么。

宁安把手中的钱塞到了晶子的手里。

晶子静默了一会，把钱装进衣袋，抬头向尚天走来。

34

一间平房门外。夜。

尚天一手揽着晶子的腰一手去开门锁。

门开后，尚天把晶子拉进了屋去。

屋里的灯亮了一下，跟着又灭了……

35

夜。大街上。

宁安满头大汗地拉着一辆地板车。

地板车上装满了大塑料桶。

能隐约看见塑料桶上都贴着"黄酒"的商标……

36

尚吉利丝织厂。白天。

昌盛正在厂院里忙着收购生丝。

门卫家福拿着一封快信走过来：尚厂长，有一封由日本寄给你的信！

昌盛有些意外地：哦？日本我哪儿有熟人？

家福：邮递员的日文也不怎么样，他也说不清楚。

昌盛接过信：我去师范学院找个老师给看看。

37

傍晚。尚家。

昌盛正拿着一张信纸坐在尚达志面前：爷爷，师范学院的老师把日本三友绸缎经销株式会社发来的那封信翻译了一遍，信是这样写的——

尊敬的中国南阳尚吉利丝织厂厂长先生：

我们是从我国赴贵市访问的朋友那里，看到贵厂的绸缎产品的，我们非常喜欢你们的绸缎，因此很想邀请你们携产品来参加我们这里举办的一个展销会，展销如果成功，我们将长期在日本经销贵厂的绸缎。如蒙同意，请即用电话告诉我们……

达志耳朵上戴着助听器默然听着。

昌盛：爷爷，你的意见呢？

达志慢腾腾：先说说你的想法。

昌盛：我觉得这倒是我们尚吉利绸缎走出国门的一个机会。

达志：你妈当年就死在日本人手里，你爹和我挨过日本兵的子弹和炮弹，咱们和他们有着血仇，照说是不该有来往的，但今天既然可以赚他们的钱，咱为啥不赚？赚！赚得越多越好！让他们也看看咱中国人的能耐！这次去展销，一定要想办法成功，立马开始准备参展的东西吧！绫、罗、绸、缎、绢、纺、纱、绉各个类别都要准备一些！

昌盛高兴地：行！

38

法国巴黎。梦宛绸缎店门口。傍晚。

栗振中面孔阴郁地向两个商人模样的欧洲男子挥手。

艾丽雅这时由店内走出，来到栗振中身边轻声地：和他们谈得怎么样？

振中不快地：他们仍然坚持他们的要价，照他们的要价进货，我们在经销中只能赚很少的一点钱。

艾丽雅：韩国的那个绸商呢？

振中叹一口气：也是这个价，看来我们只有另外寻找新的绸缎进货渠道了。

艾丽雅忽然想起似的：哎，我们上次去中国大陆你的老家，去看一个会织绸的尚老先生时，他不是说过，他家的丝织厂三个月之后就可以供货吗？

振中苦笑了一下：那只是一个老人的愿望罢了，办一个丝织厂可不是一件简单的事；怎么可能那样快地织出适宜我们这种店面经销的绸缎？

艾丽雅也有些丧气地：既是这样，那咱们就去一趟日本，我那个日本的同学真竹秀子，下午由费城来电话说，下个月东京有一个国际性的绸缎展销会，她说她要回去看看，到那儿说不定会碰到质量和价格都适合我们的绸缎哩。

振中点头：嗯！这倒也是条路子。

艾丽雅高兴地：日本我可只在上大学时去过一次，而且只到过广岛，这次我们参加完展销会，你可要陪我去一回北海道！

振中用指头轻弹了一下艾丽雅的额头：好吧，你这个假公济私的小鬼头！

39

尚家大门口。清晨。

小瑾站在街边，招手拦住一辆机动三轮车，而后，转身朝站在门口一副远行打扮的昌盛：他爹，就坐这车去火车站吧。

昌盛正在和儿子旺旺说话：我去日本来回得挺长的时间，你要记住夜里给你太爷爷把尿壶送去！

旺旺点头：记住了！

尚达志这时拄着拐杖也走到了门口。

昌盛：爷爷，你还有啥交代的？

达志顿了一下，低沉而坚决地：只许成功！

昌盛庄重地点头。

昌盛坐进了三轮车……

40

北京首都国际机场。白天。

衣着打扮显出土气的昌盛登上了日航班机……

41

法国戴高乐机场。白天。

栗振中和艾丽雅相拥着登上了日航班机……

第二十四集

1

日本东京。一个大型展览厅。白天。

用日文、英文、中文写就的"国际丝绸展销会"的横幅悬挂在展览厅门前。

观众络绎而进。

2

展览厅里。白天。

英国展台、荷兰展台、韩国展台、日本展台上都摆满了各色绸缎展品。每家展台前都有大屏幕彩色电视机播放着自家产品的广告片。

韩国一家丝织厂还带有自己的模特表演队,那些漂亮的姑娘披上自家厂里生产的绸缎或穿上绸缎成衣在展台前表演。

观众们都饶有兴趣地围在那儿看。

中国尚吉利丝织厂的展台上也摆满了各色绸缎产品,但因为既无放像机放广告片,也无模特队表演,展台前的观众寥寥无几,显得很冷清。

尚昌盛默默站在展台前,不时把惊奇和羡慕的目光投向别的展台。

两个日本参观者踱到了尚吉利丝织厂展台前,用日语向昌盛询问着什么。

昌盛听不明白。

那两个人又问着什么。

这时,展销会上的一个年轻翻译在不远处看见,急忙走过来对昌盛:他们问你有没有"产品说明书"?

昌盛有些尴尬地摇头:没有,反正绸缎样品都在这儿摆着。

那两个日本观众又向别的展台走去。

那个年轻翻译这时转向昌盛:尚先生,我是当初邀请你来日本展销的那个三友绸缎经销株式会社的公关部部长,你需要我帮你在日本雇一队普通模特吗?

昌盛有些高兴地:当然,只是雇一队模特得付多少钱?

那年轻的公关部部长：最少一小时也得三千美元吧。

昌盛吓得急忙摇头：不，不，不用。

画外响起他的心声：顶两三万元人民币，我一个小厂怎能花得起？

那年轻公关部部长带了点冷淡走开了。

3

傍晚。展览厅。

昌盛的展台前依旧冷清。

别的展台前购货和订货的人都络绎不绝。

昌盛的头上急得冒汗。

三友绸缎经销株式会社的那位公关部部长，经过昌盛的展台前时，脸上竟露出一点鄙夷。

昌盛的牙咬了起来。

4

夜。东京街头一家拉面馆。

昌盛满面愁色地坐在馆里吃着拉面。

他抬眼茫然地看着窗外，忽然，他目光一亮，盯在了饭馆对面的一家店铺的招牌上——那分明是一个裁缝店。

他结完账后，向街对面走去。

5

夜。裁缝店里。

昌盛边比画着边同店老板说着什么。

那老板点头。

昌盛高兴走出来。

6

昌盛所住的旅馆。夜。

昌盛抱着一卷粉色带花和一卷蓝色带花的缎子匆匆走出旅馆……

7

展销大厅门口。白天。

一个很大的写了日文和中文的广告横幅拉在大厅门口：中国尚吉利丝织厂赠送休闲衫，谁愿要请当即来穿上！

昌盛抱着一摞休闲衫站在那儿。

来参观展销的顾客和从大街上走过来的行人见不花钱就可得一件休闲衫，都纷纷高兴地过来朝昌盛索要。

昌盛给每个人一件，是男子，给男衫，是女子，给女衫。每一个要到的人都必须立刻穿在身上。

不大时辰，展销厅内和大街上都是穿了尚吉利休闲衫的人。

那每件休闲衫的后背上，都印一行日文字：中国南阳尚吉利绸缎。

人们纷纷驻足观看这个奇特的广告。

昌盛手上的休闲衫只剩下了十来件。

就在这时，他身后忽然传来一个男子用中文发出的惊叫：尚吉利？

昌盛有些惊奇地扭头。

原来是由巴黎来的栗振中站在他身旁。

昌盛显然没认出对方，以为他是会说汉语的日本人，含笑问：你也想要一件？

栗振中笑了：尚先生，没想到在东京碰上了你，怎么，不认识我了？

昌盛显然记不起了：你是———

栗振中提醒地：还记起有两个法国人去南阳你家拜会的事吗？

昌盛终于想起来了：噢，你是……栗振中？

栗振中：对，对，我和我夫人也是来参观这个展销会的，没想到在这儿碰上了你，嗯，这缎料不错，没想到你们的产品这么快就达到这个质量，你这是——

昌盛：做广告，我家的绸缎来这儿展销遭了冷遇。

栗振中笑了：这好办！请给我两件休闲衫，要大号的。法国的一个篮球队眼下正在东京参加比赛，队中叫杰克和丹尼的两个主力队员是我的好朋友，当初他们刚打球时我赞助过他俩。刚好今天下午他俩要逛东京的街市，我让他们俩穿上这两件休闲衫上街，他们是篮球明星，身后肯定跟有电视台的转播车，这样一来，也算让他俩为你做了一回广告，如何？

昌盛将信将疑地把两件大号休闲衫给了他：谢谢你……

8

展销大厅里。白天。

显然是因了休闲衫的广告作用，昌盛的展台前已围了些顾客。

人们开始仔细察看他的绸缎。

零买的人开始增多。

有一个绸缎经销商带了翻译过来：请问，如果经销你们尚吉利的绸缎，你每米含要价多少？

昌盛开始回答，脸上第一次露出了点笑容……

9

晚。昌盛所住的旅馆里。

昌盛正伏在桌上用笔计算着什么。

响起了敲门声。

昌盛起身开门。

栗振中和夫人艾丽雅含笑站在门口。

昌盛热情地：快请进来。

栗振中进屋没说别的，先去打开了电视机。

电视机屏幕上立刻出现了两个身材高大身穿尚吉利休闲衫的年轻法国人：一个黑人和一个白人篮球队员。

他们背上的中国尚吉利绸缎一行字不时在屏幕上晃动。

他们的四周围满了年轻人。

欢呼声由电视机里响亮地传了出来。

昌盛意外而饶有兴味地看着电视画面……

10

展销大厅里。早晨。大门刚刚打开。

昌盛正在摆放着自己的展销产品。

十来个日本小伙子走进展销大厅，目光在四处张望。

昌盛看了他们一眼，没有在意。

那些小伙子慢慢找到了他的展台前，噢地欢呼了一声。

昌盛先是一怔，随即才明白他们是在找尚吉利绸缎，高兴地招呼：要多少？

一个小伙子用手比画了一下：三米。

又一个小伙子用生硬的汉语叫着：三米，做一件休闲衫。

昌盛耐心地卖给他们。

不大工夫，展台前排的队伍长起来。

三友绸缎经销株式会社的公关部部长见状高兴地跑过来对昌盛：尚先生，祝贺你，你的绸缎引起了球迷们的喜欢！

昌盛仍在三米三米地卖着。

球迷们越聚越多，队伍已由大厅排到了街上。

11

展销大厅前的大街上。白天。

球迷们排的长队引起了过往市民的注意。

市民们围拢到球迷们身边打听。

市民们也纷纷走进大厅。

12

展销大厅里。傍晚。

昌盛展台前，依然人群拥挤，昌盛已应接不暇了。

他面前摆的绸缎已经越来越少。

他不得不高声地对展台前的顾客：各位，很抱歉，展销会还未结束，我还要留下样品以便订货，不卖了。

展台前的顾客们恋恋不舍地离去。

这时，三友绸缎经销株式会社的那位公关部部长领着一个中年男人走到昌盛面前介绍道：尚先生，这位是我们董事长，天平一郎先生。

昌盛点头：你好！

天平一郎谦恭地：我们愿订贵厂的绸缎五十万米，这是订单和订金支票。请在订单上签上字就行。

昌盛有些意外地哦了一声，看了一下订单和支票，低头签字。

又一个商人这时走过来,朝昌盛递上了订单和订金支票。

又有几个商人拿着订单和支票向昌盛走来……

13

展销大厅门口。傍晚。

昌盛满面欢喜地走出大门。

怎么样?效果不错吧?一声含笑的问话传进昌盛耳朵。

昌盛抬头,才发现是栗振中和艾丽雅站在门口。

昌盛疾步过去抓住振中的手摇起来:谢谢你!

振中轻拍着昌盛的肩膀:记住利用一切机会宣传你的产品,这是一个好酒也怕巷子深的时代!

昌盛连连点头:对,对。

栗振中压低了声音:我看出你还没有在异国处理大笔金钱的经验,请你现在立刻随我们坐车去贵国设在东京的"中国银行",把钱汇往你国内的账户,不然可能会出意外!

昌盛感激地:兄弟,我不知道该咋样感谢你,我没想到会在东京得到你的帮助!

栗振中:我可能也需要你的帮助,我想让我在巴黎的梦宛绸缎店长期经销你的尚吉利绸缎,不知你是否允许?

昌盛拍了一下振中肩膀:那还用说?!……

14

昌盛所住的旅馆房间。夜。

昌盛仍然兴奋地在房间里走来走去。

他一边看着一张纸上的数字,一边高兴地自言自语:二百多万米的订单,六十多万美元的订金,天哪!话到此处他突然捂住嘴,担心地望了一眼门窗。

画外传来他喜极的心声:爷爷,咱们成功了!……

15

南阳田园酒家门前。正午。

临街摆着一块纸牌,上边用墨笔写着一行大字:黄酒大减价,每斤减价五毛。

几个盛了黄酒的大塑料桶摆在那儿,晶子站在一张桌后卖。

不断有人端了盆来买。

卖酒的钱不断扔进抽屉。

宁安由屋里出来,探头看了看盛钱的抽屉,脸上满是笑意。

16

南阳田园酒家。傍晚。

尚天走了进来。

他径直走到正在厨房门口忙活的宁安身边,小声地:怎么样?卖了多少钱?

宁安低声地:一万一。

尚天微微一笑:那先把我的一半……

宁安从裤兜里掏出一卷钱迅速地塞到尚天手里:给你准备好了,五千五。

尚天:尽快卖完!

宁安低声地:最近老有人上门反映,说喝了这酒上头,拉肚子,这酒卖时间长了不会变质吧?

尚天:放心,死不了人!

17

正午。田园酒家店堂。

十几个酒客正分别坐在几张桌上喝着黄酒。

突然有人叫:妈呀,我肚子疼!

正忙着的宁安和晶子都没有在意。

又有人捂着肚子急急过来问晶子:厕所在哪儿?

哇——有人吐了。

哇——又有人吐了。

酒客们相继开始去捂肚子。

有人边捂着肚子边向门口哆哆嗦嗦地挪步:八成是中毒了!

一个酒客摇摇晃晃地奔到门外，刚对街边过往的人说了一句：快报警！便倒了下去。

宁安和晶子惊骇地看着这一幕。

晶子惊慌地：妈呀，出事了！

宁安的双腿软了下去，一下子蹲在了地上……

18

正午。田园酒家门前。

警车和救护车响成了一片。

救护人员紧张地把中毒人员往救护车上抬。

宁安被带上了警车……

19

尚吉利织丝厂。白天。

十几辆卡车满载着几十台新式织机驶进院里。

昌盛满脸喜色地指挥人们卸着新买来的织机。

门卫家福走过来高兴地：厂长，一下子买这么多？

昌盛：订单这样多，不扩大厂子的规模怎么行？

小瑾这时匆匆走过来，对昌盛：广州又来了两张订单！

昌盛高兴地：好呀，订单越多越好！

小瑾：市建二公司的刘经理拿来了新建厂房的图纸，要让你看一看。

昌盛：让他稍等我一会儿。

小瑾：咱们小缫丝厂请来的几个师傅也到了。住在新宛饭店。

昌盛：告诉他们，我晚上请他们吃饭……

20

傍晚。尚吉利织丝厂院中。

昌盛对集合起来的工人们：这些天，大家为赶日本商家的订货，加班加点，很辛苦，我宣布，给每人发五百元奖金！

人们都相视一笑。

站在人群中的宁贞也脸露笑容……

21

傍晚。世景街上的一家烧鸡店。

宁贞骑着自行车满面笑容地走过来。

她停下车，在门口的烧锅上买了一只烧鸡。

22

傍晚。宁贞家。

宁贞拎着刚买的那只烧鸡边兴冲冲地往屋里走边叫：爹、妈，我们发了奖金，我给你们买了一只——

她的步子和话都在门口止住了，她瞪大了眼。

原来爹和妈都正坐在屋里抹眼泪。

她疾步赶到妈妈面前，急切地：出什么事了？

栗丽哽咽地：你哥……他被公安局……抓走了……

宁贞吃惊地：呀——

23

公安局临时拘留室。晚。

宁贞站在铁栅栏外边。

宁安抱头坐在拘留室一角。

宁贞哽咽着：哥，你真是鬼迷心窍，咋能卖假酒？

宁安叹了一口气，用手拍拍自己的额头。

宁贞：人家要问啥子，你都实实在在地给人家说！

宁安无声地点头。

24

公安局一间办公室。晚。

一个警察和一个工商局的人正坐在那儿说话。

宁贞满脸怯意地推门进来，轻声地：同志，对我哥哥曹宁安会咋处理？

那个警察：所幸没有死人，要不，就得进监狱了！

那个工商局的人：罚，要重罚十万，交了罚金才能放人！罚得他倾家荡产！

宁贞被惊呆在那儿。

她软软地靠在了背后的墙上，眼泪一下涌了出来……

25

白天。尚吉利丝织厂织造车间。

宁贞双眼红肿着在织机前忙碌……

26

傍晚。叠印：

宁贞骑着自行车到一家门口停下，她对出门相迎的人说着什么。那人进屋拿出一沓钱数给她……

宁贞又骑着自行车来到一家门口，她又对出门相迎的人恳求着什么，那人从身上掏出一沓钱数给她……

宁贞再次骑着自行车来到一家门口，仍是恳求地说着什么，但那人摇摇头，并没有借钱给她……

宁贞仍然骑着自行车在奔波借钱……

27

夜。宁贞闺房。

她仔细地数着自己积攒的和借来的钱，但显然这数字和十万元相差太远，她痛苦地抱起了头……

28

尚吉利织丝厂办公室门前。白天。

昌盛正在指挥着几个工人往办公室里搬漂亮的真皮沙发、皮转椅和老板台。

一辆崭新的桑塔纳轿车开到了办公室门口停下，一个司机下来对昌盛：尚厂长，你看这台车可以吧？

昌盛走过去绕着车看了一圈，又拉开门看了看，点头：好，就是它了！

家福坐着一辆客货两用车过来，上边放着几台空调，家福对昌盛：尚厂长，这是刚买来的，你过来看看。

昌盛应了一声：好！

29

尚家。昌盛和小瑾的卧室。夜。

昌盛正在对镜试穿一套高级西服，边穿边问小瑾：这叫什么牌子？

穿着一新，正在往耳朵上试戴着耳环的小瑾应道：皮尔·卡丹。

昌盛：名字倒还好听，皮鞋呢？

小瑾：英国的，叫啥牌子我忘记了。

昌盛边把一块手表往手腕上戴边看着上边的商标说着：劳……力……士……

小瑾这时已把金耳坠、金项链、金手镯、金戒指全部戴好，把一个高级皮手袋往胳膊上一挎，而后往昌盛面前一站：看我像不像一个总经理的夫人？！

昌盛笑了：有那么一点，我呢？像不像一个大老板？

小瑾也笑了：有那么一点。说罢，突然想起地：等等，我还买了一瓶法国香水哩，往身上喷一下，咱闻闻它究竟香不香！说着，从桌上摸过一瓶香水往身上喷了起来。

昌盛耸着鼻子：嘿！好闻！真他妈的好闻。人钱多了真好！边说边一把揽过小瑾：一闻你身上这香味，我就想……

小瑾高兴地咯咯笑了。

昌盛急忙制止地把指头竖在嘴唇上：别惊动了爷爷休息。

小瑾：我明天上街，给爷爷和旺旺也买点高档用品！

昌盛：是呀，该让爷爷享享福了！……

30

尚吉利织丝厂办公室。白天。

昌盛衣饰一新地坐在老板台前，对站在面前的三个男子郑重地：从今天起，小董担任原料科科长、小宋担任生产科科长、小巩担任销售科科长，你们分兵把口，我不再事事亲自过问！

三个人急忙点头。

昌盛：干好了，多得奖金；干坏了，走人！好，你们去忙吧。

三个人依次走出办公室房门。

昌盛揿亮打火机，点燃一支香烟，美美地吸了一口。

阳光很好地照在他身上，他一脸惬意地吸烟品茶。

一句感叹由画外飘来：好日子到底来了。

宁贞这时抱着几匹送检的绸缎由窗前经过，昌盛抬眼去看，由于阳光的透视作用，身着单衣单裤的宁贞那丰盈身材的美妙之处一下子跳进了昌盛眼里。

昌盛的双眼一定。

宁贞在窗外消失之后，她那美妙的身影仍在昌盛眼前停立不动。

他急忙摇摇头站起身来。

31

傍晚。尚吉利织丝厂织造车间。

宁贞正在准备下班。

昌盛闲步踱进来。

宁贞看见昌盛礼貌地招呼了一声：厂长，来了。

昌盛特别欣赏地看着宁贞：宁贞，你的两只眼睛怎么都有些红肿？

宁贞低下头，显然一时不知说什么好。

昌盛：你哭过？

宁贞急忙摇头：没。可因为借不到钱上交罚金，心里的压力太大，她的眼泪止不住流了出来。

昌盛一怔：出了什么事情？

宁贞哽咽起来……

32

厂长办公室。傍晚。

昌盛打开自己的保险柜，从中拿出一个纸包递到宁贞手上：这是八万，加上你自己筹措的那些钱，够交罚金了。

宁贞急忙含泪鞠躬：谢谢厂长，我一定争取早点还上。

昌盛摆摆手：先不说还的话，咱救人要紧，走，我跟你一起去拘留所！

33

拘留所。晚。

宁贞和昌盛站在门外。

一个警察领着头发胡子很长、又黑又瘦的宁安走了出来。

宁贞奔上去拉住宁安的手：哥哥。

宁安木木地看着妹妹。

宁贞指着昌盛对哥哥：罚金是尚厂长借给咱们的。

被吓破了胆的宁安想要跪下去。

昌盛急忙拉住他：你甭这样，你要真心感激我，你就答应我一个条件！

宁安低了声：啥？

昌盛：出来后别再去开田园酒家了，看来你不是干那个的料，你过去不是种过桑养过蚕吗？你今后还去种桑树、柞树养蚕吧。地和树苗我来准备，你只需栽、管、养就成！我想建立个蚕茧基地，你就替我把这个基地干起来，我日后给你开工资，行吧？

宁安还未来得及开口，宁贞先替哥哥应下了：行呀，厂长，他一定能干好，他过去在家里养蚕就是一把好手！说罢又指向哥哥：哥，这个事你要干不好可对不起尚厂长！

垂首站在那儿的宁安这时先点了一下头，随后喃喃：是尚天坑了我……

昌盛没听清，低头问：你说什么？

宁安急忙摇头：没说啥，我一定干好！

34

白天。省城郑州市大街上的一个报摊。

戴了墨镜的尚天左顾右盼，谨慎小心地来到了报摊前。

他买了一张《宛城日报》仔细看去。

报上的一条消息标题特写：因卖假黄酒被拘的曹宁安，近日缴纳十万元罚金被放出。

他拿起报摊上的公用电话拨起了号码。

电话接通了，尚天叫了一声：妈，是我。

话筒里的声音：你赶紧回来上班吧！

尚天压低了声音：我害怕回去让公安局——

话筒里的声音：没事了，回来吧。曹宁安说出你的名字后，公安局那些办案的叔叔压下来没有再追究……

尚天舒了一口气。

35

夜。尚承达家。

尚天轻手轻脚地推开了屋门。

正在擦拭着什么的妈妈扭头看见儿子，急忙把手指竖在嘴前示意儿子不要说话。

妈妈走到尚天身边，悄声地：别惊动你爹，他正在里屋看书，赶明儿他问起你这些天去哪里了，你就说是出公差，千万不能让他知道真相。

尚天沮丧地点点头。

尚天妈：还有，你得小心曹宁安，他被关了这些天，又被罚得这样惨，他早晚会找你算账！

尚天打了个寒噤。

36

尚吉利织丝厂。白天。

昌盛正坐在老板台后悠闲地品茶。

他的眼前又慢慢浮出了宁贞的身影：宁贞正面对着他娇美地笑着，而且举手去解上衣的纽扣……

发啥子愣?！一声喊叫把昌盛面前的幻影惊走，他抬头看见是小瑾抱着一堆东西站在身旁。

他急忙起身掩饰地笑着：我在想绸缎的染色问题。

小瑾把怀里抱着的一堆东西放到昌盛的老板台上：这是我给爷爷买的皮衣，四千六百块；这是我给爷爷买的保健枕头，一千一百块，这是我给爷爷买的一双皮靴，四百八十块。

昌盛点头笑着：好，好！该让爷爷享受了。哎，我有个事正想找你商量哩！

小瑾：啥？

昌盛：咱们的厂子越来越大，接待客户越来越多，出去联系的事情也越来越多，因此，我想成立个公关部，专门负责这些事，你看咋样？

小瑾：行呀！也省得我整天给客人们端茶倒水的了。

昌盛：眼下，这公关部只要一个人就行了，这个人最好是年轻、漂亮一点的姑娘。而且最好是咱厂里的职工，对厂子的情况有一定了解。

小瑾低头想了一阵：那只有让那个曹宁贞来了，她倒是符合标准。

昌盛抑制住心里的高兴，假装淡漠地：她能干得了这个？

小瑾：啥事有学不会的？何况这又不是做啥学问。

昌盛大度地挥了一下手：好吧，既然你认为她行，就让她来试试！

37

尚家。傍晚。

昌盛和小瑾兴高采烈地抱着给爷爷买的东西走进了老人卧房。

老人戴着助听器，在听收音机。

小瑾高兴地介绍着那些东西：爷爷，这皮袄穿上既轻便又暖和，是从外国进口的高档皮草，四千六百块；这个保健枕头是高科技新产品，能使人很快进入睡眠，一千一百块；这皮靴四百八十块，也是高档货。

昌盛笑着：爷爷，你辛苦了一辈子，该享福了！

尚达志听毕什么也没说，只是慢腾腾地起身向他的木床走去：我想睡了，你们出去吧。

昌盛和小瑾略有些意外地对视了一眼。

38

早上。尚家。

尚达志拄着拐杖走出睡屋，喊了一声：旺旺！

旺旺走出来：太爷爷，有事？

尚达志：给我拿把剪子来！

旺旺：剪子？

小瑾这时听见了爷爷的话，走出来问：爷爷，要剪子干啥？

尚达志：你只把剪子拿来就行了！

小瑾扭头拿一把剪子递到爷爷手中。

尚达志对小瑾：中午你和昌盛、旺旺都回来，我有样东西要给你们看！

小瑾不明所以地：行。

39

尚家院里。正午。

司机开着桑塔那轿车把昌盛和小瑾送到门口，两人笑容满面地下车。

昌盛和小瑾走进院门后一齐吃惊地站住。

原来院中那块刻有奇怪图案▦的石头上，摊放着一件全被剪成条条的新皮衣，那些皮条条在正午不大的风里上下翻飞。在烂皮衣的旁边摆着那个被剪碎的保健枕头和那双皮靴。

尚达志则正坐在院中的一把椅子上。

小瑾惊异地：咋着回事，爷爷？

尚达志缓缓地：这不是我这样的人穿用的东西！我这穿布衣长大变老的身子用不着穿四千多块钱一件的皮衣，四千块钱够买不少的蚕茧织出不少的绸缎！

承达，给他们念念！尚达志这时又叫了一声。

昌盛和小瑾这才注意到，当副市长的承达叔叔也站在院里。

承达对着昌盛和小瑾苦笑了一下：我来时，他已把这些东西剪坏了。

尚达志催着儿子：念吧！

承达只好念着手上的一张纸：宋常轮，汴京人，自幼从父学做纸，手艺渐精，所经营之纸作坊生意兴隆，家产日增。后染奢风，吃必飞禽，穿必锦裘，行必车马，家中仆从无数，遂不思进取，致生意每况愈下，终至于倒闭……

尚达志顿了顿手中的拐杖：我要想穿四千多块钱一件的皮衣还要等到现在来买？我早可以把那些金条拿一根去换成钞票把皮衣买了来。我要的是"霸王绸"！是尚家能织出"霸王绸"的名声！可现在倒好，离织出"霸王绸"还有十万八千里，生意刚刚有了个转机，你们可就抖开了，就穿起上千元一件的衣裳，下一步是不是还要买上万元一件的家具，吃上万元一桌的酒席？

承达劝解地：爹，昌盛他们也是好意。

达志：我不要这份好意！

昌盛有些委屈地：爷爷，我也是想让别人看得起咱们——

尚达志：靠穿好衣裳去让人看得起？人靠的是本领！你有本领织出了称霸世界的绸缎，还怕别人看不起你？……

40

一个挂有公关部牌子的小屋。白天。

宁贞正在屋里擦拭着桌椅。

昌盛推门进来。

宁贞忙叫：厂长，有事？

昌盛笑着摇头：暂时没事，喏，这是纺织公司一个朋友送给我的微型录放机，我留着没用，送给你学函授课用吧。说着，把一个录放机递到了宁贞手上。

宁贞从未收到过这么贵重的礼物，开始是一愣，继是一喜，涨红了脸接过礼物，感动地：厂长，真不知该怎么谢你！

昌盛把带点色眯眯的目光放到了宁贞身上：跟我还客气什么？

41

尚吉利织丝厂大门口。白天。

昌盛正拿着一封盖了印章的公函在那里看着，同时拿眼斜着正越走越近的小瑾。

小瑾：看什么呢？

昌盛：省里一家大型服装厂来函，说他们要在省城开一个绸缎供货洽谈会，会期一天。邀请我带一个人去，你看谁跟我去好？边说边把那公函递到小瑾手上。

小瑾看了一眼公函，眯着眼盯住昌盛：当然是带公关部的曹宁贞好哇。话里分明带了点试探和警惕的意味。

昌盛假装没听出对方话中的意味：好吧，既是你同意她去，就让她去吧。

小瑾的目光阴沉地一闪。

42

奔驰的火车。白天。

车厢里,昌盛和宁贞并肩而坐。

宁贞一脸温顺,静静地翻着手中的一本书。

昌盛不停地看着身旁的宁贞,一副心花怒放的模样。

画外传来昌盛快活的心声:这个漂亮姑娘就要属于我了……

43

尚吉利织丝厂门卫室。白天。

小瑾正低声对门卫家福交代着什么,同时把一沓钱放到了他手上。

家福吃惊地急忙摇头。

小瑾冷眼瞪住他。

家福又急忙点头……

44

郑州中原服装厂宾馆。傍晚。

大厅报到处,一个工作人员握住昌盛的手,欢迎尚总到会,你们住三楼,请随我去房间。

昌盛点头。

45

三楼一个套间里。

那个接待员指着房间对昌盛:你们就住这套。

昌盛指了一下宁贞问那接待员:我们厂的公关部部长住哪间?

那人笑了:尚总,咱们这次聚会没有官方的人,大家不必拘谨,谁都知道老总们大都有个小蜜,所以咱们这次安排就一律是这种套间,外间住女的,里间住男的,也算为你们提供一个方便。

昌盛分明有些高兴,嘴上却说:这怎么能行?同时拿眼去看身后的宁贞。

宁贞的脸有些苍白,她显然也听懂了男人的那番话。

46

宾馆餐厅。晚。

宁贞坐在昌盛对面,默默地吃着自助餐。

宁贞吃得有些心不在焉。

昌盛边吃边不时看宁贞一眼,目光里有一种跃跃欲试的欢喜。

47

宾馆大门口。傍晚。

家福迟迟疑疑地走进了宾馆大门……

第二十五集

1

服装厂宾馆餐厅门口。晚。

昌盛带着宁贞走出餐厅。

一个熟人叫住昌盛说着什么。

心神不定的宁贞低头默默地走去。

正和那熟人说着话的昌盛忽然看见自家厂里的门卫家福走进了宾馆大门,不由得一惊,急忙和那位熟人握别后迎着家福走过去。

家福看见了昌盛,神情不安地叫了一声:尚厂长。

昌盛神情阴沉十分不高兴地:你咋来了?

家福:小瑾嫂子让来的,说有一封栗振中从美国来的信要我赶来交给你。说着,把一封信递到昌盛手上。

昌盛接过看了一眼:这又不是啥急信,我明天傍晚就回去了,用得着跑这样远送来吗?

家福嗫嚅地:我也说是,只是嫂子让我来,我不敢不来——

昌盛听到这儿倏然明白了什么,急忙在脸上浮了笑意:好,来了就来了,你先去吃饭,我去给你安排住处。

2

会议接待处。晚。

昌盛对先前安排房间的那个接待员:请为我再安排一个套间,房钱我自己负担!

那男子见昌盛态度坚决,只好笑笑:看来,你胆量还是小些,好吧。到南楼428房间。

3

和宁贞合住的那个套间。晚。

宁贞呆然坐在屋里。

昌盛匆匆走进来对宁贞:我搬到南楼住了。说着去拿自己的东西。

宁贞分明有些意外地看着他。

昌盛解释：他们怎么能把我俩安排在一起?!

4

南楼428房间。晚。

昌盛十分不高兴地对家福：你睡外间的床，我睡里间。

家福点头。

5

早晨。服装厂宾馆门口。

昌盛对家福挥手：回去告诉你嫂子，我可能要到明天才能回去。

6

早晨。宁贞住的那个套间门口。

昌盛兴冲冲迫不及待地敲门。

正在梳妆的宁贞拿着梳子来开门。

昌盛色眯眯地看着宁贞：睡得好吗？

绾好头发的宁贞点头，同时轻声地：尚厂长，我要向你道歉！

昌盛一怔：向我道啥子歉？

宁贞：昨天进了宾馆之后，我开始对你有误解，我以为你真像安排我们住宿的那个男人说的那样，存心和我住在一个屋里，那一刻，我把你看成了一个肮脏的东西，一个依仗钱财欺负女人的恶棍！我后悔我过去没有对你存戒心，我甚至已把一个水果刀放到衣兜里，以便你对我不轨时反抗你。但后来你用行动消除了我的误解，你正正派派地住进了别的房间，我这才知道我对你的误解是多么不应该！你心地善良，我却把你想象得猥琐卑鄙，我恨死了我自己，真是太对不起你了，我就是因此要向你道歉！

昌盛满脸尴尬呆若木鸡地站在那儿。

他分明看见一个巨大的巴掌带着呼呼的风声向他掴来。

他伸手扶住了桌子。

7

宾馆南楼428房间。早晨。

呆站在屋中的昌盛突然抬手打了自己一个耳光。

画外传来他含了深切自责的声音：尚昌盛，你成了一个什么样的东西？

8

尚吉利织丝厂。白天。

昌盛又穿上原来的工作服，走进了织造车间。

他亲自检修着织机、动力机。

他在一台动力机上发现了什么重大事故隐患，神色变为惊骇……

他对身边的检修工厉声说着什么……

9

尚吉利织丝厂办公室。白天。

昌盛对宁贞：你操作织机的技术熟练，放在公关部是人才浪费。我决定任命你当织造车间的副主任，明天就到任！

宁贞意外地：我怎么能当副主任？

昌盛：我相信你会当好的！

10

尚承达家。傍晚。

尚天走进屋门。

尚天妈扭头看见儿子轻声地：下班了？机关里没人议论你什么吧？

尚天叹气：一般人倒不知道我前些日子干啥去了，可我们局长分明清楚，他每次看见我的眼神都有点那个。

尚天妈：管他哩。

尚天神情忧郁地：我得去见见那个曹宁安。

尚天妈：怎么？你还嫌麻烦少吗？

尚天：夜里总梦见他。

11

夜。尚天卧室。

门吱吱嘎嘎地被人撬开了。

宁安拎着一把菜刀走了进来。

他挥刀便向躺在床上的尚天砍来。

尚天呀一声坐起身子,这才明白又是一场梦。

他喘息着抹着额头上的汗水。

12

白天。安留岗的坡地上。

宁安正在细心地栽着桑树树苗。

一阵杂沓的脚步声在他身后响起。

他回头看去。

原来是尚天。

宁安随即又把头扭了过来,继续向树苗的根部培土。

尚天大概以为宁安没有认出他,轻叫了一声:宁安,是我。

宁安没有回头,只淡淡地说:走吧,这里没啥看头。

尚天:宁安,我对不起你。

宁安依旧没有扭头,只说:都过去了,照我被关被罚后最初那些日子的想法,我是想用刀劈了你的,可后来别人劝我,说人做了坏事,佛祖在看着,他会施惩罚的,时间早晚而已!

尚天在宁安平静的声音里打了个寒噤。

13

市政府会议室。白天。

尚承达正在主持召开一个会议。

一个中年男子迟到了,一副宿醉未醒的样子,他进屋寻找着自己的座位,最后在工商局的牌子前坐下。

正在讲话的尚承达不悦地停下:林局长,他们没有通知你九点到会吗?

那林局长笑笑:起床有点晚了。

尚承达不高兴地：是不是昨晚又喝多了？

林局长尴尬地一笑。

尚承达：记住以后少喝，老喝成这样子像什么话？

林局长显然因这当众批评有些着恼：我多喝了几杯自己的酒不像话，可总比那些卖假酒的强吧？

承达因为不知这话的含义而恼怒起来：你这话什么意思？你难道还要与卖假酒的去比个高低？那你为何不也去卖假酒？

林局长顶撞：我哪敢哪？我又不是副市长的儿子！

承达听出了这话的弦外之音，站了起来：什么副市长的儿子？你给我说清楚！

林局长：我恐怕说不清楚，你回去问问你的大儿子，他兴许能说清楚！

尚承达意外地瞪住对方。

14

尚承达家。客厅。白天。

承达铁青着脸走进屋子。

妻子文琳看见，诧异地：哎，今儿个下班这样早？

承达没理会妻子的问话，而是命令似的：马上给尚天打电话，让他回来！

文琳：出啥事了？见承达怒而不答，只好慌慌地去拨电话。

15

尚承达家院子。白天。

尚天喘着粗气奔进院子。

尚承达正铁青着脸在院中来回踱步。

尚天看见父亲的样子，先就心虚起来，讷讷地：有事？

尚承达喝问：你老老实实告诉我，你最近有没有与卖假酒的事牵扯上？

尚天的脸唰地白了，嗫嚅地：我只想弄两个钱，没料到……

事情被证实的痛心和气怒使尚承达挥拳使尽全力向面前的一个小茶桌砸去，边砸边吼：你……这个浑蛋！他用的力量太大了，致使那桌面发出轰响的同时，桌上的水杯和其他什物都弹到了空中。

　　站在一旁的文琳心疼地望着那些落地摔碎的杯子，同时弯腰去捡从桌上掉下来的其他东西，待她直起腰时才发现，丈夫承达此时已经软软歪倒在了地上。

　　文琳急忙伸手去扶：他爸！她原以为扶一下丈夫就会站起，可待一摸丈夫那软软的胳膊时，她才真正慌了，她看见丈夫眼紧闭且嘴角有血溢出，她骇然地叫：他爸！他爸！

　　承达的眼睛仍然没有睁开，而且嘴角的血溢得更多了。

　　尚天也惊慌地抓住父亲的手连连叫：爸，爸！

　　文琳这时转向儿子急切地：脑出血！天天，快打电话叫救护车！

16

市医院急诊室。白天。

医生们正在对尚承达进行抢救……

17

市医院病房走廊。夜。

一个医生对尚天和文琳缓缓地：他的命保住了，但已恢复不到原来的状态，他的右侧手和腿将不会再有知觉，左侧手和腿有知觉但不能活动，他此后可能将永远躺在床上，而且说话会含混不清！

文琳、尚天母子被惊得目瞪口呆……

18

尚吉利织丝厂。白天。

昌盛正在办公室里忙着什么。

小瑾走进来：他爹，后天是爷爷的一百零四岁生日，明天该买东西了！

昌盛闻声拍一下自己的额头：看我，忙得把这事也忘了。爷爷是咱们南阳地面上的寿星了，咱得好好庆祝庆祝他这个生日，摆几桌席，把承达叔他们一家也都请来热闹热闹。

19

尚家。傍晚。

尚达志的卧房。

昌盛高兴地对达志：爷爷，报社里的人听说明儿个是你一百零四岁生日，要来采访你的长寿经验哩！

达志：明儿个我谁都不见，只需要给我煮一个鸡蛋，下一碗寿面，剥两瓣大蒜就中。

昌盛：那怎么行？我在商界的好些朋友也要来看你哩！

达志瞪了一眼孙子：看什么看？人活到这时候，已经是个怪物了，有啥好看的？

昌盛见爷爷生气了，不敢再多话。

小瑾这时慌慌地走进屋里：爷爷，他爹，刚刚听说承达叔脑出血住院了。

昌盛一惊。

达志愣了一霎之后慢腾腾地：肯定是阎王爷弄错了，他本想来折磨我的，竟错找了我的儿子！……

20

市医院尚承达病房。白天。

尚天正在给父亲承达喂饭，一勺一勺，喂得极其细心。

喂完饭，尚天又把尿壶麻利地塞进父亲的被子里接尿。

尚天端着尿壶出门。

屋里来探视承达的一个老者叹着：哎呀，看看这孩子多孝顺！

躺在床上的尚承达默默听着……

21

尚承达病房走廊。傍晚。

文琳拎着饭盒拿着衣物走了过来。

到了承达的病房门口刚要伸手去开门，忽听从病房里传出一种手掌击打肉体的响声传出来。

文琳一愣，急忙把眼凑到门前的玻璃观察窗上去看。

22

病房里。傍晚。

承达的病床前，尚天正在用手打自己的耳光。

尚承达先是惊讶地注视着儿子，随后双眼闭上且流出了眼泪。

文琳推开门上前抱住了尚天的胳膊。

尚天用衣袖抹去嘴角的血丝之后退回到墙角抱头坐下，什么话也没有再说。

文琳先是去擦丈夫脸上的眼泪，随后又去擦儿子嘴角的血迹……

门这时重又被敲响，文琳上前开门，原来是小瑾提着营养品站在门口：我们刚刚知道承达叔病了。

文琳点头。

小瑾进屋：爷爷也来了，他非要让昌盛背他来不可。

文琳意外地哦了一声，抬头看时，昌盛果然已背着爷爷尚达志到了门口。

床上的承达看见高龄的父亲来了，呀呀呀在口中含混地说着一些话。

文琳急忙对达志翻译着：爹，他这是说你这样大年纪，不该来看他，要保重自己的身体。

尚达志极慢极慢地在儿子床边坐下，先握了儿子没有知觉的手摇了摇，而后把长满老人斑的手抚到儿子的脸上，哆哆嗦嗦地摩挲，一双昏花的老眼长久地看着儿子的脸，嘴里慢腾腾地：承达，既是老天爷让咱得了这个病，咱就要安心受住，慢慢熬着等，有些事就得等。

一层水雾从承达的双眼里飘了起来，并渐渐凝聚成两个水珠，由眼角流了出来。他嚅动着嘴唇，哽咽着说了很长一阵子话。

文琳又急忙对达志翻译：他说，他知道你这辈子想把丝织厂办好，想织出"霸王绸"，可他没有帮你的忙。这是因为他对世事有他的一套看法，他总觉着鼓励私人办厂于社会发展不好，他说这可能是他的局限，但已经没法改变了。他说他今后是帮不上你和昌盛的忙了，但尚穹这孩子倒是挺有出息，毕业后又分到北京经济部工作，日后兴许能给你们些帮助。

达志听着点点头，一边伸手抹掉儿子眼角上的水珠，一边安慰：织绸缎的事，咱俩都不用操心了，让昌盛和尚天、尚穹他们这一代去办吧，一代人只能办一代人的事……

23

尚承达家。晚。

已经出院回家的尚承达正躺在床上，由大儿子尚天给他擦澡。

文琳正在收拾丈夫刚才吃饭时用过的碗盘。

门这时被咚地撞开，西装革履的尚穹拎着一只皮箱走进屋来。

一家人都高兴地看着尚穹。

尚穹走到床前，握住父亲的那无知觉的手急切地：爸，我从国外飞到北京，一听说你病了就赶紧坐车回来……

24

尚天的卧室。晚。

尚天垂头坐在床上。

尚穹看着哥哥：你怎么能想起去卖假酒？你是在仕途上走的人，在仕途上的人没有了名声，还能往上走得动？

尚天一声没吭。

尚穹：你要实在想钱了，就该去经商；在仕途上，就该全心去想职务和责任！

门这时被推开，文琳走了进来：穹穹，你爸刚才让我告诉你，他要你明天一定去尚吉利织丝厂看看，看他们需不需要你的帮助。

尚穹点头。

25

尚吉利织丝厂。白天。

尚穹在昌盛的带领下参观了各个车间。

尚穹：昌盛哥，没想到你的织丝厂还真有规模了！

昌盛笑着：下一步能不能有个大发展，就看你能不能帮忙了！

尚穹也笑道：我刚进经济管理部门不久，还没站稳脚跟，待脚跟站稳了，昌盛哥有啥事要我帮忙，打个电话就行！

昌盛高兴地：冲你这句话，哥今晚和我所有的车间主任一起，请你吃饭！

26

尚家客厅。傍晚。

七八个男女规规矩矩地坐着，内中也有宁贞。

小瑾正在向一张大饭桌上摆着酒菜，边摆边对外边喊：他爸，去喊尚穹过来，可以开始了。

从里间拎着两瓶酒出来的昌盛笑道：好！

27

尚达志睡屋。傍晚。

尚穹正坐在爷爷的床前说着什么。

昌盛走到门口：尚穹，走，咱们过去喝几杯！

达志朝尚穹：去吧，以后要好好帮帮你昌盛哥！

28

尚家客厅。傍晚。

尚穹在酒桌的主位上坐定，仔细看着桌前陪客的人。

他的目光在宁贞身上停住，眼中现出了惊奇和惊喜：这位是——

昌盛：丝织车间的副主任宁贞。

尚穹笑着：咱南阳能出这么漂亮的姑娘可真值得骄傲！

众人都笑了。

宁贞不好意思地低了头。

昌盛举杯敬酒。

众人喝着吃着。

尚穹的目光不时在宁贞身上晃过。

宁贞注意到了尚穹的目光，越发显出了不自在。

小瑾注意到了尚穹的目光，意味深长地一笑……

29

夜。尚家院里。

小瑾叫住正要走出院门的尚穹:哎,尚穹,嫂子有句话要给你说!

尚穹回过头来。

小瑾:我看出你喜欢宁贞,怎么样?嫂子我就做回媒人,把她说给你,你娶了她?!

尚穹嘻嘻一笑:玩玩还可以,结婚嘛——

小瑾一愣:啥叫玩玩?

尚穹急忙掩饰地:就是聊天散步呗,好了,嫂子再见!

30

盛夏的傍晚。蝉声仍然热烈。

白河岸边,到处都是乘凉的人群。

身着背心、裤头的尚达志坐在一辆三轮车上,由旺旺推着,在乘凉的人堆里,慢慢走着。

达志耳朵上插着助听器,手里摇着蒲扇,微闭了眼听着四周人们的交谈——

一个男人:听说了吧,这物价还要涨哪!

另一个男人:听说广州那边,人们都争着把手中的钱换成金子哩……

又一个男人:咱积存这点钱可不容易呀……

31

尚家院子。夜。

尚达志对旺旺:喊你爸妈过来!

旺旺喊了一声:爸、妈!

昌盛和小瑾相继从屋里出来。

尚达志:你们两个有没有要出点啥事的感觉?

昌盛和小瑾互相看了一眼,茫然地:哪方面出事?

尚达志:市场!

昌盛惊叫了:市场能出啥事?

尚达志:如今的市场还太嫩,容易得病,而且现在得病的征候已经有了！

昌盛：你是指人们对市场物价升高的担心？

尚达志：这种担心发展到一定程度，就会发生事情！

昌盛凝眸想了一霎，而后俯在爷爷的耳边低声地：爷爷，你是不是说市场上会出现抢购？

达志叹了口气：行，你还能听明白，记住，在这种事没有出现之前，不能说明，你现在可以去做准备了！

32

尚吉利织丝厂。白天。

昌盛走进挂有"原料科"木牌的办公室，对一个男子：你们要在几天内抓紧进一大批丝！

那人点头：明白！

33

尚吉利织丝厂。白天。

昌盛走进挂有"生产科"牌子的办公室。对一个男子：宋科长，各车间改成三班制，抓紧一切时间，争取生产出尽可能多的产品！

那科长点头：是！

34

尚吉利织丝厂。白天。

昌盛走进挂有"销售科"牌子的办公室，对一个男子：你们要抓紧把厂里生产出的所有成品都送往各地的销售点。

那男人：是！

画外音：尚达志的预料没错，仅仅一个半月后，一场采购风潮几乎刮遍了全国，昌盛由于爷爷的提醒而发了一笔大财……

35

尚吉利织丝厂财务室。白天。

小瑾领着两个女会计在不停地数钱。

昌盛走进来问：货款回来多少？

小瑾高兴地：已经有了八百多万！

昌盛：好！

36

尚家客厅。晚。

昌盛高兴地对尚达志：爷爷，你看得真准！

尚达志淡淡地：这个市场还远没有长成一个小伙，也许以后还有胡闹的时候，你下一步打算咋办？

昌盛：我想利用这次销售高峰和过去积下的钱，再建一个小型时装厂，同时扩大对蚕茧基地的投资，而且把缫丝、整理、织造、印染四个车间都扩建为厂，这几个厂连同蚕茧基地一起，称作尚吉利丝织集团，从现有的雇员中找几个能干的分别担任这几个厂的厂长，我可以仿深圳那边的做法，任集团总裁，你看咋样？

尚达志直盯住昌盛没有作声。

昌盛：爷爷，我说的——

尚达志忽然扬起手中的拐杖，在他肩头上敲敲：行，你娃子真正行了！

37

尚吉利丝织厂院内。白天。

一个临时搭起的会场。

"尚吉利丝织集团成立大会"的会标挂在主席台上。

会场里坐满了员工。

邀请来的贵宾们正陆续上台坐好。

场外一角，昌盛正面对宁贞：我前天给你说的要你当织造厂厂长的事，你还没有给我答复哩！

宁贞分明有些担心：你不怕我干不好？

昌盛：你在各个生产环节上都干过，有指导工人们生产的技术，责任心又强，我相信你能干好！

宁贞显然被这种信任所感动，点头答：好，我干！

昌盛：这样，你们家就有尚吉利集团的两名高级管理人员了，你和你哥！

宁贞意外地：我哥？

昌盛：我已决定聘你哥当集团的蚕茧基地主任！

背后突然传来一声笑叫：嗬，谈得这样亲热呀？

两人扭头，才看见是尚穹站在他们身后。

宁贞看见尚穹，朝他微微一笑，礼貌地：先生由北京回来了?! 说罢，便急忙转身向会场走去。

尚穹笑对昌盛：昌盛哥，你艳福不浅哪！

昌盛正经地：别瞎说！你能回来参加这个会我很高兴。

尚穹继续笑着：哎，你要真对她没想法，我可要对她动手了！

昌盛拍了一下尚穹的肩膀：别贫了，走，去会场！……

38

尚承达家。白天。

尚穹坐在沙发上，犹豫了一下，拿起客厅的电话，拨了一串号码：喂，叫宁贞接电话。

39

尚吉利丝织集团织造厂。白天。

宁贞正在一大排丝织机前巡看。

她弯下腰向一个女织工指点着什么。

一个姑娘这时快步向她走来：厂长，有人找你接电话。

宁贞应了一声向办公室走去。

40

织造厂小小的厂长办公室。白天。

宁贞拿起电话：喂，哪位？

电话里的声音：宁贞小姐，我是尚穹，今晚有时间吗？我想请你吃饭。

宁贞犹豫了一霎，而后婉转地：对不起尚先生，我今晚家里有事！

41

尚承达家。白天。

尚穹啪地扔下电话，不高兴地：乡下丫头，摆什么谱？

尚天这时由外边进来，问道：噢，为啥事生气？

尚穹掩饰地：为车票，去北京的卧铺票每次买都没有。

尚天：走不了就在家里再住一天，爸见到你总是很高兴。

尚穹：不能再住了，部里的工作太忙……

42

挂有"尚吉利集团财务部"铭牌的办公室。白天。

办公室被隔成了许多小间，小瑾正在其中一间办公室里对镜化妆。

一个年轻的女职员走过来：部长，我这有两张滨河宾馆舞厅的舞票，你晚上和尚总去放松放松吧。

小瑾转过身来：我这跳舞的本领，上舞厅怕是要出洋相。

那个职员：哪儿能呢，你这苗条身材，还真是跳舞的料，不跳可真可惜了！

小瑾闻言高兴地：你说我身材还行？

那女职员奉承地：不仅身材好，人还漂亮，这一化妆，看着比我还年轻哩！

小瑾越发有些眉飞色舞了：你这话可是中听，舞票给我！

43

晚饭后。尚家。

保姆正在收拾饭桌。

小瑾对昌盛：有人送了两张滨河宾馆舞厅的舞票，走，咱们跳跳舞去。

昌盛抱歉地笑笑：哟，今晚我得去服装厂看他们服装设计的方案。

小瑾：那我就一个人去了！

昌盛支持地：去吧，去吧，放松放松。

44

滨河宾馆舞厅。夜。

小瑾迟迟疑疑地走进去。

人们正在翩翩起舞。

舞厅里女多男少，边座上还有几位女士在等着男士邀请。

小瑾听了两支曲子，见没人来邀请，有些尴尬地起身预备要走。

就在这时，一个中年男人向她快步走来：可以请你跳一曲吗？

小瑾颔首，随对方走进舞池。

那男人舞跳得很好，同小瑾配合默契。

男人夸奖小瑾：你跳得真好！

小瑾高兴地笑笑。

45

舞厅门口。夜。

那中年男人笑对小瑾：明晚，还在这里，我请你跳，我会买好票在门口等你。

小瑾迟疑了一下，点点头：谢谢！

46

叠印：

舞厅那中年男人在搂着小瑾跳舞……

边座上，那中年男人在端着饮料让小瑾喝水……

滨河宾馆门外，那男人依依不舍地松开小瑾的手……

47

夜。舞厅。

那中年男人依旧搂着小瑾在跳。

他把小瑾搂得越来越紧，一只手下移到小瑾的臀上。

小瑾一怔，舞步有些放慢。

他双唇吻到了小瑾的额头。

小瑾挣了一下，但并没有真的挣开。

男人把双唇移到了她的脸上。

小瑾低而惊慌地：让别人看见？

男的立刻附在她耳边：我在二楼开了一个房间。

小瑾明知故问地：开房间干啥？

那男人意味深长地笑笑：咱们去歇息歇息，喝点水。

小瑾没有说话。

那男人停下步子，拉了她就走。

48

宾馆266房间门口。夜。

中年男人用钥匙开着门。

小瑾嘴上说着：我要走了，我真的该走了。双脚却没动。

门被打开，男人一把将小瑾拉了进去。

49

266房间里。夜。

那男人和小瑾立刻抱在一起。

两个人同时向床边移……

50

滨河宾馆门外。大街。夜。

昌盛乘坐的轿车驶到了宾馆门前。

昌盛拍拍司机的肩膀：稍停一下，我看看你嫂子跳舞回去了没有，没回就捎上她。

车停下。

昌盛下车向宾馆大门走去……

第二十六集

1

昌盛走进了滨河宾馆大门。夜。

他快步走到舞厅门口用目光寻找小瑾。

他扭头向宾馆大门外走去。

2

宾馆门外。

昌盛拉开车门坐了进去:走吧,她可能已经回了。

3

尚家。昌盛和小瑾的卧室。夜。

小瑾忐忑不安地推开卧室门。

已经躺在床上的昌盛随口地:上哪去了?

小瑾故作平静地:跳舞呀,不是你让我去的吗?

昌盛:我刚才去滨河宾馆舞厅找你,没见你呀?!

小瑾显然吃了一惊,但很快又掩饰地:我出来得早,半路上碰见几个同学,又站在街心花园里聊了一阵。

昌盛没有怀疑地:睡吧,时间不早了。

小瑾啪一下拉灭了灯,先是捂住胸口,长嘘一口气,而后才慢慢向床走去……

4

白天。尚吉利织造厂。

宁贞正在自己的办公室里填着一张什么表格。

昌盛推门进来。

宁贞看见急忙起身:尚总。

昌盛站在宁贞的办公桌前:半年的核算结果出来了,你接任厂长后已为我创造了五百五十万元的利润,喏,给你!说着,把一个厚厚的纸包朝她递了过来。

宁贞意外地：啥？

昌盛：你打开看看！

宁贞打开纸包：钱？！

昌盛：照我当初的许诺，根据你为集团创下的利润情况，这是给你的奖金！

宁贞：俺不要！

昌盛：咋，嫌少？

宁贞：不，不是的，你这样信任我，我应该把厂子里的事做好；再说，你当初为赎我哥哥，给了我那么多钱！说着，把纸包又放到了昌盛的手上。

昌盛笑了：嗨，你倒记得清。这样吧，那钱你以后再还，这些奖金你必须拿住。你不是还没成家吗？把这钱拿去准备自己的嫁妆吧！说着，把钱放到宁贞的桌上，转身走了。

5

宁贞的办公室门外。白天。

宁贞望着昌盛的背影，眼里涌满了感激。

一个女工这时走到宁贞身边：宁贞，咱们的初中同学何柳由郑州回来了，今晚要在滨河宾馆请咱们吃饭。

宁贞犹豫着：我今晚怕是——

那女工：咋，当了厂长，连老同学也请不动了？

宁贞：好，好，我去！

6

滨河宾馆大门口。傍晚。

宁贞和那个女工一同走了进去。

7

宾馆一个单间餐厅。晚。

十来个年轻姑娘围在一张饭桌上说笑吃喝。

宁贞也在其中……

8

单间餐厅门外走廊。夜。

宁贞出门低声问一个女服务员：请问，洗手间在什么地方？

那服务员：请跟我来。

宁贞随她沿走廊走着。突然，宁贞的双脚猛地顿住，双眼吃惊地瞪着前方。

原来，小瑾正由一个男子搂着腰在前边匆匆走着，那亲密的样儿就像夫妻，而且两个人推开一个房间门走了进去。

引她去卫生间的那个女服务员显然看出了她的惊异，低了声：怎么，你认识尚吉利集团总裁的夫人？

宁贞急忙摇头：不，不认识。

那服务员：她和那男人在我们这儿开房间可不止一天了，不过他们通常都是不到半夜就走。

9

还是那个单间餐厅。夜。

宁贞的那些同学还在热闹地说笑。

宁贞却已变得心神不定。

画外传来她低微的心声：小瑾夫人，你为何要把事情做到这一步？你想没想到这对你的丈夫将是一个多么可怕的打击?!……

10

白天。尚昌盛的办公室。

他正对围坐在会议桌前的几个人说着：省丝绸总公司一行三人来到我们集团考察后表示，他们今后将尽力支持我们……

宁贞也一脸端庄地坐在其中。

她的目光在昌盛的脸上一晃而过，画外同时响起她的心声：但愿他永远也不知道小瑾夫人的事……

昌盛的声音：今晚，我们在滨河宾馆宴请省丝绸公司的三位领导，诸位都出席作陪!

宁贞一惊,不由得脱口而出:滨河宾馆?

昌盛:对呀,那儿的饭菜听说挺好,而且那家宾馆的舞厅不错,饭后顺便请他们跳一阵子舞……

11

白天。集团财务部办公室。

小瑾正坐在桌前用指甲油染着指甲。

一个工作人员拿一张单据进来让她签字。

她看了一眼后飞快地签了名字。

她继续染着指甲。

电话突然响了。

她拿起话筒,威严地:哪位?

话筒里的男人声音:亲爱的,你好!

她闻声神色为之一变,先是小心地往门口看了一眼,这才压低了声音:有事快说!

话筒里的声音:今晚我在滨河宾馆舞厅等你!

小瑾迟疑地:晚上我怕有事——

话筒里的男声:太想你了,请不要拒绝!

小瑾低低地:好吧……

12

滨河宾馆一楼一间宴会厅。晚。

昌盛举行的宴会已到尾声,几个客人显然已酒足饭饱。

昌盛举杯站起:来,喝了这最后一杯酒,咱们去跳舞!

众人都举杯站了起来,宁贞也在其中。

宁贞忧虑地看了一眼昌盛。

13

滨河宾馆舞厅门口。

小瑾和那男子走出舞厅,快步向二楼走去。

14

宴会厅门口。

昌盛领着几个客人和他手下的厂长们出了一楼宴会厅,向舞厅走去。

15

舞厅。

几个客人相继下了舞池。

昌盛站在边座旁开始用目光在舞池里寻找着什么人。

舞厅里的一个服务小姐看昌盛的样子是在找人,就走上前问:先生,你是找人吗?

昌盛:噢,对,我找一个姓宋的中年妇女,不知她今晚来没来?

那服务小姐:你是说尚吉利集团的宋小瑾夫人?

昌盛有些意外:对,对,怎么,你认识?

那服务小姐:她是我们这儿的常客,她这会儿可能在二楼的房间里。

昌盛惊异了:房间里?她在这儿还有房间?

那多嘴的姑娘见昌盛的惊异样儿,意识到自己失口了,急忙走开了。

昌盛这时主动走过去问那服务小姐:请问,她在二楼哪个房间?

那姑娘的眼里现出了慌乱,她急忙摇头:不知道。

昌盛分明是意识到了什么,转身就向舞厅外走。

一直在近外暗暗观察着昌盛的宁贞这时走过来拦住昌盛:尚总,我们两个也学着跳一支吧!

昌盛:我不会跳,对不起!他匆匆说了一句,就急忙绕过宁贞,快步出了舞厅。

16

宾馆二楼楼层服务台。夜。

昌盛上前问值班的服务小姐:知道宋小瑾夫人在哪个房间?

那小姐抬手一指:266。

昌盛立刻上前敲门。

17

266房间内。夜。

小瑾听见敲门声略略一怔。

那男人低声地：是小姐送开水。说罢，就穿着内衣前去开门。

门拉开时，那男人惊得双唇一下子张开。

18

门口。楼道灯光下。

昌盛和那男人面对面站立。震惊、愤怒、尴尬、惊慌同时涌上了两个男人的面孔。

19

屋内床上。床头灯光下。

半躺在那儿的小瑾并不知门口发生了什么事，向那男人抱怨地：你怎么还不关门哪？

昌盛此时走到了小瑾能看到他的位置。

小瑾扭头看见昌盛，惊得一边掩着胸口一边呀地叫了一声。

昌盛这才猛地转身，跟跟跄跄跌跌撞撞地向外奔……

20

楼梯间。夜。

昌盛跟跟跄跄地向楼下走，几次都险些踏空阶梯摔下去。

21

宾馆门口。夜。

昌盛跟跟跄跄地走出门口。

22

舞厅门口。夜。

一直站在舞厅门口的宁贞，看见昌盛那失魂丢魄的样儿，显然知道他看见了什么。

她也急忙向宾馆门外走。

23

宾馆门外大街上。夜。

昌盛不顾飞快来往的汽车,径直穿街走过。

引起了一阵汽车喇叭声和急刹车声。

追过来的宁贞看见,吓得急忙停住步。

24

马路对面的一片小树林里。月色斑驳。

昌盛踉跄着走过来。

他扑通一声跪到了地上,双手抱住一棵不粗的树干,拿头猛撞起那根树干来。

尚细的杨树被他撞得左右摇晃,一些晶亮的血珠顺着光滑的树干急速滑到了根部的土里。

宁贞这时快步走到了昌盛身边。

她急忙弯下身子,用双手猛抱住昌盛的头,与此同时低唤了一声:尚总。

昌盛的额头这时撞到了宁贞的胸脯上。

宁贞紧紧地把昌盛的头抱在了怀里。

昌盛开始哽咽,哽咽声里含着无尽的悲愤和委屈。

宁贞什么也没说,只是用双手轻抚着他的头发。

昌盛显然在努力抑制自己的抽噎,原本很低的哽咽声渐渐没有,而他的后背却在可怕地一鼓一鼓。

她急忙用手去抚他的脊背。

她轻而含满柔情地:你想开点,想开点,你不能弄坏了身子。与此同时,她把脸俯下去,轻轻地在他的头上摩挲,心中涌上来的千般柔情使她的眼中也含了泪水。

昌盛的哽咽终于完全停止。

他从宁贞的怀抱中先是抬起头,随后站起了身。

昌盛尽量平静地:谢谢你,宁贞。

宁贞的声音倒在发颤：我送你回去。

昌盛摇着头：不用，我很好，只是麻烦你去照顾省上来的那些客人。

宁贞：我会的，我想你该冷静——

谢谢！昌盛没给她说下去的时间，转身就向树林外走。

宁贞没动，直到看见他走上灯光明亮的大街，她才长长嘘一口气……

25

尚家。尚达志卧室。清晨。

尚达志从床上坐起来，把衣服披在身上。

他把助听器塞进耳朵，努力去听隔壁昌盛和小瑾屋里的响动。

仍然没听到昌盛的声音。

他张嘴喊了一声：小瑾！

小瑾应声走进屋来：爷爷，有事？

达志：昌盛昨晚没回来？

双眼有些红肿的小瑾低声地：没有。他睡在办公室里。

达志注意地看着小瑾的眼睛：是不是集团里出了什么大事？

小瑾摇头：没有，不过这一段集团里事情挺多，他忙得很。

达志挥挥手：你去忙吧。

26

正午。尚家院里。

坐在院中晒着太阳的达志看见旺旺放学进院，招手让旺旺走到身边：旺旺，傍晚放学时往你承达爷爷家拐一趟，叫你尚天叔来，就说我有事找他！

旺旺点头：好的。

27

傍晚。尚家正屋。

尚天对坐在椅子上的达志：爷爷，旺旺说你找我有事?!

尚达志：你去找一找你昌盛哥，他有七八天没回家来了。

尚天意外地：哦？

尚达志：我不晓得出了啥事，但肯定是出事了！

尚天安慰地：不会吧？

达志：会的！咱们家从你曾祖爷起，经历过各种不顺和穷困，可还没经过这样长时间的顺利和富裕，我总觉得，这个家该出点事了，该出事了！

尚天：爷爷你别急，我这就去找昌盛哥，我小瑾嫂子她在没在家？——话到这里他突然噤口，面色苍白得没有一点血色的小瑾，那刻已经站在了他们身边。

尚天：嫂子！

小瑾没有理会尚天的呼唤，只是用双眼直直地看着爷爷。

达志显然意识到了什么，挥手让尚天出去。

尚天刚走出门槛，小瑾就扑通一声朝爷爷跪了下去……

28

尚家。尚达志卧室。傍晚。

小瑾仍跪在地上，双手捂脸抽泣着。

尚达志什么也没说，只是上牙紧咬下唇，直咬得鲜血顺着雪白的胡须不停地下滴……

29

集团办公室。夜。

只开着一盏小灯。

昌盛仰躺在一张双人沙发上，身上盖着一件大衣。

他眼神恍惚，两颊塌陷，胡子很长，头发纷乱。

尚天站在沙发旁低声地：爷爷让你无论如何也要回去一趟。

30

尚家。尚达志睡屋。夜。

夜风呼啸着掠过门前，屋里那只灯泡的吊绳也在前后左右晃动。

晃动的灯光映在达志和昌盛爷孙俩的脸上。

达志眼睛没看孙子，只望着墙角，极慢极慢地：我都知道了。

昌盛的身子轻微一抖，飘忽的目光仍望向被黑暗包裹的窗外。

达志咳了一阵：怨我！忘了提醒你们过饱暖日子该小心啥子……

昌盛扭头看了爷爷一眼。

达志：我对不起列祖列宗，枉活过了百岁！

昌盛低低地：爷爷！

达志：你先看看这个。说罢，把一个白色手绢递到了昌盛的手上。

昌盛不明白地：啥？

达志：小瑾的手绢。

昌盛握手绢的手抖了一下，他展开那手绢，看见上边有三个暗红色的字：我错了。

达志一字一句地：是她咬破指头用血写的！

昌盛的手颤了一下，不过很快抬起了头，把手绢扔到了爷爷的床头桌上。

达志看着昌盛：你想咋办？

昌盛的头低了下去：我想……离了。

达志沉默了半晌才慢慢开口：你想没想过离婚的后果？一离婚，小瑾的事势必张扬出去，弄得满城风雨，你和她的名誉都会受到伤害。一个名誉不好的总裁与人打交道时，人家无形中就会低看了你！

昌盛：我——

达志截断孙子的话：还有，一离婚，家中的财产按法律上说就该分开，尚吉利集团刚有一个好势头，这一折腾很可能就要走下坡路，干啥子事都讲一鼓作气，气一断，事就完了。

昌盛：可——

达志仍没让孙子说下去：再有，一离婚，旺旺的精神自然会受打击，学业不会不受影响，让他跟着他妈过，你不会放心；让他跟着咱们过，你也不会有时间照应他！

昌盛：我——

达志再一次截断孙子的话，你们离婚的事我不是没想过，可我想来想去，还是过！她既是认了错，下了决心改，你就把这事咽下去，照旧在一起过日子。

昌盛：我咽不下这口气——

达志：啥叫咽不下！男人活到世上，要咬牙咽下去的事多了！再说，你当初在深圳嫖了妓女染了病，人家小瑾不就咽下了？要说错，是你先犯下了！

昌盛的脸红了，嘴张了张，但没有声音。

达志这当儿蹒跚着拐杖走到靠墙的条案前，伸手揭过蒙在祖先牌位上的黑布，转对昌盛：你心里咋着想的，可以给祖宗们说说，你一定要离婚，也行，就给祖宗们讲，我想把这个家拆了，想把尚家的声誉毁了，想把尚吉利集团——

昌盛：爷爷！

达志：说吧！

昌盛直直地望着祖先的牌位，许久许久之后才叹了口气：不离了。

达志顿了顿拐杖，爆发了一阵长长的咳嗽。

昌盛慢慢地挪步到条案前，将那块黑布又盖到了祖先们的牌位上。

达志对昌盛：那今晚就在家住。从明天起，不管你心里咋不乐意，在外边同小瑾说话时，都要和过去一样，要让人们相信：尚家什么大事也没有发生！

昌盛木然地站在那里，许久无声。

达志：我们的祖业发展到今天不容易，一切全在你了！说着，抬起几乎全是青筋和骨节的手，在昌盛的肩上拍了拍。

昌盛低低地：爷爷，你睡吧。

达志：你听清了？

昌盛：听清了。

达志：那就回你们屋吧。

31

昌盛和小瑾的卧室。夜。

小瑾呆呆坐在床头，手里攥着一大瓶"速眠灵"。

床头柜上放着一只盛满水的杯子。

她慢慢扭开"速眠灵"药瓶的盖子。

门就在这时被推开，昌盛走了进来。

小瑾显然没想到昌盛这时会走进卧室。惊慌至极地站起身子。

昌盛没有说话，更没有看她。

小瑾惊恐地注视着昌盛的举动。

昌盛一步一步地向床走来。

昌盛抱起一床被子，又拿起一个枕头，转身走到墙角那张单人床前。

昌盛啪一下拉灭了电灯，在单人床上躺下。

小瑾先是默站在那儿，随后慢慢坐到了大床的床沿上。

小瑾手中的那盒"速眠灵"被她塞进了大床上的枕头下。

她双手抱住了头……

32

一间挂有"尚吉利丝织集团蚕茧基地"牌子的平房。白天。

平房四周全是长得绿油油的桑树。

宁安拎着一个篮子由平房里出来，对平房门外的几个小伙子：记住给蚕们添叶！

几个小伙子应了一声，都起身拎了篮子进了桑林里。

宁安也拎着篮子向桑林里走。

宁安哥！背后突然响起一个女子的呼唤。

宁安扭头，原来是晶子。

晶子：宁安哥——喊着，眼中竟涌出了泪。

宁安走到晶子身边轻声地：出什么事了？

晶子：我妈要把我嫁给村东头的陈大川。

宁安身子一震。

晶子：你过去说你爱我，我现在等你一句话，你说让我拒绝，我就拒绝！

宁安咳了一声，双脚在原地动了一下，却并没说话。

晶子：你说话呀！

宁安低声地：好好跟他过吧。

晶子极度失望地看了宁安一眼，抹着眼泪转身跑开了……

33

正午。落霞村村头。

宁安正在向村里走。

一阵娶亲的唢呐声忽然传进宁安的耳朵。

宁安站住问近处的一个村人：谁家有喜事？

那男的笑着：晶子今儿个出嫁。

宁安默然，停步站在那儿……

34

夜。落霞村栗丽家。

一家人都已熄灯睡下。

宁安已经睡熟。

忽然，一阵女人的哭声传了进来。

宁安被惊醒，他抬头侧了耳朵去听。

他听见隔壁的妈妈在叹息，听见睡在厢屋里的妹妹宁贞在开厢屋的门。

他大声隔了窗户问：宁贞，谁在哭？

宁贞的声音：我出去看看。

宁安半躺在那里诧异地自语：谁家的女人会在这时哭呢？

宁贞的脚步声这时又传进院里。

宁安：宁贞，谁在哭？

宁贞的声音：晶子姐。

宁安闻言呼一下坐了起来：她为啥哭？

宁贞的声音：不晓得，她婆婆在她身边劝。

妈妈在隔壁叹道：新婚头一晚就哭可不吉利。

宁安无了睡意，他穿衣轻步下床走了出去。

35

夜。宁安家门前。

宁安默站在那儿。

四周一片黑暗。

只有夜风在簌簌走动……

36

清晨。落霞村村边井台旁。

宁安挑着一担水桶向井台走来。

已站在井台上将桶打满了水的两个小伙子，正在嬉皮笑脸地对话——

其中一个胖小伙：听见了吗，夜里晶子那哭声？

另一个瘦小伙：那还能听不见？

胖小伙：新婚头一夜她本该笑哩，哭啥呢？

瘦小伙：我听说了一点点因由。

胖小伙：啥？一点点啥？

瘦小伙：男的嫌她已经跟人睡过，所以就动了拳头。

胖小伙：跟谁睡过？

瘦小伙：说是一个叫尚天——

咚！宁安的水桶重重地放到了井台上，两个小伙的话音和嬉笑也被这响声整整齐齐切断了。他没看那两个小伙，而是阴沉着脸走上井台，用钩担上的铁钩挂住桶梁向井里伸去。

那两个小伙对视了一眼，伸了伸舌头……

37

傍晚。落霞村村头小树林。

宁安用自行车推着几件修剪树枝的工具，由小树林边向村里走来。

一阵哭声忽然由树林里传出。

宁安停步转身循哭声向树林里找去。

原来是晶子，晶子正一边哭着一边用布条缠着自己流血的额头。

宁安轻声地：晶子，咋着了？

晶子扭头一见是他，哭得越发伤心了。

宁安：是不小心碰破的？边说边走上前帮晶子缠着伤口。

晶子哽咽地：是我男人打的。

宁安：为啥？

晶子哭着：当初和尚天来往的事他知道了……

宁安的身子轻微一抖，低声地：那你想咋办？

晶子抹着眼泪：我还能咋办？不能离婚，离了婚更没人要我了，也不能回娘家，娘家不会让我回去，只有让他打了，哪一天打死了拉倒。

宁安默然看着晶子。

晶子：你走吧，我现在谁也不恨，就恨我自己，我当初真不该去你的田园酒家……说着又放声哭了……

38

白天。尚吉利丝织集团总裁办公室。

昌盛正坐在办公桌前处理着什么事情。

家福拿着个文件夹走了进来，他把文件夹放到昌盛面前，指着其中的一张纸说：这是法国巴黎栗振中先生刚刚传真过来的订货单。

昌盛哦了一声低头去看。

家福：栗先生早饭后还来过一个电话，说订金明天就可以通过巴黎的中国银行分行转过来。

昌盛点头：家福，我把你调到集团办公室里当我的助手，你可要尽心尽力做事呀！

家福激动地：尚总放心，我本来是个农民，是你让我在城里有了一个体面的工作，我怎敢不努力？

39

尚吉利织造厂织造车间。白天。

宁贞正在检验新织出的绸缎的质量。

她似乎查出了什么问题，忙走到一台织机前调整着什么。

昌盛走了进来。

忙完了手中活的宁贞看见昌盛，快步过来招呼：尚总你好！目光中满是关切之意。

昌盛显然感受到了这种关切，很感动地：宁贞，谢谢你那晚上的照料……

宁贞有些不好意思，低低地：应该的。

昌盛：我已经决定在香港设立一个办事处，负责营销事宜。

宁贞：好呀。

昌盛：猜猜我最初想把这个办事处交给谁去主持？

宁贞：谁？

昌盛：你！

宁贞惊得了后退一步：我咋能干了这个？

昌盛：咱这里还只有你懂点英语，你当然能够干得了，只是我想了想，又觉着不该让你走。一个是织造厂需要你，另一个是你本人的婚姻大事还没有解决，到一个人生地不熟的地方更不好办。哎，我顺便问一句，你觉得家福这个小伙咋样？

宁贞听了这话，脸红了，低了头没有吭声。

昌盛真诚地：宁贞，你想想这件事，我觉着家福这个人不错，你要是不反对的话，我很想做一回月老。

宁贞：我得赶紧去忙了。说罢，头一低害羞地走开了……

40

傍晚。落霞村。

宁安骑着自行车下班刚走到村头。

忽听有人哭喊着有人吼叫着什么。

宁安停车看去，只见晶子的丈夫正拎着一根棍子追打晶子。

晶子边哭边抹着脖子上的血跑着躲着。

那男人到底追上了晶子，把她一下子按到了地上。

宁安疾步跑了过去。

那男人正用棍子使劲地抽打着晶子。

宁安上前一把夺过了他手中的棍子：你要把她打死？

那男人恶狠狠地瞪住宁安：嗬，我打我的贱女人，你心疼了？

宁安：怎能这样打人？

那男人：咋着，你要真心疼了你就把她领回家去，我立马便跟她离婚！我可是愿意成全你们！

宁安被他的话噎到那里：你？！

那男人：你要是不想把她领走的话，你就别他娘的多管闲事！我还要打，我要打得她自动开口要求离婚！那男人边说边脱掉自己的一只鞋，抡起鞋底朝晶子抽去。

沉重的鞋底抽在晶子的身上，宁安的身子也在一搐一搐的。

宁安的上牙把下唇一咬,猛抓住那男人的手腕:好,就依你说的,我把她领走!

那男人喘着粗气:你说的可是当真?

宁安点头。

那男人竟有些兴高采烈,而后猛转向围观的人群喊:曹宁安可是说他要这个烂货了!从今往后,这女人与我家没有了任何关系!曹宁安,明天一大早你要领上她和我一起去乡上办离婚手续!

宁安什么也没说,只是弯腰把被打得昏昏沉沉的晶子抱起来,一步一步向家里走去……

第二十七集

1

傍晚。栗丽家。

宁安抱着晶子走了进来。

正在忙着什么的宁贞和宁贞父母看见后都有些惊愕地停下了手中的活。

宁安径直把晶子抱放到了宁贞的床上。

宁安过来，在母亲对面的一张椅子上重重坐下，哆嗦着手摸出一根纸烟点燃。

晶子的抽泣和哽咽还在继续，全家人就在这抽泣和哽咽声里默然呆坐。

宁贞和她父母的目光渐渐都停在了宁安身上，分明在等待他说出什么话来。

宁安终于打破了沉默：他们明天去离婚。

宁贞和她父母都没有说话，显然在等待他说出事情的全部。

宁安把烟头在地上拧熄，用脚搓了一阵，这才说出一句：他们离婚后，我要和晶子结婚！

父亲手中的旱烟袋惊掉在了地上。

宁贞看了那烟袋一眼，随后把目光扭向了母亲。

沉默重又开始，大家显然在等待母亲的表态。

唉——母亲栗丽发出一声深长的叹息。

宁安在这声叹息里抬起头，有些紧张地盯住母亲。

栗丽平静地：贞儿，端盆水去给你晶子姐擦洗擦洗。他爹，点把柴把锅里的饭热热，咱们吃饭吧。

宁安感动地垂下了头叫了一声：妈。声调里带了点哽咽的味儿。

栗丽朝儿子：去吧，去给晶子盛碗饭端过去……

2

一个挂有"婚姻登记处"木牌的办公室。白天。

两个民政工作人员坐在办公桌后，晶子和她的丈夫站在桌前。

宁安一脸阴沉地站在门口。

一个工作人员：既是你们两个都愿意离婚，那就在离婚协议书上签字！

晶子的丈夫迫不及待地俯下身子签字。

晶子接过工作人员递过来的笔后，手哆嗦得啪一声把笔掉到了地上。

她弯腰拾起，但刚站起身，笔又掉下了地。

宁安由门口走过来，他拾起笔递到晶子手上，同时鼓励地看了她一眼。

晶子终于哆嗦着手在离婚协议书上写下了自己的名字……

3

宁贞房间。夜。

宁贞正用棉球给晶子脊背上被打伤的部位涂药。

晶子脊背上的伤痕重重叠叠。

宁贞的眼里慢慢漾出了泪水……

4

正午。栗丽家。

宁贞正在向屋门上贴一个自己用红纸剪的囍字。

一桌喜宴摆在正屋当间。

栗丽和丈夫、宁安和晶子已坐在桌前。

宁贞也高兴地跑过来坐到了桌前，举起酒杯：来，祝贺哥哥、嫂嫂婚后幸福！

栗丽和丈夫也举起了杯子。

晶子双眼噙着泪水，先是仰脖一下子喝了杯中的酒，随后扑通一声朝婆婆双膝跪下，额头着地哽咽着：妈妈，从今往后，我既是你的儿媳，也是你的女儿，你该咋使唤就咋使唤……

栗丽慈祥地：快起来，妈信你们会好好过日子。

5

宁安和晶子的新房。夜。

两人静静地并躺在床上，都睁着眼睛。

晶子低低地：我已经用肥皂水把身子洗了三遍，你要还嫌脏，我明儿个就再洗——

宁安的一只手就在这当儿伸了过来，准确地捏拢了晶子的双唇……

6

尚家。傍晚。

昌盛扶着爷爷坐到了电视机前。

尚达志：你究竟要让我看啥子？

昌盛把一盘录像带插进放像机，你腿脚不方便，我想让你通过录像带看看咱们尚吉利集团所属单位的情况。

尚达志笑了：如今倒是方便。

昌盛按动开关，电视机屏幕上立刻现出了一望无际的桑林和柞树林。

昌盛：爷爷，这是咱们的蚕茧基地，基地里如今产出的桑蚕茧和柞蚕茧，足够咱们用了！

尚达志很有兴趣地看着。

画面上出现了宁安的面孔。

昌盛：这是蚕茧基地主任，是个能干的年轻人。

画面上出现了现代化的缫丝场面。

昌盛：这是咱们的缫丝厂。

画面上出现了几百人整理丝的场面。

昌盛：这是咱们的丝整理厂。

画面上出现了一排又一排正在工作着的新式丝织机。

昌盛：这是咱们的织造厂。

画面上出现了几百个人印染绸缎的场面。

昌盛：这是咱们的印染厂。

画面上出现了几百台缝纫机工作的场面。

昌盛：这是咱们的成衣厂。

画出上出现了一队穿了各种真丝衣服的正在表演的模特。

昌盛：这是咱们成衣厂的模特队。

达志示意昌盛把放像机关了，慢腾腾地：你现在在手上积了多少钱？

昌盛：固定资产不算，流动资金就是这个数。说着伸出了五个指头：5亿。

达志：该办点事了！

昌盛大睁着眼睛显然不明白爷爷这话的含义：办点事？

达志舒了口气：是呀！

昌盛：办啥事？

达志：想想吧，你现在手上不是有了钱吗？

昌盛：你是说再扩大集团规模？我们现在重要的是提高绸缎质量——

达志摇着头：我不是说那个。

昌盛：那是——？

达志：人赚钱赚到一定的程度，就要做点于周围人有益的事，不然的话，就要遭人嫉妒。

昌盛：哦？

达志：人聚财聚到一定数量，就要散些财，要不，便很难再聚下去。聚散，聚散，有聚无散，会惹祸端！

昌盛：嗬？

达志：你翻翻书就能看见，过去的那些富人家，很少不散财做慈善事的。前几天的收音机里还说，香港的一个富豪，给内地他的老家捐了几百万美元盖博物馆。

昌盛看定爷爷：那你的意思是想——？

达志：办个学校！

昌盛：办学校？

达志：咱南阳一千多万人，每年考大学的高中生很多，可大学录取的人数有限，要是能办一所大学——

昌盛吃惊了：大学？

达志：对，咱尚吉利集团眼下缺的不是中学生，而是大学生，要是能办一所大学，既能让好些希望上学的高中生有学上，又能满足咱尚吉利集团对人才的需要，不是挺好？

昌盛沉默着。

达志：是不是有点心疼钱了？

昌盛：我想通了，爷爷，现在的问题是怎样才能办起一所大学——

达志：这我就管不了了，你自己去想办法，我要上床睡觉了……

7

叠印：

昌盛风尘仆仆地走进了河南省教委大院……

昌盛满脸汗水地从南阳市人民政府出来……

昌盛在建筑工地察看……

几栋楼耸立了起来……

昌盛把一个"尚吉利综合大学"的牌子挂在了一座大门前……

8

尚吉利总裁办公室。白天。

集团的十几个高级管理人员坐在会议桌前，宁贞、宁安、家福都在其中。

昌盛：我从韩国请来了一生都研究丝绸织造的金泰忠教授，给我们尚吉利综合大学的学生们讲课，我希望你们诸位也都去听听！好了，散会。

人们站起来要走。

昌盛叫住宁贞：你等一会儿。

宁贞停步望着昌盛。

昌盛真诚恳切地：你也不小了，又是我的得力助手，我很希望你能早日解决婚姻问题。

宁贞一听是这事，顿时有些不自在起来。

昌盛：我上次给你说的家福，他可是一百个愿意和你交朋友，现在就看你的态度了。

宁贞有些盛情难却地：好吧，我就和他交往一段时间看看。

9

尚吉利综合大学门口。白天。

宁贞正随着学生们向校园里走。

家福有些迟疑地赶上了宁贞，含笑地：宁贞，听完金教授的课后，我在白河边等你，有几句话想和你说。

　　宁贞脸红着点点头。

10

　　一个大教室。白天。

　　一个中年教授正站在讲坛上用韩语讲课。

　　每讲一段，一个翻译就翻译一段。

　　教室里坐着学生和尚吉利集团的高级管理人员，昌盛、宁贞、宁安、家福都在其中。晶子也坐在后排。

　　家福把目光不时投到宁贞的身上。

　　宁贞也偶尔将目光往家福身上一掠……

11

　　白河岸边。傍晚。

　　家福满怀喜悦地站在一棵柳树下张望。

　　宁贞向他走了过来。

　　家福高兴地迎上前，把一个绿绒小盒朝宁贞递了过去：给你一件小礼物。

　　宁贞迟疑了一下，接过来打开，里边装着一条珍珠项链。

　　家福：这是我托广西北海一个来进尚吉利绸缎的商人带来的，天然珍珠！

　　宁贞脸上露起了一抹笑意：不该乱花钱的！

　　家福：我想为你花钱。

　　宁贞害羞地低下了头……

12

　　落霞村栗丽家。傍晚。

　　栗丽和丈夫、宁安和晶子、宁贞和家福，六口人都一脸喜色地围坐在桌子前。

　　栗丽望着家福的眼里满是满意之色。

晶子用胳膊肘碰碰丈夫，举起酒杯：来，我和宁安祝愿家福和宁贞今后生活幸福。

大家把酒杯中的酒喝完之后，宁贞举杯轻声地：来，让我们祝愿尚吉利集团更加昌盛，尚吉利集团是我们一家人的立足之地，正是因为有了尚吉利集团，我哥哥才有钱娶了嫂子，我和家福才得以相识，是大工业改变了我们一家人的命运！

宁安、晶子和家福也都急忙举杯：说得对，喝！……

13

宁贞睡屋。夜。

栗丽望着女儿：家福这孩子我和你爹看着都满意，你啥时候想要过门，我和你爹给你们准备！

宁贞装作嗔怪地瞪了妈妈一眼：现在就谈到了过门？还差十万八千里哩！

栗丽笑了：好，好，我就等你的话……

14

尚家。白天。

尚达志坐在院里晒着太阳，他耳朵里塞着助听器，腿上摆着收音机。院里阳光明媚。

小瑾正在院子一角洗刷着什么。

达志突然叫：小瑾，这天怎么忽然阴了？

小瑾停了手中的活仰头看着天空：没有阴哪，太阳好着哩。

达志：你骗我做啥？明明是黑云彩遮住了太阳，天已经暗成了这样，还说阳光很好？

小瑾听了越加惊异，又抬头看着天上的太阳。

达志这时已经站起身：要下暴雨了，天黑成了这样！说着，就拄杖向屋里走去。

小瑾一时怔在那里，倏然之间，她明白了什么，紧走了几步来到倚在门上的爷爷面前，拿手在他眼前晃了晃，见他眼球未动，才道：爷爷，你的眼睛——

达志这时叹了口气：我也刚刚想到是我的眼睛不中了。说罢，用拐杖捣着地，慢慢摸索到了床沿，颤了声地：说瞎就瞎了？

15

尚吉利集团昌盛办公室。白天。

小瑾急急走了进来：他爹！

昌盛一脸阴郁地看了她一眼，显然他还在为她不贞的事耿耿于怀，冷冷地：有事？

小瑾：爷爷的眼睛看不见了！

昌盛吃惊地：哦？跟着匆匆向门外走去。

16

尚达志卧室。白天。

尚达志半躺在床上。

昌盛坐在床沿：爷爷，你不要着急。

达志：我着急什么？一百多岁的人了，眼还不瞎倒是奇怪了！

昌盛：我下午就领你到眼科医院看看！

达志听了喑哑一笑：还到医院干啥？明摆着这是眼睛老了。到了该坏的时候，还修它干吗？又不疼不痒的，这不是病！

昌盛一时无话。

达志：这眼瞎是一个征兆，我可能是真的要走了！

昌盛急切地：爷爷你别瞎想！

达志：世上没有长生不老的人，我如今不放心的就剩一件事了。

昌盛：啥事？

达志：继承人。

昌盛：继承人？

达志：你也已经五十多岁了，该想想继承人的事了。旺旺师专毕业这么长时间了，为啥还不让他进丝织厂里干活？他到如今对织丝绸的事还一窍不通，日后咋能接住你管理这一份祖业？你当初是五岁开始读丝织方面的书，你爹是四岁开始读的，旺旺拖到今日还没有好好读过一本有关织绸缎的书，这咋能行？你能保证你的身子就不出毛病？出了毛病谁来顶替你去做事？

　　昌盛笑了一下：这桩事我倒是想过，只是旺旺这孩子压根儿就不喜欢丝织，他一心想去唱歌，眼下天天想着要上音乐学院进修，想着要当歌唱家，我几次要他到尚吉利综合大学去学习织造专业，他都不干，真是拿他没办法。

　　达志不满地：他说不干丝织就不干了？当初你也没说你想干哪，我不是把你训练出来了？哪能啥事都依了孩子？

　　昌盛见爷爷生了气，忙道：爷爷你放心，这件事我立马着手去办，我和旺旺再谈谈，一定争取让他尽快到咱集团去做事。

17

　　尚家旺旺的房间。傍晚。

　　旺旺正面墙而立看着一张歌星的照片，耳朵里插着听音乐的耳机，身子正随着音乐的节拍一晃一晃。

　　四面墙上挂满了各种各样男女歌星的彩照。

　　桌上、床上散扔着大小不一的歌谱。

　　床头上堆满了各种版本的歌曲总集和歌曲录音带和唱盘。

　　一个小收录机像螃蟹一样地趴在床上。

　　昌盛推门走了进来。

　　听得忘情的旺旺一点也没注意到父亲的到来。

　　昌盛：旺旺！

　　旺旺从对音乐的痴迷状态中醒过来：噢，爸爸，我正想找你，你能不能为我买一套音响？这样我练唱时就方便了。

　　昌盛示意儿子坐下：这个我们以后再谈，爸爸今晚找你有事。

　　旺旺：说呗。

　　昌盛：你知道你太爷爷眼瞎的事吗？

　　旺旺：知道，咋了？我觉得可能太爷爷太老的缘故。

　　昌盛：知道爸爸已经五十多岁了吗？

　　旺旺的眼睛有点瞪大：爸爸，你有什么话就直说！

　　昌盛：我是想提醒你，在咱们尚家，我和你太爷爷很快就不中用了，咱们家需要有一个主事的人，有一个能继承咱家祖业的人。

旺旺的眼斜了起来：是想让我去学丝织？我的兴趣在唱歌，不在丝织，懂吗？

昌盛：爸爸知道你的爱好，可如果你不干丝织，咱们尚家辛辛苦苦干起来的这份丝织业日后交给谁去管呢？爸爸这一辈子看来很难织出在世上称王称霸的绸缎了。你要不干，咱尚家世代人盼着的"霸王绸"谁去织出来呢？

旺旺不高兴地：为啥一定要抱住那份幻想不放？织不织出来"霸王绸"对咱们尚家人究竟有啥不同？

昌盛有些火了：胡说！啥叫幻想？听着，从明天上午开始，你到缫丝厂去上班，先弄懂丝是咋从茧上抽出来的，然后——

旺旺挑衅地：我要不去呢？

昌盛拍了一下桌子：你敢！

正在这时，达志在保姆的搀扶下走了进来。老人接口：敢啥子呢？

昌盛急忙上前扶住爷爷坐下：爷爷，你该歇着。

达志这时转对重孙子：旺旺，你爹给你说了吗？

旺旺：说了，可我不愿学织绸缎，我讨厌这个行当，我愿唱歌！

达志平心静气地：唱歌主要靠嗓子，你嗓子咋样？

太爷爷的态度让旺旺高兴了：我嗓子很好！听过我唱歌的人都说我是金嗓子，喏，这是我前不久自唱自录的一首歌，你听听！说着上前啪一下打开了桌上的小录音机，一个异常纯美的声音便立刻在屋里回响了起来：

还是春天的花最艳，
还是夏天的叶最鲜，
还是秋天的月最圆……

达志慢腾腾地：嗯，是不赖，那你就去唱歌吧。

旺旺满脸兴奋地：太爷爷同意我去唱歌了？同时得意地瞥了一眼爸爸。

达志叹了口气：同意了。同时用拐杖探着路向门口走去。

昌盛惊诧地望着爷爷，不知爷爷怎么又突然改变了态度。

旺旺望着太爷爷的背影快活地喊：太爷爷，后天晚上，我和我的一帮朋友将在白河剧院举行演唱会，欢迎你去参加！

18

达志卧室。夜。

昌盛坐在爷爷床边：我已经命令他明天就去缫丝厂干活，你咋能又——

达志扬起没有视力的眼睛：命令？你以为你下命令他就老老实实地听了？你没听广播上总讲个性自由？他要是一恼之下离家追求自由了你咋办？唱歌可不是只有在南阳才能唱！

昌盛显然被爷爷的话吓得一怔：是吗？

达志：得另想办法。

昌盛发愁地：有啥办法？这孩子脾气倔得厉害。

达志：你想过没有，人唱歌需要啥条件？

昌盛：得会识谱！

达志：还需要啥？

昌盛：得有一副好嗓子！实话说，旺旺这孩子的嗓子不错。

达志低声地：要是旺旺的嗓子坏了，他不是就不能唱歌了？

昌盛的双眼一下子瞪大：他的嗓子咋能坏了？他年纪轻轻的——

达志：可我知道一个能让嗓子变坏的办法！

啥？昌盛惊得呼一下站了起来。

达志：这是老辈子人传下来的一个秘方，在过去的戏班子里，一些嗓子好的人，常被他们的嫉妒者偷偷地在开水碗里放上人耳朵里的耳屎，再加上一味中药，有好嗓子的人一喝这水，就哑了。

昌盛骇然地瞪住爷爷：这咋能行？

达志冷冷地：咋叫不行？你要想让咱尚吉利丝织祖业无人承继了，这法子就不行，你想要有人承继，这法子就行！

昌盛像不认识似的望着爷爷，半晌没出声。

达志：旺旺刚才不是说他后天晚上有一个演唱会吗？就在那天晚上办吧。这也是没有办法的事。

昌盛：可是爷爷——

达志两只瞎了的眼睛瞪住昌盛：心疼了？

昌盛不安地：我是说这有点——

达志：你的儿子你心疼，我的重孙子我就不心疼了？可你想想事情哪头重吧，想想，想不通就罢了……

19

昌盛和小瑾的卧室。夜。

昌盛仍躺在那个单人床上，先是双眼睁着，后是不断翻身。

躺在大床上的小瑾小心地观察着昌盛的举动，欲言又止，终是没敢开口说话……

20

旺旺的房间。白天。

昌盛在对儿子劝说着什么。

旺旺决绝地摇头……

21

尚家院子。傍晚。

旺旺高兴地由院门外奔进来，对正在院中坐着的昌盛：爸，我今晚的演唱会你和妈去看看吧。

昌盛含混地应一声：行哪。

22

尚达志卧室。傍晚。

昌盛走到爷爷身边，叹了口气忍痛地：爷爷，就照你说的法子办吧，只是别让孩子的嗓子哑得太厉害。

达志点点头：你这会儿先催旺旺练唱几遍，而后去倒一杯水来，听说这水在嗓子唱过之后，喝下去最见效果。

昌盛默默点头。

23

旺旺睡屋。傍晚。

旺旺正在准备着什么。

昌盛走进来，假装平静地：孩子，今晚你唱几首歌？

旺旺高兴地：按节目单，我唱三首歌，但如果大家鼓掌热烈，我也可以再加唱两首。

昌盛：这会儿不试试？

旺旺快活地：行呀，你听听！说着，张嘴便唱了起来。

昌盛默然听着，眼眶里有泪水在打转。

24

傍晚。尚达志卧室。

达志在侧耳听着旺旺的歌声。

昌盛端着一杯水走了进来。

昌盛：爷爷，咋放那东西？

达志从衣袋里掏出一个小纸包来递到昌盛手上：全放进去。

昌盛接过，抖着手倒进杯里，用一根筷子搅了搅：就这行了？

达志：行了，端去让他喝吧！

昌盛端着水杯走了几步，又转回身来低声地：爷爷，我下不去手。

达志听罢，默然半晌，抬头朝门外叫：小瑾，你过来。

小瑾应声走了进来：爷爷，叫我？

达志指了指放在桌上的那杯水：把这个端去让旺旺喝了！

小瑾显然有些诧异，注意地看了一眼达志和昌盛凝重的脸，想问什么又不敢问，只得端了水走出去。

25

旺旺卧室。傍晚。

旺旺还在对墙练唱。

小瑾端着水杯过来：旺旺，渴了吧？来，喝杯水！

旺旺毫无怀疑地接过水杯，咕咚咕咚喝了……

26

尚家正屋。傍晚。

一家人正围在桌上吃饭。

旺旺吃得狼吞虎咽,显然是急着吃完饭要往剧场赶。

昌盛不敢看儿子的眼睛,一双拿筷子的手哆嗦个不住。

旺旺放下碗:爸,妈,我先走了,你们要看就去白河剧场。说话时声音已有些哑了。旺旺用力咳了几下,拿上吉他出门了。

昌盛不安地看了儿子一眼。

27

夜。白河剧院。

灯火通明的剧院门口,昌盛迟迟疑疑满怀不安地向大门走去。

28

白河剧院内。夜。

场内座无虚席,大都是年轻人。

坐在剧场一角的昌盛目不转睛地盯着舞台。

轮到旺旺上场了,旺旺胸有成竹地走上舞台。

音乐响起。

他侧了耳去听儿子的声音。

儿子一开口,全场人包括旺旺自己也吃了一惊——沙哑得可怕。

旺旺只勉强唱了两句,就双手捂脸跑回了后台。

剧场里起了一阵骚动。

昌盛急忙站起身子。

29

剧场后台。夜。

旺旺正双手抱头蹲在后台一角啜泣。

昌盛走上前无言地扶起儿子。

旺旺哽咽着扑到昌盛怀里:爸……我的嗓子不知咋就忽然坏了……我太丢人了……

昌盛无言地轻拍着儿子那因痛苦哽咽而颤动不止的单薄身子，眼中也慢慢有泪水涌出……

30

旺旺卧室。夜。

睡着了的旺旺还不时抽泣一下。

昌盛一直坐在儿子的床边，默望着儿子的脸。

他小心地给儿子掖好被子，拉灭灯走了出来。

31

昌盛和小瑾卧室。只开着一盏台灯。夜。

昌盛脚步沉重地走了进来。

小瑾还没睡，仍直直地坐在床沿。

小瑾见昌盛进来，她定定地看着他的脸：旺旺的嗓子是不是那杯水——？

昌盛叹了口气，微弱地：为了让他学丝织……

小瑾的眼泪哗一下流了出来，哽咽着：这分明是我废了儿子的嗓子，水是我递给他的，老天爷会惩罚我的……

昌盛无限苍凉地：怨我，不怨你，说着慢慢伸手揽过小瑾那瑟瑟抖动的身体……

32

叠印：

旺旺走进一家医院，医生对他摇了摇头……

旺旺又走进一家医院，医生又对他摇着头……

旺旺再走进一家诊所，老医生再次摇着头……

33

旺旺卧室。白天。

旺旺绝望地砸着吉他，把歌谱和音带扔得满院都是。

他红肿着眼直走到门口，对默站在门外的昌盛嘶哑地：爸，我不能唱歌了，我同意跟你学丝织！

昌盛什么也没说，只把头点点。

坐在院中的达志显然听见了旺旺这话，嘴角露出了一丝欣慰……

34

蚕茧基地。白天。

昌盛指着那一望无际的桑树林，指着那一排排的茧房对儿子旺旺说着什么……

昌盛指着宁安对儿子介绍着……

35

缫丝厂。白天。

昌盛指着缫丝车间的机器对旺旺说着什么……

昌盛指着一个中年男人对旺旺介绍着……

36

织造厂。白天。

昌盛指着无数台工作着的织机说着什么……

昌盛指着宁贞对旺旺介绍着……

37

印染厂。白天。

昌盛指着几十台正工作着的印染机对旺旺说着什么……

昌盛指着一个中年妇女对旺旺介绍着……

38

成衣厂。白天。

昌盛指着几百个正工作着的缝纫女工对旺旺说着什么……

昌盛指着一个中年男人对旺旺介绍着……

39

尚吉利集团总部。白天。

叠印：

昌盛领着旺旺走进挂有"原料部"牌子的办公室……

昌盛领着旺旺走进挂有"生产部"牌子的办公室……

昌盛领着旺旺走进挂有"销售部"牌子的办公室……

昌盛领着旺旺走进挂有"财务部"牌子的办公室……

昌盛领着旺旺走进挂有"人事部"牌子的办公室……

40

尚家。夜。

昌盛走到爷爷床前坐下：爷爷，旺旺已开始熟悉集团的情况，并认真学丝织知识了。

达志抬起没有视力的眼睛，嘘了口气：好了，现在给我准备棺材吧。

昌盛听了，苦苦一笑：爷爷，你又来了，咋总想着这事？

达志：我的事我知道，你给我准备吧，要两口一模一样的，棺板薄一点，甭太厚！

昌盛诧异了：两口？棺材咋能要两口？

达志：去准备吧，照我说的做，只是别让外人知道，如今不是提倡买骨灰盒不许弄棺材嘛，做的时候隐秘点。

昌盛：好吧。

达志：我死了之后，照时下城里人的做法，烧掉；烧完之后把骨灰分成两半，两口棺材里各装一半；一口棺材埋到你顺儿奶奶墓旁，另一口棺材埋到你云纬奶奶墓旁！

昌盛这才有些明白地点头：行。

41

尚家正屋。傍晚。

达志默坐在那儿。

旺旺下班进院。

达志：旺旺，你来一下。

旺旺应声走到达志身边：太爷爷，想喝水吗？

达志摇头：旺旺，我要是死了，你只记住一件事，提醒你爸爸掏掏我这个口袋！

旺旺听了有些害怕：太爷爷，掏口袋干啥？

达志：我这口袋里装有几张纸，你来摸摸！

旺旺走上前摸摸，又急忙缩回手来：太爷爷，你为何不现在就把这几张纸让我爸拿去？

达志笑了：傻孩子，别多嘴，你只记住提醒你爸掏掏就行了。我是担心你爸到了那会儿，肯定忙乱，忘了这件事！

42

正午。尚达志卧室。

半躺在那儿的尚达志侧身想去拿他平日常听的收音机。

他的手刚摸住收音机，突然停止不动了。

43

尚家。正午。

小瑾走进爷爷房间：爷爷，起来吃饭吧。

没有声音。

小瑾定睛一看，发出骇然的叫声：爷爷———

第二十八集

1

尚达志住屋。正午。

尚达志神态安详、一只手捂在左胸口上，静静地躺在床上。

昌盛、小瑾、尚天、尚天的妈妈、旺旺都站在床前低泣。

承达无法走路，仰躺在一张竹躺椅上，倚在父亲床前，他无法说话，只能让泪水顺脸而下。

尚天妈妈转对昌盛：给老人换衣服吧。

小瑾急忙出去，很快抱来了一套寿衣。

昌盛接过来向床前走时，旺旺突然想起地抓住昌盛的胳膊：爸爸，你掏一掏太爷爷手捂住的那个口袋。

昌盛有些意外地看了一眼儿子。

旺旺解释：太爷爷当初叮嘱我提醒你的！

昌盛闻言上前去挪爷爷的手，老人僵硬的手捂得很紧，昌盛费了很大的劲才从爷爷手下的口袋里掏出了一沓折叠着的纸。

昌盛默默地展开，爷爷的声音跟着从画外响起——

承达、昌盛、天天、穹穹、旺旺：

我死了之后，有这样几件事你们要记住：

第一件，只要你们中间有一个人在，就不能使尚吉利丝织祖业中断；一旦遇到打仗或灾荒，要先保护机器，可把机器涂上油埋入地下。

第二件，靠祖业积攒的钱财，要用到扩大祖业上，尚家人的生活以吃饱、穿暖为限；每年要留出一部分钱用于应对意外，这部分钱不存银行，可兑换成金子埋入地下。

第三件，我的老衣不必再买新的，就用我身上穿的这套；葬仪上不准动用一匹绸缎；送葬时只请一班唢呐；酒席只摆三桌，四个冷盘八个热碗就行了。

第四件，早日为旺旺说一房媳妇，若不能生育，要想法离掉再娶。

第五件，日后摆在我坟上的最好祭品，是"霸王绸"，除这之外我不要别的东西，我会一直等着你们给我送来……

2

北京市内一个小区大门前。傍晚。

尚穹挽着一个姑娘的胳膊刚走到院门口,一个老传达晃着一封电报朝他走过来:尚处长,你的电报!

尚穹略有些意外地接过电报,拆开去看。

和他一起的那个姑娘问:有急事?

尚穹平静地:我爷爷去世了。

那姑娘:哦,真不幸……

3

北京火车站。白天。

一个报贩在举着报纸叫唤:喂,看报,看报!中原古城南阳一个一百零八岁的老人昨天辞世!

正提着包向站内走的尚穹闻唤先是一怔,随即掏出零钱买了一份。

他展开报纸——

报纸特写:爷爷的照片赫然印在上边。旁边有行大字:老寿星长寿秘诀。

尚穹无声一笑,自语道:爷爷也成名人了……

4

尚家墓地。白天。

一座新坟兀立。

参加葬礼的人们正围坟而站,看着火纸在不大的风声里呼呼燃着。

尚穹、尚天、昌盛、旺旺、小瑾、尚天的妈妈都在其中。

一身黑色西装的尚穹正缓慢地打量着参加葬礼的人们。

他的目光最后停在了宁贞身上。

一身素装的宁贞显出一种庄重、成熟的美。

他的目光紧紧黏在她的身上。

5

尚吉利集团总部昌盛办公室。白天。

昌盛拉开抽屉，从里边拿出了一张纸，递到坐在对面的尚穹手上：这是爷爷留下的遗嘱。

尚穹草草看了几眼，把那张纸又放回到昌盛面前的桌上：你已经干到了这个规模，相信你今后会干得更好！

昌盛叹口气，伤感地：这都是在爷爷的指点下干的，爷爷这一走，我好像一下子失去了靠山，心里有些惶恐起来。

尚穹羡慕地：昌盛哥，你如今已是亿万富翁了，和你比，我可是穷光蛋哪！

昌盛：别瞎说，这份祖业是咱整个尚家的，它今后的发展，也还要倚仗你的帮助哩！

尚穹：我如今大小也是一个副处长了，你如果真有在北京办的事，只管说！

这当儿，宁贞手拿一张纸进来，先向尚穹礼貌地颔首，而后把纸递到昌盛的面前：尚总，请你签字。

昌盛签字的当儿，尚穹的双眼一直盯在宁贞身上。

他的眼里现出了一股一不做二不休的眼神。

6

丝织厂一个车间。白天。

宁贞正在织机前对一个织女叮嘱着什么。

尚穹出现在车间门口，他派头十足、一副视察模样地向宁贞这边走来。

织女看见尚穹，急忙示意宁贞去看。

宁贞看见尚穹，迎了过去，含笑地：尚先生，欢迎来我们这里指导工作。

尚穹像煞有介事地：绸缎进出口的事，是归我们部管的，你们要注意提高质量！

宁贞点头：是的，我们一直在抓质量的提高，我们的目标，是织出在世界上质量最好的"霸王绸"。

尚穹：嗯，好，我听我昌盛哥介绍了，说你很能干，这样吧，今晚我请你吃饭，顺便有些事要同你商量！

宁贞迟疑了一下：是关于哪方面的事？

尚穹：就是关于绸缎质量的事！

宁贞犹豫一下，点点头……

7

伉俪酒店。傍晚。

宁贞从自行车上下来，看了看酒店门前那"伉俪"二字，再望了望进出大门的成双成对的男女，脸上再次露了点犹豫之色。

她最后还是下了决心，将自行车锁好，向酒店大门走去。

8

酒店内。傍晚。

酒店大厅一角，尚穹正坐在一张桌前笑眯眯地望着宁贞：想吃点什么？

宁贞：随便吃点东西就行。

尚穹对恭立在桌旁的服务员流利地报出一串菜名：基围虾半斤、清蒸鳜鱼一条、姜葱螃蟹两只……

宁贞望了一下四周，局促不安地坐着。

点完了菜的尚穹看定宁贞，笑着：你可是咱们南阳出类拔萃的姑娘，昌盛哥告诉我，你聪明能干，为尚吉利集团立下了很大功劳……

宁贞被这奉承弄得越发不自然。

菜来了，尚穹端起啤酒杯：来，为了我们的相识，干杯！

宁贞端起杯子，象征性地抿了一口。

一口气喝了杯中酒的尚穹目光变得大胆起来，色眯眯地看着宁贞：愿不愿跟我去北京玩玩？

宁贞礼貌地：谢谢，厂里工作忙，我走不开。

尚穹：嗨，就看你愿不愿去了，如果你想去，假由我来给你请。说着，一只手伸过来拍拍了宁贞的手背上。

宁贞一惊，慢慢地把手缩了回来。

宁贞脸上有了点隐约的冷色：尚先生说要找我商量绸缎质量的事，尚先生的意见是——

尚穹明显一愣：绸缎质量？不过随后呵呵笑了：绸缎质量嘛，当然是应该关注的，不过我今天请你吃饭的主要目的，是想邀请你去北京玩玩。

宁贞笑着：谢谢尚先生的好意，以后得空去北京玩，再麻烦你。说着，她站起身：尚先生，很抱歉，我们厂里今晚要开个车间主任会，我得先告辞了。

尚穹始是一怔，随即大度地笑笑：好，好，你去忙吧！

宁贞颔首转身离去。

尚穹望着宁贞的背影，脸上现出了一丝愠色。画外跟着响起了他的一句自语似的声音：嗬，这女人还轻易不上钩哩！……

9

早晨。尚吉利集团织造厂门口。

昌盛在那儿来回踱步。

宁贞骑着自行车赶来上班。

昌盛迎着宁贞走过去：宁贞，我有一个想法，要同你和其他几个副厂长商议。

宁贞停下脚步，静等他说下去。

昌盛：近来我们产品的销售额有点下降。而且日本、美国对我们产品的出口也给予了限制，因此我们一方面要打开通往其他国家的销售渠道，另一方面要在国内更广地拓展市场！

宁贞：好呀！

昌盛：我想我们该在北京着手！我们的产品如今在北京还没有完全站稳市场，北京是首都，那里是有钱人聚集的地方，有大量的有购买力的流动人口，还有各个国家的驻华使馆的工作人员，倘是咱们的产品在北京打开局面叫得很响，除了会使国内的销售额大大增加之外，同时也会使咱们的产品在国际上知名度更高，赢来更多的订单，各国的使馆工作人员会替我们做义务宣传。

宁贞瞪大了好看的眼睛：那你的意思是——？

昌盛：想在北京搞一个大型的展销活动。

宁贞：哦？

昌盛：你觉着咋样？

宁贞：倒是值得，我们不走出去，总在南阳等着别人来订货，不是一个好办法。

昌盛：好，既然你也这样看，我这心里就又多了一份把握。如果最后定下来干，我想派你和家福先去北京筹备。

宁贞着急了：那咋能行？我和家福都还没去过北京哩，连北京是个啥样子都不知道，哪儿能去筹办这样大的事？！

昌盛笑了：看把你吓的，你懂绸缎，家福这段时间在集团办公室做事，对广告宣传的事也懂些，再加上我堂弟尚穹在北京工作，有他的帮助，我相信你们会把事情办好。

宁贞听昌盛说到尚穹，神情略略一变。

昌盛：我听说尚穹还没回北京，我待会儿就去同他商量。你先做点思想准备，事情定下之后我再跟你说。

10

尚承达家。白天。

尚穹和妈妈文琳正坐在父亲床前说着话。

昌盛这时提着一包营养品走进了屋子。

尚穹和妈妈站起打着招呼。

昌盛先是走到床前握了握叔叔承达的手：叔叔，这两天好吧？

尚承达点头含混地说了几句什么。

昌盛指了指自己带来的那些营养品对叔叔：多吃点这个。随后走到尚穹面前坐下：尚穹，老哥我想在北京办个尚吉利绸缎展销会，你觉得咋样？

尚穹随口地：好呀，如今在北京办展销的企业可多了。只是眼下在京城办事，样样需要钱。租场地、搞布置、请记者、做广告，什么事都离不了钱，你要想把这事办成，得舍得花钱才行。

昌盛：花钱就花钱，这我有准备。说着，就从衣袋里摸出了一个纸包放到了尚穹面前的茶几上。

尚穹：这是啥东西？

昌盛：两万块钱。你这次回京就先带上，到北京先替我做点准备，主要是把展销会的场地商定下来，把租金谈妥，然后我派人把展销的产品和场地的租金带去，等一切都布置好了，我再去。这期间啥时候需要钱，你可随时来电话，我会立马寄上。

尚穹默望着那两万块钱，眼中分明露出了意外和惊喜。画外跟着响起了他的心声：从他这儿拿钱，可不是受贿，天呵，我过去怎么没想到这条找钱的路呵……

昌盛：怎么样？愿帮哥这个忙吗？

尚穹：当然，你放心，我这次回去就跑这事，保准你满意！

11

尚吉利集团织造厂。白天。

宁贞办公室。

昌盛带着家福满脸喜色地推门进来。

宁贞：尚总，快请坐。

昌盛站着高兴地对宁贞：我已同尚穹说好了，他回京马上联系展销场地，我们现在就开始准备展销产品，你们厂要尽快把绫、罗、绸、缎、绢、纺、纱、绉八大类产品都生产出一部分来！

宁贞点头：尚总放心。

昌盛转对家福：通知成衣厂张厂长，要他们把衬衫、夹克衫、连衣裙、休闲衫、真丝领带、丝巾、真丝被面、真丝空调被、真丝台毯、真丝床罩等品种都生产出一部分。我们这次争取展销一千个品种，把尚吉利集团的实力在北京向世人作一次全面展示！

家福：好！

昌盛：你们两个做好准备，将来尚穹一旦把展销场地联系好，我就先派你们两个去布置！

宁贞和家福兴奋地对视了一眼……

12

北京。王府井百货大楼。晚。

大楼里灯火通明，顾客川流不息。

尚穹挽着一个穿着时髦、身材颀长的姑娘，走到了金饰品柜台前。

尚穹对那姑娘：挑吧，挑你愿意要的手链，多重的都可以！

那姑娘：嘀，听这口气，是发财了？

尚穹笑着：我一个公务员能发啥财？不过是想全心向你表达我的一份爱意！

那姑娘眉目含情地扫他一眼，朝柜台俯下身去……

13

北京。西单商业城。白天。

尚穹挽着一个穿着素雅、身材娇小的姑娘，在商场里穿行。

尚穹领那姑娘走到了金饰品柜台前。

尚穹对那姑娘：挑吧，挑你愿意要的手链，多重的都可以！

那姑娘羞赧一笑：不要。

尚穹：为什么不要？

那姑娘：何必花钱？你发财了？

尚穹：我一个公务员能发啥财？不过是想全心向你表达我的一份爱意！

那姑娘满怀深情地望他一眼，朝柜台俯下身去……

14

北京。皇都酒楼。晚。

尚穹在陪着那个衣着时髦身材颀长的姑娘吃饭。

一桌子丰盛的酒菜。

尚穹含笑与那姑娘碰杯喝酒。

尚穹喝得十分开心……

15

北京。大三元酒家。晚。

尚穹在陪着那个衣着素雅身材娇小的姑娘吃饭。

一桌子丰盛的酒菜。

尚穹含笑与那姑娘碰杯喝酒。

尚穹喝得满面红光。

16

北京。尚穹的住处。夜。

尚穹拉开抽屉,去一个纸包里——能认出那是昌盛交给他的,那个包有两万块钱的纸包——摸钱,只摸出了两张一百元的票子。

他不相信地打开纸包一看,里边果然已经没钱。

他怔了一下,拿过桌上的电话机,拨起了号码。

电话通了,他对着话筒:是昌盛哥吗?我是尚穹,我想给你汇报汇报找展销场地的事,事情基本定了,是西城区的一家展览厅,不过眼下北京不论办啥事都是开口要钱,你恐怕还得给我寄两万元活动费!

17

南阳尚家。昌盛与小瑾卧室。夜。

昌盛握着话筒,脸上露着了一点惊愕:还要两万元?

电话里有一串尚穹的声音。

昌盛沉吟了一霎:行,我立马汇两万元过去,你注意查收!

18

落霞村宁贞家。傍晚。

晶子正在给孩子喂奶。

栗丽正坐在那儿濯菜。

宁贞兴冲冲地走进来。

栗丽抬头看见宁贞:哟,今天看样子有喜事!

宁贞扑上前抱住妈的脖子:就是有喜事,妈,你猜猜是啥喜事?

栗丽笑着:是家福今晚要来?

宁贞嗔怪地:妈,瞧你说到哪儿去了?我要去北京了!

栗丽:去北京?

宁贞:我们集团要在北京办一个大型展销会,尚总让我和家福打头阵,先去北京布置展厅!

晶子这当儿也高兴地抱着孩子过来:去北京你可要到天安门好好瞅瞅!

宁贞:那当然!说着摇晃着妈的身子:妈,你要捎什么东西不?

栗丽慈祥地笑着：我不捎什么东西，我只想让你别摇妈的身子，你把妈摇得气都喘不过来了！

宁贞咯咯咯地笑开了……

19

尚吉利丝织集团门前。清晨。

宁贞和家福正在登上一辆大卡车的驾驶室，驾驶室的门上喷着一行字：尚吉利丝织集团车队。车上装满了绸缎。

昌盛站在车下对宁贞：路上注意安全，到那里以后先和尚穹接上头，然后把展销场地打扫好，开始布置时后边的车队便马上启程！

宁贞庄重地点头：尚总放心！

昌盛挥手让走。

司机立马启动了车辆。

20

白天。宛郑公路上。

尚吉利丝织集团的卡车正在飞奔。

车内。宁贞双眼直直地盯着前边。

坐在旁边的家福悄悄地伸手，捏住了宁贞的一只手。

宁贞扭头看了他一眼，任由他捏着。

家福用手指轻抚着宁贞的手背。

宁贞没动，只看了一眼身旁的司机，分明怕司机看见家福的举动。

司机正聚精会神地开车。

家福突然把宁贞的手举到唇边吻了一下。

宁贞一惊，脸立马羞得通红……

21

北京。一间挂有"展览厅租用办公室"的屋子。白天。

尚穹正坐在那儿同一位中年妇女谈着什么。

那妇女点头：好，就这么办，日租金四万五千元。

尚穹站起身：从开始打扫布置到展出结束，十五天，总共六十七万五千。

那妇女：你要一次交齐！

尚穹：没问题。

22

北京。尚穹宿舍。白天。

尚穹拿起电话拨了一串号码后：是昌盛哥吗？

电话里的声音：是我，尚穹。

尚穹笑着：一切都已办好！展览厅的日租金是六万元，十五天时间一共是九十万元！

电话里昌盛的声音：好吧。

尚穹放下电话高兴地吹了一声口哨，自言自语地：二十二万五千元到我手里了！可以买一套房子金屋藏娇了！……

23

白天。尚穹宿舍楼下。

载着宁贞和家福的那辆卡车在楼前停下。

宁贞和家福先看了看面前的塔楼又看了看手中的纸条。显然在确定是不是找对了地方。

两个人向楼里走去。

24

尚穹宿舍门前。白天。

宁贞抬手敲门。

门开了，尚穹懒懒地：谁呀？一看是宁贞，眼睛顿时瞪大了：嘀，是你呀！昌盛哥只说有两个人押了首车来，没说是你！快，快请进！

宁贞介绍身后的家福：这是刘家福，尚吉利集团办公室的秘书。

尚穹握住家福的手：欢迎，欢迎！

25

一个写有"展览厅"三个大字的大厅。白天。

尚穹领着宁贞和家福走了进去。

26

展览厅内。白天。

宁贞和家福四下里看着,两人脸上都露着满意之色。

尚穹:怎么样?面积够大了吧?日租金六万元。

宁贞点头:好,我们再打扫一下。跟着转向家福:你去给尚总打电话,让车队启程吧!

家福应了一声,向门外走去。

宁贞继续看着检查着那些展板、展架、展台。

尚穹站那里不动,目光一直黏在宁贞的胸部和臀上。画外同时传来他的心声:这真是一个尤物……

27

北京经济部办公大楼。白天。

尚穹正坐在办公室桌前,面对电脑屏幕敲着键盘。

电话铃响。

坐在对面的男子拿起话筒,跟着递到尚穹面前:找你的,一位女士。

尚穹眉头一皱,不太高兴地拿过话筒:谁呀?及至听到回答以后才高兴地:宁贞,是你?

话筒里宁贞的声音:对不起,打扰了,有一件急事想找你帮忙。

尚穹:你在我楼下等,我马上回去。说罢转对桌子对面的同事:老家来人,我回去一下。

28

尚穹所住的宿舍楼下。傍晚。

宁贞正在楼下焦急地来回踱步。

宁贞看见尚穹走过来,如同看见救星似的跑上前:尚处长,咱尚吉利集团送展销品的汽车都到了,但其中有三辆被警察拦到了公主坟的一个路口,警察说司机行车违章,车这会儿还扣在那儿,麻烦你快想个办法!

尚穹笑了,边笑边递过去一个手帕,柔声地:先把脸上的汗擦擦。

尚穹走向近处的一个公共电话,接连拨了几个电话。

片刻后，尚穹向宁贞走来：问题解决了，司机这会儿已开车向展览厅驶去。

宁贞高兴地握住了尚穹的手：谢谢你！

尚穹看了看宁贞的小手，并没有松开，而是含了笑问：就这样谢我？

高兴中的宁贞也少有的露了一点调皮：那你说咋样谢？

尚穹：一起吃饭。

宁贞爽快地：好，请你吃饭！

29

北京。一家小饭馆。晚。

宁贞和尚穹相对而坐，边吃边说边笑，气氛很好。

服务小姐把账单送来时，尚穹抢着把账结了。

宁贞不好意思地：说好是我请的！

尚穹摆着手：你来北京了嘛，我应该做东！

30

小饭馆外。晚。

宁贞真诚地：谢谢你！

尚穹好像忽然想起似的：哦，对了，昌盛哥在电话上交代，说在展销会开幕前想先搞一个新闻发布会，我在电脑上准备了一份拟邀请的新闻记者名单，你是不是去看看？

宁贞迟疑了一下，随后点头：行。

31

尚穹宿舍。晚。

尚穹打开了电脑。

尚穹搬一个凳子让宁贞坐在自己旁边。

尚穹：这是我自己组装的一台电脑，花钱不多质量还行。

宁贞满眼钦佩：电脑我可是只会用不会修，更别说装了。

尚穹敲了几下键盘，屏幕上出现了一长串报社的名单、地址和记者的名字。

宁贞一个一个地看着。

屏幕上字迹突然一晃，随后消失，代之而出的是一幅两个赤裸裸的男女紧抱在一起的画面。

宁贞惊呆在那儿。

身旁响起了尚穹假装吃惊的低语：这是怎么搞的？谁往我的电脑里发了这样的东西？边说边敲击键盘，但随之出现的更是不堪入目的画面。

宁贞急忙低了头，同时慌忙起身。

尚穹这时急忙拉了宁贞的手：小贞，真是抱歉！我也没想到——说着，已用力猛把宁贞拉到了怀里，将舌头向宁贞脸上舔去。

宁贞猛一下把尚穹推开，飞跑过去拉开了门。

她沿着步行梯向下飞奔……

32

北京。一家招待所。夜。

宁贞快步走进自己的房间，反手关上门，身子紧紧靠在了门上。

门外响起家福的声音：开门，宁贞，你怎么才回来？

宁贞仍是满眼屈辱：我有点累，我要睡了……

33

白天。展览厅。

宁贞正在指挥尚吉利集团来的人布置展厅。

人人都在忙碌。

一个男子跑到宁贞身边：厂长，还缺两个展台才能把咱们的产品搭开。

宁贞：去找展览厅办公室的同志要一个。

那男子：要了，他们说有些展台在另一个仓库里放着，拿着挺麻烦，要我们将就一下。

宁贞：我去找他们！

34

展览厅办公室。白天。

宁贞对一个男子：你们当初答应过的，要满足我们关于展览工具的需要。

那男子：我们人手不够，你们最好将就一下。

宁贞：我们可是每天都付你们六万元租金的！

那男子：你这同志说话可就不负责任了，我们啥时候收过你们六万元的日租金，我们每天只收你们四万五千元。

宁贞一怔。跟着画外响起她疑问的声音：尚穹可是说得清清楚楚，每天租金六万元，而且尚总也在电话中告诉过我，九十万元场地租金已全部转给了尚穹，难道……

宁贞向那人：就算四万五千元，也请你们帮帮忙吧。

那男子：好吧，我去找仓库钥匙……

35

展览厅后边仓库。白天。

宁贞指挥着四个人从里边抬出两个展台。她扭头看见一个挂有"展览厅财会室"牌子的办公室，停了步子。

宁贞转身走了进去。

两个女会计正坐在办公桌后忙着什么。

宁贞上前对其中一个女会计：我是租展厅来办展销的尚吉利集团的工作人员，我们总经理来电话催问租金给你们交了没有，刚好我们承办这事的尚穹同志这会儿不在，只好来问你了，麻烦查一下。

那女会计回忆地：好像是交了。说着去翻账本：噢，交了，一共是六十七万五千元，租十五天，每天四万五千元。

宁贞身子一颤，不过还是假装平静地：谢谢你。

36

财务室外边。白天。

宁贞站在阳光下久久没动。

画外传来宁贞的心声：尚穹，你原来是这样一个人，你和尚昌盛可是堂兄弟呀！……

37

　　傍晚。北京。宁贞和家福一行住的招待所门口。

　　宁贞对家福：展览厅明天就可以布置好，明天傍晚尚总就到，后天开新闻发布会。你今晚去找尚穹商量一下新闻发布会的开法。

　　家福：这事应该你去，尚总来时交代过，咱们这一帮人中你是头呀！

　　宁贞神色一冷：我不想再和这个人打交道，你去吧！

　　家福有些意外地看了宁贞一眼，点点头。

38

　　清晨。招待所宁贞所住的房间。

　　家福推门进来：昨晚我去见了尚穹，他说新闻发布会的地点就在展销大厅内，发布会结束展销也就开幕，他说记者和领导全由他出面请，但需要我们先交给他八万元活动费。

　　宁贞显然提高了警惕：八万元？

　　家福：他说这是最低的开支，每个来宾都要发车马费。

　　宁贞：我来时尚总让我带了十万元，但给他这么大的数额，我做不了主，好在尚总今天傍晚到，到时候让尚总亲自交给他，你请他着手准备吧。

39

　　傍晚。展销大厅。

　　尚吉利丝织产品已布展完毕，大厅里花团锦簇琳琅满目。

　　尚昌盛正由宁贞和家福陪同着在大厅里巡看着。

　　昌盛不住地点头：嗯，布置得不错，你们辛苦了！

　　家福：就看明天的新闻发布会和开幕式了。

　　昌盛转问宁贞：准备得怎么样了？

　　宁贞：就在这大厅里开，桌子、椅子包括给每个到会者的礼物都已准备好，今晚可以布置完毕，但邀请新闻记者和领导的事，尚穹处长说由他来办。

　　昌盛：行，让他办，他人熟。

　　宁贞：他说他需要八万元的活动经费。

昌盛一惊：这么多？我过去已给过他三万元新闻宣传费了！

宁贞欲言又止。

昌盛：怎么？有话就说！

宁贞挥手让家福离开，低声地：尚总，有件事我想来想去，觉得还是给你说一声，好让你心中有数。

昌盛：啥？

宁贞：我们这个展览厅的租金实际是每天四万五千元，可尚穹却说是六万元！

昌盛惊骇地：什么？

宁贞：仅这一项，尚穹就拿走了二十二万五千元。

昌盛震惊地直直地盯住宁贞：你这话可是当真？！

宁贞：你可以去展览厅财会室去查！

昌盛砰一拳砸在了旁边的柱子上，怒极地：我去找尚穹！

宁贞慌了：尚总，不能这样！

昌盛大步向展厅门外走去。

宁贞急忙示意家福去拉昌盛。

家福被昌盛一把推开。

40

展览厅门外。大街边。

昌盛拦一辆的士，怒冲冲地坐了进去……

41

傍晚。尚穹宿舍。

尚昌盛阴沉着脸走进屋里。

尚穹笑着：一切都准备好了，只是要让宁贞他们拿八万元活动费，我好安排新闻发布会，他们到现在还没给我。

昌盛低低地：场租每天是多少？

尚穹一惊，却假装平静地：不是给你说过了吗？每天六万元呀！

昌盛愤怒地：你拿我当傻瓜呀？！明明是四万五千元你却说是六万元，你缺钱可以找我要呀，为什么要用这个手段？为什么？

尚穹惊怔在那儿，脸上全是尴尬。

昌盛：堂兄弟之间都还要欺骗，你说我还敢相信谁呀？

尚穹嘴张了张，竟无言以对。

昌盛：八万元我让他们立马给你，可你该想想你做的事，你对得起谁呀？！说罢，拉门走了出去。

尚穹的神色由尴尬渐渐转为恼羞成怒，只见他啪的一声将手拍到桌子上，咬牙切齿地：好呀，你让我下不了台，我也让你下不了台！说罢，他抓起了电话，拨了一串号码后对着话筒：刘记者吗？明天的新闻发布会不开了！

尚穹不停地拨着电话……

第二十九集

1
夜。尚穹宿舍门前。
家福挎一个小包在敲门。
门开了,尚穹站在门口冷冷地:干啥?
家福小声地:尚总让把八万元送给你。
尚穹:不要!言毕,啪一声关了门。
家福一愣,再敲门。
无人应声。

2
宁贞、家福他们所住的招待所院里。
家福对昌盛:尚穹不要钱了。
昌盛:他不要钱,总不至于不办新闻发布会了吧?

3
北京。展销大厅。上午。
"中国南阳尚吉利丝织集团产品展销新闻发布会"的会标鲜亮夺目。
桌、椅摆放整齐。
昌盛、宁贞、家福等尚吉利集团来京办展销的人员都衣饰一新地列队站在大厅门口等候客人来临。
昌盛面孔严峻,他抬腕看了看表。
宁贞也抬腕看了看表,面露焦急。
家福抬腕看了看表后对宁贞小声地:到时间了,莫不是——
宁贞没听他说下去,而是焦躁地朝门外看去……

4
经济部尚穹的办公室。上午。
他坐在电脑前玩着游戏,面孔上浮着一丝冷笑。

他重重地敲击键盘,将屏幕上的一个"人物"击毙。

5

展销大厅。上午。

昌盛铁青着脸站在那儿。

宁贞小声地:尚总,早过了时间,看来……

昌盛极力压着火气地:把这些预备开新闻发布会的桌椅、水果、饮料收起来,展销开始!

尚吉利集团的工作人员各就各位。

但这个无声的开始没有引来观众,展销大厅冷冷清清……

6

夜。尚穹宿舍。

尚穹在拨电话。

尚穹:妈妈!

7

南阳尚承达家。夜。

尚穹妈妈文琳拿着话筒:是尚穹?这么晚了打电话,有急事?

8

北京。尚穹宿舍。夜。

尚穹对着电话:昌盛哥让我帮他办事,可一来就查账目,我本来把其中一笔钱放在手中以备用于展销会的其他开支,不料他竟以为我是贪占……

9

南阳尚承达家。夜。

文琳的脸色变得难看起来,只见她对着电话冷笑一声:啥叫贪占?你也是尚达志的孙子,尚家的钱原本也应该有你一份!……

10

北京。尚穹宿舍。夜。

握着话筒的尚穹听了妈妈的话双眼一亮，对着话筒：对呀，我也是爷爷的孙子，尚吉利集团是爷爷留下的遗产，应该有我一份，我就是拿了尚昌盛的钱也是合理合法的！

11

夜。展览大厅门外。

家福低声地对昌盛：全天只有一百多个人进厅里看看，零售出的绸缎不到十米，时装没有卖出五件。

昌盛面孔如铁地站在那儿一声没吭。

一边的宁贞自责地：全怨我，我不该把租金的事说给你，结果把事情弄砸了。

昌盛扭头对宁贞：这与你没有关系！

宁贞：我们得抓紧想补救办法，要不然这每天的损失可是太大了，我想明天我和家福去几家报社看看，争取发出消息和广告！

昌盛阴郁地点头：去吧。当初尚穹说广告也由他来联系，现在真是措手不及了。

12

白天。展览大厅里。

依旧顾客寥寥，十分冷清。

13

白天。宁贞和家福走进了一个挂有"日报经济部"牌子的办公室。

宁贞对一个编辑：先生，能不能帮我们发一条消息，说着递上一张纸。

那编辑看完摇头：很抱歉，我们一般不发这类消息，再说，这两天的版面也都安排满了……

14

白天。宁贞和家福走进一个挂有"早报经济部"牌子的办公室。

宁贞对一个编辑讲着什么,然后掏出了一张纸。

那编辑看后对她连连摇头……

15

白天。宁贞和家福走进一个挂有"周报经济部"牌子的办公室。

宁贞对一个编辑讲着什么,然后掏出了一张纸。

那编辑看后同样对她摇头……

16

白天。北京街头。家福满脸沮丧。

宁贞咬了牙:只有花钱去做正式的广告了。

两人走进了晚报大门。

17

晚报社广告部。白天。

宁贞对一个工作人员:我们要做一个广告,最快什么时候能出来?

那工作人员:明天的版面已经安排好,最早后天。

宁贞急切地一把抓住那人的胳膊:能不能明天就出来,权当是帮助我们?

那人一怔。

宁贞眼中含了泪:我们遇到了意外的困难,请一定帮帮我们!

那人显然没遇见过这种谈广告的场面,内心分明受了震动,默然片刻之后:好吧,请立刻准备广告词和相关照片。

18

一张报纸的特写:

两行大字:买"软黄金"——真丝绸缎去!

千年丝绸老厂——南阳尚吉利进京展销!

两幅大照片:五彩缤纷的尚吉利绸缎。

式样各异的真丝成衣和五花八门的真丝用品。

报纸在一个个市民手里拿着……

19

　　白天。展览大厅。

　　参观展销的人开始多起来。

　　昌盛、宁贞、家福站在那儿默默看着。

　　家福低声地：情况好转了。

　　宁贞叹口气：可我们的展期只有四天了。

　　昌盛面孔冷峻地注视着面前的人流，自始至终没说一句话。

20

　　傍晚。展览大厅。

　　参观展销的人开始摩肩接踵，大厅里热闹起来。

　　有一些外国人开始走进来。

　　所有的工作人员都忙得不可开交。

　　宁贞第一次笑了起来。

21

　　清晨。展销大厅门口。

　　家福拿着一张报纸飞奔到昌盛面前：尚总，看，早报上专门刊文报道了我们展销会的盛况，称赞了尚吉利集团的产品。

　　站在一旁的宁贞对昌盛：尚总，我们最好同展览大厅办公室交涉一下，让我们再把展销时间延长几天，不然的话，不可能完成计划中的交易额。

　　昌盛点头：好吧，去试试。

22

　　展览厅办公室里。上午。

　　一个工作人员正对着昌盛、宁贞、家福摇头：很抱歉，你们的展销不能延期，一个音像制品展销会紧接着要在这里举行，我们同人家签有合同，不能违约！

　　宁贞：能不能——

那工作人员制止宁贞再说下去：请不必再说了，你们必须按合同规定于明天晚上结束展销，后天腾出展厅！

宁贞着急地转向昌盛：那咱们再换个地方？

昌盛缓慢地把头摇摇：再找一个合适的展销地点需要时间；布置起来也需要几天；也需要再做广告；再说，这么多人和车留在这里，家里的生产也受影响。罢了，我们按原定时间结束吧。

23

清晨。展览大厅。

宁贞正对着尚吉利集团来京的所有工作人员讲话：今天，是我们展销的最后一天，我希望大家今天吃喝都在岗位上，除了上厕所，要一刻不停地工作，争取把前些天的损失补回来。现在开始给大家发面包和饮料……

24

傍晚。展览大厅门口。

几辆尚吉利车队的卡车停在展览厅门外。

尚吉利的工作人员正在向车上装没有销出去的产品。

昌盛默默站在那儿看着。

家福匆匆走过来对昌盛低声地：全部销售额和订货额不到一百万元。

昌盛：投入是多少？

家福：一百多万元。

昌盛：失败了。画外跟着响起他的心声：爷爷，这是你去世后我办的第一件大事，没有成功，孙子愧对你，愧对你呀……

25

大街对面。傍晚。

一辆轿车停在街边。

车内，坐在驾驶座上的尚穹冷冷看着对面正在装车的尚吉利集团的人。

他的目光停在昌盛身上，一种恨恨的声音由画外响起：你离了我怎么样？不是失败了？你必须为你对我的不恭付出代价！

26

展览厅门口。夜。

车已全部装好。

昌盛对宁贞、家福和其他工作人员：你们都立刻去吃饭，一吃完饭咱们就上车启程返回南阳！我在这儿看车。

家福：尚总，我在这儿看车，你去吃吧。

昌盛：让你去就赶紧去！

家福只好领着工作人员们走了。

宁贞走到昌盛身边：尚总，你该恨我！

昌盛看了宁贞一眼：怎么说这话？

宁贞：是我让你和尚穹闹翻了，才让展销会办砸了。

昌盛叹一口气：这与你无关，不过我当初是应该忍一忍的。好了，我们不谈这个，这次忙得你连天安门广场也没去逛吧？真是抱歉。

宁贞：从广场旁边过了两趟。

昌盛努力让自己笑着：将来会有机会的，日后你和家福就来北京旅行结婚！我们集团晚点也要在北京设立一个销售公司！

27

京石高速公路入口。晚。

尚吉利集团的返程车队相继驶入高速公路。

昌盛坐在最后一辆车上，他示意司机把车在辅道上停下。

他下车向一个公用电话亭走去。

28

公用电话亭旁。晚。

昌盛拿起话筒，画外传来他的心声：罢，就给尚穹打个电话表示和解，毕竟他是一个京官，爷爷历来主张，不能和当官的硬顶，斗气……

他拨起了号码。

电话通了。

昌盛对着话筒以尽释前嫌的语气：尚穹，是我，你昌盛哥，我那天的态度不好——

啪的一声,对方把电话挂断了。

昌盛捏着话筒呆了一阵,眼神倏地阴沉下来。画外跟着响起他愤怒的心声:嘀,给你脸你还不要脸了!明明是你有负于我,骗了我的钱,倒还在我面前摆起了架子,罢罢,你不就是个处长嘛,你还能把我吃了!从此以后我们彻底断绝来往!爷爷,我不忍这口气了,我不忍了!

他猛朝电话亭上踹了一脚。

电话亭发出嘭的一声闷响。

路边几个骑自行车的人都向他投过来惊诧的目光。

他向卡车跑去。

29

卡车旁。晚。

昌盛一边拉开车门一边大声发怒地对司机:走,回家……

30

尚穹宿舍。晚。

尚穹一脸冷笑地站在电话机前。

他低而坚决地自语:尚昌盛,我要让你继续知道我的厉害!

31

北京。前门盛威律师事务所门口。白天。

尚穹昂首走了进去。

32

律师事务所内。白天。

尚穹和一个中年律师相对而坐。

尚穹:黎律师,我前天在电话上向你请教的有关尚吉利丝织集团财产继承的问题,可以给我个答复吗?

黎律师:我对你电传过来的材料做了仔细研究,我的答复是:第一,尚吉利集团既然是在你爷爷生前建立起来的,是以你爷爷存下的二十根金条为基础发展起来的,而他又是实际上的一家之主,他去世前留下的遗嘱中又明确表示尚吉利集团是他留给你们诸位儿孙的，那么尚吉利集团的全部财产可视为他的遗产。第二，你作为他的嫡孙之一，虽未具体从事尚吉利集团的建设，但同样具有继承这份遗产的权利。第三，你可以把这笔遗产交目前尚吉利集团的经营者继续经营以获取利润，也可以一次性地收回到自己手上……

笑容在尚穹的脸上渐渐弥漫开来。`

33

夜。尚穹宿舍。

尚穹正在对着电话：妈妈，我已做出了一个重大决定，向尚昌盛索要应该由爸爸、哥哥和我继承的那份遗产！尚吉利集团目前的财产应该分成五份，其中两份归尚昌盛和他的儿子旺旺，另外三份归爸爸、哥哥和我！

34

夜。南阳尚承达家。

尚穹的妈妈正手握电话，面带犹豫地：能行吗？尚昌盛他会答应给吗？

35

北京。尚穹宿舍。夜。

尚穹对着电话：我已咨询过律师，这是爷爷留下的遗产，我们有这个权利！如果尚昌盛不给，我就通过法院起诉他！

话筒里吃惊的声音：哦？

36

南阳尚承达家。夜。

尚穹的妈妈文琳还在握着话筒发愣。

睡在她旁边的丈夫尚承达呀呀地说了几句，像是在问她什么。

文琳掩饰地：没事，睡觉吧。说着放下话筒，拉灭了灯……

37

早晨。南阳尚昌盛家。

灶屋里小瑾正忙着把粽子、油饼、煮熟的鸡蛋、鸭蛋、鹅蛋和大蒜往一个竹筛里放。

旺旺走进来：妈，这是家常吃的东西，还用给承达爷爷送吗？

小瑾：当然，端午节嘛，这是规矩，小辈人要向老辈人表示一点心意。

旺旺：爸也去？

昌盛这时出现在门口：当然，走！

38

尚承达家。早晨。

承达依旧仰躺在床上。

尚天正在用湿毛巾给父亲擦脸。

旺旺端着一竹筛端午节的吃食，在父亲尚昌盛的带领下，走了进来。

尚天看见昌盛父子，高兴地对父亲：昌盛哥和旺旺来了。

尚承达躺在那儿，眼中现出深深的感动。

昌盛走到叔叔床边坐下，紧紧握了一下叔叔那虽有点知觉却无法动弹的手。

文琳这时走了进来：哟，是昌盛和旺旺来了。

昌盛对文琳：婶子，承达叔在治疗上和生活上遇到了啥困难，你只管找我说，啥样的好药品，啥样的好吃食，咱都可以买。有需要跑腿的事儿，让旺旺去就行！

文琳笑笑：有啥事办不了的，自会去找你们；你们爷俩经办那个集团，也忙得够呛了，这回去北京办展销，办得咋样？话问出口后，一双眼里分明含了些审视的意味。

昌盛的眉头轻微一蹙，不过转瞬就又笑了：办得挺好，有穹穹弟弟帮忙，一切都还顺利。他显然不想把和尚穹的冲突暴露出来。

尚承达这时突然呀呀地发出一些含混不清的声音。

文琳急忙翻译：他这是在嘱咐你把企业办好，说企业办好了可以扩大就业维护社会稳定。

昌盛朝承达点头：叔叔放心，我一定争取把集团办好！

39

大街上。早晨。

昌盛和儿子旺旺并肩而走。

昌盛突然手扶额头停住步，跟着就见他双脚踉跄一下向地上倒去。

旺旺见状急忙伸手扶住：爸，你怎么了？

昌盛靠在儿子的肩上，喘一口气，低微地：头有些晕，可能是因为这次去北京展销总睡不好，有些累了。

旺旺：爸，你从今天起好好歇歇吧。

昌盛：旺旺，如果我现在突然像你承达爷爷那样，一下子躺到了床上不能动，你怎么办？

旺旺沙哑的声音里带了惊奇：那咋可能？

昌盛：我是问假若我真的像你承达爷爷那样了你咋办？

旺旺：那我就每天到你的床前问一遍需要干啥。

昌盛震惊地看了一眼儿子。画外同时响起他的心声：看来，我真得抓紧培养旺旺了！

40

白天。尚吉利集团总裁办公室。

昌盛指挥人在自己的办公室中间拉一道布幔，把办公室隔成了前后两部分。

他让人把自己的办公桌搬在了布幔后边。

他让人在布幔前边又摆了一张办公桌，桌上所有的办公用品一应俱全。

旺旺走进来看见，惊奇地：爸，你这是干啥？

昌盛：你这段日子已经熟悉了各厂和集团机关各部室的工作程序，从明天起，你要来学着当总裁，你在前边坐着处理集团里的各项工作，我在你身后看着听着，发现问题后再给你说明！

旺旺有些胆怯地：我能行？

昌盛：当然！我相信你行！

41

尚吉利集团总裁办公室。白天。

旺旺端坐在办公桌前正听着一个人请示着什么。

旺旺思考了一下，随即对那人指示着什么。

42

总裁办公室布幔后。白天。

昌盛坐在布幔后的办公桌前认真倾听着儿子的话。

43

布幔前。白天。

前来请示什么的人对旺旺点头，退了出去。

昌盛从布幔后走出来，向儿子讲评着什么……

44

法国巴黎梦宛绸缎店后院。白天。

艾丽雅正坐在那儿给孩子喂奶。

栗振中站在一旁逗着吃奶的儿子：小狗蛋，又饿了？

艾丽雅抬起头不高兴地对丈夫：我抗议你称他小狗蛋，这是一个不雅的名字，我的儿子应该有一个很好听的中文名字！

振中笑了：在我们中国那块土地上，孩子们降生后通常都有一个乳名，这个乳名大都很俗气且又和一种动物相联系，这样才能为他消去一些灾祸；待他上学读书时，再为他起一个好听且终生受用的名字。

艾丽雅给儿子换一个奶子：好吧，既是能消去灾祸，我就同意你叫他小狗蛋，你们中国人真有一些奇怪的逻辑！

振中望着儿子大口吃奶的样子，笑着：看你吃奶的样子，引得我也馋了起来。

艾丽雅歪了头拍了一下自己的胸脯笑着：那你就也来吃吧，儿子吃了奶向我叫妈妈，你吃奶该向我叫什么？

振中笑着去揪了揪妻子的耳朵：我让你想沾光！

这当儿，振中的妈妈在后院门口喊：振中，前店费经理叫你去！

振中立刻应声：来了！

45

梦宛绸缎店店堂内。白天。

费经理——一个中年男子正在和一个阿拉伯装束的男人说话，他看见振中走过来，忙对那阿拉伯人介绍：这位是我们总裁栗振中先生。随后又对振中说明：这位易卜拉欣先生看中了咱们店里的尚吉利绸缎，坚持要亲自和你谈谈。

振中改用英语饶有兴味地对那人：你想谈什么？

那人也用英语：你销售的这种中国绸缎很漂亮，我很想知道它是中国的什么地方出产的？

振中立刻明白这是一位大买主，笑答：它产自中国一个很偏僻的地方，那地方很难找。

易卜拉欣显然看出了振中的担心，连忙说明：我很想在你的店里买，只是我买的数量太多，怕你这经销商没有进么多的货。

振中：你要买多少？

易卜拉欣：五十万米。

振中双唇吃惊地张开。

易卜拉欣：你要有的话，请明天就给我办空运手续，目的地我随后告诉你，我会同时把货款打到你的账号上！说实话，我找了好久，才终于找到了这种可心的绸缎，这五十万米，每种花色的都要有一点。

振中小心地：我的货都分散在全欧洲的许多经销点上，如果你能给我十天或一周的时间，我保证把货准时送到你让送到的地方。

易卜拉欣抬腕看了一下金表上的日历，似乎在计算日子，随后点头：可以给你十天，喏，这是定金支票……

振中和艾丽雅卧室。白天。

艾丽雅正把熟睡的儿子往床上放。

振中这时疾步走进来：亲爱的，我要马上飞中国！

艾丽雅脸上顿时无了笑容：我还没有满月，现在是我最需要你的时候，为什么不能派个别的人去？

振中：有一个阿拉伯人定了五十万米绸缎，要得很急，我们的仓库里根本没有这么多，我必须立刻飞到南阳尚吉利买下这批货给他空运走。这还不是最重要的，重要的是，我还有另外一个打算！

艾丽雅：哦，什么打算？

振中：我过去只想到了在法国在欧洲经销南阳尚吉利绸缎，没想到它其实在阿拉伯世界也会有广阔的销路，今天来的这位阿拉伯富商让我意识到了这一点。

艾丽雅：你是说要在阿拉伯国家建立经销点？

振中摇了摇头：阿拉伯人一旦知道我们经销的这种中国绸缎的产地在南阳，他们就会直接去找尚吉利集团而不找我们的经销点。

艾丽雅瞪大了眼：你的意思是——？

振中：你过去不是说过我们也办丝织厂的事吗？我看现在这样做的时机已经到了，只是我们不必在法国另建新厂，我们可以把资金投到中国南阳有广阔前途的尚吉利集团里去，在其中占有至少一半的股份。这样，我们就可以获得它日后可能有的巨大利润的一半！

艾丽雅：这种投资可能实现吗？

振中：中国政府正欢迎外国人去和他们合资办厂，他们急需资金。我这次去就是想和他们谈谈这个。

艾丽雅笑了：亲爱的，既是这样，你就去吧……

46

中国北京。尚穹宿舍。夜。

尚穹正在打电话：妈妈，我准备采取行动，向尚昌盛索要属于我们的那部分资产！……

47

南阳尚承达家。夜。

文琳手握着话筒，小心地看了一眼已经入睡的丈夫：好吧！……

48

北京前门律师事务所。

尚穹正把打印好的一张纸交给我们曾经见过的那位黎律师看。

黎律师点头。

49

尚吉利集团总裁办公室。白天。

家福手拿着一封特快专递信件走进来交给旺旺:这是刚收到的。

旺旺拆开,看后大吃一惊,急忙扭头喊:爸爸,快来!

昌盛闻唤从布幔后走出来,不高兴地:什么事这样沉不住气?

旺旺把那封信递到爸爸手上。

昌盛去看……

第三十集

1

尚吉利集团办公室。白天。

昌盛正在看着那封快递信。

画外兀地响起尚穹那低沉的声音:

昌盛哥:我和我父亲、哥哥认为,尚吉利集团作为爷爷遗留下来的财产,应该有我们三人的一份,故决定于近日收回这部分财产,请做好准备,我的律师将很快与你具体协商有关问题……

昌盛像看见怪物似的瞪住信纸,骇然地后退了一步。

一阵哆嗦开始摇撼他的身子。

他猛地挥拳砸到了桌子上:尚穹,你——你……这个浑蛋!……

2

尚昌盛家。傍晚。

昌盛阴沉着脸走进屋里。

正在收拾着屋子的小瑾停下手对昌盛:刚才文琳婶子过来,说想把爷爷留下的那份遗嘱拿去复印一份,他们那边也好留作纪念。

昌盛:给她了?

小瑾:给她了,她拿到街上复印后又把原件送给了我。

昌盛自言自语地:莫不是婶子也和尚穹站到一起了?

小瑾不解地看着昌盛。

昌盛发狠地:尚穹,你做梦吧,你休想从我这里拿走一分钱!

3

南阳机场。早晨。

栗振中走下飞机舷梯。

昌盛微笑着走向前去。

振中张臂拥抱着昌盛,二人互相笑拍着对方的肩膀。

4

驶往市区的汽车里。早晨。

振中迫不及待地对昌盛：我在电话里说的那五十万米货准备得怎么样了？

昌盛：全部待运，一会儿你验看后立马就会装机，下午便可抵达广州，两天后就可运达购货人所在的科威特。

振中满意地：谢谢，谢谢！

5

上午。尚吉利集团仓库。

振中正在验看订购的绸缎。

他朝昌盛点头：启运吧！

昌盛朝身旁的家福挥手：启运！

6

上午。尚吉利集团尚昌盛的办公室。

昌盛和振中相对而坐。

昌盛：货已启运，你可以放下心在南阳好好玩玩了，你是先去拜访你的姑姑，还是我陪你去看看南阳博物馆？

振中一脸郑重地：尚总，我现在哪儿也不去，我还有件重要的事要问你！

昌盛：哦？

振中满脸肃穆地：尚总，你没有把你的企业建成中国和世界第一流大企业的雄心？

昌盛一怔：当然。

振中：你想没想过，单靠你自己的力量滚动发展，要达到那个目的还需要很长的时间？

昌盛微微点头，显然不知他想说什么。

振中：不知你愿不愿别人来帮助你干，比如说，给你提供资金，与你一同经营——

昌盛的眼一下子亮了：资金？我眼下缺的就是资金，你说的是谁？

振中：你还没说你同意不同意。

昌盛高兴地：同意，当然同意！只要他仍叫这个集团为尚吉利，只要他让我们尚家人来经营，只要他承认我们尚家是第一主人且承认按投入的资金比例来分利润，我当然同意。

振中笑了：好，既然是这样，我就告诉你这个愿意帮助你的人是谁。

昌盛：谁？

振中：我！

昌盛意外地：你？真的？

振中：当然真的！

昌盛：你愿投多少？

振中：你现在的固定资产是多少，我就再投多少，这样，日后的利润咱们就平半分。

昌盛立刻摇头：不，如果我的固定资产是十，你只能投九，这样才能保证我的第一主人地位。自然，你可以按九的比例来拿利润！

振中默然了一阵：行吧，只是我要求在估算你的固定资产时，要有我的人来参加。

昌盛痛快地答应：行！

7

白天。落霞村宁贞家门口。

振中正从轿车上下来。

栗丽夫妇，宁安、晶子夫妇，宁贞和家福都一起从屋里笑迎出来。

大家笑说着什么……

8

白天。宁贞家里。

栗丽正和晶子忙着做饭。

振中对宁贞、宁安和家福笑道：我今天来，一来是看看姑母、姑父，二来是想告诉你们一件事情。

宁安：啥？

振中：我决定和你们一起干了。

宁贞双眉弯起，不明白地：干什么？

振中：丝织呀！我已经决定给尚吉利集团投资，与尚昌盛合作。

家福有些不相信：嗬，能行？

振中：这件事当然要有一个过程，不过意向书我已经和尚昌盛先生签了。

宁贞高兴地：表哥，我对经商的事虽然懂得不多，但我凭感觉知道，你日后不会为这个决定后悔！

振中：但愿是这样，我是商人，赚钱第一，我希望我投入的钱能为我带来更大的利益。但说实话，在中国大陆投资，还是很怕出意外。

宁贞：没有什么意外，尚吉利这些年不是一直在发展？

振中：如果我和尚昌盛的合作最后落到实处，我期望你们四位都鼎力相助，只要我和尚昌盛赚了大钱，你们当然也会富起来。

栗丽这时高声笑着招呼：振中，来，喝酒！……

9

白天。宁贞家门前路边。

已拉开车门要上车的振中又回过身来对宁贞他们：我明天就回法国，回去就准备投资的资金，在我离开这里之后，如果尚吉利集团在经营上或其他方面出了什么问题，我希望你们能随时告诉我。

宁贞急切地：不会出任何问题的！

10

上午。阳光灿烂。尚吉利集团办公区。

北京前门律师事务所黎律师臂下挟一个皮包向总裁办公室走来。

他在门前停步敲门。

11

尚吉利总裁办公室。上午。

尚旺不在，只有昌盛正坐在那儿看着什么材料。

他听见敲门声应道：请进！

门应声而开，黎律师出现在门口。

昌盛：是来买绸缎的吧，请去销售部。

黎律师淡淡一笑：如果我没猜错的话，你就是尚总，我就找你！

昌盛只好把对方让进屋子：是想买点什么？

黎律师：不，我只是来要点东西！

昌盛不由得一愣：要点东西？啥东西？

黎律师：钱！说着掏出一张名片递过来。

昌盛：北京前门律师事务所？我们集团好像和贵事务所没有什么金钱方面的往来。

黎律师：那当然，我只是受一名当事人的委托来替他要钱。

昌盛警觉起来：谁？

黎律师：尚总的堂弟，中国经济部的尚穹处长。

昌盛霍地站起，眉毛竖了起来。

黎律师平静地：他说尚吉利集团的财产是他爷爷去世时留下的遗产，他和他父亲、哥哥各有应得的一份，他现在想把这份财产要回去。

昌盛努力压住火气：他自己为什么不来？

黎律师：也许他认为委托我来要可能不会伤害你们兄弟之间的和气。

昌盛几乎是吼了：让他来朝我要，让他看看我会给他什么！

黎律师：好吧，既是你坚持要他来，我只好转告他，不过，作为被委托的律师，我很想现在就开始工作。

昌盛眼瞪得吓人：开始什么工作？

黎律师：我很想看看贵集团的账目，尤其是尚达志先生去世时的账目，当然，我只是看看，而且会保密！请相信我会在法律许可的范围内行事，我不会胡来。

昌盛火了，双拳一下子攥了起来：你凭什么看我的账目？凭什么？

黎律师见状急忙摆手：好，好，既是尚总不愿让我看，我就不看。

昌盛：走吧，你！让尚穹来见我！

黎律师慌忙向门口退去：好。好。

12

白天。尚承达家。

尚穹正面对母亲和哥哥：我这次请假回来，专门是为要这笔钱的。

文琳：我已经把你爷爷的遗嘱复印了一份。

尚天犹豫地：全城人谁都知道尚吉利是昌盛哥自己办起来的，我们并没出力，现在张口去要钱，怕要遭人笑话。

尚穹：我们是要爷爷留下的属于我们的那部分遗产，怕别人的态度干吗？

文琳对尚天：你该站在你弟弟的立场说话，他要来了钱也不是一个人花。

尚天叹口气，不再说话。

尚穹：我们晚饭后一起去爸爸的房间里给他说说这事。

13

晚饭后。尚承达卧室。

仰躺在床上的尚承达看见小儿子尚穹进来，眼神为之一亮，他显然很喜欢小儿子。

尚穹看了一眼和他一块进来的母亲和哥哥，缓缓开口：爸，你有病后，咱们家的生活水平下降得厉害，你和妈的退休金不高，我和哥的工资也低，因此，要想办法弄点钱。但我们明白，我们一不能贪污，二不能索贿，三不能经商。前两条你一向反对，也为法律不容，后一条是国家的规定。

承达静静地看着小儿子，眼中分明有一丝歉疚。

尚穹：因此，我们想出了一个主意，能不能把爷爷当初去世时留下的尚吉利的钱财，让昌盛给大家分分，把属于你、哥哥和我的那一份给我们——

承达的眼神一下子变成了愕然，他直直地瞪住小儿子，跟着就呵呵呵含混地叫了起来。

三个人都明白，他这是在表示反对。

尚穹停住没有再说下去，他把目光移向了母亲。

文琳见状急忙开口：他爸，孩子们这样做也是没有办法——

承达瞪住妻子，呵呵呵地叫得高响，身子也尽力扭动。

尚天急忙上前扶住爸爸：爸爸，你别激动，你不同意我们可以再商量……

14

承达家客厅。白天。

尚穹对母亲和哥哥:从今往后,这件事的处理不要再告诉爸爸,以免他再激动伤了身体。

文琳点头。

尚天没有说话,只是无限忧虑地看了弟弟一眼……

15

晚。尚穹卧室。

黎律师正对尚穹说着什么。

尚穹面孔阴郁地听着……

16

白天。安留岗蚕茧基地桑林里。

葱绿一片的桑林里不时有鸟鸣响起。

宁贞和家福就在这鸟鸣声里缓步走着。

家福小心地看一眼宁贞,低声地:叫我今儿个来有事?

宁贞淡淡地:叫你来是想问你一个问题。

家福笑了:这么郑重?问吧。

宁贞:要是咱们成了一家人,你会一辈子不打我骂我不同我吵架吗?

家福一愣:你咋问起了这个?我怎么可能打你骂你同你吵架?我喜欢还喜欢不过来哩!

宁贞:我问的话现在看起来有点可笑,可有本书上说,那其实是婚姻的最高标准。

家福满脸诚恳:我会一辈子爱你!

宁贞:没有一辈子的爱,妈妈告诉我,谁也不可能爱谁一辈子。

家福坚决地:可是我会。

宁贞笑了一下:那我就说服自己相信你,你挑选日子吧。

家福一时没明白这句话的含义:挑选日子?

宁贞脸红了:你不是很早就想结——

嗷——家福一下子明白了,高兴地把宁贞抱起,把脸埋在宁贞的双乳间……

17

白天。南阳城郊一个小院。三间正屋,一间灶房。

家福正眉飞色舞地站在院子里对宁贞:我买的这套房子还可以吧?

宁贞微微笑着点头。

家福:当然,我还要努力挣钱,争取将来让你住上一栋别墅式楼房。

宁贞没有说话,只是默望着那还算宽敞的院子,渐渐地,一个白胖的娃娃出现在院中,那娃娃正边喊着妈妈边向她跑过来……

家福:我马上开始打制家具,待家具一打好,我们就——

宁贞这时从兜里掏出厚厚一沓钱放到了家福手上。

家福:你这是干啥?

宁贞含羞地:拿去打家具呀……

18

白天。尚吉利集团大门口。

尚穹走了过来。他的身后跟着黎律师。

尚穹在门口停了一下步,平静了一下心绪,而后大步向总裁办公室走去。

19

白天。尚昌盛办公室门外。

尚穹抬手敲门。

门开了,尚昌盛一脸冷厉地出现在门内。

两个人冷冷地对视着。

昌盛故意装着不认识地:嗬,这是谁呀!

尚穹尽力平静地:你弟弟。

昌盛夸张挖苦地:我能有你这样威风的弟弟?

尚穹:应该有吧。

昌盛两眼逼视着对方:来干啥子?

尚穹:看看你,顺便办点事情。

昌盛：啥事情？

尚穹：我想黎律师已经给你说过了。

昌盛拼力压着火气：我忘了，你再说说！

尚穹：想把爷爷留下的遗产中该给我爸、我哥和我的那一份取回去！

昌盛：好，能把这话说出来都算有胆量。告诉我，你知不知道什么财产都是用血汗换来的？

尚穹：当然，爷爷为创下这份家产付出了许多心血。

昌盛：你为这份家产的建立付没付过心血？

尚穹平静地：没有。

昌盛：既然没有凭啥死皮赖脸地来要钱？

尚穹：我没付出心血并不能说明我没有继承遗产的权利，有一些孩子，他们连走路都不会，但他们同样可以继承遗产，有的甚至一下子成了百万富翁。

昌盛的身子因为气怒开始哆嗦了：你也想成为富翁？

尚穹：差不多，我想你只要把该给我的钱给我，我就会成为富翁。

昌盛的怒气爆发了：你做梦去吧，你个没脸没皮的东西，你从我这儿一分钱也别想拿走！

昌盛的吼声惊来了旺旺、家福和另外几个工作人员，他们推开门站在门口，默默地看着。

尚穹依旧不紧不慢地：提高嗓门并不能解决问题，你应该理智地把钱给我们！

暴怒中的昌盛两步冲到尚穹面前：我给你！给你！边说边抡起拳头就朝尚穹脸上砸去。

家福、旺旺见状急忙上前去拉住昌盛。

尚穹此时已经满嘴是血了。

一旁的黎律师气愤地：有话说话，怎么可以打人？打人可是犯法——

尚穹抬手制止黎律师说下去，一边从衣袋里掏出雪白的手绢去擦嘴上的血一边慢腾腾地：既然你不想让这事协商解决，那我就只好通过法律途径了！

昌盛吼道：你通过法律吧，我不信法律就会向着你这种不讲良心的东西，你去法院吧，去吧！

尚穹慢慢地站起身子：你恐怕会后悔的！

昌盛的身子被旺旺和家福拉着，只能咬着牙吼：我是后悔，我后悔当初咋就没有看出你是这样一个狼心狗肺的东西！

尚穹这时起身：那就再见。说罢，步态平稳地向门口走去……

20

尚昌盛家正屋。白天。

昌盛正满脸怒气地在屋里踱步。

小瑾站在一旁默默看着。

宁贞和家福这时推门匆匆走了进来。

宁贞：我刚刚听家福说了，现在要紧的是找一个好律师！

小瑾：宁贞说得对。

昌盛点点头：你们去找吧！

21

弘理律师事务所。白天。

昌盛正对着一个老年律师——巩律师讲着什么。

宁贞、家福、小瑾神情紧张地站在一旁听着……

22

白天。昌盛办公室。

巩律师接过昌盛递给他的一本资料看着。

巩律师合上那本资料后口气坚定地：放心，尚穹无权要求分得尚吉利集团的财产。因为尚吉利集团主要是尚昌盛办起来的，是尚昌盛的财产而不是尚达志的遗产。尚达志早就失去了劳动能力，他早就没有了创办企业的力气。

昌盛缓缓舒一口气。

站在一旁的小瑾、宁贞和家福也都变得轻松起来。

23

傍晚。家福买的预备结婚的小院。

两个人正在擦拭新做的家具。

宁贞忽然想起地从衣袋里掏出一个丝绒盒子：喏，我买了一条金手链，你看好看吗？

家福过来看着：不错，来，我给你戴上。照说，这手链应该是由我给你买的。边说边就给宁贞戴起来。戴罢，顺势把宁贞拉到怀里吻起来。

宁贞顺从地偎在他的怀里。

家福渐渐不满足于亲吻，悄悄把宁贞往新做的床上拉。

宁贞察觉了他的意图，轻巧地挣脱了身子。

家福不高兴地：马上就结婚了，你还——

宁贞笑着：离结婚的日子还有二十一天！

家福苦笑：好，好……

24

白天。尚吉利集团大门口。

两个法院的工作人员走进大门。

他们中的一个拦住正在忙着什么的宁贞问：请问集团财务部在什么地方？

宁贞指了一下：那边。

那工作人员：麻烦你带我们去一下可以吗？

宁贞点头。

25

尚吉利集团财务部里。白天。

那两名法院的工作人员在门口站定，其中一个突然高声地对屋内的人：请诸位听着，我们是法院的工作人员，奉命来查封尚吉利集团的账目，我手上拿的就是法院的查封令。他说着扬了扬手中的一张纸。

领他们来的宁贞惊愕在那里。

另一名法院工作人员这时也高声地：现在请大家立即起立，向门外走。

财务部的工作人员互相看着，迟迟疑疑地向门口走。

宁贞这时急忙向总裁办公室跑去。

26

白天。总裁办公室。

宁贞急切地向尚昌盛和旺旺讲着什么。

尚家父子显然都十分震惊,他们疾步向外走去。

27

集团财务部里。白天。

所有的保险柜和写字台抽屉上都已贴了盖有法院印章的封条。

那两个工作人员肃立在门内两侧。

昌盛气急地快步上前对那两人:你们怎么可以查封我的账目?查封账目就意味着生产的停顿,这个庞大的企业一旦停产,每天的损失将是十分惊人,谁给你们的权力?

一个法院工作人员:我们只是奉命行事,顺便告诉你,你们的银行存款也已被冻结,如有异议,请速去法院申诉!

一旁的宁贞对昌盛:应该尽快找到我们聘请的巩律师!

28

弘理律师事务所。白天。

巩律师正语气沉稳地对昌盛、旺旺、宁贞和尚吉利的一帮工作人员:诸位不必慌张,法院在只接到尚穹的诉状而没有详细调查的情况下,断定理在尚穹一边,就决定查封你们的账册和存款是错误的,是违犯司法程序的,我马上写申诉材料,我相信这个决定很快就会被撤销!

旺旺:真的?

巩律师:当然!你们只管放心,该做什么就做什么,天塌不下来,根据我对法律的理解,尚吉利集团不会因此被肢解!

昌盛捂了捂自己的胸口,低声地:大家都回去休息吧,没有什么大不了的事,谁贴的封条谁还得把它撕下来,我的财产不会因为尚穹的起诉就变成了他的!

众人都松一口气。

宁贞关切地:尚总,你是不是不太舒服?

昌盛指了一下胸口：稍微有点难受，没有大事。

29

尚吉利集团办公室。白天。

尚昌盛正召集属下厂长们开会。

昌盛：法国巴黎梦宛绸缎公司的栗振中先生昨天打来电话，说他已初步决定先投资三千万欧元，全部投资数额待我们集团资产评估后再定。他要我先做一个使用这三千万欧元的计划，今天找大家来——

家福这时匆匆走到昌盛身边：尚总，法院来了几个人。

昌盛面露喜色地：是来揭掉那些封条的吧？说着起身，满脸轻松地向外走。

30

尚吉利集团办公室门外。白天。

昌盛高兴地与几位法官握手：快请屋里坐！

其中一位法官：尚总，我们今天来，一是要告诉你，你们关于撤销查封的上诉被驳回了；二是要开始对你们集团的账目进行查阅！边说边将一张纸递到昌盛手上。

昌盛一下子惊呆在那儿。

31

弘理律师事务所。白天。

巩律师对昌盛叹口气：看来，我们低估了尚穹的能力，他一定是通过北京的权力管道，给执法部门施加了压力，否则，不会是这种局面。

昌盛的声音里透出了慌乱：那咋办？

巩律师：我再做努力，但愿事情还有转机……

32

丝织厂宁贞办公室。白天。

宁贞正向昌盛和旺旺说着：如果给我六百万欧元的扩建费，我打算再扩建两个车间，先在织造规模上达到亚洲第一，然后——

巩律师这时忽然推门走了进来：抱歉打断了你们——

昌盛急切地：结果怎样？

巩律师沮丧地：很抱歉我无力回天，法院的倾向性意见已经有了：你爷爷去世时的尚吉利集团的财产，包括动产和不动产，都将分成五份，你和旺旺各留一份，尚承达、尚天和尚穹各得一份。

昌盛猛地怒吼一声：浑蛋——

宁贞也惊呆在了那儿。

巩律师：法院在开庭以前要以这个意见进行调解，调解不成就开庭判决！

昌盛暴怒地：企业明明是我办的，我不怕，我一定要上诉，我要坚决和他们把官司打下去！

巩律师：你当然可以把官司打下去，但你忘了，尚穹既然可以在这里胜你，他在别处就仍有可能胜你，他在政界的关系太多，据说，这次就是一个大官替他说了话的。再说，你能赔得起这个精力和时间？几年官司打下来，你的尚吉利集团不就耽误完了？

昌盛打了一个寒噤。

巩律师长叹了一声：现在只有一个办法了。

啥？昌盛眼望住墙角，身子没动。

巩律师：求。

昌盛：求谁？

巩律师：尚穹一家。

昌盛瞪住巩律师：我去求他们？

巩律师：你退让一步，答应平分遗产，但求他们不要一次性地索回这笔遗产，改成由你每年付给他们一笔钱，这样，你的集团保住了，你损失的只是每年获得的一部分利润。

昌盛：不！

巩律师：想想吧，这也是没办法的办法。

昌盛无语，只定定地站在那里，半响之后，才对旺旺、宁贞和巩律师挥挥手，示意他们出去。

昌盛把头抵住了身边的墙壁……

33

夜。总裁办公室。

昌盛抱头坐在那儿。

画外是昌盛哽咽的声音：爷爷，你看见了吗？就是你最疼爱的那个孙子朝尚吉利下手了！……我只有去求他了……

大颗泪水流下了他的脸颊……

34

早晨。尚家。

昌盛对小瑾和旺旺喑哑地：走，咱们去见尚穹，去求他开恩！

小瑾、旺旺母子惊愕而意外地看着他。

昌盛没再说别的，只是先出门走了。

小瑾母子也无言地随即出门。

35

尚承达家。早晨。

文琳和两个儿子正围在餐桌前吃饭。

昌盛一家出现在了门口。

屋里正吃饭的人都是一愣，一起停下筷子望着门口。

尚天最先站起开口：哥，嫂子，快进来！

昌盛没理会尚天的招呼，而是低沉地转对旺旺：来，给你尚穹叔跪下！

旺旺愕然地看了父亲一眼，见父亲没有改变这话的意思，只好面朝尚穹扑通一声跪到了水泥地上。

尚天见状有些慌了：你、你这是——

昌盛低低地：旺旺这是想向他尚穹叔和你说明白，尚吉利集团的财产可以按五份分开，但他想求你们开恩，不要一次把那三份拿走，而让他一年一年地分批还给你们。

一直冷冷坐在那儿的尚穹这时开口：那不行！我们只尊重法律，只按法院的判决办事，不接受任何人的建议！

昌盛的拳头倏一下攥紧了，不过随即又慢慢松开了，显然是极力忍着心里的怒火。他缓缓地缓缓地弯下双膝也向尚穹跪去，同时发出一声嘶喊：尚穹处长，尚昌盛也求你了！

一屋子的死寂。

一直站在那儿冷眼旁观的文琳也觉得面子挂不住了，急忙开口：这是干什么？快起来！

尚穹这时一边悠闲地折着一块手绢一边慢腾腾地：让他跪吧，他现在晓得跪了？当初他可是以为我这个处长就该受他这个大总裁的欺负哩！他以为他有几个钱就可以和我作对了！

昌盛紧咬着牙关没有抬头。

尚穹冷冷地：告诉你尚昌盛，你就是让你们全家都跪下来，我也绝不会答应你的请求！我就是要看看你尚吉利集团有多厉害！看看你——

轰隆一声，尚昌盛猛地从地上跃起掀翻了尚穹面前的饭桌。他刚要扬拳朝尚穹扑去，身子却突然一歪向地上倒了下去……

36

织丝厂办公室。上午。

宁贞正在伏案写着什么。

电话响了，她拿起话筒一听，顿时大惊失色。

她疾步向外走去。

37

上午。医院急救病房门前走廊。

小瑾正背靠墙壁低声抽泣。

旺旺正向宁贞说着什么。

一位医生这时由病房内出来，宁贞上前急切地：尚总怎么样？

那医生：心肌梗死，很严重，随时都有危险。

宁贞上前隔着门上玻璃向里看。

38

急救室内。白天。

昌盛一动不动躺在床上，浑身上下插满管子。

医护人员正在他身边忙碌。

宁贞默默地看着……

39

宁贞办公室。白天。

宁贞默坐在那儿。

画外传来她焦急的心声：要帮帮尚昌盛……

她伸手拿起了电话拨起了号。

电话通了，她对着话筒：是振中表哥吧？我是宁贞，我现在南阳，我有一件急事想求你！求你把你预备投资的钱先汇一部分来，帮助尚昌盛渡过一个难关……

40

法国巴黎梦宛绸缎店。夜。

栗振中正拿着话筒认真听着里边的声音。

他的眉头渐渐皱了起来。

他咳了一声，对着话筒缓缓地：贞妹，很感谢你告诉了我这个重要信息，这有点出乎我的意料。鉴于原来看好的条件发生了变化，我已决定不再向尚吉利集团投资，请向尚昌盛转达我的歉意……

41

南阳尚吉利丝织厂宁贞办公室。白天。

宁贞拿着话筒惊呆在了那儿。

她慢慢放下了话筒，失望浮上了她的脸颊。

她叹了口气，自语地：他是商人，商人是要追逐利润的，我想得幼稚了……

门这时突然被推开，旺旺站在门口对宁贞急急地：快，我爸爸要见你！

宁贞哦了一声，慌忙起身。

42

医院急救室。白天。

昌盛脸色惨白地躺在床上接受输液。

小瑾神情紧张地一边看着床头柜上的心电监视仪一边抓着他的手。

昌盛看见宁贞进来,用有些迟钝的目光示意她靠近床头,而后低哑地开口:医生说我的病很严重,趁我这会儿还清醒,有几句话我想给你们说说!我已经想了,在同尚穹分割财产时,不动产方面,我大概只能留下丝织厂和尚吉利综合大学,其他的都要归尚穹了。丝织厂是你负责,我一直拿你当妹妹看,一旦我有意外真的死了,盼你能辅佐着旺旺,把这份家业保住,能争取慢慢有个发展更好。旺旺还小,缺乏管理经验,他妈妈过去实际接触管理也少,一切全仰仗你了!昌盛在九泉之下也会记住你的恩德……

泪水在宁贞的眼里打转:尚总,你别瞎想,你会好起来的!……

第三十一集

1

宁贞家。晚。

一家人和家福都愁眉紧锁地坐在那儿。

宁贞进屋。

宁安抬头向宁贞：尚昌盛的身体今儿个咋样？

宁贞：还在危险之中。

宁安：唉，但愿他能扛过去。

家福：我下午听说，法院里让尚穹他们继承遗产的判决书都写好了。

宁安捶了一下自己的膝盖：这么大的企业，眼看着让尚穹给拆散了，让人心疼呀！

晶子这时插嘴：该生法子拦一拦他才好！

栗丽这时接口：劝劝他，万一尚吉利集团散了，咱这一带得有多少打工的人又没了事做。

宁安：尚昌盛给尚穹跪下恳求都不行，谁能劝得了？

晶子：那就吓！

宁安瞪了一眼妻子：咋着吓？京城里当官的，啥场面没见过，还怕你吓？

晶子坚持着：那也不一定，这世上谁都有害怕的东西！

家福苦笑了一下：嫂子懂得的还不少。

晶子：眼下要紧的是得知道他害怕啥。

一直没有说话的宁贞这时注意地看了一眼嫂嫂：你说得有些道理，谁都有害怕的东西！

2

尚承达家。白天。

尚承达卧室，他依旧躺在床上。

文琳在给他擦脸擦手。

保姆端一碗饭过来。

文琳扶起承达，让他靠在自己身上，才示意保姆过来给承达喂饭。

但承达闭了嘴不吃。

文琳有些诧异地：怎么，是嫌饭做得不合口味？

承达的眼珠没动。

文琳：是肚里不饿？

承达的眼珠依旧没动。

文琳：那你说为了什么？

承达的眼珠看了看保姆，而后停住不动。

文琳：是不愿让保姆喂饭？

承达的眼珠动了动。

文琳有些高兴，总算明白了丈夫的意思：那我来喂你。说着，让保姆过去扶住丈夫的身子，自己拿过碗筷。

可承达依旧不张嘴。

文琳有些惊住：你今天是怎么了？你想让谁来喂？

承达的眼珠向门口的方向转了转。

文琳猜着：想让尚天来喂你饭吃？

承达的眼珠没动。

文琳：是让穹穹来喂？

承达的眼睛一下子睁大。

文琳笑了：哦，你原来是想让穹穹给你喂饭。跟着扭头向外喊：尚穹，快进来，你爸让你喂他吃饭！

尚穹在外边应了一声，随后走了进来。

他接过母亲手中的饭碗时意外地看了父亲一眼。

他小心地用筷子把碗里的面条挑起吹了吹，而后送进父亲的口中。

承达缓慢地嚼着。

喂到第三筷的时候，承达忽然停住不吃，张开了嘴。

尚穹低头一看，父亲的齿缝里卡了一个细细的肉丝。

一旁的文琳忙拿过一根牙签：我来。

可承达合上了嘴。

文琳对丈夫：张开嘴呀！

承达的眼珠一动不动。

尚穹这时说：我来。

承达的嘴立时张开了。

尚穹笑了：爸爸今天是一定要我侍候了。他伸手接过母亲手中的牙签，不想承达这时又把嘴闭了。

尚穹笑问：是怕牙签伤住牙龈？

承达的眼珠动了动。

尚穹：我用手指就行！

承达的嘴立刻张开了。

尚穹的手指刚伸进父亲口中，不想一下子被父亲咬住了手指。尚穹立刻疼得惨叫了一声：呀——

血立刻涌了出来。

文琳惊骇地看着丈夫：怎么了，怎么了？

尚天这时也跑了过来，见状也大惊。

血从尚穹的指头上涌出来，流进了承达的口中和脸上。

文琳看着疼得满脸大汗的小儿子，急得慌得高叫：为了什么？你病糊涂了吗？

承达死死咬住不放，一双眼睛直直地盯着尚穹。

文琳猜测地：是因为尚穹平日回来得少，你生他的气？

承达依旧没有任何表示。

尚穹嘴吸着冷气：妈，我知道爸为啥咬我，是因为我向尚昌盛要爷爷留下的那份遗产！

承达的眼珠这才冷冷一转。

文琳朝丈夫：天呀，你怎么胳膊肘向外拐？松开，快松开！

尚穹：妈，让爸咬吧，爸就是把我这个指头咬断，这笔遗产我也要回来！

承达依旧没有松口，一双眼仍直盯着尚穹。

文琳哭了：你把孩子咬死吧！没见过你这样狠心的父亲。

尚天也流出了泪：爸，松开小穹吧……

但父子俩仍僵持着，承达眼望着尚穹，尚穹眼瞪着墙角。

血注满了承达的嘴巴，承达呛了一下，松开了小儿子的手指。

尚穹抽回了已露出骨碴的手指。

承达绝望地闭上了眼睛。

尚穹看了一眼父亲，头也没回地走了出去……

3

尚穹卧室。白天。

尚穹正忍痛坐在那里生气。

尚天走进来，叹口气：小穹，遗产的事我看就算了吧！

尚穹的身子一抖，眼瞪住哥哥。

尚天：昌盛哥他们当初把企业办起来不易，这样一分拆，企业的元气就伤了。

尚穹气极地：你替尚昌盛考虑得倒挺周全！我要遗产全是为了我自己吗？

文琳这时闻声也走了进来：尚天，你要这时打退堂鼓，我就不认你这个儿子了！

尚天见状，没再争辩，摇摇头走了出去……

4

白天。尚吉利集团总裁办公室门前。

尚旺正在那儿抹眼泪。

宁贞这时走过来：旺旺，怎么了？

尚旺指了一下办公室内：那个律师让我今天就做好搬出办公室的准备。

宁贞：谁？说着就朝室内走去。

5

总裁办公室内。白天。

黎律师正坐在办公桌前。

宁贞冷冷地上前：你有什么权力催尚旺搬出办公室？

黎律师：因为法院的判决马上就要下来。

宁贞气极地：你能断定法院就会按你们的意见判？

黎律师充满信心地：没有问题！

宁贞：别高兴得太早了！

黎律师：你说谁能阻止得了事情的发展？你？

被激怒的宁贞猛地挥拳向桌上砸了一下，眼中现出了一股一不做二不休的光芒。

6

丝织厂宁贞办公室，白天。

宁贞进门把门啪一下摔上，急切地抓起了电话。

她咬牙拨起了号码。

她胸脯一起一伏。

电话通了，她咽了一口唾沫，突然变得和颜悦色地：是尚穹处长吗？

7

尚穹卧室。白天。

尚穹拿着话筒，愣愣地：你是——

话筒里甜甜的声音：贵人忘性好大呀，我姓曹，叫宁贞。

尚穹的脸色变得愉快起来：哦，是你。有事吗？

8

宁贞办公室。白天。

宁贞对着话筒：没什么事，我只是想，你已经请我吃两次饭了，我也该回请你一次。

话筒里的声音显然很高兴：谢谢了！

宁贞：你今天下午有空吗？

话筒里尚穹的声音：有。

宁贞装作十分高兴地：五点四十分，我在银溪大厅等你！

9

尚穹住室。白天。

尚穹对着话筒：我准时到。

他放下话筒，自语地：她想干什么？为她今后的出路着想？……

10

宁贞办公室。白天。

宁贞重新拨着电话。

她拿起话筒：嫂子，今晚九点半钟，你务必在蚕茧基地找上一个要好的女伴，准时来到银溪饭店的308房间敲门。记住，必须准时！不要问为什么！

11

宁贞家。白天。

晶子握着电话，满脸狐疑地听着……

12

尚吉利集团门口。傍晚。

穿戴一新的宁贞匆匆向门外走。

家福恰好由门外向里走来。

家福看见盛装的宁贞，有些意外：你去哪里？

宁贞有些慌张：我去见一个买丝绸的客户。

家福：我想请你晚上去新房看看我买的电视机哩！

宁贞：以后吧。说罢，便急急去推自己的自行车。

家福狐疑地看着她的背影，随后也骑车跟了上去。

13

银溪饭店大厅。傍晚。

尚穹握住宁贞的手，矜持而自得地笑着：很感谢你的一番盛情。

宁贞指着一张餐桌笑着：我这也算是回请，尚处长已经请了我两次客，我照理也该做一次东了。

尚穹边入座边问：知道我们尚家打官司的事了吧？说罢，观察着宁贞的反应。

宁贞：早听说了，不过我们这些打工的人，不关心别的，只关心赚钱。说着递过菜谱：拣你最爱吃的，我不熟悉你的口味。

尚穹边点菜边问：你估计我和尚昌盛谁会赢得这场官司？

宁贞的睫毛垂了下去：谁胜我给谁打工。

尚穹点燃一支烟，目不转睛地盯着宁贞：你还没有回答我的问题。

宁贞：我估计当然是你胜了。

尚穹傲然地笑了：你算一个聪明人！

宁贞举起了酒杯：来，为了你即将到手的胜利，干杯！

尚穹喝下杯中酒后问：如果我真的胜了这场官司，你这个丝织厂的厂长有什么打算？

宁贞努力笑着：当然是愿意这丝织厂属于你，而你还让我当这个厂长了！

尚穹笑了，画外跟着响起他的心声：她果然是在为自己找今后的出路……

宁贞又为尚穹斟上酒：喝！

尚穹借去端杯的机会，握住了宁贞的手。

宁贞没有挣脱，只是妩媚地一笑。

尚穹胆大起来，在桌下用双腿夹住了宁贞的腿。

宁贞没吭也没动，只是害羞地垂下了眼睛。

尚穹压低了声音：宁贞，我喜欢你！

宁贞没有抬头，只是轻轻地：这儿不是说话的地方，我们厂在这家酒店租了308房间做销售接待处，咱们去那里坐坐。

尚穹闻言一喜，立刻松了宁贞的手对服务小姐叫：买单！

14

银溪饭店大厅一角。晚。

家福满脸气愤地向尚穹和宁贞坐的地方看着。

15

饭店电梯间。晚。

尚穹挽着宁贞走进电梯。

16

银溪饭店308房间门口。晚。

宁贞掏出钥匙开了门。

尚穹眉开眼笑地跟着走了进去。

17

308房间内。晚。

宁贞指着摆放在桌上的绸缎样品对尚穹：这些样品漂亮吧？

尚穹没去看那些绸缎，而是抓住宁贞的手臂，涎着脸笑着：你比绸缎更漂亮！

宁贞飞快隐去眼中的厌恶，垂下了头，借此机会很快地看了一下手表：九点一刻。

尚穹这时已猛地把宁贞揽进了怀中，将双唇贴向了宁贞的脸，而且呼吸已十分急促。

宁贞急推开他，笑着：我们坐下说说话吧。

尚穹此时显然已控制不住自己，又疾步朝宁贞走来：宁贞，小贞，求求你！来——

宁贞轻笑着巧妙地躲开了他的手。

尚穹继续追逐，宁贞俏皮地笑着：看你能不能抓住我。她一边敏捷地躲着一边故意碰撞着屋里的东西，把茶几上的茶杯、把台灯罩子、把沙发上的白罩布撞落在地，把屋角的痰盂撞翻，把衣架撞歪。

尚穹终于把宁贞抱在怀里，并且一下子把她抱起放到了床上，伸手就要脱她的衣服。

宁贞隐去脸上的惊慌，急忙亲了一下尚穹的脸颊低声地：我自己动手，你先脱。

尚穹闻言急切地去脱自己的衣服。

宁贞一边慢慢地解着衣扣一边焦急地去看手表，还好，已经九点二十八分。

她期盼地看了一眼门。

18

308房外走廊。夜。

家福正在急切地挨门听着几个房间里的动静，显然在寻找宁贞和尚穹。

他走近308房间门口刚要俯身听时，忽听走廊那头传来脚步声，只好闪身隐到步行楼梯间，悄悄向这边看着。

原来是晶子领着一个女人向这边匆匆走来。

晶子走到308房间门口，咚咚地敲起门来。

19

308房间内。夜。

已脱光了衣服的尚穹刚要向宁贞扑去，突然听到了敲门声，不由得一愣。

宁贞这时急忙抓起尚穹的裤头高喊了一声：来人呀——

尚穹被骇呆在了那里。

趁这机会，宁贞飞步跑过去拉开了门。

晶子和她的女伴站在门口，吃惊地看着乱七八糟的房间和慌慌张张穿着裤子的尚穹。

宁贞这时低声地对尚穹：滚！

尚未穿好衣服的尚穹狼狈不堪地向门外跑去。

宁贞对晶子和她的女伴一字一句地：在我决定控告的时候，你们要为我做个证明……

20

尚穹卧室。夜。

尚穹正坐在沙发上大口喘息着。

身旁的电话突然响了。

他拿起话筒，惊魂未定地：谁？

话筒里的声音：你想强奸的曹宁贞！

尚穹呼一下站了起来：什么？宁贞，你怎能？

21

丝织厂宁贞办公室。夜。

宁贞正对着话筒：尚穹，明天一上班，我就要到市法院告你强奸未遂！你约我出来吃饭，饭后要参观我们308房间的绸缎，没想到一进房间你就撒起了野，幸亏我拼力反抗，幸亏晶子她们敲门，要不然你这个色狼就要得逞了！

22

尚穹卧室。夜。

尚穹对着话筒如梦方醒地：曹宁贞，你想干啥？诬陷我?！

话筒里宁贞的声音：怎么叫诬陷？你的裤头攥在我的手中，308房间被我们的搏斗弄得一片狼藉，有两个人当面看见你穿裤子，人证物证俱在，现场保存完好，谁会相信这是诬陷？

尚穹吓得倒退了一步：你——？

23

宁贞的办公室。夜。

宁贞对着话筒：我知道你在司法界有熟人，我也知道这场官司难打，可我不怕！市里打不赢我就到省里，省里打不赢我就到你们经济部门口喊冤，说你要强奸我，我非要把你在你们部里搞臭不可！我不信你还能当上官！

24

尚穹卧室。夜。

尚穹对着话筒，声音分明软了下来：宁贞，你究竟想干什么？

话筒里的声音：我不想干什么。

尚穹带了恳求地：你是不是想要钱？你想要钱了可以说个数字，我会如数给你！

话筒里的声音：你想让我不告也可以，但拿钱来交换不行！

尚穹见话里有了转机，忙急切地：那你要啥？

话筒里的声音：我要两张纸！

尚穹不明白地：纸？

25

宁贞卧室。夜。

宁贞对着话筒：第一张纸上必须写有下述内容，我们经过反复调查和考虑，认为尚吉利集团的财产主要是尚昌盛创下的，不是尚达志留下的，我们决定不再要求平分尚吉利集团的财产。纸上要有你、尚天和尚承达的签名和盖章！

话筒里的声音：哦？

宁贞对着话筒：第二张纸是法院的撤案通知，上边不能少了这样的话，鉴于尚承达父子声明尚吉利集团的财产为尚昌盛所创造，不再要求平分集团的财产，本院决定撤销这一民事诉讼案件。

话筒里的声音：是尚昌盛让你这样做的？

宁贞对着话筒：现在该我来问你！她的声音十分强硬：你愿不愿这样交换？

话筒里没有声音。

宁贞对着话筒：我等你到明天下午三点！如果三点钟还见不到你的承诺和法院的通知，那我立刻就到法院对你提出控告！这样，办案的人也好在天黑之前来勘查现场！再见！说罢，啪一下挂了电话。

26

尚穹卧室。夜。

尚穹在暴怒地来回踱步，汗珠成串地滚下了他的额头。

画外传来他愤恨的自语：这件事只要上了法庭，我的名声和仕途前程就会毁了……

他停下步，颓然地抱头坐在了床沿上……

27

早晨。承达卧室。

文琳正在给承达擦脸。

尚穹走了进来，承达看见小儿子，立刻闭上了眼睛。

尚穹扭头朝正在打扫院子的尚天喊了一句：哥，你过来一下。

尚天进屋：有事？

尚穹慢腾腾地：爸、妈、哥哥，我经过反复考虑，觉得我们还是不要爷爷留下的那份遗产好！

承达猛地睁开了眼睛。

文琳和尚天意外地看着他。

尚穹：尚吉利集团发展到今天不容易，要是一分一拆，恐怕难再有今天的局面，丝织是咱尚家的祖业，应该成全。

尚天高兴地拍了一下弟弟的肩膀：好！

文琳满脸困惑地看着小儿子：那官司——

我去叫黎律师撤诉……

28

丝织厂宁贞办公室。正午。

宁贞紧张地坐在自己的办公室里，不时看着电话。

电话响了。

她镇静了一下才拿起话筒。

是尚穹的声音：我把你要的两张纸交给你，但要换回我的东西！

她对着话筒：行……

29

银溪饭店308房间门口。正午。

宁贞和旺旺站在那儿，看着尚穹走来。

宁贞仔细地看着尚穹递给她的两张纸，看完，长嘘一口气，递给旺旺：给你爸爸送去。

30

308房间内。正午。

宁贞把一个装有尚穹裤头的塑料袋递到了尚穹手上。

尚穹一声不吭地整理着地上、沙发上、床头柜上和床上弄乱的东西。

待一切都弄整齐之后，他站在了宁贞面前：告诉我，你这样替尚昌盛卖力，他答应给你多少钱？

宁贞无语。

尚穹：尚昌盛让你用这个法子治了几个男人？

宁贞依旧无言。

尚穹：你以为你就胜利了？告诉你，你也必须付出代价！

宁贞只是平静地看了他一眼。

尚穹突然低吼了一声：婊子！与此同时猛仰手朝宁贞的脸上打去。

宁贞重重地倒在了地上……

31

医院尚昌盛的病房，白天。

小瑾正在喂丈夫吃药。

旺旺兴冲冲地跑进来：爸，法院撤案了！

昌盛不相信地：你个傻东西，这能宽慰得了我？

旺旺把手中的一张纸递到爸爸面前：你看，法院的正式通知！

昌盛意外地看着。

旺旺：是承达爷爷他们主动撤了诉，喏，这是他们给法院的信的抄件！

昌盛：这么说他们还算讲良心，爷爷，尚吉利又度过了一场灾难哪……

32

尚吉利集团门口。白天。

尚昌盛在旺旺的搀扶下走了进来。

昌盛看见脸上贴了一块纱布的宁贞，高兴地：知道了吧，尚穹自动撤诉，良心发现了一回。

宁贞点点头。

昌盛：你的脸咋回事？

宁贞：不小心碰了一下，不碍事。

昌盛：宁贞，你知道我现在心里是什么感觉，死里逃生。

宁贞无语。

昌盛：我想过些天去水濂寺一趟，为了这次灾难的过去，我得敬敬佛祖了……

33

尚家。晚。

昌盛对儿子：你给法国的栗振中打个电话，问问他什么时候能把投资的第一笔钱汇过来。

旺旺：栗振中下午已经来过电话，明确说他不投资了。

昌盛意外地：他怎么这样快就变了？

旺旺：他已经知道了咱尚家打官司争财产的事，他担心尚穹叔以后继续卡咱们。

昌盛：谁这样多嘴？你给我查查是谁干的这事！

有人敲门。

旺旺开门，尚天拿一个档案袋进来：昌盛哥，尚穹走时，让我把这个袋子交给你。

34

昌盛卧室。夜。

昌盛仰躺在床上，身旁放着尚天送来的那个档案袋，手上拿一张小纸条。

纸条上的字迹特写：

穹：我希望你要下丝织厂，我可以继续为你工作。贞。

旺旺这时匆匆走进来：爸，我查了一下这些天集团与国外的电话记录，给法国打电话的，只有宁贞的那部电话。

昌盛点点头，把那个纸条朝儿子递去：看来，我们以后谁都不能相信……

35

宁贞卧室。傍晚。

宁贞对镜揭掉脸上的纱布，仔细地看了一眼镜中的自己，向门口走去。边走边说：妈，我去我们的新房那儿。

36

家福和宁贞的新房。傍晚。

宁贞走到门口，见屋里的灯在亮着，便掏出钥匙开门。

门开了，能看见家福躺在沙发上。

宁贞向家福走去：家福，是我。

家福没动也没吭。

宁贞有些意外，走近看去，见家福的双眼在大大睁着。

宁贞：病了？说着探手去摸他的头，不防她的手刚伸过去，就被家福一下子抬手打开了。

宁贞有些生气：怎么了，你？

家福这时呼一下从沙发上坐起，瞪着宁贞：你来干啥？

家福眼中的凶气和酒气让宁贞后退了两步，她冷下脸来：你喝酒了？

家福恼怒地：我喝没喝酒与你他娘的有啥关系？

宁贞惊骇而且着恼了：你敢这样跟我说话？

家福暴怒地：要我咋样跟你说话？嫌我不文雅？可你他娘的就文雅了？一方面答应和我结婚，另一方面又和别的男人上床乱搞——

宁贞的脸青了：你胡说什么？

家福：我胡说？你以为我是傻蛋？告诉你，我亲眼看见你在尚穹面前的那个浪劲，看见你和他眉来眼去，看见你和他上银溪饭店包房——

宁贞显然明白了对方生气的原因，顿时声音软了：家福，你听我说——

家福恶狠狠地截断宁贞的话：听你说什么？听你说你叫他干过后的感受？是不是特别好受？

宁贞一下子被这话激怒了：刘家福，你是畜生！

家福：我是畜生我还知道只找一个女人结婚，你不是畜生你却在答应和一个男人结婚的同时，再叫另一个男人干！

宁贞的脸已经煞白：刘家福，你——

家福：我现在有些怀疑，当初在北京办展销会时你就让他干过！

宁贞的身子摇晃了一下，踉跄着向门口走。

等一等！家福猛地拦到宁贞面前：有些事我还想弄清楚，告诉我，你们在北京那阵是不是就搞上了？

宁贞咬着牙，存心气对方：是的！

家福的脸也一子无了血色，他被这个回答冲撞得向后退了一步：他是不是答应给你很多钱？

宁贞：是的！

家福的双眼都被愤怒烧红了：多少？他答应给你多少？

宁贞：十万！

婊子！家福骂完猛地挥拳向宁贞脸上打去。

巨大的力量使家福和宁贞同时倒在地上。

宁贞最先站起，她站起后一边抹着嘴角的血丝一边露出了一个冷极了的笑意。

她什么也没说，只是向门口走去。在门口，她扶住门框喘息了一阵，随后便决绝地向门外的黑暗里扑去。

家福爬起身把一连串的怒骂朝宁贞的后背上砸去：婊子、破鞋、烂货！……

37

白天。安留岗蚕茧基地的桑林里。

一脸创痛的宁贞在桑林里漫无目的地走着。

昌盛突然出现在她的面前。

宁贞停住了脚，脸上浮出了要倾诉委屈的神情。

昌盛冷冷地：你为什么不去上班？

这冷淡的语气一下子熄灭了宁贞要倾诉的愿望，只听她也冷冷地：我有点事。

昌盛显然对宁贞已有不满和戒心：有事也不能耽误了上班，要知道，我可是给了你高工资的！

宁贞声音更冷地：是吗？谢谢提醒！

昌盛：还有一件事，我想问问你！

宁贞：讲吧。

昌盛：在我住院期间，你是不是打电话给栗振中，告诉了他我和尚穹打官司的事？

宁贞：是的。

昌盛极不高兴地：出于什么目的？

宁贞直瞪住昌盛：你说是什么目的？

昌盛：我不管你的目的是什么，我想告诉你的是，我失去了一个重要的发展机会！

宁贞的脸上现出了一丝嘲讽：是吗？

昌盛显然也被宁贞的态度激恼，话音中带了挖苦意味：你这样为你的表哥卖力，他答应给你什么回报？

宁贞：你说呢？

昌盛：钱？

宁贞：对！

昌盛脸上现出果然不出所料的表情：多少？他给你多少？

宁贞：十万欧元！

昌盛咽了一口唾沫，显然想压下怒气。

被气愤攫住的宁贞存心要把昌盛激怒：怎么样，不少吧？

昌盛：我过去没有看出你这样贱！

宁贞：是吗？但我得到了十万欧元！

婊子！昌盛骂出了这两个字后，转身就走。

宁贞双眼死死地盯住昌盛的背影，随后，一个笑容慢慢浮上她的面孔：婊子，哈哈，婊子，多好听的评语！……

38

尚吉利织丝厂。白天。

昌盛和旺旺正在成排的织机间巡视，两人边走边笑说着什么。

织机的响声充满我们的耳朵。

机上的绸缎哗哗流淌着……

39

安留岗桑林里。白天。

宁贞还在笑着：婊子，哈哈。边笑边解下脖子上的围巾，把它搭在了身旁一棵桑树的枝杈上。

那条真丝围巾渐渐被绑成了一个圆环……

宁贞决绝地踏上了一块石头。

40

家福和宁贞的婚房门口。白天。

晶子拦住正要出门的家福，向他说着什么。

家福脸上先显出了一份痛苦和不耐烦，但随后他开始用心听晶子说话。

他的眉头皱紧了……

41

安留岗桑林里。白天。

宁贞在用手拉着那个用头巾围成的圆环，显然在试着它是否结实……

42

机声轰隆的尚吉利丝织厂里。白天。

绸缎正源源不断地由织机里流出来……

音乐和着织机声震耳欲聋……

演职员表……

2024 年 2 月 22 日第五稿于海南陵水